BLT

Mit der Welt
auf Buchfühlung

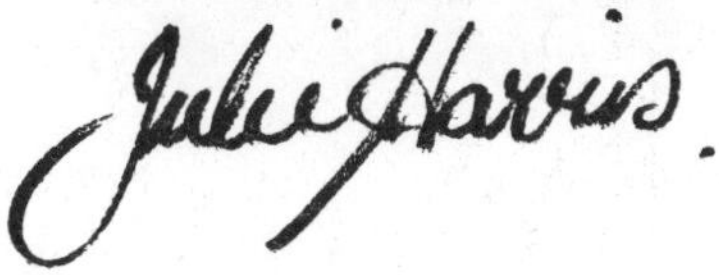

Julie Harris, geboren 1957, lebt in Queensland, Australien. Die alleinerziehende Mutter zweier Kinder war unter anderem als Theaterautorin und -regisseurin tätig, bevor sie sich ganz der Schriftstellerei zuwandte. 1991 wurde ihr erster Roman, »Anna's Gold«, mit einem Literaturpreis ausgezeichnet. Mit »Der lange Winter am Ende der Welt« gelang Julie Harris der internationale Durchbruch.

Zum Gedenken an meinen Vater, Denis und Viv,
die jetzt an einem helleren Himmel fliegen.

Mein Dank gilt Dr. Lowry Ware, Anne G. Clarke,
Louise und Carroll Ferguson
sowie Mary, die uns miteinander bekannt gemacht hat.

JULIE HARRIS

DER LANGE WINTER AM ENDE DER WELT

Aus dem Englischen von
Hans-Joachim Maass

BLT

BLT
Band 25958

Vollständige Taschenbuchausgabe

BLT ist ein Imprint der Verlagsgruppe Lübbe

Titel der amerikanischen Originalausgabe: THE LONGEST WINTER,
erschienen bei St. Martin's Press, New York

Lizenzausgabe: Verlagsgruppe Lübbe GmbH & Co. KG, Bergisch Gladbach
Einbandgestaltung: Gisela Kullowatz
unter Verwendung einer Abbildung des AKG, Berlin
Satz: hanseatenSatz-bremen, Bremen
Druck und Verarbeitung: Elsnerdruck, Berlin
Printed in Germany, März 2003
ISBN 3-404-25958-0

Sie finden uns im Internet unter
http://www.luebbe.de

Der Preis dieses Bandes versteht sich einschließlich
der gesetzlichen Mehrwertsteuer.

Die Ereignisse dieses Romans haben im Lauf einiger früherer Jahrzehnte dieses Jahrhunderts stattgefunden. Im Mittelpunkt stehen die »Memoiren« eines Mannes, der auf einer Insel vor Alaska von der Außenwelt abgeschnitten ist. In seinen siebzehn Jahren auf dieser Insel waren die einzigen Gefährten John Robert Shaws die dort lebenden amerikanischen Ureinwohner. Wie den meisten Menschen damals war auch Shaw nicht bewußt, daß es Unterschiede unter den Menschengruppen gab, die er als »Indianer« und »Eskimos« bezeichnet. Heute sind wir informierter und bezeichnen die verschiedenen Kulturen mit den Begriffen, die sie selbst gewählt haben. Doch dies ist ein historisches Werk, etwa wie Defoes *Robinson Crusoe,* und als solches muß es im Licht seiner Zeit gesehen werden. Die Verwendung von Begriffen, die heute als unangemessen gelten, ist jedoch nicht als Herabsetzung irgendeiner Gruppe gedacht: Der Leser möge bedenken, daß diese Begriffe in einer früheren und vielleicht weniger aufgeklärten Ära üblich waren.

Im Jahre 1911 bekam ein Junge aus Abbeville in South Carolina den ersten Vorgeschmack vom Fliegen. 1926, zwei Jahre nach dem Tod seines besten Freundes, unternahm der vierundzwanzigjährige John Robert Shaw einen Rekordversuch als Alleinflieger in einer restaurierten Curtiss Jenny von 1923. Von einer Zeitung in Miami gesponsert, schaffte er es am 23. April 1926 bis Anchorage. Damit hatte er die halbe Rekordstrecke zurückgelegt. Am 27. April wurde er von einem Sturm überrascht, mußte notlanden und galt siebzehn Jahre lang als verschollen. Man hielt ihn für tot, bis die Aleuten-Inseln im Mai 1943 evakuiert wurden.

Dies ist seine Geschichte.

Prolog

Ich lernte John im Mai 1943 kennen, als er mit einer Bootsladung evakuierter Aleuten von einer der Andreanof-Inseln aufs Festland gebracht wurde. Soweit ich damals feststellen konnte, wußte zu der Zeit niemand, daß es die Insel auf der Landkarte gab oder daß sie bewohnt war, bis sie von den ersten Wasserflugzeugen angeflogen wurde.

Ich habe viele Wochen im Krankenhaus von Anchorage verbracht, um mir Johns Geschichte anzuhören. Er hätte sie jedem erzählt, der sich die Zeit genommen hätte, ihm zuzuhören. Das taten jedoch nicht viele. Wir befanden uns im Krieg. So lautete jedenfalls die Ausrede.

Seine Geschichte entstand in Bruchstücken. Manchmal konnte er stundenlang erzählen. An seinen schlimmsten Tagen starrte er einfach nur die Wand an, als sehnte er sich nach etwas, was er nicht haben konnte.

Er hatte den größten Teil dessen, was geschehen war, zu Papier gebracht, aber wie bei seinen Erzählungen war alles völlig ungeordnet.

Ich brauchte acht Jahre, um daraus eine Geschichte aus einem Guß zu machen und um mich an die fehlenden Bruchstücke zu erinnern, die er mir vor so langer Zeit erzählt hatte.

Betty-Sue Llewellyn
Anchorage, Alaska
1957

1. Kapitel

An dem Tag, an dem er aufwachte und seinen Namen wußte, brach fast die Sonne durch die Wolkendecke. Er erinnerte sich auch fast daran, wie er dorthin gekommen war; er erinnerte sich aber nicht, warum oder wann.

Eine Zeitlang war er überzeugt, sich irgendwo südöstlich von Anchorage zu befinden. Das einzige, woran er sich vage erinnerte, war der Sturm, der sich allmählich zusammenbraute. Er war seit einer halben Stunde unterwegs gewesen und schon wieder auf dem Heimflug, als der Hundertzwanzig-Meilen-Gegenwind, der dann zum Seitenwind und schließlich zum Rückenwind wurde, jede Hoffnung auf eine Zukunft zunichte machte. In diesem Augenblick existierte nichts außer ausströmendem Kerosin und leckgeschlagenen Ölleitungen, und als die Jenny schließlich, was unvermeidlich war, den Geist aufgab, wurde alles zu einer dunklen, stechenden Stille, bis er die Felswand sah und die erstarrte See. Und dann folgten Sekunden, die ihm wie Stunden vorkamen, bis die Maschine aufschlug und zerschellte.

Bilder erschienen ihm in Wachträumen, zerbrechliche, zerfetzte, verblaßte, nicht greifbare Bilder, die nur allzuoft verwirrend waren, weil es den Anschein hatte, als gehörten sie zu jemand anderem und nicht zu ihm.

Meist drehte sich nur alles in seinem Kopf, da er den Absturz in immer neuen Alpträumen durchlebte, die ihn aufschreien ließen. Wenn er aufwachte, hörte er fremde, glückliche Stimmen singen oder die Laute von spielenden Kindern. Das Echo der Trommeln verscheuchte die Dämonen, bis er wieder die Augen schloß.

Die Frau war allgegenwärtig – die sanfte, beruhigende Stimme, die Berührung der behandschuhten Hand. Gelegentlich zeigten sich die neugierigen, von Pelz umrahmten Gesichter der anderen, die wahrscheinlich sehen wollten, ob er noch am Leben war oder nicht. Er lag dann reglos auf dem Rücken und beobachtete sie. Manchmal lächelte er diese Gesichter an, aber meist wünschte er, sie würden gehen und ihn in Ruhe lassen und den elenden Wind mitnehmen.

Dann, eines Tages, als der Nebel sich soweit gelichtet hatte, um ihm einen Blick auf einen Strand jenseits des Felsens zu ermöglichen, als die schmale Öffnung zu dieser unwirklichen Welt aus ständiger Kälte durch einen Hauch von Sommer geöffnet wurde, kam die Frau wieder herein. Sie trug ein schweres Bündel. Sie zog die Felle herunter und versperrte ihm die Sicht. Es war zwecklos, sie zu bitten, die Tür wieder aufzumachen und etwas frische Luft einzulassen. Wann immer er sprach, lächelte sie nur.

»Was hast du diesmal mitgebracht?« fragte er.

Sie wuchtete das Bündel auf den erhabenen Erdtisch, wandte sich ihm zu und grinste.

Es war ein in Seehundfell gewickeltes Paket. Sie öffnete es und lächelte dabei immerzu, als wüßte sie, daß es seinen Schmerzen ein Ende machen würde, wenn er dies zu sehen bekam. Sie hielt eine Allwettertasche hoch, deren Griffe verrostet und zerbrochen waren. Dann förderte sie die Sachen zutage – Kuriositäten für sie, aber nicht für ihn. Das Logbuch eines Piloten, Bleistifte, Karten. Ein Kompaß, ein Dosenöffner. Sein Bowiemesser. Gabeln, Löffel. Eine verrostete Konservendose mit Bohnen. Eine gefrorene Orange, Unterwäsche und seine Ersatzmütze.

Vor allem war da Papier – ein Bündel brüchigen, stockfleckigen gelben Papiers.

Vielleicht war dies der Augenblick, in dem er sich zu erinnern, wahrhaft zu erinnern begann. Er nahm als erstes das Logbuch in die Hand; weil es im Meerwasser gelegen hatte, klebten die meisten Seiten zusammen. Manche rissen bei der kleinsten Berührung. Die Tinte war verlaufen, aber hier und da erkannte er ein Wort. Vor allem den letzten Eintrag:

> 23. April '26. 0700 Uhr. Anchorage verlassen. Vorräte und Treibstoff ausreichend, um nach Vancouver zu fliegen. Nordöstlicher Wind, dreißig Knoten. Teuflischer Sturm, der sich im Nordwesten am Horizont zusammenbraut. Sollte es schaffen bis ...

John seufzte. Anchorage. Ihm fiel ein, daß er versucht hatte, aus Alaska seine Schwester anzurufen – per R-Gespräch. Er erinnerte sich, daß Mrs. Johnson ihm sagte, es nehme niemand ab, ob er es wieder versuchen könne? Sie hatte ihr ganzes einfaches Leben in Abbeville, South Carolina, verbracht. Vielleicht glaubte sie, Anchorage liege in Kentucky oder Georgia. Also hatte er Mrs. Johnson die Nachricht hinterlassen – »Sagen Sie Meg, daß ich nach Hause komme« –, und als er auflegte, wußte er, daß Meg die Nachricht nie erhalten würde.

John sah die Frau an. Sie studierte das Bowiemesser,

dann den Silberlöffel mit dem eingravierten BHS – er gehörte der Familie Shaw seit der Boston Tea Party. Er sah ihr an, daß sie ihn haben wollte, und so nickte er, und das Lächeln, das sie ihm dafür schenkte, war ansteckend.

Sie fand ein Versteck für ihr neues Spielzeug und kam wieder, diesmal mit den beiden Schalen aus Bugholz. Eine enthielt vier Mundvoll erwärmten Seehundbluts und die andere die dicke schwarze Salbe, mit der sie ihn pünktlich zu jeder vollen Stunde einrieb – jedenfalls kam es ihm so vor.

Er wehrte sich nicht mehr. Es führte zu nichts. Das Blut verursachte ihm auch keine Übelkeit mehr wie zu Anfang, und er trank es schnell mit der Würde eines Kindes, das Rizinusöl schluckt.

John vermutete, daß die Salbe so etwas wie ein Antiseptikum der Eskimos war. Was immer es war, es linderte den Schmerz ein wenig. Er saß still, während sie ihm etwas davon ins Gesicht rieb. Er blieb still sitzen, als sie ihm seinen Parka auszog und auch die Brust einrieb. Er wandte jedoch wie immer das Gesicht ab, als die schwarze Salbe sorgfältig und mit sanfter Behutsamkeit auf den Stumpf seines linken Arms getupft wurde. Dann legte er sich hin, wie die Routine es verlangte, nahm das Logbuch in die Hand und versuchte sich auf die Worte zu konzentrieren, während die Frau seinen linken Fuß ergriff und sein linkes Bein bewegte. Er sah nicht allzu viele Wörter – die scharfen, stechenden Schmerzen waren stärker als alles andere, bis das Bein taub wurde. Er hatte sich beim Absturz schwer verletzt – den Arm und fast das Bein verloren. Er hatte sich das linke Schlüsselbein gebrochen, ein paar Rippen und sich auch am Kopf verletzt. An manchen Tagen, wenn sein Sehvermögen beeinträchtigt war und sein

Gleichgewichtsgefühl aussetzte, wagte er nicht, sich zu rühren, sondern blieb vollkommen still liegen, denn schon die kleinste Bewegung bereitete ihm höllische Schmerzen. Diese Tage wurden jedoch immer seltener. Er war dabei, sich zu erholen, und das hatte er nur der Frau zu verdanken.

Als sie fertig war, ließ sie ihn allein, aber diesmal schlief er nicht. Er langte in seine Allwettertasche und tastete blind nach einem Bleistift. Er hatte ein bestimmtes Ziel vor Augen.

Vielleicht komme ich hier nie mehr lebend raus, dachte er, aber vielleicht findet eines Tages jemand meine Aufzeichnungen, und dann wird meine Familie wissen, daß ich nicht gestorben bin. Man wird mich vielleicht für verschollen halten, vielleicht sogar für tot, aber ich möchte nicht, daß jemand denkt, ich sei wie Bobby gestorben.

Die größte Angst seiner Mutter, fast Wirklichkeit geworden.

John richtete sich auf dem Bett auf, so gut er konnte, so daß er mit dem Rücken gegen das Treibholz gelehnt aufrecht sitzen konnte. Zwei der Kochtöpfe der Frau hingen ihm über die linke Schulter; der Pelz des Saums ihres Winterparkas kitzelte ihn im Nacken. Es war bequemer, wenn er das rechte Bein hob, so daß das Logbuch darauf lag, aber es kam ihm fremdartig und fast unmöglich vor, mit der rechten Hand den Bleistift zu halten.

Und es stellten sich keine Worte ein. War es nicht immer so gewesen? Er zeichnete statt dessen ein Flugzeug. Die Linien waren nicht ganz korrekt, aber es war doch die 1923er Jenny, die er seit wann geflogen hatte ... Februar? War er im Februar aus Miami abgeflogen?

Er konnte Daumen und Zeigefinger nur zum Teil bewegen – zum Schreiben genügte es aber. Er hatte die rechte Hand nicht mehr benutzt, seit er neun Jahre alt war. Und für John, der sich so lange Zeit bemüht hatte, sich an seinen Namen zu erinnern, kehrte die Kindheit wie eine Flutwelle zurück. So schrieb er sie auf, so schnell er konnte, falls alles wieder verschwinden würde und damit für immer verloren war wie er selbst.

Es war der 14. Juni 1911. Wir lebten in der Nähe eines Flugplatzes in Abbeville, South Carolina, obwohl ich es kaum einen Flugplatz nennen kann, denn damals war es nur ein Feld, und in jenen Tagen konnte man überall landen, wo das Gelände flach und baumlos war. Und vierhundertfünfzig Meter waren alles, was Billy Taylor je gebraucht hatte.

Billy Taylor flog meinen Traum, und jeden Tag um fünf nach vier gab sich meine Mutter die größte Mühe, ihren Zorn herunterzuschlucken, wenn er direkt über unser Haus hinwegbrauste. Sie murmelte etwas von neumodischen Erfindungen und fluchte leise vor sich hin, weil die Hühner seit sechs Wochen keine Eier gelegt hatten.

Aber mir waren die Hühner egal.

Da war immer dieser Junge, der auf dem Zaunpfahl balancierte und zusah, wie sein Held eine Maschine landete, die hustete und spuckte und brüllte, und ich rührte mich nie auch nur einen Zentimeter von der Stelle, bis Billy Taylor den Motor abgestellt hatte und herauskletterte.

Ich machte einen Handel mit Gott. Ich sagte etwa: Gott, wenn du mich so fliegen läßt wie Billy Taylor, werde ich freiwillig in die Sonntagsschule gehen. Das wird Ma überraschen, nicht wahr, Gott? Dich auch, nehme ich an. Sir.

Nun, Gott mußte mich gehört haben, aber trotzdem lief nie etwas so, wie ich es mir gedacht hatte.

Billy Taylor sah mich nie auf diesem Zaunpfahl balancieren, jedenfalls glaubte ich das, bis zu jenem Tag im Juni, als er etwas zu niedrig über unser Haus hinwegflog, um zu landen.

Ich fiel vom Zaunpfahl und brach mir den Arm.

Herzlichen Glückwunsch zum Geburtstag, John Robert Shaw. Ich wurde an diesem Tag neun.

Mom hörte mich schreien, und ich glaube, Billy Taylor hörte es auch. Alle Nachbarn stürzten aus ihren Häusern. Sie wollten sehen, was das für ein Lärm war.

Der Lieblingsspruch meiner Mutter war »Hab ich's dir nicht gesagt?« Und als sie mich in die Stadt trug, muß sie es zweitausendmal gesagt haben. Der Arzt machte einen Hausbesuch, um ein Baby auf die Welt zu bringen, so daß seine alte Krankenschwester die Knochen zurechtrückte. Ich erinnere mich vor allem daran, daß ich noch mehr schrie, und als ich aufwachte, lag ich zu Hause in meinem Bett.

Mein Arm war nie mehr so wie zuvor. Aber ich brauchte keinen Bleistift zu halten, um zu wissen, was ich zu tun hatte. Ich mußte fliegen, und ein gebrochener Arm würde mich nicht davon abhalten.

Mein Vater war 1909 nach Alabama gegangen, um sich Arbeit zu suchen. Er kam nie mehr nach Hause. Also war meine Mutter mit zwei Kindern auf sich gestellt, mit mir und meiner kleinen Schwester. Mir war aber nie wirklich klar, was diese Hühnereier für unser Überleben bedeuteten, denn für mich gab es nichts Wichtigeres, als Billy Taylor dabei zu beobachten, wie er jeden Tag um fünf nach vier mit dieser Maschine landete.

Bis zum 15. Juni 1911.

Meine Mutter zog mich an meinem gesunden Arm vom Zaunpfahl herunter und sagte: »Wir werden diesem gottverdammten Mr. Billy Taylor zeigen, was er uns angetan hat. Er hat uns ruiniert!« In der Hand hatte sie den leeren Eierkorb. Ich hatte sie noch nie fluchen hören, jedenfalls nicht, wenn ich in der Nähe war.

Ruinieren. Ich hatte dieses Wort schon oft gehört – ein Stück Rindfleisch wurde durch zuviel Salz ruiniert; wenn ich Ketchup auf mein einziges gutes Hemd verschüttete, um nicht in die Sonntagsschule gehen zu müssen, es sei denn, ich wußte genau, daß jemand da war, den ich ärgern konnte, war es ebenfalls ruiniert. Folglich wußte ich nicht, was meine Mutter mit diesem »Er hat uns ruiniert« meinte. Außerdem war es mir egal. Ich wußte nur eins: daß wir quer über das Feld auf Billy Taylors Schuppen zuliefen, und je näher wir kamen, um so größer wurde das Flugzeug.

Ich hatte noch nie erlebt, daß meine Mutter auf jemanden so wütend war. Dabei war sie diejenige, die mir immer sagte, ich solle tief Luft holen und bis zehn zählen, und wenn ich bei acht sei, würde ich nicht mehr wütend sein. Vielleicht hatte sie an jenem Tag vergessen, was nach fünf kam.

Als sie Billy Taylors Namen geschrien hatte und er sich umdrehte, weinte sie vor Zorn. Und wenn meine Mutter vor Zorn weinte, hielt man sich am besten nicht in ihrer Nähe auf, aber sie hielt meine Hand in einem eisenharten Griff, so daß es kein Entkommen gab. Ich konnte nur eins tun, auf meine Füße zu starren und nicht in Billy Taylors Gesicht. Ich hatte mich in meinem ganzen Leben noch nicht so geschämt. Ich hatte von Hunderten von Möglichkeiten geträumt, meinem Helden zu begegnen, doch so hatte ich es mir nicht vorgestellt. Von Zeit zu Zeit riskierte ich einen Blick, aber er sah mich immer dann an, wenn ich es tat. Ich fühlte mich albern, wie ich barfuß dastand, neun Jahre alt und an der Hand meiner Mutter. Es war wohl das einzige Mal, daß ich so tat, als hätte sie mich gerade am Straßenrand gefunden.

Aus der Nähe sah Billy Taylor etwa so alt aus, wie mein Vater war, als er wegging – um die Fünfunddreißig. Entweder war er höflich oder wußte, daß es keinen Zweck hatte, es zu versuchen, denn er ließ meine Mutter ausreden, bis nichts mehr kam. Da sagte er: »Es tut mir leid, Mrs. Shaw«, doch da legte sie gleich wieder los.

Dann sah er mich an, als sie ihn ansah, und lächelte. Das Lächeln wurde so breit, daß es ansteckend war, etwa so, als würde in meiner Klasse ein Mitschüler gähnen.

Ich glaube, ich liebte Billy Taylor von dem Augenblick an, in dem wir beide lächelten. Er war meinem Daddy zu ähnlich – dieses Zwinkern, wenn er einen ansah, war so gut wie alles, woran ich mich erinnern konnte. Billy Taylor sagte nur »Ja, Mrs. Shaw«, aber auf die gleiche Weise wie mein Daddy gesagt hatte: »Ja, Süße.«

Mein Vater war ein unglaublich hochgewachsener Mann gewesen; ich konnte mich nicht erinnern, ihm je weiter als bis zum Oberschenkel gereicht zu haben, es sei denn, er saß. Billy Taylor schien fast ebenso hochgewachsen zu sein, als er in seinem Ledermantel und den Stiefeln und der Mütze auf dem Kopf dastand. Ich fing wieder an, davon zu träumen, daß ich eines Tages genauso aussehen würde wie er.

Nach einiger Zeit nahmen wir beide die Stimme meiner Mutter nicht mehr wahr. Ich sah, wie sie ihm den leeren Eierkorb unter die Nase hielt, und ich glaube, er sagte, er werde bezahlen. Darauf erwiderte Mom, sie sei aus Prinzip wütend, was immer das bedeutete. Er versicherte ihr, die Hühner würden sich an den Lärm gewöhnen, aber sie schwor, das würden sie nicht. Dann hörte ich ihn sagen, er habe das Flugfeld gekauft und besitze eine eigene Flugschule. Dies sei die einzige Stelle, die dafür geeignet sei, und er könne nicht umziehen. Er werde hierbleiben.

Ich fragte mich, wie oft man mit Gott einen Handel machen kann.

Billy Taylor sah mich erneut an; und er mußte in meinen Augen etwas erkannt haben – Hoffnung, Aufregung, irgend etwas. Er sah zu seinem Flugzeug hinüber, und ich tat es auch. Er sagte: »Na geh schon, Junge, sieh sie dir an, aber daß du mir nichts anfaßt.«

Also sah ich mir die Maschine an, aber *tu das nicht* waren Worte, die in meinem Wortschatz nicht vorkamen. Bei mir bedeutete das »Warum darf ich nicht?«

Ihr Name war *Gloria.*

Sie stand mit dem Heck auf der Erde da. Sie roch immer noch heiß. Ihr hölzerner Propeller war doppelt so lang wie ich. Er war glatt und glänzend. Nur an ein oder zwei Stellen sah ich einen Fleck, wo irgendein Insekt zerquetscht worden war. Ich drehte mich um. Billy Taylor sah nicht zu mir hin, und Mom hatte aufgehört zu weinen. Was immer er sagte, es funktionierte.

Ich berührte die Tragfläche. Die Oberfläche fühlte sich an wie Stoff, vielleicht Leinen. Ich tippte dagegen. Es fühlte sich hohl an. Ich berührte sie. Streichelte sie wie den Hund, den ich mal gehabt hatte. Sie mochte mich. *Gloria* mochte mich. Ich hörte sie fast flüstern, na komm schon, steig ein. Laß uns eine Zeitlang so tun, als ob.

Ich drehte mich zu dem Schuppen um, sah die Wörter auf dem Schild an. Ich versuchte sie zu lesen und stotterte mir langsam die Buchstaben vor. Das letzte Wort war immerhin leicht: *Schule.* Billy Taylors Flugschule.

Vergnügungsflüge. Fünf Dollar für fünfzehn Minuten.

Wenn ich meine Seele für fünf Dollar hätte verpfänden können, hätte ich es getan.

Billy Taylors Flugschule.

Meine Art von Schule.

Ich hörte Billy Taylors Stimme. »Zehn Cent pro Stunde, jeden Tag nach der Schule, an den Wochenenden vier Stunden.«

Das ergab fast einen Dollar in der Woche, was ebensoviel war, wie meine Mutter für den Verkauf ihrer Eier erhielt. Jedenfalls sagte sie das, als sie meine Hand hielt und wir quer übers Flugfeld nach Hause gingen. Ich hielt die Drähte auseinander, so daß sie hindurchklettern konnte, und sie tat das gleiche für mich.

»Verstehst du, John Robert?« fragte sie.

Ich sagte nichts; ich hatte nicht zugehört. Sie brauchte nicht auch noch einen dummen Sohn. Ihr genügten eine Tochter, die nichts als Tanzen im Kopf hatte, ein abwesender Ehemann und Hühner, die keine Eier mehr legten.

»John Robert, hast du auch nur ein Wort von dem gehört, was ich gesagt habe?«

»Ja, Ma, natürlich habe ich das«, erwiderte ich und hoffte, sie würde mehr sagen, damit ich den Anschluß bekam.

»John Robert, du hast einen Job.«

»Wo, Ma?«

»In Billy Taylors Flugschule. John Robert, du hast nicht zugehört.«

Sie gab mir aber keine Ohrfeige; statt dessen nahm sie wieder meine Hand.

Am Abend, als Meg auf der Veranda herumtanzte und tat, als wäre sie eine Primaballerina, dachte ich über diesen Tag nach. Daß ich es bis dahin nicht geschafft hatte, Gott sehr nahe zu kommen. Bis meine Mutter mich packte, mich in die Luft hob und mir einen Kuß auf die Wange schmatzte.

Ich hatte einen Job.

»Soso, vom Pfahl gefallen?« fragte Billy Taylor am nächsten Nachmittag um zwanzig nach vier.

»Ja, Sir, das bin ich.«

»Sehr weh getan?«

»Ich habe mir den Arm gebrochen, Mr. Taylor, Sir.«

»Sehr weh getan?« fragte er nochmals.

»Nein«, log ich und versuchte, die knallroten Finger an meiner rechten Hand zu verbergen.

Er grinste mich eine Zeitlang an, als hätte er mich in den letzten sechs Wochen jeden Tag dabei beobachtet, wie ich ihn beobachtete. »Ich hatte mal einen Jungen etwa in deinem Alter.«

»Tatsächlich, Mr. Taylor?« fragte ich, da ich nicht wußte, was ich sonst hätte sagen sollen. Das sagte meine Mutter auch immer, wenn sie nicht weiterwußte. Bei ihr hatte es immer funktioniert.

»Ja. Starb mit seiner Mutter bei einem Feuer. Das ist jetzt sieben Jahre her.«

»Tut mir leid, das zu hören, Mr. Taylor, Sir. Tut mir wirklich leid, das zu hören.«

»Deine Mutter hat einen ziemlich starken Willen.«

Darauf sagte ich nichts. Ich bekam zehn Cent pro Stunde fürs Arbeiten und nicht dafür, über meine Mutter zu sprechen, selbst wenn ich hoffte, er würde sie heiraten. Ich hätte einen neuen Vater gut gebrauchen können, vor allem einen wie ihn.

»Möchtest du fliegen, Junge?« fragte er.

»O ja, Sir. Und ob ich das möchte.«

»Warum?«

Ich hatte nie erwartet, daß er mich das fragte. Warum ich fliegen wollte? Genausogut hätte er mich fragen können, warum die Erde rund ist, obwohl sie platt ist, so weit das Auge reicht. Sie erstreckte sich bis in alle Ewigkeit. Es war mir schon immer schwergefallen, Gefühle in Worte zu kleiden, die andere verstehen konnten, und in diesem Moment hatte ich eine tote Stelle im Gehirn, die etwa die Größe der Appalachen umfaßte. Ich hatte schon immer solche toten Stellen gehabt, vor allem, wenn Mrs. Moriarty mir im Unterricht eine Frage stellte. Ich wußte zwar immer die Antwort, aber nichts kam je richtig heraus.

»Ich habe dich gefragt, warum, mein Junge.«

»Ich weiß es nicht, Mr. Taylor, Sir. Ich weiß es nicht. Aber ich habe zugesehen und mich so manches gefragt, und ich sehe die Vögel fliegen, und Sie fliegen, und dann denke ich, das kann ich auch. Etwa so. Sir.«

Er hielt mir einen Eimer und einen Putzlappen hin und sagte: »Du gehst da rauf und wischst die Kotze weg, Junge. Und wenn du dann immer noch fliegen willst ...«

Ich hörte nichts mehr. Beim Wort »Kotze« blieb mir das Gehirn stehen.

Kotze. Ich? Ich sollte Kotze aufwischen?

Ich sah Billy Taylor in die Augen und wußte in dem Moment, daß es Dinge gibt, die alles wert sind, sogar wenn man dafür Kotze aufwischen muß. Ich hoffte nur, meine Mutter würde nie davon erfahren. Sah es so aus, wenn man mit Gott einen Handel machte?

»Du bist jetzt ein Mann, John Robert. Mach mich stolz.« Meine Mutter hatte mir eine kilometerlange Liste von Dingen gegeben, die man tut und die man nicht tut. Ich weiß nicht, woran sie dachte, als sie mir den Hintern tätschelte und mir zusah, wie ich zu dem Flugfeld und der Flugschule losging. Eins weiß ich aber genau. Wenn sie gesehen hätte, wie ich die Kotze vom Vordersitz von Billy Taylors Doppeldecker aufwischte, mit geschlossenen Augen und aufgeplusterten Backen wie bei einem Ochsenfrosch im Frühling, hätte sie mich wohl kaum für einen Mann gehalten, der jemanden stolz macht – natürlich erst, nachdem sie sich halb totgelacht hätte.

Als ich fertig war und mein Mittagessen endlich aufgehört hatte, den Rückweg anzutreten, stellte ich fest, daß ich meine Seele nicht für fünf Dollar zu verpfänden brauchte. »Hast du einen Mantel?« fragte Billy Taylor, als er den Vordersitz seiner Maschine inspizierte. Nirgendwo Kotze.

»Nein, Sir.« Es war Juni. Es war heiß. Ich brauchte keinen Mantel. Ich sagte nicht, daß ich keinen besaß; vielleicht hatte er es erraten. Er kam aus seinem Schuppen mit dem Schild *Billy Taylors Flugschule* und hatte einen schwarzen Ledermantel mit Pelzkragen über dem Arm. Er roch nach Kotze. Oder vielleicht war ich es, der roch.

Ich zog ihn an. Ich fühlte mich wie ein Flieger mit den Füßen auf dem Erdboden und einem Schwarm wilder Bienen im Bauch.

Und als ich auf den Rücksitz kletterte, war ich zu klein, um über die Seitenwand viel sehen zu können, aber es war verdammt viel besser, als auf einem Zaunpfahl zu stehen und davon zu träumen, wie es sein würde.

»Ich möchte, daß du mir hilfst, mein Sohn«, sagte Billy Taylor, aber ich war zu sehr damit beschäftigt, mir die

Instrumente, Schalter und anderen Dinge anzusehen, die man auf dem glänzenden Holzpaneel direkt vor mir ziehen mußte. »Hauptschalter ein«, sagte er. Ich suchte nach dem Hauptschalter. Ich stellte ihn auf »ein«. Dann aus. Dann ein. Fertigmachen zum Gasgeben. Wie zum Teufel machte man das? Er zeigte es mir. Choke raus, Choke rein ...

Ich wollte fliegen? Wie sollte ich all das behalten?

Propeller klar?

Wieso das? Hier würde keinem Menschen der Kopf abgehackt werden, höchstens Billy.

Choke rein?

Kontakt.

Ich legte den Schalter von aus auf ein.

Drosselklappe offen?

Das war sie.

Er zog den Propeller herunter und sprang zurück. Der Motor sprang brüllend an. Das ganze Flugzeug erbebte. Ich machte mir fast die Hosen naß. Meine Knöchel waren schon weiß, und mir sprangen fast die Augen aus dem Kopf. Ich dachte, ich würde gleich sterben. Natürlich hatte ich die Maschine landen und sogar abheben sehen. Doch jetzt saß ich drin. Das war etwas völlig anderes.

Billy Taylor ließ mich auf dem Vordersitz sitzen. Ich sah nichts als den Kreis grauen Nebels; alles, was ich fühlen konnte, war das erwartungsvolle Zittern des Flugzeugs.

Als die Hand mich an der Schulter packte, glaubte ich, ich würde sterben. Er hörte mein Schreien nicht. Ich hörte es nicht einmal selbst. Ich versuchte mich an alles zu erinnern, was ich in der Sonntagsschule an mir hatte vorbeirauschen lassen, aber das einzige, was mir in den Sinn kam, war die Stimme meiner Mutter vor dem Abendessen: »Segne, was du uns bescheret hast ...«

Billy Taylor hörte mein Schreien nicht, als wir über das Gras auf den Zaun zurasten. Sollte er es doch gehört haben, ignorierte er es. Er hörte mein Schreien auch nicht, als der Erdboden plötzlich nicht mehr da war. Aufsteigen in steilem Winkel, als kletterte ich in den Apfelbaum, und dann wieder runterrutschen und sich festklammern, dann eine scharfe Linkskurve ... Ich betete nur, mein Magen möge lange genug an einer Stelle bleiben, damit ich die Augen aufschlagen konnte.

Wieder eine Hand auf der Schulter. Dann wußte ich, warum es hier Kotze gab. Billy Taylor machte seinen Passagieren so viel Angst, daß sie gar nicht anders konnten.

Er brüllte etwas, was ich nicht hörte, und ich schlug die erstarrten Augen auf und folgte mit den Blicken seinem Finger. Da in der Ferne lag Abbeville. Aus der Luft sah es anders aus, aufgeräumt, sauber. Mein Haus war näher. Jesus, betete ich, laß mich nicht auf unser Dach kotzen.

Da war das verrostete Eisen; die Dachrinnen, die nach und nach heruntersackten, die gelben Rosen hinterm Haus, Meg, die gerade aus dem Klohäuschen kam. Ich erkannte sie an ihrem roten Haar. Meine Mutter bückte sich gerade, um ins Hühnerhaus zu gehen. Das Gemüsebeet sah von da oben sehr ordentlich aus.

Billy Taylor umkreiste das Haus zweimal und flog uns dann nach Südwesten. Land, Land, so weit ich sehen konnte – in einer Minute flogen wir den Rand des Sumter Forest entlang, in der nächsten blickten wir auf die Wasserfälle bei Calhoun hinunter, und gerade als ich dachte, wir wollten in der Nähe von Antreville landen, neigte sich die Maschine stark zur Seite – so sehr, daß ich dachte, ich würde gleich hinausfallen.

Als ich wieder die Augen aufschlug, sah ich Abbeville.

Wir hielten direkt auf die Main Street zu und gingen hinunter, immer mehr hinunter – wir flogen so niedrig, daß ich schon glaubte, er wolle direkt vor der Bank landen. Und bevor ich wußte, wie mir geschah, ging es wieder aufwärts. Wir verpaßten nur knapp das Denkmal, gingen in eine Linkskurve und gingen hinunter – so nahe beim Zaun, daß ich dachte, wir würden ihn umreißen.

Kein Wunder, daß ich hinuntergefallen war. Und in dem Augenblick wußte ich, daß ich gesehen worden war – der Junge auf einem Zaunpfahl, der jeden Tag um fünf nach vier dort stand. Ich wußte, daß dieser Flieger mich hatte herunterfallen und mir den Arm brechen sehen.

Ich glaube, mein Herz fing wieder an zu schlagen, als die Räder die Erde berührten und nach ein paar kräftigen Hüpfern schließlich dort blieben. Neben dem Schuppen kam der Propeller zum Stehen. Die Maschine hustete, furzte, und dann kam nichts mehr. Ich konnte die Finger meiner linken Hand kaum bewegen; meine Muskeln hatten sich verkrampft.

Billy Taylor half mir hinunter und hielt mich aufrecht, während meine Knie versuchten, mich zu tragen.

Es war erstaunlich, aber ich hatte mich nicht vollgekotzt und mir auch nicht in die Hosen gemacht. Ich fühlte mich so lebendig, daß ich hätte weinen mögen.

»Nun, Junge, möchtest du immer noch fliegen?«

»Und ob ich das will, Mr. Taylor, Sir. Und ob.« Ich tat so, als hätte mir der Wind die Tränen in die Augen getrieben.

Billy Taylor gab mir zehn Cent und sagte mir, ich solle am nächsten Tag wiederkommen.

Als ich nach Hause ging, dachte ich, daß es wohl der einzige Tag seit einem ganzen Jahr war, daß ich meinen Daddy vermißte. Er hätte sich meine Geschichte angehört. Er hätte vielleicht nicht viel gesagt, aber er hätte zugehört.

Da es nicht um Ballett ging, wollte Meg nicht wissen, wie es mir ergangen war. Sie würde nur zuhören, wenn ich ihr draußen hinter dem Klohäuschen Hände und Füße zusammenband, aber an diesem Nachmittag war ich zu glücklich, um zuzulassen, daß sie mich anspuckte. Ich sagte nur »Ich bin geflogen«, als ich die Treppe hinaufrannte. Meg zog ein Gesicht und wirbelte weiter auf ihren Zehen herum.

Ich gab meiner Mutter das Geld, das ich verdient hatte – mir war immer noch nicht klar, warum ich fürs Fliegen bezahlt worden war –, und sie legte es in die Keksdose. Aber meine Mutter war wie meine Schwester – sie wollte auch nicht Bescheid wissen. »Ich bin geflogen«, sagte ich in der Hoffnung, sie würde etwas sagen, irgend etwas.

»Wie schön, John Robert. Hol mir drei Kartoffeln.«

Das war nicht gerade, was mir vorgeschwebt hatte, aber ich wußte ohnehin nie, was die beiden als nächstes sagen würden. Also ging ich hinten auf den Hof zu dem Sack und brachte drei Kartoffeln. »Es war großartig dort oben, Ma.«

Sie warf mir einen Blick zu, den ich nie vergessen werde. Für streunende, hungernde Hunde hatte sie den gleichen Blick.

»Es ist wirklich großartig da oben.«

Ich konnte das Gefühl von Freiheit nicht anders erklären. Ich kann meist nicht erklären, wie mir zumute ist. Manche Leute können sich gut ausdrücken, andere können gut schreiben. Sollte es je zu einem Krieg mit Wörtern kommen, würde ich wahrscheinlich auf der Stelle kapitulieren.

»Ich kann mir vorstellen, daß es schön da oben ist, John Robert, aber ich habe die Füße lieber auf der Erde. Der Himmel ist für Menschen nicht der richtige Ort. Wenn wir fürs Fliegen geschaffen worden wären, wären wir mit Flügeln auf die Welt gekommen. Merk dir das.«

Ich grübelte über ihre Worte nach. Vielleicht hatte Gott gerade deshalb beschlossen, Flugzeuge erfinden zu lassen, damit die Menschen fliegen konnten.

In der Schule glaubte mir auch niemand. Es machte mir aber nichts aus. Endlich hatte ich etwas Wirkliches, wofür ich leben konnte – jetzt tat sich eine ganze neue Welt vor mir auf. Ich begrüßte den Tag mit einem vor Vorfreude schnell schlagenden Herzen. Ich versuchte sogar, bei Mrs. Moriarty aufmerksam zu sein, und meine Mutter fragte sich, was mit mir nicht stimmte, als ich nicht mehr versuchte, mich um die Sonntagsschule herumzudrücken. Ich ging nur hin, weil der Sonntagmorgen so schneller verging, aber ich glaube, das ist ihr nach einiger Zeit auch aufgegangen.

Eine Zeitlang wurde Billy Taylor mein Held, bis er mir eines Tages von einem Franzosen erzählte, der den Ärmelkanal überflogen hatte. Das erregte meine Aufmerksamkeit, denn Billy flog nur in South Carolina herum. Folglich fragte ich meine Mutter, wo die Franzosen lebten, weil ich den Franzosen fragen wollte, wie es gewesen war, und am nächsten Tag, als wir in die Stadt gingen, zeigte sie mir in einem Buch Frankreich und den Rest der Welt.

Das Buch, das wir uns ansahen, behandelte ein weit größeres Territorium als South Carolina oder auch nur die Vereinigten Staaten. Ich sah ihr in die Augen und sagte ihr, daß ich eines Tages um die ganze Welt fliegen würde. Und ich würde mit den USA anfangen.

Von da an hatte meine Mutter einen anderen Lieblingsspruch. Jetzt gab es kein »Hab ich's dir nicht gesagt?« mehr; jetzt hieß es »Das ist aber nett, John Robert.«

Sie verlor aber nie ganz diesen Ausdruck in den Augen, diesen Blick, mit dem sie sonst nur streunende, hungernde Hunde ansah.

Das meiste von dem, was er gekritzelt hatte, war unlesbar. Seine Schrift war nie sonderlich gut gewesen, und außerdem mußte er dazu eine Hand benutzen, die ihm seit seinem neunten Lebensjahr den Gehorsam verweigerte. Hier und da fand sich ein Wort, das so etwas wie ein Schlüssel zu dem Sinn des Ganzen zu sein schien. Er fühlte sich wie eine Sekretärin, die die Handschrift ihres Chefs nur anhand der Schleifen eines Konsonanten entziffern kann.

Es gab nicht viel, was einen Sinn ergab. Es war schwierig, in der Kälte zu denken, und fast unmöglich, einen Bleistift zu halten. Die Finger seiner unsichtbaren Hand schmerzten auch. Alles tat weh.

Er hatte das Gefühl, als wäre sein bisheriges Leben – alle vierundzwanzig Jahre – nur ein Traum gewesen, als wäre es etwas Unberührbares, was er nur am Saum zu fassen bekam. Auf diesem Papier stand keine Handschrift. Es war eine durcheinandergewürfelte Masse von Hieroglyphen, die sich allein aus dem Gedächtnis übersetzen ließen. Und alles, was er an Erinnerung besaß, war die eines neunjährigen Jungen – klar, sauber, unschuldig.

Er konnte sich aber nicht an das erinnern, was gestern geschehen war. Auch nicht an den Namen seiner Mutter. Einer der wichtigsten Menschen seines Lebens stand ihm so klar vor Augen, doch ihr Name war für ihn nicht zu fassen.

An Meg erinnerte er sich jedoch. Sie trug das ausgefranste Ballettröckchen, das ihr jemand geschenkt hatte. Fünf Schritte bis zum Ende der Veranda, Drehung, fünf Schritte zurück. Die nackten Holzdielen waren durch das ewige Gleiten bestrumpfter Füße zu einem tiefen Glanz poliert worden. Meg, ohne Vorderzähne, langes, ungebärdiges rotes Haar, strahlend grüne Augen. Meg die Ballerina. In den Augen Sterne einer anderen Art.

Da waren ungetrübte, scharfe Erinnerungen an ein Haus, gesehen aus fünfzehn Meter Entfernung. Und Erinnerungen an einen Freund – Bobby Sullivan, den stets zu Streichen aufgelegten Witzbold, dessen Gesicht jedes Mädchen dazu brachte, sich mehr als nur einmal umzudrehen.

Ich war fünfzehn, als ich mit Billy Taylor zum ersten Mal nach Florida fuhr. Mama stand auf dem Bahnsteig, hielt Meg an den Schultern und hob ihre Hand, als der Zug anfuhr. Ich verstand nicht, warum sie weinte; ich würde doch nur eine Woche wegbleiben.

Eine Woche in Florida mit Billy Taylor. Ich rannte mir die Hacken ab, um Gesellschaft oder Anschluß zu finden, während er sich ein neues Flugzeug kaufte. Er hatte seine Maschine im Bach gelandet. Er hatte sie in das Wasserloch südlich des Flugfelds gesetzt, als der Motor es nicht geschafft hatte, die Maschine abheben zu lassen. Ich war sofort hingerannt und dachte, er sei tot – Teufel auch, er mußte tot sein –, doch er kletterte heraus, ging eine Zeitlang auf die Seite und versetzte der

Maschine dann einen heftigen Fußtritt. Jetzt waren wir in Florida, um nach einer Jenny zu suchen, wie er sie nannte. Einer Curtiss Jenny. Einhundert PS, Spannweite elf Meter, fast neun Meter lang. Fluggeschwindigkeit fünfundsiebzig Meilen pro Stunde, Reichweite zweihundertfünfundzwanzig Meilen. Er sprach von ihr, als wollte er sie heiraten. Ich kannte Billy Taylor jetzt seit sechs Jahren und hatte nie die Hoffnung aufgegeben, daß er meine Mutter heiraten würde. Es funktionierte jedoch fast so, wie ich wollte – er tat, als wäre er mein Vater, und ich spielte seinen Sohn.

Einen wie den, den er beim Brand des Hauses verloren hatte. Doch er erzählte mir nie davon. Manchmal hatte ich das Gefühl, er würde es tun – an manchen Tagen war er still und sah mich so komisch an –, aber dann tat er es doch nicht.

In Florida lernte ich Bobby Sullivan auf einem Flugplatz außerhalb von Miami kennen. »Ich wünschte, mein alter Herr besäße ein Flugzeug«, war das erste, was er mir sagte.

Ich erzählte nicht, daß Billy Taylor mein Chef war und nicht mein Vater. Ich sagte nichts weiter als: »Ich glaube, ich setze mich eine Zeitlang hierher, Sir«, und nachdem Billy losgegangen war, um sein neues Flugzeug zu inspizieren, sah ich Bobby bei dem zu, was auch ich getan hatte, nämlich die Maschinen zu säubern. Er sprach nicht viel, ich aber auch nicht. Doch Bobby grinste, als ich sagte, es gebe nur eins, was ich auf den Tod haßte, nämlich die Kotze von jemand anderem wegzuwischen. Ich nehme an, er hatte das auch zur Genüge kennengelernt.

Ich sah sein Fahrrad; es sah aus, als wäre es von hundert Müttern auf einer Müllkippe geboren. So war es auch. Bobby Sullivan war ärmer als wir. Ich fühlte mich nicht so unwohl. »Hab es selbst gebaut«, sagte er, ob nun mit Stolz oder Scham in der Stimme, konnte ich nicht feststellen.

Bobby Sullivan gefiel mir. Während ich keinen Vater hatte, hatte er keine Mutter, doch das war schon fast alles, was wir gemeinsam hatten, abgesehen von unseren Träumen. »Was ist mit ihr passiert?« fragte ich.

»Sie starb einfach. Pa spricht nicht über sie. Zu sehr damit beschäftigt, zu trinken.«

Meine Mutter sprach aber über meinen Vater, meist wenn ich etwas Falsches gemacht hatte, und dann hieß es immer: »John Robert, wenn dein Vater noch am Leben wäre, würde er sich im Grab umdrehen, um zu sehen, was du gerade getan hast!«

Ich wurde nie so recht aus ihr schlau. Vielleicht lag es daran, daß sie kaum jemanden in ihrem Alter hatte, mit dem sie sprechen konnte – außer Billy Taylor, und der sprach nur vom Flugzirkus, und dafür interessierte sie sich nicht im mindesten. Ich glaube, es machte ihr angst. Und Meg hatte nichts als das Tanzen im Kopf. Meine Mutter sprach oft mit den Hühnern.

Bobby Sullivan hörte sich alles an, was ich zu sagen hatte. Ich glaube, ich habe lange Zeit nicht mehr soviel mit einem anderen Menschen gesprochen, vielleicht nur mit einem meiner Vettern, doch nach dem Tod meines Vaters habe ich den kaum gesehen.

Bobby ging nicht in die Schule. Sagte, er hätte es einmal versucht. Wenn er schon wie Vieh irgendwo eingepfercht sitzen müsse, würde er lieber die Schlachthöfe besuchen und dort mehr lernen. »Hast du schon mal 'ne Kuh gesehen, bevor sie geschlachtet wird?«

»Nee«, erwiderte ich.

»Die wissen das, verstehst du. Sie wissen es. Es ist Angst in diesen großen schwarzen Augen. Es ist Angst.«

Bobby hatte auch dunkle Augen. Ich hatte noch nie so dunkle Augen bei einem Menschen gesehen. Eine Zeitlang hielt ich ihn für einen Indianer, einen Apachenkrieger wie die in einem Buch, das ich einmal gelesen hatte. Cowboys und Kavallerie, wie sie die Indianer getötet haben. Ich erzählte ihm die Geschichte; er hörte zu, und als ich fertig war, sagte er: »Pa sagte, Ma stammte aus Kuba. Sie war keine Indianerin. Sie ist eine Woche nach meiner Geburt gestorben. Das ist alles, was ich je zu hören kriege. Wie ich meine Ma umgebracht habe.«

Mir gefiel der Ausdruck in seinen Augen nicht. »Oh«, war alles, was mir im Augenblick einfiel. »Was zahlen sie dir in Florida?« fragte ich.

»Und was zahlen sie dir, wo du herkommst?« fragte er.

»Einen Dollar fünfundsiebzig in der Woche.«

»Ich kriege fünf.«

Es kam mir nie in den Sinn, Billy Taylor um mehr als einen Vierteldollar pro Tag zu bitten, da sich die Hühner jetzt an den Lärm gewöhnt hatten und wieder Eier legten. Mom machte sich nicht mehr so viele Sorgen, und wir hatten genug zu essen.

»Ich will Pilot werden«, sagte Bobby, als ich mich unter die Tragfläche einer Jenny von 1916 setzte. »Ich spare mein Geld, um mir ein eigenes Flugzeug zu kaufen.«

Darauf konnte ich nicht viel sagen. »Hast du gewußt, daß die Brüder Wright mit einer Münze gelost haben? Der Verlierer flog als erster. Hast du das gewußt?« fragte ich in einem Versuch, ihn zu übertrumpfen. Ich wollte ihm erklären, was Billy Taylor mir vor langer Zeit erzählt hatte.

»Natürlich weiß ich das«, erwiderte Bobby. »Woher kommst du übrigens?«

Ich sagte es ihm.

Nun, in South Carolina sei er schon mal gewesen, aber nein, Abbeville kenne er nicht. Er habe aber davon gehört, die Geschichten von den Konföderierten und den Yankees und all dem. Wenn er alles zusammenzähle, sei er in New York und Minnesota gewesen und einmal auch in Cheyenne, und der Staat Washington sei wirklich schön. Die Mädchen dort seien auch hübsch. Er zeigte mir auf einer Karte all die Orte, an denen er gewesen war. Vielleicht glaubte er, beim Lügen nicht erwischt zu werden. Vielleicht fühlte er sich besser so. Ich war aus South Carolina und würde ihn wahrscheinlich nie wiedersehen.

Einige Leute haben jedoch die Gewohnheit, gerade dann wieder aufzutauchen, wenn man es am wenigsten erwartet. Bobby Sullivan war wohl der beste Freund, den ich je hatte.

Und als Billy Taylor von seiner Inspektion der Jenny zurückkam, die er kaufen wollte, sagte Bobby: »Ich werde eines Tages direkt zum Nordpol fliegen.«

»Tatsächlich?« sagte ich und stand auf. Ich wischte mir den Staub von den Kleidern. »Ich werde einmal um die ganze Welt fliegen.«

Bobby Sullivan schaffte es nie, aus Atlanta in Georgia herauszukommen. Ich sah ihn 1924 sterben.

John hielt inne und ließ den Bleistift fallen. Die Frau sah zu ihm hoch, neugierig, wenn nicht sogar besorgt. Sie lächelte, und er versuchte ihr Lächeln zu erwidern.

Ihr Gesicht war das erste, das er deutlich wahrgenommen hatte, und nur ihres hatte er seitdem ständig gesehen. Sie lächelte immer, verbarg aber wie seine Mutter nie diesen Blick, der sonst nur streunenden, hungernden Hunden vorbehalten war. Sie wußte nicht, was er war oder warum er es war. Sie hatten jedoch eins gemeinsam: Beide verstanden die Bedeutung eines Lächelns.

»Ich fange an, mich an mehr Dinge zu erinnern.«

Er zeigte ihr, was er geschrieben hatte, aber sie verstand nicht, was er sagte und was er tat. Sie fuhr mit ihrer Arbeit fort – packte ihren Anteil an den Vorräten aus. Er sah aus reiner Gewohnheit zu. Noch ein Topf mit Fett – Fett des Medizinmanns –, übelriechend, dick. Außerdem packte sie so viel rohen Fisch aus, daß sie für eine weitere Woche genug zu essen hatten. Für den Geschmack eines Apfels, eines Erdbeermilchshakes oder einer heißen gebackenen Kartoffel hätte er jetzt seine Seele verkauft.

Er hatte die Dose mit Bohnen gegessen und für seine Gier teuer bezahlt. Er hatte ihr etwas davon angeboten, aber allein schon das Aussehen und der Geruch hatten sie zurückschrecken lassen. Der Anblick von rohem Fisch drehte ihm immer den Magen um. »Himmel«, stöhnte er.

Sie äffte dieses »Himmel« nach und lächelte. Sie setzte sich neben ihn und sah ihm in die Augen. Er wußte, daß sie seine Augen mochte. Er wußte, daß sie sein Haar mochte. Sie berührte es immer wieder, als wollte sie sich vergewissern, daß es echt war. Dann brach sie immer in hysterisches Lachen aus.

Sie sah wieder auf das, was quer auf seinen Beinen lag, und fragte, was es sei.

Eskimos kannten keine Schrift.

John wußte aber, wann ihm eine Frage gestellt wurde, selbst wenn er die Sprache noch nicht verstand.

»Erinnerungen«, war alles, was er sagte. Er legte seinen gesunden Arm um sie und zog sie eine Weile eng zu sich heran.

Es gefiel ihr, wenn er das tat.

Seiner Eskimofrau gefiel aber alles, was er tat.

2. Kapitel

Kioki redet viel. Es kommt mir vor, als versuchte sie mir Eskimo beizubringen. Sie glaubt wohl, daß noch Hoffnung besteht, weil ich es schließlich geschafft habe, mit einiger Mühe ihren Namen nachzusprechen.

Sie hält einen Gegenstand hoch, gibt mir vier Worte, ihn zu beschreiben, und wenn ich den fremdartigen Lärm zu imitieren versuche, der bei ihnen als Sprache gilt, lacht sie wie hysterisch los. Mir ist nicht klar, was daran so komisch ist, nehme aber an, daß man nur zu glücklich ist, eine Chance zum Lachen zu ergreifen, jede Chance, wenn man in diesem tiefgekühlten Höllenloch leben muß. Ich lache nicht über sie, wenn sie John nicht richtig aussprechen kann.

An dem Tag, an dem ich beschloß, die nähere Umgebung dieses engen Schneehauses zu erkunden (ich weiß nicht, wie ich es sonst nennen soll), humpelte ich hinaus und benutzte einen Walknochen als Krückstock. Ich nahm ihn aus der Wand, und das Haus fiel nicht in sich zusammen, obwohl ich es erwartete.

Kioki wollte nicht, daß ich gehe. Ich weiß auch nicht genau, warum ich es tat, denn die Außentemperatur ließ meinen Atem in der Luft gefrieren, und der heulende Wind wehte ihn mir gleich wieder ins Gesicht. Ich wußte erst dann, daß ich einen Schnitt in der Wange hatte, als die Taubheit verschwand.

Erst jetzt weiß ich, was dieser alte Goldsucher aus Anchorage meinte, als er in jener Nacht zu mir sagte: »Sonny, wenn du keinerlei Schmerz spürst, bist du in Schwierigkeiten.« Damals hielt ich ihn für betrunken.

Sogar meine Augäpfel gefroren fast. Ich habe noch nie eine so spiegelglatte Eisfläche gesehen. So weit ich blikken konnte, war das Meer flach und grau. Durch den Wind konnte ich das Grollen, Knacken und Reißen hören, als sich das Eis teilte. Da waren Männer draußen auf dem Eis, etwa acht, die alle um ein Loch kauerten, als warteten sie. Wie schafften sie das? Ich befand mich erst seit wenigen Minuten im Freien und war schon jetzt am ganzen Körper taub.

Ich konnte nicht sagen, wo Norden, Süden, Osten oder Westen war, aber rechts von mir jagte eine schwarzgraue Wolkendecke den dicksten Nebel vor sich her, den ich je gesehen hatte. Er rollte schneller heran als jeder Sommersturm vor den Florida Keys, aber von den Jägern da draußen nahm kaum jemand Notiz davon – ich nehme an, sie leben schon länger mit diesem Wetter als ich.

Also machte ich mich auf den Rückweg, wurde von einem Windstoß von hundertdreißig Stundenkilometern erfaßt, verlor den Halt unter den Füßen und trat in mehr als einen Meter dicken Schnee. Ich hörte das Knacken von Knochen, lange bevor ich den Schmerz spürte. Aber ich weiß, daß der Schrei Tote hätte aufwecken können. Was folgte, ist wieder verschwommen. Kioki rief: »Asuluk! Asuluk!« und ich glaube, daß zwei Leute mich wieder hineintrugen, obwohl ich nicht sicher bin.

Der Medizinmann, Asuluk, kam angerannt, zog mich von der Taille an abwärts aus und sang leise vor sich hin. Kioki hielt mir den Kopf, und kalte Hände rückten plötzlich die Knochen wieder zurecht.

Ich weiß noch, daß ich mich aufrichtete und dem, was ich für den Dorfquacksalber hielt, einen rechten Haken verpaßte, und zwar eine halbe Sekunde, bevor ich mich auf ihn übergab. Kioki schrie, und ich auch. Sie zwang mir etwas in den Schlund. Es war bitter, scharf und heiß. Die Welt drehte sich dreimal schneller, als wenn man in achthundert Fuß Höhe ins Trudeln gerät. Ich kann mich nicht erinnern, in Ohnmacht gefallen zu sein.

Doch als ich aufwachte, war ich in dicke warme Felle gehüllt, und Kioki schlief neben mir. Mein Bein fühlte sich schwer an und wie tot, mit Ausnahme eines Juckreizes, den ich durch Kratzen nicht loswurde, und ich konnte es nicht bewegen. Ich sah es mir an. Sie hatten mich mit meinem Krückstock geschient.

Mein einziger Gedanke war, noch sechs Wochen, bevor ich gehen kann. Noch sechs Wochen, bevor ich mir eine Möglichkeit ausdenken kann, hier rauszukommen.

Ich spürte Kiokis warmen Körper ganz dicht bei mir. Ich spürte ihren Atem und wartete auf den Schmerz, an den ich mich gewöhnt hatte. Doch ich spürte fast nur ihren Duft. Ich weiß noch, daß ich dachte, Gott, o Gott, warum kann sie nicht Sally sein? Aber Gott hat mir nie geantwortet, wenn ich eine Antwort am meisten nötig hatte. Kioki wälzte sich herum und kuschelte sich dichter an mich. Sie schlug die Augen auf und lächelte mich an, und ich wußte auch, was in ihren Augen zu sehen war. Also lächelte ich zurück und drückte sie für einen Moment enger an mich. Dann schloß ich die Augen, und es war nicht Kioki, die ich an mich preßte. Es war Sally – Sally, die keinen anderen Namen hatte, weil ich mir nie die Mühe gemacht hatte zu fragen.

Es ist nicht das erste Mal, daß ich Tagträume von ihr habe, und ich weiß auch, daß es nicht der letzte sein wird.

Es kann zwar sein, daß die Erinnerung auf alten Spuren wandert, aber Tagträume machen immer ein paar Umwege.

Eins weiß ich jetzt jedenfalls genau: daß bei dem Absturz nicht meine gesamte Hydraulik draufging.

Aber jemanden zu wollen, mit dem man erst ein paar Stunden verbracht hat, hilft nicht sehr. Weil sie nicht da ist. Ich weiß, daß ich sie nie wiedersehen werde.

Verdammt. Wenn ich nur Prince Rupert erreicht hätte, dann Vancouver und schließlich Seattle, hätte ich diesmal so lange bei Sally bleiben können, wie ich wollte. Ich hätte vielleicht sogar ihren Namen erfahren.

Ich erinnere mich gut an den Sturm – wieder so ein Sturm, der mich vom Kurs abtrieb und meine Ankunft in Seattle um einen Tag verzögerte. Sicht gleich Null, Nebel so dicht, daß ich kaum die Spitzen der Tragflächen sehen konnte. Mehr durch Glück als durch meine Flugkünste entdeckte ich ein kahles Stück Berghang; in Wahrheit verpaßte ich ihn nur um knapp fünf Meter, als sich plötzlich eine Lücke im Nebel auftat.

Durch den Wald führte ein Weg, der zum Landen zu schmal war. Meine Beine waren vor Kälte verkrampft, und so begann ich zu beten. Das habe ich immer getan, wenn ich keine andere Wahl hatte. Dann sah ich es, zwei Morgen, auf denen kaum ein Baumstumpf zu sehen war, eine Stelle, die Gott nur eigens für mich erschaffen haben konnte.

Ich landete, vergaß Gott und überlegte, was ich als nächstes tun sollte.

Ich ging etwa eine Meile auf einem schmalen, schlammigen Weg und weiß noch, daß ich in dem Moment dachte, jetzt solltest du umkehren. Ich weiß noch, daß ich sagte, Schluß jetzt, nicht mehr weiter. Ich würde Miami anrufen und Sam sagen, daß ich nach Hause kam. Ich übte jedes verdammte Wort ein.

Dann sah ich den Handelsposten. Rauch stieg aus einem Schornstein auf. Rauch, Feuer, Wärme. Zehn Jahre Fliegen hatten mich gelehrt, daß Leute, die weit weg von anderen leben, für jede Gesellschaft dankbar sind.

Mir war nur nicht klar, wie dankbar einige sein konnten.

Zum Laden führten vier Treppenstufen. Ein alter Indianerhäuptling aus Holz, der seit Anbeginn der Zeiten dort gestanden hatte, bewachte die Tür. Die rote Farbe auf seinem Gesicht war so gesprungen wie meine Lippen. Der besiegte Ausdruck in seinen Augen folgte jeder meiner Bewegungen. Ich war hungrig, naß, durchgekühlt, und diese vier Treppenstufen kamen mir vor wie der Mount Everest.

Der Laden hatte eine Glocke, die herunterfiel, als der Nordostwind mich ins Haus schob. Ich hätte mehr als ein verblichenes Schild mit der Aufschrift BITTE TÜR SCHLIESSEN dort hingehängt. Ich stemmte mich gegen die Tür und schob sie langsam zu, hob dann die Glocke auf und versuchte zu sehen, wo sie hinpaßte.

Das war nicht ungewöhnlich; ich hatte anderen Leuten schon immer irgendwelche Dinge kaputtgemacht.

»Ganz schön windig draußen«, sagte eine weiche, mädchenhafte Stimme. Ich hatte das Mädchen weder gesehen noch gehört.

Sie hatte grüne Augen und Haar, das so rot war wie das von Meg. Sie war nur etwa 1,55 Meter groß; sie nahm mir die Glocke aus der Hand, bestieg eine Leiter und hängte sie wieder hin. Das hätte sie gar nicht tun müssen, ich wäre auch so herangekommen. Aber ich habe nie Mühe gehabt, Dinge zu erreichen, an die andere nicht herankamen. Ich war 1,92 Meter groß – ich hatte von meinem Vater alles bis auf einen einzigen fehlenden Zentimeter geerbt. Vor dem Abflug aus Florida hatte ich meiner Mutter versprechen müssen, wiederzukommen. Sie sagte, wenn sie mich ansähe, sehe sie meinen Daddy.

Da fragte ich mich wieder, ob er sie hatte sitzenlassen und nicht gestorben war.

Nun, Mom, sagte ich mir, ich komme jetzt zurück. Du hast am Ende doch deinen Willen durchgesetzt.

»Sind Sie nach Seattle oder Vancouver unterwegs?« fragte das rothaarige Mädchen.

»Nein. Zum Pol«, sagte ich. Ich hatte es satt, wenn Leute mich fragten, wohin ich wollte und weshalb, obwohl es ihnen ohnehin egal war. Als wäre dieser Flug quer durchs Land nur für mich wichtig. Der Glanz dieser persönlichen Trophäe, für die die Zeitung in Miami zahlte, verblaßte allmählich.

»Zum Pol?« fragte sie.

War es eine Stadt, von der sie noch nichts gehört hatte? Ein neues Holzfällerlager? »Ich mußte wegen des Sturms landen.«

»Waren Sie das, der vor einiger Zeit hier herumbrummte?«

»Ich nehme es an.« Es hatte zwei Stunden gedauert, bei beißendem Gegenwind bis hierher zu marschieren. Der Eisregen hätte genügt, einen Puma zu lähmen, und jetzt schneite es. Es war Frühling, und es schneite. Ich nehme an, es ist durchaus gerechtfertigt, zu sagen, daß ich restlos die Schnauze voll hatte. Doch dann sah ich ihr in die Augen, und mein Zorn schmolz dahin. Ich lächelte. Ich konnte es immer noch. Es kam mir vor wie ein Wunder.

Meine Mutter sagte immer, ich hätte so eine besondere Art, ein Mädchen anzusehen und zu lächeln und sie erröten zu lassen. Dieses Mädchen hier war keine Ausnahme, doch im Augenblick war ich zu durchgekühlt und angeödet, um es zu bemerken.

»Wie ist es denn?« wollte sie wissen.

»Was?« fragte ich zurück. Die Zähne klapperten mir wie verrückt.

»Da oben am Himmel.«

»Das Richtige für Leute, die mit Federn auf die Welt kommen wollten, nehme ich an.« Das war meine Standardantwort auf die Standardfrage.

»Wo ist der Pol?« fragte sie.

»Es ist die Spitze der Welt, die Arktis.« Ich hatte gerade sagen wollen, daß ich nur einen Spaß gemacht hätte, daß ich von Florida über Land nach San Francisco, Seattle, Anchorage fliegen wollte und von dort quer übers Land nach Maine, zurück nach Florida und allzu vielen Orten dazwischen, doch sie war mir zuvorgekommen.

»Da oben gibt es nichts als Eis.«

Nichts als Eis. Dem kam ich jeden Tag näher. Ich war durchnäßt, ich war durchgefroren. Alles, was ich wollte, war etwas Heißes zu trinken und ein Telefon, bevor Kälte und Erfrierungen mich umbrachten, bevor meine nassen Kleider zu Eis erstarrten. Ich konnte mir bessere Orte zum Sterben vorstellen, und Clearwater Beach, Miami, stand ganz oben auf meiner Liste.

»Wollen Sie etwas kaufen, Mister?«

Ich konnte nirgends ein Telefon sehen, nur Regale an den Wänden des dunklen Ladens – Regale mit ein paar Konservendosen, Flaschen, Blechdosen mit Tabak – und diesen alten Indianer, der mich immer noch anstarrte, obwohl ich ihn nicht sehen konnte. »Was haben Sie mir denn anzubieten?«

Sie errötete wieder. Ich wußte nicht, weshalb sie kicherte. Bobby Sullivan sagte immer, das sei ein gutes Zeichen.

Es hätte vielleicht bei ihm funktioniert, aber ich war zu ausgekühlt, um mir etwas daraus zu machen. Ich fühlte mich kalt, durcheinander, angeödet.

»Haben Sie irgendwas Heißes?«

»Aber sicher. Sie sollten sich lieber abtrocknen, bevor Sie sterben. Der Erdboden ist immer noch viel zu schlammig. Wir könnten Sie gar nicht begraben. Es ist ein langer Winter gewesen.« Sie sagte es mit einem Lächeln und führte mich am hinteren Ende des Ladens in einen kleinen Raum mit Blockhauswänden. Ein Tisch, zwei Stühle, Regale an der Wand und zwei Pritschen. Als erstes fiel mir das brüllende Kaminfeuer auf. Es zog mich an wie das Licht eine Motte.

Sie machte mir einen Kaffee – heiß, stark und süß –, und ich setzte mich in einer winzigen Küche neben das Feuer und sah zu, wie sie mit dem weitermachte, was sie vorhin begonnen hatte, als ich, der hochgewachsene Fremde, aus dem Blizzard hereinkam. Sie war dabei, ein Abendessen zu kochen, und es roch wie eine Art Eintopf. Es roch phantastisch.

»Papa ist in Seattle«, sagte sie. »Ich bin allein hier.«

Wenn sie es in einem anderen Tonfall gesagt hätte, hätte es mich besorgt gemacht.

»Ziehen Sie die Kleider aus. Vielleicht passen Ihnen ein paar von diesen Sachen.« Sie nahm ein Hemd, das fünf Nummern zu groß aussah, und einen Lumberjack, die an Haken hinter der Tür hingen, und wühlte in einem Kasten unter einem der Betten, bis sie ein paar Hosen hervorzog. Dann widmete sie sich wieder ihrem Essen und ignorierte mich, während ich die nassen Sachen auszog und sie auf den Stuhl neben dem Feuer legte. Meine Füße waren blau. Mit einem Fußtritt schickte sie ein paar Mokassins zu mir hinüber.

Ich zog mich an, streifte die Slipper über und setzte mich auf eine Holzkiste in der Nähe des Feuers. Sie erinnerte mich an eine jüngere Meg, aber Meg war nie so schön gewesen – jedenfalls war dies mein Eindruck. Dieses Mädchen war genauso unkompliziert. Würde kaum mit der Wimper zucken, wenn das Dach einstürzte. Hatte mich, einen Fremden, der vor einem Sturm Schutz suchte, bei sich aufgenommen. Teufel, ich hätte sonstwer sein können. Sonstwer.

Sie trug ein verblichenes rotes Kleid mit einem eingerissenen schwarzen Spitzenkragen und einem Cardigan; ihre Beine waren von den Knien bis zu den Knöcheln nackt. An den Füßen trug sie Mokassins.

»Wo ist Ihr Flugzeug?« fragte sie, genau wie Meg. Kam gleich zur Sache.

»Eine Meile weiter südlich.«

»Eine Meile weiter südlich ... das müßte Johnsons Farm sein?«

Johnsons Farm. Ich hatte in der Nähe dieses gerodeten Stück Landes eine verlassene Hütte gesehen und war zu dem Schluß gekommen, daß ich trockener bleiben würde, wenn ich unter der Jenny schlief. »Mag sein.«

»Was werden Sie heute abend tun?«

»Ich muß mir was ausdenken.«

»Das Holzfällerlager ist geschlossen.«

»Ja, ich bin direkt daran vorbeigegangen.«

»Heutzutage kommt kaum noch jemand hier vorbei. Aus diesem Grund ist Papa in Seattle. Freitags kommt er jedoch immer nach Hause.«

Ich nahm an, daß es Mittwoch war. Aber wenn man allein in einem solchen Haus lebt, verliert man vielleicht leicht die Übersicht über die Wochentage.

Sie hob den Topf auf und stellte ihn auf den alten eisernen Herd. In dem Stapel unter dem Feuer waren nicht mehr viele Scheite übrig. Sie bückte sich, nahm ein Stück Holz und warf es ins Feuer. Sie hatte hübsche Beine.

»Der Sturm könnte zwei oder drei Tage anhalten. Es gibt ein paar Dinge, bei denen Sie mir helfen könnten, wenn ich Ihnen Kost und Logis biete.«

Sie hatte den gleichen Ausdruck in den Augen wie meine Mutter, wenn sie Billy Taylor zu Gesicht bekam, wann immer er zum Essen kam und etwas für sie reparierte. Allerdings reparierte er nie das Herz, das es nötig gehabt hätte. Und so sagte ich: »Hört sich gut an. Mein Name ist John Robert Shaw.«

»Ich bin Sally. Mögen Sie Eintopf, John Robert Shaw?«

Eintopf? Teufel, ja. Ich hatte seit vier Tagen nur kalte Bohnen gegessen. Aber der Eintopf war noch nicht fertig, und so gingen wir hinter dem Haus durch den Schnee zum Holzschuppen.

Ich fragte mich, ob ich an diesem Tag der einzige Kunde gewesen war, als sie sagte: »Es war früher ein Handelsposten«, als sie sich mit mir zum Schutz vor dem Schnee unterstellte und mir beim Holzhacken zusah.

Inzwischen war es spät geworden; der Wind heulte nicht mehr so sehr, aber die Hagelkörner, die aufs Dach prasselten, hörten sich an, als würden Basebälle vom Himmel fallen. Sie hielt die Lampe, während ich hackte. Ich weiß noch, daß ich dachte, du kannst dich glücklich schätzen, dieses Haus gefunden zu haben. Ich fragte mich sogar, wie groß die Chancen gewesen waren.

»Papa hat den Posten übernommen, als sein Vater starb. Jetzt leben nur wir beide hier.« Sie kauerte sich frierend in einer Ecke zusammen und versuchte, höflich Konversation zu machen.

Ich sagte ihr, sie solle ins Haus gehen. Es sei unsinnig,

wenn wir beide an Kälte stürben, aber sie wollte nicht gehen, nicht, bis ich fertig war. Als ich genug Holz für sie gehackt hatte, schwitzte ich, und auch das war ein gutes Gefühl.

Wir rannten schnell die fünfzig Meter zum Haus zurück. Es schneite immer noch. »Sie sind nicht von hier, oder?« fragte sie, als mein Mantel und die Stiefel am Feuer trockneten.

»Nein, ich bin aus Florida. Ursprünglich aus South Carolina.«

»Ist das weit weg?«

Ich vermutete, daß sie nie eine Schule besucht hatte, aber genug Wörter und Zahlen kannte, um damit durchzukommen. Also nahm ich nach dem Essen eine meiner Karten aus der Tasche, breitete sie auf dem Fußboden aus und zeigte ihr, wo Seattle lag, dann South Carolina und Florida. Ich zeigte auf all die Orte, in denen ich bisher gewesen war, als sie neben mir auf dem Fußboden kauerte. Die Karte sagte ihr nichts. Ich konnte spüren, wie sie mich beobachtete, als sie glaubte, ich sähe nicht hin, und ich mußte etwas tun, etwas sagen. Also erzählte ich ihr, wieviele Wochen es gedauert hatte, bis hierher zu kommen, versuchte zu erklären, wie weit das Flugzeug fliegen konnte, bevor ich nachtanken mußte.

»Aber warum?«

Ich faltete die Karte zusammen. »Warum was?« fragte ich, sah sie an und entdeckte wieder, wie hübsch sie war.

»Warum fliegen Sie so im Land herum? So ganz allein?«

Ich nehme an, das war eine gute Frage, denn immerhin begann ich inzwischen selbst, die Logik des Fluges in Frage zu stellen. Warum *tat* ich dies? Wollte ich wirklich so eine Art schnell vergessener Held werden? Lohnte es sich, nur um mein Bild in die Zeitungen von Miami zu bekommen? Dieses Mädchen wußte nicht einmal, wo Miami liegt. Teufel, ich hätte gestern in Seattle sein sollen. Jetzt würden keine Zeitungsleute auf dem Flugplatz auf mich warten. »Ich habe das mit einem Freund geplant, seit wir Kinder waren. Von Florida nach Florida. Aber er ist am Silvesterabend '24 gestorben. Deshalb fliege ich allein.«

»Tut mir leid. Tut mir wirklich leid. Ich weiß, wie es ist, wenn jemand stirbt.«

Ich sah sie an, als sie zur Seite trat. Und da wußte ich, daß ihr Vater nicht in Seattle war und freitags auch nicht nach Hause kam.

»Wie hieß Ihr Freund?«

»Bobby.«

»Tut weh, nicht wahr? Tut sehr weh. Sie haben ihn sterben sehen, nicht wahr?«

Mehr als das, dachte ich. Mein Gesicht war das letzte, das er gesehen hat.

»Tut Ihnen sehr weh.«

Ich erwartete, daß ihr Vater jetzt jeden Moment durchgefroren und wütend aus Seattle zurückkommen konnte, obwohl ich wußte, daß er nicht kommen würde. Ich erwartete, in den Regen hinausgeworfen zu werden, obwohl ich wußte, daß es nicht passieren würde.

Sie zerzauste mir das Haar und hielt die Finger zu lange darin. »Ich wünschte, meins hätte diese Farbe.«

Ich betrachtete ihr Haar und versuchte zu lächeln. »Mit Ihrem Haar ist alles in Ordnung, Sally.« Das sagte ich rothaarigen Mädchen immer. Aber diesmal wollte ich es berühren und spüren, wie weich es war.

Statt dessen gab sie mir noch einen Kaffee und kletterte dann auf eine Kiste und nahm ein Fotoalbum vom Regal über dem Feuer. Sie legte es auf den Tisch. Jetzt war sie an der Reihe, etwas zu zeigen und zu erzählen. Schwarze Seiten mit Erinnerungen wurden umgeblättert, Erinnerungen anderer, da sie keinen der Leute in der Kleidung des vorigen Jahrhunderts wiedererkannte. Ich sah es ihr an, denn ich betrachtete sie mehr als die Fotos. Dann zeigte sie auf ein Hochzeitsfoto, und ich mußte hinsehen.

Es war aufgenommen worden, bevor man das Lächeln erfunden hatte. Ein bärtiger, dunkelhaariger Mann in einem dreiteiligen Anzug und seine blonde Braut, eine hübsche Dame mit verängstigten Augen, die mir vorkam, als würde sie bei einer steifen Brise wegwehen.

»Das ist meine Mutter«, sagte sie. »Papa sagt, ich sähe genauso aus wie sie.«

Ich tat also, was von mir erwartet wurde. Ich sah erst ihr Gesicht an, dann das Foto. »Nein. Sie sehen besser aus als Ihre Mutter.«

Ein solches Lächeln hatte ich noch nie gesehen. »Papa sagt, sie sei verrückt gewesen, aber ich glaube, dieses Haus hat sie verrückt gemacht. Sie kam aus Washington, müssen Sie wissen. Washington, D. C.«

Blödsinn, dachte ich, aber vielleicht ist die Phantasie alles, was sie noch hat.

»Pa hat mir alles von ihr erzählt. Ich erinnere mich nicht mehr an viel, nur an den Tag, an dem ich sie im Holzschuppen fand. Sie hatte sich erhängt. War ganz angeschwollen. Ich glaube, ich war fünf. Daher weiß ich, wie es ist, verstehen Sie, wenn jemand stirbt, den man geliebt hat. Papa sagte, sie sei verrückt gewesen, aber ich glaube, daß sie einsam war.«

Ich wußte nicht, was ich sagen sollte. Um ein Haar hätte ich ihr von Bobby erzählt, aber ich wußte, daß ich nie aufhören und keinen Schlaf bekommen würde, wenn ich einmal anfing. Wenn ich mich erinnerte. Ich hatte Schlaf nötig.

Aber Sally hatte Gesellschaft noch nötiger.

»Wenn Sie sich waschen wollen, da ist heißes Wasser. Papa wäscht sich dort«, sagte sie und zeigte auf das andere Ende der Küche. »Und ich wasche mich hier.«

»Oh. In Ordnung. Ich kann solange rausgehen, wenn Sie ...«

»Wozu? Draußen ist es zu kalt. Himmel, Sie haben nichts, was ich nicht schon gesehen hätte.«

Sie füllte zwei Schüsseln mit heißem Wasser und ging dann zu einem Ende des Zimmers, ich zum anderen. Ich zog mir das Hemd aus, hängte es an einen Haken und legte die schnellste Wäsche der Geschichte hin. »Sie können in Papas Bett schlafen.«

Ich möchte gern wissen, woher sie wußte, was ich dachte.

Sie kam zu mir herüber, löste beim Gehen die Zöpfe und zog die Decken auf der Pritsche zurück. »Die Bettwäsche ist sauber.«

»Danke, Sally.«

Ihr Haar fiel ihr wie eine Wolke über nackte weiße Arme. Ich holte tief Luft; sogar mein Atem zitterte. Sie ging wieder in ihre Ecke zurück. Ich berührte die Laken. Sauber. Ich hatte seit Wyoming keine saubere Bettwäsche mehr berührt. Ich sah wieder in ihre Ecke. Sie hatte dieses verblichene Kleid heruntergestreift und trat jetzt aus ihm heraus.

Folglich betrachtete ich die Wand, während ich mich auszog und dann schnell auf die Pritsche stürzte. Im Bett lag eine Flasche mit heißem Wasser.

Sie wußte, daß ich bleiben würde – entweder das, oder sie hoffte, es wäre Freitag.

Aus dem Augenwinkel beobachtete ich, wie sie nach einem Nachthemd an einem Haken griff. Sie sah aus, als wäre ihre Haut noch nie von einem Sonnenstrahl berührt worden. Ich sah wieder hin. Nur so ein schneller Blick aus dem Augenwinkel – die schlimmste Art, einen Blick zu riskieren. Man sieht Dinge, die in Wahrheit gar nicht da sind, oder Dinge, von denen man zu Gott betet, sie möchten da sein. Also starrte ich an die Decke, die Deckenbalken, und fragte mich, ob diese blonde Dame mit den verängstigten Augen sich in diesem Zimmer erhängt hatte und nicht im Holzschuppen.

»Wie kommt es, daß Sie nie viel reden?« fragte sie. Ich drehte mich zu ihr um, da ich davon ausging, daß es jetzt sicher war, sie anzusehen, da sie mit mir sprach. Sie saß auf der zweiten Pritsche auf der anderen Seite des Zimmers. Ihr Kopf war unten zwischen den Knien, und sie bürstete sich ihr langes rotes Haar. Ich hätte das liebend gern für sie getan, doch statt dessen faltete ich die Hände unter dem Kopf. Es wäre ein Wunder, wenn ich überhaupt zum Schlafen kam.

»Vielleicht spreche ich nur, wenn ich muß. So bekommen die Leute keine falsche Vorstellung.«

»Papa sagt nie viel, höchstens ›Was kochst du, Mädchen? Wie lange wird es dauern? Hast du die Socken schon gewaschen, Mädchen?‹« Ich lächelte. Sie war eine gute Imitatorin. »Und wenn man zu reden versucht, wird einem gesagt: ›Das braucht kein Mädchen zu wissen. Koch du nur, mach die Wäsche. Das ist alles, was du können mußt.‹«

Ich fragte mich, was sie seiner Ansicht nach noch wissen und können mußte. Mir gingen allerlei Dinge im Kopf herum. Ich wußte nicht, was ich sagen sollte; ich wußte, daß diese Gedanken ungehörig waren, aber ich hatte dieses Foto gesehen. Ich hatte gewußt, daß er ein gemeiner alter Scheißkerl war und sie vermutlich das einzige weibliche Wesen im Umkreis von Meilen.

»Wissen Sie, was ich gemacht habe?« fragte sie leise.

»Nein, keine Ahnung«, erwiderte ich. Ich fragte mich, ob sie ein Gewehr genommen und ihrem Vater eines Abends den Kopf weggepustet hatte. Himmel, ich hatte Schlaf wirklich nötig. Die Phantasie ging wieder mit mir durch. »Was haben Sie gemacht?«

»Ich habe mir das Lesen beigebracht. Hab Ärger bekommen, weil ich las und nicht arbeitete. Daher weiß ich, daß es da oben am Pol nichts als Eis gibt. Was sagen Sie dazu?«

Ich lächelte. Und ich fragte mich, was ein anderer im meiner Lage getan hätte. Billy Taylor sagte immer, Frauen hörten Wörter, die man nicht sagte, und sähen Dinge, die man selbst nie sah. Er glaubte, sie würden alles tun, wenn sie das Gefühl hätten, geliebt zu werden, oder wenn sie geliebt zu werden wünschten. Daß es einen Unterschied zwischen Motiv und Absicht gebe. Das Motiv der Frauen sei es, geliebt zu werden, und der Mann habe die Absicht zu lieben. Manchmal träfen sie sich in der Mitte.

Ich hatte das Gefühl, daß wir uns schon sehr bald treffen würden, und der Gedanke erschreckte mich mehr als mein erster Flug.

»Und ich habe gelesen, daß das Haar wächst, wenn man es jeden Abend hundertmal bürstet. Macht es glänzend.«

Sie warf diese Mähne in den Nacken, und ich mußte etwas tun oder sagen. Ich hustete, dann gähnte ich und tat, als streckte ich mich.

»Möchten Sie einen Whisky?« fragte sie. »Hört sich an, als hätten Sie sich eine Erkältung geholt, John Robert.«

Sie wischte die Kaffeetasse aus und griff nach einer

staubbedeckten Whiskyflasche. Ich hoffte, es wäre selbstgebrannter, und dann wieder nicht. Vor ein paar Jahren hatte ich mit Bobby eineinhalb Tage lang in irgendeiner gottverlassenen Gegend in Kentucky festgesessen, und die Leute, bei denen wir übernachteten, fuhren einmal im Jahr in die Stadt, um eine neue Rolle Kupferdraht zu kaufen. Bobby und ich hätten bei dieser Fahrt sterben können. Sterben. Oder wenn wir von der Polizei erwischt worden wären ...

Der Whisky, den sie mir reichte, roch wie selbstgebrannter. »Papa sagt, er ist so gut, daß er mehr kribbeln läßt als nur die Zehen.«

Ich brauchte etwas, was mehr kribbeln ließ als die Zehen. Vielleicht wußte sie nicht, was sie tat, als sie so in einem durchsichtigen Nachthemd herumspazierte. Ich wußte nicht, wohin ich blicken sollte. Ihre Augen waren auch kein sicheres Territorium. Bobby hätte für eine solche Chance sein Flugzeug hergegeben, und ich rutschte unruhig hin und her.

»Hat Papa beim Einschlafen geholfen«, sagte sie, nachdem sie mir den Whisky gegeben hatte.

Ich richtete mich im Bett auf und probierte ihn. Mir traten Tränen in die Augen, und das Getränk brannte einen Pfad bis in die Zehenspitzen. Ich war wieder in dieser gottverlassenen Gegend von Kentucky mit Bobby und dieser ungeheuren Familie von Hillbillies, und es wurde geschossen, und ... Das alles verschwand, als sie sagte: »Sie sind nett, John Robert.«

Wie oft hatte ich diese Worte gehört? Ich nehme an, daß man sich auf schlimmere Weise an mich erinnern kann. »Sie auch, Sally.«

»Wirklich?«

»Jaha.«

»Haben Sie es gemeint, als Sie sagten, ich sei hübscher als meine Mutter?«

»Warum sollte ich Sie anlügen?« fragte ich.

»Einer Fremden kann man eine Menge erzählen. Eine Fremde weiß nicht genug über Sie, um es zu beurteilen.«

»Ich beurteile Menschen nie, und hübsch kann eine Frau auf viele Arten sein.«

»Nett ist auch so ein Wort. Nett kann angenehm sein. Nett kann langweilig sein. Nett kann auch eine Lüge sein.«

Sie setzte sich auf mein Bett und inspizierte ihre Füße. Rieb die Finger zwischen den Zehen und sah mich an. Ich wünschte, sie würde das nicht tun, so eng und so auf diese Weise bei mir sitzen. Ihre Beine waren schmal und wohlgeformt und glatt auch. »Ich erzähle den Leuten immer, daß Papa bald nach Hause kommt.«

»Aber das wird er nicht.«

»Nein. Er ist letzten Winter gestorben.«

Ich sagte nichts. Wenn ich weiß, daß ich recht habe, versuche ich, es für mich zu behalten.

»Möchten Sie wissen, wie er gestorben ist?«

»Nur, wenn Sie es mir erzählen wollen.«

»Wir aßen gerade, und da fängt er an zu würgen. Aber er hatte sich nicht am Essen verschluckt. Er griff sich an den Arm und die Brust, etwa so.« Als nächstes kam eine Imitation eines Menschen, der einen Herzanfall hat. »Und er konnte nicht atmen, und die Augen quollen ihm aus dem Kopf. Er wurde irgendwie blau und fiel einfach rückwärts auf den Fußboden. Machte ein paar schreckliche seltsame Geräusche. Ich wußte nicht, was ich tun sollte. Ich starrte ihn nur an, als er so dalag. Tot. Ich fühlte nichts. Nichts. Wollen Sie wissen, was ich dachte?«

Himmel, mußte ich das unbedingt wissen?

»Ich dachte, der Erdboden ist zu schlammig. Kann ihn erst im Frühjahr begraben.«

Sie schwieg eine Zeitlang. »Wissen Sie, was er ein paar Minuten vor seinem Tod sagte? Er sagte, wir würden ein Telefon bekommen. Er wolle das erledigen, wenn er das nächste Mal nach Seattle fahre.«

Dann sagte sie eine Zeitlang nichts, und ich schwieg ebenfalls. Bis sie es erwähnte, hatte ich vergessen, daß ich zu Hause anrufen mußte.

»Das war's, wonach Sie gesucht haben, nicht wahr? Ein Telefon. Das wollen die meisten Menschen, wenn sie sich hier draußen verirren. Obwohl nicht gerade viele Leute vorbeikommen.«

Dann schwieg sie wieder.

»Ich wollte Sie nicht anlügen, John Robert. Manchmal muß ich es tun. Manchmal weiß man einfach nicht, wer als nächster durch diese Tür da kommt. Verstehen Sie?«

»Das kann ich verstehen.«

»Aber ich habe Sie angesehen, als Sie reinkamen, und da wußte ich, daß Sie kein Holzfäller sind. Die wollen alle immer das gleiche. Und als Sie sprachen, wußte ich wirklich, daß Sie in Ordnung sind.«

Vielleicht vertraute sie zu sehr auf erste Eindrücke. Für wen hielt sie mich? Glaubte sie, ich wäre von der Taille abwärts tot? Ich hatte solche Angst vor dem, was unfehlbar kommen mußte, daß ich schwitzte. Sie bemerkte es nicht.

»Es war alles gut, bis die Holzfäller verschwanden. Manchmal hoffe ich, sie kommen zurück. Sie sind in eine Gegend gegangen, die ... mehr ...«

»Zugänglicher ist.«

»Ja. Wie ich höre, flößen sie die Baumstämme jetzt stromabwärts. Spart Geld und Zeit. Das ist alles, woran die Leute heute denken – Geld und Zeit. Wenn man kein Geld hat, hat niemand Zeit. Und wenn es das ist, worauf es in der Welt letztlich ankommt, ist es wohl besser, wenn ich hier draußen allein lebe, denke ich. Nur ich und der Hund.«

Sie schwieg erneut. Ich wußte nicht, was von mir erwartet wurde, und so nippte ich noch einmal an dem Whisky und fragte mich, ob ich ihr die Geschichte aus Kentucky erzählen sollte, denn ich spürte, wie sich eine große schwarze Wolke des Unheils über uns zusammenbraute.

»Aber der Hund kann nicht sprechen. Ich fühle mich manchmal schrecklich einsam und wünsche mir, mit jemandem zu sprechen.«

»Das tut jeder manchmal.«

Sie wandte mir das Gesicht zu und nagelte mich mit diesen grünen Augen an der Wand fest. »Manchmal ist nicht immer«, sagte sie, und auch ihre Stimme bebte.

O Gott. O Gott, gleich würde sie weinen. Mir wurde der Mund trocken. Es war eine Reflexhandlung, ihre Hand zu berühren, und sie drückte sie so, bis kein Leben mehr drin war. Was wollte sie? Was erwartete sie von mir? Ich wußte, was ich tun wollte. Ich wollte sie ein wenig an mich drücken, dieses Haar berühren, tun, was meine Mutter mit mir tat, als ich klein war und wegen etwas durcheinander war, was nur ein Kind aufregen kann. Sie würde mich halten und mir sagen, daß alles wieder gut werden würde. Aber in einer Lage wie jetzt hatte ich mich noch nie befunden, und bisher hatte ich einer verwirrten Frau höchstens die Hand gedrückt und war dann um mein Leben gerannt. Und mit Rosie ...

Rosie. Rosanna, wie sie sich lieber nennen ließ. Ich nannte sie nur Rosie, um sie wütend zu machen. Ihr hatte ich höchstens einen Kuß auf die Wange gedrückt. Eine zufällige Berührung. Einmal hatte ich versucht, ihr Bein zu drücken, als wir auf der Verandaschaukel ihres Daddys saßen. Verdammt, hatte ich dafür büßen müssen.

»Weinen Sie nicht, Sally. Es wird etwas Gutes geschehen. Vielleicht müssen Sie einfach nur etwas länger warten.«

Ich hielt ihre Hand fest in meiner. Dann lehnte sie sich an mich, und bevor ich mich's versah, hielt ich sie im Arm.

Was tat ich? Ich hatte zu Hause ein Mädchen. Auch wenn sie immer zu allem nein sagte, es sei denn, es war ein Abschiedskuß. Sie wollte einen Ring am Finger haben, bevor sie mir auch nur das geringste erlaubte. Sie wollte mich nicht mal gucken lassen. Ich fragte sie eines Tages; da rannte sie heulend davon und nannte mich einen perversen Lumpen – was immer das sein mochte.

Ich hatte versprochen, sie bei meiner Rückkehr zu heiraten, und jetzt saß ich hier und hielt ein anderes Mädchen in den Armen. Und plötzlich wußte ich, daß ich dieses Versprechen nur gegeben hatte, damit sie aufhörte, an mir herumzunörgeln. Daß ich sie bei meiner Rückkehr immer wieder nur hinhalten würde. Rosanna löste bei mir nie so etwas aus wie Sally. Wenn Rosanna dicht bei mir saß, fühlte ich nicht sonderlich viel – ich fragte mich höchstens, was sie wollte.

»Du bist mir nicht böse, weil ich dich angelogen habe?« fragte Sally, als sie sich frei machte und die Augen am Ärmel abwischte.

»Nein.« Ich bot ihr meine Tasse an.

»Nein. Ich kann nicht. Das Zeug macht mich verrückt.«

»Das tut uns von Zeit zu Zeit ganz gut.«

Sie nippte daran und sah mich eine Zeitlang an. »Was ist das?« fragte sie und berührte das Medaillon, das ich am Hals trug.

»Der heilige Christophorus.«

»Wozu ist es?«

»Bringt mir Glück.«

»Hat Bobby es dir geschenkt?« fragte sie, als wüßte sie es schon durch die bloße Berührung.

»Ja, er hat es mir geschenkt.«

»Ihm hat es kein Glück gebracht.«

Das war mir schon tausendmal durch den Kopf gegangen. Ich sah Bobby vor mir, wie er sterbend auf meinem Schoß lag. Um uns herum Leute wie ein Bienenschwarm, die einen Blick riskierten und einen Mann sterben sahen. Aber die habe ich nie gesehen, nie gehört. »Nimm es, mein Freund, nimm es«, sagte er. Also nahm ich es ...

Solange ich es trug, würde Bobby bei mir sein. Ich konnte ihn fühlen, meinte zu sehen, wie er mich wieder anlachte. Wie er über meine Schüchternheit lachte. Er sagte immer, ich fühlte zu viel.

»Spricht er mit dir?« fragte sie.

»Er ist tot. Er kann nicht mit mir sprechen.«

Sie lächelte ein wenig, als wüßte sie es besser, gab mir die Tasse zurück und sagte: »Ich sollte nicht trinken. Dann sage ich immer dumme Sachen. Wenn ich trinke, möchte ich tanzen.«

»Was ist daran falsch, tanzen zu wollen? Nichts ist falsch, wenn man sich gut dabei fühlt.« Ich fragte mich, warum ich das gesagt hatte. Das war eine Replik, wie sie von Bobby kommen konnte, aber nicht von mir.

»Ich kann nicht sehr gut tanzen.«

»Zeig's mir. Ich werde dir sagen, ob du es kannst oder nicht. Ich habe mein halbes Leben damit zugebracht, meiner Schwester beim Tanzen zuzusehen, also sollte ich ein Experte sein.«

Ich grinste sie an, und sie grinste zurück. Sie goß sich einen Whisky ein, und ich setzte mich mit dem Rücken an der Wand aufs Bett. Es war leicht, mit Sally zu sprechen. Plötzlich hatte ich das Gefühl, sie schon ewig zu kennen und nicht nur ein paar Stunden.

»Wie alt ist deine Schwester?« fragte sie.

Zwei Jahre jünger als ich, also müßte sie ... »Fast zweiundzwanzig.«

»Ich habe nie eine Schwester oder einen Bruder gehabt.«

»Ich hätte Meg jederzeit gegen einen Bruder eingetauscht.«

»Meg?«

»Kosename für Margaret.«

Sally trank den Whisky in einem Zug aus. Soso, sie trank also nicht. Und sie konnte nicht sehr gut tanzen. Worüber würde sie mich sonst noch anlügen?

Sie fing an, sich zu bewegen. Falls Musik gespielt haben sollte, habe ich sie nicht gehört. Auch ich konnte so tun, als ob. Ich wußte, daß ich lieber nicht singen sollte; der Hund, der am Holzschuppen festgebunden war, hätte unweigerlich zu heulen begonnen. Also saß ich nur da, warm, ruhig, benommen. Sie war keine Fremde mehr. Ich mochte sie sehr, auch wenn sie mich anlog. Und mit jedem Nippen an diesem Whisky gefiel sie mir etwas mehr.

»Lachst du über mich, John Robert Shaw?«

»Nein, ich bin nur glücklich. Es ist das erste Mal, daß ich darüber glücklich bin, daß ich wegen eines Sturms landen mußte.«

»Landen?«

»Das Flugzeug landen.«

Sie begann mit ihrem imaginären Partner zu tanzen. »Wenn morgen ein schöner Tag ist, wirst du gehen.«

»Ich muß.«

»Zum Pol.«

»Man kann nie wissen. Wenn dieser Wind sich hält, fliege ich vielleicht über den Pol nach Maine.«

»Ich wünschte, du würdest nicht gehen.«

Und in diesem Augenblick, als ich Sally mit den Augen verschlang, als sie sich in dem winzigen Raum bewegte, als mein Bauch vom Whisky warm war und ich saubere Laken unter mir hatte, als ein Sturm draußen und ein ganz anderer in mir tobte, hatte ich auch keine besonders große Lust zu gehen, bevor eine Art Ruhe wiederhergestellt war.

Es kam mir vor, als verlockte mich etwas dazu, die Füße noch etwas länger auf der Erde zu halten. Ich war immer aufsässig gewesen. Ich hatte schon immer alles besser gewußt als jeder andere. Billy Taylor sagte immer: »Du wirst noch lernen, mein Junge. Du wirst noch lernen, oder kaputtgehen.«

Ich trank den Whisky aus und trennte sie von ihrem unsichtbaren Partner. Barfuß in langen Unterhosen. Ihr Scheitel reichte mir fast bis zur Brust. Ihre Hände waren halb so groß wie meine. Wenn ich sie zu fest hielt, dachte ich, sie würde vielleicht zerbrechen. Doch das tat sie nicht. Ich trat ihr zweimal auf die Zehen, dafür trat sie mir auf meine, und so tanzten wir. Ich führte; sie folgte. Sie hätte alles getan, worum ich sie bat oder was ich mir wünschte, aber sie war diejenige, die fragte, und wir beide wollten. Sie konnte sich für ein paar Stunden an etwas klammern, was wirklicher war als eine Erinnerung oder ein Traum. Vielleicht glaubte sie, der einzige Mensch zu sein, der noch auf der Erde lebte, bis ich gerade rechtzeitig ihre Türglokke kaputtmachte.

Sie war süß. Sie roch süß und auch rauchig. Ihre Haut war blasser als meine – ich hatte viel freie Zeit am Strand zugebracht und war ständig sonnengebräunt. Aber ihre Haut fühlte sich auch anders an – weich, so weich. Als ich sie küßte, schmeckte ich Whisky. Sie sah zu mir hoch, sagte aber nichts. Ein Blick wie der brauchte keine Worte. Sie berührte mein Gesicht, und ihre Augen füllten sich mit Tränen. »Du wirst gehen.«

Und ich berührte ihr Gesicht und sagte: »Ja. Ich werde gehen.«

Ich preßte sie nur an mich und dachte, wie anders sie war als Rosanna. »Bin ich so hübsch wie sie?« fragte sie nach einiger Zeit.

Hatte ich laut gedacht? So laut, daß sie es gehört hatte? »Du bist hübscher als sie.« Das war keine Lüge. Ich küßte sie wieder. Ihr Mund öffnete sich ein wenig. Ich hatte Angst, sie würde mich treten, mich beißen oder mir eine Ohrfeige geben, irgend etwas. Aber sie berührte mich. Kleine warme Hände glitten über meine Haut und machten mir eine Gänsehaut, die nichts mit der Kälte zu tun hatte oder dem Sturm, der draußen toste. Und dann legte ich ihr die Hand auf den Hals und dann auf die Schulter. Ich ließ den Handrücken über eine Brust gleiten. Ich sah ihr in die Augen. Sie lächelte nicht, irgendwie schüchtern. »Darf ich?« fragte ich. Meine Stimme versagte mir fast, so daß ich es zweimal sagen mußte.

»Hast du noch nie ein nacktes Mädchen gesehen?«

Himmel, was sollte ich darauf sagen? Ich hatte Bilder gesehen, natürlich. Billy Taylor hatte mich eines Tages dabei erwischt – ich war damals fünfzehn –, wie ich mir ein paar Magazine ansah, die er in New York gekauft hatte. Er schlich sich von hinten an mich heran, während ich starrte und träumte und mich fragte, warum ich im wirklichen Leben noch nie Damen mit solchen Brüsten gesehen hatte. Meg war dreizehn, und mir war aufgefallen, daß sie sich veränderte, aber was da auf dem Zementfußboden vor mir ausgebreitet lag, war unglaublich.

»John!« hatte er gebrüllt. Überflüssig zu sagen, daß ich mir fast in die Hosen machte. Vielleicht hatte ich es sogar getan. »Was zum Teufel hast du da?« Ich konnte nicht mal schnell genug denken, um sie zu verstecken. Er verstand. O Gott, nein. »Wo hast du die gefunden, mein Junge?«

»In dieser Zeitschrift, Sir.«

Nun, er versuchte sein Lächeln zu verbergen und sagte mir nur, ich solle sie zurücklegen, wenn ich damit durch sei. Und wenn ich etwas fragen wolle, ich wisse ja, wo er zu finden sei. Aber was konnte Billy Taylor schon wissen? Er flog doch nur Flugzeuge.

»John?« fragte Sally erneut. »Es macht mir nichts aus, wenn ich das erste Mädchen bin, das du je gesehen hast.« Sie zog sich das Nachthemd über den Kopf. Es fiel zu Boden. Sie stand einfach da und beobachtete mich. Dann nahm sie meine Hand. »Du kannst mich berühren.«

Das hätte ich auch, wenn ich nicht am ganzen Körper erstarrt wäre.

Sie nahm meine beiden Hände, legte sie sich auf die Brüste und ließ mich sie berühren. Eine Zeitlang dachte ich, ihr sei kalt. Dann ging mir auf, wie heiß das Feuer das Zimmer gemacht hatte. Von Schweißperlen auf ihrer Stirn liefen kleine Rinnsale herab. Es war meine Berührung, die sie erzittern ließ. Und in mir brüllte es.

»Ist das schön?« fragte sie. Bevor ich antworten oder auch nur wissen konnte, was ich sagen sollte, hob sie die Hände und berührte mein Gesicht. Sie hätte sich auf die Zehenspitzen stellen müssen, um heranzukommen, und so bückte ich mich. Als sie mich küßte, war ihr Mund weit offen. Als wäre sie hungrig, als tobte es in ihr genauso wie in mir. Sie zog mir das Unterhemd aus, und ich glaube, es landete auf einem der Deckenbalken. Ihre Hände waren heiß. Ich wußte nicht, wie lange ich es noch aushalten konnte, ohne zu explodieren. Es würde schlimmer sein als Benzin auf heißer Kohle.

»Komm, legen wir uns hin. Es ist leichter, wenn wir liegen.«

Zum ersten Mal in meinem Leben hörte ich auf, Einwände zu erheben. Sie legte sich aufs Bett und zog mich zu sich herunter. Die alte Pritsche quietschte beängstigend. Ich hoffte inbrünstig, ich würde alles richtig machen.

»Sally, ich habe nicht ... ich meine, ich habe noch nie ...«

Sie berührte wieder mein Gesicht und drehte die Hand dann um. Und dann berührte sie mich – *überall*. Mir wurde der Mund trocken. Ich schloß die Augen. »Ich habe so etwas noch nie gemacht ...«

»Das macht nichts. Du wirst alles richtig machen. Das werden wir beide. Wir haben es nicht eilig ...«

Viel mehr hörte ich nicht. Kurz darauf hatte ich das Gefühl, als wäre ich eine Meile bei einem teuflischen Seitenwind gelaufen, und es war mir vollkommen egal. Schlaff, benommen, warm, glücklich, schläfrig. Sie lag neben mir. Meine Schulter war ihr Kissen. Sie hatte ein Bein über meins gelegt und sagte, sie lausche meinem Herzschlag. Teufel, das tat ich auch. Mir sagte er auch so allerlei.

Im Kopf konnte ich Bobby Sullivan den »Halleluja-Chorus« singen hören. Vielleicht bildete ich es mir nur ein.

Wir blieben die ganze Nacht im selben kleinen Bett. Ich wußte, daß ich nie wieder und bei keiner Frau so empfinden würde wie jetzt, und lange Zeit hatte ich nicht den Wunsch, aufzubrechen. Ich wollte, daß sie bis in alle Ewigkeit so an mich gekuschelt liegenblieb.

Bis in alle Ewigkeit ist aber eine verdammt lange Zeit.

Der Himmel war bedeckt, als ich im Morgengrauen aufwachte – bedeckt, aber es klarte allmählich auf, verdammt. Mein linker Arm war taub – ich hatte mich die ganze Nacht nicht bewegen wollen, um sie nicht zu wecken. Ich dachte auch nicht an die Jenny, die auf Johnsons Feld wartete. Ich beobachtete Sally, als sie schlief – wie sie atmete, spürte diese weiche Wärme, die so dicht bei mir war. Ich wollte dieses Gefühl mitnehmen und wünschte mir, es würde für den Rest meines Lebens bei mir bleiben.

Etwas an ihr erinnerte mich an Bobbys Mädchen, Bess. Zwar hatten Bess und ich nie so etwas gemacht wie das hier, obwohl wir beide vielleicht ein- oder zweimal daran gedacht hatten ... Ich hatte die beiden einmal in dem Büro in Miami überrascht. Bobby hatte beide Hände voll und andere Dinge im Kopf. Bess sah mich, aber ich bin rechtzeitig rausgegangen. Danach konnte ich ihr zwei Jahre nicht in die Augen sehen.

Jetzt wußte ich endlich, weswegen Bobby so glücklich gewesen war – warum er manchmal zu spät zur Arbeit kam und trotzdem keine Schuldgefühle hatte, und warum seine Augen am Sonnabend und am Donnerstag funkelten. Endlich wurde mir klar, wo er am Freitag- und Mittwochabend gewesen war, die ganze Nacht. Und dieses dämliche kleine Lächeln, das er dann aufsetzte ... Wenn ich einen Spiegel vor mir gehabt hätte, hätte ich es auch auf meinem Gesicht gesehen, das wußte ich. Wenn ich mich bemüht hätte, genau hinzuhören, hätte ich ihn wahrscheinlich sagen hören, he, Kumpel, das wurde aber auch Zeit. Gratuliere. Bei Gott, das spürte ich selbst auch deutlich genug.

Mir gingen alle möglichen Gedanken im Kopf herum, als Sally schließlich die Augen aufschlug und sah, wie ich auf sie herunterschaute. »Morgen«, sagte sie. Die Stimme versagte mir schon wieder. Verdammt.

Sie kletterte auf mich, streckte sich aus, und ich schob ihr das Haar von den Schultern. Sie sah auf mich hinunter. »Willst du immer noch gehen?«

»Ich muß.« Ich zog sie zu mir herunter und küßte sie, und sie blieb eine Zeitlang auf mir liegen.

»Hast du Hunger?« fragte sie mit einem Flüstern.

»Ja.« Aber mir schwebte dabei nichts zu essen vor.

Wir frühstückten eine halbe Stunde später. Es waren die besten Pfannkuchen, die ich je gegessen habe. Aber während wir aßen, sagte sie kein Wort, sondern sah mich nur mit traurigen, gequälten Augen an. Falls sie versuchte, mir Schuldgefühle einzugeben, funktionierte es.

»Sally, ich muß gehen.«

»Ich wünschte, du würdest bleiben.«

»Ich wünschte mir auch mehr als alles andere, ich könnte hier bei dir bleiben ...«

»Aber«, erwiderte sie, als hätte sie es schon hundertmal gehört.

Sie begleitete mich den ganzen Weg zu Johnsons Feld. Ihr Hund lief durch den Schlamm vor uns her. Vielleicht dachte sie, ich würde es mir anders überlegen und noch einen Tag bleiben.

Als sie die Jenny sah, hielt sie abrupt inne. Alle Farbe wich aus ihrem Gesicht. Ich glaubte, sie würde in Ohnmacht fallen.

»Was ist?«

Sie stand nur da und schüttelte mit Furcht in den Augen den Kopf.

Beim Frühstück am Morgen hatte ich ihr einen kleinen Rundflug angeboten, weil ich mich daran erinnerte, wie sie gefragt hatte, wie es da oben am Himmel sei. Sie hatte gesagt, vielleicht. Doch das war vor einer Stunde, und in einer Stunde bei einem langsamen Spaziergang durch den

Schlamm kann eine Menge passieren. »Möchtest du nicht mitfliegen?«

»O Himmel, nein. Nicht in dem Ding da.«

Ich versuchte ihr zu erklären, daß das Flugzeug nicht abstürzen würde, aber etwas in ihren Augen sagte mir, daß sie es besser wußte. Sie ergriff meinen Arm, und ich sah in ihre verängstigten Augen, die so aussahen wie die ihrer Mutter auf diesem Hochzeitsfoto.

Und den gleichen Ausdruck hatte ich in Megs Augen gesehen, als ich ihr auf dem Flugplatz in Miami einen Abschiedskuß gab, und auch in den Augen meiner Mutter. Rosanna kam nicht; sie sagte, wenn ich losflöge, um irgendeinen Traum zu finden, würde er sich für uns beide nur in einen Alptraum verwandeln. Wenn ich sie liebte, würde ich bleiben.

Ich spürte den festen Griff an meinem Arm – einen Griff der Angst, den ich schon kannte, und ich drückte Sally an mich. Wieder hatte ich das Gefühl, daß ich vielleicht nicht losfliegen sollte.

»Bleibst du noch einen Tag?«

Aus diesem Tag würde noch einer und dann noch einer werden. Zuviel von Sally, und ich würde nie mehr den Wunsch haben zu gehen. Und ich wußte, daß es bessere Orte gab, an denen ich den Rest meines Lebens verbringen konnte. Nein. Nein, ich hatte noch zuviel vor, um mich von einem verängstigten, einsamen Mädchen mit grünen Augen ablenken zu lassen. Vielleicht würde ein anderer auftauchen, der so war wie ich. Vielleicht würde er bleiben. Vielleicht würde sie finden, was sie so verzweifelt brauchte. Ich war nicht die Antwort auf ihre Einsamkeit, selbst wenn ich es in den wenigen Stunden einer Nacht hatte sein wollen.

»Ich kann nicht, Sally. Ich muß los. Das weißt du. Du weißt, was ich tun muß.«

»Für einen toten Mann.«

»Nein, für mich. Ich muß etwas für mich tun.«

Ich berührte ihr Gesicht; ich küßte sie. Aber sie erwiderte den Kuß nicht.

Sie sagte auch nicht auf Wiedersehen. Sie sah nur zu, als ich abhob und nach Seattle flog, wo ich auftanken wollte, um dann wieder nach Nordwesten zu fliegen, nach Anchorage.

Mein Gott, wie ich mir wünschte, sie hätte auf Wiedersehen gesagt.

3. Kapitel

Ich weiß nicht, wer das Flugzeug als erster hörte – der Motorlärm konnte es nicht sein, denn mir war der Treibstoff ausgegangen. Vielleicht war es das Heulen des Gleitflugs. Ich befand mich nur noch drei Meter über dem Boden, als sich der Nebel lichtete. Ich hatte die Wahl zwischen einem schneebedeckten Felsen, der nur Zentimeter von der rechten Tragfläche entfernt war, oder einer Eisscholle. Ich kämpfte, um die Maschine nach links zu ziehen.

Eine Art Strand tauchte kurz in meinem Blickfeld auf – ein Strand und neun Meter von ihm entfernt Packeis. Ich erinnere mich, einmal tief Luft geholt zu haben, und dann senkte sich eine Welle der Stille herab. Etwas tief in meinem Inneren sagte mir, das wär's. Wenn ich sterben muß, werde ich ruhig und gefaßt sterben. Ich glaube, ich murmelte etwas Dummes vor mich hin – Sally, ich liebe dich.

Dann durchschnitt ich eine Welle aus weißem Schnee, und harte Eiskristalle sprühten auf wie Gischt. Ich spürte einen plötzlichen und heftigen Schmerz. Ich erinnere mich, daß ich danach nichts mehr fühlte, denn was dann kam, erschien mir wie ein Traum.

Es war jedoch zu wirklich, um ein Traum zu sein.

Es gab keinen Laut, kein Licht – nur ein regloses graues Vakuum.

Als nächstes nahm ich wahr, daß ich auf dem Eis stand. Ich konnte die Furche sehen, die die Jenny in den Schnee gepflügt hatte, und in einiger Entfernung sah ich das Wrack. Die Maschine hatte kein Heck und keine linke Tragfläche mehr. Aber vielleicht war sie doch noch da und steckte nur im Schnee. Ich weiß noch, daß ich dachte, wie soll ich hier nur rauskommen?

Ich sah mich um; links konnte ich Meile um Meile nur Eis sehen. Ich vermutete, daß es Süden sein mußte, und rechts sah ich nur kahle Felsen und Klippen – im Norden, wie ich glaubte.

Dann hörte ich, wie eine vertraute Stimme meinen Namen rief. Ich drehte mich um. Es war Bobby. Bobby? Ich hätte ihn überall erkannt. Über einen Meter achtzig groß, Moleskin-Hosen, Stiefel, die Mütze in der Hand, die Fliegerjacke mit dem Emblem unserer Firma auf der Brust. Ich trug es auch. Ich berührte es. Meine Jacke war zerrissen.

»Wieder mal übers Ziel hinausgeschossen, was?« sagte er. Es war nicht mal eine Frage. Als er auf mich zuging, nahm er die Hände nicht aus den Taschen. Typisch Bobby. »Du hättest in dem Handelsposten bleiben sollen, John. Ich habe es mit allem probiert, was mir nur einfallen konnte, um dich zum Bleiben zu bewegen. Dies hätte nicht passieren sollen. Ich habe auch alles probiert, damit du in Anchorage bleibst. Du kannst es einem wirklich schwermachen. Manche Dinge ändern sich nie, nicht wahr?«

Er betrachtete die Aussicht, und ich sah seinem Gesicht an, daß sie ihm nicht sehr gefiel.

»Du kannst nicht hier sein.«

»Wer sagt das? Ich bin die ganze Zeit bei dir gewesen.«

»Quatsch. Du bist tot.«

»Du etwa nicht?« war alles, was er sagte.

Ich sah an mir hinunter. Mir fiel wieder ein, daß ich so etwas wie Schmerz gespürt hatte, als hätte etwas an mir gezerrt – an dem linken Bein, dem linken Arm. Meine Brust fühlte sich an, als käme sie mir zu den Ohren raus. Doch in diesem Moment fühlte ich mich so wie mit Sally auf dieser schlammigen kleinen Straße, als sie meine Hand gehalten hatte. Ich fühlte mich großartig. Nichts ergab einen Sinn.

»Du mußt wieder in dieses Flugzeug zurück, John.«

»Soll das ein Scherz sein?«

»Nein. Deine Zeit ist noch nicht gekommen. Du hast noch etwas zu tun. Weißt du. Ich lüge dich nicht an. Glaubst du mir immer noch nicht?«

Er drehte sich um. Über das Eis kam ein Mann auf mich zu, den ich von irgendwoher kannte, aber ich konnte ihn nicht unterbringen, jedenfalls nicht gleich. Doch als er näher kam, war da etwas an der Art, wie er ging, wie er gekleidet war ... »Dad?«

Er stellte sich neben Bobby und lächelte mich an. Er sah genauso aus, wie ich ihn seit unserer letzten Begegnung in Erinnerung hatte. Er hatte den Kopf aus dem Zugfenster gesteckt und winkte uns zum Abschied zu. Er sah genauso aus wie ich. Nein, ich sah so aus wie er. Aber er war auch tot. Was zum Teufel ging hier vor? »Deine Zeit ist noch nicht um, mein Sohn. Das ist erst in dreißig Jahren soweit. Du kannst noch nicht mit uns kommen.«

Bobby und mein Vater blickten zu der Jenny hin, und ich tat es auch. Wir sahen zu der Person hin, dem Mann, der sich dort in den Gurten verfangen hatte. Sein Kopf hing in einem komischen Winkel nach hinten. Ich konnte sein Gesicht vor lauter Blut nicht sehen. Er sah tot aus. Er sah merkwürdig aus. Dann ging mir auf, wer der arme Kerl war.

Ich war es.

Aber ich konnte nicht an zwei Orten zugleich sein. Das war nicht möglich. Ich hörte Bobbys Stimme wie von fern: »Ich werde nicht weit weg sein.«

Dann entstand ein Vakuum, das mich nach unten sog. Ich versuchte, dagegen anzukämpfen. Ich konnte nicht atmen. Ich war dabei, in Eiswasser zu ertrinken; ich kämpfte und wehrte mich dagegen. Dann fühlte ich riesige Hände, die mich aus dem Gewirr aus Holz und Metall herauswuchteten. Ich schleppte mich aufs Eis. Vom Hals an abwärts war alles taub. Etwas Warmes lief mir übers Gesicht. Blut auf dem Eis. Ich versuchte den Kopf zu heben; ich konnte mich aber nicht bewegen. Ich konnte mich überhaupt nicht bewegen. Doch ich versuchte es. Denn ich wußte, daß ich nicht erfrieren würde, wenn ich ständig in Bewegung blieb. Das war mein einziger Gedanke: Ich möchte nicht erfrieren.

Dann vernahm ich Stimmen, Geräusche, das Knirschen von Schritten auf Schnee. Ich schlug die Augen auf. Die Sonne schien so strahlend hell, daß ich nicht richtig sehen konnte, aber ich sah genug. Fellstiefel. Eine Hand langte hinunter und berührte mich, und ich hörte noch eine Stimme. Merkwürdig. Ich versuchte zu sprechen, begann aber statt dessen zu husten.

Um mich herum stand ein Kreis von Menschen. Ich wußte, was sie waren. Sie waren Eskimos. Und nichts konnte mich vor dem bewahren, was dann folgte.

Einer von ihnen drehte mich auf den Rücken. Ich versuchte zu schreien, aber ich brachte keinen Laut hervor. Sie zogen mir die Lederjacke aus. Ich konnte genug sehen, um zu wissen, warum ich im linken Arm nichts spüren konnte. Er war unterhalb des Ellbogens fast in zwei Stücke gerissen; mein Arm hing an einem seidenen Faden.

Ich sah so etwas wie ein glänzendes Beil und schrie, aber es war nicht mein Kopf, den sie nehmen wollten; es war der Arm.

Falls sonst noch etwas geschah, kann ich mich nicht daran erinnern.

Nur an das Gesicht der Frau, den Klang ihrer Stimme, die Berührung ihrer Hände. Und Wärme. Endlich spürte ich Wärme.

Lange, lange Zeit wurde ich immer wieder bewußtlos und war nur kurze Zeit wach. Ich weiß es wegen der Haare im Gesicht und auf dem Kopf. Sie sind jetzt lang, sehr lang. Aber ich habe überlebt, und allein das scheint mir ein wahres Wunder zu sein.

Man braucht lange Zeit, sich an diesen Ort zu gewöhnen.

Die Nacht, falls es sie hier gibt, scheint nur ein paar Stunden zu dauern, so daß wohl der Sommer vor der Tür steht und damit ständiges Licht. Mir ist jedoch nicht nach Sommer zumute, nur dann, wenn Kioki und ich allein und zusammen sind und die Luft in dem Schneehaus warm ist – jedenfalls so warm, daß man die Kleidung lockern kann.

Ich habe Weiß nie so recht für eine Farbe gehalten, bevor ich mich hier wiederfand. Es gibt zuviel davon und wird nur durch das blaugrüne Wasser des Meeres unterbrochen, oder man sieht gelegentlich ein Stück blauen Himmel, bis wieder ein Sturm heulend herantost.

Die Stürme hier entstehen aus dem Nichts und sehr schnell. Wenn ich kann, beobachte ich sie. Das ist mir schon seit langer Zeit zur Gewohnheit geworden. Schon als Kind hatte ich beobachtet, wie sich Stürme zusammenbrauen. Aber die Stürme hier sind nicht wie die zu Hause – diese heulenden Ungeheuer töten. So wie der, der mich hierherbrachte. Wenn ich also sehe, wie sich ein Sturm zusammenbraut, denke ich nicht an zu Hause. Ich denke entweder an den Absturz oder frage mich, wie viele Menschen da draußen im Sturm festsitzen und darin sterben.

Alberne, unbedeutende Dinge lassen mich an zu Hause denken. Manche Dinge sind jedoch nicht so sinnlos.

Heute bin ich zu einem kurzen Spaziergang draußen gewesen, da ich hoffte, etwas blauen Himmel zu sehen. Ich darf zwar nicht sehr weit laufen, aber Kioki half bei einer Geburt, und was sie nicht wußte, konnte mir nicht schaden. Ich beschloß, von dem hohen Felsen aus aufs Meer zu blicken, da der Wind heute nicht so schlimm war.

Einer der kleinen Jungen aus dem Dorf stand da unten und wartete auf die Rückkehr seines Vaters. Nur ein einsames Kind, das auf einem Felsen stand und wartete. Ich spürte in mir, daß sein Vater nicht nach Hause kommen würde; daß sein Vater bei dem gestrigen Sturm umgekommen war. Der Junge würde auf keinen Menschen hören. Ich humpelte zu ihm hinunter. Ich sagte kein Wort. Ich versetzte mich in die Vergangenheit, als meine Mutter mich auf der Vorderveranda fand, wo ich darauf wartete, daß Daddy die Straße entlang nach Hause kam. Ich verstand die Sprache vielleicht noch nicht, aber ich wußte genau, was dieser Junge fühlte.

Er tat, als wäre ich nicht da.

Also berührte ich seine Hand. Es wurde kein Wort gesprochen. Er blickte noch einmal lange bis zum Horizont, sank dann auf die Knie und fing an zu weinen. Ich legte ihm die Hand auf den Kopf, und er klammerte sich an mich.

So wie ich mich damals an dem Abend an meine Mutter geklammert hatte, als mir schließlich aufging, daß ich meinen Daddy nie wiedersehen würde. Damals hatte sie auch nichts weiter getan, sondern mir nur die Hand auf den

Kopf gelegt. Ich brauchte damals ein ganzes Jahr, bis ich die Hoffnung aufgab.

Ich weiß immer noch nicht, wie diese Menschen den Tod empfinden. Ich weiß, daß sie trauern. Sie klagen und stimmen ihren Singsang an, aber dann ist es schon recht bald vorbei. Die Lücke ist gefüllt.

Ich war dreizehn, als ich zum ersten Mal einen Mann sterben sah. Seitdem habe ich noch ein paar sterben sehen, aber der erste wird mir nie mehr aus dem Kopf gehen.

Ein Betrunkener namens Ed Maginley rutschte mit seinem Lastwagen seitlich um unsere Ecke und überschlug sich. Er riß dabei den Telefonmast um, der unseren Zaun und unsere Veranda mitnahm.

Das weckte mich aus einem angenehmen Traum.

Der Lärm des Unfalls hatte an jenem Sonntagmorgen viele Leute zu früh auf die Straße gelockt. Die meisten hatten noch ihre Nachthemden und lange Unterhosen an. Der stellvertretende Polizeichef Freddie Larsen, der auf der anderen Straßenseite drei Häuser weiter wohnte, kam herausgerannt. Er hatte nichts weiter an als ein Handtuch, das er sich um die Hüften geschlungen hatte, und war im Gesicht voller Rasierseife. Ich erinnere mich aber nicht, ihn selbst so gesehen zu haben, und wenn ich es doch tat, habe ich mir nichts weiter dabei gedacht. Ich erinnere mich überhaupt nur an wenig, weiß aber noch, daß ich mich kerzengerade im Bett aufrichtete, weil ich glaubte, Billy Taylor hätte auf unserem Dach eine Bruchlandung gemacht. Das ganze Haus erbebte. Ich rannte halbnackt hinaus, um zu sehen, was zum Teufel da passiert war. Der Telefonmast lag quer über den Zaun und unsere Veranda.

Ich lief auf die Straße, und da lag er – Ed Maginleys

Lastwagen. Er hatte sich ein paarmal überschlagen, bis er auf der Seite liegenblieb.

Ich kniete mich hin, lugte hinein, fragte Ed Maginley, ob alles in Ordnung sei. Ich fragte, bevor ich richtig hingesehen hatte. Er war aufgespießt worden. Er wandte den Kopf zu mir und öffnete den Mund, doch es kam nur Blut heraus. Dann fühlte ich die Hand an meinen Hosen und rutschte auf Knien durch den Straßenschmutz. Es war Freddie Larsen, der mir sagte, ich solle losrennen, den Arzt holen und den Sheriff. Ich konnte nichts weiter tun, als mich zu übergeben, und so brüllte er statt dessen jemand anderen an.

Ich kann mich nicht erinnern, was ich fühlte, da es mir nicht wirklich erschien. Meine Mutter kam und schleifte mich nach Hause. Sie wollte nicht, daß ich mir solche Dinge ansehe, ein Junge in meinem Alter.

Ich fiel die Treppe hinauf; meine Füße versagten mir den Dienst und wollten nicht so wie ich. Dann fand ich mich auf meinem Bett sitzend wieder und sah durch das Fenster hinunter. Ich schwitzte und zitterte. Und ich wußte, wenn Ed Maginley noch am Leben gewesen war, als er mich ansah, so mußte er inzwischen tot sein. Ich vermutete, daß er schon tot war, als sie ihn herauszogen, als viele der Nachbarn den Lastwagen hochwuchteten und wieder auf die Räder stellten.

Sie legten Ed Maginley auf die Straße; jemand deckte ihn mit einer Pferdedecke zu. Ich wußte, daß er tot war

Dann legten sie ihn auf die Ladefläche eines anderen Lastwagens und fuhren mit ihm weg; sein Lastwagen wurde von Denny Jones abgeschleppt, der den einzigen Traktor der Stadt besaß.

Damit war alles vorbei.

Ich legte mich auf mein Bett und starrte auf das Flugzeugmodell aus Balsaholz, das ich gemacht hatte. Es hing an einer Schnur an der Decke und flog, wann immer eine Brise durchs Fenster hereinwehte. Ich hatte es gelb und rot und grün angemalt und tat immer so, als würde ich eines Tages ein richtiges Flugzeug besitzen. Doch als ich an jenem Morgen mein Modell betrachtete, dachte ich: Wenn ein Lastwagen umstürzen und das mit einem Menschen anrichten kann, was passiert, wenn ein Flugzeug sich mit achtzig oder hundert Meilen pro Stunde in die Erde bohrt?

Eine Zeitlang wollte ich die Antwort nicht erfahren.

Dann sah ich, wie der Sheriff auf meine Mutter zuging und dann auf unser Haus zusteuerte. Ich saß auf meinem Bett und starrte immer noch das Flugzeugmodell an, als er ohne anzuklopfen in mein Zimmer kam.

»John«, sagte er mit seiner tiefen, barschen Stimme, die irgendwann schon jedes Kind in Abbeville erschreckt hatte.

»Sir.«

»Was ist da draußen passiert, mein Junge?«

Ich sah ihn an. Mir wurde wieder übel, da sein Hemd blutdurchtränkt war. Ich zuckte die Achseln. »Ich liege im Bett und schlafe, höre einen unheimlichen Krach und gehe raus. Die Veranda ist kaputt; der Zaun ist umgekippt. Ich sehe Mr. Maginleys Lastwagen auf der Seite liegen, renne hin und frage: ›Alles okay, Mr. Maginley?‹ Aber er konnte nicht sprechen, Sir, denn er hatte sich an dem Schalthebel aufgespießt, der aus dem Rücken wieder rauskam. Hier.« Ich zeigte es dem Sheriff. »Er lebte noch. Ich weiß, daß er noch lebte. Er hatte diesen wirklich komischen Ausdruck in den Augen, als wollte er, daß ich etwas tue, aber ich konnte nur kotzen.«

Meine Augen brannten.

»Du hast nicht gesehen, wie der Unfall passierte?«

»Nein, Sir. Hab ihn nur gehört.«

»Du warst als erster da?«

»Ja, Sir.«

»Sonst hast du niemanden gesehen? Keine anderen Fahrzeuge?«

»Nein, Sir. Für Billy Taylor ist es noch zu früh. Er kommt erst später, Sir.«

Er schwieg eine Zeitlang und beobachtete mich. »Mit dir alles in Ordnung, John?« fragte er.

Weil er Ed Maginleys Blut überall an seiner Kleidung hatte, sah ich starr auf meine Füße. Wenn der Sheriff wieder okay sein konnte, nach dem, was er soeben getan hatte – Ed Maginley von diesem Schalthebel loszubekommen –, konnte ich es auch. »Ich nehme an, es ist alles mit mir in Ordnung, Sir«, log ich.

»Bist du dir da sicher, mein Junge?«

»Ja, Sir«, log ich erneut. Diese verdammte Stimme. Sie war entweder zu hoch oder zu tief, oder ich brachte gar nichts heraus. Im Moment konnte ich nur leise krächzen. Wie bei diesen Ratten, die ich aus dem Hühnerfutter verjagte, die immer quiekten, wenn ich ihnen mit dem Besenstiel eins überzog.

Der Sheriff packte mich am Kinn und hätte mir fast das Genick gebrochen, als er mir das Gesicht hochhob, damit ich ihm in die Augen sah. Aber ich versuchte, die Tränen zurückzuhalten.

Ich hatte Leute sagen hören, man könne den Sheriff nicht anlügen, und dies war das erste Mal, daß er überhaupt mit mir gesprochen hatte. Ich wußte nicht, woher er meinen Namen kannte. Und ich fragte mich, was ihn dazu brachte, mir das Haar zu zerzausen und mir eine Hand auf die Schulter zu legen, bevor er ging. Ich fragte mich, was ihn dazu brachte, erst das Flugzeugmodell und dann mich anzusehen, zu lächeln und leise die Tür zu schließen. Ich konnte ihn draußen mit meiner Mutter sprechen hören.

Ich ging an jenem Tag wie immer zu Billy Taylor, um zu arbeiten, aber er wurde wütend auf mich, weil ich unaufmerksam war. »Was ist heute mit dir los, Johnny?«

Er war der einzige Mensch auf der Welt, der mich Johnny nennen durfte. Er fragte mich dreimal, bevor ich weinte. Ich glaubte schon, ich würde nie damit aufhören.

Billy hatte nichts von Ed Maginleys Unfall gewußt. Er war an diesem Tag auf einem anderen Weg zum Flugplatz gefahren.

Er fragte, ob ich über das sprechen wolle, was ich gesehen hätte, und ich sagte nein, es sei alles in Ordnung. Er setzte mich aber auf den Sozius seines Motorrads und fuhr mich trotzdem nach Hause. Denny Jones war gerade dabei, den Telefonmast von unserem Zaun herunterzuziehen, und Arbeiter der Telefongesellschaft richteten gerade einen neuen Pfahl auf. Den alten ließen sie auf unserem Bürgersteig liegen, brachten die Telefone der Leute in unserer Straße in Ordnung, die eins hatten, und dann fuhren alle weg.

Der Lastwagen war nicht mehr da, aber ich konnte ihn immer noch jedesmal sehen, wenn ich fest die Augen schloß.

Und ich konnte meine Mutter und Billy in der Küche hören. Ich hatte sie noch nie weinen hören, und so machte ich die Tür einen Spaltbreit auf und sah hinein. Billy hielt sie eng an sich gedrückt und sagte ihr, es werde alles gut werden, er wolle helfen, so gut er könne.

Er hob ihr Gesicht hoch, aber nicht so, wie der Sheriff es bei mir getan hatte, und mein Herz blieb kurz stehen, als er sie küßte. Ich weiß nicht, was sonst noch vielleicht passiert wäre, denn sie sah mich plötzlich in der Tür stehen, und da ließ Billy sie sehr schnell los.

Danach war er wochenlang nicht mehr zu uns ins Haus gekommen. Ich brauchte noch länger, um zu verstehen, warum.

Meine Mutter weinte zwei ganze Tage lang, und das lag auch nicht daran, daß Ed Maginley gestorben war. Wenn ich an sie denke, sehe ich eine Frau, die allein im Dunkeln sitzt und ins Leere starrt. Meg versuchte ab und zu, ihr auf den Schoß zu klettern, bekam aber nur zu hören: »Jetzt nicht. Laß mich ein Weilchen in Ruhe ...« Zwei Abende hintereinander mußte ich Meg ihre Gutenachtgeschichte vorlesen, irgendeine alberne Geschichte über eine Tänzerin. Wenn ich versuchte, ein Wort auszulassen, merkte sie es sofort. Ich fand, daß sie viel zu lange ein Baby blieb, bis mir klar wurde, daß die Schlafenszeit die einzige Zeit war, zu der sie Mom für sich hatte.

In Megs Zimmer war eine Wand voller Bilder von Ballerinen. Ihre Freundinnen sammelten sie für sie. Und während ich mein Flugzeug betrachtete, hatte sie ihre Ballettmädchen. Ich fragte mich, was Mom hatte. »In letzter Zeit weint sie dauernd«, sagte Meg an jenem Abend, und ich war überrascht, daß es ihr überhaupt aufgefallen war.

»Sie vermißt Pa.«

»Warum?«

»Er würde wissen, was zu tun ist. So, und jetzt halt den Mund. Ich versuche, dir eine Geschichte vorzulesen.«

Als Meg schließlich schlief, machte ich leise ihre Tür zu.

Dann öffnete ich die von meiner Mutter. Sie drehte sich nicht um. Sie bewegte sich nicht, senkte nur den Kopf ein wenig.

Sie saß im Schaukelstuhl meines Vaters am Fenster, aber die Vorhänge waren nicht zur Seite gezogen. Sie sah verängstigt, einsam und hübsch aus. Es wirkte irgendwie komisch. Sie hatte langes Haar, das sie immer hochgesteckt trug. An diesem Abend hatte sie es aufgelöst. Es hatte eine hellbraune Farbe, die in der Sonne immer wie Gold leuchtete. Sie hatte dunkelblaue Augen, die schwarz wurden, wenn sie wütend war, und ihre Nase war klein und spitz. Einer ihrer Vorderzähne war schief, und ihr Lächeln war es auch.

Vielleicht hatte ich meins von ihr.

Sie weinte nie laut. Sie schaffte es irgendwie, Tränen hinter einem Lächeln zu verbergen, und wenn ich fragte, was los sei, sagte sie nur: »Sei nicht albern. Alles ist in Ordnung.« Dann fühlte ich mich noch schlimmer, als wäre alles meine Schuld.

Ich liebte sie mehr als alles andere auf der Welt und haßte es, sie so zu sehen.

»Es ist spät, John Robert.«

Alle nannten mich John, nur sie nicht. Ich hatte den Vornamen meines Vaters, und ich redete mir ein, daß sie beide Namen nannte, damit niemand sie mißverstand.

Ich ging über den Fußboden eines Zimmers, das ich nur selten betrat, und stellte mich eine Weile neben meine Mutter. Ich wollte ihr Haar berühren. Ich hätte auch eine Umarmung nötig gehabt, aber in letzter Zeit umarmte sie mich nur noch selten. Sie sagte, ich bestünde nur aus Armen und Beinen und passe nicht mehr auf ihren Schoß. Statt ihr zu sagen, was ich am meisten brauchte, fragte ich: »Warum sitzt du immer im Dunkeln?«

»Das hilft mir beim Nachdenken.«

Sie legte das Kissen hin, das sie in der Hand hielt. Ich sah zum Bett hin; das Kopfkissen auf ihrer Seite war noch da. Es ist das von Pa, dachte ich. Ich hatte recht – sie vermißte ihn.

»Soll ich versuchen, den Zaun für dich zu reparieren?« fragte ich leise.

»Kann mir die Holzlatten nicht leisten, John Robert.«

»Vielleicht würde Billy Taylor ...«

»Nein! Nein, daran darfst du nicht mal denken, und wage es nicht, ihn darum zu bitten!«

Ich wich zurück. Ich haßte es, wenn sie mich so anbrüllte. Ich hatte doch nur versucht zu helfen, einen Ausweg aus dieser schrecklichen Traurigkeit zu finden, die sie seit kurzem immer ausstrahlte.

»Wir können auch ohne Wohltätigkeit zurechtkommen.«

Sie sah dünn und krank aus. Unter den Augen hatte sie große schwarze Ringe. Ihre Hände zitterten, wenn sie sich die Nase putzte. Außerdem hustete sie ständig. Ich konnte immer ihr Keuchen hören, wenn ich an ihr vorbeiging. »Bist du krank, Ma?«

»Nein, ich werde wieder auf die Beine kommen. Es ist nur eine Erkältung. Geh ins Bett, mein Sohn. Dies ist die Zeit, in der ich gern allein bin.«

Ich bewegte mich nicht. Ich erkannte, daß sie zuviel allein war. Außerdem mußte ich etwas erfahren, denn immer dann, wenn ich die Augen schloß, sah ich nur Ed Maginley, der von dem Schalthebel durchbohrt war, der ihm aus dem Rücken ragte. Ich dachte später, daß er vielleicht etwas vom Wagenboden hatte aufheben wollen, als die Hausecke zu schnell auf ihn zukam. Aber ich wollte nicht mehr über Ed Maginley erfahren. Mich beschäftigte etwas anderes.

»Mom?«

»Was ...«

»Ist mein Daddy wirklich tot?« fragte ich.
»Natürlich ist er das.«
Ich blickte auf die Füße, da ich nicht wußte, wie ich die wichtige Frage stellen sollte, obwohl ich wußte, daß ich es früher oder später tun mußte.
»Wie ist er gestorben?« fragte ich, und meine Stimme zitterte dabei.
Sie warf mir einen schnellen Blick zu. Ich wollte nicht weinen; ich hatte es nicht vorgehabt. Aber ich konnte es nicht ändern. Die Tränen quollen hervor und brannten in den Augen.
»Ist er wie Ed Maginley gestorben?«
»John Robert, bitte geh ins Bett.«
»Ich muß es wissen.«
Bis dahin hatte ich gedacht, ich sei ein Mann. Ich arbeitete hart und gab ihr das gesamte Geld, das ich verdiente. Ich befand mich im Stimmbruch. Ich hatte seltsame Träume. Ich war auf der Suche nach Mädchen, die ich ärgern konnte. Aber an jenem Abend fühlte ich mich hilflos und verwirrt. Statt mich wieder auszuschimpfen und mir zu sagen, ich solle mich meinem Alter entsprechend verhalten, ergriff mich meine Mutter, zog mich auf ihren Schaukelstuhl und drückte mich an sich.
Ich erzählte ihr, was ich gesehen hatte. Vielleicht glaubte ich, mein Vater sei auf so schreckliche Weise gestorben, weil sie nie ein Wort über ihn sagte. Sie sagte immer, es sei wichtig, daß wir wüßten, wie man leben, und nicht, wie man sterben muß. Aber wenn es so wichtig war zu leben, warum saß sie dann in der Dunkelheit und weinte?
Sie wiegte mich, wie sie es früher getan hatte, als ich sehr klein war. Sie war weich und warm und roch wie immer – nach Spanischem Flieder. Ihr Herzschlag war laut an meinem Ohr, und ihre Stimme klang sehr tief, weil sie

von innen heraus kam, als sie sagte: »Dein Vater ist nicht wie Ed Maginley gestorben. Er versuchte, in Mobile drei Jungen aus einem Fluß zu retten, der gerade Hochwasser führte. Er rettete zwei von ihnen, aber er und der dritte Junge wurden von der Strömung mitgerissen. Dein Daddy ist als Held gestorben.«

Obwohl sie ihn lieber lebendig bei sich hätte. Ich auch.

»Mobile, Alabama?« fragte ich.

»Er hat dort gearbeitet.«

»Wer hat dir von seinem Tod erzählt?«

»Die Polizei kam. Der Sheriff, Fred Larsen. Reverend Willis. Aber ich wußte es. Ich wußte ...«

»Wie?«

»Ich wußte es einfach. John Robert, dein Daddy würde nicht wollen, daß wir weinen, weil er nicht da ist.«

»Aber du tust doch nichts anderes.«

»Er fehlt mir, mein Kleiner.«

»Mir auch, Mom.«

»Das weiß ich.«

»Er war ein guter Vater.«

»Und vergiß mir das nie.« Sie strich mir mit der Hand übers Gesicht und sah mir in die Augen. »Wenn ich dich ansehe, sehe ich ihn.«

»Bist du sicher, Mom?«

»Natürlich bin ich sicher. Du bist das Abbild deines Vaters.«

»Nein, ich meine wegen ...«

»Er ist nicht wie Ed Maginley gestorben.«

Ich schwieg eine Zeitlang. »Ich habe noch nie so viel Blut gesehen.«

»Ich weiß.«

Ich schwieg. Sie hatte mir nicht wieder gesagt, ich solle ins Bett gehen. »Er sah mich an.«

»Wer?«

»Ed Maginley. Er konnte nicht sprechen. Er versuchte es aber.«

»Was hat dir der Sheriff gesagt? Was sollst du tun?«

»Nichts. Er wollte nur wissen, ob mit mir alles in Ordnung ist.«

»Was hast du gesagt?«

»Ich hab ihm gesagt, daß es das ist. Und das stimmt auch ... Einigermaßen. Ich sehe nur immer dieses Gesicht vor mir, das ist alles. Als wollte er, daß ich ihm helfe.«

Darauf sagte sie nur: »Ich glaube nicht, daß wir beide heute nacht viel Schlaf bekommen.«

Als ich am nächsten Tag aufwachte, hielt sie mich noch immer in den Armen.

Warum sind es immer die schlechten Dinge, die zurückkommen, um uns heimzusuchen? Es ist nie das Gute. Die guten Dinge kommen und gehen, lassen einen lächeln und dann mit einem Schmerz zurück, weil sie alle nicht mehr da sind.

Ich wünschte, es gäbe hier jemanden, mit dem ich sprechen kann. Es wäre gar nicht schlecht, wenn jemand einfach nur *versuchen* könnte, mich zu verstehen. Es gibt soviel, was ich diesen Menschen beibringen könnte, wenn sie mir nur eine Chance dazu gäben.

Vor einiger Zeit hatte ich geglaubt, einen Meilenstein erreicht zu haben, als ich Kioki beibrachte, wie man *Käsekästchen* spielt. Ich ließ sie zunächst lange Zeit gewinnen. Schon bald brauchte sie keine Hilfe mehr, um zu gewinnen. Das braucht sie noch immer nicht. Inzwischen spielen sie alle dieses Spiel, vor allem, wenn das Wetter nichts weiter erlaubt, als zu schlafen.

Manchmal wache ich in der Hoffnung auf, meine Gebete um ein Kartenspiel würden erhört werden.

Sie sieht mir beim Schreiben zu und lauscht meinen Selbstgesprächen. Weil ich beim Schreiben spreche. Das habe ich früher nie getan; vielleicht habe ich Angst, das einzige zu verlieren, was ich noch habe – meine Sprache. Ich möchte ihr gern die Dinge beibringen, die ich weiß, und ihr von den Orten erzählen, an denen ich gewesen bin, damit sie erfährt, daß es noch mehr gibt als diese kalte Hölle. Ich frage mich allerdings, ob es sie überhaupt interessieren würde. Sie hat doch Augen im Kopf und muß erkennen, daß ich anders bin. Teufel, schließlich bin ich aus einem Schneesturm in so einem hochfliegenden Vogel vom Himmel gekommen, oder etwa nicht?

4. Kapitel

Vor ein paar Tagen gab es einen kurzen Wetterumschwung – einen ganzen Tag lang Sonnenschein. Der Wind flaute zu sanften zehn Knoten ab, und ich konnte hinausgehen, den Parka etwas lockern, mir ein paar Sonnenstrahlen ins Gesicht scheinen lassen und von dem neun Meter hohen Felsen aufs Meer hinaussehen. Diesmal war kein kleiner Junge da, nur das schmelzende und zerbröselnde Eis im offenen Meer. Ich vermutete, daß es entweder der Aleutengraben oder die Beringsee war. Es fällt mir äußerst schwer, mich hier auch nur im mindesten zu orientieren, ob nun bei schönem oder schlechtem Wetter. Wenn ich nach dem Gefühl gehe, bin ich sicher, daß das Dorf nach Süden hin liegt. Anhand der Sterne kann ich es nicht sagen, weil der Nachthimmel nur selten sichtbar ist. Meist herrscht so dichter Nebel, daß man nicht einmal die eigenen Stiefel sieht, oder es zeigen sich Sturmwolken, der Alptraum jedes Piloten oder Seemanns.

Doch heute gab es Sonnenschein und wärmeres Wetter; das Packeis schmolz, und der gute Fang der letzten Tage – Seehund, Walroß, ein paar Seemöwen, die zur richtigen Zeit durch den falschen Luftraum geflogen waren, sowie Körbe voller Fische – sicherte zwei Dinge: Das gesamte Dorf hatte für lange Zeit genug zu essen, und außerdem würde es zu Ehren des kommenden Sommers ein Fest geben.

Ich hatte noch nie mit Eskimos gefeiert und erfuhr erst später, daß mit einem solchen Fest der Umzug auf die Sommerseite der Insel angekündigt wird. Die Feier war wie jede Party, die ich je besucht hatte – Essen, Scherze, Musik, Tanz. Wir zogen alle von einem Haus zum nächsten, dann zum übernächsten, und so weiter ... Asuluk, der zu mir Distanz hielt, seit ich ihm einen rechten Haken verpaßt hatte, hielt mit seinen Geschichten die Aufmerksamkeit aller gefangen. Ich verstehe aber noch nicht, was die Leute sagen. Ein Wort oder zwei, ja.

Ich werde nicht wie der Außenseiter behandelt, als der ich mich fühle. Entweder ich mache mit bei dem, was sie für Spaß halten, oder nicht. Wenn ich da bin, werde ich akzeptiert; wenn ich nicht da bin, vermißt man mich nicht. Ich werde immer noch schnell müde, so daß ich nach Hause ging, um ein Nickerchen zu machen. Ich beschloß, wieder bei dem Fest mitzumachen, falls ich rechtzeitig aufwachte.

Kioki weckte mich mit ihrem Packen. Sie packte Töpfe, Schüsseln, Messer, Schaber, Häute und Kleider ein. Sie packte auch meine Ausrüstung: die beiden Parkas, die sie für mich gemacht hatte, mein zweites Paar Stiefel, das in Seehundfell gewickelte Bündel. Erst da ging mir auf, daß wir alle umzogen. Die meisten anderen waren schon verschwunden – sie konnten schneller packen und weiterziehen als ein Pfadfindertrupp.

Ein paar Kinder erschienen am Strand, um Treibholz zu sammeln. Ich wette, keins von ihnen hat je einen Baum gesehen. Sie verwendeten das Treibholz als Baumaterial und nicht als Brennstoff. Ich wollte hinuntergehen und mir näher ansehen, was die Kinder da unten taten. Ich wußte, daß es mir leichtfallen würde, hinunterzugehen; allein den Felsen hochzuklettern war jedoch etwas völlig anderes.

Ich sah den Jungen zu lange zu. Jemand erschien und rief, sie sollten sich beeilen – zumindest hörte es sich so an, und der Ruf hatte auch genau diese Wirkung. Die Jungen zerstreuten sich, da sie nicht zurückbleiben wollten. Das wollte ich auch nicht.

Kioki war schon aufgebrochen. Ich konnte nur sehen, wie sie beim Ziehen ihres Schlittens dahinwatschelte und wie tiefe Spuren die Kufen in dem tauenden Schnee zurückließen.

Ich brauchte lange, um sie einzuholen, und den größten Teil der Strecke humpelte ich schweigend neben einer sehr alten Frau her, die ich ein paarmal gesehen hatte. Aber wir hatten zuvor noch nicht einmal ein Lächeln gewechselt. Ich weiß nicht, wer sie war oder zu welcher Familie sie gehörte. Die anderen nahmen von ihr nicht mehr Notiz als von mir. Ich bot ihr an, ihr durch den Schlamm zu helfen, sobald wir auf der winddurchtosten Ebene waren, aber sie ließ es nicht zu.

Kioki wurde langsamer. Von Zeit zu Zeit sah sie sich um, um zu sehen, wo ich war. Dann rief sie etwas. Auf diesen Ebenen tragen Laute fast so weit wie auf Wasserflächen.

In meinen jüngeren Jahren, als ich noch einen gesunden Arm hatte, hätte ich einen Baseball quer über die Breite der Insel werfen können oder zumindest vom Süd- bis zum Nordufer. Ich hätte die Strecke laufend zurücklegen können. Aber bei dem Marsch jetzt hatte ich das Gefühl, als wären es hundert Meilen. So ließen wir die Erdhöhlen zurück, die wir im Winter bewohnt hatten.

Und jedesmal, wenn ich innehalten mußte, um wieder zu Atem zu kommen, fragte ich mich, in was für Unterkünften sie auf der anderen Seite lebten. Ich war seit dem Absturz noch nie so weit gegangen, und das Atmen fiel mir immer schwerer. Jetzt glaube ich, daß das der Grund war, warum Kioki sich immer wieder nach mir umsah. Sie machte sich nicht wegen der alten Dame Sorgen, die neben mir her trottete. Sie machte sich meinetwegen Sorgen. Ich erinnerte mich an das, was dieser alte Goldsucher aus Anchorage mir erzählt hatte. Meine Füße waren zwar naß, aber solange sie weh taten, wußte ich, daß ich nichts zu befürchten hatte.

Dann hörte ich den dumpfen Aufprall und das Platschen von etwas, was dicht hinter mir in den Schlamm gefallen war. Die alte Dame war hingefallen. Mir schoß der Gedanke durch den Kopf, daß das nicht passiert wäre, wenn ich ihr die Hand hätte halten dürfen. Sie lag mit dem Gesicht nach unten und hustete und schnaufte. Ich rief um Hilfe, aber niemand drehte sich auch nur um. Jemand begann zu singen; es war wohl eher eine Art Singsang, der ansteckend wirkte. Ich wußte nicht, was geschah. Ich konnte die Frau nicht einfach dort liegen lassen. Ich versuchte, ihr Gesicht aus dem Schlamm zu bekommen, und bemühte mich nochmals, laut zu rufen, damit mich jemand trotz dieses verdammten Singsangs hörte. Da saß ich nun in fünfzehn Zentimeter tiefem Schlamm, drehte die alte Dame um und versuchte sie zu stützen, damit sie nicht erstickte. Zunächst wurde sie wütend, und ich wußte nicht warum. Dann ging mir auf, daß sie im Sterben lag. Offenbar legten sich die Eskimos gern so zum Sterben nieder – allein und ohne viel Aufhebens.

Ich betrachtete ihr altes, wettergegerbtes Gesicht. Ich

konnte nicht verstehen, warum ich bei ihr war und nicht ihre Söhne oder Töchter. Sie blickte zu mir hoch. Ihr ganzer Zorn war inzwischen verraucht, und sie lächelte. Sie hatte nicht mehr allzu viele Zähne. Wenn man fünfzig oder sechzig Jahre auf Mukluk herumkaut, nutzt sich jedes Gebiß ab. Sie griff nach meiner Hand, sagte etwas zu mir und hörte dann auf zu atmen. Ich hatte ein paar Stunden in Erster Hilfe genommen – das hatte ich tun müssen, um meine Fluglizenz zu bekommen. Um ein Haar hätte ich bei ihr Wiederbelebungsversuche gemacht, doch etwas hielt mich davon ab. Ich weiß nicht genau, was es war. Ich sah sie nur an und wußte aus irgendeinem Grund, daß das, was ich vorhatte, falsch war.

Diese alte Dame war der zweite Mensch, der in meinen Armen starb. So etwas vergißt man nie, *niemals*. Sie starb mit diesem Lächeln auf dem Gesicht, als wäre sie zufrieden, daß es zu Ende war. Und ich fühlte mich nicht traurig. Vielleicht lag es daran, daß ich sie nie gekannt hatte. Trotzdem hatte sie sich einen guten Tag zum Sterben ausgesucht.

Ich legte die alte Dame wieder in den Schlamm und blickte hoch. Knapp hundert Meter entfernt sah ich einen Halbkreis von Eskimos, und es herrschte eine sehr laute Stille. Als hätte jeder einzelne von ihnen um den Augenblick gewußt, in dem sie starb. Dann wandten sich alle ab und gingen weiter, alle außer Kioki.

Sie wartete auf mich. Wieder einmal.

Das gab mir reichlich Stoff zum Nachdenken. Wenn das ihren alten Menschen passierte, wenn sie nicht mehr von Nutzen waren, warum um Gottes willen gaben sie sich dann die Mühe, mich zu retten? Ich bin nicht von großem Nutzen, selbst wenn ich mein Bestes gebe; wenn es mir besser geht, werden sie von mir erwarten, daß ich mit den anderen Männern auf die Jagd gehe und zum Fischen, das weiß ich. Wenn ich richtig gehen könnte und zwei Arme und zwei gesunde Hände hätte, wäre ich jetzt mit ihnen draußen. All diese *Wenns*.

Allerdings kann ich mir selbst noch nicht wieder trauen. An manchen Tagen ist die Erinnerung an das verschwunden, was erst gestern geschehen ist. An manchen Tagen kenne ich meinen Namen nicht. An anderen weiß ich nicht einmal, wer Kioki ist. Aber ich glaube irgendwie, daß ich gesehen habe, wie all diese Menschen sich umdrehten und dann weitergingen ... nun, das werde ich niemals vergessen, nie.

Ich weiß noch, daß ich Kioki bei der Hand nahm und mit ihr ging, aber was danach geschah, kann ich nur vermuten. Als wir in dem anderen Dorf eintrafen, hatte ich die alte Dame, die da draußen tot im Schlamm lag, schon so gut wie vergessen.

Ich kann mich vage daran erinnern, die Sommerseite der Insel gesehen zu haben. Sie sah kaum anders aus als die Winterseite, wenn man davon absieht, daß es hier keinen Strand gibt. Das Meer trifft auf Felsen, und ein Blick auf das Wasser verrät mir, daß es ein ziemlich großer Schritt hinunter wäre. Wahrscheinlich ohne Ende. Sturmwolken zogen von Norden heran, und eine Weile glaubte ich da draußen im Norden oder Nordnordosten Inseln zu sehen. Was ich zu sehen glaube, ist oft nicht da, aber ich werde es schon früh genug erfahren.

Die Häuser hier sind fast genauso wie die anderen; sie werden in den Erdboden gegraben und sind etwas größer. Jedenfalls sind es ganz gewiß keine Iglus. Diese Menschen können in ein paar Stunden eine Unterkunft bauen. Die Erdwohnungen werden nur vorübergehend bewohnt und benutzt, wenn die Jagd die Eskimos für längere Zeit von zu Hause wegführt. Vielleicht leben manche weiter nördlich in Iglus; ich weiß nur, daß diese Menschen es nicht tun.

Kioki und ich leben in einem Raum zusammen, der etwa 4,2 Meter Durchmesser hat, und die Decke ist so hoch, daß ich aufrecht stehen kann. Ich bin vermutlich der hochgewachsenste Mann, den die Leute hier je gesehen haben. Das Bett ist wieder eine erhabene Plattform; der Tisch, an dem wir sitzen und essen, besteht auch aus festgestampftem trockenem Lehm in mehreren Schichten. In diesem Haus wird es durch die Lampe und die Körperwärme so warm, daß wir einige Kleidungsstücke ablegen können. Es ist jedoch nicht die Wärme, an die ich gewöhnt bin.

Da ich gerade von Wärme spreche: Kioki nennt mich nicht John. Sie nennt mich Floreeda. Vielleicht spreche ich so viel von Florida, daß sie das irrtümlich für meinen Namen hält.

Ich weiß nicht, wessen Kleider ich trage. Ich beobachte Kioki manchmal verstohlen und frage mich, ob sie verheiratet war und er auf der Jagd oder in einem Sturm gestorben ist. Der Himmel weiß, daß das Wetter hier der schlimmste Feind von allen ist. Ich kann mich fragen, soviel ich will. Ich werde wahrscheinlich nie sehr viel über diese Frau wissen. Kioki. Besser kann ich nicht ausdrükken, wie ihr Name klingt. Und dazu muß ich ihn sogar ein wenig abkürzen.

Ich verstehe nicht, warum ich hier mit ihr lebe. Eines Tages finde ich vielleicht einen Grund für all das. Eines Tages.

Manchmal lacht sie ohne ersichtlichen Grund. Dann werden diese kleinen Augen lebendig. Manchmal fühle ich mich seltsam, weil ich keinen Grund finden kann, ihre

Freude zu teilen, und wenn ich nicht mit ihr lache, verletze ich ihre Gefühle. Das möchte ich nicht, aber ein großer Schauspieler bin ich auch nie gewesen.

Ich verbringe viel Zeit mit Schlaf. Wenn ich starke Schmerzen habe, fällt es mir schwer, mich auf etwas anderes zu konzentrieren. Sie wird mir etwas von dieser bitteren, heißen Mischung geben, und nach einer Minute oder so dämmere ich hinüber.

Ich spüre immer noch den Arm, den sie mir abgenommen haben. Meine Hand juckt. Ich versuche, sie zu kratzen, aber sie ist nicht da. Ich versuche, ohne den Walknochen zu gehen, kann aber nicht verhindern, daß mein Bein schleift. Ich kann es jetzt überhaupt nicht mehr beugen. Ich versuche es, aber der Schmerz wird dann so stark, daß ich entweder ohnmächtig werde oder mich übergebe, was immer als erstes passiert. So gut wie immer habe ich das Gefühl, als würde mir der Kopf in fünf Stücke zerspringen. Und wenn es schlimm kommt, kann ich wegen des Nebels, der nichts mit dem Wetter draußen zu tun hat, überhaupt nichts sehen.

Und wenn meine Gefühle ins Trudeln geraten, bin ich ebenso außer Kontrolle wie das Flugzeug von Bobby Sullivan, der bei dieser Flugschau abgestürzt ist.

Manchmal wache ich mit einer solchen Gier auf eine Orange auf, daß ich sie riechen kann. Sie haben im Wrack aber nur eine gefunden. Und als ich es endlich geschafft hatte, sie aufzutauen, war sie innen verfault. Ich weiß, daß ich in der Jenny einen ganzen Beutel mit Orangen hatte. Dazu Konservendosen mit Bohnen, Dosenfleisch, trockene Kekse, Kleidung, Geld. Ich hatte sogar einen Revolver, einen sechsschüssigen Colt .45. Der Himmel weiß, wo die Sachen geblieben sind.

Mein Haar ist jetzt länger und wächst mir schon über

die Ohren, und einen Bart habe ich früher nie gehabt. Ich beschloß, mir einen wachsen zu lassen, nachdem mein Gesicht damals vom Eis zerschnitten worden war. Wenn ich es mir überlege, müßte ich inzwischen rund ein Jahr hier sein.

Komisch, daß ich das Gefühl habe, es wären zehn.

Ich bin im April aus Anchorage abgeflogen. Miami muß ich im Februar verlassen haben. Es steht in meinem Logbuch, aber die ersten zwanzig Seiten kann ich abschreiben. Ich weiß nicht, wo sich die Maschine befindet; sie landete vermutlich in der Schneeschmelze oder ist mit dem Packeis abgetrieben und klopft inzwischen an der sibirischen Küste an.

Meine Träume werden eigenartiger. Ich kann mich nicht erinnern, was gestern geschehen ist, aber an die Zeit vor zwanzig Jahren erinnere ich mich mühelos. Und jetzt verfolgen mich den ganzen Tag Träume. Der häufigste Traum, zugleich der, den ich am meisten hasse, sieht so aus: Ich stehe auf dem Packeis und schreie zu einer de Havilland hoch, die in fünfundzwanzig Meter Höhe über mich hinwegfliegt. Die Besatzung sieht mich nicht. Ich habe auf dem Eis mehrere Feuer gemacht. Der gelb-grünen Jenny ist nur der Treibstoff ausgegangen. Ich habe sogar einen Landestreifen freigemacht, um abheben zu können. Ich schreie um einen Tropfen Kerosin, und die de Havilland legt sich in die Kurve und verschwindet.

Niemand nimmt mich wahr.

Ich wache weinend auf, und dann ist sie da, um mich zu berühren und mich zu halten.

Die Träume werden so schlimm und so quälend, daß ich nicht mehr schlafen möchte. Aber wenn ich gegen den Schlaf ankämpfe, hat mein wachender Geist ganz eigene Träume.

Ich hätte Kioki fast umgebracht, weil ich glaubte, etwas gesehen zu haben. Ich war immer noch dabei, mich an dieses neue Haus zu gewöhnen und den veränderten Tagesablauf. Sie kam mit neuen Vorräten herein, hauptsächlich rohem Fisch, was uns für ein paar Tage genug Essen sicherte, und außerdem hatte sie einen Beutel voller Beeren bei sich, welche die Kinder gepflückt hatten. Sie nannten es *sue wuk*; mir kommen sie ein wenig wie Blaubeeren vor, und sie schmecken auch so.

Sie hatte etwas Neues am Hals. Ich konnte zunächst nicht sehen, was es war, jedenfalls nicht deutlich. Und vor der Tür stand ein Schlitten, den ich noch nie gesehen hatte, aber etwas daran war mir vertraut.

Ich sah genauer hin.

Der Propeller der Jenny war in zwei Stücke zerhackt worden. Aus dem Propeller waren Schlittenkufen geworden.

Ich habe nie zuvor einen solchen Zorn gespürt und möchte ihn auch nie wieder spüren.

Vielleicht hatte ich diese verrückte Vorstellung oder Hoffnung, irgendwann, wenn ich wieder mehr als fünfzig Meter auf einmal gehen konnte, das Flugzeug, wo immer es sich befand, irgendwie auf die Insel bringen zu können, um es irgendwie wieder flugtüchtig zu machen und von hier wegzufliegen.

Ich schrie Kioki an. Sie sah mich daraufhin nur mit einem leeren Blick an. Hinter diesen kleinen Knopfaugen war niemand zu Hause. Ich haßte es, wenn sie diesen leeren, starrenden Blick hatte. Dann zwinkerte sie und begann, die Vorräte auszupacken. Sie ignorierte mich. Das war schlimmer.

Wut hatte ich schon erlebt, aber niemals Haß, und ich war noch nie gewalttätig geworden. Doch jetzt war kein

Raum für ein Warum, und es konnte auch keine Rede davon sein, bis zehn zu zählen. Ich sah buchstäblich rot.

Ich hatte noch nie eine Frau geschlagen, aber diesmal konnte ich nicht aufhören. Schlimmer noch, ich wollte es auch gar nicht. Und während ich mich immer mehr in meinen Zorn hineinsteigerte, sah ich überall Stücke meines Flugzeugs, Stücke von der Tragflächenleinwand, die jetzt zu Flicken auf Kiokis Mantel geworden waren. Ich sah Vorhänge aus Tragflächenleinwand vor nicht existenten Fenstern. Der schlimmste Anblick aber war, glaube ich, der Öldruckmesser, der an geflochtenem Draht an ihrem Hals hing. Ich wollte ihn wiederhaben, aber das verdammte Ding wollte sich nicht lösen.

Ich weiß noch, daß ich sie mit Fußtritten traktierte, als sie zu Boden sank. Ich hörte ihre Schreie nicht – meine waren zu laut.

Sie schrie, weil ich dabei war, sie umzubringen.

In diesem Augenblick müssen die Männer gekommen sein. Es waren etwa drei von ihnen nötig, mich von ihr loszureißen und niederzuhalten. Sie tauchten aus dem Nichts auf wie diese arktischen Stürme. Die Männer waren klein, dicklich, und jeder von ihnen schien jünger zu sein als ich und dazu doppelt so stark. Und derjenige, der mich geschlagen hatte, hatte nur ein gesundes Auge.

Es war dieser Schlag, der dem Alptraum ein Ende machte. Ich lag im Regen auf der Erde und fragte mich, was zum Teufel passiert war.

Von Kioki habe ich nur noch in Erinnerung, daß ihr Gesicht angeschwollen und voller Kratzer war, daß ihre Nase blutete, ihre Augen schwarz waren und daß man an ihrer Kehle die roten Abdrücke meiner Hände sah, als Asuluk sie hinaustrug.

Dann schleiften sie mich weg. Auf der Stelle.

Ich nehme an, Gottes Strafe besteht darin, daß ich mich ganz genau an alles erinnere.

Sie schleppten mich in ein kleines Verlies von der Größe einer Hundehütte – dunkel, eng, stinkend. Der Mann, der etwa so alt war wie ich, der mit dem einen Auge, versetzte mir mit seinem Stiefel noch einen Tritt, bevor er ging.

Ich blieb sehr lange allein in der Dunkelheit liegen, bevor Asuluk hereinkam. Sie hatten mich ziemlich verprügelt; ich konnte nichts weiter tun, als dazuliegen und mir den Tod zu wünschen, damit alles vorbei war.

Der Medizinmann setzte sich und starrte mich eine Zeitlang an.

In den Händen hielt er eine Sammlung von Steinen. Er begann mit seinem Singsang, warf die Steine in die Luft, beobachtete, wie sie fielen, und verstummte. Er streckte die Hand aus und berührte mein Gesicht. Ich zuckte zusammen, er aber auch. Er sagte etwas, was sich anhörte wie: »Lieg still. Ich tu dir nicht weh.«

Er drehte meinen Kopf und berührte genau die Stelle, wo der Schmerz mich fast wahnsinnig werden ließ. Dann stimmte er wieder seinen Singsang an.

Ich beruhigte mich beim Klang seiner Stimme, diesem leisen, fernen Summen. Er wühlte in seinen Kleidern, fand ein Stück eines Walroßstoßzahns mit Schnitzereien und rieb es an meinem Kopf.

»Kioki? Wo ist sie?«

Er sah mich an und sagte nichts, aber ich sah seinen Augen an, daß er jedes meiner Worte verstanden hatte. Aber wie soll man Gefühle beweisen? Ich brauchte eine Antwort. Ich mußte Bescheid wissen. Ich wußte nicht, ob ich sie umgebracht hatte oder nicht. Ich wollte nur eins, ihr Gesicht sehen, um sicher zu sein, daß sie wohlauf war.

Asuluk sagte nichts. Er stimmte wieder seinen Singsang an. Seine Stimme klang leise, summend, wurde aber stetig höher, und das bißchen Tageslicht, das ich gesehen hatte, war bald verschwunden.

Als ich aufwachte, lag ich immer noch in der Hundehütte und war immer noch allein. Vielleicht war dies die Eskimo-Entsprechung der Gefängnisse des weißen Mannes.

An der niedrigen Decke hingen Stoffstreifen, die grob aus Wolle gewebt waren; vielleicht war es auch Fell oder Gras.

Ich sah eine Flamme, die aus einer Blechdose loderte. Ich war nackt und nur mit einem Bärenfell zugedeckt. Es war das gleiche Fell, das ich Asuluk hatte tragen sehen. Auf meiner Brust lag ein Kreis aus Steinen, die dort mit irgendeinem klebrigen dunklen Zeug befestigt waren. Doch inzwischen war alles Böse eines natürlichen Todes gestorben. Ich war wieder ich selbst, jedenfalls bis mich etwas anderes in einen Dämon verwandelte. Wenn ich nur wüßte, wann es wieder soweit ist. Dann könnte ich mich von diesen Menschen entfernen. Ich habe in meinem ganzen Leben niemandem weh tun wollen. Ihr am allerwenigsten.

Ich rief, doch niemand kam. Halb erwartete ich auch nicht, daß jemand erschien. Ich richtete mich auf. Ich hatte am ganzen Körper Kratzer und kleine Wunden; meine Oberlippe war zu doppelter Größe angeschwollen und aufgeplatzt. Ich betrachtete eine Zeitlang die Blechdose und beobachtete die Flamme, die von dem Fett gespeist wurde. Die Dose war durch jahrelangen Gebrauch geschwärzt. Ich bewegte mich ein wenig, um besser zu sehen, und erkannte eine Schrift, ein Wort.

Es war Russisch.

Russisch? Waren hier schon andere durchgekommen? Natürlich. Was hatte ich erwartet? Pelzhändler im letzten Jahrhundert. Die *promyschlennitski*. Wie weit vom Festland Alaskas befand ich mich denn?

In der Hundehütte war es dunkel, aber ich konnte an der Innenwand dieser Hütte erkennen, daß sie nicht nur aus Treibholz bestand. Über meinem Kopf sah ich gekreuzte Deckenbalken und maschinengeglättete Winkel. Ich streckte die Hand aus und berührte das Holz. Es sah aus und fühlte sich an wie poliertes Mahagoni.

Von einem Flugzeug?

Nein.

Einem Schiff? Schon wahrscheinlicher.

Aber gab es auf einem Fischerboot Mahagoni? Vielleicht von einem Walfänger?

Wohl kaum.

Ein Dampfer? Ein Passagierschiff? Vielleicht sogar ein Eisbrecher?

Wahrscheinlich.

War ein russisches Schiff gesunken? Hatte es im Packeis festgesessen?

Ob ich es wohl je erfahren würde?

Ich versuchte aufzustehen. Es war fast unmöglich. Ich war von den gleichen Steinen eingekreist, die der Medizinmann mir auf die Brust gelegt hatte. Ich hüllte mich in das Bärenfell, so gut es ging, und mußte blinzeln, als ich ins Licht hinaustrat. Es regnete wieder. Meine nackten Füße waren taub. Ich stand halb bis zu den Schienbeinen im Schlamm, und das Haar wehte mir ins Gesicht. Wenn es mir nicht bald gelang, es zu schneiden, würde mir jemand diese verdammten Strähnen zu einem Zopf flechten müssen. Mein Bart juckte. Ich konnte nicht richtig sehen. Fühlte mich benommen.

Ich rief wieder etwas. Keine Reaktion. Es gab sechzehn Häuser wie unseres. Häute und Stoff bedeckten die Eingänge. Das gesamte Dorf war menschenleer. Ich sah keine Hunde, keine Schlitten, keine Kinder. Niemanden, keinen Menschen. Sie waren verschwunden. Es war eins der schlimmsten Gefühle, die ich bisher hatte ertragen müssen – die plötzliche Erkenntnis, sehr allein und hilflos zu sein.

Ich geriet in Panik. Das letzte Mal war ich beim Tod Bobbys in Panik geraten, doch das war eine stille, innere Panik geworden, die zu einem Schrei der Verleugnung geworden war, als die Maschine auf der Erde aufschlug. Es war keine Panik wie diese. Ich rief erneut – ich weinte. Ich schrie und weinte so sehr, daß meine Stimme heiser wurde. Und immer noch kam niemand.

Mein Verstand sagte mir, daß ich wieder zum Feuer hineingehen mußte, ins Trockene, daß niemand mich im Stich gelassen hatte. Vielleicht hatten sie einen Wal getötet.

Natürlich. Das war es. Es mußte so sein. Wenn ein Wal getötet wurde, ging das ganze Dorf hin. Ja, es war ein Wal. Mußte es sein. Sie hatten mich aufgenommen, hatten mir geholfen, mich ernährt, mich mit ihrem Singsang vom Tod ins Leben zurückgeholt, hatten mit mir zu kommunizieren versucht, mir vorgesungen und lange Geschichten erzählt, von denen ich nichts verstand, aber über die ich lachte, wenn es alle anderen taten, und folglich würden sie mich jetzt nicht im Stich lassen. Sie würden mich nicht im Stich lassen. Teufel, sie wußten, wer ich war, was ich war. Nur weil ich ab und zu ein bißchen verrückt wurde ... das wurden sie mir doch nicht antun, bei Gott doch nicht? Ich kannte sie.

Und ich kannte Kioki. Sie würde nicht zulassen, daß sie mich verlassen, nicht jetzt.

Also ging ich wieder hinein und setzte mich in den Kreis aus Steinen und legte diejenigen, die ich beim Verlassen der Höhle zur Seite getreten hatte, wieder an ihren Platz zurück. Ich zog das Bärenfell enger um mich.

Und dachte nach.

Wenigstens dieses eine Mal dachte ich klar. Zumindest versuchte ich es, weil ich mich hier drinnen fast sicher fühlte.

Vielleicht lag es an dem Kreis aus Steinen. Es ist schwer zu sagen; ich bin nie sehr abergläubisch gewesen.

Ich betrachtete die Dose, und allmählich kehrte die Wärme zurück. Es war jedoch nicht die Wärme, die ich wollte. Was ich mir am meisten wünschte, würde ich nie wieder haben, das wußte ich. Ich wollte, daß jemand, den ich kannte, zur Tür hereinspazierte und mir sagte, ich hätte nur einen bösen Traum gehabt. Ich wollte, daß es meine Mutter war. Ich wollte wieder ein Kind sein. Ich dachte an meine Familie. Teufel, wenn Rosanna in genau diesem Augenblick hereingekommen wäre, wäre ich mit ihr weggelaufen. Warum dachte ich nur selten an sie? Warum wollte ich ein Mädchen, das ich nur aus einer Nacht kannte, und nicht das Mädchen, das ich heiraten sollte?

Was würde Rosanna sagen, wenn sie mich jetzt sehen könnte? Acht Wörter ganz bestimmt: Du liebe Güte, sieh dich doch nur an.

Dann würde sie mir vermutlich etwas zeigen wollen, was ihr Daddy ihr gekauft hatte. Daddys kleiner Engel. Doch Daddy kannte sie nicht so gut. Er starb, bevor er die Chance dazu erhielt.

Ihr Vater, der Oberst. Der kleine Mann mit der Sammlung von Schwertern und Handfeuerwaffen, der kleine Mann mit dem stahlgrauen Haar und dem Herzen, das so warm war wie ein Winter in Alaska.

Er war im Ersten Weltkrieg verwundet worden und hatte bei der Rückkehr zu Hause einen anderen Krieg vorgefunden. Ich habe nie die ganze Geschichte erfahren und wußte auch nicht, weshalb er für die Zeitung an der Columbia University zu schreiben begann und beim Ku Klux Klan Mitglied wurde, bevor er sich im Dezember 1924 erhängte.

Mir, dem Jungen, der seiner Tochter den Hof machte, kam er nicht vor wie ein Mann, der Selbstmord begeht; er kam mir eher wie ein Mann vor, der viele Feinde hat. Ich habe ihn jedoch nie kennengelernt; Rosanna aber auch nicht, wie ich glaube. Der Daddy, von dem sie so viel sprach, schien beim Vergleich mit dem launischen alten Scheißkerl, den ich kannte, eher das Produkt einer übererregten Phantasie zu sein. Die meisten Menschen fürchteten ihn; mit der Furcht ging Respekt einher, aber Respekt, der aus Furcht geboren ist, ist nicht wirklich Respekt. Viele Menschen waren froh, als sich dieser Sarg ins Grab senkte, und der Ehrensalut war so etwas wie ein zärtliches Lebewohl. Es ist schwer, einen Fremden zu betrauern; vielleicht ist das der Grund, weshalb Rosanna nie weinte.

Ich möchte gern wissen, ob sie jetzt um mich weint. Ich möchte auch gern wissen, ob sie überhaupt an mich denkt.

Wir waren gemeinsam zur Schule gegangen, bis sie dreizehn war und mit ihrer Familie nach London zog. Ich sah sie erst vier Jahre später wieder, als sie mit ihrem Vater nach South Carolina zurückkehrte. Ich hatte sie in dieser Zeit nicht vermißt. Ihre Mutter hatte sich entschlossen, lieber in London zu bleiben. Ich sah Rosanna im Café von Abbeville wieder. Es war an einem heißen Tag im Juli. Ich war gerade von Alabama zurück – nach einem der wenigen Alleinflüge für Billy Taylor. Mir war warm, und ich fühlte mich ausgedörrt, und Mickey Gill machte die besten Eiscreme-Sodas in vier Staaten. Sie fiel mir natürlich auf; es wäre schwierig gewesen, sie zu übersehen. Nicht viele Mädchen kleideten sich so wie sie. Ihre Perlen waren echt, ihre Fingernägel waren lang, und außerdem hatte sie nicht den schleppenden Tonfall der meisten Mädchen aus dem Süden – es sei denn, sie regte sich auf und vergaß, daß sie eine Dame war. In der Schule saß sie neben mir und brachte mir noch mehr Ärger mit der Lehrerin.

In vier Jahren kann viel passieren. Rosanna saß allein in einer Nische und las in einem Buch, als ich hineinspaziert kam. Ich unterhielt mich eine Weile mit Mickey und drehte mich um, als ich ihr Starren spürte. Ich wußte schon beim ersten Blick, wer sie war. Ich lächelte zurück und fragte mich, weshalb sie mich anlächelte. Ich dachte, sie hätte mich immer gehaßt.

»Hallo, John.«

»Rosanna.«

»Wie ich höre, fliegst du jetzt für Billy Taylor?«

»Ich dachte, du lebst in England.«

Sie legte ihr Buch weg und forderte mich auf, mich ihr gegenüber hinzusetzen. Ich brauchte ein Bett, ich brauchte Schlaf und davor eine der riesigen Mahlzeiten meiner Mutter, aber da war etwas in Rosannas Augen, was mich veranlaßte, mich hinzusetzen und mich eine Zeitlang in ihrer Stimme zu suhlen.

Wir plauderten über alte Zeiten.

Ich sah wieder, wie hübsch sie geworden war – nicht schön, aber hübsch. Ich mochte ihre Stimme; das hatte ich schon immer. Ihre Augen trübten sich bei etwas Traurigem und blitzten bei etwas Glücklichem. Die Eiscreme-

Sodas und vier Stücke Blaubeerpie kosteten mich dringend benötigten Schlaf und viel künftigen Kummer. Ich nahm sie zu einem zehnminütigen Flug über Abbeville mit, und danach beschloß Rosanna, daß ich ihr Mann fürs Leben war – ob ich es so haben wollte oder nicht.

Rosanna bekam meist, was sie wollte, aber nie, was sie brauchte.

Ich konnte nie nein zu ihr sagen; ich hatte es einmal versucht, doch da weinte sie. Ich konnte ihr nie erzählen, was ich wollte oder brauchte. Vielleicht hatte ich einfach nicht den Schneid, zu sagen, was ich auf dem Herzen hatte. Es hat mir nie gefallen, die Gefühle von Menschen zu verletzen, nicht mal die von Menschen, die ich gar nicht so sehr mag.

Ich werde etwas traurig, wenn ich daran denke, was vielleicht passiert wäre, wenn ich nicht hinter irgendeinem wilden Traum hergejagt wäre. Aber was wäre eine schlimmere Hölle gewesen? Ein Mädchen zu heiraten, das ich nie geliebt habe, oder den Rest meines Lebens damit zu verbringen, im Schnee zu sitzen und mir den Arsch abzufrieren? Die Zukunft sieht ungefähr genauso strahlend aus, wie ich es auch betrachte.

Ich würde lieber Kioki zuhören. Ich habe vergessen, wie Rosannas Stimme klang. Ich habe fast vergessen, wie sie aussah. Ich weiß noch, daß sie etwa 1,58 Meter groß war, dunkles lockiges Haar hatte und dunkelblaue Augen. Und dünn war sie. Und immer piekfein gekleidet. Sie sang viel, aber nie die Art von Liedern, die ich mochte. Mir gefielen Songs, die etwas vom wirklichen Leben erzählten, und nicht Opernarien, die ich nie verstand. Tragödien haben mir nie sehr zugesagt. Für mich mußte es immer ein Happy-End geben.

Als erstes hörte ich die Hunde. Ich mußte geschlafen haben, denn ich wachte voller Angst auf, und das Herz pochte mir bis zum Hals. Hunde, Kinder – die normalen Laute, von denen ich mir eingeredet hatte, ich würde sie nie mehr hören.

Ich ging hinaus und sah sie zurückkommen. Ja, es war ein Wal gewesen. Fünfunddreißig Menschen, alte, junge, alle, hatten sich am Erlegen des Wals beteiligt. Die Frauen schleppten, was das halbe Dutzend Schlitten nicht schaffte, und alle blieben stehen und starrten, als sie mich sahen, den nackten weißen Mann, der bis zu den Knien im Schlamm stand und vor Glück weinte.

Asuluk ging auf mich zu. Er hielt eine Harpune in der Hand. Er schleuderte sie; sie landete fünf Zentimeter neben meinem rechten Fuß. Er war zornig. Er zeigte auf die Hundehütte, und ich gehorchte schweigend. Ich war wieder allein, viel zu lange, fühlte mich aber etwas besser. Im Kopf ging es wieder normal zu; ich wußte, wer ich war.

Ich erwartete, daß Kioki hereinkam.

Doch da hatte ich zuviel erwartet.

Statt dessen schickten sie eine alte Frau zu mir. Sie sah aus wie eine von Asuluks Frauen. Sie setzte sich hin, zog eine Art Shaker hervor und begann zu wehklagen. Vielleicht war der Teufel noch nicht verschwunden. Schließlich rannte hier niemand nackt in dem tauenden Schnee herum, jedenfalls niemand, der seine fünf Sinne noch halbwegs beisammen hatte.

»Kioki?« fragte ich. »Ist sie wieder gesund?« Sie lächelte – oder jedenfalls beinahe. »Bitte, du mußt mir sagen, wie es ihr geht. Bitte.« Sie verstand kein Wort, bis ich sie bat, Asuluk zu holen. Ich weinte wieder. Ich konnte nicht aufhören.

Die alte Frau hörte mit ihrem Singsang auf. Sie legte

den Kopf auf die Seite, und ich legte mich einfach hin und drehte mich zur Seite. Es war zwecklos, vergeblich. Sie schüttelte mich an der Schulter, worauf ich die Hand hob. Verschwinde. Sie tat es. Sie ging.

Dafür kam Asuluk herein. Er stieß mich sacht mit seinem Fellstiefel an, sah meine Tränen, worauf ihm ein Ausdruck tiefen Abscheus über das Gesicht huschte. Sie wußten einfach nicht, was sie mit mir anfangen sollten. Nun, da waren sie nicht die einzigen.

Er warf mir meine Kleider zu und bellte etwas, was »Komm mit« bedeutete. Es war das gleiche Wort, mit dem sie die Hunde riefen. Die riefen sie allerdings in einem freundlicheren Tonfall. Himmel, hatte ich das gerade jetzt verdient?

Ich zog mir die Kleider an, die Kioki für mich gemacht hatte, und Asuluk sah ungeduldig zu, als ich mir die Stiefel mit einer Hand an den Schienbeinen festband. Ich folgte ihm hinaus; er verlangsamte meinetwegen nicht das Tempo. Sie tat es immer. Es kam mir vor, als würde sich außer ihr kein Mensch um mich Gedanken machen. Wenn ich ihnen völlig gleichgültig gewesen wäre, hätten sie mich aber wohl schon vor langer Zeit einfach sterben lassen.

Asuluk blieb vor seinem Haus stehen und sagte etwas, allerdings so schnell, daß ich es nicht verstehen konnte. Inzwischen begann ich hier und da mal ein Wort aufzuschnappen und zu verstehen. Jetzt bekam ich nur mit, daß er vor mir Abscheu empfand. Er schob mich hinein, blieb aber selbst draußen in der Kälte stehen.

Etwas Aromatisches wurde verbrannt; es roch beißend und vertraut. Es war der Rauch, den Asuluk über mir ausgeblasen hatte, als ich auf meinem Krankenlager lag und nicht atmen konnte.

Kioki lag auf einem breiten Bett. Ich hatte Mühe, sie wiederzuerkennen. Sie konnte kaum sehen, wandte aber schweigend den Kopf und starrte mich an. Ihre Augen sagten: Sieh dir an, was du angerichtet hast.

Ich wollte mir einreden, sie habe so etwas wie einen Unfall erlitten.

Aber ich bin nie ein guter Lügner gewesen, nicht mal mir selbst gegenüber.

Dann sagte sie etwas zu der alten Dame – etwas, was sich anhörte wie: Zeig's ihm, Mutter. Zeig ihm, was er getan hat.

Ich erstarrte. Ich konnte mich keinen Zentimeter bewegen, in keiner Richtung. Es war Zeit, mit Gott einen neuen Handel abzuschließen.

Die alte Mama zog die Felle zurück, die ihre Tochter bedeckten, und ließ mich sehen, was ich angerichtet hatte.

Ich hatte nicht gewußt, daß Kioki schwanger war. Für mich war sie immer klein und rund gewesen. Der Grund für diesen geschwollenen Bauch war unverkennbar.

Es gelang mir jedoch ums Verrecken nicht, einen Grund zu finden, der die Mißhandlung erklärte.

Ich versuchte, neben ihr niederzuknien, aber ihre alte Mutter schlug mir mit einem Kochtopf auf die Schulter. »Ich werde ihr nicht weh tun. Ich möchte nur, habe nur ...« Sie schlug mich wieder, bis Kioki die Hand hob und der alten Frau ein Zeichen gab. Und sie berührte mein Gesicht.

»Ich wollte das gar nicht. Ich wußte nicht, was ich tat. Ich weiß nicht mal warum ...«

Die alte Dame machte Anstalten, erneut zuzuschlagen, diesmal härter. Ich wünschte, sie hätte es getan. Ich berührte Kiokis Hand, wohl der einzige Teil von ihr, der nicht verletzt war, soweit ich sehen konnte. Sie strich mir über das Gesicht, sah sich meine Tränen mit distanziertem Interesse an und schlief dann wieder ein.

Die alte Dame scheuchte mich hinaus. Ich konnte nicht bleiben.

Asuluk wartete immer noch und schien glücklich zu sein, mich so bekümmert zu sehen. Er ging wieder los und gab mir ein Zeichen, zu folgen. Ich packte ihn jedoch am Arm. Es war ein Fehler, ihn zu berühren. Da ließ ich ihn schnell wieder los. Ich sagte in Eskimo, so gut ich konnte: »Ich habe nicht gewußt, daß sie deine Tochter ist.« Das war vermutlich ein Fehler. Doch die Tränen in meinen Augen sagten mehr, als es Sprache je vermocht hätte. Er musterte mich, als wäre ich eine neue Käferart, die er noch nie gesehen hatte. Dann bellte er mich an, ich solle mitkommen, und spie auf die Erde.

Ich folgte ihm, auch diesmal langsam, und benutzte dabei den Walknochen als Krückstock. Er ging mit mir zur anderen Seite der Insel, die mir vertrauter war, und zeigte über eine weite tiefblaue Wasserfläche auf einen Eisberg. Und am Rand dieses Eisbergs, im Eis festgefroren, sah ich mein Flugzeug – das, was davon übriggeblieben war. Aus seinem Mantel zog er ein uraltes Fernrohr – es schien mir ein Relikt aus dem neunzehnten Jahrhundert zu sein – und reichte es mir.

Das Flugzeug war nur noch ein Skelett, von allem entblößt, was für diese Menschen nützlich sein konnte. Das Holz hatten sie als Baumaterial verwendet, den Stahl für Waffen, den Draht für der Himmel weiß was. Ich hätte wissen müssen, daß das Flugzeug auf einer Eisscholle wieder aufgetaucht war, als Kioki mit all diesem Papier ankam, meinem Logbuch, den Bleistiften und den wenigen Kleidungsstücken, die ich mitgenommen hatte. Dinge, die mir gehört hatten, wurden mir pflichtschuldigst zurückgegeben. Sie waren keine Diebe. Ich wußte, daß etwas das Flugzeug daran hinderte, in die Tiefe zu sinken, obwohl ich es nicht mit Sicherheit sagen konnte. Es hatte sich wahrscheinlich an einem Eisvorsprung verfangen, wie ich vermutete. Jetzt war die Jenny wieder aufgetaucht, jedenfalls das, was von ihr übrig war.

Asuluk nahm sein Fernrohr in Empfang, sagte etwas und ließ mich allein. Ich starrte auf das, was von meinem Leben, meiner Liebe, meinem Flugzeug übriggeblieben war. Eine verstümmelte Erinnerung, und so weit weg.

Asuluk ließ mir Zeit zum Überlegen. Um vielleicht zu einem Menschen zu werden. Und vielleicht zu dem Schluß kam, daß es sich nicht mehr lohnte zu kämpfen. Ich war hier. Ich mußte aus dem wenigen, das mir geblieben war, das Bestmögliche machen. Und das an einem Ort, der nichts bot und noch weniger gab, an einem Ort, an dem angeblich kein Mensch lebte, und doch residierten diese Menschen hier schon seit Jahrhunderten. Und sie waren glücklich. Sie waren zufrieden. Weil sie es nicht besser wußten.

Aber ich, der ich es besser wußte ...

Ich dachte daran, wer ich war, was ich war, jedoch nicht an die Vergangenheit oder an Menschen, die ich einmal gekannt und geliebt hatte.

Ich befand mich jetzt in einer anderen Welt.

Ich blickte auf das Dorf auf der anderen Seite der Insel zurück; der Wind wehte die Laute spielender Kinder herüber. Ich blickte vom Felsen auf die Blutflecken auf dem Strand da unten – Blut des Wals, der uns in den nächsten sechs Monaten alle am Leben erhalten würde. Ich sah ein paar Seemöwen, die sich um die Überreste balgten.

Sie verlangten nichts von mir, hatten mir aber zuviel gegeben. Und wie hatte ich das vergolten?

Ich ging zu Kiokis Haus, nahm mein Bett und brachte es zu Asuluks Haus. Ich würde dort bleiben, bis es Kioki besser ging. Ich würde sie pflegen, bis sie sich erholt hatte. Ich würde für sie tun, was sie für mich getan hatte. Das stellte ich mir jedenfalls vor. So war mein Plan.

Bis Kioki mich in der Tür stehen sah und zwei Worte zu mir sagte: »Floreeda. Nein.«

Und unter großen Schmerzen wandte sie mir den Rükken zu.

Also ging ich weg. Ich weiß nicht, wohin ich ging, weiß nicht einmal mehr, wie weit ich gekommen war, als ich die Berührung auf meiner Schulter fühlte und mich umdrehte.

Es war Asuluk, der mir schweigend zu verstehen gab, ich solle zurückkommen. Ich schüttelte den Kopf. Er nickte. Etwas von seinem Abscheu war aus den Augen verschwunden, denn was ich statt dessen dort sah, war eine Art Neugier, so etwas wie Sanftheit. Vielleicht auch die Bereitschaft zu vergeben.

Vielleicht wußte der Medizinmann genau, wie mir zumute war, vielleicht wußte er genau, was zu tun war.

Er nahm mich bei der Hand und führte mich ins Dorf zurück. Und während wir gingen, sprach er. Es war wieder so eine lange, sehr lange Geschichte, aber ich will verdammt sein, wenn ich sie verstanden habe.

5. Kapitel

Jetzt ist es fünf Tage her. Ich habe allein in diesem leeren Haus gesessen, ohne zu wissen, wie es ihr geht, und zu begreifen versucht, warum ich so bin, warum ich versuche, zu schnell zuviel zu erfassen. Ich habe sie jeden Tag gesehen, aber niemand läßt mich allzu nahe an sie heran.

Ich habe zuviel Zeit zum Nachdenken, und meist denke ich an meine Ängste, an Dinge, vor denen ich mich immer gefürchtet habe, an Dinge, über die ich dem Anschein nach lache, die mich in Wahrheit aber innerlich zerreißen. Hauptsächlich habe ich über den Silvesterabend 1924 nachgedacht. Damals fühlte ich mich genau wie jetzt: innerlich tot.

Ich weiß noch, daß ich auf einer Parkbank saß und einen Garten betrachtete. Es war in Miami – in einer Nervenheilanstalt, einem Bau aus rotem Backstein mit Gittern an den Fenstern und makellosen Rasenflächen. Man hätte meinen können, das Gras wäre Halm für Halm einzeln geschnitten worden. In diesen Gärten wurden Menschen herumgeführt, ganz in der Nähe meiner Bank. Es waren Menschen, die nicht wußten, wo sie waren, wer sie waren, was sie waren. Sie existierten einfach nur – sie atmeten, aßen, schliefen, und dazwischen geschah nicht viel, wovon sie wußten. Leben konnte man das nicht nennen. Sie lebten nicht. Sie wurden vom Personal herumgeführt, von Menschen, die besseres zu tun hatten und lieber woanders waren, sobald ihre Schicht beendet war. Dann konnten die Angestellten ihre weißen Kittel ausziehen und endlich nach Hause gehen und in die reale Welt zurückkehren.

Ich konnte diese Patienten nicht ansehen und beneidete jeden, der mit ihnen arbeiten konnte, sowie die Verwandten, die es über sich brachten, die Kranken zu besuchen und zu tun, als wäre alles in Ordnung. Ich vermute, daß ich mich so unbehaglich fühlte, weil ich mich innerlich fürchtete, vor der Fremdheit des Lebens fürchtete, der fehlenden Beherrschung und dem Mangel an fast allem, was einen Menschen zum Menschen macht.

Wenn mich einer dieser Patienten ansah und lächelte, starrte ich auf meine Stiefel. Ich trug den Ledermantel mit dem Emblem von Sullivan und Shaw. Ich nehme an, ich wartete darauf, daß sich ein wenig Mut einstellte, damit ich hineingehen und Bobbys Vater von dem Unfall erzählen konnte.

Ich wollte nicht, daß die Polizei es ihm sagte. In einem Fall von Verrücktheit hatte ich gesagt, nein, nein, ich würde es ihm selbst sagen. Es sei besser so.

Ich war Bobbys altem Herrn einmal vorher begegnet und erinnere mich noch, daß Bobby mich davon abhalten wollte, dieses dunkle, schmutzige Haus am Rande von Hialeah zu betreten. Bobby wurde nur von zwei Dingen heimgesucht, deren er sich wirklich schämte, seinem Vater und seiner Herkunft. Ich kannte Bobby seit unserer Kindheit. Wenn ich heute zurückblicke, glaube ich, daß ich ihn viel besser kannte als mich selbst. Er sah Dinge in mir, für die ich blind war, und umgekehrt. Er sah und sagte Dinge, mit denen nur ein wahrer Freund durchkommen kann.

Ich nahm den Anruf bei der Arbeit entgegen. Bobs alter Herr dachte, ich wäre sein Sohn. Wenn er sich verwählt hätte, hätte er jeden für seinen Sohn gehalten. Ich ging zu Bobby hinaus; er arbeitete mit Sam, dem Mechaniker, an einer verstopften Treibstoffleitung. Als ich ihm sagte, sein alter Herr wolle ihn sehen, zuckte Bobby mit keiner Wimper.

»Hast du mich verstanden?«

»Ja ...«

»Ich hab ihm gesagt, du würdest kommen.«

»Das ist dein Problem.«

»Bob!«

»Was denn? Um Himmels willen, was denn?«

Er haßte es, bei der Arbeit gestört zu werden.

»Er braucht dich.« Eine Weile glaubte ich, er werde mir einen Schlag auf die Nase geben. »Er hört sich krank an.«

Bobby blickte zur Seite. Ich konnte nicht verstehen, warum er sich dagegen wehrte und sich so gleichgültig zeigte. Nichts war auf diesem Gesicht mit den dunklen Augen zu lesen.

»Hör mal, ich komme mit. Wie lange kann es denn schon dauern?«

Ich setzte mich auf den Sozius von Bobbys Motorrad – er hatte eine Harley, die ein Jahr jünger war als meine –, und wir fuhren nach Hialeah hinauf. Als ich glaubte, wir hätten die Stadt schon seit fünf Minuten hinter uns, fuhr Bobby immer noch weiter. Er mußte in der Kindheit auf seinem alten Fahrrad jeden Tag mehr als eine Stunde gebraucht haben, um nach Miami und wieder zurück zu fahren.

Wir fuhren an dem stinkenden Schlachthof vorbei, in

dem er anscheinend früher einmal – wirklich nur einmal – gearbeitet hatte.

Und dann waren wir da. Wir parkten vor einem ungestrichenen Holzhaus, das nur halb so groß war wie meins in Abbeville. Es hatte ein verrostetes Dach, und Gras und Unkraut waren nicht mehr gemäht worden, seit wir Menschen alle grunzend aus unseren Höhlen aufgetaucht waren. Ein alter, halb verhungerter Hund lief Bobby entgegen. Er war verkrüppelt und fast blind. Eine Kugel zwischen die Augen wäre gnädiger gewesen, aber Bobby tätschelte ihm den Kopf, sprach mit ihm und trat durch das Tor. Er schenkte diesem alten Hund mehr Aufmerksamkeit, als ich es ihn je bei einem anderen Menschen hatte tun sehen. Ausnahmen waren nur seine Flugzeuge und seine Mädchen, vor allem Bess.

Und Bess hatte mir mal gesagt, daß Bobby Sullivan keine Eltern mehr habe. So war es offenbar sicherer für ihn. Jetzt weiß ich, warum er mir einmal gedroht hatte, mich umzubringen, falls ich ihn je mit dieser einen Lüge bloßstellte.

Ich tätschelte den Hund auch und spürte den Geruch noch Stunden später an mir. »Ich möchte nicht, daß du mit reinkommst«, sagte Bobby. »Du hättest nicht mal mitzukommen brauchen.«

Darauf sagte ich, das hätte er gleich sagen können.

»Ich habe versucht, dich zu warnen«, war alles, was er darauf sagte. Der Hund und ich folgten ihm ins Haus.

»Wo bist du?« rief Bobby. Ein bißchen von der Freundlichkeit, die er dem Hund gezeigt hatte, wäre bei seinem Vater angebrachter, dachte ich. Bobby verschwand und suchte in jedem Zimmer, in dem sein Vater sein konnte. Nichts. Schließlich hörte ich »John!« Der Klang dieses Rufs gefiel mir nicht.

Bobbys Vater, dessen Alter schwer zu schätzen war, lag drei Schritte vom Klohäuschen entfernt platt auf dem Gesicht. Er hatte es in mehr als nur einer Hinsicht nicht ganz geschafft. Ich hielt ihn für tot; vielleicht hoffte ich es nur. Wenn er es war, wäre er für jemand anderen ein Problem. Na klar, ich würde ihn auch berühren – aber nur, wenn meine Hand sich am anderen Ende eines langen Stocks befand.

Bobby war mit diesen Dingen aufgewachsen, und die beste Methode, den alten Herrn aufzuwecken, bestand darin, ihn mit einem Eimer Wasser zu übergießen. Soweit ich sehen konnte, würde er dann zum ersten Mal seit Wochen, wenn nicht Monaten mit Wasser in Berührung kommen. Wenn nicht seit einem Jahr.

Ich ging ins Haus und wühlte in dem Unrat, bis ich einen Blecheimer ohne Löcher fand. Ich sah Teller, die immer wieder benutzt worden waren, um später dann vielleicht nochmals hervorgekramt zu werden. Ohne abgewaschen worden zu sein. Bobbys Vater hatte in der Küche Kaninchen ausbluten lassen, gehäutet und ausgenommen. Es wimmelte überall von Maden.

Es lagen so viele leere Schnapsflaschen herum, daß ich mir mit Fußtritten einen Weg bahnen mußte. Der Himmel allein weiß, wie oft der alte Sullivan festgenommen worden war; vielleicht hatte die Polizei es sich schon zur Gewohnheit gemacht, ihn für ein paar Tage ins Gefängnis zu stecken, um ihn zu waschen, ihm etwas zu essen zu geben und ihn ausnüchtern zu lassen, bis man ihn zu seiner Müllkippe nach Hause schicken konnte, wo er wieder von vorn anfing.

Nachdem wir ihn also notdürftig gesäubert hatten und Bobby ihn so zu Bett gebracht hatte, daß er nicht an seiner eigenen Kotze ersticken konnte, unternahmen wir einen Versuch, das Haus aufzuräumen. Ich fragte mich, wo wir anfangen sollten, als Bobby fragte: »Hast du Streichhölzer bei dir?« Ich gab darauf keine Antwort. Ich glaubte Tränen in seinen Augen zu sehen, und so stellte ich mich blind. Wir wechselten kaum ein Wort miteinander. Er wollte leise sein, falls sein alter Herr aufwachte.

Bis zu diesem Tag hatte ich nie verstanden, weshalb Bobby lieber allein in diesem gemieteten Haus in der Nähe des Flugplatzes von Miami lebte.

In den nächsten zwei Stunden räumten wir den Schweinestall auf und gaben dem alten Hund etwas zu fressen. Als der alte Herr aufwachte, wollte Bobby mich nicht mehr auch nur in die Nähe seines Vaters lassen. Ich setzte mich mit dem Hund zu Füßen auf die Vordertreppe und gab mir Mühe, den Streit nicht zu hören. Das alles ging mich nichts an, aber es tat trotzdem weh, es mitanzuhören. Für Bobby gab es nur eine Möglichkeit zu flüchten: Er mußte versprechen, am Wochenende wiederzukommen.

An jenem Tag sprach ich zwei Worte zu Casey Sullivan. Ich nickte und sagte seinen Namen. Er nickte zurück, und das war das letzte, was ich von ihm sah. Er lehnte am Zaun, versuchte zum Abschied zu winken, drehte sich um und übergab sich.

Ich war froh, wegfahren zu können, sehr froh.

Meine Mutter wäre in Ohnmacht gefallen, wenn sie all das gesehen hätte, was ich gesehen hatte. Seit wir Teenager waren, hatte ich Bobby immer wieder mit nach Hause gebracht; sie sagte immer, es sei eine Freude, ihn unter ihrem Dach zu haben. Er tat alles für sie und gab sich die größte Mühe, nur um ein Lächeln von ihr zu bekommen. Damals rannte ich immer weg, bevor sie mich berühren konnte – es gehörte sich nicht, sich von einer Mutter umarmen zu lassen –, aber Bobby würde sonst etwas tun, nur um die Berührung ihrer Hand auf seinem Kopf zu spüren. Er log uns so viel über seine Familie und sein Haus vor, daß selbst ich ihm glaubte – bis ich die Wahrheit erfuhr. Die habe ich meiner Mutter aber nie erzählt. Dazu liebte ich Bobby zu sehr, nehme ich an. Sie auch.

Ich kann mir nicht erklären, weshalb ich mich freiwillig erbot, Bobbys Vater die Nachricht zu überbringen. Bob hatte seinen alten Herrn in dieses komische Heim gesteckt. Der letzte Ausweg, nehme ich an. Ein Leben mit hochprozentigem Alkohol und gelegentlich sogar Methylalkohol, wenn nichts anderes zu haben war, hatte ihm das Gehirn weggefressen.

Soviel ich weiß, ist er immer noch am Leben. Wird einmal am Tag spazierengeführt. Er weiß aber nicht, wer er ist oder auch nur, warum er lebt.

Neujahr 1924. Da saß ich nun in einem hübschen Garten auf einer Bank und wußte, daß ich hineingehen und nach Casey Sullivan fragen mußte, um ihm zu sagen, daß sein einziger Sohn tot war

Ich nehme an, ich sah mich einer meiner Ängste gegenüber. Schon bald würde ich von hirntoten Menschen umgeben sein, hirntot durch einen Unfall oder durch eigene Schuld.

Also ging ich hinein und fragte nach Casey Sullivan.

Ob ich ein Verwandter sei?

Nein. Aber es sei wichtig.

»Er spricht mit niemandem, Mr. Shaw.«

»Mit mir wird er sprechen.«

Die Schwester rief einen der Pfleger, der mich nach oben brachte und in einen Aufenthaltsraum führte, in dem überall große, kräftige Männer in weißen Kitteln herumstanden und gelangweilt rauchten oder sich die Fingernägel säuberten. Es war ein langer, schmaler Raum, kahl bis auf einen grauen Linoleumfußboden und Gitter an den Fenstern. Außer den Pflegern nahm mich kaum jemand wirklich wahr. Man zeigte mir Casey Sullivan. Er stand am Fenster und starrte ins Leere. Ich ging zu ihm.

»Mr. Sullivan?«

Er zwinkerte; vielleicht bedeutete das, daß er mich gehört hatte.

»Mr. Sullivan, ich habe Ihnen etwas mitzuteilen.«

Er sah mich an. Er wußte nicht, wer ich war. Er sah meine Lederjacke an, erkannte etwas an dem Emblem und trat wieder ans Fenster.

Ich wußte nicht, wie ich es sagen sollte. Wahrscheinlich war es besser für uns beide, wenn ich gleich zur Sache kam. »Es ist wegen Bobby, Sir. Bobby ist gestern ums Leben gekommen.«

Etwas trübte ihm den Blick, als wäre nach einem schlechten Einakter der Vorhang gefallen. Er sagte ein Wort, das jedoch lange brauchte, ehe es ihm über die Lippen kam. »Flugzeug?«

»Ja, Sir. Bei einer Flugschau in Atlanta.«

»At ... Atlanta?«

»In Georgia, Sir.«

»Wie?« fragte er und sah mich dabei nicht an. Er hatte ein paar Worte gesprochen, wohl mehr als zu sonst jemandem in den letzten Monaten.

»Er versuchte einen doppelten Looping und dann eine Sturzflugspirale. Er verlor die Kontrolle über die Maschine, Sir. Er schaffte es nicht.«

Ich vermute, daß der alte Mann es vor sich sehen konnte. Ich wollte nichts mehr sagen. Ich hatte schon zuviel gesagt. Riesige Tränen quollen dem alten Mann in die Augen. »Ist er schnell gestorben?« fragte er.

»Ja, Sir«, log ich. »Er kann kaum etwas gemerkt haben.«

»Wann?«

»Gestern, Sir. Er wurde heute morgen in Atlanta beigesetzt.«

Der alte Mann sah mir in die Augen, und ich versuchte nochmals ohne Erfolg, meine Tränen zurückzuhalten.

»Er hat Sie mehr geliebt als mich.«

Damit sank mein Mut ins Bodenlose, und ich streckte die Hand aus, um den Arm des alten Mannes zu berühren, aber er entzog sich und sprach ein letztes Wort – »Raus!« –, bevor er an der Wand hinunterrutschte und sich weinend auf den Fußboden setzte.

Ich rannte.

Es kommt mir vor, als würde ich nie etwas anderes tun.

Ich weiß, daß mein Gehirn beim Absturz etwas abbekommen hat. Daß es dabei starb. Ich weiß, daß ich bei dem Absturz starb, und niemand kann mich vom Gegenteil überzeugen. Ich weiß, daß ich Bobby gesehen habe; ich weiß, daß ich mit ihm gesprochen habe. Ich habe sogar mit meinem Vater gesprochen, und der ist schon lange tot. Entweder ist es so passiert, oder auch ich bin verrückt geworden. Ich spüre in mir, daß es passiert ist, denn selbst jetzt, in diesem Augenblick, kann ich spüren, daß Bobby mir nahe ist.

Aber da ist eine Verrücktheit, die ich nicht kontrollieren kann. Ich gehe an und aus wie ein Lichtschalter. In jüngster Zeit passiert es nicht mehr so oft, aber wenn ich durchdrehe, habe ich keine Kontrolle mehr über mich. Ich bin nicht besser als Casey Sullivan, der sich um seinen Verstand trank.

Und wie Casey weiß ich nicht, was ich tun soll.

Seit sie nein gesagt hat.

Das einzige Wort, das sie versteht: *nein*. Wahrscheinlich das schlimmste Wort der englischen Sprache, und ausgerechnet das kennt sie.

Ich hatte es satt, mich so elend zu fühlen, und so machte ich einen Spaziergang.

Ich beobachtete aus einiger Ferne, wie sich ein Dutzend Männer bereitmachten, in einem Dutzend Kajaks aufs Meer zu fahren. Mit Speeren, Keulen, Harpunen. Von Feuerwaffen war nichts zu sehen. Sie jagten noch immer wie ihre Vorfahren, und ich hatte den Eindruck, daß sie von dem weißen Mann noch relativ unberührt waren. Asuluk war dabei, und so beschloß ich, mich etwas näher heranzuwagen. Ich hoffte, daß sie mich entdeckten und vielleicht aufforderten mitzukommen. Er sah mich, ignorierte mich aber, bis elf Boote verschwunden waren. Eins war übrig.

Ich humpelte zu dem Felsen hinunter. Als ich mit einem Lächeln guten Morgen sagte, drehte er sich um, um zu sehen, mit wem ich sprach. »Nein, ich meine dich. Ich wünsche dir einen guten Morgen, Asuluk.«

»Dir«, wiederholte er.

»Dir. Mir.« Ich zeigte auf mich. Es war die einzige Möglichkeit, mich Kioki und ein paar Kindern verständlich zu machen, also warum sollte es bei ihm anders sein?

Er schmetterte ein paar zungenbrecherische Worte und endete mit Floreeda.

»Nein, mein Name ist John. Nicht Florida. Ich bin aus Florida.«

Er musterte mich von oben bis unten, nahm seinen Bogen und zeigte auf das Kajak. Nach ein paar Augenblikken irreparabler Verwirrung schüttelte er den Kopf, seufzte und sagte: »Komm. Du komm.«

Also hatte er mir doch zugehört. Er hatte ein paar Wörter aufgeschnappt, die wir beide vollständig verstanden.

Es war die Aufforderung, nach der ich mich monatelang gesehnt hatte. Ich nickte und lächelte. »Höchste Zeit«, sagte ich.

»Z ... Zeit?«

»Macht nichts.«

Bis auf ein gelegentliches Untertauchen an einem heißen Sommertag hat mir das Wasser noch nie sonderlich gefallen. Ich zog es vor, die Mädchen am Clearwater Beach zu beobachten, die zu den Inseln vor den Florida Keys hinüberfuhren. Als ich noch ein Kind war, hatte unsere Bande eine zum Baden geeignete Bucht mit Flößen und Kanus ... Fliegen war mir lieber, als naß zu werden.

Das Wasser war ruhig, bis wir die Spitze der Insel umrundeten. Ich hielt nach den unvermeidlichen Sturmwolken Ausschau, doch da waren keine, jedenfalls jetzt noch nicht. Nachdem ich einigen Felsen ausweichen mußte, die ich bei meiner Bruchlandung nicht gesehen hatte, da dieser gesamte Meeresabschnitt mit Eis bedeckt gewesen war, sah ich zur Insel zurück. Nirgends ein Anzeichen von Leben. Nicht einmal die Dächer der Winterhäuser waren zu sehen.

»Kulowyl«, sagte Asuluk und zeigte auf den Strand.

»Kulowyl«, wiederholte ich. Ich fragte mich, ob eine Insel namens Kulowyl auf irgendeiner Karte verzeichnet war. Ich würde meine Karten durchsehen, sobald ich wieder zu Hause war. Wenn ich Glück hatte, würde ich genau erfahren, wo ich mich befand, vorausgesetzt, Eskimos und Kartenzeichner verwendeten den gleichen Namen für die Insel.

Fünf Tage zuvor war er mit mir auf die Winterseite gegangen und hatte mir die Jenny gezeigt. Es hatte ihm jedoch nicht genügt, sie mir zu zeigen. Er brachte mich hin, wobei er einen Bogen um vulkanische Felsen und Treibeis machte und ein Walroß ignorierte, das sich schlafend auf einem Felsen sonnte, der für das Tier kaum groß genug war. Da hing das Tier, ein großer Fettkloß, wohl das dämlichste Geschöpf, das ich in meinem ganzen Leben gesehen habe. Es zuckte nicht einmal, als wir vorbeipaddelten. Das Walroß hatte Glück an jenem Tag, denn unsere Vorratsschuppen waren schon voll.

Wir landeten mit einem dumpfen Aufprall an einer neunzig Zentimeter hohen Eisscholle, die etwa achtundzwanzig Meter breit und achtzehn Meter tief war. Asuluk kletterte als erster heraus, half mir, und gemeinsam zogen wir das Kajak aus dem Wasser

Es fiel mir schwer zu glauben, daß ich hier vor mehr als einem Jahr gelandet war, als das Eis noch dicker war und sich bis zu dem Brackwasserstrand der Insel erstreckte, die Asuluk Kulowyl nannte.

Da war sie, wie ich sie durch dieses antike Fernrohr gesehen hatte: Schnauze nach unten, Heck fast in zwei Teile zerrissen, linke Tragfläche verschwunden. Verrottete Leinenfetzen flatterten im Wind, und für meine Ohren schien sie zu weinen. Das Geräusch von Wind durch Metall hat mir noch nie gefallen.

Die Farbe war verblichen, der Rumpf verrostet. Sie war nur noch ein Skelett.

Sie ragte aus dem Eis hervor wie irgendein schrecklicher Alptraum eines Bildhauers.

Asuluk beobachtete mich und las ganz zweifellos meine Gedanken.

Ich kletterte in das Wrack. Der Motorblock lag jetzt auf dem Vordersitz. Was ich zunächst für Fett hielt, erwies sich als Blutflecken auf dem zertrümmerten Rücksitz, aber ich schaffte es trotzdem irgendwie, mich darauf zu setzen, und fragte mich erneut, wie zum Teufel ich es geschafft hatte, lebendig aus der Maschine herauszukommen.

Das Morsegerät schien intakt zu sein, doch die Batterie war völlig korrodiert.

Als ich so dasaß, fiel mir wieder ein, wie mir zumute gewesen war, als ich auf die Startbahn des Flugplatzes von Miami rollte. Ich dachte an all diejenigen, die mich hatten abfliegen sehen wollen, Freunde, Familienmitglieder, alle. Da war keine Furcht an jenem Tag im Februar, nur Erwartung, Vorfreude, Aufregung. Teufel, ich hatte es gar nicht abwarten können, endlich wegzukommen.

Jetzt fühlte ich mich nur einsam und verlassen.

Also verscheuchte ich meine trüben Gedanken, bevor sie übermächtig wurden, und tastete hinter meinem Sitz nach dem Werkzeugbeutel. Ich tastete blind herum, berührte verrottete Leinwand und zog sie heraus. Inzwischen war Asuluk heraufgeklettert und riskierte einen neugierigen Blick. Ich öffnete den Beutel, doch er löste sich auf. Eine Zange, Schraubenschlüssel, Schlegel, Blechschneider, ein Hammer, sogar ein zweiter Rasierapparat. Und der sechsschüssige .45er Colt. Die Kugeln rollten auf dem Boden herum. Ich sammelte alle auf, die ich erreichen konnte, stopfte sie mir in den Mantel und sah dann Asuluk an.

Es gab keinen Zweifel. Er wußte genau, was ein Revolver ist. Wir blickten uns lange an, und in seinen Augen flackerte eine Erinnerung daran auf, was ich vor kaum einer Woche seiner Tochter angetan hatte. Vielleicht war es ein Anflug von Angst oder ein Spiegelbild meiner Furcht, aber ich reichte ihm den Colt. Und er nahm ihn. Imitierte das Geräusch, das er macht. Peng.

Ich ahmte den Effekt eines Schusses nach. Volltreffer. Du hast mich erwischt.

Er hielt das für komisch, doch dann erstarb sein Lachen, und er sah mich wieder an. Ich glaube, das war der Augenblick, in dem wir Freunde wurden.

Ich traute zwar mir selbst nicht, aber ihm. Das hatte ich damit bewiesen, daß ich ihm die Waffe gab.

Ich verbrachte fast eine Stunde damit, alles aus der Maschine auszuräumen, was ich eines Tages vielleicht gebrauchen konnte: Schrauben, ein paar Bolzen – U-Bolzen –, Draht, Gummidichtungen. Das Radio – Kioki hatte vielleicht Verwendung dafür. Wir saßen kurze Zeit so da, der Medizinmann und ich, und er sah mal mich an, mal die Aussicht. Lange Zeit wurde kein Wort gesprochen, dann blickte er nach Westen.

Es war höchste Zeit. Es war schon wieder ein Sturm unterwegs. Asuluk mußte im Wind den Regen gerochen haben. Das Walroß ebenfalls, denn es war inzwischen verschwunden. Ich empfand nicht viel, als wir lospaddelten. Keine Traurigkeit, keine Einsamkeit, nicht einmal den Schmerz des Verlustes; ich fragte mich aber, wie lange die Jenny so in Eis erstarrt bleiben würde, mit der Schnauze in einem Eisvorsprung unter Wasser. Der Himmel weiß, wie tief sie sinken würde, wenn das Eis irgendwann zerbröckelte.

Wir hatten kaum den halben Rückweg zurückgelegt, als Asuluk zu paddeln aufhörte. Er griff nach seinem Bogen. Ich sah mich um, konnte aber nichts weiter sehen als den teuflischen Sturm, der sich da heranwälzte.

Es war so schnell vorbei, daß ich kaum etwas hörte oder sah. Ein Zischen, und eine Möwe fiel links von mir ins Wasser und trieb dann mit dem Bauch nach oben; der Pfeil des Medizinmannes hatte sie im Flug getroffen. Asuluk paddelte hinüber, langte ins Wasser, ergriff den Pfeil und warf mir die Möwe zu.

Wie es schien, konnte ich mich jetzt nützlich machen. Ich zog den Pfeil heraus, tauchte ihn ins Wasser, bis er sauber war, und steckte ihn wieder in Asuluks Köcher.

Asuluk führte während des restlichen Rückwegs Selbstgespräche. Vermutlich dankte er seinem Gott oder dem Vogel für dieses so passende Opfer. Er hatte das Walroß am Leben gelassen und dafür den Vogel geschossen, den ich nicht mal gesehen hatte. Vielleicht war Asuluk nach Abwechslung zumute. Ich sah mir den Vogel an, und statt ihn zu bedauern, fragte ich mich, ob er wohl wie Huhn schmeckte. Die Aussicht, daß die Möwe über einem offenen Feuer geröstet wurde, war gleich null. Wahrscheinlich würde er sie roh essen wie alles andere. Roh.

Wir wurden von einem Schwarm aufgeregter Kinder empfangen, Kindern in allen Altersstufen von zehn bis drei. Sie halfen uns dabei, den merkwürdigen Fang von heute zu entladen, die Werkzeuge, den Draht, das Radio. Um sie von den Schlegeln und Schrauben abzulenken, legte ich das Morsegerät hin, und die klickenden Laute, die es machte, unterhielten sie eine Zeitlang.

Ein kleines Mädchen hatte sich verspätet und rannte zu Asuluk hin. Sie benutzte das Wort, von dem ich jetzt weiß, daß es »Großvater« bedeutet. Man sah ihr an, daß sie einer seiner Lieblinge war. Er gab ihr den Vogel, worauf sie die tote Möwe an den Mund preßte und ins Dorf rannte. Ich habe mich noch immer nicht daran gewöhnt, wie diese Menschen so Blut trinken können.

Sieben Kinder folgten mir nach Hause. Ich glaube, Asuluk hatte jedem von ihnen befohlen, etwas für mich zu tragen. Als wir ankamen, ging keins von ihnen weg. Sie verhielten sich vollkommen still, allzu still, aber das lag wohl daran, daß sie mich noch nie aus der Nähe gesehen hatten. Ich bat sie herein und setzte mich auf den Fußboden meines Hauses, um mich herum ein Halbkreis von Kindern, die mich alle anstarrten. Wir saßen da und sahen uns lange Zeit nur an, als plötzlich das Mädchen hereingeschlittert kam. Es hatte sich wieder verspätet. Sie hatte sich eine weiße Feder ins Gesicht geklebt. Ich streckte den Arm aus, und sie zog sich nicht zurück.

»Feder«, sagte ich und hielt sie hoch. Sie versuchte das Wort zu wiederholen, schaffte es irgendwann, worauf ich ihr zuzwinkerte. Sie versuchte zurückzuzwinkern. Mir kam die Idee, den Kindern Englisch beizubringen, als das älteste, ein etwa zehnjähriger Junge, die Hand ausstreckte und meinen Bart berührte. Er berührte sein Gesicht und dann mein Haar. Er sah sich meine Augen genau an.

»Blau«, sagte ich. »Ich habe blaue Augen; du hast braune.«

»Blaue ... braune ...«, versuchten es ein paar Stimmen.

Dann kam die Attacke. Kleine Finger machten meinen Parka auf; beim Anblick der Brustbehaarung wurden kleine Augen plötzlich doppelt so groß. Das Mädchen, das ich Feder nenne, trat vor und setzte sich neben mich. Sie schmiegte sich ganz eng an mich. Sie versuchte, einen besseren Blick auf meinen Zahn zu erhaschen, den einen, den ich mit einundzwanzig Jahren hatte mit Gold überkronen lassen.

All diese Kinder so eng, so eng bei mir, so neugierig, so freundlich ...

Nun, ich glaube, wir nahmen uns nach und nach fast jeden sichtbaren Teil des menschlichen Körpers vor. Kinderstimmen wiederholten meine Worte, und ich versuchte, ihre Worte zu wiederholen.

Dann nannte mich jemand Floreeda.

»Nein. John«, sagte ich. »Mein Name ist John.«

Die Kinder nennen mich jetzt John. Für alle anderen bin ich nach wie vor Floreeda. Wenn ich wirklich Glück habe, heißt es Floreeda John.

Aber das dürfte eine Ausnahme bleiben.

Die Kinder blieben bei mir, bis Asuluk erschien und sie wegschickte. Ich fuhr mit meiner Arbeit fort und flocht Draht zu einem langen Griff für Kiokis Schlitten. So würde sie ihn mit einer Hand ziehen können und brauchte sich nicht ständig Sorgen zu machen, das Seil könnte reißen. Ich benutzte dabei die rechte Hand sowie die Zehen meines linken Fußes, und Asuluk sah mir lange Zeit zu.

Er wollte sich mit mir unterhalten, war aber wie ich allmählich all der Scharaden überdrüssig. Ich dankte ihm jedenfalls dafür, daß er mich mit dem Kajak mitgenommen hatte, und ich glaube, er verstand mich. Er nickte. Dann nahm er den Revolver aus dem Parka, und ich suchte in meinen Taschen nach den Kugeln. Ich wollte sie ihm geben. Er schüttelte den Kopf und wollte mir die Waffe zurückgeben.

»Nein, Asuluk. Nein. Sie gehört dir. Dir.«

Er wollte mir etwas dafür geben, aber ich lehnte ab. Es war an mir, meine Dankbarkeit zu zeigen. Er würde den Revolver weit besser brauchen können als ich.

»Komm«, sagte er.

»Was, jetzt?«

»Komm!« wiederholte er. Dieser Tonfall duldete keinen Widerspruch. Ich beendete meine Arbeit in aller Hast und ging mit ihm hinaus. Ich kam zu dem Schluß, daß ich genausogut gleich den neuen Griff an dem Schlitten ausprobieren konnte. Kinder tauchten wie aus dem Nichts auf und sprangen hinein, um sich ziehen zu lassen.

Wenn mir der Gedanke gekommen oder ich dazu überhaupt fähig gewesen wäre, hätte ich aus den Rädern des Flugzeugs einen Karren für sie machen können, trotz der abgefahrenen Gummireifen.

Während ich zusah, wie zwei Jungen eine ganze Bande von Kindern auf dem Schlitten im Dorf herumzogen, und darüber nachgrübelte, was ich sonst tun konnte, fiel mir auf, daß Asuluk verschwunden war. Wahrscheinlich wartete er hinter der nächsten Ecke auf mich und wurde mit jeder Minute ungeduldiger. Ich wollte gerade seinen Namen rufen, als jemand meine Schulter berührte – Kioki.

»Zeig mir«, sagte sie langsam und fast klar.

Ich konnte es kaum glauben. Sie hatte zwei Worte gesprochen, zwei Worte von allzu vielen, die ich ihr beizubringen versucht hatte.

»Dir zeigen?« fragte ich.

»Zeig mir. Mir.« Sie tippte sich an die Brust. »Mir.« Sie berührte mich. »Du, zeig mir.«

Was, hielt sie mich etwa für dumm?

Asuluk rief etwas. Seine Stimme hörte sich körperlos an. Seine Tochter antwortete. Was immer er von mir wollte, es konnte warten. Ich pfiff den Kindern, die den Schlitten zurückbrachten. Kioki sah den geflochtenen Draht und dann mich an.

Sie lächelte, nickte und wandte sich ab. Sie ging auf unser Haus zu.

Ich wußte, was passieren würde, wenn sie sah, in welchem Zustand es sich befand.

»Ich weiß, daß es schrecklich aussieht. Es tut mir leid.«

Sie grunzte mich an und begann aufzuräumen.

»Nein, ich werde das tun.«

Sie ignorierte mich. Sie war eine ebenso stolze Hausfrau wie meine Mutter. Alles hatte seinen Platz. Sie war überhaupt sehr wie meine Mutter Lily. Oder vielleicht bemühte ich mich nur, Ähnlichkeiten zu finden. Ich weiß, daß ich mir die größte Mühe gab, Entschuldigungen zu finden.

»Kioki, ich werde das machen. Es ist meine Unordnung.«

Sie ignorierte mich immer noch.

Ich berührte ihre Schulter, und da blitzte Furcht in ihren Augen auf. Ich ließ sie sofort los. Großartig, jetzt hatte sie auch noch Angst vor mir. Ich würde sie nie mehr berühren können. »Du setzt dich. Setz dich.« Ich nahm ihre Hand und ließ sie sich setzen. Ich schob mit dem Fuß meine Lederstücke und -schnipsel, den geflochtenen Draht und den Hammer, die Zange und die Metallschneider zusammen. Dann nahm ich ein kleines Stück Seehundfell, das sie als Matte benutzte, und deckte alles damit zu. Ich sah sie an, grinste und sagte: »Alles erledigt.«

Sie grunzte und kam mit der Anmut eines dreibeinigen Elefanten auf die Beine. Sie sagte, ich solle mich setzen. Dann fütterte sie mich, und ich machte mir keine Gedanken, wie der Fisch schmeckte. Was ich sonst mit großer Mühe herunterwürgte, hatte einfach nicht den gleichen Geschmack, wenn Kioki es in meine Schüssel legte. Ich beobachtete, wie sie alle meine kleinen Habseligkeiten einpackte, mit einer dünnen Schnur umwickelte und säuberlich in einer Ecke verstaute. Dann war sie zufrieden. Und dann aß sie. Es war so still. Lange Zeit waren wir wie Fremde.

Ich fragte, wie es ihr gehe. Sie sah mich an und sagte: »Gut.«

Wir waren wie Fremde, bis ich den Arm nach ihrer Hand ausstreckte, ihr in die Augen sah und ihr sagte, wie sehr ich bedauerte, was ich getan hätte.

Sie drückte mir die Hand, lächelte ein wenig und legte sich hin, um zu ruhen.

Ich betrachtete sie lange Zeit und fragte mich, wie weit die Schwangerschaft fortgeschritten und ob es wohl mein Kind war. Alberner Gedanke. Es mußte meins sein. Und als ich mich gerade bereitmachte, mich selbst auf dem Fußboden zur Ruhe zu legen, drehte sie sich um, tätschelte die Felle neben ihr und drehte sich dann wieder zur Wand um.

Wie es schien, hatte sie mir vergeben. Schwieriger war es schon, mir selbst zu vergeben. Mir war nicht klar, wie sehr ich sie vermißt hatte, bis ich neben sie krabbelte, den Arm um sie legte und sie an mich drückte. Diesmal dachte ich nicht an Sally.

Ich sagte Kioki, daß ich sie liebte, aber sie wußte wahrscheinlich noch nicht, was dieses Wort bedeutet.

Sie schlief nicht gut, ich aber auch nicht. Sie sprach viel im Schlaf und weckte sich allzuoft mit einem unterdrückten Schrei. Ich fragte mich erneut, was ich angerichtet hatte. Die äußeren Kratzer und Verletzungen waren verblaßt, aber die Narben in ihr, die Narben in ihrer Seele, wie stand es mit denen? Ich fragte mich, ob sie je verheilen würden. Ich konnte nichts weiter tun, als zu sagen: »Es ist alles in Ordnung; alles in Ordnung« und vage versprechen, es werde nie wieder passieren. Ich konnte nichts weiter tun, als sie so zu halten, wie meine Mutter mich früher gehalten hatte – eng an mich gedrückt.

Ich glaube sogar, daß ich ihr etwas vorsang, ein französisches kleines Wiegenlied, obwohl ich nicht sehr gut singen kann. Vielleicht war es mein Herzschlag, den sie hören wollte.

Ich wußte nur eins – daß sie es brauchte, gehalten zu werden.

Jetzt lag es an mir, ein wenig zu geben. Und in diesem Augenblick beschloß ich, es zu überwinden. Ich würde diesen dunklen, verzehrenden Zorn überwinden, und wenn es mich das Leben kosten sollte. Ich würde lernen, seine Gegenwart zu erkennen, bevor er sich äußerte, bevor er mich total einhüllte. Ich würde hinausgehen, weg, weit weg, denn da draußen gab es nur die Insel, die Seehunde, gelegentlich ein Walroß und im Sommer die Vögel.

Wenn ich das tat, würde ich niemandem weh tun können.

6. Kapitel

Die Zeit, wie ich sie einmal gekannt hatte, hörte auf zu sein. Diese Menschen leben nach Sonnenaufgang und Sonnenuntergang und nach den Jahreszeiten und nicht nach meinen Wochen, Tagen oder Stunden. Bis jetzt war mir nie bewußt gewesen, wie sehr die Zeit mein Leben bestimmt hatte.

Ich war immer ein Mann gewesen, der nach Stundenplan lebte. Das Leben meiner Mutter war zeitlich streng eingeteilt, und Meg und ich mußten uns dem anpassen, ob wir wollten oder nicht.

»Es ist Zeit aufzustehen.«

»Es ist Zeit, in die Schule zu gehen, und komm ja nicht zu spät nach Hause.«

»Es ist jetzt höchste Zeit, zur Arbeit zu gehen.«

Die einzige Zeit, die mir gefiel, war fünf nach vier. Mein Job bei Billy Taylor war in mancherlei Hinsicht wie der Schaukelstuhl meines Vaters – er war immer da gewesen, auch als Billy zum Davis Field umzog. Es bedeutete nur, daß ich einen etwas längeren Weg hatte, das war alles. Und wenn der Herbst kam, unternahm Billy von den Rummelplätzen aus viele Vergnügungsflüge. In jenen Tagen schien ich weiter nichts zu tun zu haben als zu laufen. Billy schien etliche Damen mit in die Luft zu nehmen, was vielen anderen Piloten damals nicht in den Kram paßte.

Ich hielt es für selbstverständlich, daß mein Job auf ewig erhalten blieb. Billy brachte mir das Fliegen bei. Er brachte mir überhaupt eine Menge bei. Er war immer da, und ich konnte mir nicht vorstellen, daß es mal eine Zeit geben würde, in der er nicht mehr da war. Eine Woche, nachdem ich meine Fluglizenz erhalten hatte, fuhr Billy Taylor nach Europa. In seiner Abwesenheit hielten Bobby und ich die Firma über Wasser.

Die meisten Leute sagten, er werde nie zurückkommen. Ich wußte es besser.

Ich hatte Alleinflüge unternommen, seit ich sechzehn war, und die Luft hatte eine besondere Magie für mich, war eine Besessenheit. Alles andere existierte nicht mehr, bis ich wieder festen Boden unter den Füßen hatte. Wenn etwas nicht stimmte, entfloh ich in den Himmel. Nichts folgte mir. In zwölfhundert Fuß Höhe konnte niemand an mir herumnörgeln. Seit ich siebzehn war, unternahm ich Frachtflüge für Taylor's Air – bediente vor allem die Strecken nach Alabama, Kentucky oder Florida. Manchmal Georgia. Meist übernahm Bobby diese Strecke, doch ich wußte erst mit achtzehn, warum er so oft ausgerechnet diese Flüge machte.

Bess war der Grund. Sie lebte in Atlanta.

Bobby flog schon ein Jahr früher als ich – er war ein Jahr älter, aber zwanzig Jahre weiser.

Viele Leute hielten uns für Brüder. Ich habe nicht die leiseste Ahnung, wie sie zu dieser Schlußfolgerung gekommen sind. Wir waren so gegensätzlich, wie zwei Menschen nur sein können.

Seit meine Schwester dreizehn war, sagte sie mir immer wieder, wenn sie sich über etwas aufregte, sie würde mich jederzeit gegen Bobby eintauschen. Aber es war kein Bruder, den sie an Bobby haben wollte. Ich nehme an, das hat er auch von Anfang an gewußt.

Meg hatte ich mein Leben lang ebenfalls für selbstverständlich gehalten – bis um zwölf Uhr mittags an meinem zwanzigsten Geburtstag, als ich schließlich in Tampa landete.

Bobby wartete auf mich. Er druckste ziemlich herum. Das bedeutete, daß ihm zwar etwas auf dem Herzen lag, er aber nicht wußte, wie die Worte herauskommen würden. Es war ein kleines Rätsel, daß er wußte, wo ich sein würde. Damals wußte ich noch nicht, wie viele Leute an der Suche nach mir beteiligt gewesen waren. Ich sollte Kisten mit Alligatorenhäuten abholen und bei Anbruch der Nacht in Orlando abliefern. Ich war schon jetzt spät dran. Da war es gar nicht gut, Bobby zu sehen. Wir waren nie weniger als drei Stunden zusammen, und für uns vergingen drei Stunden wie im Fluge.

Ich hatte nicht mal Zeit, hallo zu sagen. Ich kletterte aus der Maschine und wollte mir gerade die Beine vertreten, als ich hörte: »Du mußt nach Hause, John.«

Alles in mir erstarrte. Jeder kennt das, dieses Gefühl, wenn man Worte hört, die man schon zu lange erwartet hat. Trotzdem ist es ein Schock, sie zu hören.

Ich wußte, daß es meine Mutter war. Lily. Mein Herz machte einen Satz und wollte sich nicht wieder beruhigen.

Was sie anging, wollte ich es einfach nicht wahrhaben, und so stellte ich mich blind, taub und dumm, und am Himmel konnte mich nichts erreichen. Sie wurde mit jedem Tag dünner und war nur noch ein Strich in der Landschaft. Ich wußte, es war dieser verdammte Husten. Einer ihrer Brüder war an Tuberkulose gestorben. Die wenigen Male, die sie zum Arzt gegangen war, hatte er ihr irgendeinen zähflüssigen roten Trank gegeben; er brachte sie nur dazu, noch mehr zu husten und zu kotzen.

»Es ist meine Mutter, Himmel, nein ...«, sagte ich mit zitternder Stimme.

»Nein, Kumpel. Es ist Meg.«

Meg? Meg war tot?

»Was?« Meine Stimme war ein Krächzen.

Bobby wollte nicht mehr sagen, wußte aber, daß er es lieber tun sollte. Er wußte, wie lange es dauert, nach Hause zu fliegen. Er wußte auch, welche Sorgen ich mir schon bei der kleinsten Kleinigkeit machte. »Es ist Kinderlähmung, Kumpel.«

»Kinderlähmung? Was zum Teufel ist das?«

»Hör mal, deine Mutter will, daß du nach Hause kommst. Jetzt.«

Aber ich mußte doch diese Fracht abliefern ... Bobby las meine Gedanken. »Ich übernehme deinen Flug. Sieh zu, daß du mit dem Arsch nach Hause kommst.« Er legte mir eine Hand auf die Schulter und drehte mich zu seinem Flugzeug um. Er war hergeflogen, um mich hier zu treffen. Meine Mutter muß ihn in ihrer Verzweiflung gerufen haben.

Ich muß Bobby mehr vertraut haben, als ich dachte. Ich habe nie eine Menschenseele mein Flugzeug anrühren lassen. »Ich muß, ich muß ...« In meinem Gehirn drehte sich alles im Kreis, als ich zum Waschraum lief, Bobby immer zwei Schritte hinter mir. »Was ist das, diese Kinderlähmung? Was ist es?«

»Irgendsoein Bazillus. Manche Menschen bekommen ihn, andere nicht.«

»Aber es ist ernst, nicht wahr? Wenn es das nicht wäre ...«

»Es ist ernst.« Bobby kratzte sich den Kopf. »Manche Menschen werden dabei zu Krüppeln.«

Bei diesem Wort blieb mir das Gehirn stehen. Ein Krüppel? Meg? Nein. Unmöglich. Sie hatte immer Ballerina werden wollen. Sie war auch verdammt gut.

Meg. Etwas in mir begann zu zittern.

Eine meiner frühesten Erinnerungen ist, wie mein Vater mich auf seine Schultern hebt und mich durch eine Glasscheibe auf alle diese säuberlich aufgereihten Babys blicken läßt, während eine Krankenschwester so einen seltsamen Drahtkorb näher an die Scheibe schiebt. Mein Vater sagte mir, dies sei meine neue Schwester. Eine neue Schwester interessierte mich nicht die Bohne; ich wollte nur meine Mama wiederhaben.

Diese neue Schwester sah so häßlich aus wie ein alter Mann kurz vor dem Tod. Ihre Haut schälte sich, und sie hatte ein rotes Gesicht. Sie schrie. Sie sah aus wie ein gehäutetes Kaninchen. Ich sah meinen Vater an. Er muß sie wohl für schön gehalten haben. Was immer ich an jenem Tag in seinen Augen sah, ich weiß, daß ich es später nie wieder gesehen habe. Es flackerte einmal auf und verschwand dann für immer.

Als ich Meg das nächste Mal sah – ich nannte sie Magget, denn das war das Böseste, was mir zu Margaret einfiel* –, lag sie auf meiner Pritsche neben dem Bett meiner Mutter. Es war meine Pritsche. Das war mein Bett, nicht ihrs. Jetzt mußte ich allein draußen in dem dunklen Zimmer neben der Veranda schlafen. Als sie einzog, änderte sich alles.

Ich wollte dieses Wesen nicht berühren, nicht halten, nicht nett zu ihm sein. Es schrie nur dauernd und lutschte an seiner Hand. Mom verbrachte viel Zeit allein mit ihm in ihrem Zimmer, und wenn diese Tür geschlossen war, durfte ich nicht in die Nähe meiner Mutter kommen. Wenn mein Daddy von seinem Gin nach Hause kam, war es bes-

* »Magget« klingt wie maggot = Made (Anmerkung des Übersetzers).

ser. Ich folgte ihm auf Schritt und Tritt. Ich gab mir die größte Mühe, diese neue Schwester zu ignorieren.

Das war nicht leicht. Bevor ich mich versah, lächelte sie mich ständig an. Egal, was ich tat, wenn Mom nicht hinsah, sie lächelte mich trotzdem an. Sie war zwar dumm, aber ich fing an, sie zu mögen. Ich wollte es nicht; es passierte einfach. Als sie anfing, allein zu essen, hatte Mom mehr Zeit für mich, aber inzwischen krabbelte dieses Baby dauernd hinter mir her und folgte mir überallhin wie ein Hündchen. Manchmal roch sie schlimmer als ein Hund.

Von Zeit zu Zeit trug ich sie, vor allem wenn sie vor dem verschlossenen Gartentor stand. Sie zog sich am Zaun hoch, rüttelte daran und schrie, als wollte sie auch die Hühner füttern. Ich wollte nur noch abwarten, bis sie alt genug war, den Eimer zu halten; dann sollte sie gern alle meine Hausarbeiten übernahmen, und ich konnte zusehen.

Doch dazu kam es nie.

Meg. Auch sie war ein wenig wie Dads Schaukelstuhl. Sie war immer da. Als sie zwei war, sagte Mom: »Sieh mal, John Robert. Sie versucht zu tanzen.«

Dann hieß es: »Sie ist so eine wundervolle Tänzerin.«

Ich war in gar nichts wundervoll.

Als sie sieben war, bekam sie ein altes Ballettröckchen zum Geburtstag. Danach glänzte die Veranda immer wie poliert. Fünf Schritte hin, Drehung auf den Zehen, fünf Schritte zurück.

An dem Tag, an dem ich Reißzwecken in die Bodendielen steckte, brachte sie mich fast um. Ich hatte gar nicht gewußt, wie schnell sie rennen konnte. Sie griff mich an. Ich hätte ihr nie beibringen dürfen, wie man das macht. Und Mom sah zu, während sie mich verprügelte. Es tat nicht weh. Ich mußte so lachen, daß ich zu sterben glaubte. Je mehr ich lachte, um so härter stieß, trat und biß sie.

Meg hatte niemandem je zu irgend etwas viel zu sagen. Aber wenn sie mal anfing, benutzte sie hochtrabende Worte zu hundert Dollar das Stück und nörgelte damit an mir herum, denn sie wußte, daß mein Wortschatz nie über fünfzig Cent hinauskam – insgesamt.

Ich weiß noch, wie ich Bobby ansah, der in diesem Klohaus in Tampa neben mir stand. Er wollte, daß ich etwas sagte, irgendwas. Aber ich konnte nicht. Alles verschwamm mir vor den Augen; mir zitterten die Hände.

»So etwas kann einfach nicht passieren«, sagte ich. »Als ich sie das letzte Mal sah, war sie noch gesund.«

Bobby sah mich an – es war ein halbes Blinzeln, und er hatte eine Augenbraue gehoben. Der Scheißkerl konnte immer direkt in mich hineinsehen.

Na schön, sie hatte schon lange über Müdigkeit geklagt, doch das lag an der Schule. Sie war fast achtzehn und schlief abends über ihren Büchern ein. Wenn ich gegen Mitternacht Licht unter ihrer Tür sah, ging ich zu ihr hinein. Inzwischen hatte ich es mir zur Gewohnheit gemacht, zu sagen: »Meg. He da. Du solltest im Bett schlafen.«

Damit lotste ich sie zu ihrem Bett. Wann war das gewesen, als sie sich hinlegte und sagte, der ganze Körper tue ihr weh? Ich sagte ihr, es sei wahrscheinlich eine Erkältung, und deckte sie zu. Sie jaulte auf; ich hätte ihren Beinen weh getan.

Ich nahm keine Notiz davon.

Meine Schwester und Mary Jo Batten, ihre Tanzpartnerin und beste Freundin, hatten ihre Muskeln nur mal wieder überanstrengt.

Eine durchaus vernünftige Annahme.

Der Tanz war ihr Leben. Wenn sie nicht Tänzerin werden konnte, wollte sie Rechtsanwältin werden. Eine tanzende Anwältin, sagte sie, wobei diese grünen Augen blitzten. Sie hatte mehr Grips als ich. Himmel, jeder konnte das sehen. Ich war derjenige, der von der Schule abgehen, sich einen Job suchen und die Familie ernähren mußte. Doch das machte mir nichts aus. Die Schule hatte mir nie was gebracht. Ich lernte da eine Menge Unsinn, der für die wirkliche Welt nicht taugte. Ich bekam Daddys Aussehen mit; sie seinen Grips. Einen Verstand, von dem er nie viel Gebrauch machte; sonst hätte er nicht versucht, zwei Neger davon abzuhalten, sich unten an der Mühle gegenseitig umzubringen. Wenn er Grips gehabt hätte, wäre er jetzt Chef dieser Mühle. Statt dessen verlor er seinen Job, weil er versuchte, zwei Schwarze davon abzuhalten, sich gegenseitig umzubringen. Er bekam einen anderen Job bei der Eisenbahn in Alabama, versuchte ein Held zu sein und starb.

»Alles in Ordnung mit dir?« fragte Bobby.

»Ich kann nicht nach Hause. Ich kann ihr nicht unter die Augen treten, Bob. Ich kann es nicht.«

»Du mußt.«

Ende der Geschichte. Du mußt. Ich wußte es; er wußte es. Meine Mutter war allein; ich wußte nicht, wie sie damit fertig werden sollte. Ihre Kinder waren ihr Leben. Sie hätte sich einem Berglöwen mit bloßen Händen entgegengestellt, wenn sie geglaubt hätte, einer von uns würde von dem Tier angegriffen werden.

»Ich habe mit Doc Brown gesprochen. Er hat gesagt, es gebe drei Arten von Kinderlähmung. Vielleicht hat sie die mildere Form. Vielleicht ist es gar nicht so schlimm.«

Ich sah ihn an. Meine Familie hatte noch nie halbe Sachen gemacht. »Was hat er sonst noch gesagt?«

»Himmel, John. Wie wär's, wenn du einfach nach Hause fliegst.«

Ich muß völlig verängstigt ausgesehen haben, denn er

sagte: »Ich werde heute abend da sein, okay? Ich werde irgendwie hinkommen.«

Das Wissen, daß er da sein würde, machte es etwas leichter. Vielleicht wäre es aber auch leichter gewesen, ohne Augenbinde vor einem Erschießungskommando zu stehen.

Meg würde sich freuen, ihn zu sehen, das wußte ich. Er war ihre erste Liebe. Sie war fast dreizehn gewesen, als ich Bobby zum ersten Mal nach Hause brachte. Ich hatte mir nichts dabei gedacht; er brauchte einen Platz zum Schlafen. Seit ich mit Billy nach Florida gefahren war, hatten sein Boß und meiner ein paar geschäftliche Vereinbarungen getroffen.

Mom geriet wegen des unerwarteten Besuchers in Panik. Es war halb neun, als wir hineinspazierten. »Hast du was dagegen, wenn Bobby über Nacht bleibt?«

Meg saß im Nachthemd am Küchentisch und zerschnitt ein Ballettprogramm, das jemand ihr geschenkt hatte – im Opernhaus der Stadt zu tanzen, war alles, was sie sich je gewünscht hatte.

Sie drehte sich zu Bobby um; sie riß die Augen auf, was sie sonst nur tat, wenn sie eine Spinne an der Wand sah. Sie errötete, nahm die Farbe überreifer Erdbeeren an und tauchte unter den Tisch.

Bobby war sechzehn, sah aber wie zwanzig aus. Er war schon jetzt über einen Meter achtzig groß; er hatte kurzes dunkles Haar und ein Aussehen, an dem sich Mädchen nicht sattsehen konnten. Er setzte sich und sagte nur etwas, wenn er angesprochen wurde, was bei meiner Mutter bedeutete, daß er in einer halben Stunde mehr sagte als in der ganzen Zeit, in der ich ihn kannte.

Ich verlor kein Wort darüber, daß meine Schwester sich unter dem Tisch versteckte, und Bobby auch nicht. Sie tat immer seltsame Dinge. Er erzählte Mom von Hialeah, wo er wohne, und erwähnte, daß sein Pa seinen Lebensunterhalt damit verdiene, daß er mit Alligatoren ringe. Bobby konnte sehr gut lügen, so daß ihm jeder glaubte. Sogar ich war zunächst auf seine Geschichten hereingefallen.

Und Meg, die unter dem Tisch hockte, hatte keine Fluchtmöglichkeit. Sie piekte mich mit ihrer Schere ins Bein. Ich gab ihr einen Tritt und tat, als hätte ich einen Löffel fallen lassen. Sie reichte mir einen Zettel. Ich sah nichts weiter als Bobbys zappelnde Beine und ihre verängstigten Augen. Auf dem Zettel las ich: »Hol meinen Morgenmantel.« Ich lächelte ihr zu und blieb, wo ich war.

Als Mom dann die Pfannkuchen auf den Tisch stellte und den Sirupkrug hervorholte, der für besondere Anlässe reserviert war, sagte sie: »Meg, komm unter dem Tisch hervor. Wir haben einen Gast.«

Meg piekte mich wieder gegen das Bein. Sie schoß unter dem Tisch hervor und durchquerte den Flur wie ein geölter Blitz. Dann knallte sie ihre Zimmertür zu, und das war zunächst das letzte, was wir von ihr hörten.

Bobby verbarg sein Grinsen den ganzen Abend.

Ich zeigte ihm um Mitternacht den Weg zum Klohäuschen, und Mom stand neben mir an der Hintertür und sagte: »Was für ein netter junger Mann.«

Auch sie hatte Sterne in den Augen.

Da wünschte ich mir nicht zum ersten Mal, ich hätte auch etwas von dem, was er hatte, was immer es sein mochte.

Bobby schlief in meinem Zimmer auf dem Fußboden, auf einer alten Matratze, die unter meinem Bett lag. Zum letzten Mal hatte vor zwei Jahren Bawler Johnson darauf geschlafen, als er über Nacht blieb. Er pinkelte ins Bett. Das habe ich Bobby jedoch nicht erzählt. Ich schlief schon fast, als er sagte: »Du hast eine nette Familie.« Als hätte ich ihn angelogen. Und er meinte es sogar. Damals kannte ich seinen Vater noch nicht. Ich hielt ihn für glücklicher, weil er einen hatte.

Meg war am nächsten Morgen früh auf den Beinen, und Bobby ebenfalls. Ich wachte auf, als ich die Stimmen auf der Veranda hörte.

»John hat mir erzählt, daß du gern tanzt.«

Ah, tanzen. Jetzt gibt es für sie kein Halten mehr. Doch sie sagte nichts, und ich stellte mir vor, wie ihr Gesicht wieder die Farbe überreifer Erdbeeren annahm. »Hast du Schwestern?« fragte sie schließlich mit einer schüchternen Stimme, die ich noch nie gehört hatte.

»Nein.«

Vielleicht versuchte er nur, meine kleine Schwester kennenzulernen. Aber als sie losging, um ihm Frühstück zu machen, wußte ich, daß sie sich verliebt hatte. Mir hatte sie immer nur gesagt: »Mach es dir selbst. Ich habe zu tun.« Ich lag da und dachte, daß ich ihn ermorden würde, wenn er meine Schwester anrührte. Ich war nicht dumm. Ich hatte gesehen, mit was für Augen die Jungen Meg ansahen. Ich wußte auch, was ihnen vorschwebte. Schließlich dachte ich genauso. Aber sie war meine Schwester. Das machte einen Unterschied.

Als er mich später fragte, wie alt sie sei, gingen wir gerade über das Feld zu Taylor's Air. Dieser Firmenname hatte schon längst das Schild FLUGSCHULE ersetzt. Ich sagte ihm, er solle die Hände von ihr lassen – im Blut der Shaws hätten Kubaner nichts zu suchen.

Er lachte mich aus. Er dachte, ich machte einen Witz. Er lachte jedoch nicht, als ich sagte: »Sie ist dreizehn.« War es meine Schuld, daß sie älter aussah?

All diese Dinge schossen mir durch den Kopf, als ich

Bobbys Flugzeug nach Hause flog – nach Hause zu Davis Field, wo meine Harley auf mich wartete.

Es war fast elf, als ich im Krankenhaus ankam und sie mich einließen. Die Klinik war neu – alt, aber neu. Es war eine Schule für schwarze Mädchen gewesen, bis das County den Bau kaufte. Als ich ankam, wischte eine Krankenschwester, mit der ich zur Schule gegangen war, den Fußboden. Ich sagte ihr, gegen Mitternacht oder ein Uhr werde wahrscheinlich noch jemand kommen.

Es muß die Poliostation gewesen sein, zu der sie mich führte.

Ich mag Krankenhäuser nicht, habe sie nie gemocht. Ich kann die Krankheiten und die Schmerzen aller Patienten geradezu fühlen. Kalter Schweiß brach mir aus, und mir drehte sich der Magen um. Ich wußte nicht, wie Meg aussehen würde, oder auch nur, wo sie sich in diesem Raum voller Leid und Schmerz befand.

Dann sah ich im Halbdunkel die Silhouette meiner Mutter. Diese magere Frau, die so alt aussah, so alt und erschöpft, saß am Bett ihrer Tochter und strich ihr mal über die Hand, mal über die Stirn.

Meine Füße waren an dem gebohnerten Fußboden wie festgeklebt. Da sieht man, wie mutig ich bin. Doch sie wandte den Kopf; sie wußte immer, wann ich da war. Ich sah sie an, sah meine Schwester an. Meg schlief. Sie sah mehr als nur krank aus. Sie machte den Eindruck, als läge sie im Sterben.

Ich drehte mich um und rannte hinaus, ohne zu wissen, was ich tat. Meine Mutter, die selbst so krank war, versuchte hinter mir herzulaufen. Ich blieb erst stehen, als ich die Nachtluft von Abbeville einatmete und nicht mehr den Krankenhausgestank, Krankheit, Schmerz. Krankheit und Schmerz hatten nicht das Recht, wie antiseptische Flaschen zu riechen.

Selbst als sie mich rief, hörte sich ihre Stimme erschöpft an. »John Robert! Wo wolltest du hin?«

»Das ist nicht meine Schwester da drinnen. Das ist nicht meine Schwester ...«

»John Robert, bitte ...«

»Mein Name ist John, und das da ist nicht meine Schwester!«

Ich starrte auf eine Fremde hinunter, eine Fremde, die ich mein ganzes Leben gekannt hatte. Ich weiß nicht, was ich sonst noch sagte, oder ob ich meinen Gedanken überhaupt erlaubte, zu Worten zu werden. Alles, was je schiefgegangen war, hatte sich in einer Gewitterwolke um mich herum versammelt, und ich traf meine Mutter mit dem Blitzstrahl.

Ich glaube, ich warf ihr vor, nicht gesehen zu haben, daß Meg krank war. Ich dachte wohl, meine Mutter hätte die Krankheit aufhalten oder ihrer Tochter früher helfen lassen können. Was für eine Mutter war sie?

Wußte sie nicht, daß ich zwanzig Jahre alt und kein Kind mehr war? Wenn sie den Namen John nicht mehr aussprechen konnte, war es vielleicht an der Zeit, sich einzugestehen, daß er tot war – ja, mein Daddy war tot, und ich war ich. Ich war nicht er. War es nie gewesen, würde es nie sein. Ich hatte die Familie mehr als zehn Jahre lang ernährt, nicht er. Ich ernährte und kleidete sie. Ich hatte dafür bezahlt, daß meine Schwester die Schule und jetzt das College besuchen konnte, damit sie das alles vergeuden konnte, indem sie den erstbesten gutaussehenden Jungen heiratete, der ihr über den Weg lief. An den Kauf eines eigenen Flugzeugs war jetzt nicht mehr zu denken; das ganze Geld würde für Arztrechnungen draufgehen. Wer zahlte dies alles ohnehin, wenn nicht ich?

Wahrscheinlich hätte ich noch weit mehr gesagt. Ich hätte es getan, wenn sie mich nicht geschlagen hätte. Sie hatte mich nicht mehr geschlagen, seit ich mit zehn Jahren einmal versucht hatte, unter dem Haus Feuer zu machen. Doch in jener Nacht tat sie es. Und noch Jahre später trug ich den stechenden Schmerz wie etwas Ekelhaftes und Häßliches, das in ein Taschentuch eingewickelt ist, mit mir herum. So ekelhaft und häßlich, daß selbst ein Loch im Erdboden es sicherlich sofort wieder ausspucken würde.

Ich konnte ihr nicht sagen, wie mir zumute war, und so ließ ich statt dessen meinem Zorn freien Lauf. Ich konnte nicht sagen, daß ich mich um sie sorgen und für sie sorgen würde bis zu meinem Tod.

Da war nichts als fruchtloser, hilfloser Zorn. Dann schlug sie mich. Und urplötzlich war es still. Wir starrten uns an. Sie konnte nicht glauben, daß sie mich geschlagen hatte, ihren einen Meter einundneunzig großen Sohn; und ich konnte nicht glauben, daß ich gesagt hatte, was ich mir hatte entschlüpfen lassen.

Als sie fünf Worte sprach – »Du bist nicht mein Sohn« –, zerbrach etwas in mir.

Der Tag, an dem meine Schwester Kinderlähmung bekam, war der Tag, an dem ich lernte, was eine Entschuldigung ist. Ich versuchte meine Mutter zu umarmen. Sie schob mich weg. Ich glaubte, müde zu sein, bis ich ihr in die Augen sah.

Sie sah mich weinen. Kurze Zeit ließ sie mich weinen. Dann sagte ich, es tue mir leid. Es war das einzige, was mir einfiel, doch es war nicht genug. Es schien nicht genug zu sein und hörte sich auch nicht richtig an.

Sie war damals etwa achtunddreißig. Achtunddreißig, und sie sah aus wie fünfzig.

Ich war auf meine schöne, mutige Witwe von Mutter

immer so stolz gewesen, daß ich bis zum letzten Atemzug gegen jeden gekämpft hätte, der etwas anderes sagte. Über die Witwe Shaw wurde nämlich immer etwas gewispert – Klatsch kleiner Geister, Getratsche von Menschen, die sich die Not, den Schmerz und das Unglück anderer zunutze machten. Meist ging es bei diesem Gerede darum, daß zu jeder Tages- und Nachtzeit Männer unser Haus betraten oder verließen.

Während meine Mutter allein im Dunkeln saß.

Immer allein.

Der einzige Mann, den ich sie einmal seltsam hatte anblicken sehen, war Billy Taylor. Sie hatte versucht zu lächeln, als ich ihr erzählte, er habe mir geschrieben, er wolle eine reiche englische Witwe heiraten. Dann ging sie in ihr Zimmer und blieb mehrere Stunden dort. Ich nehme an, daß sie weinte.

Und jetzt dachte sie mit Recht, daß der zweite Mann, den sie wirklich liebte, ihr Sohn, sie ebenfalls im Stich gelassen hatte.

Ich sagte ihr, daß ich sie liebte. Ich sagte ihr, daß ich alles in meiner Macht Stehende tun würde, um ihr zu helfen, selbst wenn ich nichts weiter tun konnte, als ihr das Geld zu geben, das ich für mein Flugzeug gespart hatte. Es machte nichts, daß mich das in meinen Plänen drei Jahre zurückwerfen würde; ich würde trotzdem tun, was ich konnte.

Aber Geld oder dessen Fehlen war nicht das, was sie beschäftigte.

»Setz dich zu ihr, John.«

Sie nannte mich John.

»Sie braucht dich. Ich auch.« Und dann lehnte sie sich an mich, als bemühte sie sich allzusehr, mich dazu zu bringen, etwas von dem abzugeben, wovon ich ihrer Meinung nach zuviel hatte – Kraft. Weil sie ihre ganze aufgebraucht hatte.

Ich brachte sie nach Hause; vielleicht ging ihr gar nicht auf, daß sie auf dem Sozius dieses Motorrads saß, das sie so haßte. Sie sagte immer, wenn ich nicht in einem Flugzeug stürbe, werde dieses Motorrad mir den Tod bringen.

Ich brachte sie zu Bett. Dann fuhr ich wieder zum Krankenhaus, setzte mich zu meiner Schwester und hielt ihre Hand, bis sie kurz vor Tagesanbruch endlich aufwachte.

Ich glaube, sie war überrascht, mich zu sehen. Sie mußte all ihre Kraft aufbieten, um zu sagen: »Ich denke, du bist in Florida.«

»Ja, ich weiß.«

Sie regte sich darüber auf, daß Mom mich hatte kommen lassen. Sie schämte sich, war verlegen, irgend etwas. Wir sahen uns lange Zeit an – wobei ich nervös hin und her rutschte, da ich nicht wußte, was ich sagen oder tun sollte.

»Warum ich?« fragte sie schließlich.

»Ich weiß nicht. Ich frage mich das schon den ganzen Tag.«

Sie drückte mir die Hand, sah mir in die Augen und sagte: »Dr. Davis sagt, daß ich nie mehr tanzen werde.«

Ich blickte an die Decke. Die Kehle schnürte sich mir zu. Ich würde um keinen Preis zulassen, daß meine kleine Schwester mich weinen sah. Ich wußte, wie ihr zumute war. Ich wußte, wie ich mich fühlen würde, wenn jemand sagte: »Du wirst nie mehr fliegen.« Es kam mir vor, als sähe ich zu, wie ihr ganzes Leben sich in Luft auflöst, und das in dem Wissen, daß sie es nie zurückbekommen konnte. Alles entglitt ihr.

»Kann die Beine nicht bewegen. Von der Taille abwärts kann ich nichts mehr fühlen.«

Ich bemerkte, daß die Zimmerdecke mit Stuckornamenten verziert war. Ich konnte da Dinge erkennen, die nur Patienten des Krankenhauses je gesehen hatten, Krankenhauspatienten und vor langer Zeit vielleicht irgendein gelangweiltes schwarzes Mädchen.

»Ich wollte nicht, daß du es weißt.«

»Warum?« fragte ich.

»Du hast auch so schon genug Sorgen.«

Als wäre sie nicht wichtig.

Dann hörten wir es beide: Bobbys Stimme, die mit einer der Schwestern stritt. Vielleicht war es die Oberschwester, mit der er sich angelegt hatte.

»Ich bin praktisch ein Verwandter, Lady!«

»Ich kann ihn nicht empfangen. Er darf mich so nicht sehen. Das darf er nicht.«

»Willst du ihn etwa aufhalten?« fragte ich in einem Versuch, einen Scherz zu machen. Ich drückte ihr die Hand und konnte ihre Augen im Rücken spüren, als ich zur Tür ging, um ihn zu begrüßen. Viele Menschen sahen zu.

Bobby kam herein, und die Schwester, die am Ende des Saals am Tisch saß, starrte ihn die ganze Zeit an. Er lehnte sich ans Fußende des Krankenbetts meiner Schwester und sagte: »Was hast du denn diesmal angestellt?«

Er war derjenige, zu dem sie ging, um sich ein aufgeschlagenes Knie verbinden zu lassen, damit er einen Splitter herauszog, ein gebrochenes Herz heilte, und dem sie Fragen wegen Jungen stellte. Manchmal gingen sie stundenlang spazieren und unterhielten sich nur dabei. Ich denke, daß er sie vielleicht auch einmal geküßt hat, während einer dieser Zeiten, in denen sie immer klagte: »Ich bin so häßlich, ich hasse mich«, die mit ärgerlicher Regelmäßigkeit wiederkehrten. Wenn sie mir mit so etwas kam, habe ich immer nur zugestimmt, ja, du bist häßlich, und ja, du solltest dich wirklich hassen.

»Komm schon. Was hast du diesmal angestellt?«

Sie hielt sich gut, bis er sich auf die Bettkante setzte und ihre beiden Hände in eine seiner nahm. Da weinte sie – endlich.

Da waren sie nun, mein bester Freund und meine einzige Schwester, und ich sah Meg weinen.

Ich hatte Meg noch nie weinen sehen. Ich hätte den ganzen Tag und die halbe Nacht auf sie einreden können, um ihr vielleicht Hoffnung zu geben, letztlich doch noch eine Zukunft zu haben, daß es im Leben vielleicht noch mehr gab als nur das Tanzen.

Sie hätte meinen Lügen nur zugestimmt, diesen Halbwahrheiten, die ihr eingefallen wären. Wir hätten beide eine Liste machen können, eine schriftliche Wiederholung all dieser ungeschriebenen Ziele und aller ehrgeizigen Pläne, diese Liste, mit der jeder von uns auf die Welt kommt und die mit uns unerledigt stirbt. Ich bin froh, daß wir diese Liste nie angefertigt haben. Mir fiel nichts, absolut nichts ein, was ein gelähmtes Mädchen 1922 hätte tun können.

Sie konnte nicht mal das College besuchen. Colleges waren für vollständige Menschen gedacht und nicht für Krüppel.

Sie konnte nicht einmal Bücher schreiben. Meg besaß zuviel Intelligenz, aber nicht genug Phantasie. Sie konnte nicht den Finger auf die Ursache der Traurigkeit legen, die hinter den Augen irgendeines Menschen verborgen war. Sie erkannte nicht einmal Trauer, höchstens ihre eigene. Sie sah nie Elefanten oder Drachen in den Wolken und sah mich an, als wäre ich nicht ganz bei Trost, wenn ich sagte: »He, sieh mal! Da ist ein Hexengesicht, ein Pferd, ein Pferdewagen, eine große dicke Bulldogge, und jetzt ist es ein …«

Manchmal fällt es mir schwer, all dies zu Papier zu bringen. Manchmal paßt rein gar nichts. Was ich fühle, klingt dann zu trocken, zu abgestanden, zu leer. Etwas fehlt. Dann steht da nicht das, was ich bin oder mal war, aber näher komme ich nicht an das heran, was in mir vorgeht.

Auf das, was ich einmal gewesen bin, kommt es nicht mehr an. In der wirklichen Welt kam es früher darauf an, was man tat, und manchmal darauf, wie man aussah. Hier ist wichtig, wer man ist, wie man sich anpaßt, was man tun kann und will.

Ich bin zwar guten Willens, aber mit einer fast nutzlosen rechten Hand, die ich nicht mehr gebrauchen kann, seit ich als Kind von einem Zaunpfahl fiel, und einer linken Hand, die irgendwo da draußen auf dem Eis liegt, und einem zweimal gebrochenen Bein, das nicht verheilt ist, und einem Gehirn, das immer dann aussetzt, wenn ich es am wenigsten erwarte, gibt es nicht viel, was ich tun könnte, ob willens oder fähig.

Ich kann noch nicht einmal das, was von meinen Bleistiften übrig ist, anspitzen. Was gäbe ich darum, etwas Tinte zu haben.

Mein Vater hatte einen Gänsekiel, den er in seiner Kommode aufbewahrte, und eine Flasche Tinte. Der Federkiel hatte seinem Großvater gehört und war mehr als hundert Jahre alt. Er kam aus England. Die Feder war noch so gut wie intakt. Ich durfte sie nie berühren. Ich saß ihm am Tisch gegenüber und sah ihm beim Schreiben zu. Er ließ mich zusehen, vorausgesetzt, ich hielt den Mund. Er schrieb meist Gedichte, die er meiner Mutter vorlas. Sie sagte, er verstehe sich darauf. Für mich waren es phantasievolle hübsche Worte, die keinen Sinn ergaben, es sei denn, es gab mal einen komischen Reim über Meg und mich.

Ich wünschte, ich könnte mich an das Gedicht erinnern, das er über die Schlange im Klohäuschen schrieb. Das war mein Lieblingsgedicht. Ich konnte es früher auswendig hersagen. Es bedeutete mir mehr als sechs gute Mahlzeiten. Ich nehme an, es wäre immer noch so, wenn ich noch eins davon beherrschte.

Ich vermute, daß dieser Federkiel eines Tages mir gehört hätte. Er sollte immer vom ältesten Sohn der Shaws geerbt werden. Das Haus ebenfalls. Es war ein altes Haus, das schon in meiner Kindheit alt gewesen war. Wie die Weiden am See und die Eichen in dem Wald, den ich durchstreifte, aber wenn ich es tat, war ich nicht ich selbst. Ich war ein Offizier, der eine eigene Armee führte.

Wir waren zu sechst. Ich spielte jedesmal einen Rebellenoberst, und die Yankees haben auch kein einziges verdammtes Mal gewonnen. Dann fing Henry »Bawler« Johnson an zu weinen, weil wir uns verlaufen hätten. Oder wenn die Sonne allmählich unterging, fing er an, nach seiner Mama zu schreien. Der Junge hatte keinen Sinn für Abenteuer. Komisch, daß ich mich nur an Bawler erinnern kann. Er roch komisch. Hatte große Ohren, kleine Augen und einen dicken Bauch. Er war so dick, daß seine Hosen nie sehr lange oben blieben. Er versuchte zu laufen. Er versuchte es wirklich ... Was soll's, wahrscheinlich hat er inzwischen schon einen zweiten Eisenwarenladen.

Ich wollte Soldat werden, bevor ich die Magie des Flugzeugs entdeckte. Ich war zu jung, in den Krieg zu ziehen, aber Billy Taylors Bruder war es nicht. Er schloß sich drüben in England dem Royal Flying Corps an, und Billy sah ihn nach dem Krieg zufällig wieder. Er sprach nie viel darüber, sondern sagte nur, er vermisse etwas in den Augen seines Bruders – etwas Wichtiges.

Für einen Mann, der behauptete, einmal verheiratet gewesen zu sein, war Billy bei Damen schrecklich schüchtern – besonders bei meiner Mutter. Als Meg erkrankte, war er wieder bei uns in der Gegend. Doch nur eine Zeitlang – er war dabei, noch ein paar Dinge zu erledigen, bevor er nach England zurückging, um seine neue Lady zu heiraten.

Aber ich weiß, daß er meine Mutter mochte – und zwar sehr. Ich weiß, daß er am Abend des Tages nach Ed Maginleys Unfall mit dem Lastwagen bis drei Uhr morgens mit ihr zusammensaß. Und ich weiß auch, daß er sie jeden Tag ins Krankenhaus fuhr, damit sie Meg besuchen konnte, aber er wollte nicht mit reinkommen. Er blieb stundenlang draußen sitzen, bis meine Mutter fertig war, so lange, wie es nötig war. Außerdem erbot er sich, Meg einen Rollstuhl zu kaufen, doch meine Mutter weigerte sich, das anzunehmen. Da half er auf andere Weise. Er verkaufte sein Geschäft an Bobby und mich und ging dann nach England zurück zu der Dame, die er dort kennengelernt hatte.

Ich weiß noch, daß ich nach New York fuhr und ihn am Schiff verabschiedete. Ich stand mit Hunderten von Menschen auf dem Quai. Die meisten von uns taten so, als wären wir glücklich, weil ein geliebter Mensch abreiste. Als ich wegging, fragte ich mich, wie dieses große Loch in mir ausgefüllt werden sollte. Seine letzten Worte an mich waren: »Vergiß eins nicht, Johnny ... Eine Maschine kannst du immer ersetzen. Von den Toten kannst du nichts zurückkaufen. Ich weiß es.«

Er schüttelte mir die Hand, umarmte mich und rannte fast die Laufplanke hinauf. Ich verlor ihn in der Menge, wartete aber, bis all die Passagiere nur noch kleine Stecknadeln waren, bevor ich wegging.

Billy hatte mir erzählt, meine Mutter brauche einen Freund. Ich hätte mir vielleicht etwas Falsches eingebildet, aber das sei alles, was er für sie wäre. Er wußte nicht, daß mir diese falsche Vorstellung sehr willkommen gewesen wäre. Von all den Dingen, die ich diesem Mann hätte sagen sollen, war dies das erste auf meiner Liste.

Ich habe denen, die mir wichtig waren, nie erzählt, wieviel sie mir bedeuteten.

Ich setzte voraus, daß sie es schon wußten.

7. Kapitel

Ich nehme an, Thanksgiving ist inzwischen wieder vorbei, vielleicht sogar Weihnachten.

Diese Zeit des Jahres war früher immer wichtig – man packte Geschenke aus, aß zuviel, meine Mutter stand stundenlang in der Küche, um für drei zu kochen. Ein zufälliger Besucher hätte geglaubt, sie wollte die Besatzung von Fort Bragg speisen. Die Weihnachtszeit war für sie mit zu vielen Erinnerungen verbunden. Um Weihnachten herum hatte sie meinen Vater kennengelernt, und sie hatten an einem Heiligabend geheiratet.

Die letzten paar Weihnachtsfeste sind für mich nur Erinnerungen, aber ich nehme an, daß die gesamte Vergangenheit für jeden nur das ist, eine Erinnerung. Damals redete ich mir immer ein, es sei nichts weiter als ein Tag wie jeder andere. Damals konnte ich mir nie vorstellen, daß ich zu Weihnachten ohne sie sein könnte – meine Familie. Der Gedanke war zu lächerlich, um überhaupt in Erwägung gezogen zu werden.

Vier Jahre hintereinander kreuzte Bobby mit Geschenken beladen vor unserer Haustür auf. Talkumpuder für Lily, Spitzentaschentücher, eine silberne Haarbürste. Talkumpuder auch für Meg. Spitzentaschentücher. Ein Buch von Rudyard Kipling, das sie liebte und später irgendwo verloren hat. Weihnachten 1923 schenkte er ihr einen Gedichtband von Walt Whitman, *Grashalme.* Ich frage mich heute, ob sie dieses Buch noch besitzt, ob sie es immer noch so schätzt wie früher. Eine Woche später war Bobby nämlich tot.

Es muß den Frauen angeboren sein, dieses Wissen, das sie alle zu haben scheinen. Meine Mutter wollte nicht, daß er ging. Bobby sagte, noch zwei Tage mit übriggebliebenen Leckereien von Weihnachten und er würde es nicht mehr schaffen, die Maschine in die Luft zu bekommen. Und Meg saß nur auf der Veranda in ihrem Stuhl und hielt das Buch an sich gepreßt. Sie wünschte sich wohl, er wäre es und nicht das Buch, als sie uns zum Davis Field wegfahren sah. Vielleicht wußte sie, daß sie ihn nie wiedersehen würde. Vielleicht war das der Grund, weshalb sie ihm durchdringende lange Blicke zuwarf.

Aus heutiger Sicht kommt es mir vor, als sammelte sie ihre Erinnerungen.

Ich versuche nicht zurückzublicken, aber die Vergangenheit, das, was einmal war, ist für mich ein Magnet. Der Gedanke, alles noch einmal tun zu können, ist ebenso vergeblich wie der Versuch, auf einen fahrenden Zug aufzuspringen.

Zur Abwechslung sollte ich mich wohl auf heute konzentrieren. Denn das ist alles, was ich habe.

Draußen tobt wieder ein Blizzard, ein heulender Nordsturm. Regen, der waagerecht fällt, ist etwas, was man gesehen haben muß, um es zu glauben. Die Winde sind so heftig, daß sie einen zweihundertsiebzig Pfund schweren Mann umwerfen und auf dem Hintern vorwärts oder rückwärts rutschen lassen könnten, je nachdem, in welche Richtung er gerade unterwegs war. Dieser Wind hat einen eigenen Kopf, einen eigenen Willen und eine eigene Gewalt.

Es regnet hier alle zwei oder drei Tage, obwohl es so gut

wie unmöglich ist, nach dem Gefühl zu sagen, wie spät es ist. Im Sommer geht die Sonne nicht unter, und im Winter, den wir jetzt haben, geht sie nie auf. Dies ist ein Ort der Extreme, an dem Wetter und Temperatur kaum Unterschiede aufweisen. Ich weiß nur eins mit Sicherheit – wenn es hell ist, muß es Sommer sein.

Die Menschen verändern sich auch kaum. Das haben sie seit Jahrhunderten nicht getan. Bisher habe ich nur ein einziges Gerät gesehen, Asuluks Fernrohr. Ich glaube immer noch fest daran, daß hier irgendwo in der Nähe ein russisches Schiff untergegangen ist und daß die Eingeborenen alles gerettet haben, was sie irgendwie gebrauchen konnten, so wie sie es auch mit meinem Flugzeug getan haben.

Im Augenblick kann ich jedoch nichts anderes tun, als in dem schwachen Lichtschein des Ölbrenners diese Zeilen zu schreiben. Kioki schläft. Die Zeit? Was weiß ich. Es könnte sieben Uhr morgens oder Mitternacht sein. Der heulende Wind hat nicht nachgelassen. Er weht manchmal so heftig, daß ich spüren kann, wie seine Gewalt den Erdboden vibrieren läßt.

Dort befinden wir uns jetzt. Wir leben auf der Winterseite der Insel fast unter der Erde. Der neun Meter hohe Felsen ist nur einen Steinwurf von meiner Tür entfernt. Vom Wind abgesehen ist es still hier drinnen. Warm auch, nehme ich an, obwohl meine Begriffe von warm und kalt sich hier verändert haben. Wenn meine Zähne nicht klappern und ich immer noch Nase und Zehen fühlen kann, ist es vermutlich nicht zu kalt.

Kioki hat mir heute in ihrem unbeholfenen Englisch eine Geschichte erzählt. Inzwischen weiß ich schon besser, was kommt, wenn sie etwas sagen will. Manchmal lasse ich sie strampeln, wenn auch nur, um ihre Verärgerung zu beobachten, ihre Ungeduld. Meist komme ich ihr zu Hilfe.

Unsere Unterhaltungen würden jeden Mithörer verwirren. Sie benutzt einige meiner englischen Wörter und ich einiges von ihrer Eskimo-Sprache. Wir lagen beide unter den Decken, und ihr Kopf ruhte auf meiner Schulter. Sie erzählte mir eine der unglaublich langen Geschichten ihres Vaters, zum Glück ohne seine Grimassen und sein wildes Gestikulieren. Ich habe mich insgeheim oft gefragt, ob der Medizinmann auch nur ein Wort hervorbringen könnte, wenn ich ihm die Hände auf dem Rücken fesselte.

Wie auch immer: Die Geschichte, die sie mir erzählte, füllte einiges von der Dunkelheit aus. Es ging dabei um eine Zeit vor rund fünfundzwanzig Jahren, als das gesamte Dorf fast zu Tode gekommen wäre. Die Zeit ist natürlich eine Schätzung – sie war damals etwa fünf Jahre alt. Die Bering-See war zu früh zugefroren, und die wärmeren Gewässer des Pazifik waren verflucht worden. Die Fische hatten nicht gelaicht; aus diesem Grund hatte es in jenem Herbst weder Seehunde noch Walrosse gegeben und am Himmel sogar kaum einen Vogel. Zwölf der Männer des Dorfs waren in einem Sturm umgekommen, der so höllisch war, daß »sogar die Insel vor Furcht erbebte«. Ich dachte, ein Erdbeben, und sah vor meinem geistigen Auge Hochwasser, Überschwemmung, vielleicht sogar eine riesige Flutwelle.

Da die meisten Männer tot waren, hatte das Dorf kaum eine Chance zu überleben. Zwanzig weitere Menschen verhungerten. Sie, ihre Schwester und zwei Brüder waren die einzigen Kinder, die noch übriggeblieben waren, doch das lag daran, daß Asuluk es hatte kommen sehen. Ich nehme an, daß wie bei Noah niemand auf ihn hörte. Er führte seine Familie auf höher gelegenes Land in einem Teil der

Insel, den ich noch nicht gesehen habe, und als der Sturm schließlich vorbei war und das Erdbeben und die Nachbeben sich gelegt hatten, begannen Überlebende von anderen Inseln den langen und mühseligen Weg nach Kulowyl.

Und so wurde diese Gemeinschaft geboren – eine kleine Schar von Überlebenden mit etwas Zufuhr frischen Bluts.

Seitdem nennt man Asuluk »den Weisen«, und Kioki ist stolz darauf, ihn Vater zu nennen.

An der Art, wie sie erzählte, erkannte ich, daß sie sich an manches erinnerte, und ich vermute, daß der heulende Wind die Erinnerung zurückbrachte. Vielleicht liegt es daran, daß sie so leicht zusammenzuckt, wenn ein tosender Sturm herrscht, der nicht nachlassen will. Darüber zu sprechen war schmerzlich, aber notwendig. Ich glaube, es war wichtig für sie, daß ich verstand, und zum Teil habe ich auch verstanden. Kurze Zeit später schlief sie ein, und ich versuchte mir vorzustellen, wie ich mich an ihrer Stelle gefühlt hätte. Ich versuchte es, aber die Phantasie ist nichts gegen erlebte Erfahrung.

Wenn mir eine Zigeunerin vor zwei Jahren geweissagt hätte, daß ich jetzt hier sein würde, hätte ich es nicht geglaubt. Das gehörte nicht zu dem Plan, den ich mir für mein Leben so sorgfältig zurechtgelegt hatte. Der größte Teil davon war mit Fliegen ausgefüllt, und ich dachte nie darüber nach, was ich tun würde, wenn ich einmal nicht mehr fliegen konnte. Denn Pläne wurden immer nur bei anderen Menschen durchkreuzt, nie bei mir. Doch wenn ich hier liege und Kiokis heißen Atem im Nacken spüre sowie die gelegentlichen Fußtritte des Babys, das in ihr heranreift, frage ich mich schon, was es mit Plänen, Träumen, Zielen und Ehrgeiz eigentlich auf sich hat. Ich denke darüber nach, daß ich immer für das Morgen gelebt und nie lange genug innegehalten habe, um den Geschmack des Heute zu genießen. Jetzt weiß ich, daß das mein größter Fehler war. Ich lebte in dem Glauben, daß es mir nie passieren könnte – meine Pläne würden immer ganz in Erfüllung gehen.

Wenn sie in der winterlichen Dunkelheit neben mir liegt, sollte ich nur an den Augenblick denken. Der Augenblick ist alles, was es je geben wird.

Wenn ich meinem Plan gefolgt und ihn zu Ende gebracht hätte, wäre ich zu beschäftigt gewesen, um zu genießen, was ich hatte, als ich es hatte. Bobby sagte, so werde es bestimmt nicht passieren, und doch ist es so gekommen.

Himmel, es ist ein Gefühl wie Weihnachten.

Ich weiß, was für eine Art Geschenk ich dieses Jahr bekommen werde, und es ist mir egal, ob es ein Junge oder ein Mädchen wird. Ich weiß nicht, wie es ist, Vater zu sein, aber das dürfte wohl niemand, bis es soweit ist. Alle Eltern sind zunächst Anfänger, und wie bei Anfängern auf allen Gebieten gibt es immer jemanden, der Erfahrung hat und helfen kann, bevor man zuviel Unheil anrichtet.

Ich habe in meinem ganzen Leben bisher nur ein Baby gehalten. Ich war damals acht Jahre alt, und es war der kleine Halbbruder meines Vetters Brewster. Brewster und ich veranstalteten damals viele Kriegsspiele im Wald. Sein Vater war der ältere Bruder meines Vaters. Es war das erste Mal seit Dads Beerdigung, daß sie zu Besuch kamen – das erste und letzte Mal. Ich erinnere mich nur noch daran, daß ich meine neue Tante Lorena zum erstenmal sah. Die richtige Tante war gestorben. Nun, sie ließ mich das Baby halten und machte ein Foto von der ganzen Familie. Brewster ist auch irgendwo auf diesem Foto zu sehen. Wir sahen uns so ähnlich, daß die Leute sagten, wir könnten Zwillinge sein. Nach diesem Tag habe ich ihn nie wieder gesehen. Das letzte, was ich von ihm hörte, war, daß er ein paar Kinder haben sollte, seine Collegefreundin geheiratet hatte und in Virginia lebte.

Jetzt bin ich an der Reihe, Vater zu sein.

Wenn es ein Junge ist, werde ich ihn William Robert nennen und ihm Baseball beibringen. Einen Ball könnte ich wahrscheinlich aus Specksteinstücken machen und ihn in Seehundfell einhüllen. Wenn die Schneeschmelze beginnt, kann ich am Strand nach Treibholz suchen. Mit meinem Bowiemesser kann ich einen Schläger schnitzen.

Ich werde ihm zeigen, wie man »home runs« schafft wie früher Babe Ruth.

Bis dahin werde ich wohl einfach warten und mir die Zeit vertreiben müssen. Ich hoffe, daß bald etwas passiert, bevor ich vor Langeweile durchdrehe.

Nun, ich nehme an, es geschieht mir recht. Da hoffte ich darauf, daß etwas passiert. Ich bin jetzt grob geschätzt eineinhalb Jahre hier und habe zwei Ehefrauen. Das war ein verdammter Schock für mich.

Ihr Name ist Tooksooks oder so ähnlich, aber Tooksooks ist alles, was meine Zunge zustande bringt, und ich wünschte, jemand hätte mich darüber aufgeklärt, was da ablief.

Ich habe nichts dagegen, daß sonst jeder mehr als eine Frau hat. Wer gibt mir das Recht, mich über die Lebensweise anderer zu beschweren? Aber zum Teufel, ich habe lange genug gebraucht, mich an das Leben mit Kioki zu gewöhnen; jetzt ist ihre Schwester eingezogen, und wie es aussieht, auf Dauer.

Eine Zeitlang hoffte ich, daß sie nur hier ist, um Kioki in der Zeit der Niederkunft zu helfen, weil das arme

Mädchen inzwischen so mächtig ist wie ein Berg, und wann immer ich ihr zu helfen versuche, gerate ich in Schwierigkeiten. Vielleicht ist die Schwester tatsächlich hier, um zu helfen. Ich weiß jedenfalls nur, daß sie mit uns lebt.

Jetzt, wo Tooksooks ein neues Zuhause gefunden hat, ist für mich kaum noch Raum. Ihr Bruder, der eine eigene große Familie hat, hat ihr beim Umzug geholfen. Es ist mir vollkommen unmöglich, seinen Namen auszusprechen, geschweige denn zu schreiben, aber da er derjenige mit einem Auge ist, der zu den Männern gehörte, die mich damals verprügelt haben, nenne ich ihn kurz Sindbad.

Er kam eines Tages herein, lud Tooksooks Habseligkeiten ab, warf mir ein breites Grinsen zu und ging.

Das letzte, was mir eingefallen wäre, fiel Tooksooks als erstes ein. Gott steh mir bei, sie riecht ziemlich schlecht. Ich bin vielleicht an Kioki gewöhnt und sie an mich, aber wenn ich jetzt einen Wunsch frei hätte, würde ich nicht um Rettung bitten oder eine Möglichkeit, hier wegzukommen. Nein. Ich würde mir eine Wanne mit heißem Wasser wünschen und fünfzig Stück parfümierter Seife. Diese Leute waschen sich höchstens Gesicht und Hände, und dabei muß man wissen, daß es unter all den Kleidern ziemlich heiß wird. Ich weiß, daß auch ich ziemlich übel riechen muß, aber bis jetzt hatte ich gedacht, wir röchen alle gleich. O Mann, wie habe ich mich geirrt.

Kioki wußte, daß mir diese neue Situation peinlich war, und versuchte zu erklären, was hier geschah. Ich konnte mich nicht konzentrieren. Es wäre auch schwer gewesen. Tooksooks zog mir die Stiefel aus und rieb mir die Füße. Von Zeit zu Zeit sah sie hoch und grinste mich an. Ich erinnere mich nicht mehr, was Kioki sagte, nur etwas wie: »Meine Schwester gehört jetzt dir.« Dann legte sie sich auf das neue Bett, das sie für sich gemacht hatte. Sie drehte sich mit dem Gesicht zur Wand und wünschte mir einen honigsüßen Traum. Nun ja, ich glaube schon, daß es ein Traum war.

Ihre Hände waren gerade dabei, sich zu meinen Knien hochzuarbeiten, als ich Tooksooks sagte, sie solle aufhören. Ohne sich umzudrehen, ratterte Kioki etwas herunter, worauf ihre Schwester mir die Stiefel wieder anzog und die nächste Stunde oder so damit zubrachte, mich aus einer entfernten Ecke anzustarren. Ich war froh, als das Licht ausging.

Im Haus nebenan lachte jemand, und aus etwas größerer Ferne konnte ich hören, wie jemand trommelte und auf einer Flöte spielte. Dann hörte ich jemanden weinen. Es war nicht Kioki. Als meine Augen sich an die Dunkelheit gewöhnt hatten, sah ich Tooksooks immer noch in ihrer Ecke kauern. Ihr war kalt; sie hatte sich in Felle gehüllt und den Kopf auf die Knie gelegt. Sie gab sich Mühe, nicht laut zu weinen, aber je mehr sie aufzuhören versuchte, um so lauter wurde es.

Da ich es nicht mag, wenn jemand in meiner Nähe weint, tat ich, was an meiner Stelle jeder getan hätte. Ich stand auf, ging zu ihr, setzte mich neben sie und fragte sie, so gut ich konnte, weshalb sie weine. Was immer ich sagte, es führte nur dazu, daß sie noch mehr weinte. Ich wünschte, ihre Sprache wäre so einfach wie meine. Wahrscheinlich sagte ich ihr, daß ich sie haßte, weil sie so häßlich ist wie ein Walroß.

Doch als ich sagte: »Komm schon, Tooksooks, du brauchst nicht hier zu schlafen«, sagte Kioki etwas, was dem in etwa entsprochen haben mußte. Ich sah sie an; sie beobachtete uns. Ich half Tooksooks auf die Beine und ließ sie neben mir an der Wand schlafen.

Das Weinen hörte auf, aber ich will verdammt sein, wenn ich einschlafen konnte. Ich fühlte, wie sie an mich herankroch und sich hinter mir zusammenrollte. Dann schlängelte sich mir ein Arm über die Seite, und rauhe warme Finger bahnten sich ihren Weg unter meine Kleidung.

Und, schlimmer noch, es war ein richtig gutes Gefühl.

Ich hatte mich schon lange nicht mehr so gefühlt, aber da Kioki sich im selben Raum aufhielt, war es irgendwie auch falsch. Für diese Menschen war es richtig; für mich aber nicht so angenehm. Also drehte ich mich auf den Rükken und nahm mir vor, sie zu bitten, damit aufzuhören. Aufzuhören und einfach zu schlafen. Mich in Ruhe zu lassen. Kioki war meine Frau; sie war nur ...

Nun, mit den Absichten ist es schon eine komische Sache.

Tooksoks übte auf mich eine Art Zauber aus. Was allerdings auch nicht schwierig war. Als es vorbei war, dämmerte ich in den besten Schlaf hinüber, den ich hier wohl seit meiner Ankunft gehabt hatte. Sie sang sehr sanft, summte, eine Art Singsang. Ich träumte nicht einmal. Und als ich aufwachte, hielt ich sie immer noch in den Armen.

Das ist die Geschichte, wie ich zu einer zweiten Frau kam.

Ich kann nur hoffen, daß jetzt nicht noch eine weitere Dame beschließt, mit mir verheiratet zu sein. Wie es scheint, habe ich dabei keine Wahl. Vielleicht sollte ich sie nicht so sehr anlächeln. Sie fangen alle an zu kichern, wenn ich es tue, sogar die alten Damen.

Kioki scheint sich nicht darum zu sorgen, ihr Territorium könne plötzlich unterwandert werden. Immerhin sind sie Schwestern. Sie ist nicht eifersüchtig. In gewisser Weise scheint sie erleichtert zu sein, daß ihr ein Teil ihrer Last abgenommen worden ist. Aber ich beobachte sie genau, und von Zeit zu Zeit lächeln wir uns beide verstohlen an. In diesen Momenten weiß ich, wem der größte Teil meines Herzens gehört.

Asuluk brachte mir vor ein paar Tagen ein zerrissenes Fischernetz. Vielleicht wußte er, wie gelangweilt ich war, oder vielleicht wollte er sich vergewissern, daß keiner seiner Töchter ein Leid angetan worden war. Vielleicht werde ich nie wissen, was oder wie dieser Mann denkt. Jedenfalls lächelt er mich neuerdings mehr an als früher, und an dem Morgen, an dem ich ihm das reparierte Netz ins Haus brachte, wäre sein Lächeln eines Fotos wert gewesen. Ich hatte das Netz mit der rechten Hand, den Zehen meines rechten Fußes und ein wenig Einfallsreichtum geflickt.

Der Tag ließ sich einigermaßen freundlich an, obwohl es noch nicht ganz hell ist. Die Mädchen verpackten mich in Hosen, Parka und wasserdichten Stiefeln. Ich glaube, es gefiel ihnen, mich eine Zeitlang loszuwerden, denn ich bin nicht sehr geduldig, wenn die Dinge nicht so wollen wie ich. Ich glaube, ich muß dieses Netz mit allen Schimpfwörtern belegt haben, die mir einfielen, sowie noch ein paar weiteren, die noch gar nicht erfunden worden sind.

In dem schwachen Licht ging ich mit Asuluk bei leichtem Gegenwind durch neunzig Zentimeter Schnee zur Sommerseite der Insel. Das Meer war fest zugefroren. Draußen auf dem Packeis stand ein Kreis von Männern, die ich kannte. Sie warteten an einem Loch im Eis auf das

Auftauchen eines Seehunds, der Luft schnappen wollte. Geduld ist hier kein Wort, es ist eine Lebensform. Ich vermute, daß es das einzige ist, was diese Menschen mir nicht beibringen können, Geduld.

Eine Zeitlang glaubte ich, wir würden uns den anderen anschließen, doch dann führte mich der Medizinmann direkt nach Westen. Er hatte es nicht sehr eilig. Das von mir reparierte Netz hatte er sich über die Schulter gelegt. Schließlich kamen wir zu einer winzigen Meerenge, und weiter draußen, in der Ferne, sah ich durch den Nebel weitere Inseln. Ich sah eine Wasserfläche etwa von der Größe eines Footballfelds, wo sich die Meere trafen und darum kämpften, nicht zuzufrieren. Asuluks Kajak wartete dort. Diesmal forderte er mich nicht auf, bei ihm einzusteigen. Ich sah zu, als er in die grobe See hinausfuhr, das Netz in das Eis am Rand der kleinen Wasserstraße pflockte, die Kulowyl von der nächsten Insel trennte, und dann zurückpaddelte, wobei er das Netz nach und nach auswarf.

Ohne ein Wort reichte er mir den schweren Schlegel. Ein paar Minuten später war das Netz gesichert, und wir begaben uns wieder nach Hause. Asuluk zog sein Kajak hinter sich her.

Das war ein Meilenstein für mich. Diesmal hatte ich endlich einen Beitrag zu etwas geleistet, und Asuluk wußte es. Wahrscheinlich schickte er einen anderen los, um nach dem Netz zu sehen und den Fang nach Hause zu bringen, denn er nahm mich nie mehr dorthin mit. Doch das machte mir nichts aus.

Bevor wir das Dorf erreichten, stand Tooksooks da und wartete auf mich.

Kiokis Wehen hatten eingesetzt. Man erlaubte mir, sie kurze Zeit zu sehen. Dann wurde ich mit Fußtritten hinausbefördert.

Wie lange Zeit ich in der Kälte zubrachte, kann ich nur vermuten, denn bei dem Absturz war auch meine Armbanduhr zerbrochen.

Sindbad erschien auf dem Felsen, bedachte mich mit einem Blick und drehte sich dann zu den Jungen um, die seinen Fang an der Felswand hochzogen. Er setzte sich neben mich, hörte die Schreie aus dem Haus und wußte sofort, was da vorging. Er rief den Damen im Haus etwas zu, und eine seiner Frauen kam heraus. Ich hörte mir die Unterhaltung an, verstand sie aber nicht. Sie ging wieder hinein, worauf er eine Elfenbeinkette vom Hals nahm und sie mir umlegte. Dann tätschelte er mir das Bein und ging nach Hause.

Ich weiß noch immer nicht, was diese Halskette ist oder was sie bewirkt oder warum er sie mir gab. Bedeutete es, daß wir jetzt Brüder waren, da ich jetzt mit seinen beiden Schwestern verheiratet war, ob ich wollte oder nicht? Eine Zeitlang setzte ich mich vor mein Haus und überlegte, ob ich ihm ein Gegengeschenk machen sollte, aber das Christophorusmedaillon von Bobby ist alles, was ich habe, und von dem kann ich mich einfach nicht trennen. Ich nahm mir vor, ihm eine Zange zu schenken, wenn ich wieder ins Haus durfte. Ich habe nämlich zwei.

Ich gab mir größte Mühe, nicht ständig an die Laute meiner Frau zu denken. Ich fühlte mich nutzlos, hilflos, als wäre das, was sie jetzt durchmachte, meine Schuld. Ich nehme an, das war es auch, aber was mich angeht, ist Kiokis Schwangerschaft fast ein Wunder von Zufall.

Heute weiß ich, daß ich während der Geburt zu jedem ins Haus hätte gehen können, um mich dort aufzuwärmen. Ich wäre willkommen gewesen, aber niemand bot es mir an, und ich wußte nicht, daß ich darum hätte bitten können. Also kauerte ich da vor meinem Haus, in Felle gehüllt, und betete zu Gott, es möge bald vorüber sein.

Genauso hatte ich mich gefühlt, als ich mit Bobby diesen Flug nach Kentucky machte. Ungeduldige Angst ist ein teuflisches Gefühl.

8. Kapitel

Es hat einmal eine Zeit gegeben, in der ich kein Auge für wirkliche Schönheit hatte, in der ich alles für selbstverständlich hielt, was mich umgab, wohin ich auch blickte, in der ich die Berge, die Wälder und einen sauberen Bach mit frischem Wasser, der quer über die einzige Landemöglichkeit verlief, verfluchte. Wenn man mir heute einen heißen Tag und einen Bach mit frischem, perlendem Wasser gäbe, wüßte ich genau, was ich zu tun habe.

Ich weiß, daß ich damals nichts zu schätzen wußte. Heute habe ich nur noch Erinnerungen an Wälder und Bäche, Erinnerungen an schöne Dinge, die ich früher immer ignoriert habe, und ich weiß, daß meine Erinnerungen klarer, sauberer und besser wären, wenn ich nur etwas mehr Notiz von all den Dingen um mich herum genommen hätte. Dieses *wenn nur* trifft mich an manchen Tagen recht hart.

In welchem Jahr flog ich mit Bobby nach Kentucky? War es im Sommer 1923, 1922? Es war einer unserer wenigen gemeinsamen Flüge.

»Keine Fragen«, sagte er an jenem strahlenden Sommertag. »Komm einfach nur mit.« Damals hielt ich es für ein besseres Angebot, als allein im Büro herumzusitzen, Däumchen zu drehen und mir darüber Sorgen zu machen, wie wir die Rechnungen bezahlen sollten, und zu hoffen, daß Rosanna nicht auftauchte, denn sie kreuzte immer nur dann auf, wenn nichts zu tun war. Dann verbrachte sie zwei Stunden damit, an mir herumzunörgeln und zu fordern, ich solle mir einen richtigen Job suchen. Manchmal sah ich sie kommen und schloß dann ab und versteckte mich, bis sie es satt hatte, anzuklopfen und durch die Fenster hineinzusehen.

Das Ziel lag im Osten von Kentucky, an der Grenze, in der Nähe der Appalachen. Man hatte Bobby versichert, ein Landestreifen sei freigeräumt, und außerdem könnten wir dort auftanken.

Ich konnte mir schon vorstellen, was für eine Ladung wir fliegen sollten, und natürlich war es sicherer, das Zeug mit dem Flugzeug zu transportieren, aber manche der Geschichten über Schnapsschmuggler, die ich aus dritter und vierter Hand gehört hatte, mußten auf Wahrheit beruhen.

Die Bundespolizei befand sich im Krieg mit den Schnapsschmugglern, und die Leute, die das Rezept hatten, die Zutaten, die Ausrüstung und die Verbindungen, verdienten eine Menge Geld. So hieß es jedenfalls. Ich weiß, daß diese Annahmen auf Wahrheit beruhten.

Warum ich bei diesem Flug mitmachte, kann ich nur vermuten. Ich nehme an, es war eine dieser törichten Entscheidungen, die man trifft, ohne nachzudenken. Warum Bobby beteiligt war, weiß ich auch nicht. Es ging ihm nicht allein um die dreihundert Dollar plus Kosten, die er bei der Übergabe erhalten würde. Ich glaube, daß es zum Teil auch Abenteuerlust war. Er blühte auf, wenn er so lebte – wenn er nicht gleich um die Ecke ein Abenteuer finden konnte, machte er sich auf die Suche danach. Andererseits hatte er nicht wirklich etwas zu verlieren, und wenn doch, hatte er sich ausgerechnet, daß er das Risiko eingehen konnte. *Zum Teufel mit der Welt.* Er wurde nie müde, das zu sagen, immer mit einem breiten Grinsen, das über das ganze Gesicht ausstrahlte.

Sullivan und Shaw ging es nicht sehr gut. Wir brauchten dringend Geld. Vielleicht ist das der Grund, weshalb ich den Impuls unterdrückte, die Finger davon zu lassen. Bobby hatte wieder diesen Blick in den Augen. Und dreihundert plus auf der Bank waren für mehr als nur ein paar überfällige Rechnungen genug. Ich dachte sogar daran, Meg einen neuen Rollstuhl zu kaufen.

Ich dachte auch daran, eines Tages quer durch die Staaten zu fliegen. Wenigstens kann ich von mir sagen, daß meine Fehler keine halben Sachen waren.

Nun, Dwight – ob dieser Name richtig war oder nicht, ist heute nicht mehr wichtig, und irgendeinen Namen muß ich ihm ja geben – hatte tatsächlich auf dem flachsten Teil seines Landes fünfzehn mal zweihundert Meter geräumt. Wir setzten aus geringer Höhe zum Landeanflug an und hielten beide nach dem Landestreifen Ausschau – falls man ihn so nennen konnte. Bobby sah ihn als erster und zeigte darauf. Ich hatte bis dahin kaum je geflucht, aber an dem Tag tat ich es. Ich schüttelte den Kopf. Ich wollte nicht sterben, jedenfalls nicht in Kentucky ...

Wir mußten in einem Winkel von fünfundvierzig Grad heruntergehen. Aber Bobby, der ewige Abenteurer, leckte sich die Lippen, sprach ein schnelles Gebet oder sonst etwas, worauf wir ein halbes Dutzend Mal über dem Platz kreisten, bis er zu dem Schluß kam, jetzt oder nie.

Lieber Himmel, ich zitterte vielleicht. Ich weiß nicht, wie er es schaffte, aber wir landeten heil und wohlbehalten. Ich mußte mir jedenfalls die Unterhosen auswringen. Dann sahen wir das Empfangskomitee, und da mußte ich die Prozedur wiederholen.

Wir wurden von dem alten Mann, Dwight, in Empfang genommen und von einer Bande heranwachsender Jungen, von denen die meisten bewaffnet waren. Bobby brauchte nicht auszusprechen, was wir abholen sollten. Eins wußte ich aber genau – wenn man uns erwischte, würden wir beide für den Rest unseres Lebens durch Gitterstäbe blicken – vorausgesetzt, wir überlebten lange genug, um überhaupt hier rauszukommen. Bobby genoß es. Er schlapperte es in sich hinein wie ein durstiger Hund eine große Schale kühlen Wassers.

Ich sah diesem irren Blick in seinen Augen an, daß es nur schlimmer werden konnte.

Bobby hatte darum gebeten, daß ich ihm das Reden überlasse. Vielleicht mochte er meine Ehrlichkeit nicht oder daß ich bei Lügen immer herumstotterte. Wie auch immer, ich erhob keine Einwände. Ich wäre am liebsten woanders gewesen.

Ich weiß noch, daß ich schön im Hintergrund blieb und diese Burschen aus den Bergen beobachtete, diese Jungen, Jungen mit großen Gewehren. Ich sah zu, wie vier Kisten mit Flaschen schwarzgebrannten Whiskys eingeladen wurden. Eine halbe Stunde höchstens, hatte Bobby gesagt. Wir fliegen hin, beladen die Maschine und fliegen wieder zurück.

Aus dieser halben Stunde wurden eineinhalb Tage.

Jemand hatte das Kerosin vergessen.

Wir konnten nicht starten. Schon ohne die Ladung hatten wir kaum genug Treibstoff, um selbst im Gleitflug nach Huntington zu kommen. Mit einem Wagen würde es einen halben Tag dauern, in die Stadt zu kommen, und es war schon später Nachmittag.

Ich wußte, daß es nicht besser werden konnte, und so fing ich an zu beten, es möge nicht schlimmer werden.

Dwight hatte keine Falten im Gesicht, aus denen man auf sein Alter hätte schließen können. Seine Stimme war schrill und hatte einen schleppenden Tonfall, und ich verstand kaum die Hälfte von dem, was er sagte. Trotzdem schienen sich er und Bobby irgendwie zu verständigen.

Ich traute keinem dieser Burschen über den Weg, Bobby auch nicht, doch er war ein Meister darin, sich mit seiner flinken Zunge jeder Situation anzupassen. Er konnte sich aus allem herausreden und hätte es wohl auch bei einem Erschießungskommando geschafft.

Der alte Mann und seine sieben Söhne wollten die Nacht nicht beim Flugzeug verbringen, so daß wir schließlich nach einer langen und mit scharfen Worten geführten Auseinandersetzung in einem Versuch, eine Lösung für unser Problem zu finden, aufgefordert wurden, die Nacht im Haus dieser Familie zu verbringen. An eine Weigerung war nicht zu denken. Die Söhne Nummer zwei und fünf fuhren unterdessen in die Stadt, um Benzin zu holen. Es gefiel mir, die beiden abfahren zu sehen. Ich habe Menschenansammlungen noch nie gemocht.

Es war ein langer Fußweg, meist bergauf, durch Wälder, in denen es von Schlangen wimmelte. Und diese fünf Jungen gingen mit ihren Gewehren um, als wären es Spielzeuge. Sie schossen auf alles, was sich bewegte. Wir brauchten ein paar Stunden, um zu dem Haus zu kommen, und ich muß zugeben, daß bei einem Vergleich mit der Zeit hier, wo ein Tag eine Woche lang zu sein scheint, diese zwei Stunden mir wie vierzehn Tage vorkamen.

Falls die Prohibition diese Leute wohlhabend gemacht hatte, verstanden sie es gut, das nicht zu zeigen. Wie lange sie dort schon gelebt hatten, konnte man nur vermuten. Sie kannten wohl nichts Besseres und bestimmt nichts

Schlechteres, und wenn doch, muß es ihnen gleichgültig gewesen sein.

Und falls die Familie sich von Viehzucht ernährte, konnte ich keine Rinder sehen, nur ein paar wurmbefallene Pferde in einem Pferch, die schon eine leichte Brise umwehen würde, und dann noch Schweine und Hühner – überall Hühner, aber die Kinder waren trotzdem in der Mehrzahl.

Als wir näher kamen, sah ich zwei Häuser. Eins hatte es irgendwie geschafft, seit etwa hundert Jahren dort zu stehen. Es hatte nur ein Zimmer, und das zweite bestand aus Abfall – Holzabfall und Blechteilen.

Falls Bobby die gleichen Dinge sah wie ich, verstand er es vorzüglich, seine Gedanken zu verbergen. Mir kam es am sichersten vor, nur auf die Füße zu starren, bis eine Dame, die wie achtzig aussah, auf der Veranda auftauchte, uns kommen sah und sich schnell zurückzog. Dann tauchte eine zweite Frau auf und rief die Kinder zum Abendessen.

Dieses Abendessen hätte ich heute mit Freuden gegessen, doch damals begann ich schon allein beim Geruch zu würgen.

Das Mädchen, das die Kinder hereinrief, sah alt aus, vorzeitig gealtert. Ich hätte kaum sagen können, wann sie sich zuletzt gewaschen, das Haar gebürstet oder ein Bad genommen hatte. Sie musterte uns von oben bis unten, ignorierte uns und rief die Kinder, als riefe sie die Schweine. Daraufhin strömten Kinder wie aus dem Nichts zusammen, kleine, die noch kaum laufen konnten, und ältere, die sich prügelten. Jungen, überwiegend Jungen. Auch von den Kindern hatte seit der Geburt keins mehr gebadet.

Dwight mußte eine Baseballmannschaft aus Kindern haben. Sie sahen alle gleich aus. Alle sahen genauso aus wie er.

Bobby gab sich die größte Mühe, mich anzulächeln. Es war ein Lächeln, das aus der Erkenntnis eines schmerzlichen Fehlers geboren war.

Ich machte mir nicht die Mühe, das Lächeln zu erwidern, und das war, wie er wußte, kein gutes Zeichen.

Ich schaffte es bis auf die Veranda.

Ich blickte ins Haus. Jedes Kind in diesem Einzimmerhaus war gerade dabei, etwas zu essen – einen Kanten Brot, einen Teller mit Eintopf. Keine Löffel, keine Gabeln, keine Messer. Und die meisten Augen, die mich anstarrten, waren leer und blicklos.

Ich hatte gesehen, wie und wo Bobby als Kind gelebt hatte, doch im Vergleich mit dem hier war das ein Herrenhaus. Hier lebten rund fünfzehn Menschen in einem Einzimmerhaus, in einem Raum, der kaum größer war als mein Schlafzimmer in Abbeville. Verzeihung, sechzehn Personen; ich hatte nicht gewußt, daß da noch ein Baby war, bis ein schwangeres Mädchen hereinkam, sich setzte, ihr Kleid über die Schultern gleiten ließ und dem Baby ohne ein Wort die Brust gab. Für mich sah das Kind schon so groß aus, als müßte es laufen können.

Ich sah wieder Bobby an, und er sah mich an. Vielleicht hatten wir beide den gleichen Gedanken – daß sein Charme bei diesen Leuten nichts ausrichten würde.

Wir wurden ziemlich angestarrt, angestarrt von einem Schwarm von Kindern, die wohl in ihrem ganzen Leben noch kein neues Gesicht gesehen hatten. Das Jüngste war der Säugling, den das schwangere Mädchen stillte, und der Älteste ein Junge von etwa zwölf, der nicht ganz richtig im Kopf war. Er tat nichts anderes, als mich anzustarren.

Er mochte mich. Er mochte mich sehr. Das muß mein Glückstag gewesen sein.

Und alle diese Kinder waren barfuß und in Lumpen gehüllt. Vielleicht starrten sie gar nicht unsere Gesichter an; vermutlich starrten sie vielmehr unsere schwarze Pilotenkluft an – die Kappen, die Stiefel, die Jacken. Wir müssen wie eine Million Dollar ausgesehen haben.

Die alte Dame hatte jetzt allen Eintopf auf die Teller gegeben, setzte sich dann an das einzige Fenster und nahm karierten Stoff in die Hand. Sie war dabei, ein Hemd zu nähen. Sie sprach kein Wort und sah uns auch nicht wieder an. Sie war wie ich und blickte oft zu Boden. So konnte nichts passieren.

Ich wollte nur eins – hinaus.

Vielleicht war das alles, was sie sich je gewünscht hatte.

»Bedien uns, Frau«, sagte der alte Mann.

Die alte Frau legte das Hemd beiseite, hob ein hölzernes Tablett voller nicht zueinander passender Tassen und Metallbecher auf und brachte alles auf die Veranda. Als ich zur Seite trat, um sie vorbeizulassen, blickte sie mir ins Gesicht. Ich glaubte, dort Scham entdeckt zu haben. Vielleicht war es meine, die sich in ihren Augen spiegelte. Sie war nicht so alt, wie sie aussah.

Ich nahm meine Lederkappe ab – das ist eins der Dinge, die ich automatisch tue, wenn eine Dame anwesend ist –, worauf einer der Jungen sie mir aus der Hand riß. Ich machte den Mund auf, um zu protestieren, bemerkte Bobbys Blick und beschloß, sie dem Jungen zu lassen. Ich hatte zu Hause noch drei weitere. Wenn er sie sich so sehr wünschte ...

Nun, das löste unter vier der Jungen eine Prügelei aus, die der alte Mann dadurch beendete, daß er eine Patrone durchs Verandadach schoß. Ich sah hinauf. Er hatte schon viele Kämpfe auf diese Weise beendet.

Die alte Dame, die Mutter, rollte ein Whiskyfaß heraus. Die kümmerte nichts, der war alles egal.

»Du gibst das jetzt zurück. Gehört dir nicht!« brüllte Dwight.

Die Kappe wurde mir zugeworfen. Dann gab es noch eine Prügelei, diesmal zwischen Dwight und dem Jungen. »Ich sagte, du sollst das Ding zurückgeben und nicht werfen!« Der Junge bekam eine Ohrfeige an die Schläfe, die ein Maultier umgeworfen hätte. Er verschwand in Richtung der untergehenden Sonne, und diesmal feuerte sein Vater nur eine Salve von Worten hinter ihm her. Soviel ich weiß, habe ich diesen Jungen nie wiedergesehen. Wenn ich er gewesen wäre, wäre ich bis nach Louisville weitergelaufen. Vielleicht hätte er unterwegs gern Gesellschaft gehabt.

Bobby sagte schon zum dritten oder vierten Mal, daß unsere Familien uns inzwischen vermissen würden, was zum Teil den Tatsachen entsprach. Meine Mutter würde das Essen schon auf dem Tisch haben, aber sie war daran gewöhnt, daß ich früh, spät oder gar nicht kam. Ich nehme an, daß Streit das Letzte war, was jeder wollte.

Bis zu diesem Tag hatte ich nicht getrunken. Ich hatte schon so viel über das Unheil gehört, das Alkohol anrichten kann; und ich hatte selbst gesehen, was er mit Ed Maginley gemacht hatte. Aber dort, mitten in Kentucky, hatte ich keine Wahl. Ich mußte höflich sein. Und so nahm ich einen Becher voller hochprozentigem Moonshine-Whisky und setzte mich auf die Veranda. Ich tat, als wäre ich gar nicht da, und wann immer ich glaubte, daß niemand hinsah, kippte ich wie zufällig etwas davon weg.

Bobby hatte uns in diese Sache reingeritten, und so sollte er uns auch wieder aus der Sache rausbringen. In Gegenwart anderer Menschen bin ich immer still gewesen; ich ziehe es vor, andere reden zu lassen. Diesmal versteckte ich mich hinter meinem Schleier aus Schüchternheit – so nannte es Rosanna –, und bevor ich wußte, wie mir geschah, hatte ich lauter Kinder um mich herum, die mich berührten. Der spastische Junge setzte sich neben mich, machte meine Bewegungen nach – ich ließ die Beine über den Rand der Veranda baumeln – und legte mir die Hand aufs Knie. Ich sah ihm in die Augen und versuchte zu lächeln. Aus einem unerfindlichen Grund setzte ich ihm meine Kappe auf. Sein Grinsen ließ fast die Sonne wieder aufgehen. Dann nahm er meine Hand. Sein Griff war so fest wie der eines Boxers.

Ich sah zu Bobby hinüber; er hatte inzwischen seinen zweiten Becher in Angriff genommen und bemühte sich, höflich zu sein, falls das überhaupt möglich war. Von Zeit zu Zeit schloß er mich in die Unterhaltung ein, indem er etwa sagte: »Ist das nicht so, John?«, worauf ich um des lieben Friedens willen zustimmte.

Die Sonne ging unter; es wurde schnell dunkel, und die Kinder schliefen ein, wo sie sich gerade befanden. Wir hatten die gewohnte Ordnung des Hauses nicht gestört. Ich muß auf dem Platz des spastischen Jungen gesessen haben, denn er benutzte meinen Schoß als Kopfkissen.

Ich lauschte mit einem Ohr der hohen, monotonen Stimme Dwights, aber der halbe Becher Whisky, den ich mir einverleibt hatte, begann schon zu wirken. Ich wollte nur noch eins, schlafen. Ich wurde jedoch schnell wach, als ich hörte, daß der Sheriff in den letzten sechs Monaten dreimal hier gewesen war und nichts gefunden hatte. Dwight erzählte voller Stolz, sie hätten eines Tages Rehe gejagt und seien dabei auf einen Lastwagen voller Bundespolizisten gestoßen. Die sich verirrt hätten. Die meisten von ihnen hätten sich in den Bergen verirrt, als sie hier herumschnüffelten, sagte Dwight, und anschließend würden noch mehr Bundespolizisten kommen, um nach den Verirrten zu suchen. Er sagte nicht, wieviele nie wieder gesichtet worden waren; das war nicht nötig.

Jetzt, wo die Jungen heranwuchsen, hatte Dwight eine eigene Privatarmee.

Mir erschien dies wie seine eigene private Welt, die von äußeren Einflüssen kaum berührt worden war und das auch bleiben würde.

Als ich den halben Becher leergetrunken hatte, begann ich einzunicken. Ich wachte wieder auf, als ich die Stimme sagen hörte: »Zeig ihnen die Marke, Willie.«

Ein Junge von etwa vierzehn stellte seinen Whisky ab, ging hinein und tauchte mit etwas auf, was einmal die Polizeimarke eines Hilfssheriffs gewesen war. Sie hatte in der Mitte ein Loch von einer .22er Kugel. Sobald ich sie sah, wußte ich, daß der Vorbesitzer sie getragen hatte, als sie das schmückende Loch erhielt.

Der alte Mann schlief in jener Nacht nicht, und Bobby und ich auch nicht. In Bobbys Tasche war das Geld für den Whisky, und im Hinterkopf hatten wir das Wissen, daß nichts diese Leute davon abhalten würde, uns zu erschießen, falls wir den Versuch machten, zu verschwinden.

Es kam mir jedoch nicht in den Sinn, daß wir Freunde und nicht Feinde waren. Dazu hatte ich viel zuviel Angst.

Ich wünschte, ich könnte die Zeit vergessen, die wir in Kentucky verbrachten. Die Erinnerung daran ist nur durch einen Schleier der Furcht sichtbar, und wenn unter der Oberfläche Furcht brodelt, erinnert man sich nicht an viel, höchstens an die Dinge, die man wegen seiner Angst sehen und fühlen kann. Ich erinnere mich aber doch an die Kinder, die alte Frau und die eine Tochter, die aus einer Bruder-Schwester-Verbindung hervorgegangen war, die Tochter, die von einem Bruder geschwängert worden war, während sie das Kind ihres eigenen Vaters stillte.

Dwight erzählte uns alles darüber. Er war sogar stolz darauf – stolz darauf, daß er es geschafft hatte, eine gutaussehende Tochter großzuziehen, die nützlicher und hübscher war, als ihre Mutter es je gewesen war.

Am meisten erinnere ich mich jedoch an die blicklosen Augen dieser Kinder.

All das bewirkt nur, daß ich mich glücklich fühle. Das war damals so und ist es heute auch noch. Ich konnte von Glück sagen, als Sohn von Lily und John Shaw geboren zu werden, eine kleine Schwester zu haben, die ich vor anderen Jungen beschützen konnte, eine Schule besucht und immer genug zu essen gehabt zu haben, Kleidung und einen eigenen Platz zum Schlafen, eine Familie, mit der ich sprechen, die ich lieben und der ich nahe sein konnte. Ich war froh, auf dieser Erde zu leben, die mir zugedacht war, und zu wissen, was es heißt, ohne ständige Furcht zu leben. Ich bin immer noch der Meinung, daß man mit vier Beinen und ohne Gewissen geboren sein muß, um leben zu können wie ein Tier.

Zum erstenmal in meinem Leben beruhigte es mich zu wissen, daß Bobby diesen .45er Colt bei sich hatte, daß er wußte, wie man damit umgeht, und daß er ihn notfalls benutzen würde. Wie ich in einer bedrängten Lage auch.

Das Gefühl für Gut und Böse und der tiefe Haß, den ich dem Gedanken entgegenbrachte, überhaupt etwas zu töten, all das war an diesen eineinhalb Tagen begraben, an denen wir bei diesen Leuten in den Bergen blieben.

Und diese Tatsache machte mir mehr angst als die Situation. Ich hatte bis dahin nämlich nicht gewußt, wie sehr die Umstände einen Menschen verändern können.

Die Söhne zwei und fünf tauchten kurz vor Tagesanbruch mit dem Benzin auf, und wir setzten uns auf die Ladefläche des Lastwagens, um zum Flugzeug zurückzufahren. Die Jungen beluden die Maschine, während ich auftankte, und aus den Augenwinkeln beobachtete ich, wie Bobby die Transaktion zu Ende führte.

Ich flog uns aus. Das war alles, was ich wollte – raus. Bobby erhob keine Einwände. Er war immer noch betrunken. Vielleicht sah er etwas in meinen Augen, was seine Worte stoppte, bevor sie sein Gehirn erreichten, und er hatte Verstand genug, den Mund zu halten.

Niemand schoß auf uns, obwohl ich es nach der letzten Nacht erwartet hatte – der längsten Nacht meines Lebens.

Es war ein schwieriger Start. Das Flugzeug war teuflisch überladen. Wir verfehlten die Baumwipfel nur knapp, als wir mühsam Höhe gewannen und uns dann langsam in die Kurve legten. Dann öffnete sich das blaue Firmament, und am Himmel, diesem sicheren Himmel, begann ich mir zu überlegen, was ich nach unserer Rückkehr sagen würde, genau wie Meg es immer getan hatte. Dabei hatte der lange Rückflug gerade erst begonnen.

Es kam mir nie in den Sinn, Gott für unsere Befreiung zu danken. Mir nicht. Ich wiederholte nur im stillen, was ich nach unserer Rückkehr sagen würde. Mein Zorn ertränkte jedoch jedes vernünftige Wort und jeden vernünftigen Gedanken.

Wir hatten kaum noch Kerosin im Tank, als ich auf dem Davis Field landete, zum Hangar rollte und den Motor abstellte.

Wir blieben ewig in der Maschine sitzen, da keiner von uns Lust hatte, sich als erster zu bewegen. Manche Dinge kann man verzeihen, manche Dinge können einem verziehen werden. Aber das – nein.

Ich nehme an, daß ich Bobby Sullivan nichts zu sagen brauchte. Er lernte auch durch seine Fehler.

Ich bewegte mich als erster. Ich kletterte hinaus. Ich ging weg. Ich hörte Bobby hinter mir. Ich fühlte seine Hand auf meiner Schulter und hörte zwei Worte: »Himmel, John ...«

Es geschah automatisch. Ich wirbelte herum und schlug zu. In meinem Knöchel krachten die Knochen, als die Faust mit seinen Zähnen in Berührung kam. Er ging zu Boden, blieb auf dem mit Ölflecken übersäten Zementfußboden liegen und zog ein Knie hoch. Er war den Tränen nahe, doch das lag auch nicht an dem Schlag. Ich weiß nicht mehr, was ich sagte. Ich möchte mich nicht daran erinnern. Bis zu jenem Tag hatte ich geglaubt, ihn zu kennen. Ich hielt ihn für meinen besten Freund. Ich hatte nicht viele. Ich hatte überhaupt keine. Er bedeutete mir etwas – bis zu jenem Tag.

Für mich gab es die Firma Sullivan und Shaw nicht mehr. Aber irgendwie wurde sie zu neuem Leben erweckt, bevor sie total unterging. Vielleicht sprachen wir miteinander. Vielleicht brauchten wir es nicht. Es war eine jener stillschweigenden Übereinkünfte, die keiner Unterschrift auf einem Stück Papier bedürfen.

Von diesem Zeitpunkt an flog Bobby legale Fracht. Und ich startete einen Kurierdienst.

Jetzt fliegt er an einem Himmel, den ich nicht sehen kann, aber ich weiß, daß er vorbeifliegt, manchmal ganz in der Nähe, weil ich von Zeit zu Zeit seine Stimme höre ...

Komisch, an was ich denke, wenn ich zum Himmel blikke. Da ist nichts als ein bösartiges Grau, und heute hätte ich keine Lust, da oben zu sein. Ich nehme an, ich könnte immer noch fliegen, wenn ich es versuchte, wenn sie besondere Flugzeuge für einarmige Piloten herstellten. Was soll's. Es ist vorbei. Es ist vorbei.

Also betrachte ich den Himmel, die Wolken, Streifen ruhigen, trüben Graus in dem Dämmerlicht, das einen Sonnenaufgang im Frühling ankündigt. Die Ahnung eines goldenen Glühens leuchtet durch das Grau; Strahlen goldenen Lichts werden vom Wasser reflektiert; am Horizont spiegeln sich das Eis und der Felsen wider. Dort, wo ich stehe, sehe ich einen einsamen Mann in einem Kajak, der sich durch das Packeis schlängelt. Das Wasser sieht heute so still aus, als könnte man darauf laufen. Es ist so leise, so still. Ich mag es nicht, wenn es so leise ist. Nirgends ist ein Laut zu hören, nicht mal das Gebell eines Hundes.

Die Menschen werden bald draußen sein – Jungen in Kanus, die hinausfahren, um Löcher im Eis zu finden oder ins Eis zu machen. Mal sehen, was sie diesmal fangen. Ein paar Seehunde vielleicht oder ein oder zwei Netze voller Fische.

Diese Stille ist zu beunruhigend.

Himmel und Hölle! Warum muß es immer so lange dauern?

Er stand an der Wasserlinie, gab sich Tagträumen hin, machte sich Sorgen, und seine Gedanken wirbelten ihm zu schnell im Kopf herum, als der einäugige Sindbad neben ihm auftauchte und ihm mit dem Ellbogen einen scharfen Rippenstoß versetzte. John wandte sich schnell um. Er sah nichts als das breite Grinsen des Eskimos. Sindbad erzählte ihm langsam in einer Mischung aus Eskimo und

Pantomime, daß das Baby bald da sein werde. John schob ihn grob zur Seite und vergaß in der Eile sogar sein Humpeln. Er rannte.

Ich habe soeben meinen Sohn in den Armen gehalten.

Ich kann das Gefühl nicht beschreiben; es ist Freude, Verzweiflung, Schock und Überraschung in einem. Und ich weinte wieder, stille Tränen.

Vielleicht war die Gemütsbewegung nur eine Erlösung.

Mein Sohn kam rückwärts heraus – das sieht mir ähnlich. Ich mache alles verkehrt herum. Aber immerhin ist er da. Er ist gesund.

Gegen Ende schickten Tooksooks und ihre Mutter Sindbad los, um mich zu suchen. Sie ließen mich nur ein, weil Kioki ständig nach mir rief. Als ich hineinrutschte, befand sie sich in einer anderen Welt, einer Welt nicht endenwollenden Schmerzes.

Ich spürte ihn fast. Ich konnte ihn in der Luft schmekken, ihn in ihren Augen sehen, in ihrer Stimme hören.

Ich habe immer gedacht, Damen seien zerbrechliche, schwache Geschöpfe, Dinge, die man besitzen, beschützen und zärtlich lieben müsse, wenn man die richtige hat. Aber als ich neben Kioki saß, während sie kniete und von diesen beiden Frauen aufrecht gehalten wurde, wußte ich, daß sie weder zerbrechlich noch schwach war und daß ich sie nicht besaß.

Ich konnte nur eins tun, zulassen, daß sie mir fast die rechte Hand zerquetschte. Alles, was ich tun konnte, war, auf sie einzureden. Jeder Muskel, den sie besaß, konzentrierte sich auf eins.

Dann erschien er endlich.

Er kam mit den Füßen zuerst heraus. Er hat große Füße,

große Hände, breite Schultern. Und wenn er kein Shaw ist, will ich Myrtle heißen.

Auf dem Rücken hatte er einen Streifen dunklen Haars. Aber das Haar auf dem Kopf war nicht pechschwarz, wie ich erwartet hatte. Eine kräftige Stimme hatte er auch. Sein Gesicht fiel mir jedoch am meisten auf – er blinzelte mit verwirrten Augen. Sein Schreien war nicht verängstigt, sondern nur verwirrt und verblüfft.

Ich wußte, wie er sich fühlte, ein Fremder, allein in einer neuen Welt, einer kalten, öden, verlassenen Welt. Aber wie ich würde er sich an diese Welt gewöhnen; er würde sie nach und nach akzeptieren. Er hatte Glück, nicht die andere Seite des Lebens gekannt zu haben, denn so läßt sich alles leichter akzeptieren.

Kioki legte sich erschöpft hin. Ihr Werk war vorerst getan. Ich sah sie an und sah ein müdes, glückliches Lächeln. Ich sagte nur ein Wort: »Gut.«

Sie erwiderte: »Zeig.«

Tooksooks ließ mich das Baby halten. Es gab jetzt nicht viel zu sehen; er war in Felle eingewickelt. Tooksooks wies mich hinaus.

Ich gehorchte. Die Sonne schien fast zum ersten Mal seit Monaten, und Tooksooks rannte herum und rief lange Wörter, die ich nicht verstand, deren Sinn ich aber ungefähr begriff: Kommt her! Seht! Der Mann, der vom Himmel gefallen ist, hat jetzt einen Sohn!

Sie kamen von überallher. Es war wieder etwas passiert, was die Menschen zum Feiern zusammenbrachte. Und der erste, der mir gratulierte, war Asuluk. Ich hatte ihn noch nie so lächeln sehen. Er schlug mir so fest auf den Rücken, daß ich die Rippen fast wieder zerbrechen fühlte.

Da stand ich nun und hielt meinen Sohn, während diese Menschen mich umringten. Und im Hintergrund stand ein grinsender Sindbad, der mit seinem einen Auge blinzelte und die Arme in stolzer Haltung auf der Brust verschränkt hielt.

Der kleine Mann hatte den Sonnenschein mitgebracht. Die Sonne war in seinem Haar, und in seinen Augen lag das Meer.

Mein Junge.

9. Kapitel

Von dem Augenblick, in dem das Kind geboren war, veränderte sich der Alltag dramatisch. Anders als die anderen Männer und Jungen auf der Insel mußte John feststellen, daß seine Nützlichkeit mit jedem Tag abnahm.

Er wurde nie aufgefordert, zu irgendeiner Expedition mitzukommen, nie zum Fischen oder Jagen eingeladen. In den Nächten, in denen Geschichten erzählt wurden, konnte er sich ebenfalls nicht mit Erfolg beteiligen. Wenn er sich einer Gruppe von Männern näherte, übersahen sie ihn meist, es sei denn, Sindbad war unter ihnen.

Kioki war zu sehr mit dem Baby beschäftigt, um viel Zeit für ihn zu haben, und ihre Schwester Tooksooks hatte immer noch ihre Pflichten dem Dorf gegenüber zu erfüllen. Sie half bei der Erziehung der Mädchen. Da dies keine Männerarbeit war und auch nicht von einem Mann erwartet wurde, wurde John mit jedem neuen Tag mehr in sich gekehrt und suchte in sich nach Antworten, von denen er wußte, daß er sie nie finden würde. Sein zerfetztes, wasserfleckiges Logbuch wurde sein ständiger Begleiter.

Ich bin nicht der beste Tagebuchschreiber der Welt. Manchmal glaube ich, ich bin in gar nichts der Beste der Welt. Wenn ich in meinem Garten große Tomaten anbauen würde und sie in der Stadt auf dem Markt verkaufen wollte, würde irgendein anderer größere Tomaten verkaufen. So hielt ich mich lange Zeit auch für einen guten Piloten ... Doch tief in mir weiß ich, daß es immer irgendwo jemanden geben wird, der besser ist als ich.

Wahrscheinlich hilft es, so gut wie möglich zu sein, gleichgültig, was man tut.

Man sollte einfach nur sein Bestes geben.

Das hat mir meine Mutter beigebracht, und zwar nicht mit Worten. Ich lernte durch ihr Beispiel. Was immer sie tat, so wußte sie ebensogut wie wir – Meg und ich –, daß sie ihr Bestes gab, sogar wenn sie krank war. Doch in all diesen Jahren, in denen ich ein Kind war, ist es mir nie aufgefallen, und ich habe es nie bemerkt. Das alles hat sich mir erst aus späterer Sicht erschlossen, aber das ist wahrscheinlich immer noch besser, als gar keine Sicht zu haben.

Kochen, saubermachen, nähen, Gartenarbeit.

Sie backte die besten Pies in South Carolina; in und auf unserem Haus lag nie ein Staubkörnchen. Teufel, sogar das Hühnerhaus war immer wie geleckt. Sie nähte unsere Kleidung so sorgfältig mit der Hand, daß man kaum sagen konnte, ob die Stiche von ihr oder einer Nähmaschine waren. Und niemand hatte Rosen, die so dufteten wie die Teerosen, die am Strauch rechts neben dem Klohäuschen wuchsen.

Ich sehe es so klar vor mir. Ich kann es fast riechen.

Und das ist alles, was geblieben ist – Erinnerungen an Menschen, die ich zurückgelassen habe. Meine Mutter könnte jetzt direkt neben mir stehen, dann wüßte ich, daß sie sich nicht beklagen würde. Vielleicht wäre sie stolz auf mich, stolz darauf, daß ich nie aufgegeben habe, denn lange Zeit wollte ich nichts weiter als sterben.

Wenn ich an sie denke, kommt es mir vor, als wäre sie hier bei mir. Vielleicht wünsche ich es mir sogar – zumindest in der Phantasie. Vielleicht ist sie inzwischen auch tot. Was auch immer: Sie wird meinen Sohn nie zu sehen bekommen.

Ich habe ihm zum Gedenken an den ersten Freund, den ich je hatte, Billy Taylor, den Namen Billy gegeben. Es kommt nicht darauf an, ob Billy noch am Leben ist. Ich werde ihn sowieso nie wiedersehen. Das war mir klar, als er mit dem Schiff nach England fuhr. Keiner von uns hätte sich aber je träumen lassen, daß ich irgendwo auf den Aleuten festsitzen und mit Eskimos leben würde.

Ich weiß nicht mehr, wann ich zum letztenmal geschrieben habe. Es würde mir helfen, wenn ich das Datum wüßte oder auch nur das Jahr. Aber was soll's. Wer wird diese Zeilen ohnehin je lesen? Ich sitze hier und schreibe; manchmal kann die Hand dem Tempo des Gehirns nicht folgen, aber meist fällt mir überhaupt nichts ein, worüber ich schreiben könnte. Ich habe ohnehin aus einem Grund nicht viel geschrieben.

Ich bin so verdammt müde. Der Junge schreit entweder, saugt an seiner Mutter oder schläft. Und er schläft nicht viel. Der Sandmann ist sein Hauptfeind. Ich bin auch so gewesen, jedenfalls behauptete meine Mutter das immer. Es war, als könnte ich es gar nicht erwarten, zu einem Teil dieser Welt zu werden, als hielte ich es für eine Vergeudung, eine Sünde, den größten Teil des Tages zu verschlafen. Und nach dem Absturz habe ich ebenfalls versucht, nicht zu schlafen – der Schlaf brachte zu viele Dämonen und Alpträume. Nach dem Absturz tat ich alles, um die Augen nicht allzu lange schließen zu müssen. Ich wagte es einfach nicht. Mit ein und derselben Maschine kann man nur einmal abstürzen, aber ich tat es immer wieder, und das Ende war immer gleich.

Und jetzt würde ich die Chance, den weißen Sand irgendeines Clearwater Beach zu berühren, freudig gegen ein paar Stunden ununterbrochenen Schlafs hergeben. Ich bin so müde, daß ich nicht einmal mehr klar denken kann.

Wenn dies Elternschaft ist, ist einmal für mich genug.

Was wird denn überhaupt von einem Vater erwartet? Gibt es etwas, was er tun soll, abgesehen davon, daß er überhaupt nicht weiß, was vorgeht?

Seit Tooksooks eingezogen ist, hat Kioki nicht mehr das Lager mit mir geteilt. Und das gefällt mir nicht sehr. Ich habe das Gefühl, als würden wir allmählich wieder Fremde.

Sie schläft mit dem Baby. Manchmal kann ich mich des Gefühls nicht erwehren, daß er sie mir gestohlen hat. Ich sollte es besser wissen. Ich fühle mich ausgeschlossen, ausgestoßen. Manchmal habe ich das Gefühl, als wäre das alles, was sie von mir gewollt hat – dieses Baby. Und das, was ich empfinde, muß sich oft auf meinem Gesicht zeigen, denn sie gibt ihn mir, damit ich ihn halten kann.

Und dann weiß ich nie, wie ich mich fühle, denn er braucht mich nur einmal anzusehen und zu grinsen. Soviel zu meinen Versuchen, ihn nicht gern zu haben.

Mein Gott, ich bin jetzt Vater.

Der Alleinflug war mein Versuch, all diesem Gerede von Familie zu entgehen, allen Vorstellungen von Heirat und Gründung einer Familie. Ich brauchte Rosanna nur zu sehen, um das unbezwingbare Bedürfnis zu spüren, einfach wegzurennen. Wenn ich damals nicht heiraten wollte, warum sollte ein Flugzeugabsturz in einer kalten Wildnis einen Unterschied machen?

Ich weiß nicht, wie alt das Kind ist. Wenn ich Tag für Tag Tagebuch führen würde, würde ich es wissen. Ich hatte jedoch nie ein Anfangsdatum, mit dem ich beginnen konnte, und die Tage hier sind nicht so wie die, die ich früher mal gekannt habe. Außerdem kann ich mich mit dem Gedanken nicht anfreunden. Es gibt Zeiten, zu denen ich es möchte, aber jetzt sitze ich einfach nur da und kratze mir den Kopf und hoffe, jemand würde kommen.

Ich vermisse die Zivilisation jetzt mehr als je zuvor, die Kleinstadt, die ich so viele Jahre mein Zuhause nannte. Ich vermisse es, die Main Street entlangzugehen und Leuten hallo zu sagen, deren Gesichter mir schon vertraut waren, bevor ich eine Erinnerung besaß. Ich vermisse diese unkomplizierte Vertrautheit, die mir ein solches Gefühl der Geborgenheit gab – ich fühlte mich so geborgen, daß es schon langweilig wurde. Ich vermisse die Filmvorführungen in Columbia und die Wanderungen zu den Calhoun Falls an einem heißen Sommertag. Ich vermisse auch Miami, aber am meisten vermisse ich das Fliegen. Selbst wenn ich es nur bis Anchorage schaffte, wäre es schon die Erfüllung eines Traums.

Zivilisation – was bedeutet dieses Wort überhaupt?

Für mich schloß sie immer zwei Dinge ein: daß man nett zu Menschen ist, die man am liebsten gar nicht kennen würde, und daß man in seinem Job vorankommt, wobei man sich bemühen sollte, niemanden zu töten oder auszurauben. Wenn man sich so verhielt, war das Leben in der Zivilisation leicht. Hier, wo von Zivilisation keine Rede sein kann, kommt man mit jedem gut zurecht, weil niemand etwas von einem will. Niemand stellt eine Bedrohung dar. Niemand stiehlt; und getötet wird nur, um

Nahrung zu erhalten. Ich habe bis jetzt noch keinen Kampf gesehen oder gehört, abgesehen von dem einen Mal, als ich verprügelt wurde. Und wahrscheinlich gibt es hier nur zwei Menschen, die mich nicht sonderlich mögen – meine Schwiegermutter und einer von Asuluks Neffen, der ein ungewöhnlich streitsüchtiger Raufbold ist. Allerdings geht er mir aus dem Weg und ich ihm, und ich kann nur hoffen, daß es so bleibt.

Den Kinobesuchen, die ich so vermisse, kommen die Abende mit Geschichten bei Asuluk noch am nächsten. Dort findet sich jeder ein, es sei denn, jemand ist krank, liegt im Sterben oder bekommt gerade ein Baby. Ich verstehe die Sprache allmählich besser, und Kioki gibt sich die größte Mühe zu übersetzen, wobei sie die paar englischen Wörter benutzt, die sie kennt. Sie übersetzt jedoch nie simultan, sondern immer erst später, zu Hause, und damit geht ein großer Teil des Zaubers verloren. Aber manchmal gehe ich mit klaren Bildern von Asuluks bedeutungsvollen Geschichten nach Hause. Sie sind immer bedeutungsvoll und spirituell. Manchmal überrascht er uns jedoch alle und erzählt etwas, was einem Witz bei uns sehr nahe kommt.

Ich beobachte gern die Reaktionen der Menschen, die in meiner Nähe sitzen. Manchmal ist das sogar besser als im Kino. Ich betrachte all diese runden, roten, orientalischen Gesichter, während die Augen und Ohren und die Vorstellungskraft der Zuhörer von jedem Wort des Medizinmanns gefangengenommen sind. Er ist ein Meister darin, Spannung zu erzeugen, und diese Menschen sind wie Menschen überall – sie lieben eine gute Geschichte. Oft wird sie beim nächstenmal fortgesetzt, so wie es manchmal auch bei den Sonnabend-Vorstellungen im Kino war.

Ich frage mich oft, wie sie darauf reagieren würden, wenn sie Bilder an der Wand sehen würden statt im Kopf.

Diese Zusammenkünfte mit dem Erzählen von Geschichten dürfte bei Menschen so etwas wie einer Schulausbildung am nächsten kommen. Außerdem glauben sie sehr stark an Geister. Sie haben für alles, was man sich nur vorstellen kann, einen Geist, während ich immer noch mit der Vorstellung von einem Gott zu kämpfen habe.

Ich möchte gern wissen, was sie täten, wenn ein Prediger vorbeikäme und den Versuch machte, sie zum Christentum zu bekehren.

Manchmal würde ich auch gern wissen, ob man mich schon offiziell für tot erklärt hat. Ich weiß nicht, wie lange es dauert, bis man einen Vermißten für tot erklärt. Ich frage mich, wieviele Wahlen ich verpaßt habe, falls überhaupt eine. Ich würde auch gern wissen, ob Calvin Coolidge noch Präsident ist. Es wäre sehr merkwürdig für diese Menschen, sich mit einem Anführer abzufinden, den sie nicht kennen. Was wissen sie überhaupt von einem organisierten Staatswesen außer ihrem eigenen? Von der Zivilisation? Auch wenn es nur ein Wort ist. Von Seattle? Von Maine? Von der Wüste von Nevada, den Wäldern Kentuckys, von den Palmen, welche die Straßen Miamis säumen?

Himmel, ich möchte nach Hause.

Kioki setzte sich neben ihn, hob sein Gesicht hoch, blickte ihm in die Augen voller Tränen und fragte, was los sei. Er konnte nicht antworten. Dann nahm sie ihm das Logbuch weg und ließ ihn mit dem Baby allein. Es war das erste Mal, daß sie mit Tooksooks weggegangen war und ihn vollkommen allein gelassen hatte. Jetzt hatte er die volle Verantwortung für ein Baby, das er kaum kannte. Er wußte auch nicht, was er damit anfangen sollte. Er wußte aber auch, daß er nur zu rufen brauchte, dann wäre sie wieder da.

Ich wußte, was sie zu tun versuchte. Sie wollte mich zwingen, die Vergangenheit hinter mir zu lassen und der Gegenwart gewahr zu werden, bevor sie verschwand.

Ich war zuvor noch nie mit Billy allein gewesen, und nachdem die *Aber, Ich kann es nicht* und *Was habe ich zu tun* verschwunden waren, betrachtete ich ihn, als wäre es das erste Mal.

Sein Gesicht ist dick und rund, und sein Haar ist wieder dunkel geworden. Seine Augen ändern ebenfalls die Farbe. Seine kleinen Hände sind dick und stark, und er hat einen lustigen Gesichtsausdruck, eine Mischung aus Neugier und Überraschtsein. Aber das könnte daran liegen, daß er ein halber Eskimo ist.

Ich glaubte, eine Minute lang in seinen Augen den Teufel hervorblitzen zu sehen, doch dann war es vorbei, als der Kleine mich angrinste.

Ich war zu dem Schluß gekommen, daß dieses kalte Stück Felsen für die menschliche Besiedlung nicht geeignet ist. Ich erzählte es ihm, weiß aber nicht, ob er es verstand. »Billy«, sagte ich, »wenn Babys auf Eisschollen oder auf kleinen Inseln aus eisbedeckten Felsen im Nordpazifik geboren werden sollten, würden sie mit einem Fell auf die Welt kommen und nicht in Bärenfelle gewickelt werden. Wo hast du deins übrigens her? Gehört es deinem Großvater?« Er gurgelte nur stillvergnügt vor sich hin und sog an seiner Faust.

Ich hätte mir nie träumen lassen, daß ein Sohn von mir Bärenfelle und Seehundhäute tragen würde.

Seine Haut war weicher als die Pelze, in die er gewikkelt war. Seine Blicke folgten jeder meiner Bewegungen, und ich machte ein paar, nur um mich zu vergewissern, daß er gut sehen kann und sein Gehör in Ordnung ist. Doch als er mich ansah – nein, in mich hinein –, hatte ich das Gefühl, als wüßte er genau, wer ich bin. Er starrte mich nicht an, weil ich gelbes Haar und blaue Augen habe. Daß mein Bart rot ist, störte ihn auch nicht. Er schnappte sich meine Nase und versuchte sie abzureißen. Und als sie nicht abging, probierte er es bei dem Zahn mit der Goldkrone.

Er kannte mich. Er vertraute mir. Er hatte zwar keine Wahl, aber wenn er eine gehabt hätte, so hoffte ich, würde er einfach nur in meinen Armen liegen, sich behaglich und warm fühlen und vor nichts Angst haben.

Da meldete es sich wieder, das Gefühl, das ich gehabt hatte, als ich ihn zum erstenmal sah, berührte und den Dorfbewohnern zeigte. Es begann im Bauch, und im Bruchteil einer Sekunde erstickte ich fast an einer warmen Welle reinen Gefühls. Er schnappte wieder nach meinem Finger; seine ganze Hand schloß sich eng darum, worauf wir uns noch eine Zeitlang betrachteten. Während der, wie ich meinte, längsten Augenblicke meines Lebens fühlte ich mich wirr und benommen, und dann begann er zu brüllen. Was ich auch tat, er hörte nicht auf, sondern brüllte weiter.

Kioki antwortete sofort auf diesen Ruf, und ich hatte nichts dagegen, ihn zurückzugeben. Meine Augen brannten, und sie sah mich seltsam an.

Ich glaube nicht, daß sie bis zu meinem Auftauchen einen Mann je hat weinen sehen.

Ich bin vielleicht ein großer weißer Jäger. Ein furchtloser, vom Himmel gefallener Krieger, der Stahldraht flicht und Fischernetze repariert. Ich bin vielleicht ein Mann. Ein schönes Vorbild für meinen Sohn.

Babys sind sowieso etwas für Frauen. Ich werde schon etwas zu sagen haben, wenn er anfängt zu laufen.

Das heißt, wenn er vorher nicht erstickt.

Kioki wird ihn noch zu Tode verwöhnen. Sie redet ständig auf ihn ein, und er brauchte nur ein paar Tage, um ihre Stimme zu erkennen. Übrigens kann er so zornig schreien, wie ich es noch bei keinem Menschen gehört habe. Sobald sie den Mund aufmacht, ist er still. Er weiß nämlich genau, was als nächstes kommt. Unter mehreren Schichten von Pelzen begraben und bei der Mutter am Ziel aller Wünsche zu sein, ist für ihn das Schönste.

Manchmal singt sie ihm beim Stillen etwas vor – obwohl diese Lieder mehr von einem Wehklagen, einem Singsang an sich haben. Vielleicht singt sie als Versicherung, daß er zu einem starken, gesunden, gutaussehenden und tapferen Mann heranwachsen wird. Der gegen Kälte immun ist, wie zu hoffen steht.

Während er diniert, beobachtet er ihr Gesicht, so wie er mich beobachtet, aber ich kann ihm nicht das gleiche bieten wie seine Mutter. Das dürfte er ohnehin wissen.

Schon bald, vielleicht in einem Jahr oder zwei, wie lange es immer dauern mag, bis Babys sprechen lernen, werde ich endlich mit jemandem sprechen können, der beide Sprachen versteht. Dann werde ich einen eigenen Dolmetscher haben, und damit wird es keine Mißverständnisse mehr geben. Dann werde ich zu diesem streitsüchtigen Neffen Asuluks gehen und sagen können: »Was zum Teufel habe ich dir eigentlich getan?«

Ich weiß, daß Billy schlau werden wird. Man sieht es ihm schon jetzt an den Augen an. Wer weiß, vielleicht vererbt sich etwas von dem Grips meines Vaters und wird an die Nachkommen weitergegeben. Ich würde gern wissen, ob dieser Junge je das Bedürfnis verspüren wird, sich Flügel zu suchen. Vielleicht werde ich ihn eines Tages am Rand des Eises stehen sehen, aber er wird nicht aufs Meer blikken. Nein, er wird zum Himmel blicken und sich fragen, weshalb Vögel fliegen können und er nicht. Sollte dieser Tag je kommen, werde ich ihm von diesem Jungen erzählen, der früher träumend auf dem Zaunpfahl stand.

Läßt sich das Bedürfnis zu fliegen vererben?

Mir ist klar, was ich getan habe. Ich habe mitgeholfen, einen neuen Menschen zu erzeugen, der sein ganzes Leben in dieser Hölle zubringen wird, es sei denn ... es sei denn, es gelingt mir, einen Ausweg zu finden, einen Weg nach Hause. O Herr, ich möchte nicht, daß er hier aufwächst. Hier gibt es keinen Traum. Hier gibt es keine Wahl. Hier gibt es nichts. Keine Hoffnung auf etwas Besseres. Ich wünsche nicht, daß er hier aufwächst. Wenn er es tut, wird er nichts wissen und weniger Erfahrungen machen. Zum Leben gehört mehr als das nackte Überleben. Es muß einfach so sein.

Kioki erlaubte John erst dann die Freiheit, mit dem Jungen spazierenzugehen, als dieser sieben Monate alt war. John wartete dann auf einen Wetterumschwung, der mal nur eine halbe Stunde lang war, mal ganze achtzehn Stunden mit klarem Tageslicht, obwohl das eine Seltenheit war. Die plötzlichen Stürme waren eine ständige Bedrohung.

Er hatte den Winter schon immer gehaßt.

Wann immer er konnte, sich wohl genug fühlte und das Wetter es erlaubte, flüchtete er mit dem Jungen. Vorbei die Tage, da er in die Luft entfliehen konnte, obwohl er sich schwor, noch einmal zu fliegen, bevor er starb, und zwar nicht im Traum.

Er träumte davon, mit seinem Sohn in einem Doppeldecker aufzusteigen und ihm und sich zu beweisen, daß er sich darauf verstand, wenigstens darauf.

Mit dem Baby auf dem Rücken humpelte der weiße Mann mit dem struppigen Haar allein los, um die paar Beeren und Samenkörner zu sammeln, die man im Sommer finden konnte. Er sammelte auch Brocken weichen Gesteins, die er später polierte oder zurechtschnitt. Im Sommer nahm er den Kleinen oft mit zum Strand und suchte dort nach Schalentieren, meist mit einem Schwarm schnatternder Eskimokinder im Schlepptau.

John wurde sich wegen des ewigen täglichen Einerleis nie ganz der verborgenen Talente bewußt, die in ihm lauerten und nur darauf warteten, ans Licht geholt zu werden. Dennoch arbeitete er recht produktiv, nachdem er fast wiederhergestellt war, obwohl das, war er tat, als »Frauenarbeit« bezeichnet wurde. Er hatte gelernt, mit dem Verlust der Hand zu leben, und neue Verwendungsmöglichkeiten für seine Füße gefunden, vor allem für die Zehen.

Er schrieb jedoch nicht mehr so oft wie früher. Er büßte kaum merklich etwas von seiner Sprache ein. Es fiel ihm sehr schwer, Gefühle in Worte umzusetzen. Wenn Wörter geschrieben werden, verlieren sie immer etwas Ungreifbares, da Wörter beschreiben; Wörter sind nicht der wahre Wesenskern von Gedanken oder Gefühlen.

Ein gelegentliches unerwartetes Lächeln war das einzige, was die ewige Wiederholung unterbrach. Er wußte nicht, ob diese Menschen, die nach und nach zu seiner Sippe wurden, Träume hatten, Ehrgeiz, Ziele. Wenn er sie beobachtete, dachte er meist, sie lebten ausschließlich aus Gewohnheit. Es kam ihm vor, als gäbe es keine Freude, keine Abwechslung. Einfachheit mochte für manche Menschen wie geschaffen sein; für John war sie schlimmer als eine Gefängniszelle.

Nie passierte etwas. Der Rest der Welt hatte diesen Ort vergessen, falls sie überhaupt um seine Existenz wußte.

Die Welt hatte auch ihn vergessen.

Er hatte immer mehr gewollt, als er haben konnte. Selbst wenn er Post, Fracht und gelegentlich Touristen flog, fragte er sich immer, was ihm das Leben sonst noch zu bieten hatte. Ungeduld führt nur zu oft zu Langeweile. Und wenn Schnee fiel, fragte er sich, ob dies die Strafe dafür war, daß er zu vieles zu schnell wollte.

Bobby Sullivan wollte nie etwas. Er nahm einfach die Gelegenheiten wahr, die sich ihm boten; manchmal streckte er nur die Hand aus, griff etwas, hielt es fest und erlebte es. Bobby war so gestorben, wie es sich alle Flieger wünschen. Was hatte er, John, also falsch gemacht, da er noch am Leben war? Andere erlebten die Erfüllung ihrer Wünsche.

Seit meiner Kindheit weiß ich, daß es einen Grund hat, daß man lebt, einen guten Grund. Ich bin hier. Sie sind hier. Sie sind schon seit Jahrtausenden hier. Sie haben sich angepaßt. Sie kennen nichts Besseres, aber ich schon, weiß Gott.

Miami wäre für sie nicht der Himmel. Es wäre eine andere Welt. Es wäre für sie so weit von der Wirklichkeit entfernt wie ein Märchenbuch für die Phantasie eines Kindes.

Ich wünschte, ich hätte ein paar Fotos bei mir, nur um ihnen zu beweisen, daß ich früher in einer anderen Welt gelebt habe, in einer anderen Welt, die ein paar tausend Meilen südöstlich von hier liegt, südöstlich vom Nichts.

Wenn sie aber die Strände Kaliforniens mit ihrer Brandung sehen könnten, die Bucht von Monterey, das Death Valley oder gar die Everglades, würden sie es für eine Art Geisterzauber halten. Oder Asuluk würde auf die Sterne zeigen und alles damit erklären.

Fotografien – das ist alles, was meine Familie hinterlassen hat, ein paar Bilder. Ich wette, daß das Bild von Bobby Sullivan und mir immer noch auf dem Kaminsims meiner Mutter steht. Wir sehen auf dem Foto beide betrunken aus, aber wir waren es nicht – für uns genügte es, zusammen zu sein, um so zu werden. Ich legte ihm den Arm um die Schulter, und er hatte sich auf ein paar Dosen gestellt, damit wir gleich groß waren. Ich war zweiundzwanzig und er dreiundzwanzig, als das Bild vor dem Hangar in Miami aufgenommen wurde. Es war nicht das Foto, das sie in der Zeitung brachten – auf dem sahen wir beide ernst und geschäftsmäßig aus. Immerhin waren wir gerade von einem Suchflug zurückgekehrt und hatten einen vermißten Fischer gefunden. Das Foto auf dem Kaminsims meiner Mutter ist aber mein Lieblingsbild.

Aber immerhin hab ich noch sein Christophorusmedaillon.

»Nimm es«, hatte er gesagt. »Nimm es. Ich brauche es nicht mehr. Da, wo ich hingehe, brauche ich es nicht.«

Ich sehe das immer noch vor mir, fühle es, höre es. Das Bild will nicht weichen. Es wird erst dann verschwinden, wenn ich es hinschreibe. Aber das wird es wieder zum Leben erwecken und so schlimm werden lassen, wie es an jenem Silvesterabend 1923 war.

Vielleicht war es auch der Neujahrstag 1924.

Ich kann mich nicht erinnern. Schon damals war jeder Tag gleich.

Ich hatte keine Lust, Kunststücke vorzuführen, nur um

einer Menschenmenge einen Nervenkitzel zu bieten. Ich wollte nichts mit seinen unverantwortlichen Tollheiten zu tun haben, etwa wenn dieses blonde Mädchen im Flug auf der Tragfläche herumspazierte. Dieses Mädchen hatte auch diese Todessehnsucht. Teufel, wir hatten ein Geschäft, das über Wasser gehalten werden mußte. Alles, was wir besaßen, steckte in unseren Maschinen. Ich habe schon gesagt, wie sehr er Abenteuer mochte, wie lebendig er wurde, wenn er mit dem Tod spielte.

Selbst meine Mutter wußte Bescheid. Meg auch. Sie wußten, was passieren würde, wenn wir nach Atlanta flogen. Bobby hatte jedoch zu oft gesagt, daß er lieber vor einem Publikum sterben würde, das seinen Tod erwartete, als Kartons voller Bibeln nach Salt Lake City zu fliegen. Er sagte, er wolle in den Armen einer wahrhaft schönen Frau sterben.

Bess schaffte es nicht, rechtzeitig hinzukommen.

Nur ich, ich und etwa fünfundvierzig andere Menschen wollten uns seinen Flug ansehen. Neugier bringt die schlimmsten menschlichen Eigenschaften ans Licht. Vielleicht hatte er recht. Vielleicht gingen die Leute nur zu solchen Flugschauen, weil sie einen richtigen Absturz zu sehen hofften, weil sie sehen wollten, wie ein Mann stirbt.

Bobby war nicht der erste, der einen Looping flog. Er war auch nicht der erste, der eine Maschine in fünfzehnhundert Fuß Höhe trudeln ließ und sie bei hundert Fuß wieder hochzog. Er war nicht der erste, der in fünfzig Fuß Höhe auf dem Kopf flog. Er sagte immer, so könne er den Damen unter die Röcke sehen. Er war nicht der erste, würde aber auch nicht der letzte sein. Er hatte dem Tod schon einmal ins Gesicht gesehen, und ich dachte, er würde allmählich zur Vernunft kommen, nachdem er sich ein wenig die Hörner abgestoßen hatte, aber es machte ihn nur noch entschlossener, etwas anderes zu probieren – was es auch sei.

Vielleicht war ich so vorhersehbar, daß es ihn langweilte, aber als ich noch ein kleiner Junge mit blitzenden Augen und einem gebrochenen Arm war, sagte mir Billy Taylor von Zeit zu Zeit: »Vergiß nicht, John, eine Maschine kannst du immer ersetzen. Du kannst aber keinen Menschen von den Toten zurückkaufen.«

Und wer würde sich um meine Mutter und Meg kümmern, wenn ich starb? Frankie Dee? Ich habe dieses Wiesel nie gemocht. Es hat mir nie gefallen, wie er Meg Blumen mitbrachte und sich mit seinem Charme die größte Mühe gab, an meiner Mutter vorbeizukommen. Ich wußte genau, was dieser Scheißkerl wollte. Dazu sagte Bobby nur: »John, das geht dich nichts an.« Vielleicht hatte er an jenem Tag auch gedacht, daß es mich nichts anging, als ich ihn zu überreden versuchte, an diesem Tag nicht zu fliegen.

In dem Moment aber, in dem wir in Atlanta waren und er sich entschloß, für einen Tag bei Artie Bests Flugzirkus mitzumachen, wußte er verdammt genau, was passieren würde. Flüge auf dem Kopf fünfzig Fuß über der Menge; Spazieren auf den Tragflächen; Sackenlassen der Maschine; Loopings, Doppel-Loopings, dreifache Loopings; Trudeln – das führte nicht nur dazu, daß den Zuschauern das Herz in die Hose rutschte.

Ich haßte diese verdammten Flugschauen. Lange Zeit haßte ich auch die Menschen, die sie besuchten.

Ich versuchte es ihm auszureden. Um ein Haar hätte ich sogar Sabotage begangen, um ihn am Fliegen zu hindern, aber Bobby hat nur einmal auf mich gehört, nämlich nach dem Flug nach Kentucky, und das auch nur, weil er wußte, daß er im Unrecht war.

Ich wußte, daß er schon so gut wie tot war, als er abhob, über die Zuschauertribüne hinwegflog, seine Blumen abwarf und herzlich lachte, als die Mädchen sich um seine gelben Gänseblümchen balgten.

Ich sah Bess an, die ein wenig abseits stand und sich gegen den Fahnenmast lehnte. Über ihrem Kopf flatterten Artie Bests verblichene Flaggen im Seitenwind. Ich vermute, daß auch Bess Bescheid wußte. Sie wußte, daß sie ihn nie für immer haben würde, daß er nur eine Leihgabe war.

Und als Elsie schließlich auftauchte, die auf der Tragfläche spazieren sollte, war es ohnehin zu spät. Bobby war schon am Himmel. Ich sah ihn heranfliegen und die Maschine umdrehen und hörte Arties Stimme aus den Lautsprechern. Ich schloß die Augen und hoffte, daß er sich angeschnallt hatte. Ich hatte mal von einem Piloten gehört, der einen Looping machen wollte und vergessen hatte, sich anzuschnallen. Mit der Schwerkraft ist nicht zu spaßen, und Bobby hat mich deswegen immer wieder aufgezogen. Ich haßte seine Art von Humor. Er schaffte die Drehung jedoch ohne jeden Zwischenfall. Ich schlug die Augen auf, als der Beifall ertönte, und er stieg immer höher.

Ich wußte, daß er abrutschen würde, wenn er nicht Vollgas gab. Er rutschte aber nicht ab. Die Götter liebten diesen Narren immer noch. Er hatte kaum fünfzehnhundert Fuß Höhe erreicht, als er mit dem Trudeln begann. Ein paar Sekunden später wußte ich, daß er sich verzweifelt bemühte, die Maschine wieder unter Kontrolle zu bekommen. Ich konnte fast spüren, daß der Motor nicht wieder anspringen wollte.

Er tat es, jedoch fünf Sekunden zu spät.

Ich rannte schon, bevor er mit mehr als hundertsechzig Stundenkilometern mit der Nase zuerst herunterstürzte.

Ich kann mich aber an keinen Laut erinnern. Ich glaube, dazu schrie ich zu laut.

Vor allem erinnere ich mich an seinen dummen Gesichtsausdruck – er wollte seine Gurte lösen und einfach wegspazieren. Er wollte eine Bruchlandung mit Stil hinlegen, eine Art Held für all diese Mädchen sein, die ihm zusahen. Es kam jedoch nie ganz so, wie er wollte.

Ich weiß nicht, wie viele Menschen sich um die Trümmer drängten, und ich wollte es auch nicht wissen. Ich löste die Gurte. Er fiel heraus. Das Christophorusmedaillon fiel ins Gras.

Ich wußte, daß Bess da irgendwo stand, und hörte später, wie der alte Artie sie zurückhalten mußte, während vier oder fünf Männer uns zu trennen versuchten. Sie versuchten, ihn wegzubringen. Ich wollte ihn aber nicht loslassen, nicht einmal dann, als ich spürte, daß er im Sterben lag. Er lebte noch, sah mich an und sagte: »Nimm es. Nimm es. Ich brauche es nicht mehr ...« Und dann war er tot.

Mein Kumpel war tot.

Ich sah, wie es passierte.

Ich kann es aber noch immer nicht akzeptieren. Zwei oder vielleicht sogar drei Jahre später kann ich es immer noch nicht glauben.

Die Ärzte sagten, er habe sich so gut wie jeden Knochen im Leib gebrochen, und einer versuchte mir zu sagen, daß derart schwere Verletzungen kaum zu spüren sind. Das Gehirn werde irgendwie überladen, und das Opfer spüre überhaupt keinen Schmerz. Doch das mußte Unfug sein. Mußte es sein.

Ich weiß noch, wie ich den Sarg auswählte und wie er aussah, als er darin lag. Er trug seine Lederkluft, und man hatte ihm das Haar glatt nach hinten gekämmt, wie er es nie getragen hatte. Außerdem hatte ihm jemand Lippenstift aufgelegt. Ich weiß noch, wie ich ihn ansah und ihm behutsam über das Gesicht strich. Ich weiß noch, was für ein Gefühl es war. Und in dem Augenblick wußte ich, daß das, was einmal in diesem Körper gelebt hatte, was auch immer der Wesenskern meines Kumpels gewesen war, jetzt schon lange nicht mehr da war.

Ich erinnere mich nicht an das, was der Prediger auf dem Friedhof sagte. Was bleibt, ist das Büro in Miami, wo ich Bobbys zweite Fliegerjacke an der Innenseite der Tür zum Büro hängen sah. Mir wurden die Knie weich wie Wackelpudding, und ich weinte etwa eine Stunde lang.

Dann fuhr ich zu diesem Garten, wo ich lange Zeit sitzenblieb, bis ich genug Mut hatte, ins Haus zu gehen und es seinem Vater zu sagen.

John ging mit seinem Sohn spazieren und blieb eine Zeitlang auf den Felsen stehen. Das Eis schmolz immer noch. Hier und da bemühten sich ein paar Grashalme vergeblich, dem Schlamm und dem Matsch zu entkommen. Wenn der Erdboden trocken wurde, würde es wieder Winter sein.

Vielleicht war es eine Landmasse da draußen in der Ferne; vielleicht war es Alaska, das Festland. Vielleicht spielten die Wolken nur einem Mann, der an Heimweh litt, einen grausamen Streich. John stand da und hatte sich den Jungen in den Mantel gesteckt, den Kioki ihm gemacht hatte, und konnte sich nicht einmal einreden, am Clearwater Beach zu stehen.

Es war nicht mehr möglich, so zu tun, als ob.

Kajaks kamen näher, und einen Augenblick lang sah das Wasser so glatt aus, als könnte man darauf gehen.

Er fühlte sich versucht, über den Abgrund zu treten und

in das eisige, bodenlose Wasser zu fallen. Er fühlte sich versucht, bis der Junge in der Ferne etwas sah und danach griff. John folgte mit den Blicken der kleinen behandschuhten Hand.

Billy versuchte, sich den Mond zu greifen.

10. Kapitel

Eines Morgens, als er träge den vergeblichen Versuchen seines Sohnes zusah, aufrecht zu gehen, ging ihm auf, daß er den längsten Winter seines Lebens durchmachte und schon mindestens zwei Jahre auf Kulowyl gewesen war. Was hatte er in dieser Zeit geleistet?

Er hätte diesen Menschen so viel beibringen können, wenn er nur eine Art Beweis dafür gehabt hätte, daß seine Welt existierte.

Beweise in Form von Fotografien – von Menschen, Orten, Dingen, Automobilen, Stränden, der Sonne, Obstbäumen, einem Sack voller Maiskörner, einem halben Dutzend sprießender Kartoffeln ... Wenn die Leute Farmer gewesen wären, wäre es nicht so schlimm gewesen – dann hätte er ihnen beim Unterricht etwas Konstruktives vermitteln können, aber Mais läßt sich auf nacktem Fels nun mal nicht anbauen. Tausende von Jahren Frost, der alles bis in eine Tiefe von sechzig Metern vereisen ließ. Damit blieben an der tauenden Oberfläche nur wenige Zentimeter Mutterboden, und ein paar Zentimeter sind nie genug.

Sie waren Menschen des Meeres. Und jetzt war er einer von ihnen.

Es gab Zeiten, in denen er die ungeheure Freude zu verstehen glaubte, wenn eine Expedition heil und wohlbehalten zurückkehrte. So viele Freuden aus solcher Einfachheit. Wenn er die Freude an einer solchen Rückkehr sah und spürte, wurde sein Heimweh stärker als je zuvor. Es ist schwierig, mit anderen Erregung zu teilen,wenn man nicht mehr weiß, was Erregung ist.

Sein Gedächtnis wurde jedoch schon bald aufgerüttelt.

John erlebte seine erste Schlägerei, und, wie er hoffte, die einzige.

Gütiger Himmel. Ich zittere immer noch. Ich habe gewußt, daß es mal passieren mußte. Dieser Neffe Asuluks hat gerade versucht, mich zu töten. Warum? Teufel, was hätte ich denn machen sollen? Es ist schon immer eine Gewohnheit von mir gewesen, die andere Wange hinzuhalten, wie es irgendwo in der Bibel heißt. Und ich habe jetzt seit mehr als einem Jahr versucht, ihn zu ignorieren, aber bestimmte Dinge verschwinden nicht so einfach.

Ich wünschte, er würde es tun. Ich weiß nicht, wie er heißt – ich weiß nur, daß der Name sehr lang ist und mit Zuk anfängt und irgendwann mit ki endet. Er sieht mehr wie ein Indianer aus denn wie ein Eskimo – für mich jedenfalls. Die Augen sind Eskimo, aber nicht die Nase oder das lange Gesicht. Und er hat mich auf dem Kieker, seit ich hier bin.

Ich ging mit Billy und den meisten anderen Kindern am Strand spazieren, als Zuks Lieblingsfrau vorbeikam, um drei ihrer Kinder abzuholen. Alle sammelten Specksteine oder andere kleine Steinbrocken oder Muschelschalen, die anders aussahen, denn in jüngster Zeit zeige ich ihnen immer, wie ich solche Dinge schnitze und poliere. Sie sammeln auch Treibholz und sehen mir beim Schnitzen zu.

Die Frau, die ein wenig älter war als Kioki, sprach mich an, und ich hielt die Unterhaltung nach bestem Vermögen aufrecht. Sie wollte wissen, wie es ist, in einem hoch am Himmel dahinschwebenden Vogel zu fliegen. Ich hatte sie schon früher gesehen, wie sie mit meinen Mädchen sprach und immer schnell wegrannte, wenn ich erschien. Doch das passierte, kurz bevor Tooksooks bei uns einzog. Damals war die Frau kichernd weggerannt. Woher sollte ich wissen, daß auch diese Frau mit mir verheiratet sein wollte?

Ich wußte nicht, weshalb ich sie zum Lachen brachte – mir war nicht mal bewußt, daß ich überhaupt etwas Komisches gesagt hatte. Es ist unmöglich, einem Eskimo die Aerodynamik zu erklären, vor allem einer Eskimofrau, die mir nicht ins Auge sehen kann. Wenn sie näher an mich heranrückte, bewegte ich mich ein wenig zur Seite. Ich wollte nicht, daß sie auf falsche Gedanken kam. Tatsächlich betete ich sogar um ein Wunder, um aus dieser Situation herauszukommen, als Zuk schreiend den Felsen heruntergerannt kam. In der Hand hielt er das größte Messer, das ich je gesehen habe.

Ich hatte Geschichten von dem Mut dieses Burschen gehört – für mich ist jeder, der sich einem Eisbären allein entgegenstellt, einfach nur dumm. Ich sah ihn an, als er den Abhang herunterrannte, und sah dann sie an, seine Frau. Furcht war alles, was sich in ihren Augen zeigte. Sie rannte los und schrie nach Asuluk. Zuk erwischte sie mit dem Ellbogen im Gesicht, worauf sie zu Boden fiel. Und ich wußte, daß er mir mit einem Hieb dieses Jagdwerkzeugs den Kopf vom Rumpf trennen würde. Die Eskimos hielten diese Dinger immer sehr scharf geschliffen.

Sogar die Kinder fragten sich, was jetzt passieren würde.

Billy weinte. Eins der größeren Mädchen drückte ihn an sich.

Ich sagte ihm, so gut ich konnte, in der Hoffnung, Wörter verwendet zu haben, die er verstand: »Ich kann nicht gegen dich kämpfen, wenn die Kinder zusehen.«

Er lächelte; vielleicht wußte er, daß ich Zeit gewinnen wollte.

Himmel, er hatte diese Machete, und ich hatte nur ein Bowiemesser.

Er stand drei Meter von mir entfernt, legte die Machete hin und zog sich den größten Teil seiner Kleidung aus. Ich mochte zwei Köpfe größer sein, aber dafür hatte er die Kraft. Ich konnte es an seinem stämmigen, muskulösen Körper erkennen.

Ich war zu keinem klaren Gedanken fähig. Schweißperlen traten mir auf die Oberlippe. Ich wischte sie weg. Die Bewegung genügte, ihn Kampfstellung einnehmen zu lassen. Er stand breitbeinig und mit gebeugten Knien da und schwankte von einer Seite zur anderen. Ich sah nur dieses verdammte Messer.

Ich hielt die gesunde Hand hoch und schüttelte den Kopf.

Es half nichts. Ich sah nur Haß in seinen Augen. Er wollte den Kampf um jeden Preis, und zwar mit mir. Was war er? Der Dorfchampion?

Ich sagte ihm, daß ich weder seine Frau noch seine Kinder wollte. Das war ein Fehler.

Ein schwerer Fehler, denn die Männer hier teilten ihre Frauen mit jedem, und es galt als Beleidigung, ein solches Angebot abzulehnen.

Asuluk rief, und ich blickte hinauf. Er stand oben auf dem Felsen und beobachtete uns. Hinter ihm hatten sich einige Menschen aufgereiht. Alle schwiegen. Ich hoffte, er würde diesem Unfug ein Ende machen, doch er nickte nur.

Dieser Bursche forderte mich aus irgendeinem unerfindlichen Grund heraus. Er gab mir zu verstehen, ich solle mir wie er den Parka und das Unterhemd ausziehen. Gott weiß warum, aber ich tat es. Ich sagte, es sei unfair, er sei im Vorteil. Er habe zwei gesunde Arme.

Er warf die Machete weg und stürzte sich so auf mich – ohne zu überlegen. Als er mich fast erreicht hatte, trat ich zur Seite, ergriff seine Hosen, wirbelte ihn herum und schlug ihm mit dem, was von meinem linken Arm übrig war, direkt gegen die Kehle. Er setzte sich auf den Hintern und würgte eine Weile, doch dann flackerte der Haß wieder in seinen Augen auf.

Er würde erst dann zufrieden sein, wenn ich tot war. Ich wollte mich nur entschuldigen und weggehen. Er zog ein kleineres Messer aus einem Lederbeutel an seinem rechten Fußknöchel. Ich griff nach dem Bowiemesser und wußte, daß er wahrscheinlich sterben würde, wenn ich ihn richtig damit erwischte – denn wenn ein Irrer wie der hier mich töten wollte, würde ich nicht versuchen, ihn nur zu verletzen. Ich würde es darauf anlegen, ihn umzubringen. Ich würde es tun müssen.

Er kam näher und warf dabei das Messer von einer Hand in die andere. Das Herz rutschte mir in die Hose. Jetzt kam es auf den richtigen Augenblick an. Wenn es mir gelang, dieses Messer mit dem Fuß wegzubefördern, konnte ich mich vielleicht auf ihn stellen, die Hand heben und weggehen. Vergessen, daß es überhaupt passiert war.

Er war schneller als ich. Ich spürte den Schnitt, als hätte ich mich verbrannt. Da überkam mich Zorn. Ich trat ihn, einmal, zweimal. Er ging zu Boden. Ich stellte mich auf seine Hand und drehte den Absatz auf seinem Handgelenk. Er gab keinen Laut von sich. Er schnappte mein Bein und schlug mich zu Boden. Ich schlug ihm mit dem scharfen, harten Armstumpf gegen die Wange und spürte, wie die Knochen in seinem Gesicht krachten. Er schnitt mich wieder. Ich spürte es nicht. Wir wälzten uns auf dem nassen Boden herum. Mein Zorn hatte mir ungeheure Kraft verliehen, die auch für mehr als nur kurze Ausbrüche reichte.

Ich preßte ihm den Armstumpf fest auf die Brust – so hart, daß sein Herz vielleicht kurz stehenblieb. Ich hörte und spürte, wie die Luft aus seinen Lungen entwich. Die Machete lag in Reichweite. Ich ergriff sie, während er zu Atem zu kommen versuchte. Ich legte mich auf ihn und starrte ihm in die überraschten Augen, wobei ich ihm die Klinge quer über die Kehle hielt. Der kleinste Druck, und ich würde ihm den Hals aufschneiden. Wenn ich stärker zudrückte, würde ich ihm den Kopf abschneiden, und ich war auch wütend genug, es zu tun. Ich brauchte mich nur mit meinem ganzen Gewicht auf die Machete zu legen, dann würde die Klinge den Erdboden berühren.

Ich hätte es getan. Ich hätte es getan, wenn er mich nicht angelächelt hätte. Da war keine Furcht in seinem Gesicht, nicht die geringste. Nur so etwas wie ruhige Befriedigung, die mir sagte: Du hast gewonnen.

Ich legte die Machete weg und wälzte mich von ihm herunter. Dann richtete ich mich zu voller Größe auf.

Bis dahin hatte ich mich noch nie geprügelt, aber mußten diese Menschen das unbedingt wissen?

Natürlich hatte ich ein paarmal daneben gestanden und zugesehen, als Bobby sich prügelte.

Hatte ein paar Schlägereien auf der Straße mitangesehen.

Es zu sehen ist jedoch etwas anderes, als beteiligt zu sein.

Ich spürte, wie mir etwas Heißes in die Hosen tröpfelte, mir über die Rippen lief, das Bein. Ich sah an mir hinunter. Betastete mich. Ich hatte einen zehn Zentimeter langen Schnitt quer über dem Bauch und einen kleineren auf der Brust. Ich sah zu den Gesichtern über mir hoch, doch da drehte sich plötzlich alles.

Dann fiel ich platt aufs Gesicht.

Sindbad trug mich nach Hause und setzte sich an mein Bett, während Kioki die beiden Schnittwunden mit dikker schwarzer Salbe betupfte. Tränen traten mir in die Augen – die Salbe tat mehr weh als die Wunden.

Sindbad kratzte sich das Gesicht und erzählte mir, ich hätte gut gekämpft.

Ich fragte ihn, warum ich überhaupt hätte kämpfen müssen.

Er sagte mir, Zukaniimaiki habe es satt gehabt, für einen Mann zu sorgen, der nichts dazu beigetragen habe, das Überleben des Dorfs zu sichern. Er habe es satt, Nahrungsmittel für einen Mann zu beschaffen, der nichts zurückgebe. Jemand habe beweisen müssen, daß er, John, nutzlos sei.

Kioki übersetzte, was ich nicht verstehen konnte, aber ich wußte, daß sie mir nicht alles erzählte.

Sindbad sagte mir erneut, wie stolz er darauf sei, wie ich gekämpft hätte. Er fragte mich, wer mein Lehrer gewesen sei. Ich versuchte ihm zu sagen, daß ich mich in meinem ganzen Leben noch nicht geprügelt hatte. Er glaubte mir nicht. Er stand auf, seufzte und sah auf mich herunter. Er sagte, es sei gut, daß ich mich als Mann erwiesen hätte, daß ich keine launische Frau sei.

Diese kleine Information traf mich härter als Zuks rechte Faust. Hatten sie mich dafür gehalten, eine launische Frau?

Verblüffend, wie sehr ein paar Narben und ein gutes altes blaues Auge dem Image guttun können.

An den folgenden Tagen, bevor er erkrankte, wurde John mit hoher Achtung und stillem Respekt behandelt. Zuk hielt zwar immer noch Distanz, aber die Feindseligkeit war längst verschwunden. Zuks Frau versuchte noch immer bei jeder Gelegenheit, mit John zu sprechen, aber er machte klar, daß er nicht wie die anderen Männer war und daß zwei Frauen für ihn bei weitem genug waren.

Er erzählte ihr, daß ein Mann dort, wo er herkam, in dem Land, wo der Himmel dem Meer begegne und noch weit dahinter, wo die Sonne heiß scheine, ein weißer Mann nur jeweils eine Frau haben dürfe. Sie akzeptierte dies, und obwohl sie es nicht verstand, kehrte sie zu ihrem Mann zurück, um das Haus mit seinen drei anderen Frauen zu teilen.

John bezweifelte, daß jetzt noch allzu viele je bereit sein würden, ihn noch einmal herauszufordern. Sein Alltag nahm für kurze Zeit wieder seinen normalen Gang an, doch im Kopf erlebte er den Kampf noch einmal mit zunehmender Intensität, so wie es ihm auch mit dem Flugzeugabsturz ergangen war. Es ging dabei nicht so sehr um den Kampf selbst, sondern um die Gefühle, die John erlebte. Bis dahin hatte er nicht gewußt, daß er fähig war, einen anderen Menschen zu töten, und dieses Wissen führte nur zu verzweifelten Gedanken an das Ungeheuer, zu dem er geworden war.

Er erkannte nicht, daß er sich bei Zuks Angriff eine schwere Infektion zugezogen hatte.

Kioki, die schon lange jede körperliche Therapie beendet hatte, überließ die Versorgung ihres Babys ihrer Schwester. Sie konzentrierte sich wieder auf John. Er war jetzt kranker als bei der Ankunft auf Kulowyl. Sein Körper, der Körper eines weißen Mannes, war für das Überleben in der Arktis einfach nicht geschaffen. Sein Blut war nicht dick genug, und sein Körper stellte auch nicht seine eigenen Vitamine her, wie es die Eskimos konnten. Drei Wochen lang war deutlich zu sehen, daß der weiße Mann, den sie so sehr liebte, sterben würde. Sie brauchte mehr als die Medizin und den Geisterzauber ihres Vaters. Was sie brauchte, war hier aber nicht zu haben. Das wußte sie. Florida John hatte seinen Lebenswillen verloren, und Wille war das einzige, was sie ihm nicht geben konnte. Keine Salbe half. Nichts von dem, was sie oder Asuluk kannten, senkte das ständige Fieber. Er konnte nicht essen. Der Dunkle Wind wehte viele Male über Kulowyl und rief Johns Namen. Sie vernahm Worte aus seinem Mund, die keinen Sinn ergaben, Worte von den Orten, an denen er einst gelebt hatte, Namen von Menschen, die er gekannt hatte. Und sie wußte, daß diese Menschen tot waren, denn er sprach so viel von ihnen, als wären sie im Haus zu Besuch.

Kioki, Asuluk und Tooksooks wichen kaum von seiner Seite. Keiner von ihnen hatte eine solche Krankheit je erlebt. Doch dann, kurz vor dem Ende, als beide Frauen sich schon drauf vorbereiteten, ihren unvermeidlichen Verlust zu betrauern, wachte Florida John auf und sagte in ihrer Sprache: »Ich habe die Wale kommen sehen.«

Asuluk, der in seinen Träumen manchmal flog, gab Befehl, sechs Mann sollten dem nachgehen, was Florida John gesagt hatte. Und John, dem das Atmen schwerfiel, weil beißender Rauch das Haus erfüllte, fragte sich, was eigentlich los war.

Was immer es war, es hätte mich um ein Haar umgebracht. Während der ganzen letzten Stunde hat Kioki nichts weiter getan als zu singen und ihren Geistern für meine sichere Rückkehr zu danken.

Vielleicht hatte ich einfach nur Glück.

Was immer es für eine Krankheit war, sie befiel mich nicht plötzlich. Sie befiel mich so langsam, daß ich es für normal hielt, daß ich mich ständig schwach, erschöpft und krank fühlte. Ich hatte vergessen, wie man sich fühlt, wenn man gesund ist. Dabei war ich bis dahin in meinem ganzen Leben keinen Tag krank gewesen. Das Haar begann mir auszufallen; meine Fingernägel waren weich und schälten sich ab. Früher hatte ich eine Metallschere gebraucht, um sie zurückzuschneiden. Ich wollte nur eins – Schlaf. Rohen Fisch konnte ich nicht mal ansehen. Mir war ständig heiß, und ich hatte ewig Durst. Wenn ich noch mehr Gewicht verloren hätte, hätte mein Schatten nicht mal mehr gewußt, wo er mich suchen soll.

Ich kann mich nicht an viel erinnern. Ich wußte nicht, was um mich herum geschah, erinnere mich aber, daß weder Tooksooks noch Kioki mich je allein ließen. Ob sie drinnen oder draußen waren, beide waren immer in der Nähe.

Meine Träume hätten einem verrückten Geist entspringen können, mit Ausnahme eines Traums – des Traums, der mich aufweckte.

Ich träumte, ich wäre von Anchorage nach Prince Rupert losgeflogen. Der Himmel war klar und wolkenlos; kaum ein Aufwind machte mir zu schaffen. Der Horizont war klar. Ich will aber verdammt sein, wenn ich wußte, wo ich landete. Ich hatte zwei gesunde Arme und zwei gesunde Beine, als ich aus der Maschine kletterte. Bobby landete gleich hinter mir, und keiner von uns rollte über das Ende der Landebahn hinaus.

Im Umkreis von Meilen befand sich keine Menschenseele. Ich weiß noch, daß ich dachte, daß ich nicht in einer Wüste sein konnte; es war zu weit nördlich, um so verdammt heiß zu sein. Dann sah ich durch die flirrende Luftspiegelung das alte Haus aus Abbeville. Es war weiß gestrichen, so weiß, daß ich mich abwenden mußte.

Auf der Veranda wartete jemand auf mich – meine Mutter. Sie hatte sich ihr langes braunes Haar zu einem Knoten hochgesteckt. Sie trug ein blaues Kleid und eine weiße Schürze, und als sie uns zum Abendessen hereinrief, wischte sie sich die Hände an einem Handtuch ab, das sie sich auf die Schulter gelegt hatte.

Ich war nicht überrascht, sie zu sehen. Ich hatte das Gefühl, nie fortgewesen zu sein. Sie trat zur Seite und sprach kein weiteres Wort zu mir. Als ich an ihr vorbeiging, roch ich Spanischen Flieder und Rindfleischeintopf. Das Haus hatte sich nicht verändert, nur die Tür zu meinem Zimmer war abgeschlossen. Dort drinnen gab es ohnehin nichts, was ich wollte. Megs Zimmer war offen und kahl. Nicht einmal ihre schweren, mit Rosen bedruckten Gardinen bedeckten das Fenster.

Verschwunden das Foto auf dem Kaminsims; verschwunden auch das Telefon. Die Flaggen der Luftschau schmückten die Wohnzimmerwand.

Ich stellte aber keine Fragen.

Der Tisch war für zwei gedeckt. Meine Mutter gab Eintopf in tiefe Teller, und ein großer dicker Knödel starrte mich an. Ich konnte jedoch nicht essen. Bobby sprach viel und plante Flüge anhand von Karten, die auf dem Tischtuch aus Baumwollstoff ausgebreitet waren.

Dann fragte er, ob ich diesmal mitkommen wolle.

Ich konnte irgendwo in der Ferne ein Baby weinen hören; ich kannte dieses Weinen.

Dann flog ich wieder, allerdings ohne Flugzeug. Ich flog schnell und lautlos über einen Ort, der mir vertraut vorkam. Eis. Ich flog durch eine dichte Wolkendecke, doch das störte mich überhaupt nicht. Ich konnte nicht mal die Kälte spüren. Nebel lichtete sich, und ich sah einen riesigen Wal – er war so groß wie ein Eisbrecher. Und dann noch einen. Noch einen ...

Kioki schüttelte mich wach, und ich schlug die Augen auf und erkannte, wo ich mich befand.

Asuluk saß singend neben mir, und ich war mit Salbe bedeckt und durstiger als das Maultier eines Goldgräbers. Ich sagte etwas, was ihn blitzschnell verschwinden ließ, kann mich aber nicht mehr erinnern, was es war.

Ich wußte nur, daß ich mich wohlfühlte.

Wo also lag das Problem?

Warum sahen alle so besorgt aus? Wie kam Tooksooks dazu, Billy auf dem Arm zu halten? Wie war es möglich, daß er in so kurzer Zeit so groß geworden war? Was ging hier vor?

Ich versuchte, aus dem Bett zu kommen, aber Kioki stieß mich wieder hinunter und bot mir eine Schüssel mit Blut an. Es schmerzt mich, es zugeben zu müssen, aber ich trank alles aus und wollte sogar mehr.

Die Mädchen waren so glücklich. Ich aß sogar ein wenig rohen Fisch und dann etwas getrockneten Fisch. Kioki erzählte mir, die Kinder hätten draußen ein paar Schalentiere für mich gesammelt. Ich aß sie alle auf. Ich hatte solchen Hunger, daß ich ohne weiteres auch den rechten Arm hätte verschlingen können.

An jenem Abend wurde gefeiert. In meiner Dummheit glaubte ich, sie feierten meine Rückkehr. Ich irrte mich wieder einmal. Ein Jägertrupp hatte einige Wale vor der Nordostspitze der Insel gesichtet – es war eine Zusammenkunft vor der Jagd.

Ich habe nicht die leiseste Ahnung, weshalb alle mich angrinsten.

Sogar Zuk versuchte, freundlich zu mir zu sein.

Wie es scheint, hat man mich akzeptiert.

Der Himmel weiß warum, aber ich selbst kann es nicht.

Ich sehne mich immer noch danach, irgendwie eine Nachricht nach Hause zu schicken, oder zumindest nach Anchorage. Heutzutage kann ich allerhöchstens auf irgendeinem fliegenden Teppich aus dem Märchenbuch eines Kindes fliegen. Selbst wenn ich fliege – ich werde immer wach und finde mich dann nur hier wieder.

Ich habe Tagträume von einem Flug zur aufgehenden Sonne, aber ich kann kein Boot rudern, höchstens im Kreis. Ich kann nirgendwo hin, höchstens in Tagträumen. Ich kann kein Kanu paddeln und nicht navigieren. Meine Karten oder das, was von ihnen übrig ist, sagen mir nichts mehr. Kulowyl ist auf keiner Karte zu finden. Soviel ich weiß, könnte ich achtzig oder achthundert Kilometer von der Zivilisation und dem nächsten weißen Gesicht entfernt sein.

Ich erinnere mich an Anchorage, an den Abflug nach Hause.

Vier Stunden später war ich wieder auf der Erde.

Ein Teil von mir, der praktische Teil, hat mir immer wieder gesagt, daß es zwecklos ist, auch nur den Versuch zu machen, aus diesem Gefängnis zu entkommen. Der andere Teil, der Teil, der immer das haben will, was er nicht haben kann, sagt mir, daß noch Hoffnung besteht.

Hoffnung worauf, sagt er mir allerdings nie genau.

Ich sollte nicht kleinlich sein. Nach allem, was passiert ist, bin ich immerhin noch am Leben. Ich habe zwei Frauen, die den Erdboden anbeten, auf dem ich gehe, und einen kleinen Jungen, der ein wenig wie ich aussieht. Aber es fehlt trotzdem etwas, und was ich sicher habe, reicht dennoch nicht aus, um in mir den Wunsch zum Hierbleiben zu wecken. Ich will nur mein Flugzeug wiederhaben. Selbst wenn Billy in seiner Ecke sitzt, an einem Knochen herumkaut und mich ansieht, wobei er von Zeit zu Zeit grinst, Teufel, selbst das genügt nicht, um in mir den Wunsch zum Bleiben zu wekken.

Aber die Gedanken veränderten sich, die Stimmungen ebenfalls, wenn auch in unvorhersehbarer Weise. Als das Baby langsam heranwuchs, stellte sich zögernd so etwas wie Zufriedenheit ein. Billy konnte sprechen, bevor er lief. Er brachte ein paar Worte heraus – *aeta, naegaka*, sagte aber auch immer wieder »Dad«. John verbrachte die langen dunklen Wintermonate jenes Jahres damit, zu beobachten, zu lernen und zuzuhören, genau wie der Kleine. Er schaffte es, aus Sehnen und Knochen einen Einflügler zu bauen, bedeckte ihn mit der Haut eines Seehundbabys, aber das Fluggerät war zu schwer, um zu gleiten, und zeigte sich überdies den Zähnen des Kleinen nicht gewachsen.

Als John eines Nachts zwischen Kioki und Tooksooks lag, erzählte Kioki ihm, sie habe gewußt, daß er kommen werde; daß sie ihrem Vater von dem gelbhaarigen Riesen erzählt habe, der aus dem Bauch eines Vogels hoch am Himmel ausgespien werden würde; und wie das gesamte

Dorf, kurz nachdem sie es ihrem Vater erzählt hatte, den heulenden Vogel gehört und beobachtet habe, wie er hart auf das Eis prallte.

Kioki hatte das zweite Gesicht ihres Vaters geerbt. Lange bevor sonst jemand es weiß, weiß sie, was geschehen wird, und sie irrt sich auch so gut wie nie. Manchmal ist es ein wenig unheimlich. Sie spricht nie viel, anders als Tooksooks, die Schweigen für eine wahre Qual hält. Wir kommen alle gut miteinander aus. Dafür, daß sie Schwestern sind, streiten sich die Mädchen nicht oft, und der Junge darf tun, was ihm gefällt. Das stört mich ein wenig, und wenn ich mich einzumischen versuche, gerate ich in ernste Schwierigkeiten. Kioki ruft ihn nicht zur Ordnung, bringt ihm keine Disziplin bei, und er entwickelt sich allmählich zu einem verzogenen Balg. Er ist zehnmal schlimmer, als ich je gewesen bin. Ich sehe aber ihren Augen an, daß sie ihn, so wie er ist, für vollkommen hält.

Er hat mehr Zerstörung angerichtet als der Welpe, den ich mit acht Jahren bekam. Er wird zu Tode verwöhnt, und das gefällt mir nicht. Er ist etwa zwei, doch das ist nur eine Vermutung, und Kioki stillt ihn immer noch, vor allem, wenn er zu brüllen anfängt oder sich weh getan hat. Er braucht nur einen Anfall zu bekommen und zu schreien, schon liegt er an der Brust seiner Mama.

Ich weiß genau, was ich gern täte, und es kribbelt mir deswegen öfter in der Hand. Sie hat mir allerdings schon einmal einen ihrer Kochtöpfe an den Kopf geworfen. Möchte es nicht riskieren, das noch einmal zu erleben.

Billy ißt ein wenig von dem, was wir essen, aber meist schleppt er einen Seehundknochen mit sich herum, und der Herr stehe jedem bei, der den Versuch macht, ihn ihm wegzunehmen.

Ich nehme an, bei meinem Teddybären war es das gleiche.

Die Menschen hier nennen ihn Ignash. Ich nenne ihn Billy. Der Name des Jungen führte zu der jüngsten Auseinandersetzung, die ich mit Asuluk hatte. Ein paar Tage nach unserem Umzug zur Sommerbucht kam er eines Morgens herein, wie er es immer tat. Der Junge hatte sich mir zu Füßen zusammengerollt und kaute auf seinem Knochen herum. Er sprach zu ihm, als sein Großvater hereinkam, bewaffnet mit einem neuen Krug voller Salbe. Ich merkte sofort, daß sie frisch war – der Geruch dreht mir den Magen um.

Ich sagte, das sei nicht nötig, ich fühlte mich jetzt bestens, worauf Asuluk mich neugierig ansah. Es genügt nie, etwas einmal zu sagen, so daß ich es wiederholen mußte. Asuluk stellte den Krug hin, setzte sich aufs Bett, tätschelte dem Jungen den Kopf und sprach in Eskimo zu ihm. Ich verstand auch, was er sagte. Ignash, der starke, gesunde Junge.

»Sein Name ist William Robert Shaw, nicht Ignash.«

»Ignash, groß.«

»William Robert ist groß.«

Verärgerung huschte über das Gesicht des Medizinmanns. »Ignash«, sagte er in diesem Tonfall, den er so gut beherrscht – ich bin hier der Weise; tu endlich, was man dir sagt, verdammt noch mal.

»Billy«, sagte ich langsam.

»Bill ... ee ...«, grunzte Asuluk und wiederholte dann »Ignash«. Er setzte den Jungen auf den Fußboden, und der kleine Bursche sah uns beide an und kam dann zu dem Schluß, daß es interessanter war, auf dem Knochen herumzukauen – bis sein Großvater ihn auf Eskimo rief.

Der Kopf ging nach unten, das Hinterteil ging hoch,

und so kam er auf die Füße. Er zog seinen Knochen mit und versank zwischen den Beinen seines Großvaters, und zwar eine halbe Sekunde, bevor er über etwas Unsichtbares stolperte. Der Medizinmann sah mich an; in seinen Augen leuchtete Siegesbewußtsein auf.

»Komm, leg dich zu Vater, Billy.«

Der Kleine kletterte an seinem Großvater hoch, trat ihm auf dem Weg über die Schulter gegen die Nase und rollte sich neben mir zusammen.

»William Robert Shaw«, sagte ich voller Siegeszuversicht.

Asuluk musterte mich lange Zeit, bevor er William Robert zu sagen versuchte, aber Billy war leichter. »Ignash Bill ... ee.«

»Billy Ignash Shaw.«

Da gab er nach. Wenn Asuluk lächelte, hatte ich das Gefühl, als wäre die Sonne plötzlich doppelt so groß. Was den Namen des Jungen anging, mochten wir zu einem Kompromiß gelangt sein, aber der stinkenden Salbe konnte ich nicht entgehen. Er mußte mein Schnaufen oder so etwas gehört haben. Also drückte er mich ohne ein Wort hinunter, öffnete die Schichten meiner Kleidung und rieb mir das übelriechende schwarze Zeug in die Haut. Das Zeug war ein Allheilmittel – es konnte Menschen sogar dazu bringen, einen Raum in Sekundenschnelle zu räumen. Ich beobachtete Asuluks Gesicht. Ich bin aus diesem Mann noch nie recht schlau geworden. Er wurde nie erregt, nie ärgerlich. Wenn er zornig war, war er schroff, aber das war er auch dann, wenn er sich amüsierte. Wäre er noch trockener gewesen, wäre er zerbröckelt. Falls er so etwas wie eine Persönlichkeit besaß, hielt er sie gut verborgen. Von Zeit zu Zeit huschte ihm etwas übers Gesicht, als wäre da etwas, was er mir erzählen mußte, vielleicht etwas über mich, doch er tat es nie.

Er erzählte mir in seiner komischen Mischung aus Eskimo und Englisch, daß ich schon recht bald erneut Vater werden würde. Mit Glück würde es wieder ein Sohn sein, und es sei für uns beide an der Zeit, über Ignashs Zukunft nachzudenken – seine Zukunft als Jäger.

Beim Namen hatte ich mich durchgesetzt.

Da lächelte er mich an.

Noch ein Baby. Ich wußte, daß diesmal nicht Kioki schwanger war, denn sie ist für ein paar Tage fortgewesen. Sie war zu dem Ort gegangen, an den sie sich alle paar Wochen begab. Tooksooks und einige der anderen Damen und Mädchen brachten jeden Tag etwas zu essen und zu trinken zu der kleinen Hütte gleich außerhalb des Dorfs. Sie lag in Wahrheit nicht weit weg von der Hundehütte. Hinter dem Begräbnisplatz. Dort oben war für einen Mann kein Platz, es sei denn für Asuluk, der aber nur hinging, wenn er unbedingt mußte.

Diesmal war also Tooksooks schwanger. Ich konnte nicht wissen, im wievielten Monat sie war, und eines Nachts übermannte mich meine Neugier, als sie neben mir schlief. Es war spät, dunkel und still. Billy schlief. Ich ließ die Hand unter ihre Kleidung gleiten und berührte ihren Bauch. Ich probierte es mit einer Schätzung: Sie hatte vielleicht die halbe Zeit hinter sich. Dann wurde sie wach und legte sich meine Hand zwischen die Brüste. Das gefiel ihr, mir aber auch. Ich kam zu dem Schluß, daß ich nehmen sollte, was ich kriegen konnte, solange ich es kriegen konnte, denn wenn dieses zweite Baby kam, würde ich für lange Zeit bei niemandem mehr im Mittelpunkt stehen.

Ich habe schon an anderer Stelle gesagt, daß die Zeit

hier nicht existiert. Nun, private Ungestörtheit auch nicht. Früher war es mir immer peinlich, mit zwei Frauen in diesem kleinen Haus zu leben. Heute stört es mich nicht mehr. Bobby sagte mir früher immer, ich würde nie etwas erreichen, wenn ich immer allzu schüchtern sei. Wenn er mich jetzt nur sehen könnte.

Wenn auch Tooksooks von mir bekommen hat, was sie wollte – dieses Baby –, kann ich nur hoffen, daß Reichtum auf Kulowyl nicht an der Menge der Nachkommen eines Mannes gemessen wird.

Sie haben jetzt frisches Blut, einen kleinen Jungen mit sandbraunem Haar und strahlend blauen Augen – einen weißen Eskimojungen.

Ich frage mich oft, was meine Mutter von ihm halten würde. Oder meine Schwester. Inzwischen halten sie mich wohl für tot. Inzwischen ist Meg sicher Alleineigentümerin des Sullivan and Shaw Air Service. Meg, die nie fliegen wollte.

Ich hatte ihr alles hinterlassen, was ich besaß. Vielleicht wäre es besser gewesen, es zu unterlassen, aber ich hatte in meinem Testament eine Klausel eingefügt, daß zweitausend Dollar für den Collegebesuch ihrer Kinder investiert werden sollten, falls sie welche hatte.

Ich sehe sie manchmal kurz vor dem Einschlafen vor mir – Meg, steinreich, mit drei Kindern, zwei Jungen und einem kleinen Mädchen, das genauso aussieht wie sie. Wenn ich das sehe, habe ich fast das Gefühl, als wäre ich dort. Ich fühle mich wohl dabei, aber wenn ich an meine Mutter denke, empfinde ich gar nichts.

Ich kann mich kaum noch erinnern, wie sie aussieht.

Vielleicht ist sie schließlich an gebrochenem Herzen gestorben, nachdem sie sich meinetwegen zu Tode gesorgt hat. Vielleicht waren es der Sheriff, Fred Larsen, und Reverend Willis, die bei ihr an der Tür klopften, diesmal um zu sagen, daß ihr einziger Sohn vermißt werde und wahrscheinlich irgendwo zwischen Alaska und Vancouver umgekommen sei, denn er habe sein Ziel nie erreicht. Ich stelle mir vor, wie der Bauch des Sheriffs fast das Hemd sprengt, als er es ihr erzählt. Vielleicht hatte sie sich einfach hingelegt und zu sterben begonnen, nachdem sich die Tür quietschend hinter den beiden Männern geschlossen hatte.

Vielleicht kommt mir dieser Ausdruck in ihren Augen, den sie für hungrige streunende Hunde reservierte, schließlich irgendwie erklärlich vor.

Sie muß es gewußt haben. Himmel, sie muß es gewußt haben.

Es ist dieses Nichtwissen, das an mir frißt. Ich weiß nicht, ob sie wirklich tot ist. Ich weiß nicht, ob Frankie Dee bei Meg seinen Willen durchgesetzt hat. Nach dem Abend, an dem ich drohte, ihm das Gesicht mit diesen karierten Augen zu Brei zu schlagen, falls er je meine Schwester anrührte, wußte ich schon, daß meine Drohung nichts Gutes bewirkt hatte; daß er einfach nur geduldig auf meinen Abflug warten würde, um dann zielbewußt weiterzumachen und meine Mutter mit seinem Charme einzuwickeln.

Und das dürfte ihm nicht schwergefallen sein.

Ich weiß nicht, wie es Sally geht. Ich weiß auch nicht, wie es Bess geht. Ich weiß nicht, ob Casey Sullivan immer noch die Wände dieser Irrenanstalt anstarrt. Ich weiß nicht einmal, ob Billy Taylor noch am Leben ist oder ob er gelegentlich an mich denkt. Es ist dieses Nichtwissen, das mir das Gefühl gibt, als hätte jemand mit einem vergifteten Pfeil auf mich gezielt und geschossen.

Das einzige strahlende Licht kommt aus den Augen

meines Sohns, wenn er auf mich heraufkrabbelt, sich an mich klammert und mir mit seinem babyhaften Gelalle etwas ins Ohr brabbelt. Ich weiß jedoch, daß eine Zeit kommen wird, in der er mit den anderen losziehen wird. Sie werden ihm beibringen, wie man fischt und auf die Jagd geht – sie werden ihm beibringen, ein Eskimo zu sein.

Das kann ich nie werden. Ich kann nicht werden, was ich nicht bin. Ich bringe es nicht über mich, die Vergangenheit ruhen zu lassen. Ich kann nicht so tun, als hätte ich keine Anfänge, aber wenn dies die Mitte ist, dann, o Gott, laß mich nicht zu lange auf das Ende warten.

Während einer seiner schlimmsten Selbstmorddepressionen ging er zum Haus seines Schwiegervaters und ließ sich den sechsschüssigen Colt zurückgeben. Er lud ihn, ging wieder nach Hause und küßte Kioki, Billy und Tooksooks zum Abschied. Dann humpelte er allein los und ging an dem Begräbnisplatz vorbei, der mit neunzig Zentimetern Schnee bedeckt war. Er war nur während des kurzen Tauwetters im Sommer sichtbar. Dort waren keine Kreuze aufgestellt, sondern dort lagen nur Leichen, die eng in Häute gewickelt waren.

Sie hatten einen eigenen Großen Geist, der über sie wachte.

John hatte nichts davon. Mit den Höllenfeuern des Christentums hatte er sich nie anfreunden können; allzuoft hatte er sich dabei ertappt, daß er mit dem Fuß den Rhythmus des Eskimotrommlers mittippte. Es gab sogar Zeiten, in denen er ihre Visionen zu sehen meinte, ihren Großen Geist, aber Sehen hat mit Fühlen, Verständnis oder Glauben nichts zu tun.

Er schaffte es bis zur Meerenge und beobachtete die

Luftspiegelung von Sturmwolken, die den Verstand Lügen straften. Es war die Art von Luftspiegelung, die einen Seemann hätte ausrufen lassen: Land in Sicht!

Unterhalb des Horizonts graue, verstreute Eisberge. In der Ferne einiges Treibeis.

Er nahm Bobbys Revolver und studierte ihn.

Es würde eine so kurze Reise sein. Keine Kälte, kein Eis. Kein Herzensleid, keine Einsamkeit. Nie mehr den Hals recken müssen, um den endlosen, nebelverhangenen Himmel nach dem Anblick und dem Geräusch einer de Havilland absuchen zu müssen. Kein vergebliches Beten mehr, ein Suchtrupp möge ihn finden.

Wenn er dies tun konnte, würde da nichts mehr sein – ein tiefes, friedliches Nichts.

John setzte sich.

Die Stille wurde durch keinerlei Lebenszeichen gestört. Selbst das Wasser, das schäumend gegen den Felsen brandete, machte keinen Laut.

Es würde schnell vorbei sein, das wußte er, vorausgesetzt, er machte es richtig.

Er sah wieder auf den Revolver und wußte, daß er den Mut hatte, weiterzumachen.

John sog die saubere, eisige Luft tief ein und sah ein letztes Mal aufs Meer hinaus. Das Treibeis im Norden, vierhundertfünfzig oder fünfhundertfünfzig Meter von der Insel entfernt, war mit dunklen Flecken gesprenkelt, die er zuvor nicht bemerkt hatte.

Sein Herz machte einen Satz.

Er war schon lange genug hier, um zu wissen, was das bedeutete.

Er hatte eine Herde spielender Walrosse gesehen.

Er nahm den kürzesten möglichen Rückweg zum Dorf und war sich nicht bewußt, daß er den Bericht auf Eskimo hinausbrüllte, bis das gesamte Dorf erschien, jedes Wort verstand, das er sprach, und ihm aufs Wort glaubte.

Erst später ging ihm auf, daß er das Überleben des Dorfs für eine weitere Jahreszeit gesichert hatte.

Wenn sie ein Wort für Held hatten, gaben sie ihm zu verstehen, wie es hieß, und in jener Nacht gab er die Handfeuerwaffe nach der nicht enden wollenden Feier an Asuluk zurück.

11. Kapitel

Nachdem er die Walroßherde gesichtet hatte, fand John sich auf einer höheren Ebene akzeptiert. Die Frauen und Kinder waren nie ein Problem gewesen, vor allem deshalb, weil er ihnen beim Häuten, Strecken und Anpflocken von Walroß-, Seehund- und Bärenhäuten half. Er versuchte auch, den Kindern etwas Englisch beizubringen sowie einige Zahlen. Außerdem bemühte er sich, wenn auch vergeblich, ihren beschränkten Horizont ein wenig zu erweitern. Manchmal schlossen sich sogar einige Damen dem Kreis an, der ihn umgab.

Doch auch die Männer erlaubten ihm jetzt größere Nähe, und es war eine stillschweigende, einmütige Entscheidung der Männer untereinander, die nichts mit den Anweisungen der Ältesten zu tun hatte. Diese Aufnahme kam, wie John es sich wünschte, von Herzen. Wo man ihn zuvor weitgehend ignoriert hatte, bat man ihn jetzt, beim Bau und beim Flicken von Kajaks und Waffen zu helfen, so daß er bald feststellte, daß er nur noch selten zu Hause war, obwohl man ihn nach wie vor nicht zur Jagd einlud.

Nur wenn extrem schlechtes Wetter herrschte, hatte er die Neigung oder auch nur Gelegenheit zu schreiben.

Wenn die Sonne von Mai bis August nicht untergeht, muß

es wieder Juni sein, und wenn ich recht habe, bin ich jetzt etwa neunundzwanzig Jahre alt, und wir schreiben vermutlich das Jahr 1931. Ich weiß immer noch nicht genau, wo auf Gottes Erde ich mich befinde. Manchmal frage ich mich, ob ich in der Nähe von Attu bin. Da drüben im Nordwesten könnte Attu sein, im Osten die Südspitze von Kiska oder auch nur weitere Felsenmassen, von denen außer den Menschen und den wilden Tieren, die auf ihnen leben, niemand weiß, daß es sie gibt.

Wie schwankend der Boden unter meinen Füßen auch sein mag, ich bin dabei, diesen Ort mein Zuhause zu nennen.

Ich habe mich allmählich an das Erzittern der Erde gewöhnt – die einzige Bestätigung, daß ich mich, ja, irgendwo auf den Aleuten befinde. Solange ich hier bin, hat es noch kein Erdbeben gegeben, aber manche der Erdstöße sind so schwer, daß mir manchmal kurz das Herz stehenbleibt. Man sieht es auf den Gesichtern, spürt es bei sich selbst, es gibt einen Augenblick oder zwei der Furcht, dann ist es vorbei.

Asuluk erklärt es damit, daß ein böser Geist am Werk sei. Manchmal glaube ich ihm. Meg hatte sich einmal einen Vulkan aus Pappmaché gebaut – das verdammte Ding funktionierte sogar. Ich ging gerade an ihrem Zimmer vorbei, steckte den Kopf zur Tür herein und stellte die dumme Frage: Was ist das? Sie versuchte mir zu erklären, wie und warum Vulkane aktiv werden. Ich sagte ihr, sie solle ruhig versuchen, ihrer Lehrerin Eindruck zu machen, um eine gute Note zu bekommen, aber ich hätte andere Dinge zu tun.

Ich nehme an, ich habe viele solche Dinge zu Meg gesagt, als sie noch ein Kind war

Das Wissen um das Wie und Warum vulkanischer Tätigkeit machte diesen Augenblick der Furcht jedoch nicht weniger real. Ich ging mit dem Jungen spazieren, als ich das erste Erzittern der Erde unter uns spürte – vier Sekunden lang. Billy bekam Angst, kletterte mir am Arm hoch und klammerte sich an meinem Hals fest. »Dad«, schrie er. »Dad, was ist das?«

Als mir aufging, was es war, war das Zittern schon wieder vorbei. Es ist schwer, einem kleinen Jungen zu erklären, daß sein Vater ein Erzittern des Erdbodens nicht beenden kann, wenn für den Jungen sonst offenkundig ist, daß sein Vater alles kann.

Der kleine Bursche ist mein Schatten. Gleichgültig, was ich tue, wohin ich auch gehe, ist er bei mir und plappert ständig in seiner Mischung aus Englisch und Eskimo. Er lernt beide Sprachen und kann noch nicht unterscheiden. Ich vermute aber, daß er diese Mischung zu Hause am meisten hört. Und wenn andere Kinder ihn auslachen, kämpft er.

Jetzt gibt es nicht mehr viele Kinder, nicht einmal ältere als er, die ihn noch oft auslachen. Er ist ein kämpferischer kleiner Bursche und wehrt sich wie seine rothaarige Tante.

Was mich betrifft, habe ich inzwischen genug Eskimo gelernt, um zurechtzukommen, ohne gleich eine Massenhysterie auszulösen.

Ich träume immer noch davon, daß ein Suchtrupp mich finden wird. Manchmal variieren diese Träume, aber nicht immer. Mein Lieblingstraum ist der, in der ein Trupp in einer de Havilland nach mir sucht. Die Maschine landet am Strand, und der amerikanische Pilot freut sich, mich zu sehen. Ich blicke nicht zurück, als wir losfliegen, weiß aber, daß Tooksooks und Kioki dastehen und weinen, als sie mich verschwinden sehen. Zu anderen Zeiten ist es ein

Fischerboot. An Bord sind ein paar Fischer aus Alaska, die vor einem Sturm an der Nordwestspitze der Insel Schutz suchen. Zu anderen Zeiten marschiere ich einfach über das Eis davon.

Der Junge ist jedesmal bei mir.

Und jedesmal wache ich auf und bin immer noch hier.

Ein Teil der Enttäuschung weicht allmählich – aber nur ein Teil.

Vor einiger Zeit nahm mich Sindbad zu einer Reise mit. Er kam zu mir ins Haus und fragte, ob ich mitkommen wolle. Nur wir zwei – ein anderer Trupp sei vor zwei Tagen zu einer Nachbarinsel aufgebrochen. Er wußte, daß ich zustimmen würde, weil das Kanu schon mit genügend Lebensmittel und Wasser für eine mehrtätigige Expedition beladen war.

Er zog mir eine Art wasserdichten Anorak aus Seehunddarm über, worauf das beladene zweisitzige Kajak, wir fest darin eingeschnürt, ins Wasser glitt und mich ein wenig besorgt machte, was die Länge dieser »Reise« anging. Ich bin nie ein großer Seemann gewesen.

Mir wurde bald klar, weshalb wir uns vor Wasser hatten schützen müssen. Mein Gleichgewichtspunkt war seinem genau gegenüber – er lehnte sich nach rechts und ich nach links. Wir hatten uns kaum neun Meter vom Ufer entfernt, als wir kenterten. Ich muß den Mund offen gehabt haben, als wir ins Wasser fielen. Wir kamen gleich wieder hoch und trieben eine Zeitlang auf dem Wasser. Er brüllte mich an. Meine Nebenhöhlen waren voller Meerwasser, so daß ich nicht zurückbrüllen konnte.

Zum Glück für mich grollte er mir nicht allzu lange. Er kehrte einfach um, brüllte noch etwas und warf mir einen Blick zu, den er von seinem Vater geerbt hatte.

Ich erwartete, daß wir nach Süden, zur Winterseite und zum Strand fahren würden, wo ich ein paar Erinnerungen zurückgelassen hatte, die sich inzwischen hoffentlich selbst lebendig begraben hatten. Ich irrte mich. Wir paddelten nach Nordosten, um Treibeis und Inseln herum, die nicht größer waren als Findlinge in den Blue Ridge Mountains. Das Kanu durchpflügte mühelos das klare graue Wasser. Es mußte die Beringsee sein.

Und plötzlich tauchte der offene Ozean auf. Mir kam es vor, als wären wir auf drei Seiten von Landmassen umgeben. Sindbad sang ständig vor sich hin, ein Lied, das ich schon hundertmal im Echo von Stimmen gehört hatte, die über Eis und Wasser zu uns zurückgeweht wurden – Jäger beim Aufbruch. Wir hatten uns alle erst dann umgedreht, wenn wir die Stimmen und den Gesang nicht mehr hören konnten.

»Große Geister beschützen uns und führen uns zu einem reichen Fang« ist eine freie und vermutlich ungenaue Übersetzung, und wollte man die entsprechenden englischen Worte singen, würde das wahrscheinlich den Zauber töten, da die Eskimos meist alle lebendig und mit reichlich Nahrung zurückkehren. Ich bin aber auch dabeigewesen, wenn das Wetter ungünstig war, wenn die Schutzgeister für einen Augenblick oder zwei zur Seite blickten – dann schlug das Unheil zu. Dieses unberechenbare Wetter hat zu viele erfahrene, starke Männer getötet und mehr als eine Familie ohne Mann und Vater zurückgelassen.

Bei Sindbad fühlte ich mich sicher. Das werde ich immer tun, nehme ich an. Doch diese Gedanken standen für mich nicht an erster Stelle, als ich dieses neue und ferne Terrain studierte. Ich war schon wieder dabei, mit Gott einen Handel zu machen. Bitte, bettelte ich, bitte, ich werde alles tun, nur um wieder das Gesicht eines weißen Mannes zu sehen. Ist dies die Halbinsel Alaska? Wie weit ist es nach Anchorage?

Gott hörte nicht zu.

Wir erreichten eine Strecke mit rauher See, umfuhren einen Eisberg, der so groß zu sein schien wie New Orleans, und paddelten auf den Schutz einer baumlosen, felsigen Inselbucht zu. Und ich war sehr froh, die Füße wieder auf Mutter Erde stellen zu können.

Dort war es windiger als bei den schlimmsten Stürmen auf Kulowyl. Sogar die Luft fühlte sich anders an – spröde, falls Luft überhaupt spröde sein kann. Die Insel schien doppelt so groß wie Kulowyl zu sein und kam mir als weit besserer Standort vor, als ein sicherer Hafen – ein natürlicher Hafen. Als wir das Kajak auf höhergelegenes Gelände zogen, uns hinsetzten und etwas trockenen, krümeligen Lachs knabberten, erzählte mir Sindbad, dies sei »der Ort der Geburt meines Großvaters«.

Ich kannte die Geschichte von dem Erdbeben, der schlechten Jagdsaison und dem Sturm, der das Dorf vernichtete, aber soviel ich wußte, waren Asuluk, Sindbads Vater, und jeder seiner sonstigen Vorfahren seit einem Jahrhundert auf Kulowyl geboren. Es hatte also den Anschein, als hätte ich wieder eine Geschichte falsch verstanden. Ich wandte nicht ein, daß die Geschichte nicht die gleiche war wie die seiner Schwester, und sagte auch nicht, daß sie denselben Vater hatten, der zufällig der beste Geschichtenerzähler war. Geschichtenerzähler neigen zu Übertreibungen, was für die Zuhörer interessanter ist. Gestern zum Beispiel war von dem Jäger erzählt worden, der kein Herz besaß, und weil er kein Herz hatte, wurde er von etwas Bösem geholt, das da draußen auf dem Eis lebt.

Ich weiß, daß sie einen Gott haben; vielleicht haben sie mehr als einen. Sie besitzen eine Verhaltensmethode, aber keine geschriebenen Gesetze oder entsprechende Regeln. Für meinen Geschmack sind sie jedoch bei Fehlern anderer ein wenig zu nachsichtig und vertrauen zu sehr darauf, daß alle anderen Menschen überall auf der Welt so sein müßten wie sie.

Es gibt weder Verbrechen noch Diebstahl, da alles allen gehört. Soviel ich weiß, gibt es auch keine Morde, obwohl es an jenem Tag dazu hätte kommen können, als ich Zuk dieses Messer an den Hals hielt, oder an dem Tag, an dem ich Kioki fast totgeprügelt hätte. Was wäre mit mir passiert, wen einer von ihnen gestorben wäre? Werde ich es je erfahren? Ich nehme an, ich hätte Sindbad fragen können, aber er hat nie wirklich versucht, meine Sprache zu verstehen.

Ich erinnere mich, in einer Zeitung einmal ein paar Chinesen gesehen zu haben. Sie waren alle gleich gekleidet und sahen gleich aus. Ich fragte mich damals, wie sie sich gegenseitig erkennen könnten. Heute weiß ich es. Der Himmel allein weiß, wie lange ich hier schon lebe, denn ich weiß es mit Sicherheit nicht, und für einen Außenseiter würden diese Leute auch alle gleich aussehen. Bis man gezwungen ist, mit ihnen zu leben; dann entdeckt man, wie individuell sie sind – jeder einzelne, angefangen bei einem neugeborenen Baby bis hin zu einem alten Mann, der allein loswandert, um sich zum Sterben niederzulegen.

Sindbad macht einen zufriedenen Eindruck. Wenn der Bauch voll ist, ist alles gut. Unter den anderen gibt es mal einen, der den Clown spielt und Streiche macht, einen Schauspieler, Sänger, Geschichtenerzähler oder einen Jäger, der den Fang des Tages nach Hause bringt, während alle anderen mit leeren Körben heimkehren. Dann ist da einer, der schneller paddelt als alle anderen, oder einer, der ohne mit der Wimper zu zucken in Wasser springt, dessen Temperatur unter dem Gefrierpunkt liegt, vier Minuten lang den Atem anhält und trotzdem noch nicht halbtot ist, wenn er das Loch im Eis wiederfindet.

Und die Kinder träumen alle davon, eines Tages besser zu sein als alle anderen. Man sieht es ihnen an den Augen an, wenn der Jagdtrupp aufbricht und fünf oder sechs Stunden später wieder nach Hause kommt.

Selbst ein Todesfall wird hier gefeiert; neben der Trauer gibt es auch Freude, und somit weiß ich, daß diese Menschen daran glauben, nach dem Tod an einem besseren Ort zu leben.

Ich kann mich nicht erinnern, wann es war, aber ich sah einmal einen alten Mann, der so alt war, daß er kaum gehen konnte. Er stolperte allein los, und alle sahen ihn gehen. Sie hatten den gleichen Ausdruck im Gesicht wie damals, als diese alte Dame in meinen Armen starb. Er kehrte nie lebendig zurück. Erst später sah ich seine Halskette an einem Speer vor dem Haus seiner Familie hängen. Das Dorf blieb lange Zeit still, bis Asuluk wieder eine Vision hatte, und ich vermute, daß sie alle die Seele des alten Mannes mit ihrem Gesang in den Eskimohimmel begleiteten. Vier Mann gingen los und kehrten mit der Leiche zurück. Sie wurde in Felle gewickelt, man legte einen Kreis aus Steinen darum, ferner Messer, Speere und auch Pfeil und Bogen des alten Mannes. Ich nehme an, um ihm beim Überleben in der anderen Welt zu helfen. Man trug ihn zum Begräbnisplatz, und dort legte man ihn dann zusammen mit allen anderen in den tauenden Erdboden. Schon bald wird es schneien und alle wieder zudecken. Ich sah

Sindbad an, wenn er sich dessen nicht bewußt war, und fragte mich, ob er auch wie dieser alte Mann sein würde, wenn für ihn die Zeit gekommen war zu sterben. Je aufmerksamer ich ihn beobachtete, um so mehr kam ich zu dem Schluß, daß er genauso sein würde. Ja, er würde das tun. Vermutlich, ohne sich von einer Menschenseele zu verabschieden.

Sindbad war etwa in meinem Alter, aber das war auch schon fast alles, was wir gemeinsam hatten. Ich verstand nicht, warum er an mir Gefallen gefunden hatte. Ich hatte verstanden, warum er an jenem Tag auf mich losgegangen war, und ich bin froh, daß er es getan hatte. Er war aber schon lange, bevor ich mich als des Überlebens hatte würdig erweisen müssen, freundlich zu mir gewesen. Ich wußte, daß er dagewesen war, als ich auf dem Eis lag und langsam verblutete. Lange Zeit ignorierte er mich, jedenfalls glaubte ich es damals. Ich hatte vorausgesetzt, daß sie alle Neuankömmlinge mit offenen Armen bei sich aufnahmen. Das war ein Irrtum.

Wir saßen da in der Sonne, still nachdenklich. Und dann begann dieser wortkarge Mann langsam auf Eskimo zu sprechen. Er machte aus seinem Herzen keine Mördergrube, sondern sagte als erstes: »Ich wollte dich töten, als du aus diesem Himmelsvogel herausgefallen bist.«

Der Fisch, auf dem ich herumkaute, schmeckte plötzlich nicht mehr. »Warum?«

»Du bist nicht wie wir. Fremder. Schlecht. Schlecht.« Er berührte mein Haar, meinen Bart und sah auf meine ausgestreckten Beine. Auch er hatte sich lang ausgestreckt – aber seine Füße endeten dort, wo meine Schienbeine begannen. Bis dahin war mir nicht aufgefallen, wie kleinwüchsig er war.

»Fremden kann man nicht trauen. In alten Geschichten

heißt es, Fremde kommen ... kommen und töten Frauen, Kinder. Stehlen Männer.«

Ich sagte ihm, daß ich diese Geschichte schon gehört hätte.

Er sah mich an und wiederholte. »Wir wollten dich töten. Aber mein Vater sagte nein. Mein Vater hielt uns davon ab. Er erinnerte uns an die Vision. Seine Vision. Die Vision meiner Schwester. Von dir. Wie du vom Himmel fällst.« Er seufzte und sah mich an. »Ich bin froh, daß ich dich nicht getötet habe, Freund.«

»Nun, das bin ich auch, Freund.«

»Warum nennst du mich Sind ... bad?«

»Du erinnerst mich an einen Piraten.«

»Pi ... rat?«

»Das ist was Gutes«, log ich. »Freund.« Ich lächelte. Er glaubte mir.

»Komm.«

Ich folgte ihm auf dem Treck über Land und trug seinen Köcher über der Schulter und sein Beil in meinem Mantel. Den größten Teil seiner nächsten Geschichte konnte ich wegen des Winds nicht hören – er wehte so stark, daß ich mich selbst nicht mal denken hören konnte. Wir müssen eine gute Meile gegangen sein, bis wir auf die andere Seite der Insel kamen. Ich wollte Sindbad gerade fragen, warum wir gehen müßten – es wäre nämlich leichter gewesen zu paddeln –, als er mich hart hinunterstieß und mir zuflüsterte, ich sollte ruhig sein.

Ich blickte ebenfalls über den Rand der Erhebung. Unter uns befand sich eine kleine Gruppe von Seehunden, die sich auf einem Felsvorsprung sonnten.

Ich hatte plötzlich das gleiche Gefühl wie dann, wenn ich ein neues Flugzeug sah – ich wurde ganz benommen. Das Wasser lief mir im Mund zusammen. Ich konnte mich nicht mehr erinnern, wann ich zum letzten Mal frisches Seehundblut gekostet hatte. Es kam mir wie eine Ewigkeit vor.

In diesem Moment ging mir auf, was ich jetzt zu werden begann. Das Ich, das einmal gewesen war, war endgültig verschwunden – für immer.

Es hat mir nie gefallen, Lebewesen zu töten. Darin bin ich meinem Vater sehr ähnlich. Als ich klein war, sah ich zu, wie er ein Huhn tötete – wir hatten früher am Sonntag immer Hühnerbraten. Er wollte nie, daß ich zusehe. Er sagte mir, ich solle ins Haus gehen und lieber meiner Mutter helfen. Ich muß damals etwa fünf gewesen sein. Ich versteckte mich hinter der Tür zur Waschküche und lugte durch die Spalten im Holz hinaus und sah, wie die Axt heruntersauste. Ich hörte meinen Dad fluchen, weil die kopflosen Hühner aufstanden und herumrannten. Er hatte Tränen in den Augen. Er tat diese Arbeit nie gern, niemals. Heute weiß ich, daß es nur die Nerven waren, welche die Hühner so herumtanzen ließen, aber was ich damals gesehen hatte, verfolgte mich noch lange – und aus diesem Grund hatte er mich gar nicht erst zusehen lassen wollen.

Bevor ich hierherkam, hatte ich noch nie einen Seehund aus der Nähe gesehen, nur auf einem Foto, wo einer einen Ball auf der Nase balancierte. Ich weiß noch, daß ich das für einen hübschen Trick hielt.

Ich wußte aber nie, daß sie schreien können.

Sindbad hörte nichts, und falls doch, ignorierte er es. Er war an diesem Tag wie ein afrikanischer Löwe – er hatte gewartet, ausgewählt und sich dann seinem Opfer genähert, um es zu töten. Und ich sah zu, so wie ich zugesehen hatte, als mein Dad diesem Huhn den Kopf abhackte.

Tief in mir stiegen Fragen auf. Es war falsch zu töten;

das brauchte mir niemand zu sagen, weil ich dieses angeborene Gefühl nicht abwehren konnte, das dem widersprach, was meine Augen mitansahen.

Ich hielt es für falsch, weil ich es geschehen sah. Morgen würde es nicht mehr falsch sein, wenn das Tier drei Familien ernährte. Ich vermute aber, daß es nicht viele Leute gibt, die sich bei einem Steak entschuldigen, bevor sie es essen.

Es gefiel mir nicht, beim Töten zuzusehen und zu hören, wie die Gefährten des Seehunds in Panik gerieten und schrien, aber ich zögerte keine Sekunde, als Sindbad und ich von dem Blut des Tiers tranken. Das Denken über richtig und falsch kam mir erst später in den Sinn. Hier gibt es zuviele Dinge dazwischen.

Meine Lieblingsgeschichte war früher Jules Vernes *Von der Erde zum Mond.* Bevor meine Mutter mir dieses Buch schenkte, hatte ich mir über andere Lebensformen noch nie Gedanken gemacht. Ich hielt es für unglaublich, daß sich jemand ein Flugzeug vorstellen konnte, das einfach in den Weltraum flog. Und jetzt denke ich: Was ist, wenn es da oben Leben gibt und dieses Leben jetzt auf uns herunterblickt, so wie wir eben auf diese Seehundfamilie hinuntergeblickt haben?

Beängstigend. Solche Gedanken scheinen nie ein glückliches Ende zu haben.

Danach setzten wir uns mit vollen Bäuchen wieder zusammen und lehnten mit dem Rücken gegen ein paar neue Felsbrocken, die uns vor dem Wind schützten. Keine Sturmwolke in Sicht. Es war ein vollkommener Eskimo-Sommertag, der kein Ende hatte. Ich nahm die Kapuze meines Parkas ab und ließ mir die Sonne ins Gesicht scheinen. Sindbad fragte mich schließlich, wie es sei, so hoch am Himmel in einem Vogel zu fliegen.

Wenn ich für jeden Menschen, der mir diese Frage stellte, einen Vierteldollar bekommen hätte, hätte ich jetzt schon eine ganze Flugzeugflotte.

Ich tat mein Bestes, eher das Gefühl des Fliegens zu erklären als die technischen Einzelheiten. So fühlte er sich wahrscheinlich auch, wenn er seine Kajakrennen gewann. Ich hatte nicht vergessen, wie es war, zu fliegen, aber es fiel mir reichlich schwer, Gefühle in englische Wörter zu übersetzen; die Suche nach Eskimobegriffen war so gut wie unmöglich. Ich erzählte ihm von einem normalen Start und einer Landung.

Ich bezweifle, daß es mir gelang, es zu erklären.

Dann bat er mich, ihm von der fernen Welt zu erzählen, in der Leute wie ich lebten, Menschen mit gelbem Haar und blauen Augen.

Ich hatte nicht ahnen können, wie schwierig die Aufgabe war, da es hier nichts gab, was ich als Vergleich heranziehen konnte. Bis zu meiner Bruchlandung hatte Sindbad nie einen weißen Mann gesehen. Er war nie auf dem Festland gewesen. Wußte er überhaupt, daß sie neben seiner bekannten Welt aus Inseln, Fischen, Vögeln, Seehunden, Walen und Walrossen existierte? Während ich ihm von meiner alten Welt erzählte, schwelgte ich in Erinnerungen. Ich erzählte ihm von den Wäldern in der Nähe meiner alten Heimatstadt; von den Bächen, Seen, Wasserfällen, den Waldgebieten in den Piedmont-Bergen; vom Hochland South Carolinas, vom Savannah River und den Städten. Ich schilderte, wie ich in der Zeit aufgewachsen war, als Automobile allmählich Pferdewagen und -karren ersetzten, wie ich den Großen Krieg verpaßte. Und als ich fertig war, sah ich ihn an, um zu sehen, ob er überhaupt ein Wort von dem verstanden hatte, was ich gesagt hatte.

Er schlief tief und fest, als er so in der warmen Sonne dasaß, und schnarchte leise vor sich hin. Ich fragte mich, wovon er wohl träumte. Vielleicht vom Wal des nächsten Monats. Oder davon, wie er seinen Jungen den Umgang mit Pfeil und Bogen beibrachte oder wie sie zu einem Meister werden könnten wie ihr einäugiger Vater. Ich hatte mal gesehen, wie er zwei Vögel mit einem Pfeil vom Himmel holte und dann noch enttäuscht war, daß es nicht drei waren.

Ich muß auch eingeschlafen sein.

Der Rückweg erforderte nur halb soviel Zeit wie das Herkommen, aber so ist jede Reise bei mir, es sei denn, ich verirre mich. Und habe mich schon mehrmals verirrt, immer in Alabama. Aber ich erkannte Kulowyl aus einiger Entfernung und war etwas enttäuscht, als Sindbad an der Insel vorbeifuhr und uns weiter nach Westen brachte.

Etwa eine halbe Stunde später spießte ich meinen ersten Fisch auf. Er holte ein halbes Dutzend aus dem Wasser und gab mir zwei davon. Ich wußte, was dieses Lächeln zu bedeuten hatte. Wenn ich den Fisch nach Hause brachte, würde meine Familie stolz auf mich sein.

Die Eskimos begaben sich nicht nur aus dem einzigen Grund auf See, Nahrung zu besorgen; sie taten es auch, um Liebe zu bekommen. Und die Tatsache, daß ich dazu eingeladen worden war, bedeutete, daß ich endlich einer von ihnen und kein Außenseiter mehr war.

Der beste Anblick von allen kam, als wir einliefen und ich das kleine Begrüßungskomitee schon lange erkannte, bevor ich Gesichter sah. Mein Sohn stand neben meinen beiden Frauen, und er hielt beide an den Händen und hüpfte aufgeregt auf und ab. Neben Tooksooks stand Asuluk mit seiner Frau, meiner Schwiegermutter, die mich immer anfaucht und mich am liebsten harpunieren würde, wenn sie auch nur den Hauch einer Chance dazu hätte. Sie schien enttäuscht zu sein, daß ich die Reise überlebt hatte, und so schenkte ich ihr mein schönstes Lächeln und überlegte mir sogar, ob ich der häßlichen alten Schachtel auch einen Kuß geben sollte, bremste mich aber gerade noch rechtzeitig.

Mir war nicht klar, daß wir fast drei Tage weg gewesen waren.

Die Mädchen hatten mir eine Menge zu erzählen, obwohl in meiner Abwesenheit nichts von großem Interesse geschehen war.

Billy hatte, als ich weg war, die ganze Zeit geweint. Ich sah ihn an; er hockte in seiner Ecke und versuchte den Tisch aus Muschelschalen zu zerreißen, den ich für ihn gemacht hatte. Jemand war vom Felsen gerutscht und hatte sich das Bein gebrochen, und wenn die kleinen Mädchen nicht am Strand gewesen wären, um Schalentiere zu sammeln, hätte er zu lange dort gelegen und wäre gestorben. Kioki hatte einen ganzen Korb voller *sue wuk* gesammelt und für meine sichere Rückkehr gebetet. Ein kleines Mädchen war geboren worden, und man hatte einen Eisbären gesichtet, der auf Treibeis zugeschwommen war. Die Versammlung bei Asuluk war bis zu unserer Rückkehr aufgeschoben worden.

Es gab noch andere interessante Dinge – Klatsch –, aber die hörte ich nicht. Es war so gut, wieder zu Hause zu sein.

Kioki brachte den Jungen zum Haus seines Großvaters, während Tooksooks mich auf die einzige Weise willkommen hieß, die sie kannte.

Ich weiß noch, daß ich dachte, verdammt, das sollte öfter passieren.

Später an jenem langen Tag kam Asuluk zu Besuch. Er stand am Eingang zum Haus und musterte mich kurz. Ich begann mich schon zu fragen, was ich diesmal angestellt hatte, als er sagte: »Komm.«

Ich spielte mit Billy. Ich war müde. Ich wollte etwas Zeit mit meiner Familie verbringen. »Jetzt?«

»Komm. Wir reden.«

Kioki nickte. Tooksooks lächelte wieder. Der Junge glaubte, er würde mitkommen, und half mir beim Anziehen. Dann erwartete er, selbst angezogen zu werden. Ich konnte sein wütendes Geschrei hören, als ich mit seinem Großvater hinausging. Es gefiel ihm nicht, wenn er nicht mitkommen durfte.

Während des langen, langsamen Spaziergangs über die Insel wurde kein Wort gesprochen. Diesmal blieben wir am Südende stehen, wo das Meer immer ruhig und spiegelglatt war.

Asuluk setzte sich hin, kreuzte die Beine und starrte vor sich hin.

Ich konnte es nicht mehr ertragen. »Was habe ich denn jetzt getan?« fragte ich auf englisch.

»Setz dich.«

Als ich saß, wandte sich Asuluk zu mir um und nickte. »Du fischen. Jetzt auch jagen. Gut.« Etwas flackerte in seinen Augen auf. War es Zuneigung? »Keine Frauenarbeit. Du Mann.«

»Frauenarbeit ist besser als gar keine.«

Der alte Mann grunzte ein Ja oder Nein – ich konnte nicht sagen, was. Hatte er mich bis hierher mitgehen lassen, nur um mir das zu sagen? Um mir zu sagen, gut, ich jetzt fischen und jagen? Ich versuchte aufzustehen, doch der Medizinmann ergriff meinen gesunden Arm und hielt ihn fest. »Wir reden. Du. Ich. Jetzt. Reden.«

Dem Medizinmann lag etwas Wichtiges am Herzen; das konnte ich sehen und spüren. Ich versuchte, es mir bequem zu machen. Wenn er mir jetzt wieder eine Geschichte erzählen wollte, wußte ich, daß es lange dauern würde. Ich wühlte in meiner Tasche, fand das *sue wuk,* das Kioki mir zugesteckt hatte, bevor ich ging. Ich hielt ihm etwas davon hin, und er nahm es und lutschte langsam daran. So schmeckte es besser.

Heute war er nachdenklich und aufgeregt. Aus einer seiner vielen Taschen zog er eine Handvoll Seehundblasen und warf sie ins Wasser.

Die Geister würden mehr Fische in diese Gewässer schwimmen lassen, wenn sie dieses Opfer annahmen.

Ich saß nur da und sah zu, wie die Blasen wegtrieben, bis sie nach und nach sanken.

»Du jetzt fischen, jagen. Gut.«

»Das hast du schon gesagt.«

Asuluk drehte sich zu mir um und sagte: »Schiff kommen vor langer Zeit.«

Bitte nicht schon wieder, dachte ich. »Himmel, Paps, gibt es denn keine neue Geschichte, die du mir erzählen kannst?«

»Paps?« fragte er mit Feuer in den Augen. Also log ich und sagte ihm, es bedeute Freund. Ich glaube nicht, daß er mir glaubte. Ihn konnte ich nicht so anlügen wie Sindbad. »Nicht Paps«, grunzte er. Ich entschuldigte mich.

Asuluk wurde sehr still.

»Wie kommt es, daß ich jetzt schon fast fünf Jahre hier bin und du jetzt auf englisch mit mir sprichst? Kein Eskimo?«

Asuluk schnaubte, zwinkerte und wandte sein ausdrucksloses Gesicht wieder dem Meer zu. »Schiff kommen, vor langer Zeit. Mein Vater nehmen ... nein.« Er verstummte und suchte nach weißen Wörtern. »Vater fahren weg mit Männern in Schiffen. Gehen. Falle. Falle für ... für ... Vogel.« Er machte einen Schützen nach, der ein Gewehr zunächst in den Himmel richtet und dann auf etwas Imaginäres, was auf dem Erdboden herumläuft. »Und Seehund. Nicht zurückkommen.«

»Na und? Er ist mit russischen Pelzhändlern weggefahren. Ich weiß. Du hast es mir erzählt. Kioki hat es mir erzählt. Sindbad hat es mir erzählt. Asuluk, das ist vor langer Zeit passiert. Kannst du es nicht vergessen? Kannst du mir keine andere Geschichte erzählen?«

Asuluk fiel es sichtlich schwer, die richtigen Worte zu finden. Sein Fuß zappelte; er wurde zorniger und ungeduldig. »Der Vogel. Dein Vogel. Wie das Schiff, vor langer Zeit. Mehr Vögel fliegen ...« Dann stand er langsam auf und tanzte für mich, wobei er seine Arme als Tragflächen benutzte und sie nach links und rechts neigte.

Ich wußte, was er zu sagen versuchte. Die Handbewegungen erzählten mir von einem anderen Vogel, der den Leichnam seines toten, zertrümmerten Freundes umkreist hatte und dann weggeflogen war.

Tränen traten mir in die Augen. Zuviel Trostlosigkeit stieg in mir auf und fand kein Ventil. Der Medizinmann erzählte mir von dem Suchtrupp, der vor langer Zeit hergekommen war, als ich mit dem Tod rang.

Ein Suchtrupp war gekommen?

Ein Suchtrupp?

»Wann! Du Mistkerl! Wann!«

Asuluk wandte sich mit fragender Miene zu mir um. Ich hatte ihn bei seiner Geschichte unterbrochen.

»Wann sind die Vögel gekommen?«

Ich wollte diesen Mann an der Kehle packen und zudrücken und weiter zudrücken, bis ich eine Antwort bekam.

Der Medizinmann dachte einen Augenblick nach und hielt die Hand hoch. Vier behandschuhte Finger und ein behandschuhter Daumen zeigten, wie viele Sommer vergangen waren, seit die brüllenden Vögel hier geflogen waren und ihren toten Freund umkreist hatten.

Ich steckte den Kopf zwischen die Knie.

»Vor fünf Jahren?« Meine Stimme zitterte. Vor fünf Jahren? Himmel, ich könnte inzwischen zu Hause sein!

»Vogel wieder fliegen, du zurückgehen?« fragte Asuluk leise.

Wie? Suchmannschaften waren schon so weit nach Westen gekommen und hatten das Wrack gefunden. Ein Blick hätte genügen müssen. Niemand konnte das überlebt haben. Und jetzt, fünf Jahre später, würden sie nicht wiederkommen. Es war zu lange her. Meine Familie mußte mich für tot halten. Es konnte nicht anders sein.

»Schiff kommen, Vogel kommen, du gehen?«

Da war etwas in Asuluks Augen, was ich nicht deuten konnte.

»Was hast du diesmal gesehen?« fragte ich.

»Schiff kommen, Vogel kommen, du gehen?« fragte er erneut.

»Ich will dir mal was sagen, Asuluk. Wenn jetzt ein Schiff vorbeikäme, würdest du mich nie wiedersehen. Ja, ich würde gehen. Glaubst du, es gefällt mir hier? Du Narr ...« Ich stand langsam auf und ging weg. Ich mußte. Dieser Medizinmann hatte mich schon zu viele Male weinen sehen, zu oft.

Er folgte mir und wiederholte: »Du fischen, jagen, gut«, und damit legte er mir den Arm um die Schulter.

Ich konnte es nicht ertragen. Ich schob ihn weg. »Rühr mich nicht an, verdammt! Rühr mich ja nicht an!«

Asuluk verzog das Gesicht und gehorchte.

Ein Suchtrupp war gekommen, und er hatte geglaubt, meinen Schmerz zu lindern, indem er mir erzählte, ich sei ein guter Fischer? Grundgütiger Himmel. Dabei war ich nicht mal derjenige, der die Fische gefangen hatte! Am liebsten hätte ich auf den Kopf des Mannes eingedroschen.

Wir gingen schweigend zurück. Ich wollte an Asuluks Haus vorbeihumpeln, als er mich hineinzog. Dort saßen wir eine Zeitlang schweigend, bis Frau Ungeheuer mir eine Schüssel mit warmem Blut reichte. Sie versuchte, mich mit einem Lächeln willkommen zu heißen, aber es funktionierte nicht.

»Dir Sache zeigen. Bleib.«

Asuluk holte einen alten Vorderlader hervor. Es war nicht das Winchester-Repetiergewehr, das ich mir vorgestellt hatte, als der alte Mann den Schützen imitierte, der in unbekannte Fernen verschwunden und nie zurückgekehrt war. Ich wußte, was der Medizinmann wollte.

Ich sollte ihm genau zeigen, wie man das Gewehr benutzt.

»Nein. Es gibt keine Kugel, kein Pulver.« Ich sagte ihm, daß es nur eins gäbe, was er mit dem Ding tun könne, nämlich einem Eisbären damit auf den Hinterkopf zu schlagen und zu hoffen, ihn damit bewußtlos zu machen. In diesem Moment war es mir gleichgültig, was er damit anfing. Ich wollte nur nach Hause. Frau Ungeheuer warf mir tödliche Blicke aus ihrer Ecke zu. Ich hoffte, sie würde so hart auf diesem Mukluk herumkauen, daß ihre sämtlichen Zähne auf einmal herausfielen.

»Kugel, Pul ... ver?«

»Ja. Munition.«

Asuluk riß die Augen auf. Er trat so schnell zurück, daß er über den Lehmtisch fiel. Ich wußte nicht, was ich gesagt hatte, aber er warf mich hinaus. Ich fragte mich, ob er soeben einen Geist gesehen hatte.

Leise vor mich hin brummelnd ging ich nach Hause. Ich murmelte immer noch, als Kioki sich neben mich setzte und fragte, was denn diesmal los sei.

Ich erzählte es ihr, und sie nickte nur langsam dazu. Sie gab mir nach bestem Vermögen auf ihre ruhige Weise eine Erklärung, blickte dabei aber zu oft zu ihrer Schwester, um deren Zustimmung zu erhalten.

»Aeta Vision haben. Traum. Schlecht.«

»Asuluk hat einen bösen Traum gehabt. Na und?« fragte ich.

»Aeta Vision haben. Bösen Traum. Männer kommen. Du. Wie du. Nicht ich. Nicht wir. Viele sterben. Sterben. Sterben durch ...« Sie sah sich um und versuchte etwas zu entdecken, was es erklären würde. »Sterben durch ...«

»Kugeln? Gewehre?«

»Ja. Kugeln. Gewehre. Viele sterben. Aeta Vision haben. Vision, daß du in Himmelsvogel kommen. Vision, daß du mit Männern in Vogelboot gehen. Du Männer.«

»Männer wie ich?« fragte ich. Meine Erregung stieg. Was zum Teufel war ein Vogelboot? Eine de Havilland mit Pontons?

»Vogelboot kommen, du gehen?« fragte Kioki. Ihre Stimme zitterte. Ich sah sie an. Sie versuchte nicht, die Tränen zu verbergen, die ihr in die Augen schossen. Ich sah zu Tooksooks hin, aber die tat sehr beschäftigt. Ihr Gesicht war jedoch auch etwa so glücklich wie das eines sterbenden Seehunds. Und mein Sohn versuchte gerade, das Rechenbrett zu zerstören, das ich für ihn gemacht hatte. Vogelboote, Männer wie ich. Männer mit Gewehren ...

»Ich weiß nicht. Himmel, ich weiß nicht.«

Ich mußte über vieles nachdenken, und je mehr ich nachdachte, um so schlimmer wurde alles. Ich wollte so sehr weg von hier, doch ein Teil von mir gehörte hierher zu Kioki, meinem Sohn, Tooksooks und dem Baby, das in ihr heranwuchs. Ich war dabei, mich in einen Eskimo zu verwandeln. Ich glaubte allmählich wie jeder andere an Asuluks Visionen, und das mit Recht.

Wenn Asuluk von einem Fischschwarm träumt, kann man eine Wette darauf eingehen, daß die Kajaks innerhalb von zwei Tagen randvoll mit Fischen beladen zurückkehren. Er weiß sogar genau, wenn jemand krank wird, und das schon lange bevor der Betreffende es selbst weiß. Manchmal hält er einen Mann davon ab, sich auf die Jagd zu begeben. Niemand stellt das in Frage. Alle vertrauen ihm. Er kommt ihrem Großen Geist am nächsten, und sein Wort ist Gesetz. Jetzt, so scheint es, bin ich am Leben, weil er nur von meiner Bruchlandung geträumt hat.

Ich weiß nicht, wie er den Unterschied zwischen einem Traum und einer Vision feststellen kann, und es ist zwecklos zu fragen. Und jetzt hat er mich ausgerechnet in einem Vogelboot abfliegen sehen. Vielleicht eine de Havilland auf Pontons? Männer mit Gewehren? Viele?

Ich vermute, daß mir nichts anderes übrigbleibt, als abzuwarten.

Ich möchte allerdings gern wissen, warum ich träume, nachdem er mit mir gesprochen hat.

Was er mir gesagt hat, ist mir schon so lange im Kopf herumgegangen. Ich hatte gewußt, daß man einen Suchtrupp gebildet hatte. Mir war auch bewußt, daß nach so langer Zeit kaum die Chance bestand, daß man einen zweiten losschicken würde. Immerhin ist es Jahre her. Man hatte Bobby und mich ein paarmal gebeten, der Polizei von Miami bei der Suche nach überfälligen Booten zu helfen, und ein paarmal war es uns gelungen, Wrackteile zu finden.

Meist kümmerten sich die Haie um den Rest.

Ich nehme an, daß die Männer des Suchtrupps mich als tot gemeldet haben, selbst wenn sie die Jenny gesehen hatten.

Weiß der Himmel, ich hätte es selbst genauso gemacht.

Ich aber träume von Blut auf dem Eis – von Strömen von Blut, die zu Seen werden.

Dann wache ich meist schreiend auf.

Tooksooks ist still, zu still. Sie ist auch krank. Wenn Eskimos überhaupt erbleichen können, habe ich das Gefühl, daß sie jederzeit in Ohnmacht fallen kann. Aber obwohl sie krank ist, schafft sie es immer noch, mich mit einem Lächeln zu bedenken. Sie mag es immer noch, mich mit einem Lächeln zu bedenken. Sie mag es immer noch, mir die Füße zu reiben. Und es gefällt ihr immer noch, die ganze Nacht in meinen Armen zu liegen. Nichts macht sie zornig, nichts. Um sie glücklich zu machen, genügt sogar noch weniger. Manchmal ist schon ein Blick von mir genug.

Und dieser verdammte Alptraum – dieses Blut auf dem Eis – läßt mir keine Ruhe. Ich frage Tooksooks immer wieder, ob sie sich wohlfühlt. Der Himmel weiß, daß sie nicht sehr gut aussieht. Manchmal werden ihre Lippen blau. Manchmal kann sie sich nicht bewegen. Dann liegt sie nur auf unserem Bett und starrt mich an. Ihr Herz schlägt so hart und schnell, daß ich das Blut unter ihrem Ohr pulsieren sehen kann. Nachts kann ich ihr Herz manchmal sogar schlagen hören. Ich kann dann nichts weiter tun, als ihre Hand zu halten und den Versuch zu machen, zu schlafen, ohne von Strömen von Blut zu träumen, die das Eis rot färben.

12. Kapitel

Vielleicht war es die in den Augen des Medizinmanns stets lauernde Furcht, die den immer wieder auftretenden Alptraum neu entfachte, vielleicht aber auch die Art, in der Johns zweite Frau ihn anstarrte, als brächte sie jetzt ihre Erinnerungen zusammen.

Dann verschwand Tooksooks plötzlich an einem Herbsttag mit beißendem Wind, und Kioki erzählte ihm nichts davon.

Wenn sie nicht sprechen will, sagt sie nichts. Sie weist mich einfach mit diesem Starren ihrer kleinen, kugelrunden Augen in die Schranken, und ich bin sicher, daß nicht einmal die chinesische Wasserfolter das Schweigen brechen könnte. Tooksooks war seit zwei Tagen verschwunden, und die Tage wurden immer kürzer. Jetzt dauerte das Tageslicht kaum vier Stunden am Tag. Niemand sagte mir, wo sie war, aber ich wußte, daß ich der einzige Mensch war, der nicht Bescheid wußte.

Diese ganze Geheimniskrämerei ging mir auf die Nerven. Immerhin war sie meine Frau. Sie lebte seit ein paar Jahren mit mir, und ich hatte sie sehr gern, vielleicht nicht so wie Kioki, aber trotzdem hörte ich nicht auf, mir Sorgen um sie zu machen. Sogar Billy fragte nach ihr, denn wenn er mit seiner Mama nicht zurechtkam, rannte er sofort zu Tooksooks, um sich von ihr trösten zu lassen.

Ich muß eine ganze Stunde mit meinen Versuchen verbracht haben, Kioki auf mancherlei Weise auszufragen, um auch nur einen kleinen Hinweis darauf zu erhalten, wo sich ihre Schwester aufhalten könnte. Ihre Reaktion darauf war höchstens ein Kopfschütteln. Oder sie bot mir etwas zu essen an, um das Thema zu wechseln. Und als ich dann sagte, ich würde nicht mehr essen, bis Tooksooks wieder da sei, warf sie mir einen dieser Blicke meiner Mutter zu – der streunende, hungrige Hund – und kaute dann wieder auf ihrem Leder herum.

Weil sie natürlich verdammt gut weiß, daß ich essen werde, wenn ich Hunger bekomme.

Also machte ich nach, was Freddy Larsen damals machte, als Miltons kleine Tochter verschwunden war. Ich ging von Haus zu Haus und durchsuchte jedes einzelne. Damals hatten wir mit dreißig Mann den Wald durchsucht, und mir ging auf, wer den leichteren Job hatte, als die kleine Milton am Rand des Sumter Forest mit dem Gesicht nach unten in einem flachen Grab gefunden wurde. Wir haben nie erfahren, wie sie dorthin gekommen war, wer sie getötet hatte oder warum. Solche Dinge passierten nur an anderen Orten, aber nie in meiner Heimatstadt. Nach der Ermordung dieses Kindes wurde die ganze Stadt für lange Zeit schrecklich still. Es war die gleiche Art Stille, wie sie mir jetzt begegnete, wenn ich in jedem Haus nach Tooksooks fragte und wissen wollte, ob jemand sie gesehen habe.

Wir waren gerade zur Winterseite der Insel umgezogen, und so gab es nicht viele Orte, an die sich jemand begeben konnte oder angesichts des bevorstehenden Winters überhaupt zu begeben wagte. Diese ausdruckslosen und unbeteiligten Gesichter gaben mir das Gefühl, betrogen worden zu sein, und machten mich zornig, doch am meisten machte ich mir um meine zweite Frau Sorgen.

Sogar Sindbad weigerte sich, mir zu helfen. Ich sah ihm jedoch an, daß er wußte, wo sie war, und warum. Halsstarrigkeit ist ein Erbteil in dieser Familie.

Später fand ich heraus, daß man mich nicht vollständig mied. Ich saß eines Tages allein im Halbdunkel und kauerte oben auf dem Felsen und sah, wie sich ein paar Kilometer draußen auf See über dem Graben ein Sturm zusammenbraute, als Asuluk sich neben mich setzte.

»Ja, ich weiß. Ich jetzt gut jagen, fischen«, sagte ich, bevor er es tat. Er seufzte, blickte aufs Meer und begann eine Geschichte über Leben und Tod.

Sie glauben wirklich, daß die Sterne Seelen sind, die da oben auf eine Gelegenheit warten, geboren zu werden. Ihr Gott, der Große Geist, lebt da oben jenseits der Sterne, und es wird Nacht, wenn er seine Häute hinunterwirft und die Erde damit zudeckt. In der Geschichte ging es darum, wie der Große Geist nachts manchmal seine Häute hochhebt, wenn ein Mann und eine Frau zusammen sind, und indem er diese Häute hochhebt, die die Erde bedecken, läßt er einige Sterne sehen, was da unten vorgeht. Und wenn er es erlaubt, wird einer der Sterne zur Erde fallen, zu dem Mann und der Frau, und er wird dann zu ihrem Sohn oder ihrer Tochter.

Ich hielt das für eine andere und irgendwie nette Art, einen Kometen zu erklären, aber ich brachte es nicht über mich, ihm zu widersprechen. Ich wußte, was Empfängnis ist und wie es dazu kommt, aber ich habe nie auch nur einen Moment daran geglaubt, daß das Leben etwas anderes sein könnte als ein reiner Zufall.

Die Geschichte war damit noch nicht zu Ende. Von Zeit

zu Zeit, sagte Asuluk leise, komme die Seele zu dem Schluß, daß sie einen Fehler gemacht habe. Dann möchte sie nach Hause zurück, zurück zur Wärme und Sicherheit unter den Häuten des Großen Geistes.

Wenn das geschehe, ist die Frau nicht mehr bevorzugt und muß sich von dem Dorf fernhalten, bis sie wieder die Gunst aller genießt. Eine zu schnelle Rückkehr würde jeden mit einem Fluch beladen, und in dieser Zeit darf ihr Name nicht gedacht, geschweige denn geäußert werden.

Da die Sitten des Volkes mir jedoch immer noch fremd seien, habe der Große Geist mir vergeben, da er meinen großen Herzenskummer gesehen und gespürt habe. Aus diesem Grund werde mir erlaubt, meine Frau zu sehen.

Der Große Geist wisse, daß ich sehen müsse, bevor ich glauben könne.

Es war der größte Haufen Unfug, den ich je gehört hatte, aber ich dachte nicht daran, den Großen Geist und seinen Mittelsmann Asuluk zu beleidigen. Folglich erlaubte ich ihm, mir irgendein Sicherheitshalsband um den Hals zu legen. Dann nahm er sein Licht, und ich folgte ihm in die Dunkelheit.

Natürlich gab es Vorschriften und Gesetze. Ich durfte ihr nicht in die Augen sehen oder ihr so nahe kommen, daß ich sie berühren konnte.

Asuluk führte mich zu einem geschützten Ort rund eine Meile westlich des Dorfs. Ein Schlittenhund bellte wie wild am Ende eines gespannten langen Seils, das an einem Stock in der Erde festgebunden war. Asuluk warf dem Hund ein Stück Fleisch zu, das in zwei Sekunden vertilgt war. Ich habe Hunde immer gern gemocht, halte aber Distanz zu diesen halbwilden wolfsähnlichen Geschöpfen.

Asuluk rief Tooksooks vollen Namen, und das leise Wehklagen und der Singsang, die aus der winzigen Hütte nach draußen drangen, hörten sofort auf. Er sagte ihr in Eskimo, ihr Mann sei da – den Rest verstand ich nicht –, und warf etwas Nahrung zu ihr hinein. Dann wartete er noch ein paar Sekunden, bevor er mir zunickte und allein draußen in der Kälte und der Dunkelheit blieb.

Sie war allein in der warmen dunklen Unterkunft und hatte das Gesicht der Wand zugewandt. Einer ihrer Zöpfe war aufgelöst, und fettiges dunkles Haar reichte ihr bis zu der Haut, auf der sie saß. Sie drehte sich nicht um. Ich wollte mich zu ihr setzen, aber das durfte ich nicht. Sie wies mich an, nicht näher zu kommen.

Es roch stark nach Blut, was der Grund für den Wachhund da draußen war. Er würde das Dorf alarmieren, wenn sich ihr ein Bär auf mehr als vierhundertfünfzig Meter näherte.

Sie sagte mir, sie werde bald zu Hause sein, ich solle mir keine Sorgen machen. Sie sagte, ich müsse gehen, ich hätte hier nichts zu suchen. Sie gab sich Mühe, nicht zu weinen, und versuchte alles tapfer zu ertragen, als sie sagte, das Kleine sei zu dem Großen Geist zurückgekehrt.

Manche Dinge kann ich akzeptieren, aber dies nicht. Sie hatte das Baby verloren, und auch noch so viele Geschichten konnten nicht den Grund für ihr Exil erklären. Was wäre, wenn sie verblutete? Wie würde Asuluk mir das erklären? Ich konnte nicht verstehen, weshalb Frauen von nah und fern kamen, um einer Geburt beizuwohnen, daß eine Fehlgeburt aber tabu war. Hielten sie sie etwa für ansteckend? Ob ich es wohl erfahren würde?

Bei ihrer Rückkehr ins Dorf schien alles wie zuvor zu sein, als wäre nichts passiert – zumindest an der Oberfläche. Zwischen den beiden Schwestern ging etwas vor, etwas Unausgesprochenes. Tooksooks, die früher ständig geplappert hatte, sprach kaum noch ein Wort. Mir brauchte niemand zu sagen, daß sie immer nur an das dachte, was hätte sein können. Sie saß still in unserem Haus und sah Billy beim Spielen zu. Dann trübte sich ihr Blick, und ich konnte fast spüren, wie die Tränen ihr in den Augen brannten, die Tränen, die sie so gern verbergen wollte.

Sie wollte nur eins – Mutter sein.

Sie hat auch das zweite Kind verloren. Ich war nicht da, als es geschah – ich befand mich auf einer viertägigen Expedition mit Sindbad und sieben anderen. Als ich nach Hause kam, fand ich einen schlafenden Sohn und eine stille Kioki vor, die mir nicht in die Augen sehen konnte. Und als ich fragte, wo ihre Schwester sei, begann alles wieder von vorn.

Es dauerte lange Zeit, aber das dritte Kind behielt sie.

Sie läßt mich sogar die Tritte des Kindes in ihrem Bauch fühlen, und wenn sie mich ansieht, blitzen ihre Augen strahlender als das Spiegelbild des Mondes auf dem stillen Wasser.

Wie es scheint, sollte dieser kleine Komet endlich eine Chance erhalten.

Ich will eine Tochter. Und ich möchte gern wissen, wie sie aussehen wird.

Wegen irgendeines Zwischenfalls am Fließband kam Billy mit blauen Augen und hellbraunem Haar auf die Welt. Ich weiß, daß er wie ich hochgewachsen sein wird. Seine Beine sind vom Knie aufwärts lang, woher auch bei mir die Körpergröße stammt. Billys Augen sind jedoch anders blau als meine – dunkel wie bei seiner Großmutter. Und er hat auch mein eckiges Kinn bekommen. Ich hoffe nur, daß die Arbeiter am Fließband nett zu Tooksooks sein werden, falls sie ein Mädchen bekommt. Eskimodamen sind nicht gerade die ansehnlichsten auf dieser Welt.

Ich erzählte Billy, was bald passieren werde, und er nahm

die Nachricht von einem Bruder oder einer Schwester so auf, wie er alles andere aufnimmt – er sah mich und Tooksooks an und grunzte seine Zustimmung. Ich glaube jedenfalls, daß es Zustimmung war. Manchmal sehe ich mehr von Asuluk in ihm als sonst jemand. Es hat den Anschein, als könnte ihn nichts sonderlich aufregen. Ich habe auch den Eindruck, daß nichts von dem, was ich sage, ihn interessiert oder überrascht – es sei denn, er hilft mir, etwas herzustellen, oder beobachtet mich, wenn ich etwas aus Elfenbein schnitze.

Eine 1923er Jenny bringe ich in etwa zwanzig Minuten zustande. Manchmal radiere ich auch eine Landschaft – Calhoun Falls oder einen Sonnenuntergang über den Blue Ridge Mountains. Billy bevorzugt die Doppeldecker oder die Harley, die ich früher besaß. Er mag Maschinen, und wir haben gemeinsam einen Apparat hergestellt, der keinen besonderen Zweck hat, sondern nur funktioniert und interessante Geräusche macht. Er funktioniert mit zwei Kieselsteinen und einer Feder zum Aufziehen.

Es ist ein schönes, aber nutzloses Spielzeug, dreißig Zentimeter hoch und sechzig Zentimeter lang, hat Räder, ein Fließband, Federn und Klappen. Dabei fand ich auch Verwendung für die Innereien des Morsegeräts. Wir bauen das Ding jetzt zusammen; er weiß, wohin welches Stück gehört und warum. Ich würde gern etwas finden, was ich zu einer Schiefertafel machen kann, um ihm das Alphabet beizubringen, nehme aber an, daß ich höchstens darauf hoffen kann, daß er englisch spricht und versteht.

Solche Dinge kann ich mit dem Jungen machen, aber was fängt man mit einer Tochter an? Bei ihr kann ich doch nur hoffen, daß sie nicht ihr gesamtes Leben damit zubringt, auf Leder herumzukauen und alt, nutzlos und zahnlos zu sterben.

Bobby sagte früher immer, ich verbrächte zu viel Zeit damit, mir um Dinge Sorgen zu machen, die vielleicht gar nicht passieren würden. Er glaubte mir nie, wenn ich ihm sagte, ich wolle mich darauf vorbereiten.

Ein kleines Mädchen.

Sie wird lernen, was eine Eskimofrau wissen muß, wie man Kleider macht, Schmuck herstellt, Essen zubereitet und einen Seehund häutet. Wenn sie erwachsen ist, wird sie sich irgendeinen Jungen aussuchen und viel Zeit damit zubringen, ihm schöne Augen zu machen; dann verkrümeln sich die beiden irgendwohin, und bevor ich es ahne, zieht sie aus und wird Ehefrau. Wahrscheinlich die Frau eines der Babys, die hier im letzten Jahr geboren wurden. Sie wird mich zum Großvater machen, bevor ich fünfundvierzig bin, und so wird das Leben in einer ständig ansteigenden, immer breiter werdenden Spirale weitergehen.

Wahrscheinlich werde ich sie überhaupt nicht richtig kennenlernen – jedenfalls nicht so, wie ich den Jungen kenne. Und ich bin mir nicht sicher, ob das so gedacht ist.

Sindbad spricht von seinen Söhnen, und wenn er es tut, klingt Stolz in seiner Stimme mit, aber wenn man seine beiden Töchter erwähnt, blicken seine Augen irgendwie ins Leere, als hätte ich ihn nach einem Fremden gefragt oder nach irgendeiner neuen Tierart, die man am Strand gefunden hat.

Vielleicht hatte Bobby doch recht. Vielleicht mache ich mir tatsächlich zu viele Sorgen.

Es tut neuerdings nicht mehr so weh, an die Vergangenheit zu denken und sich an Dinge zu erinnern, die damals nicht wichtig waren, es aber heute geworden sind. Ich frage mich manchmal, ob alles, was ich je gesehen, berührt, gefühlt, gehört, getan und gedacht habe, aufgezeichnet worden ist wie auf den Seiten dieses Buches von

Walt Whitman, das Bobby Meg geschenkt hat, oder vielleicht irgendwie mit einem unsichtbaren Phonographen festgehalten worden ist, so daß alles da ist und nur darauf wartet, daß ich es finde, die Hand danach ausstrecke, es berühre und alles zu neuem Leben erwecke.

Mir fällt vieles wieder ein, wenn ich einfach nur dasitze, nichts tue und an nichts denke. Teufel, manchmal erinnert mich eine vorüberziehende Wolke an die Skyline von Miami oder das Denkmal auf dem Marktplatz von Abbeville.

Nichts ist gleich geblieben. Mein Leben hier dreht sich um Kioki, Tooksooks, den Jungen und das Baby, das jeden Augenblick kommen kann.

Ich kann dieses mein Kind nicht bändigen. Er beißt, kreischt, verprügelt andere Kinder. Und wenn ich etwas sage, bekomme ich Ärger. Kioki hebt nicht mal die Stimme, es sei denn, er will etwas tun, was ihn umbringen könnte. Meist braucht er nichts weiter als eine ordentliche Tracht Prügel. Das einzige englische Wort, das er gern gebraucht, ist *nein*. Und er stampft mit dem Fuß auf, wie ich es früher tat.

Ich schrie, zog ein Gesicht, trommelte mit den Fäusten auf den Fußboden, worauf mein Vater mir schnell einen Klaps aufs Hinterteil oder die Beine gab. Meine Mutter holte einfach nur aus und schlug zu, egal, wo sie traf. Das Dumme war nur, daß all diese Ohrfeigen und Schläge und Wutanfälle mich nur schlimmer machten, noch entschlossener, mich von ihnen nie unterbuttern zu lassen.

Ich nehme an, daß ich in meinen ersten sieben Lebensjahren mehr Ohrfeigen als Pfannkuchen bekam. Dann entdeckte ich, daß ich meine Eltern auf andere Weise leiden lassen konnte, und meist benutzte ich meine kleine Schwester dazu als Köder am Haken. Ich kann immer noch nicht begreifen, warum dieses Mädchen mich liebte, selbst wenn es aus sicherer Entfernung geschah. Sollte Billy das mit seiner neuen Schwester – oder seinem Bruder – probieren, weiß ich nicht, was ich tun werde.

Ich habe nicht die leiseste Ahnung, wie diese Menschen ihren Kindern die Grenzen dessen beibringen, was sie tun und nicht tun dürfen. Dort, wo ich herkomme, bekam man nicht oft Kinder zu sehen, es sei denn in Parks oder auf dem Schulhof in der Pause. Leute, die ich kannte und die Familien hatten, schienen alle Kinder zu verstecken, bis sie laufen konnten. Höflich waren sie nur, wenn die Eltern zusahen. Babys wurden auch versteckt, höchstens dann nicht, wenn sie bei irgendeiner halboffiziellen Gelegenheit vorgeführt wurden – etwa bei einer Taufe. Einige Zeit nach einer Geburt kamen Freunde und Verwandte zusammen, etwa bei einem Todesfall. Die Leiche wurde im Sarg zur Schau gestellt, das Baby in seinem Korb. Beide waren für den Anlaß hübsch hergerichtet worden und glänzten und leuchteten wie ein neues Auto oder Flugzeug. Und wenn jemand tatsächlich ein Auto oder ein Flugzeug kaufte, war das ein wirklicher Anlaß zum Feiern. Jedenfalls gab es dabei etwas Konkretes und Nützliches zur Schau zu stellen. Was ist nützlich an einem Neugeborenen oder einer Leiche? Tote Menschen sind tot und zu nichts mehr zu gebrauchen. Babys sind ewige Monate lang wie Schnecken.

Sehen, aber nicht hinhören, das scheint die beste Methode zu sein, mit Kindern umzugehen. Vielleicht ist das der Grund, weshalb zivilisierte Kinder sich oft prügeln und mit dem Bedürfnis aufwachsen, sich zu beweisen – weil Erwachsene es nie zulassen, daß sie sind, was sie sind, oder sie als das ansehen, was sie sind, nämlich nicht als

Kinder, sondern als neue Menschen, die erst lernen müssen, sich dem Leben auf der Erde anzupassen. Da oben hinter den Sternen muß es eine andere Art von Leben geben.

Aber das ist nur meine Meinung. Vielleicht irre ich mich. Ich habe zuviel Zeit damit zugebracht, meine Eltern dazu zu bringen, zu erkennen, daß auch ich ein Mensch bin, mochte ich sie in der Öffentlichkeit auch manchmal in Verlegenheit bringen, indem ich dumme Fragen stellte und dumme Dinge tat.

Hier scheinen Kinder sich nicht oft zu prügeln, und wenn sie es tun, schreitet niemand ein, es sei denn, es wird Blut vergossen. Und das passiert meist einem der älteren Kinder. Wenn ein Erwachsener in so einen Streit verwikkelt wird, ist es wirklich schon sehr ernst. Asuluk kann einen Kampf beenden, bevor er auch nur beginnt, indem er vorbeispaziert, aber sonst würden die Kinder eine Autorität selbst dann nicht erkennen, wenn sie sie beißt, und wenn sie es täte, würden sie zurückbeißen.

Ich liebe diese Menschen.

Es ist diese ruhige Zufriedenheit, die in ihren Augen leuchtet, die den Unterschied macht. Ich nehme an, daß dies für mich am schwersten zu akzeptieren war. Sie haben ihr bisheriges Leben in Unwissenheit darum verbracht, was Wärme ist. Sie wissen auch nicht, was richtiges Essen ist, wissen nicht, wie es ist, halbnackt herumzulaufen und sich einen schweren Sonnenbrand zu holen, und sie wissen auch nicht, wie es ist, wenn einem das egal ist. Nichts als dieses schreckliche, stumpfe Hinnehmen von allem, was kommt ...

Es muß etwas Angeborenes sein, und das ist auch der Grund, weshalb Billy wenig Zufriedenheit an den Tag legt. Ich sehe mich in dem Jungen, hauptsächlich durch einen

Gedanken, der ständig hinter diesen Augen lauert: Was kann ich jetzt kaputtmachen?

Ich sage immerzu nur nein. Dann sieht er mich so an, wie sein Großvater jeden ansieht, der sein Urteil in Frage stellt. Ich habe ihn ein paarmal geschlagen, wenn seine Mutter nicht da war. Er schlug zurück. Wenn ich ihn anbrülle, lenkt seine Mutter oder seine Tante seine Aufmerksamkeit ab, so wie ich früher den Kurs änderte, wenn ich am Horizont einen Sturm aufziehen sah. Dann genügte eine kleine Kurskorrektur. Doch Aufmerksamkeit und Kurs lassen sich nicht ewig ändern. Manchmal sieht er mich als seinen Feind.

Dieses kleine Arschloch ist in zu vielen Dingen wie ich – er liebt das Feuer. Seine Taubheit hat er von der Schwester seines Vaters. Doch wenn alles andere seine unglaubliche Neugier nicht mehr befriedigen kann, kommt er zu mir. Dann sind wir eine Zeitlang wieder Freunde. Dann gehen wir los und unternehmen etwas.

Wenn das Wetter schön ist, rufe ich die Kinder zusammen.

Ich gebe ihnen jetzt Unterricht. Ich habe mir gesagt, wenn ich meinem Sohn etwas beibringen will, kann ich vielleicht auch jedem anderen etwas beibringen, der etwas lernen will.

Bis jetzt können Billy und der Schwarm seiner Freunde aller Altersstufen schon bis fünfzig zählen. Nächste Woche werde ich sie dazu bringen, bis hundert zu kommen. Obwohl ihnen das kaum eine Hilfe sein wird, denn wir leben nicht im Land des weißen Mannes. Ich habe ein Zählbrett für sie gemacht, das sie alle benutzen können, wann immer sie wollen. Das Ding besteht aus fünfzig Steinen, die auf Stacheldraht aufgespießt sind, der um zwei kostbare Stücke Treibholz gebunden ist. Wenn das Wetter aufklart oder etwas besser wird, können wir uns alle auf die Suche nach weiteren Steinen begeben. Die meisten Kinder lernen schnell, und den meisten genügt es nicht, nur ein wenig zu wissen.

Wahrscheinlich kann ich sie schon bald mit der rätselhaften Welt der Arithmetik vertraut machen. Ich sah eines Tages zu, als die Körbe gefüllt an Land gebracht wurden. Ich hörte, wie die Kinder ihren Müttern das Zählen beibrachten – auf englisch.

Als nächstes kommt vermutlich ein bißchen mehr Englisch. In Zeiten wie diesen wünschte ich, ich wäre in der Schule aufmerksamer gewesen. Elf Klassen, und ich habe es nur bis zur siebten geschafft. Ich habe mehr Zeit damit verbracht, aus dem Fenster zu starren und von Flugzeugen zu träumen, als der Lehrerin zuzuhören.

Ich kenne die Anzeichen der Langeweile also aus erster Hand und gebe mir die größte Mühe, damit die Kinder hier nicht beim Unterricht einschlafen. Manchmal ist mein Haus zum Bersten voll, an anderen Tagen wiederum erscheinen nur ein oder zwei Kinder. Es hängt alles davon ab, wieviel sie zu Hause zu tun haben. Wenn ein Jagdtrupp zurückgekehrt ist, ist jeder beschäftigt, bis die Arbeit erledigt ist.

Manchmal verschwinde auch ich für ein paar Tage.

Billy reiht ein paar englische Worte aneinander, und meist kommt dabei folgendes heraus: »Gehst du jetzt, Dad?« Ich glaube aber nicht, daß es daran liegt, daß er mich gern loswerden möchte. Ich hoffe, es liegt daran, daß er mir gern zum Abschied zuwinken möchte, wenn sein Onkel Sindbad und ich in dem Clipper in See stechen, um neue Welten zu entdecken. Dabei bringen wir nie etwas anderes nach Hause als ein paar Dorsche und gelegentlich einen Seehund. Einmal wären wir fast mit einem fischenden Eisbären aneinandergeraten. Da wir zu dem Schluß kamen, daß er gewinnen konnte, versuchten wir gar nicht erst, es auf einen Kampf ankommen zu lassen.

Billy reicht mir bis zum Knie, und in sechzig Zentimeter Schnee kann es vorkommen, daß ich ihn fast aus den Augen verliere. Sein linker Arm muß schon ganz ausgeleiert sein, aber es macht ihm Spaß, in ein Schneeloch zu fallen. Und so sucht er sich gleich das nächste, was dazu führt, daß ein Spaziergang von hundert Metern zu einem kilometerlangen Treck wird. An guten Tagen läuft er etwa so schnell wie ich, aber ich muß ihn immer daran hindern, mein Humpeln nachzuahmen.

Eines Tages wird er alt genug sein, zu erkennen, warum ich so gehe, warum er den einzigen Vater im Dorf mit blauen Augen, einem roten Bart und blondem Haar hat, das diesem bis über die Schulter reicht; weil ich der einzige Vater mit eineinhalb Armen und einem gekrümmten Bein bin. Bis dahin wird er wohl alles nachmachen, was ich tue.

Vielleicht ist das der Grund dafür, daß ich das Gefühl habe, etwas Besonderes zu sein.

Manchmal liege ich wach, wenn alle anderen schlafen, und dann sehe ich Billy an, wie er da mit Kioki, Tooksooks und mir liegt. Dann frage ich mich, was meine Mutter wohl von ihm gehalten hätte und was meine Schwester meinen würde, wenn sie das jetzt sehen könnte. Und ich frage mich oft auch, was für ein Vater Bobby gewesen wäre. Mir fällt ein, daß er in der ganzen Zeit, in der ich ihn kenne, nie von einer Zukunft gesprochen, sondern immer nur gesagt hat: »Ich werde eines Tages ein eigenes Flugzeug haben.« Es hat den Anschein, als hätte er bekommen, was er wollte. Er ist am Himmel geflogen und war glücklich, und dann ist er gestorben, wie er sterben wollte, aber nicht ohne zuvor bei allen Menschen, denen er je begegnet ist, einen Eindruck hinterlassen zu haben – ob gut oder schlecht, was soll's, Bobby war Bobby, und man wird ihn nie leicht vergessen. Ich aber wußte, daß dieses Leben mehr zu bieten hatte als nur das Fliegen.

Ich wollte alles, einen Job, Geld, ein Haus, eine Frau und eines Tages eine Familie. Nicht unbedingt in dieser Reihenfolge, aber für ein vollständiges Bild eines normalen Lebens braucht man das alles. Das einzige, was ich nie werden wollte, war vielleicht, Präsident der Vereinigten Staaten zu sein, denn ich habe mich nie gut darauf verstanden, dummes Zeug zu reden.

Ob Rosanna die Frau gewesen wäre, ist heute eine Vermutung, die zu nichts führt. Ich denke, ich hätte mich gern um ein Mädchen mit grünen Augen und langem Haar bemüht und es geheiratet – Haar, das ich ihr bürsten durfte. Sie wäre ein Mädchen gewesen, dem es nichts ausmachte, was ich tat, sondern nur, wie ich es tat – ein Mädchen, das nicht das Bedürfnis verspürte, alles an mir zu ändern, dem es aber nichts ausgemacht hätte, wenn es Dinge an mir gab, die ich selbst ändern wollte. Ich hatte immer gedacht, ich würde mich an einem Ort wie Atlanta in Georgia niederlassen. In meiner wildesten Zeit wollte ich eine Farm in Montana oder vielleicht Iowa haben.

Das einzige grünäugige Mädchen mit langem Haar, dem ich je begegnet bin, war jedoch Sally ohne Nachnamen. Sie lebte irgendwo im Staat Washington, zweiundvierzig Meilen von Seattle entfernt. Sie hatte eine Stimme, die so klang, wie Honig schmeckt. Sie wollte, daß ich bleibe, und eine Zeitlang, vielleicht fünf Stunden, wollte ich auch bleiben, doch dann kam mir wieder dieser verdammte Traum in die Quere. Ich nehme an, das war eine Möglichkeit für mich, die es in Wahrheit doch nicht gab, eine Chance, die ich erst wahrnahm, als es längst zu spät war.

Aber eine Familie habe ich nun, und deren Entfaltungsmöglichkeiten werden nur durch die Größe dieser Insel begrenzt. Ich stehe manchen Menschen näher als anderen und komme nicht gut mit meiner Schwiegermutter aus. Alle sind verschieden, aber trotzdem scheinen wir irgendwie hierher zu passen. Das Leben könnte tödlich langweilig sein, aber irgendwie ist es das nicht. Ich finde Freude an den einfachsten Dingen. Wenn jemand Stunden braucht, um eine neue Art von Harpunenspitze herzustellen oder ein Messer oder einen Speer, ist das ein Grund für ein Zusammensein. Alles, was getan wird, wissen diese Menschen zu schätzen – ob große oder kleine Dinge.

Eine Geburt ist ein Anlaß zu einer Massenfeier. Als mein Sohn geboren wurde, war jeder – und ich meine wirklich jeder – genauso glücklich wie ich.

Sindbad ist der Bruder, den ich nie hatte. In Asuluk habe ich fast den Vater, den ich verloren habe. Den starken, wortkargen Mann, doch was er zu sagen hat, wird respektiert.

Mein Zuhause hat keinen Gartenzaun, und nirgends liegt ein Flugplatz in der Nähe, und hinterm Haus habe ich auch keine fünfzig Morgen mit Weizen. Es gibt keine Spüle, kein Bad, kein Klohäuschen und keine Vorhänge aus Baumwollstoff. Aber wenn die Damen nicht da sind, ist es überhaupt kein Zuhause mehr. Da ist immer ein weicher, warmer Körper, der sich nachts an mich kuschelt, und das Essen, das man mir vorsetzt, schmeckt neuerdings besser, weil man es mit einem Lächeln serviert. Und ein Lächeln verscheucht alle Bitterkeit. Trotzdem vermisse ich immer noch die Gespräche, das Reden, die Freunde, die Sonne.

Bobby und ich saßen oft am Clearwater Beach und sprachen – meist über nichts –, und wenn er ein hübsch aussehendes Mädchen vorbeigehen sah, ließ er einen Pfiff hören. Dann drehte er sich zu mir um, als wäre ich der Übeltäter. Die Mädchen wußten aber trotzdem immer Bescheid. Und er schleppte mich zum Tanzen mit, suchte ein Mädchen für mich aus, bat es, mit mir zu tanzen. Ich liebte ihn zu sehr, um meinen gelegentlichen Drang zu bemerken, ihn umzubringen. Und ich nehme an, daß er sich immer noch wie ein Sechzehnjähriger benommen hätte, den man zum ersten Mal von der Leine läßt, selbst wenn wir beide vierzig gewesen wären.

Ich vermisse es, meine Mutter kummervoll darüber sprechen zu hören, wo ich schlafen und was ich essen würde, falls etwas Unvorhergesehenes passierte. Nimm noch etwas hiervon mit, etwas davon, falls du irgendwo über Nacht bleiben mußt oder wenn es einen Wetterumschwung gibt. Ha, das Wetter. O Lily, wenn du mich jetzt nur sehen könntest. Sie wollte nicht, daß ich mich erkälte, sagte, ich hätte eine schwache Brust. Das hatte ich vielleicht auch. Ich habe aber trotzdem nie etwas von dem angerührt, was sie mir mitgab.

Ich brach ihr das Herz, als ich ihr erzählte, ich würde von Miami aus einen Rundflug durch die Staaten machen. Sie wußte, daß ich meinen Entschluß nicht ändern würde, selbst wenn sie noch soviel nörgelte und noch so sehr weinte. Und vielleicht bin ich letztlich auch nie schwach auf der Brust gewesen. Vielleicht hatte ich nur ein weiches Herz, denn wenn ich härter wäre, würde ich all dies akzeptieren und nicht auf ein Wunder warten und darauf hoffen, daß ein Suchtrupp mich findet, und auch nicht glauben, ich würde irgendwann wieder in Miami sein, am Clearwater Beach sitzen und den Mädchen nachsehen. Und die Dame ansehen, die neben mir im Sand sitzt, und wissen, wie Sallys zweiter Name tatsächlich lautet.

Vielleicht wollte sie deshalb, daß ich bleibe.

Vielleicht hatte sie es auch gesehen – das Florida, das sie aus Bilderbüchern kannte, dieses neue Land der Möglichkeiten, ein tropisches Paradies, das sich ein- oder zweimal in meinen Augen spiegelte.

Ich würde gern wissen, was im Gegensatz zu dem, was jetzt ist, hätte sein sollen, aber wenn ich so denke, führt das nur zu Problemen. Folglich tue ich mir nur selbst weh, indem ich all das in mir lasse, denn hier würde niemand verstehen, was ich am meisten vermisse – Menschen wie mich.

Ich hätte es besser wissen müssen. Wenn mir richtig hundeelend zumute ist, passiert immer etwas. Eine Handvoll Kinder kam durch die Tür und erwartete, daß ich ihnen Unterricht gab.

Ich konnte mich nicht erinnern, was wir uns vorgenommen hatten, und so wickelte ich die Haut des Seehundbullen aus, die ich als Tafel benutzte, und hakte sie an der Wand fest. Ich hatte Körperfarbe als Kreide benutzt, die Kioki in den letzten paar Tagen abgewischt haben mußte.

Es hat keinen Zweck, diesen Kindern amerikanische Namen zu geben. Ich buchstabiere ihre Namen, so gut ich kann, und richte mich dabei nach den Lauten. Es dauerte auch nicht lange, bis jedes Kind seinen oder ihren Namen erkannte. Ich unterrichte mehr Mädchen als Jungen, aber Sindbads Jüngster, Eennali, ist immer dabei. Er sitzt mit glänzenden Augen ganz vorn. Er ist ein Jahr älter als Billy, und die beiden sind die besten Freunde, wenn sie sich nicht gerade prügeln und auf der Erde wälzen. Sindbad hat nichts dagegen, denn was Eennali lernt, bringt er seinem Vater bei. Ehe ich mich's versah, sagte Sindbad ein paar Worte auf englisch zu mir.

Asuluk hat beim Unterricht ein paarmal dabeigesessen, wahrscheinlich um sich zu vergewissern, daß ich kein Unheil anrichte. Ich weiß nicht, was für eine Art Lehrer ich bin, aber wir haben schon etwas Spaß miteinander, das steht fest.

Wann immer die Sonne scheint und es fast warm ist und das Eis nicht zu dünn, gehen wir alle aufs Packeis und spielen Baseball. Bei diesem Spiel gibt es keine Regeln. Ein Haufen von Kindern versucht einfach, einen mißgestalteten und aufgeplatzten Ball mit dem Schenkelknochen eines Bären zu treffen.

Die Kinder mögen auch Gymnastik, obwohl ich ihnen dabei kaum helfen kann. Ich war früher recht gut im Handstand und konnte auch auf den Händen gehen, auf allen vieren krabbeln, auf Zäunen balancieren und radschlagen.

Bei einer dieser Zusammenkünfte im Freien fiel mir plötzlich Elsie ein, die auf der Tragfläche von Bobbys Flugzeug gegangen war. Vielleicht war es das kleine Mädchen, das sich so bemühte, radzuschlagen, das mich an sie erinnerte.

Ich fing so sehr an zu lachen, daß ich gar nicht aufhören konnte.

Mit einemmal war alles wieder da, als wäre es vor einer halben Stunde passiert und nicht vor Jahren.

13. Kapitel

Ich habe mir was überlegt.«

Ich sah Bobby an. Etwas in seiner Stimme ließ das rote Warnlicht in mir aufleuchten.

»Warum fliegen wir nicht nach Jamaika?«

»Wozu?«

»Ich habe Urlaub nötig. Wozu sollte man sonst nach Jamaika?«

Aber ja. Urlaub. Sechs Arbeitstage pro Woche, um mit drei Mann zwei Kurierdienste zu bedienen: Bobby, ich und Sam, unser Mechaniker. Der Vertrag mußte bald erneuert werden, und von ein paar gelegentlichen Vergnügungsflügen über die Keys abgesehen waren die Kurierflüge unser einziges Einkommen. Und jetzt glaubte er, es sei Zeit für einen Urlaub? »Was ist mit dir los? Hast du zu lange auf dem Gehirn gesessen?«

»Ich brauche Veränderung.«

Ich sah ihn an. »Dann fahr doch an den Strand und sieh dir eine Stunde das Meer an.«

»Himmel, John. Ich langweile mich!«

Ich warf die Geschäftsbücher nach ihm. »Tu, was du nicht lassen kannst.«

Er kratzte sich die Nase. »Du willst nicht nach Jamaika?«

»Natürlich möchte ich nach Jamaika. Ich kann nur nicht,

das ist alles.« Er griff zum Telefon. »Wen willst du anrufen?« wollte ich wissen.

»Chuck. Mir ist gerade eine Idee gekommen.«

»Chuck? Kommt nicht in Frage. Ich will verdammt sein, wenn ich zulasse, daß dieser Irre mein Flugzeug anfaßt! Ich sagte, ich fliege nicht nach Jamaika, verstanden?«

»Das hat doch mit Jamaika gar nichts zu tun. Ich wollte probieren, wie es ist, auf einer Tragfläche zu gehen.«

Du lieber Himmel, wollte er mich mit einem Herzanfall umbringen?

»Das können wir uns nicht leisten.«

»Was können wir uns nicht leisten?« fragte Bobby.

»Irgendeinen Dummkopf dafür zu bezahlen, daß er das Risiko auf sich nimmt, sich umzubringen, nur weil du dich langweilst!«

Bobby saß auf der Schreibtischkante und ließ das Bein baumeln. Ich sah diesem geistesabwesenden Ausdruck in seinen Augen an, daß er schon wieder träumte und nachdachte. »Wird nicht viel kosten, die de Havilland umzurüsten. Müssen nur die obere Tragfläche verstärken ...«

»Liest du keine Zeitungen?« brüllte ich ihn an. »Allein in diesem Monat sind im Mittelwesten sechs Leute gestorben, die auf Tragflächen herumspaziert sind! Darunter eine Frau!«

Frauen auf der Tragfläche? Da blitzte etwas in seinen Augen auf. »Frauen, ach ja? Das würde Zuschauer in Massen anlocken.«

Diesmal hielt ich ihn davon ab, sich das Telefon zu schnappen, und bewachte es mit meinem Körper. »Nein. Ich lasse es nicht zu. Ich lasse nicht zu, daß du Bess umbringst!«

»Warum sollte ich das tun wollen?« fragte er.

»So nötig haben wir Geld nun auch wieder nicht.«

Er hörte nicht zu. Also drohte ich, ihm das Gesicht zu Brei zu schlagen, wenn er nicht sofort verschwände. Bobby sah aus dem Fenster – die Maschine wurde endlich mit der Post für seinen Flug beladen. »Warte nicht auf mich«, sagte er, als er ging.

Ich wartete, bis er abgeflogen war und das Feld einmal umkreiste, bevor ich Bess anrief und ihr sagte, was Bobby diesmal vorhatte. Sie glaubte mir aber nicht. Sie wußte nicht einmal, was auf den Tragflächen gehen bedeutet. »Bess, er hat schon wieder diesen irren Ausdruck in den Augen.«

»Aber du bist doch der einzige Mensch, auf den er hört«, sagte sie.

Das war mir neu. Ich hatte gedacht, sie sei der einzige Mensch, auf den er hört. »Ich habe ein ungutes Gefühl bei dieser Sache, Bess. So wie du an dem Tag, an dem die Ölleitung brach und er uns um ein Haar alle umgebracht hätte.«

»Oh. Was heißt das, auf den Tragflächen gehen?«

Ich klärte sie auf. »Laß dich von ihm ja nicht dazu überreden, Bess. Ich weiß, was er vorhat.«

Er fragte Bess jedoch nie. Da gab es noch eine andere Freundin von ihm, ein abenteuerlustiges Mädchen mit kurzem blondem Haar und großen blauen Augen. Sie verdiente sich ihr Geld im Bordellviertel von Miami.

Am nächsten Sonntagnachmittag stieg sie vom Sozius seines Motorrads ab. Ich dachte, nicht hier, Bob, nicht hier. Hier ist unser Büro. Woanders konnte er von mir aus mit ihnen machen, was er wollte, aber mindestens eine Meile entfernt, wann immer, wo immer.

»John«, sagte er. »Das ist Elsie.« Er legte den Arm um sie, und sie kicherte. »Sie hat mir erzählt, sie sei Akrobatin.«

Sie flüsterte ihm etwas ins Ohr, worauf er sagte: »Im Bett oder auf einem Drahtseil, das spielt keine Rolle. Weißt du, daß sie in ihren hochhackigen Schuhen auf einem sieben Zentimeter breiten Zaun gehen kann?«

»Ich werde nicht zulassen, daß du es tust.«

»Daß ich was tue?«

»Es wird schon bald verboten werden!«

»Wir haben noch vier Monate bis Atlanta. So schnell geht das Gesetz nicht durch.« Er spazierte mit ihr los. Der Himmel weiß, was er ihr sagte; sie kicherte schrecklich.

»Bob!«

Er drehte sich um. Ich wußte, daß er getrunken hatte. Sie aber auch. Sonntag war der einzige freie Tag, es sei denn, es gab einen besonderen Charterflug. Ich arbeitete an der Buchführung, denn es war der einzige Tag, an dem ich mehrere Stunden hintereinander dafür Zeit hatte. An jenem Tag ließ ich die Bücher sausen.

Er spazierte mit diesem Mädchen, dieser Elsie, zu seinem Flugzeug, und ich war ihm lästig, weil ich ihm folgte.

»Wenn du heute fliegst, werde ich dich melden!«

Das würde ich natürlich nicht tun, aber vielleicht würde schon die Drohung genügen. Er half dem kleinen Flittchen in die Maschine.

Sie war ein winziges Ding, dünn, nicht sehr groß, und vielleicht war sie tatsächlich Akrobatin. Sie stellte sich auf die obere Tragfläche, und ich sah, wie Bobby sich die Augen rieb.

Nun, sie schlug da oben ein Rad.

Dabei fiel ihr das Kleid über den Kopf. Sie hatte keine Unterwäsche an.

Sogar Sam hörte auf zu arbeiten; er traute seinen Augen nicht.

Hier war dieses Mädchen von zweifelhaftem Hintergrund und schlug Rad, machte Kopfstände, und, o Gott, führte auf der Tragfläche der geparkten de Havilland einen Salto rückwärts vor, und ich stand jetzt auch da und sah zu.

In diesem Augenblick tauchte Rosanna auf.

Ich wußte nicht, daß sie kam. Sam sah sie und versuchte, mich auf sie aufmerksam zu machen. Nichts funktionierte, bis ich hörte, wie sie meinen Namen rief.

Ich wünschte, ich wäre auf der Stelle von einem Blitz erschlagen worden.

Rosanna ging vier Schritte auf mich zu, sah die Vorführung und fiel prompt in Ohnmacht, wie es alle anständigen Damen aus dem Süden zu tun pflegten – im neunzehnten Jahrhundert.

Ich langte nach unten, ergriff ihren dünnen Arm und zog sie hoch, bis sie aufrecht saß. Dann drückte ich ihr den Kopf mit solcher Kraft auf die Brust hinunter, daß ich ihr das Rückgrat hätte brechen können.

Sie kam zu sich und sagte: »Ooh ...«

Ooh, der Teufel soll dich holen. Bobby hatte Rosanna gesehen. Er wußte, wie sie reagierte, und es war ihm völlig egal gewesen. Er war nur daran interessiert, Elsie dazu zu bringen, noch einmal radzuschlagen, diesmal mit dem Gesicht zum Hangar. Rosanna schlug die Augen auf, um diesmal ein bißchen mehr zu sehen als nur ein rundes Hinterteil, das im Sonnenschein weiß leuchtete. Sie kreischte auf, schlug die Hände vors Gesicht und erwartete von mir wohl das gleiche.

»Himmel, Bobby! Schaff sie weg! Man wird die Polizei holen!«

Ich sah hilfesuchend zu Sam, aber der hatte nur Augen für Elsie. Sie traten ihm so aus den Höhlen, daß ich sie mit einem Stock hätte abschlagen können.

Bobby zog Elsie von der Tragfläche herunter.

»Spielverderberin«, sagte Elsie, als Bobby sie schleunigst an uns vorbeizog. Rosanna sprudelte immer noch ihre Entrüstung hinaus. Ihr Gesicht war so rot wie ein Glas Kirschsoda.

»Wasser«, sagte sie. »Ich brauche etwas Wasser ...«

Ich brachte sie ins Büro.

Bobby und Elsie hockten in einer Ecke, lehnten sich gegen den hölzernen Aktenschrank und küßten sich. Einen Moment lang glaubte ich, Rosie würde wieder in Ohnmacht fallen. Ich holte ihr eine Tasse Wasser.

Als ich wieder hereinkam, schlug sie mit ihrem neuen Hut auf Bobby ein.

Elsie schob sie zur Seite.

»Wie kannst du es wagen, so mit mir zu sprechen, du nichtsnutziges Stück weißer Abschaum!«

Elsie ließ ein Kreischen hören, das mir das Rückgrat erzittern ließ.

Damit war der Kampf eröffnet.

Was ich zu sehen bekam, hätte mich schockieren müssen. Rosanna war eine Draufgängerin und konnte kämpfen. Sie trat und kratzte und riß ein Stück aus Elsies rotem Kleid heraus, worauf Elsie einen Ärmel von Rosannas Kleid abriß. Rosanna schlug ihr ins Gesicht. Elsie ließ sich nicht lange bitten, kreischte noch einmal und krallte ihre langen Finger um Rosannas Hals.

Als Bobby die Mädchen zu trennen versuchte, wurde ihm ein hoher Absatz an den Mund geknallt. Ich wußte nicht, was ich tun oder wohin ich blicken sollte, und so trank ich das Wasser. Und fragte mich, was als nächstes passieren würde.

»Wollt ihr wohl aufhören, ihr beiden!« Bobby versuchte immer noch, dazwischenzugehen. Ohne Erfolg. Ich ging durch die Seitentür hinaus und schleppte den Feuerwehrschlauch herein.

Das brachte sie auseinander, und zwar ziemlich schnell.

Mit Ausnahme der durchnäßten, erschöpften und schwer atmenden sogenannten Damen auf dem Fußboden war alles still.

Ich sah Bobby an und er mich, doch das Grinsen erschien zuerst auf seinem Gesicht. Ich mußte innerlich so lachen, daß ich bei dem Versuch, es mir zu verbeißen, fast in die Hosen machte.

Bobby zog Elsie mit sich, um sie irgendwie abzutrocknen, und ich brachte den Wasserschlauch wieder hinaus und versuchte Rosanna vom Weinen abzuhalten und mich selbst vom Lachen.

Sie hatte einen riesigen Kratzer auf der Wange. Am Hals zeigten sich Fingerabdrücke, und ihr Haar stand ihr wirr um den Kopf. Ihr linkes Auge begann schon anzuschwellen. Ich hielt das Ganze immer noch für komisch, gab mir aber die größte Mühe, das zu verbergen und ernst zu bleiben.

»Rosie. Du hättest mir sagen müssen, daß du kommen willst. Wie bist du überhaupt hergekommen?«

»Ich ... ich ...« Sie versuchte aufzustehen. Ich half ihr auf die Beine. Ich hätte sie auch in den Arm genommen, wollte jedoch meinen Ledermantel nicht naß machen.

»Ich ... ich ... habe dich so lange nicht gesehen. Ich dachte, ich ... ich sollte dich überraschen, aber du warst nicht zu Hause, und so bin ich ... ich ... ich hergefahren, und dann sah ich dich und sie und ... o Gott ... ich dachte, ist es etwa das, was er treibt, wenn ich nicht da bin?«

»Rosanna, das ist doch kein Grund, sich mit einer anderen Frau zu prügeln.« Ich sagte es so nüchtern wie möglich, mußte mir aber wieder das Lachen verbeißen.

»Als ich hier reinkam, sah sie mich an und sagte ... sie sagte ...« Sie brach in Tränen aus und konnte mir nicht sagen, was Elsie gesagt hatte. Immer wenn sie es versuchte, fing sie wieder an zu weinen.

Ich fuhr sie in dem neuen Ford, in dem ihr Vater sie hatte fahren lassen, zu ihrem Hotel. Ich sagte ihr, wir würden uns ganz bestimmt bald treffen. Daß wir uns ein wirklich gutes Dinner gönnen sollten. Ich mußte ihr sagen, daß ich sie liebte, bevor sie mich gehen ließ.

Als ich zurückkam, war Bobby dabei, mit einem Besen Wasser hinauszufegen.

»Hübsches Automobil«, sagte er.

»Wo ist sie?« fragte ich und durchsuchte jeden Raum unseres kleinen Bürogebäudes nach weiteren Überraschungen.

»Sam hat sie nach Hause gebracht.«

»Sam?«

»Ja. Ich glaube, er hat sich verliebt.« Bobby fegte weiter und gab sich Mühe, nicht zu lachen.

»Kannst du mir mal erzählen, was hier passiert ist?« wollte ich wissen. »Du hast doch den Wasserschlauch benutzt, Johnny.« »Nein. Ich meine, was hat den Kampf ausgelöst?« »Oh, das. Was hat Rosie gesagt?« »Nichts. Sie kann nicht darüber sprechen.« Bobby lachte leise vor sich hin. »Wollen mal sehen, ob ich mich richtig erinnern kann ...« Er lehnte den Besen gegen die Wand und suchte in der Tasche nach einer Zigarette. Er zündete sie an und holte tief Luft.

»Nun, Elsie und ich waren dabei, uns ein bißchen miteinander bekannt zu machen. Rosie kommt rein, und du warst draußen, um etwas Wasser für sie zu holen. Elsie sagt: ›Stimmt mit dir was nicht? Hast du noch nie Titten gesehen?‹ Ich glaube, das war der Augenblick, in dem es anfing. Vielleicht lag es auch daran, wie Elsie sie ansah. Du weißt schon. Rosie ist nicht gerade vorderlastig. Ich gab mir Mühe, nicht zu grinsen, und dann fängt sie plötzlich an, mit diesem verdammten Hut auf mich loszugehen. Als wäre es meine Schuld, daß sie keine, na du weißt schon, hat.«

»Oh«, war alles, was mir dazu einfiel.

»Die Bücher sind naß geworden«, sagte Bobby beiläufig. Dieses Lächeln klebte ihm immer noch im Gesicht.

Ich blickte auf meinen Schreibtisch, auf die Bücher und Papiere. Alles naß.

»Bobby?«

»He ...«

»Ich will nicht, daß du auf den Tragflächen rumspazierst.«

»Das habe ich gar nicht vor. Elsie soll das tun. John, es ist alles in Ordnung. Ich werde sie dazu bringen, sich beim nächsten Mal untenrum was anzuziehen. Okay?«

»Darum geht es nicht. Doch, darum natürlich auch. Aber es ist ...

»Hör mal, Kumpel. Wenn ich sterbe, werde ich es auf meine Art tun. Aber ich werde nicht sterben. Du mußt mir bei dieser Sache vertrauen. Wir werden den Leuten in Atlanta etwas bieten, was sie nicht so schnell vergessen werden. In Ordnung?«

Ich beobachtete das kleine Mädchen, das sich immer noch bemühte, ein richtiges Rad zu schlagen. Also ging ich zu ihr und half ihr. Es war unglaublich kalt, selbst in der Sonne, aber innerlich fühlte ich mich warm. Eine Minute lang glaubte ich, Bobbys Gegenwart sehr deutlich spüren zu können, doch dann verschwand er. Es kam ein Sturm auf, und so trieb ich die Kinder zusammen und ging mit ihnen nach Hause.

John fragte sich, ob die Eskimos mit ihren Träumen, Visionen und Geistern wie Indianer waren. Je länger er sich bei ihnen aufhielt, um so mehr glaubte er zu verstehen. Manchmal hing das Überleben des Volkes von der Macht von Asuluks Medizin ab. John wußte, daß es allein der Glaube war, der die Herzen weiterschlagen ließ und das Licht der Zufriedenheit aufrechterhielt, das ständig in diesen dunklen Augen leuchtete.

Jetzt gab es nicht mehr viel, was ihn noch überraschen konnte.

Als Asuluk zu Besuch kam und mich bat, mit ihm einen Spaziergang zu machen, fragte ich mich, ob er wieder eine Vision gehabt hatte. Vielleicht hatte sich sein Traum wiederholt. Ich hoffte, er hatte es nicht, denn meiner würde bestimmt auch wiederkommen. Er fragte mich jedoch nie, ob ich gesehen hätte, was er gesehen hat. Darüber war ich froh. Weiße Männer mit Gewehren. Ich habe nie etwas anderes gesehen als Blut auf dem Eis. Ich habe richtige Gewehre nie gemocht, nur Spielzeuggewehre. Als Kind hatte ich ein Luftgewehr, aber es wäre mir als Unrecht erschienen, es auf ein Lebewesen zu richten. Vor allem, nachdem ich ein paar saftige Ohrfeigen dafür hatte einstecken müssen, daß ich dem Hahn in den Hintern geschossen hatte – Mom erfuhr es erst an einem Sonntag, als sie auf die Kugel biß und sich daran ein paar Zähne zerbrach. Ich habe zwar Western gelesen, von Cowboys und Indianern, konnte aber nie viel mit den Geschichten von

Schußwechseln und Showdowns anfangen oder mit Leichen, die nie bluteten. Ich wollte immer von der Freiheit der weiten, offenen Plains lesen, und für mich fand ich diese Freiheit am Himmel.

Männer mit Gewehren. Rosannas Vater war der einzige Soldat, dem ich je nahegekommen bin. Für mich bestand die Hauptstrategie damals darin, lebend und unbehelligt in Rosannas Haus hinein- und wieder herauszukommen. Dabei hatte ich nie so große Angst vor dem Colonel gehabt; ich mochte den alten Scheißkerl einfach nicht. Ich hörte, wie der Gärtner, ein Neger, den alten Knaben erhängt fand. Er trug sogar Uniform, und das war alles, was Rosanna dazu sagen konnte. So kam es mir jedenfalls vor. Ich weiß noch, daß ich an dem Abend des Tages, an dem man ihn begraben hatte, stundenlang auf der Veranda saß und schaukelte. Sie weinte nicht laut, sondern saß nur da und wimmerte an meiner Schulter und machte mir Lippenstiftflecken auf mein weißes Hemd. Ich höre immer noch, wie die alte Verandaschaukel quietschte. Es war ein kühler Abend. Die Sterne leuchteten so hell und schienen so nahe zu sein, daß ich die Hand hätte ausstrecken können, um sie zu kosten. Einen Nachthimmel anzustarren, vor allem einen Nachthimmel in South Carolina, war immer eine gute Möglichkeit, die umwölkten, nebelhaften Gedanken zu verscheuchen, die einem den Kopf mit Dingen belasteten, von denen ich wußte, daß es sich nicht lohnte, sich ihretwegen Gedanken zu machen.

Rosannas Vater hatte gerade Selbstmord begangen, und hier saß ich nun, ein wahrer Trost, und machte mir insgeheim Sorgen darüber, wie ich die Treibstoffrechnung bezahlen sollte, die seit drei Tagen fällig war.

Wenn die Sterne in einer stockdunklen Nacht dem Horizont begegnen, hat dieser Anblick etwas an sich, was einen sanft stimmt. Es läßt einen denken, daß nichts wirklich wichtig ist. Es gibt einem das Gefühl, als wäre man irgendein winziges Teil in einem Puzzle, das eine größere Hand rechtzeitig fertigzustellen versucht.

Ich bin wieder auf Wanderschaft.

Asuluk wollte mir nicht von Träumen oder Visionen erzählen oder mir auch nur Fragen stellen. Er wollte nur, daß ich ihn eine Zeitlang begleite. Von meiner Familie abgesehen, hat es nur einen einzigen anderen Menschen gegeben, mit dem ich ein Schweigen teilen konnte, ohne mich unbehaglich zu fühlen, aber Bobby gab sich nie so vielen Gedanken hin. Er genoß die Stille, bis ihm das Schweigen bewußt wurde. Manche Menschen hassen es. Asuluk jedoch weiß eine gute Stille ebenso zu schätzen wie ich. Und ein gutes langes Schweigen – ein Schweigen, bei dem die ganze Welt durch ein magisches Wiegenlied zur Ruhe gewiegt zu werden scheint – ist hier genauso selten wie zu Hause.

Wir saßen einfach auf den Felsen. Asuluk beobachtete lange Zeit den nördlichen Nachthimmel, und ich tat es auch. Ich habe keine Ahnung, was er sah. Ich weiß nur, daß ich neben anderen Dingen einen Elch und eine Frau mit einem auf dem Kopf stehenden Regenschirm sah. Dann wurde der Himmel klar. Vielleicht hatte Asuluks Summen die Wolken verjagt.

Asuluk hatte die Zeit perfekt gewählt. Ohne jeden Zweifel. Da saßen wir, der Medizinmann und ich, ein paar Stunden lang – so lange, daß mir der Hintern wund wurde –, und als die Zeit kam, sprach er.

Ich weiß nicht mehr, was er sagte; er kannte nicht die englische Entsprechung für Nordlicht, die Aurora Borealis. Dieses großartige magnetische Phänomen, das einen

Herzschlag lang, zehn Minuten oder ein paar Stunden dauern kann. Manchmal ist das Licht so hell, daß die Eskimos dabei auf Seehundjagd gehen.

Der Sommer mußte zu Ende gegangen sein, denn es war so dunkel, daß man nicht mehr blinzeln mußte und trotzdem die Farben sah.

Darauf hatte er schon lange, lange Zeit gewartet. Vielleicht glaubte er, daß auch sein Volk erlöschen würde, wenn die Lichter erloschen. Vielleicht lag für ihn darin eine seltsame Magie. Was auch immer, er war genauso gebannt wie ich.

Für mich war es Zauber, weil es Farbe war, die mich überflutete. Allzu lange hatte ich in Grau, Weiß und Braun mit einem gelegentlichen Tupfer von Rot gelebt – wie künstliches Blut, das Flecken auf dem Eis oder dem Schnee hinterließ. Die Tränen in Asuluks Augen waren durch etwas anderes ausgelöst worden als die in meinen.

Ich fühlte mich wie ein Blinder, der plötzlich und unerwartet zum ersten Mal sehen kann. Ich hatte vergessen, was leuchtendes Grün ist. Wie wirkliches Blau aussieht – nicht diese blaugraue Ausrede, die hier oben als Farbe des Meeres gilt. Ich sah blaßrote Töne, Goldtöne, Rot, Orange und Purpur. Blau. Die plötzlich aufflackernden Farben werden irgendeiner langatmigen wissenschaftlichen Erklärung zufolge durch die Position der Sonne ausgelöst, durch die Veränderung magnetischer Pole und atmosphärischen Drucks. Doch als ich so dasaß und diese Lichter beobachtete, von denen Asuluk wußte, daß sie erscheinen würden, spürte ich tief in mir nur, daß Asuluks Götter und mein Gott hier zusammenarbeiteten.

Vielleicht wollten sie zeigen, was sie können.

Und eine Meile entfernt sah ich sie, einige Jäger, die über Löchern im Eis warteten. Hier wurde keine Art von Licht vergeudet. In diesem Augenblick wußte ich, daß Asuluk nicht nur mein Schwiegervater war. Er war auch ein Freund und wurde zunehmend mehr als nur ein Mann, mit dem ich mich unterhalten, den ich anlächeln und mit dem ich streiten konnte. Ich hatte das Gefühl, als säße ich schon ewig neben ihm, um das zu tun.

Dann fragte er mich, wie ich es empfände, Vater zu sein.

Da ich Gefühle noch nie in Worte habe kleiden können, sagte ich: »Es ist schön.«

Er warf mir einen Blick zu und erzählte mir, er habe vier Frauen im Haus gehabt, darunter eine Lieblingsfrau – Kiokis Mutter, die einzige, die noch da war. Meine Feindin. Die alte Frau, die damals vor so langer Zeit immer wieder auf mich eingeschlagen hatte. Er hatte vier Frauen, acht Söhne, drei Töchter. Sindbad war der älteste Sohn.

Ich begann nachzurechnen. Wenn Asuluk mit etwa achtzehn geheiratet hatte, wie es die meisten Männer hier taten, und Sindbad kurz darauf das Licht der Welt erblickte, wäre er jetzt vielleicht sechsundvierzig oder höchstens fünfzig. Und ich hatte ihn die ganze Zeit für einen alten Mann gehalten. Vielleicht hatte ich ihn wegen seiner Augen und der grauen Strähnen in seinem Haar für alt gehalten. Seine Haut war durch die Kälte wie gegerbt, und der unablässig beißende Wind hatte auch das Seine dazu beigetragen, aber nicht das Alter. Ich hatte Asuluk betrachtet und behandelt, als wäre er älter als mein Vater.

Doch das war er nicht.

Und dann erzählte er mir noch eine Geschichte von den Bäumen, an die er sich aus seiner Kindheit erinnerte. Hohen, sehr hohen Bäumen. Grasbewachsenen Ebenen. Bergen und Tälern. Doch es sei immer die Aurora gewesen, die ihn wieder an ein Lagerfeuer zurückgeführt habe, auf den Schoß seines Großvaters und zu dessen Geschichten. Er erklärte, daß er seinen Großvater nicht habe zurücklassen wollen, und wie er auf einer langen und kalten Fahrt in einem Umiak gesessen habe. Tränen und Verwirrung seien seine Begleiter gewesen.

Selbst als er dort am Rand des Felsens auf seinem Hinterteil saß, war er poetisch. Ich verstand nur Bruchstücke; sein Englisch ist genauso bemitleidenswert wie mein Eskimo.

Ich bin zu dem Schluß gekommen, daß diese Menschen eine Mischung aus Indianern und Eskimos sind, und irgendwann einmal, der Himmel weiß wann, muß jemand vorbeigekommen sein, der Englisch sprach. Spuren davon haben sich in diesem einen Mann erhalten, Asuluk. Ich bin ganz und gar nicht derjenige gewesen, der es ihm beigebracht hat.

Ich glaube aber, daß er sich vermutlich um 1890 unter einer Handvoll Überlebender eines Scharmützels zwischen Eskimostämmen und russischen Pelzhändlern befunden hat. Damals müssen einige Überlebende hierher geflüchtet und geblieben sein. Dies ist fast die einzige Schlußfolgerung, zu der ich kommen kann. Ich bezweifle, daß Gott hier jemanden mit voller Absicht absetzen würde.

Er hat Dinge gesehen, die auch die schwindende Zahl älterer Menschen gesehen haben, von denen die jüngeren nur aus zweiter Hand in Geschichten erfahren, die von Generation zu Generation weitergegeben werden. Und ich war an der Entstehung der nächsten Generation beteiligt. Vielleicht war das für ihn der Grund, es mir zu erzählen. Wer weiß.

Doch damit war die Geschichte noch nicht zu Ende. Die Russen kamen irgendwann wieder auf die Insel, nahmen die meisten Männer gefangen, darunter auch Asuluks Vater, und man sah sie nie mehr wieder.

Ich nehme an, daß Asuluk sich gefürchtet hatte, als ich meine Bruchlandung machte und der Suchtrupp auftauchte. Er erinnerte sich an zu viele Dinge aus einer Vergangenheit, die er nicht vergessen konnte. Und das kann ich ihm nicht übelnehmen, selbst wenn ich zornig sein sollte.

Wenn er seine Geschichten erzählt, kann ich sehen, woran er sich erinnert. Vielleicht erzählt er seine Geschichten so gut, daß sie mir in Fleisch und Blut übergehen. Ich sehe alles geschehen, so wie er es wohl hat geschehen sehen. Ich sehe vor mir, wie sein Volk von den Russen zusammengetrieben wird. Ich sehe die Menschen vor mir, die wegzulaufen versuchen und niedergeschossen werden. Ich kann auch sehen, wie die erschossen werden, die sich wehren. Ich sehe auch diejenigen vor mir, die sich zu verteidigen versuchen, sehe das Chaos, die Furcht. Und ich sehe einen Jungen, der nicht älter ist als drei oder vier und auf den Leichnam seines Großvaters starrt. Er hört die Frauen weinen und jammern. Sein Vater schnappt ihn sich, und sie verstecken sich. Und irgendwann flüchten sie.

Es gibt Zeiten, in denen ich wünsche, ich wäre wie Meg, Meg, die keine Phantasie hat, denn es würde nicht so weh tun, wenn ich nicht alles sehen und fühlen und hören könnte. Verdammte Vorstellungskraft. Diese verfluchte Fähigkeit, den Schmerz anderer Menschen so stark zu empfinden wie den eigenen.

Ich wollte ihn fragen, warum sein Volk nie an den Ort mit Bäumen und Gras zurückgekehrt sei, denn dort muß es doch bei Gott wärmer gewesen sein. Zudem mußten die Menschen dort ein besseres Nahrungsmittelangebot zum Leben gehabt haben. Doch im Grunde wußte ich, warum sie Kulowyl zu ihrer Heimat gemacht hatten – sie wollten nicht Gefahr laufen, daß das noch einmal geschah.

Ich wollte ihm erzählen, daß sich die Dinge seit dem

letzten Jahrhundert geändert hätten, aber ich konnte nicht wissen, ob das eine Lüge war oder nicht. Ich habe mich zuvor noch nie für Alaska oder Eskimos interessiert. Nach meinen jüngsten Informationen waren die Staaten und Rußland Verbündete gewesen.

Folglich sagte ich nichts. Ich war nicht der einzige, der die neue Welt meistern mußte. Vielleicht war das der Grund, weshalb er mir gegenüber so tolerant war.

Er beobachtete immer noch die Lichter, als ich seine Hand berührte und zeigte. »Aurora Borealis.«

Irgendwann sagte es es – zumindest versuchte er es –, und dann sagte er etwas, was ich wie folgt übersetzte: »Das Licht von wir dem Volk.«

»Wir das Volk. *Unangan.*« Er sah mich an, als er es sagte.

Nach jener Nacht hatten wir kaum je Streit miteinander.

Er wollte, daß ich wieder von Florida erzählte, und so tat ich es. Doch zunächst erzählte ich ihm von Abbeville, den Flugzeugen, meiner Familie, Bobby, Billy Taylor, dem Wetter, der Skyline von Miami bei Nacht, vom Strand am Clearwater Beach zu Mittsommer. Ich weiß nicht, wieviel er davon verstand; er lauschte nur fremdartigen Wörtern über fremde Orte, Welten, in denen plötzlich weder Eis noch arktische Winde zu finden waren. Das ging über seine Vorstellungskraft, weil er es nie erlebt hatte. Er bezweifelte jedoch nicht, daß solche Orte existierten. Und das ist es, was mir an Asuluk am meisten gefiel. Er war aufgeschlossen und aufmerksam, offen für alles Neue und sogar für Dinge, die unmöglich zu sein schienen.

»Gehst du zurück?« wollte er wissen.

Ich schüttelte den Kopf. Ich konnte besser mit der Erkenntnis umgehen, daß ich die Heimat nie wiedersehen würde. Jahre der Hoffnung auf ein Wunder hatten jede Chance verringert, die ich vielleicht gehabt hatte, hier lebend herauszukommen. »Meine Familie hält mich für tot.« Ich sagte es in Eskimo. Es gefällt ihm, wenn ich Eskimo spreche. Anders als die anderen lacht er nicht, wenn ich etwas Falsches sage.

Er drückte mir die Hand. Worte waren nicht nötig. Er wußte aber genausogut wie ich, daß ich vielleicht mit einer Träne im Auge zurückblicken, aber trotzdem unweigerlich zurückkehren würde, falls je wieder ein Flugzeug nach mir suchen sollte.

Wir verfielen wieder in Schweigen, bis er in seinen Mantel griff und ein zehn mal sieben Zentimeter großes Buch hervorzog, das in verzogenes rotes Leder gebunden war.

»Dies deins, Floreeda John.«

Ich schlug es auf. Die Seiten klebten zusammen; der größte Teil der Tinte war verlaufen. Das Buch hatte im Wasser gelegen. Die Seiten waren brüchig und spröde.

Nachdem ich die ersten Seiten behutsam voneinander gelöst hatte, erkannte ich die Handschrift in dem Büchlein.

Es war Megs Handschrift. Mein Herz machte einen Satz, und ich hätte mich am liebsten übergeben. Dort stand geschrieben: »Eines Tages wirst du den Regenbogen verstehen.«

Typisch Meg. Ich habe nie ein Wort von ihr verstanden, wenn sie in philosophischer Stimmung war, die nach ihrer Krankheit ein ständiger Gemütszustand war.

Ich starrte auf das Buch. Ich hatte es noch nie gesehen. Ich hatte so getan, als sähe ich nicht, wie sie mir eine Bibel in die Tasche schmuggelte, o ja, aber nicht dies. Ich hatte nicht gesehen, wie sie dieses Büchlein versteckte.

Jede Seite, die ich anzusehen wagte, war von Hand beschrieben, und auf jeder Seite war etwas Tiefes und Anregendes zu finden. Nun, es wäre für Meg anregend gewesen. Doch an der letzten Seite klebte eine Fotografie. Sie hatte sich verfärbt und schälte sich, doch die Gesichter waren erkennbar.

Es war ein sepiafarbenes Foto meiner Schwester und meiner Mutter.

Ich starrte es an, bis ich es nicht mehr erkennen konnte. Tränen blendeten mich.

»Deine Familie?« fragte Asuluk.

Ich drehte mich zu ihm um. Ich konnte kaum sein Gesicht erkennen. »Meine Mutter. Schwester.«

Er interessierte sich mehr für Megs Rollstuhl. Er fragte, was es sei, warum sie nicht gehen könne. Ich versuchte es ihm zu sagen, doch ich fand keine Worte.

Oh, dieses Foto. Diese Worte, die sie geschrieben hatte. Was wußte Meg? Was hatte sie dazu gebracht, dieses Büchlein für mich zusammenzustellen? Ein Buch voller Hoffnung, verlaufender Tinte, und manche Seiten ließen sich nicht voneinander lösen.

Ich habe herauszufinden versucht, wie lange sie gebraucht hatte, um dies für mich aufzuschreiben. Ich nahm früher nie Notiz davon, was sie vorhatte. Sie war einfach nur da, das stille, intellektuelle Stück Inventar, immer mit dem Kopf in irgendeinem Buch, da ihre Füße keine Ballettschuhe mehr tragen konnten.

Nur Bobby wußte, wie tief sie empfand. Ich hatte mein ganzes Leben mit ihr unter einem Dach gelebt und trotzdem kaum die Oberfläche dieses Wesens angekratzt, meiner Schwester.

Und, verdammt, ich weiß immer noch nicht, was der Regenbogen bedeutet.

Die Worte, die ich lesen kann, ergeben kaum einen Sinn.

Aber das Foto ... das Foto. Die Gesichter, die jetzt vor mir liegen, sind anders als die, die ich jeden Tag im Geiste vor mir sehe. In meiner Erinnerung ist meine Mutter jung und nicht grauhaarig und geht auch nicht leicht gebeugt unter der Last des Lebens. Wo ist ihr Lächeln geblieben? Auf den Schultern meiner kleinen Schwester sehe ich Hände, und an der linken Hand steckt der breite Ehering, den sie bis ins Grab tragen würde. Es sind aber nicht die Hände der Frau, die mir mein Essen vorgesetzt, mir Ohrfeigen gegeben und mich getröstet hat. Sie gehören einer alten Dame, die wie eine Fremde aussieht. Dies ist nicht die Frau, die ich im Traum sehe, wenn ich mich erinnere.

Und dieses kleine Mädchen, dessen bestrumpfte Füße unsere Veranda in tiefem Glanz hielten, ist jetzt eine Frau. Und sie sieht ein wenig aus wie ich.

Ich habe einiges von dem gelesen, was sie für mich geschrieben hat – aus vielem werde ich nicht schlau –, doch direkt in der Mitte des kleinen roten Buches fand ich dies. Ich weiß nicht, wer es geschrieben hat; vielleicht hat Meg den Vers geschrieben, als sie achtzehn war und der Arzt ihr gesagt hatte, daß sie nie wieder gehen würde.

Ich bin verwundet, aber nicht erschlagen.
Ich werde hier liegen und ruhen, bis ich erneut
den Kampf kann wagen.

Wenn ich das Buch halte, kann ich sie vor mir sehen. Ich kann meine Schwester sehen. Sie ist zwanzig. Ihr Haar hat die Farbe von loderndem Feuer. Sie sitzt am Fenster ihres Zimmers am Tisch und kaut behutsam auf dem Füllhalter herum, den ich ihr zu ihrem neunzehnten Geburtstag geschenkt habe. Es ist Abend in Abbeville, aber sie blickt nicht nach draußen; sie blickt wieder in sich selbst hinein. Sie denkt über mich nach, der ich Lebensmittelkonserven und Post nach Alabama fliege. Sie muß mit dieser Seite fertig werden, bevor ich nach Hause komme, bevor ich zufällig sehe, was sie da vorhat.

Meine Mutter klopft leise an der Tür und kommt herein. Eine Tasse Tee klappert auf der Untertasse, und Meg nimmt sie ihr ab, bevor etwas vergossen wird.

»Was ist das?« fragt meine Mutter.

»Es ist für John.«

Meine Mutter lächelt. »Er liest doch nicht.«

Meine Schwester sieht Lily an, und in ihren Augen blitzt ein Funke auf, als sie sagt: »Eines Tages wird er es tun.«

Und so ein Tag kommt immer.

Ich klappte das Buch zu und steckte es in die Innentasche meines Mantels. Ich ließ die Hand lange Zeit auf der Brust.

Dann sprach Asuluk. Er hatte mir genügend Zeit gelassen, mich zu erinnern. Er zog etwas anderes aus seinem Mantel.

Bobbys Revolver, den ich ihm vor so langer Zeit geschenkt hatte.

Asuluk reichte ihn mir. Ich wollte ihm sagen, daß das Ding nutzlos war und daß man ihn genausowenig gebrauchen konnte wie den alten Vorderlader, den er mir mal gezeigt hatte. Ein sechsschüssiger Revolver ohne Kugeln. Etwas, was man sich an die Wand hängen kann. Ich hatte nicht mal genug Zeit, den Mund aufzumachen. Die Kugeln tauchten in Fell gehüllt auf meinem Schoß auf.

Ich hatte geglaubt, ich hätte die verdammten Dinger weggeworfen. Ich mußte sie ihm gegeben haben.

»Zeig mir«, sagte er.

Ich steckte nur eine Kugel in die Trommel. Auf meinem Schoß lagen fünfzig weitere. Ich wollte aber nicht wissen, ob er feuerbereit war. Ich sah wieder die Marke des Hilfssheriffs vor mir. Dieses Ding würde ein doppelt so großes Loch reißen. Es gefiel mir nicht, woran die Waffe mich erinnerte.

Und ich wußte, wovor Asuluk sich fürchtete.

Er berührte die Kugeln auf meinem Schoß und sagte: »*Mu ... ni ... tion.* Zeig mir.«

Er wollte, daß ich schoß, und würde notfalls bis in alle Ewigkeit dasitzen, bis ich es tat. Einen Augenblick lang überlegte ich die Möglichkeit, mir den Revolver an die Stirn zu setzen. Die Tage der Selbstmordgedanken waren jedoch schon lange tot.

Aus diesem Grunde hatte er die Waffe bis jetzt zurückgehalten. In all diesen Jahren hatte er dieses Zeug sicher verwahrt, das Buch, den Revolver. Es war offenbar die richtige Zeit, die Sachen zurückzugeben.

»Zeig mir.« Er wurde ungeduldig.

»Nein. Nein, ich will ihn nicht benutzen. Du sollst ihn behalten, Asuluk. Bitte. Er gehört jetzt dir. Vergiß nicht, ich habe ihn dir gegeben.«

Er hatte jedoch nichts, was er mir zum Tausch anbieten konnte.

Entweder das, oder er wollte ihn nicht haben. Er gehörte mir. Er war kein Dieb. Gott steh mir bei, dachte ich. Ich kann dieses Ding nicht bei mir haben – nicht wenn mich die Erinnerungen überkommen, wenn ich vergesse, daß ich auf ewig hier sein werde, wenn ich an Florida denke oder an meine Mutter oder meine Schwester oder daran, daß ich nie wieder fliegen werde.

»Zeig. Jetzt.«

Ich spannte den Hahn, zielte auf ein wenige Meter entfernt liegendes Stück Eis und schoß. Das Echo hallte ewig wider; die Jäger, die draußen auf einen Seehund warteten, machten einen Riesensatz und drehten sich schnell zu uns um.

Asuluk schlug mir an dic Brust und sagtc: »Gut.« Er glaubte an mich. Ich bin froh, daß überhaupt jemand an mich glaubte.

Dann wandte er sich wieder dem Himmel zu, doch jetzt zogen wieder Wolken auf. Und in der Ferne hörten wir beide die Rufe, die üblichen hysterischen Schreie, mit denen bekanntgegeben wurde, daß jemand auf den Tod darniederlag. Es hatte in letzter Zeit eine Flut von Krankheiten und Verletzungen gegeben.

Asuluk sah mich an. In seinen Augen lag eher Verzweiflung als Zorn.

»Kein Frieden«, sagte er auf Eskimo. »Kein Frieden.« Dann kam er mühsam auf die Beine, streckte mir die Hand entgegen, um mir auf die Beine zu helfen, und ich nahm sie.

Kioki kam auf uns zu. Sie sank bei jedem Schritt sechzig Zentimeter im Schnee ein. Diesmal keine Eskimonamen. Sie wollte nicht zu ihrem Vater. Sie wollte zu mir.

Der Himmel weiß, wann ich zum letzten Mal gerannt war. Ich jedenfalls wußte es nicht mehr. Doch jetzt lief ich los.

14. Kapitel

Tausend tragische Möglichkeiten kämpften um die Vorherrschaft, als er nach Hause rannte. Asuluk war einen Schritt hinter ihm, und eine tief bekümmerte Kioki kam immer näher.

Das Begrüßungskomitee aus vier Frauen hielt Lichter hoch. Alle riefen und weinten. Und Billys Großmutter hielt das schreiende Kleinkind in einem tödlichen Griff.

Ich wußte, daß sie sterben würde. Ich wußte, daß sie dabei war zu verbluten, und alle anderen, die sich im Haus drängten, wußten es auch. Ich hätte alles hergegeben, was ich besaß, um einen richtigen Arzt hier zu haben, um sie in ein Krankenhaus bringen zu können.

Kioki kniete heulend neben ihrer Schwester. Tooksooks war nackt. Sie glänzte vor Schweiß, lag mit hochgezogenen und gespreizten Knien auf dem Rücken. Ich sah hilflos zu, während Asuluk tat, was er konnte. Doch er konnte die Blutung nicht stoppen. Und mit jeder neuen Kontraktion kam noch mehr Blut.

Ich konnte nur hilflos zusehen.

Asuluk ergriff den winzigen Kopf und zog daran. Meine Tochter kam mit dem Kopf voran und still hervor.

Kein Laut war zu hören; selbst die Hunde draußen machten keinen Radau mehr.

Tooksooks stemmte sich ein wenig auf den Ellbogen hoch, um zu sehen, was das Baby war. Sie betrachtete es. Sie sah ihren Vater an und lächelte mir zu.

Asuluk reichte Kioki das Baby und flüchtete. Er befahl mir, ebenfalls zu gehen. Aber ich konnte mich nicht bewegen. Meine Beine gehorchten mir nicht. Nichts gehorchte mir mehr.

Das Baby schrie nicht und atmete auch nicht.

Und da sagt man immer, beim dritten Mal hat man Glück? Warum unternahm hier niemand etwas? Es war der schlimmste Augenblick meines Lebens. Ich machte wieder einen Handel mit Gott, kann mich aber nicht erinnern, was ich ihm diesmal versprach, vielleicht mein Leben, wenn die Kleine nur schreien würde, wenn sie nur am Leben blieb.

Tooksooks bat darum, das Baby zu sehen, und Kioki legte es ihr auf den Bauch. Das kleine Ding war immer noch blau und leblos und mit weißem Schleim und Blut bedeckt, und diese wenigen Sekunden der Stille waren die längsten, die ich je erlebt habe. Dann fing auch Tooksooks auf ihre sanfte Art an zu weinen. Sie sah zu mir hoch und sagte, sie habe mich wieder im Stich gelassen.

Wieder.

Den Teufel hat sie.

Ich sah Furcht in Kiokis Augen, als ich das Baby hochhob. Die Kleine war schlüpfrig und kaum zu halten, und alles, was ich gelesen hatte, diese Erste-Hilfe-Prüfung, die ich vor so langer Zeit gemacht hatte, all das flutete jetzt zurück. Ich hielt die Kleine an den Füßen, so daß der Kopf herabhing, und schüttelte sie ein wenig. Eine Sekunde lang überlegte ich, ob ich sie herumwirbeln sollte, so wie Denny

Jones es immer mit neugeborenen Zicklein tat, wenn sie nach der Geburt kein Lebenszeichen aufwiesen. Er stand auf, wirbelte sie über dem Kopf herum und herum, doch etwas in mir sagte nein. Einfach nur auf sie einreden. Das tat ich. Na komm schon, Baby, wach jetzt auf. Du wirst als zahnlose alte Dame sterben, aber nicht jetzt. Nicht jetzt, bevor du überhaupt zu leben begonnen hast. Bis jetzt hat noch kein Shaw aufgegeben, und du wirst auch nicht die erste sein, hörst du mich?

Alberne Dinge wie diese strömten mir aus dem Mund. Ich bettelte, flehte, wurde zornig. Ich schüttelte sie noch etwas mehr.

Und dann kam nichts mehr, bis ich halb losschrie: »Bitte, Gott, bitte!«

Sie begann zu weinen, einmal, zweimal. Verblüfft, wütend, dann verwirrt. Ich begann auch zu weinen. Alle starrten mich verängstigt und entsetzt an. Alle außer Tooksooks. Erst Tränen, dann ein Lächeln, ein erschöpftes, schwaches Lächeln.

Als das Baby atmete, bekam es eine bessere Farbe. Die dicke Nabelschnur hörte auf zu pulsieren, so daß ich sie mit meinem Bowiemesser durchschnitt. Ich wies Kioki an, sie abzubinden, und zwar so nahe wie möglich, doch sie saß nur da und starrte mich an, als hätte sie mich noch nie gesehen. Also band ich sie selbst mit Zähnen und Fingern ab. Dann wurde ich wieder wütend und schnappte die weichen, pelzigen Häute, die Tooksooks eigens für das Baby aufbewahrt hatte, wickelte die Kleine darin ein und legte sie behutsam neben ihre Mama. Und während ich zitternd dastand, flüchteten alle anderen aus dem Haus.

Ich fragte mich, was zum Teufel ich diesmal angerichtet hatte.

Ich setzte mich neben Tooksooks und log ihr etwas vor.

Ich sagte ihr, von nun an werde alles gut sein. Einfach gut. Bis auf die Geräusche, die das Baby machte, war alles still. Die Kleine ließ ein von den Pelzen gedämpftes Gurgeln und kleine Kiekser hören. Ich beobachtete Tooksooks mit dem Baby, wie sie die Kleine anstarrte und wie sich dabei ihr Blick trübte.

Es war ihr gutgegangen, als ich sie zu diesem Spaziergang mit ihrem Vater verließ. Sie und ihre Schwester saßen dort an dem Tisch und nähten winzige Stiefel für das Baby. Sie sahen beide hoch und lächelten mir zum Abschied zu, als ich ging. Billy schlief schon. Ich war kaum mehr als eine Stunde weggewesen, allerhöchstens zwei. Kioki hatte fast zwei volle Tage gebraucht, um Billy zur Welt zu bringen.

Ich wußte, daß ich dabei war, Tooksooks zu verlieren, und es gab nichts, was ich tun konnte, um es zu verhindern. Dieses Mädchen mit dem runden, gequetschten Gesicht und den lachenden Augen war nicht älter als neunzehn. Ich legte mich also neben sie und legte den Arm um sie. Ich strich ihr übers Gesicht und sprach mit ihr in der Sprache, die sie nie zu verstehen versuchte. Ich sagte ihr, daß ich sie liebte und sie immer lieben würde, und ich glaube, sie verstand mich. Es schien keinen Schmerz mehr zu geben, den sie noch spüren konnte. Ihr Atem wurde leicht, unregelmäßig, und ich kann die Sanftheit in ihren Augen gar nicht beschreiben, als sie das winzige Baby ansah, einen Teil von uns beiden.

Dann seufzte sie nur und glitt friedlich und still hinüber. Sie starb so, wie sie gelebt hatte. Ich legte ihr die Hand auf die Brust, konnte aber keinen Herzschlag spüren. Ich lauschte auch. Nichts.

So hatte es nicht sein sollen. Ich hatte versprochen, mein Leben für das Baby herzugeben und nicht ihres. So hatte es nicht enden sollen.

Ich glaube, mir kamen die Tränen. Ich weiß, daß ich urplötzlich all den eingesperrten Schmerz freiließ, den ich seit 1926 gefangengehalten hatte, und als ich es getan hatte, war alles, was ich hörte, still, unterbrochen nur durch ein kaum merkliches Zappeln an meinem Bauch, ein Zappeln und Piepsen und dann kleine Schreie, die fast ein Husten waren.

Ich nahm sie von der Seite ihrer Mutter und wischte mir das Gesicht, damit ich sehen konnte – wirklich sehen. Ich hatte noch nie etwas so Kleines gesehen wie dieses kleine Mädchen. Mein Daumen schien so groß wie ihre Hand, und sie sah blinzelnd zu mir hoch. So neu, hilflos.

Was sollte ich in diesem Augenblick fühlen? Wenn es Liebe war, hätte sie nicht so weh tun dürfen. Ich weiß nicht mehr, wie lange ich dasaß und das Baby hielt und es betrachtete. Ich hatte das Gefühl, es wäre eine Ewigkeit vergangen, als Asuluk wiederkam. Was hatte er getan? Wohin war er gegangen? Irgendwohin, um allein zu weinen? War es für den Medizinmann tabu, eine Träne zu vergießen, wenn andere zusahen?

»Der Geist des Windes kommen«, sagte er leise.

Davon hatte ich auch schon zu oft gehört. Geist des Windes, das war für diese Menschen der Sensenmann.

»Geist des Windes kommen. Nehmen«, sagte er etwas lauter, damit ich es hörte.

»Nein.«

»Ja.

»Nein!«

Zugegeben, das Baby war winzig – zu klein. Das Mädchen war nicht dick und schwer wie die meisten der hier geborenen Babys. Bildete ich es mir nur ein, oder wollte der Großvater dieses Kindes mir tatsächlich sagen, ich solle es hinlegen, weggehen und es sterben lassen?

Es gibt hier so viele Dinge, die keine Worte brauchen, um voll verstanden zu werden.

Ich leugne die Möglichkeit, daß jemand auch nur denken konnte, daß dieses winzige Baby schon so gut wie tot war. Tod ist nicht gut, nicht für mich. Sie war lebendig. Und ich würde dafür sorgen, daß sie am Leben blieb. Ich wünschte ihn zur Hölle. Ich wünschte sie alle zum Teufel. Wenn ich schon so etwas wie eine Anomalie in dieser Welt war, in der nur die Gesunden und Starken überleben, wenn ich dem Tod schon ein Schnippchen geschlagen hatte, konnte es auch meine Tochter.

Traurig und verwirrt trat Asuluk wieder den Rückzug an. Ich hörte ihn draußen, wie er mit Kioki sprach, mit seiner Frau, Sindbad und Gott weiß mit wem sonst noch, die sich da draußen in der kalten Dunkelheit drängten.

Dann sagte er, Tooksooks sei vom Wind mitgenommen worden, daß ich aber das Mädchen nicht gehen lassen wolle.

Die Menschen draußen, die Freunde und Verwandten, machten mehr Lärm, als es die Hunde je vermocht hätten. Und ich bemühte mich, ihn zu überhören.

Ich saß mit meinem Baby in meiner Ecke. Das Blau war gewichen, und eine winzige Hand klammerte sich hart und fest an meinen Finger. Die Kleine konnte höchstens vier oder fünf Pfund gewogen haben. Ich hatte schon kleinere Päckchen geflogen, die schwerer waren als sie. Sie wußte, wie man weint, tat es aber nicht. Sie lag nur da, hingestreckt in meinem halben Arm, und sah in dem Lichtschein zu mir hoch. Ich weiß nicht, was sie sah, weiß aber, was ich fühlte, und wenn der Geist des Windes sie wünschte, mußte er dieses Haus erst umwehen, bevor ich sie losließ.

Leute kamen herein, um Tooksooks wegzubringen. Sie wickelten sie fest ein und trugen sie hinaus. Sindbads Frau drehte sich zu mir um, sprach aber nicht. Das brauchte sie auch nicht. Ich las es ihr am Gesicht ab – Mitleid. Ich hasse Mitleid. Ich haßte die Art und Weise, wie niemand sagte, zeig dem Dorf dieses Baby. Ich haßte die Art, wie sie sie begraben hätten, ohne ihr auch nur den Hauch einer Chance zum Leben zu geben.

Sie schlief ein, sog an ihrer kleinen Faust, schnitt Gesichter, kiekste leise. Dann weinte sie, kurze, scharfe Schluchzer, die mir erneut fast das Herz brachen.

Und aus der Dunkelheit hörte ich eine sanfte Stimme sagen: »Geben.«

Kioki kauerte vor mir und beobachtete mich genau. Neben ihr stand eine ihrer Cousinen, eine ältere Frau, die vor etwa einer Woche einen totgeborenen Sohn zur Welt gebracht hatte. Doch da war etwas in ihren Augen, was mir nicht gefiel. Diese kleine Stimme in meinem Kopf sagte immer wieder, nein. Tu's nicht. Nein.

Sie hat sich noch nie geirrt.

Ich schüttelte den Kopf, dankte der Frau für ihre Freundlichkeit, sagte aber, sie werde hier nicht gebraucht.

Kioki hielt mich für verrückt. Sie versuchte mir einzureden, daß man in jener Familie gut für das Baby sorgen werde, aber was sie auch sagte, ich konnte die Kleine nicht hergeben. Ich fragte sie, ob sie wisse, was ein Versprechen sei. Wenn sie so etwas wie Liebe zu ihrer Schwester empfinde, werde sie für deren Baby sorgen, für das Baby ihres Mannes, so wie sie für ihren eigenen Sohn sorgte.

Ich habe nie miterlebt, daß Kioki so lange brauchte, um zu entscheiden, was sie tun sollte. Dann kam mir die Kleine zu Hilfe – sie begann zu schreien, diesmal aus vollem Halse. Über das Schreien des Babys hinweg erinnerte ich Kioki daran, daß sie Billy viel zu lange gestillt hatte. Hatte sie das getan, weil sie gewußt hatte, daß ihre

Schwester im Kindbett sterben würde? Hatte sie nicht schon immer davon geträumt, eine Tochter zu haben, eine eigene Tochter? Hatten wir nicht schon seit so langer Zeit versucht, noch ein Baby zu bekommen? Was war dies denn, wenn nicht ein Geschenk des Großen Geists? Hier war ihre Chance, ihre Liebe zu ihrer toten Schwester zu beweisen.

Ich glaube nicht, daß es meine Ansprache war, die einen Umschwung bewirkte. Es war das Schreien des Babys. Kioki streckte die Hände aus, und ich gab ihr das Baby. Sie sah es an, berührte es und beruhigte es auf die einzige Art, die sie kannte.

Und es funktionierte. Ich danke dir, Gott, es funktionierte.

Es verging noch ein Tag, bevor das Wetter so weit aufklarte, daß wir Tooksooks beisetzen konnten. Sie liegt jetzt auf dem Friedhof unter mehr als meterhohem Schnee; wenn das Tauwetter des Sommers kommt, wird sie mit all den anderen begraben werden, die nicht überleben. Ich nahm an der Feier nicht teil, Kioki auch nicht. Ich hätte diesem abergläubischen Gewäsch nicht lauschen können, ohne zu weinen, und so ging ich lieber gar nicht erst hin. Ich hatte mich auf meine Weise verabschiedet.

Stunden vergingen und wurden zu dunklen Tagen, und nach und nach kamen Leute mit einem Geschenk oder etwas zu essen für uns vorbei.

Der Mann, der vom Himmel gefallen war, hatte jetzt eine Tochter, die vom Geist des Windes auf seltsame Weise verschont wurde. Und wenn man verschont und vom Geist des Windes übergangen wird – wenn man dem Tod ein Schnippchen schlägt, um zu überleben, wenn alle Chancen gegen einen stehen –, macht einen das hier zu einem ganz besonderen Menschen, fast zu einem magischen Wesen.

Der Besucher, der mich am meisten überraschte, war Sindbad. Er kam herein, setzte sich, und ich sah ihm an, daß er sich unwohl fühlte, denn er konnte mir nicht in die Augen sehen. Irgendwann riskierte er einen Blick zu dem Baby hin, das Kioki gerade stillte, und grunzte seine Zustimmung. Ich glaube jedenfalls, daß es Zustimmung war. Dann sah er mich mit einem mitleidigen Ausdruck in den Augen an, als täte es ihm leid, daß die Kleine kein Junge war. Folglich lächelte ich ihn an, so gut es ging, spreizte meine Federn und sagte ihm, daß sie schöner sein werde als irgendeine seiner Töchter. Er grunzte wieder und ging, ein wenig glücklicher in dem Wissen, daß ich wieder normal war.

Wann immer es jetzt frisches Seehundblut gibt, wird es erst Kioki angeboten werden.

Ich brauchte lange, um zu begreifen, daß unter ähnlichen Umständen ein krankes und schwaches Baby einfach mit seiner toten Mutter begraben wird. Dann geht das Leben weiter, bis irgendein anderes Paar von einem leuchtenden Kometen auserwählt wird.

Billy kehrte etwa eine Woche später in unseren Haushalt zurück und fand es ein wenig zu leicht, sich daran zu gewöhnen, daß seine Mama ein neues Baby stillte.

Ich weiß noch, was er sagte, als er an der Hand seiner Großmutter hereinkam. Er riß seine großen blauen Augen auf, als er sah, wie seine Halbschwester seinen Lieblingsplatz einnahm. Er machte den Mund auf und sah mich überrascht an. »Was ist das denn, Dad?« fragte er in seiner Mischung aus Eskimo und Südstaatenakzent.

Ich sagte es ihm. Da krabbelte er zu seiner Mutter auf den Schoß und riskierte einen Blick in all diese Felle. Zufrieden kletterte er hinunter, hob die Stücke des Spielzeugs auf, die in dem Seehundfell lagen, und legte jedes einzelne

Stück auf den Erdtisch. Er sah mich an und sagte: »Na los, Dad. Spielzeug.«

Mein Sohn bittet nie um etwas. Er befiehlt.

Trotz des Todes seiner Tante und der Geburt seiner Halbschwester schien Billy von uns allen davon am wenigsten berührt zu sein. Ich hatte Angst vor Eifersucht, doch diese Befürchtungen erwiesen sich wieder als unbegründet, und ich schämte mich eine Zeitlang, wie sehr ich meinen eigenen Sohn unterschätzt hatte. Mir wurde bewußt, wie sehr er sich von mir unterscheidet.

Spuren von Tooksooks bleiben, eine nachwirkende, schmerzliche Erinnerung. Lange Zeit gab ich mir die Schuld an ihrem Tod. Sonst tat es niemand, doch mein Gewissen behielt zu lange die Oberhand.

Kioki ist still geworden, spricht nicht von ihrer Schwester und gibt auch keinem ihrer Gefühle mit Worten Ausdruck. Tooksooks Mantel hängt immer noch an einem Haken über dem Bett, auf dem wir alle geschlafen haben. Bis jetzt hat niemand den Wunsch, ihn herunterzunehmen.

Manchmal kommt es mir vor, als wäre sie noch bei uns, vor allem wenn wir zusammen sind, wenn wir essen, sprechen und lachen. Dann erinnern wir uns plötzlich, daß sie nicht mehr bei uns ist, und dann erstirbt das Lachen so schnell, wie es entstanden ist.

Ich vermisse, wie sie mir immer die Füße rieb. Immer wieder schlief ich ganz benommen ein. Ich vermisse es, wie ich mich früher an sie kuscheln konnte, wie sie nach meiner Hand griff und sie die ganze Nacht fest in der ihren hielt.

Sie hat mir ein Paar Stiefel gemacht, die nie paßten, aber wenn ich sie nicht getragen hätte, hätte ich ihr das Herz gebrochen. Ich wußte kaum etwas von ihr; warum wird sie dann jetzt so wichtig, wo sie tot ist?

Wie kommt es, daß immer erst etwas Tragisches geschehen muß, bevor einem aufgeht, wieviel manche Menschen einem bedeuten?

Billy weiß, daß seine Tante tot ist; er kennt den Unterschied zwischen Leben und Tod. Ich hoffe, daß er nie erfährt, wie zerbrechlich und spröde dieser Unterschied sein kann. In einem Augenblick lebendig, im nächsten ...

Hier kann es jeden jederzeit treffen. Vielleicht ist das der Grund, weshalb das Morgen diesen Menschen nie wichtig ist.

Vielleicht haben sie den Wert des Jetzt schätzengelernt. Vielleicht ist das der Grund, weshalb sie ständig so verdammt glücklich sind. »Lily«, antwortete ich auf Asuluks Frage. Er war vorbeigekommen, um mir zuzusehen, wie ich ein Fischernetz reparierte. »Ihr Name ist Lily.«

»Lill-lee.« Er sang es dreimal, bevor er es bedachte, und stimmte dann irgendwann mit einem Kopfnicken zu. »Lill-lee. Gut, Floreeda. Gut.«

Ich sah zu ihm hoch. »Mein Name ist John. John Robert Shaw. Nicht Florida. Nicht Florida John. Verstanden? Hast du's jetzt kapiert? John. Nicht Florida. Ich bin aus Florida; aber es ist nicht mein Name.«

»Floreeda.«

»John.«

»John«, murmelte er und spie aus. »Floreeda.« Er gab mir einen Klaps auf den Kopf und schlenderte noch vor sich hinmurmelnd davon. Ich mußte lachen. Er hatte im Weggehen meinen Namen wiederholt und dabei jedesmal ausgespien. Nein, für ihn war ich Floreeda, da war nichts zu machen.

Wird sich hier denn nie etwas ändern? Ich möchte gern wissen, wie ihm zumute wäre, wenn ich ihn Kulowyl nennen würde.

15. Kapitel

Heute war ein warmer, klarer Tag, so warm, daß ich das Gefühl hatte, in eine andere Welt hineinzugehen, als ich ins Freie hinaustrat. Eine Zeitlang glaubte ich, gestorben zu sein, als wäre dies der Himmel, aber meine Vorstellung von Himmel wäre im Augenblick ein Flug in achtzig Fuß Höhe über den Appalachen. Somit blieb nur der Schluß, daß ich nicht gestorben war.

Der Himmel war blau, so blau, wie er sein sollte. Es gab keinen Nebel, keinen Dunst, keinen Regen, auch keinen mit vierzig Knoten blasenden Gegen-, Rücken- oder Seitenwind. Mir schnitt auch kein Eis- oder Schneeregen ins Gesicht, der sich anfühlte wie Nadeln.

Es war, was ich einen guten Tag nenne.

Kein Wind, nicht mal eine Brise. Nur blauer Himmel, eine Sonne, die wie fast immer im Winkel von fünfundvierzig Grad vom Himmel schien, und irgendwo im Nordosten Anchorage, vielleicht tausend Meilen entfernt oder auch nur eine Tagesreise mit dem Kajak. Vielleicht waren es zwei Jahre Paddeln für einen einarmigen weißen Mann, der im Kreis herumrudert.

Es war schon zu lange her, seit die Sonne mir das Gesicht berührte, und so kommt es, daß ich die Chance nutze, jede Chance, wenn sie sich ergibt. Ich zog meine Kapuze herunter. Es war zunächst ein irgendwie seltsames

Gefühl. Ich war lange nicht mehr barhäuptig gegangen und hatte auch andere Körperteile lange nicht an der frischen Luft entblößt. Ich öffnete den Mantel, und da mir die Gliedmaßen nicht sofort taub wurden, zog ich ihn aus. Ich stand dort draußen vor meinem Sommerhaus und sah nicht aufs Meer hinaus, sondern betrachtete meinen rechten Arm.

Vor einem Menschenalter war die Haut dort braun gewesen. Jetzt sah sie weiß aus wie Papier und fühlte sich weich an, so weich wie die von Lily oder Kioki. Ich betrachtete meine Finger, als hätte ich sie noch nie wirklich gesehen – meine Hände wurden älter. Das war mir bis dahin nicht aufgefallen.

Ich fragte mich, wie mein Gesicht jetzt wohl aussah. Manchmal habe ich versucht, es wie ein blinder Mann zu sehen, nämlich durch Berührung, aber alles, was ich spüre, ist der Höcker auf meiner Nase und dieser Bart. Es wäre mir lieber, mir das Haar richtig schneiden zu lassen, statt zwei Kinder dabei zusehen zu lassen, während ich es mit meinem Bowiemesser absäge. Zöpfe stehen mir überhaupt nicht.

Wenn jemand mich in letzter Zeit gesehen hätte, hätte er wohl vermutet, daß ich in den letzten zehn Jahren in den Bergen gelebt habe – obwohl ich mich nicht so verwildert fühle, wie ich aussehen muß.

Ich weiß, daß ich dünner bin als je zuvor – was ich auch tue oder esse, ich kann einfach nicht zunehmen. Und ein wenig zusätzliches Fett wäre sicher hilfreich, um die Kälte fernzuhalten.

Seit Lilys Geburt habe ich aus einer Reihe von Gründen nicht mehr geschrieben. Ich bin immer beschäftigt gewesen, entweder damit, irgendwelche Dinge herzustellen, hauptsächlich Waffen, oder Dinge zu zeichnen, oder ich streife mit Sindbad umher. Außerdem ist nicht viel passiert, was ich hätte aufschreiben können. Vielleicht ergibt sich mit der Zeit etwas.

Ich nehme an, ich habe die Suche nach Antworten schon fast aufgegeben, die Suche nach den Warums, den Weshalbs, vor allem aber dem Warum ich – Sie wissen schon, was habe ich getan, um das zu verdienen? Seit ich beschlossen habe, mich nicht mehr aufzuregen und nicht mehr dauernd darüber nachzudenken, was ich nicht haben kann, seit ich also dieses Schicksal akzeptiert habe, ist alles in Ordnung – bis ich nach Nordosten blicke und mich frage, wie weit das Festland wohl entfernt ist.

Ein Teil von mir wird nie hierher gehören, aber wenn ich es mir recht überlege, habe ich mich ohnehin nie irgendwo zugehörig gefühlt. Dieser Teil wird nie zufrieden sein. Denn ich weiß, daß es immer noch nicht genügen würde, wenn sich selbst ein Wunder ereignete und ich hier herauskäme und wieder zu Hause wäre.

Meg nannte mich früher immer einen freien Geist auf Wanderschaft. Und jetzt, wo ich meine Flügel verloren habe, bin ich trotzdem noch ruhelos.

Die Jenny ging vor etwa einem Jahr während des sommerlichen Tauwetters endgültig unter. Diesmal befand sich kein Eisvorsprung fünf Meter unter der Oberfläche, um das Versinken aufzuhalten. Sie ging direkt unter. Gott allein weiß, wie tief – ich weiß es nicht.

Damit ist dieses Skelett endgültig begraben.

Eine Gruppe von uns sah zu, als sie versank, und die Gesichter um mich herum waren meist vorsichtig und von ängstlicher Neugier geprägt, als wollten sie wissen, wie ich reagiere. Aber ich machte gar nichts – stand nur mit den anderen da, sah zu, wie das Eis brach, und hörte das laute Rauschen, als sie endgültig unterging.

Ich empfand nicht das geringste dabei.

Ruhe in Frieden, altes Mädchen. Wir hatten wirklich gute Zeiten zusammen.

Billy war damals bei mir. Er sah mir ins Gesicht, griff nach meiner Hand und drückte sie. Er muß gewußt haben, was dieses Wrack mir einmal bedeutet hatte. Vielleicht sah er es in meinen Augen, wenn ich ihm vom Fliegen erzählte.

Er muß jetzt fünf oder sechs sein. Spricht fließend Englisch und Eskimo. In Mathe ist er besser, als ich je gewesen bin. Er kann ein paar Wörter schreiben, und Megs Bibel konnte ich gut gebrauchen, als ich ihm das Lesen beibrachte. Wenn ich mich erinnern könnte, wie ich lesen gelernt habe, wäre es leichter. Sein Interesse wachzuhalten war am schwierigsten, denn ich glaube, ich habe ihn zu früh beginnen lassen. Er kennt sein Alphabet und die Laute, aber bei der Rechtschreibung bin ich ihm keine große Hilfe, da ich darin selbst nie gut war.

Er ist ein lustig aussehender Junge. Seine Haut wirkt leicht asiatisch – nicht dunkel, nicht rot, nicht gelb. Aber weiß ist er auch nicht. Er hat meine Hände und Füße und wird einmal über einen Meter achtzig groß sein, wenn er in diesem Tempo weiterwächst. Seine Augen sind Magneten. Sie sind nicht blaßblau wie meine und auch nicht dunkelblau wie die seiner Großmutter. Die Farbe ist weder Blau noch Grün. Er hat orientalische Augenbrauen und kann eine davon heben, wenn er etwas in Frage stellt. Ich will verdammt sein, wenn ich das kann. Seine Mutter kann es auch nicht. Ich habe sie probieren sehen, als sie mal glaubte, ich sähe nicht hin.

Er verhält sich nicht anders als die anderen Kinder, mit denen er spielt und sich prügelt: Gelegentlich habe ich ihn aus einiger Entfernung beobachtet, wenn er mit seinen Freunden umherstreifte. Er erinnert mich an mich, den Rebellensoldaten im Wald am See, damals, als es mir das einzige Mal im Leben gelungen ist, andere herumzukommandieren. Er hat die stille, amüsierte Geduld seiner Mutter. Ich danke dir dafür, Gott, daß du ihm das gegeben hast. Und übertreiben kann er wie kein anderer, den ich je gekannt habe, zumindest seit Bobby. Ich nehme an, wenn ein Großvater ein Dichter war und der andere ein Geschichtenerzähler und Medizinmann ist, muß die Phantasie auf diesem Gebiet weitervererbt werden. Mein Sohn könnte sich mit seiner geölten Zunge wahrscheinlich sogar dem Starren eines Eisbären entziehen.

Ich würde für ihn in den Tod gehen. Bis zu Billys Geburt hatte ich nie verstanden, weshalb mein Vater sich in diesen reißenden Fluß gestürzt hat. Jetzt bin ich genau wie er – ich würde keine Sekunde überlegen.

Ich nehme an, es muß jetzt 1934 oder 1935 sein, und damit müßte ich zweiunddreißig oder dreiunddreißig sein – doch das sind nur Zahlen. Ich fühle mich kein bißchen älter, und die Tatsache, daß ich seit fast zehn Jahren mein Gesicht nicht mehr gesehen habe, ist wahrscheinlich nur gut.

Wenn Billy sechs ist, ist Lily etwa zwei.

Ich weiß noch, daß ich mit Sindbad gewettet habe, daß sie hübscher werden würde als jede seiner Töchter, und ich kann mit Fug und Recht sagen, ich habe gewonnen. Sie ist zwei Jahre alt, und ich knirsche schon jetzt mit den Zähnen und wünsche mir, daß ihr all die kleinen Jungen nicht zu nahe kommen.

Es ist hier manchmal nicht ganz leicht, Jungen und Mädchen auseinanderzuhalten – die kleinen, runden, rotwangigen Gesichter sehen alle gleich aus, und wenn sie alle gemeinsam spielen, sind sie weder Jungen noch Mädchen –, mit Ausnahme meiner beiden Kinder.

Die Kinder selbst bemerken keinerlei Unterschiede. Diese Art von Unschuld gefällt mir.

Wo ich aufwuchs, gab es mehr Schwarze als Weiße und nichts dazwischen, und ich bezweifle, daß sich das je ändern wird. Ich wuchs mit der Vorstellung auf, daß schwarze Menschen keine Seele haben, daß sie weniger menschlich sind als wir anderen, wie etwa ein Pferd oder ein Hund. Ich hatte aber gesehen, daß schwarze Kinder weinten, wenn sie sich weh taten, und geblutet hatten sie auch. Ich habe nie verstanden, warum mein Vater diese Prügelei unten hinter der Mühle an jenem Tag zu beenden versuchte. Mutter sagte immer: »Dein Vater war ein unglaublicher Dickschädel.« Ich möchte gerne wissen, ob sie sein Verhalten verstand. Sie hatte Angst vor Negern. Mir waren sie eher gleichgültig. Traute ihnen aber auch nicht sonderlich. Das lag vielleicht auch daran, daß ich keinen je wirklich kennengelernt hatte.

Das Leben hier hat mich viel toleranter gemacht, weil die Münze beim Wurf Kopf zeigte und nicht Adler. Und obwohl ich das Gefühl hatte, anders zu sein, behandelte man mich genauso, wie ich es erwartet hatte. Als ich lernte, mich anzupassen, wurde ich akzeptiert.

Die Leute hier haben sich nicht verändert, wohl aber ich.

Es ist alles eine Frage der Perspektive, nehme ich an.

Lily wuchs irgendwie in ihren Namen hinein. Vielleicht hätte ich sie Annie nennen sollen nach diesem dicken Mädchen, mit dem ich zur Schule gegangen bin. Ihre Haut ist blasser als die ihres Bruders; ihre Augen sind hellblau – oder haben die Farbe von dunklem Honig. Und ihr Haar hat die Farbe ihrer Augen. Wenn die Sonne öfter scheinen würde, hätte ihre Haut die gleiche Farbe, wie ich sie früher hatte. Sie hat Megs herzförmiges Gesicht, Megs Nase und Megs Lachen, wenn sie zu dem Schluß kommt, daß etwas so komisch ist, daß man darüber lachen kann. Das passiert allerdings nicht oft, es sei denn, sie sieht mir zu, wie ich mich in aller Eile anzuziehen versuche, oder wenn sie mithört, wenn ich mit mir selbst streite. Sie sagt nie viel zu anderen, aber bei den seltenen Gelegenheiten, bei denen sie mich ansieht und lächelt, sehe ich immer nichts weiter als ihre Mutter, Tooksooks.

Sie ist wie ein Ölgemälde von allen Menschen, die ich je gekannt und geliebt habe.

Und sie ist eine Fremde.

Dieses kleine Mädchen muß der beste Entfesselungskünstler seit Harry Houdini sein, vor allem als sie ein Baby war und schließlich die Kunst des Gehens beherrschte. Sie krabbelte nämlich nie; sie stand plötzlich auf und ging. Ihr Bruder hingegen war der schnellste Krabbler, den ich je gesehen habe. Er wußte erst mit etwa zwei Jahren, wozu seine Füße da sind. Ein unglaublicher Tolpatsch. Lily nicht. Sie konnte sich unfaßbar schnell aus dem Staub machen.

Ich nahm mir immer wieder vor, so etwas wie einen babysicheren Eingang zu machen, nur um sie im Haus zu halten. Kioki kann vier Dinge auf einmal tun, wie übrigens alle Frauen, die ich je gekannt habe, aber trotzdem brauchte Kioki nur dreißig Sekunden lang unaufmerksam zu sein, da war die Kleine schon verschwunden.

Direkt zum Haus ihres Großvaters.

Sie war etwa ein Jahr alt, als sie dem Tod zum zweiten Mal von der Schippe sprang. Ich war nicht da, als es passierte.

Kioki arbeitete zusammen mit den anderen Frauen und

filetierte Lachs, der getrocknet werden sollte. Es dauerte nicht sehr lange, da der Fang nicht besonders gut gewesen war, und als sie das Haus verließ, schlief Lily tief und fest.

Ein Jagdtrupp kehrte gerade auf dem Meer aus Eis zurück, und irgendwie gelang es dreien der Hunde, die den Hauptschlitten zogen, sich zu befreien und auszureißen.

Ich hörte dann drei Versionen dieser gleichen Geschichte, die sich im wesentlichen so zugetragen hatte: Lily wachte etwa um die Zeit auf, in der die Hunde sich loßrissen, und tapste los, um ihren Großvater zu besuchen, als die Hunde durchs Dorf stürmten. Sie stand plötzlich im Weg. Einer der Hunde fiel ein paar Sekunden lang über sie her, bevor Kioki zur Stelle war und diesen halbwilden Hund mit bloßen Händen zurückriß.

Wäre da nicht der Mantel gewesen, hätte der Hund dem Baby die Kehle zerfetzt. Kiokis Hand und Arm trugen schwere Bißwunden davon, bevor ihr andere zu Hilfe kommen und sie von den Hunden befreien konnten.

Ich kehrte ein paar Stunden später zurück, und sowohl Sindbad als auch ich wußten sofort, daß in unserer Abwesenheit etwas passiert sein mußte, als wir all die Menschen sahen, die schon auf uns warteten.

Sindbad kam mit mir nach Hause, und ich werde nie den Anblick vergessen, der sich mir bot. Kiokis Unterarm war immer noch voller Bißwunden und aufgerissen, und ihr Gesicht war blutverschmiert. Sie hatte lange geweint. Sie sah mich nicht an; sie fürchtete sich vor dem, was ich tun oder sagen würde. Man hatte mir jedoch schon erzählt, was geschehen war, und so wußte ich, daß sie tapfer gegen die Hunde gekämpft hatte, um die Kleine zu retten.

Lily schien unverletzt bis auf eine Bißwunde an der Wange und schlief an Kiokis Brust. Sindbad ging, als er sich überzeugt hatte, daß keine der beiden schwer verletzt war. Ich konnte aber an nichts anderes als an Tollwut denken. In meiner ganzen Zeit dort oben hatte ich keinerlei Anzeichen dafür gesehen, aber diese Krankheit ging mir trotzdem nicht aus dem Kopf.

Kioki hatte sich eingeredet, daß sie es nicht verdiente, eine Mutter zu sein, und wenn sie sich einmal für eine bestimmte Handlungsweise oder Denkweise entschieden hatte, konnte nichts, absolut gar nichts einen Sinneswandel bei ihr bewirken. Wenn ich eine Auszeichnung für Dickköpfigkeit zu vergeben hätte, würde der erste Preis an meine Frau gehen.

Sie wollte einfach nur dasitzen und sich in ihrer Scham suhlen, wollte das Baby aber auch nicht zum Schlafen hinlegen. Ich sah Scham auf ihrem Gesicht – Scham und Kummer.

Ich wußte es besser, und so sagte ich nichts. Ich wühlte in meinen Sachen, bis ich mein altes Baumwollhemd fand, das ich in lange Streifen riß. Dann entdeckte ich die schwarze Salbe, die gegen alles hilft, angefangen bei Frostbeulen bis hin zu Zahnschmerzen, verband ihr Hand und Arm und verbrachte den Rest des Abends damit, ihr zu versichern, daß ich nicht böse sei.

Dann machte ich noch diese verdammte Sperre aus allem, was ich finden konnte, und sah dann meiner Tochter zu, die sich vergeblich bemühte, eine Möglichkeit zu finden, aus ihrem Gefängnis auszubrechen.

Dann beschloß ich, auf diese Dinge zu achten, »die ich eigentlich tun sollte«. Sie fallen mir nie ohne Grund ein – diese frühen Warnzeichen, die ich erhalte und von denen ich nie Notiz nehme. Ich habe sie in meinem ganzen Leben erhalten – Vorstellungen oder Bilder von Ereignissen, die sich erst Augenblicke oder Sekunden später ereignen.

Ich erzähle nie jemandem davon; als Junge habe ich es auch nie getan. Ich weiß aber immer, wenn jemand lügt, und weiß auch, wann jemand verletzt werden oder sterben wird.

Bei mir selbst funktioniert es selten oder nie. Aber bei anderen Menschen, selbst bei fremden, irre ich mich so gut wie nie. Die meisten Dinge sehe ich, wenn ich kurz vor dem Einschlafen bin oder kurz vor dem Aufwachen. Dies sind die zuverlässigsten Momente, aber manchmal tauchen solche Bilder auch auf, wenn ich beim Fischen bin oder am Rand eines Eislochs auf das Auftauchen eines Seehunds warte. Es passiert immer dann, wenn ich gerade an nichts anderes denke.

Es hat Augenblicke gegeben, in denen Asuluk mir krank und erschöpft erschien, und wenn ich ihn bat, offen und aufrichtig zu mir zu sein, hat er höchstens gegrunzt, als ginge mich das Ganze nichts an.

Seit jenem Tag hat Lily Angst vor den Hunden. Es ist zwar schon vor langer Zeit passiert, aber ich kann es ihr trotzdem nicht verdenken. Ich selbst habe mich keinem Pferd mehr genähert, nachdem Rosie mich einmal abwarf, auf dem Hintern landen ließ und zu allem Überfluß auch noch auskeilte. Der Hufabdruck war noch drei Wochen auf meinem Rücken zu sehen. Ich habe ihr nie vergeben, daß sie mich auch noch auslachte. Danach habe ich weder ihr noch anderen Pferden über den Weg getraut.

In dieser Hinsicht ist Lily wie ich. Sie ist viel zu schnell eingeschnappt und frißt alles in sich hinein wie ich. In Gesellschaft ihres Großvaters fühlt sie sich wohler als in meiner. Ich rede mir ein, daß es mir nichts ausmacht, aber diese Lüge verfängt nicht, denn ich rege mich immer auf, wenn ich sie beide losspazieren sehe. Ich werde eifersüchtig. Als hätte ich sie schon verloren.

Das war vermutlich auch das, was meine Mutter jeden Tag empfand, wenn sie mich quer über das Feld zu Billy Taylors magischen Flugzeugen gehen sah.

Seltsam, wie sich immer wieder der Kreis schließt. Lily kommt meist zu mir, wenn ich sie darum bitte, und sitzt dann bei mir auf dem Schoß, sieht mich aber nicht an. Ich weiß, daß ich mir eine Tochter gewünscht habe, und habe mir alle Mühe gegeben, mich mit ihr anzufreunden, aber es kommt mir vor, als würde sie immer möglichst weit weg von mir sein wollen. Ich frage mich, ob es sie stört, daß dieser verkrüppelte Mann ihr Vater ist, dieser Mann, der so anders ist als alle anderen, wie es das Pech nun mal gewollt hat. Ich frage mich oft, ob sie weiß, wie sehr ich sie liebe. Ist sie der einzige Mensch hier, der nicht akzeptieren kann, daß ich anders bin? Wie kommt es, daß sie sich neben mich setzt, zu mir hochsieht und mir den Kopf an die Schulter legt, wenn ich mir gerade eingeredet habe, daß sie mich ganz einfach nicht mag?

Außerdem äußert sie nie auch nur ein überflüssiges Wort. Sie ist Meg in vielen Dingen so ähnlich. Sie ist viel zu tiefgründig. Eine kleine Fremde, diese meine Tochter, deren Gesicht zu ihrem Namen paßt. Das wird sie allerdings nie erfahren. Hier ist es zu kalt für Lilien.

Wahrscheinlich kann ich mich nur zurücklehnen und zusehen, wie sie mit jedem Tag hübscher wird. Ich gebe ihr noch fünfzehn Jahre. Dann wird es nicht darauf ankommen, ob es hier ist oder auf der Main Street in Miami – irgendein Glückspilz wird sie sich schnappen, bevor sie weg ist.

Für den Unterricht ist sie noch nicht alt genug. Sie hat eine schnelle Auffassungsgabe und einen scharfen Verstand, so daß ich das Unvermeidliche nicht ewig aufschieben kann. Wenn ich meinen Sohn und die meisten anderen Kinder auf der Insel unterrichten konnte, kann ich auch meiner Tochter Unterricht geben – wenn sie mich läßt.

Seit Billy ausgezogen ist, Sitten und Gebräuche der Eskimos zu lernen, hat sie sich einen neuen Freund und Beschützer gesucht. Er, sie oder es ist unsichtbar, und ich werde dauernd beschuldigt, darauf zu stehen oder zu sitzen. Sie spricht stundenlang mit ihm; kuschelt sich in der winterlichen Dunkelheit unter den Fellen zusammen. Billy hat angefangen, sie deswegen zu ärgern, aber sie weiß sich zu wehren.

Der Herr sei aber jedem andern gnädig, der sie ärgert. Ich habe gesehen, wie Billy sich einmal mit einem doppelt so großen Jungen prügelte, um die Ehre seiner kleinen Schwester zu retten. Die beiden Jungen wurden von Asuluk getrennt, bevor Billy gewinnen konnte. Wenn etwas gesagt oder getan wurde, was Lily in Tränen ausbrechen ließ, vergaß er es nie, und er vergaß auch nie, welcher Junge dafür verantwortlich war. Ich glaube, sie werden jetzt bis zum Grab verfeindet sein. Früher waren sie unzertrennlich.

Es ist eine Schande, daß es ausgerechnet Sindbads jüngster Sohn ist, Eennali.

Ich weiß nicht, was für eine Art Vater ich bin. Zu weich, nehme ich an. Ich kann mich immer noch erinnern, wie es ist, ein Kind zu sein.

Ich sehe ihnen allen beim Spielen zu, wie sie fürs Erwachsensein üben. Ich beobachte meinen Sohn, wie er den künftigen großen Jäger mimt, und wie meine Tochter mit älteren Mädchen Eskimohaushalt spielt. Dann frage ich mich, weshalb man sie unter den hier gewohnten Umständen hätte sterben lassen, wenn ich nicht eingegriffen hätte.

Darauf erhalte ich nie eine Antwort, die mir gefällt.

Mein Sohn kann mit seinem Bogen und drei spitzen Pfeilen vier Vögel im Flug erwischen und wird schon bald mit den älteren Jungen auf die Jagd gehen, um noch mehr zu lernen. In ein paar Jahren wird er mit Sindbad und mir unterwegs sein. Lily verbringt sehr viel Zeit mit ihrem Großvater. Ich glaube, er bringt ihr etwas über Eskimomedizin bei, denn er holt sie immer ab, wenn er jemanden behandeln muß.

Eines nicht mehr fernen Tages werde ich mit ihr spazierengehen müssen; dann werden wir auf den Felsen sitzen, und ich werde in den Himmel zeigen und ihr von der Welt erzählen, aus der ich gekommen bin und die ich nie wiedersehen werde.

Sie hat schon akzeptiert, was ich ihr über ihre Großmutter und ihre Tante erzählt habe. Dann nimmt sie sich oft dieses rote Buch und starrt die letzte Seite an, berührt das Foto und sieht mich an.

»Oma Lily und Tante Meg«, singt sie weich und schenkt mir ein breites Grinsen, das ihre weißen Zähne blitzen läßt.

»Jap«, sagte ich.

Da grinst sie noch breiter und sagt: »Jap«, genau wie meine Schwester es früher immer tat.

Seit Asuluk zu dem Schluß kam, daß es gefahrlos sei, mir meinen Revolver wiederzugeben, habe ich ihn dreimal benutzt. Bis jetzt habe ich damit zwei Bären und ein Walroß erlegt. Bis ich hier ankam, konnte ich mich nie daran gewöhnen, ein Lebewesen zu töten. Dabei weiß ich, daß es manchmal darum geht, ob man tötet oder selbst stirbt, und weiß auch, daß es manchmal nötig ist. Manchmal ist es Notwehr. Ich war schon mit zwei gesunden Händen nicht gerade der beste Schütze der Welt, aber wenn ich jetzt einhändig schieße, ist es entweder Gottes Wille oder pures Glück – oder das Pech irgendeines Tieres, sich zur falschen Zeit am falschen Ort aufzuhalten.

Ich benutze den Revolver nur, wenn ich es wirklich muß – schließlich habe ich keinen unbegrenzten Vorrat an Kugeln und leihe auch keine davon aus.

Einer der Männer, die immer mehr nach Indianer als nach Eskimo aussahen – Zuks jüngerer Bruder –, ist vor kurzem von einem Eisbären getötet worden. Dabei wollte er nicht einmal versuchen, seinen Mut unter Beweis zu stellen.

Es passierte, kurz nachdem ein Wal erlegt worden war, und alle hatten vollauf zu tun, ich auch. Ich half mit, die Speckschicht abzuschälen. Es war ein kalter Herbstabend. Draußen brannten Öllampen, und niemand bemerkte, daß er nicht mehr da war, bis wir vom Eis her die Schreie hörten.

Vielleicht war es der Geruch des warmen Walbluts, der den Eisbären angelockt hatte. Wenn ich sagen würde, ein Eisbär sei bösartig und aggressiv, wäre das eine Untertreibung. Eisbären sind für mich, was Schlangen für Bobby waren. Bobby wäre in zwei Sekunden an einer Backsteinwand hochgeklettert, um sich vor einer Schlange in Sicherheit zu bringen. Und bei hungrigen Bären sieht man in den Augen nichts als diesen irren Haß.

Ich weiß nur, was ich an jenem Tag hörte und sah. Mit einem Tatzenhieb wurde der arme Kerl von der Kehle bis zur Hüfte aufgeschlitzt. Die Hälfte des Mannes war schon aufgefressen, als ich endlich hinkam und dem Bären vier Kugeln auf den Pelz brennen konnte.

Vier Kugeln waren nötig, ihn niederzustrecken. Ich empfand nichts als ein heißes, krankhaftes Mitleid für diesen armen Kerl, der immer so lustige Lieder über mich gesungen hatte, den einarmigen Jäger. Er mußte wohl im Nebel gepinkelt haben, als der Bär ihn sah und angriff.

Wo es einen Bären gab, mußte es noch mehr davon geben, so daß sich eine Zeitlang alle nur in Gruppen hinauswagten. Es kam vor, daß man draußen auf dem Eis war und an nichts weiter dachte als an Bären, Bären, Bären, und dann schlich sich von hinten irgendein Dummkopf an und ... üble Scherze.

Diese Menschen haben einen wirklichen Sinn für das Lächerliche, den ich manchmal nicht verstehe. Was ich für lustig halte, stößt hier auf steinerne Gesichter. Andererseits können sie sich bei anderen Dingen vor Vergnügen auf die Schenkel klatschen, aber ich nicht. Wenn meine Beine soviel wanderten wie meine Gedanken, hätte ich mich schon vor Jahren auf dem Eis verirrt und wäre auf ewig erstarrt.

Sie gaben mir das Fell des Eisbären, hauptsächlich, weil ich ihn getötet hatte. Daran brauchte man mich nicht zu erinnern, aber ich konnte nicht nein sagen. Ich hätte jemanden beleidigt, wenn ich es getan hätte, hätte die Tradition oder irgendeinen Geist beleidigt. Ein Teil des Fells hält meine Kinder nachts warm, ein anderer umrahmt das Gesicht meiner Frau. Sie trägt es so wie ein Filmstar einen Nerzmantel. Was den Rest angeht, möchte ich gar nicht wissen, wo er geblieben ist. Ich kann mich nicht erinnern, was ich damit getan habe – ich weiß nur, daß ich das Stück mit zwei Einschußlöchern erhielt.

Der zweite Bär wurde bei einer Jagd erledigt. Er wollte und wollte nicht sterben, und so tat ich, was man lachhafterweise »erlösen« nennt, als wäre das besonders human. Ich stand keine zwei Meter vor dem Tier und schoß ihm zwischen die Augen.

Ich weiß genau, was die zweiundzwanzig anderen Männer hier wollen oder gern hätten – meine Feuerwaffe. Ich weiß, daß Feuerwaffen das Leben hier erheblich leichter machen würden, aber das wäre bei Holz als Baustoff oder Brennmaterial auch so. Wenn diese Leute Farmer wären, wäre ich glücklicher. Dann könnte ich ihnen sehr viel beibringen, doch es sind Menschen des Meeres. Was Luft und Land angeht, kenne ich mich aus. Zum Seemann oder Fischer bin ich nicht geboren.

Vielleicht waren sie nicht immer Menschen der See; vielleicht sind ihre Vorfahren einmal vom Festland gekommen, wo es Obst gab, Honig, Samen, Wild und Vögel. Aber jetzt leben sie hier, auf einer felsigen, baumlosen Insel, von der Außenwelt so gut wie abgeschnitten und abhängig von Walfleisch, Lachs, Dorsch und Seehunden – und von ihren unzähligen Göttern, Geistern und ihrer Geistermagie. Ja, sie sind primitiv, aber sie sind auch Menschen, und Menschen haben, wie mir inzwischen bewußt ist, bestimmte Bedürfnisse – sie brauchen Nahrung, Kleidung, Unterkunft, Gesellschaft und etwas, woran sie glauben können. Ich bin als Fremder hergekommen, habe eine andere Hautfarbe, gehöre einer anderen Rasse an und stamme aus einer Welt, von der sie nicht glauben, daß es sie überhaupt gibt. Entweder würde ich überleben oder sterben. Wie auch immer, es lag ganz an mir, und sie ließen mich und meinen Gott entscheiden.

Und nun lebe ich also hier mit Eskimos irgendwo vor der Küste Alaskas, vielleicht auf den Aleuten, auf einem Stück Felsen, von dem die Welt nichts weiß, und wenn sie doch davon weiß, ist es ihr gleichgültig. Die Menschen hier sterben oder kommen durch Unfall um; Babys werden geboren, um die Todesfälle auszugleichen. Der Zyklus geht weiter, obwohl so unglaublich viel dagegenspricht.

Wenn ich die Insel verlassen könnte, würde ich es wahrscheinlich tun, aber dann würde ich diese siebenundvierzig Menschen gern mitnehmen. Ich würde ihnen gern diese andere, bessere Welt zeigen, diese leichtere Welt, in der ich früher einmal lebte.

Das Leben auf dieser Insel sollte nicht so hart und erbarmungslos sein, aber wenn ich die Macht hätte, sie von dem wegzubringen, was sie kennen, von dem, was sie sind, würde vermutlich ihre Zufriedenheit sterben. Ich glaube, sie würden sterben. Sie würden verlieren, wer sie sind, anders als ich, der ich nie gewußt habe, wer ich bin, bis ich mit meinem Flugzeug abstürzte und nicht den Tod, sondern dies fand.

Sollte meine Familie mich für tot halten, hoffe ich, daß sie mein Andenken in Frieden ruhen lassen, und hoffe, daß auch sie finden, was ich gefunden habe – Frieden.

Ich bezweifle aber, daß auch nur ein Tag vergeht, an dem sich meine Schwester nicht fragt, was wohl mit ihrem einzigen Bruder geschehen ist – und umgekehrt. Manchmal wünsche ich, Asuluk hätte mir ihr kleines rotes Buch nie gegeben. Manchmal wäre es leichter, einfach zu vergessen, daß ich je existiert habe. Zu anderen Zeiten wünsche ich mir, ich könnte so tun, als wäre ich ein Eskimo, als wäre ich hier geboren und aufgewachsen. Doch dann sehe ich dieses Foto von meiner Mutter und meiner Schwester, und dann ist es vorbei mit dem als ob.

Die Sonne hielt sich nicht sehr lange. Am südlichen Himmel türmten sich Wolken auf; der Wind heulte von Westen her. Was John wohl kurz für die Halbinsel von Alaska gehalten hatte, erwies sich als riesige, umfassende Sturmfront, die rasch in Richtung Kulowyl zog. Er bedeckte wieder den Kopf, band seine Jacke zu, zog seinen Handschuh an und wartete auf Sindbads Rückkehr. Einen Moment lang fürchtete er sich – fürchtete sich, noch einen Freund an das Wetter zu verlieren. Doch andererseits wußte John, daß auch Sindbad den Himmel im Auge behalten würde, denn sonnige Tage ließ die Seehunde auf den kleinen Felsvorsprung im Südosten klettern, wo sie sich um diese Jahreszeit paarten.

Nach einigen Augenblicken seufzte er erleichtert auf, denn in diesem Moment umrundete Sindbad in seinem zweisitzigen Kajak die Spitze von Kulowyl. Ein Seehundbulle war sein toter, schlaff daliegender Passagier.

Er sah John warten, pfiff ihm zu und zeigte mit seinem Paddel auf den näherkommenden Sturm. John reckte zur Antwort den Daumen in die Höhe und wartete ein paar Minuten, bis sein Freund anlegte. Dann gingen sie gemeinsam nach Hause und trugen den schweren Seehund zwischen sich.

16. Kapitel

Sindbad und ich reparierten eines Tages sein Kanu. Keiner von uns hatte viel zu sagen. Ich saß auf dem Hinterteil und zog mit aller Kraft an einer neuen wasserdichten Haut, die er mit aller Kraft befestigen wollte, wobei er meine alte Zange benutzte. Er hatte es satt, bei rauher See naß zu werden, denn die alte Haut war leck und durchlöchert, und so hatte er mich um Hilfe gebeten.

Es war einer dieser Tage, an denen alles schiefgeht. Murphy mag sein Gesetz erfunden haben, aber O'Leary wußte, daß Murphy ein Optimist war. Selbst ich hatte die Nase voll und wurde ungeduldig. Diese verdammte Haut wollte sich nicht weit genug strecken lassen.

In der Nähe waren Eennali und Billy dabei, sich zu Tode zu prügeln – zwei dreizehnjährige Jungen, die sich gegenseitig umzubringen versuchten, bis Eennali verletzt wurde und Billy voller Entsetzen sah, was er angerichtet hatte. Lily sah ebenfalls zu – sie war nicht dabei, ihrer Mutter beim Strecken der Häute zu helfen. Sie hatte nur Augen für Eennali. Ich wußte, daß sie am liebsten zu ihm gerannt und ihn geküßt hätte, damit er wieder auf die Beine kam.

Ich hatte das Gefühl, als würden Sindbad und ich eines Tages durch Heirat miteinander verwandt werden, wahrscheinlich sobald Lily eine Frau geworden war und ein paar Tage in der Hütte da draußen verbrachte, zusammen mit irgendeiner anderen Frau, die in dem Monat ebenfalls nicht mit einer Schwangerschaft gesegnet war.

Es konnte jetzt jederzeit passieren. Sie wurde schon richtig groß, wurde jeden Tag hübscher und bekam schon Brüste. Ja, jederzeit.

Nun, Sindbad hatte die Haut schon fast befestigt, als deren Ränder sich plötzlich losrissen. Das ganze Ding schwirrte zurück und traf Sindbad im Gesicht. Er landete auf dem Hinterteil und fluchte auf Eskimo, was eine Zeitlang jeden neugierig aus dem Haus trieb.

Ich fing an zu lachen. Da wollte er auch noch auf mich losgehen. Er hatte keinen Sinn für Humor. Ich mußte mich umdrehen, damit er mein Lächeln nicht sah. Nach einiger Zeit war alles wieder gut, doch sein Gesicht war von dem Aufprall knallrot geworden. Es mußte auch weh getan haben. Und wir mußten wieder von vorn anfangen.

Ich fragte ihn, wie er sein Auge verloren habe. Ich benutzte das falsche Wort für *verloren*, was ihn verwirrte, als hätte er sein Auge so verloren wie früher einmal seinen besten Wurfspeer. Also fragte ich, wie es passiert sei.

Zwischen seinen Flüchen und Grunzern und Ächzen erzählte er es mir auf Eskimo.

»Als ich klein war«, sagte er, »klein wie Eennali, brachte mir mein Onkel unsere Sitten und Gebräuche bei, denn mein Vater, der mit seiner Medizin beschäftigt war, konnte es nicht. Ich hatte nicht die Gabe des Sehens oder Heilens. Aus mir würde ein besserer Jäger werden. Mein Onkel brachte mir bei, wie man mit Pfeil und Bogen umgeht. Meine Bogensehne sprang zurück, und ich schoß und verfehlte das Ziel. Ein zweites Mal kam die Sehne mit solcher Wucht zurück, daß sie sich losriß und mich am Auge traf.«

Er sagte es so beiläufig, doch dann hielt er kurz inne

und zeigte mir, wo sein Auge gelandet war. Ich hätte mich um ein Haar übergeben. Wie es schien, war das Auge gespalten worden und hing über seinem Wangenknochen.

Er sagte, er habe keinen Augenblick geweint.

Jetzt ging mir auf, warum er die Sehne nie in Schulterhöhe zurückzog, sondern immer tief, quer über die Brust oder die Taille wie ein Pistolenschütze in einem Westernroman, der aus der Hüfte schießt.

Ich sagte ihm, daß ich mein Augenlicht nicht gern verlieren würde. Sindbad lachte nur und sagte, es sei besser, nur ein Auge zu haben als nur einen Arm.

Es war das erste Mal, daß ich ihn sarkastisch erlebte. Es ist komisch, aber er schien nie davon Notiz zu nehmen, daß ich ein Krüppel war. Wenn wir spazierengingen, hätte er manchmal warten oder das Tempo verlangsamen können, da ich nicht mithalten konnte, aber er wurde nie ärgerlich oder ungeduldig mit mir. Wahrscheinlich weil er wußte, daß ich mir Mühe gab.

Hier bei diesen Menschen ist der Versuch genauso wichtig wie die Tat.

Lily sah immer noch zu und arbeitete nicht. Ich saß wieder auf dem Hinterteil und zog mit einer Hand an der wasserabweisenden Haut, die sich einfach nicht die paar Zentimeter strecken lassen wollte, die noch fehlten, als ich Lily anschrie, sie solle wieder arbeiten und aufhören, Eennali schöne Augen zu machen. Wenn sie diesmal nicht gehorche, werde sie großen Ärger bekommen.

Sie reckte die Nase in die Luft und wandte mir den Rükken zu.

Verdammtes Mädchen, dachte ich. Die Töchter aller anderen tun, was man ihnen sagt. Meine Tochter nicht.

Bis dahin war keins meiner Kinder in ernste Schwierigkeiten geraten. Und das Kind, bei dem es schließlich passierte, war das, von dem ich es am wenigsten erwartet hätte – Billy.

Ich gab den Kindern immer noch Unterricht, jetzt mit Lilys Hilfe. Sie konnte die kleineren Kinder leichter ruhig halten als ich. Wir saßen an einem Herbstnachmittag mit beißendem Wind am Strand und hatten gerade eine Geschichtsstunde beendet. Ich entließ die Kleinen, damit sie spielen konnten. Die meisten Mädchen waren an jenem Tag bei uns und drei Jungen. Billy hatte ich den ganzen Tag nicht zu Gesicht bekommen. Ich war nicht sicher, wo er war, machte mir aber auch keine großen Sorgen. Ich hätte mir nur Sorgen gemacht, wenn es Sturm gäbe und er bis dahin nicht zurück war. Ich war einmal von einem Sturm überrascht worden, und dieses eine Mal hatte mir genügt.

Lily hörte etwas von Südosten her und machte mich darauf aufmerksam. Sie zeigte. Ich konnte nicht mehr so gut sehen wie früher. Etwa vierhundertfünfzig Meter entfernt sah ich zwei Menschen, die zu Fuß näher kamen. Sie waren gestrandet, winkten und riefen uns. Ich schickte Lily los, ihren Großvater zu holen. Als Asuluk herunterkam, waren die beiden auf weniger als fünfzig Meter herangekommen. Sie standen am anderen Ufer einer schmalen Meeresbucht mit schwerer See. Sie riefen uns zu, was passiert war. Sie schrien Namen, darunter auch den Ignashs.

Ich schloß die Augen, als ich weitere Einzelheiten erfuhr.

Asuluk sah zum Himmel, als er am Strand neben mir stand, und brüllte die Kinder an, sie sollten still sein, während er überlege – etwas zu lange.

Bis er hörte, daß jemand aufgespießt worden sei, aber noch lebe.

Ich dachte sofort an Billy. Ich sah das Wetter. Ich hörte auch, wie weit weg die Jungen waren.

Asuluk drehte sich zu mir um. Er wirkte müde, krank, alt. Seine Augen waren ausdruckslos. »Komm«, war alles, was er sagte.

Er hatte sein Bündel bei sich und etwas zu essen. Ich wartete neben den Felsen auf der Sommerseite, bereit, den Zwölfsitzer zu beladen, als er endlich erschien.

Er paddelte uns zu den zwei gestrandeten Jungen hinüber. Ich erkannte sie: Freunde meines Sohnes. Sie wanderten und paddelten zusammen in einer Gruppe von fünf Jungen, lernten gemeinsam, kämpften gemeinsam. Der älteste war sechzehn – sechzehn, aber ein Dummkopf.

Asuluk wollte genau wissen, was passiert war. Das wollte ich auch. Und als ich erfuhr, daß es nicht mein Sohn war, der verletzt war, atmete ich wieder auf. Aber Billy war mit seinen Freunden zurückgeblieben und hatte diese beiden geschickt, um Hilfe zu holen. Keiner der beiden Jungen wollte noch viel erzählen, bis Asuluk dem ihm am nächsten stehenden eine Ohrfeige versetzte, die diesen auf dem Hintern landen ließ. Das war nicht schwer gewesen; der Junge war erschöpft, sowohl körperlich wie seelisch, und von dem weisen Mann bestraft zu werden, war kein Lob. So erfuhren Asuluk und ich die ganze Geschichte.

Die Gruppe hatte sich davongemacht, um ihren gemeinsamen Mut zu beweisen. Die Expedition hatte in einer Katastrophe geendet. Eennali war von einem Speer durchbohrt worden, lebte aber noch. Das Kajak war gesunken. Die meisten Waffen der Jungen waren verloren, und es gab keinen Schlitten, mit dem man den Verletzten hätte zurückbringen können. Das Eis brach; so konnte der verletzte Junge nicht sehr weit getragen werden. Da hatten sie ein Schneehaus gebaut, in dem sie Schutz suchten.

Asuluk erfuhr, wo er suchen mußte, bestieg wieder das Umiak und ließ die beiden Jungen zurück, die jetzt über ihre nahe Zukunft nachdenken konnten, die nicht sehr strahlend aussah, sobald der weise Mann zurückkehrte. Sogar ich wußte das. Das letzte, was ich von ihnen sah, war, daß sie darauf warteten, daß jemand sie holte.

Wir paddelten nach Osten auf ein Gebiet zu, in das sich nur die erfahrensten Männer wagen würden. Ich behielt ständig den Himmel im Auge. Bis jetzt war er einigermaßen klar.

Asuluk war still und zornig. Es dauerte eine gute Stunde, bis wir die drei Jungen fanden. Asuluk sah das Schneehaus schon lange vor mir und steuerte das Umiak darauf zu. Wenigstens hatten die Jungen Verstand genug gehabt, das Schneehaus nicht am Rand des Treibeises zu bauen. Der Wind heulte und trieb Eisnadeln horizontal durch die Luft. Er war dabei so stark und wild, daß ich mehr als ein dutzendmal fast ins Wasser geweht worden wäre. Ich hielt die Augen fest auf Asuluk geheftet, als er mit gesenktem Kopf gegen den beißenden Wind ankämpfte und dabei nur ein Ziel im Auge hatte – zweien seiner Enkel wegen ihrer Dummheit in den Hintern zu treten.

Die drei Jungen, die in dem Schneehaus kauerten, standen Todesängste aus. Ich habe meinen Sohn noch nie so verängstigt gesehen. Er kauerte am Boden und hielt den Kopf seines Freundes.

Eennali hatte einen drei Meter langen Speer durch sein rechtes Bein bekommen, gleich über dem Knie. Er war mal bei Bewußtsein, mal nicht, aber meist still. Unter seinem Bein sah ich eine große Lache dicken Blutes; aus der Wunde stieg Dampf auf.

Billy sah mich nicht an, und mir war auch nicht danach zumute, ihn anzusehen. Wenn ich es täte, würde ich ihn wahrscheinlich halb nach Sibirien befördern. Himmel, diese Burschen, was zum Teufel hatten sie beweisen wollen?

Den anderen Jungen, Menak, kannte ich nur zu gut. Ich ignorierte den kleinen Scheißkerl.

Asuluk befahl mir, nach dem Wetter zu sehen. Ich ging hinaus und blickte zum Himmel, wobei ich die Hand schützend vor die Augen hielt, um das schrecklich gleißende Licht zu mildern. Es war hier sehr schwer, irgendeine Himmelsrichtung zu erkennen. Soweit ich sehen konnte, waren wir von Meer und Treibeis umgeben. Kulowyl konnte ich nicht sehen. Die Strömung hatte wie Rückenwind gewirkt und uns hergetrieben; beim Rückweg würde es Gegenwind sein, und wir würden doppelt so lange brauchen. Wenn wir fuhren, würden wir wahrscheinlich von einem Sturm erwischt werden und alle sterben. Wenn wir hierblieben, würden wir irgendwann wahrscheinlich auch sterben – es sei denn, die Jungen hatten etwas zu essen gefangen, doch ich hatte nichts gesehen. Ich ging wieder ins Haus. Wenn wir jetzt aufbrachen, würde es bei unserer Ankunft dunkel sein, und so schüttelte ich den Kopf. Wir mußten in dem Schneehaus übernachten, dem Haus aus Eisziegeln, in dem es zwanzig Grad wärmer war als draußen.

Menak wollte nicht bleiben. Asuluk vertraute meinem Urteil; dieser Junge tat es nicht. Ich erinnerte mich gut an ihn; er war einmal zu einer meiner Schulstunden gekommen – ein einziges Mal. Ein wahrer Anführer, dafür hielt er sich jedenfalls. Er sagte Asuluk, wir könnten fahren und Eennali hier lassen. Er werde ohnehin sterben.

Das war für mich Beweis genug, daß dieser Junge keinen Verstand hatte. Wenn Asuluk ihn nicht geschlagen hätte, hätte ich es getan. Er kam mir jedoch zuvor. Er bewegte sich so schnell, daß ich es um ein Haar gar nicht gesehen hätte. Er schlug Menak hart genug, um ihm den Kiefer zu brechen. Menak sackte zusammen und landete auf seinem Freund. Billy wuchtete ihn hinunter, und dort blieb Menak bewußtlos liegen.

Asuluk sagte nur ein Wort: »Kinder«.

Dann spie er aus und funkelte Billy zornig an.

In den Augen meines Sohnes bildeten sich Tränen. Ich war froh, sie zu sehen.

Asuluk befahl mir, sein Bündel zu holen, die Lampe zu suchen und anzuzünden, wozu man aber zwei gesunde Hände braucht. Hier schlägt man mit einem Feuerstein Funken. Billy zündete die Lampe für mich an. Bis jetzt hatte er kein einziges Wort gesprochen. Er war zu verängstigt, hatte Angst vor den Schwierigkeiten, in denen er sich befand, ängstigte sich um seinen Freund. Dann fragte er, ob er helfen könne, aber Asuluk tat, als wäre er gar nicht da. Das tat ihm mehr weh als alles andere. Tränen rollten ihm über die Wangen, und er setzte sich neben den Kopf seines Freundes.

Ich kannte diesen Jungen, den Freund meines Sohnes, den Verehrer meiner Tochter. Er lag still auf der Seite, frierend und mit klappernden Zähnen. Dann schwitzte er plötzlich, redete unzusammenhängend und erwähnte von Zeit zu Zeit Lilys Namen. Er hatte Angst, er würde sie nie wiedersehen. Mein Sohn sagte ihm immer wieder, er werde sie wiedersehen. Doch ich bezweifelte es. Er stand unter Schock. Ich dachte an eine Infektion. Eins wußte ich: Wenn Asuluk den Speer herauszog, würde der Junge wahrscheinlich verbluten, wenn die Arterie nicht vernäht wurde. Ich sah Asuluk und fragte, was er tun werde. Er schickte Billy hinaus, um etwas frischen Schnee zu holen, etwas »brennendes Eis«. Er gab dem Jungen etwas, auf das er beißen konnte, und sah mich an.

»Halt fest«, sagte er.

»Was?«

»Halt fest!«

Er legte meine Hand auf Eennalis Bein, hauptsächlich, damit sich der Speer nicht bewegte. Asuluk wählte sein schärfstes Messer aus und sägte damit den Speer durch. Dieser war aus Knochen gemacht, lang und windschlüpfig geformt und so dick wie ein Vierteldollar. Ich spürte, wie der Speer vibrierte. Ich versuchte ihn festzuhalten. Mir war dabei die ganze Zeit übel. Eennali ließ jedoch kaum einen Laut hören. Asuluk durchschnitt den Speer halb und befahl mir dann, ihn richtig festzuhalten. Dann brach er ihn ab und warf die dreieckige Spitze über die Schulter.

Ich wäre um ein Haar in Ohnmacht gefallen. Blut strömte jetzt aus der Wunde. »Asuluk?«

Er sah mich an.

»Zieh ihn dort nicht raus. Dort nicht. Er wird verbluten.«

Er nahm keine Notiz von mir. Wollte er den Speer jetzt durchs Bein stoßen? Oder ihn wieder abbrechen? Er wühlte in seinem Bündel, konnte aber nicht finden, wonach er suchte. Ich zog meine Zange und einen Blechschneider aus der Tasche. Er sah erst mich an, dann den Jungen. Eennali sah nicht gut aus. Er verlor jetzt sehr viel Blut. Asuluk nahm den Schneider und kniff den Speer zweieinhalb Zentimeter von den Hosen entfernt ab und zog diese herunter. Ich hielt den Verband aus Darm bereit. Dieser war stark, elastisch und wasserdicht, aber ich wußte, daß die Arterie verletzt war. Dieser Junge würde weiter bluten, und zwar nach innen ins Bein. Asuluk würde das Bein aufschneiden müssen, um die Arterie zu finden und sie zu vernähen. Er wußte es auch.

Und Eennali lag nur da und gab keinen Laut von sich.

Der Schnee und ein paar Eisbrocken lagen bereit. Asuluk wies Billy an, Eennalis Kopf festzuhalten.

Ich konnte nicht zusehen. Ich hörte, wie der Speer durchs Bein glitt, und sah wieder hin. Asuluk packte dem Jungen Schnee und Eis auf den Schenkel und legte dann den Verband an, doch es funktionierte nicht. Eennali verdrehte die Augen. Er übergab sich und spürte sonst nichts. Einen schauerlichen Moment lang glaubte ich, er wäre tot.

Asuluk wälzte ihn herum, so daß er mit dem Kopf nach unten lag, und schnitt das Bein auf. Die Arterie pumpte kräftig. Auch Asuluk lag auf dem Bauch und nähte sie zu, bis der Blutstrom nachließ. Dann bat er mich, den Muskel zusammenzuhalten, während er ihn vernähte. Es kam immer noch Blut, aber nicht mehr viel. Asuluk behielt die Wunde lange Zeit im Auge, bevor er sie berührte. Ich hörte einen langen Seufzer. Dann lehnte Asuluk sich zurück und stimmte seinen Singsang an, während er das dicke, sich abkühlende Blut vom Verband abwischte und Eennalis ganzes Bein damit umwickelte.

Das entblößte Hinterteil wurde wieder mit den Jagdhosen bedeckt, und Asuluk zog seinen Mantel aus, das Bärenfell. Er deckte Eennali damit zu. Dann sah er mich an. Ich versuchte zu lächeln. Er übersah es, wandte sich an Billy, der noch immer den Kopf seines Freundes hielt.

Billy wußte, daß er sich so tief hineingeritten hatte, daß er vermutlich nie mehr das Tageslicht sehen würde. Ich persönlich war der Meinung, daß er für den Rest seines Lebens den Regeln gehorchen würde, nachdem er dies mitangesehen hatte.

Asuluk sprach kein Wort. Ich glaube, das war eine schlimme Strafe.

Neben Eennali lag Menak immer noch im Land der Träume und verpaßte den ganzen Spaß.

Asuluk begann mit seinem Singsang und benutzte dabei wieder seine magischen Steine. Dieses Bärenfell und diese Steine hatten etwas an sich, was dem Zauber half. Ich stimmte in den Singsang ein und dann auch Billy. Ich legte Eennali die Hand an den Hals. Der Singsang erfolgte im Takt mit einem Herzschlag, und ich konnte spüren, wie das Herz stärker schlug. Vielleicht war es Einbildung, aber der Herzschlag wurde nach und nach stetiger und stärker.

Asuluk wußte, was ich dachte. Er lächelte mir zu und konzentrierte sich dann wieder auf seine Arbeit – auf den Zauber, den Teil seines Werks, dem er die größte Wirkung zutraute.

Dieser alte Mann hatte soeben das Leben seines Enkels gerettet und dabei mit keiner Wimper gezuckt. Ich hatte keinerlei Anzeichen von Furcht oder Ungeduld und keinerlei Zweifel an ihm bemerkt.

Bei mir war das anders.

Irgendwann wachte Menak auf und blieb sehr still, als er sich in eine Ecke kauerte und den Kopf fest in die Hände stützte.

Draußen war es dunkel geworden. Ich hatte es gar nicht bemerkt.

Zu dieser Jahreszeit dauerte die Dunkelheit achtzehn Stunden am Tag; kurz vor Tagesanbruch brachen wir auf. Eennali streckte sich auf dem Boden des Umiak aus. Er war schwach und fieberte, aber er war noch am Leben. Asuluk ließ uns von Menak und Billy zurückrudern und starrte die Jungen zwei lange Stunden bitterböse an.

Um keinen Preis der Welt hätte ich in der Haut dieser zwei Jungen stecken mögen, auch nicht in der Eennalis, wenn es ihm besserging, oder der beiden anderen, die vierundzwanzig lange Stunden auf das Unvermeidliche gewartet hatten – den Zorn des weisen Mannes.

Eennali blieb am Leben, hatte aber natürlich ein besonderes Mädchen, das ihn ständig umsorgte. Lange Zeit dürfte er sich gewünscht haben, lieber tot zu sein. Nach der qualvollen Entfernung des Speers blieb wie bei mir ein Humpeln zurück, und die Strafe für alle war die Hundehütte, natürlich zu jeweils verschiedenen Zeiten. Solange einer verbannt war, mußten die anderen Frauenarbeit verrichten.

Es war den fünf verwehrt, eine volle Saison lang an jeder Art von Jagd teilzunehmen, bis aus dem Sommer wieder ein Sommer geworden war.

Am Ende ihrer Strafzeit waren sie alle Männer und keine Jungen mehr, die nur Spiele spielten.

Billy erwähnte es nie mehr, vergaß aber die Erfahrung auch nie. Ich sah ihm die Erinnerung daran an den Augen an, wann immer er mit seinem besten Freund zusammen war. Sie hatten ihre Lektion auf schmerzliche Art und Weise gelernt, aber immerhin hatten sie gelernt.

Ich brauchte ein paar Tage und Billy fast ein Jahr, um Kioki davon zu überzeugen, daß sich etwas Ähnliches nie wieder ereignen würde. Das Schlimmste, was einer Frau hier passieren kann, ist, einen Sohn zu verlieren.

Die Prüfung gab Lily allerdings auch die Möglichkeit, etwas von der Geistermedizin zu praktizieren, die ihr Großvater ihr in jahrelanger Arbeit beigebracht hatte. Sie war elf, bevor sie mir glaubte. Die Zeiten, in denen wir zusammen und allein waren und in denen ich es für richtig hielt, ihr zu sagen, wer ihr Daddy wirklich sei, ergaben sich nicht so oft, wie ich es mir gewünscht hätte. Und wenn ich sie allein erwischte, wußte ich, daß sie immer am liebsten woanders gewesen wäre.

Ich habe kein einziges Mal aus der Eskimosprache ins Englische übersetzt. Ich habe meine 1923er Jenny kein einziges Mal als Vogel beschrieben, der vom Himmel gefallen sei. Ich sprach nie in Symbolen, benutzte auch nie schöne Worte oder Phrasen. Ich sagte ihr nur die Wahrheiten, wie ich sie sah, und ihnen fehlte der hübsche Stil ihres Großvaters. Ich langweilte sie damit zu Tode. Sie erzählte mir, welcher beunruhigte Geist die weiße Decke erschaffe, während ich das nur den guten alten Nebel nannte. Sie kannte Zahlen, doch sie hatten keine Bedeutung für sie. Eine 1923er Jenny hatte keine Bedeutung. Und das Jahr, in dem ich hier abstürzte, sagte ihr auch nichts. Das Jahr vierzehnhundertzweiundneunzig und Christoph Kolumbus und Segelschiffe hatten in ihrer Welt keinen Platz. Ihre Geister bedeuteten ihr mehr als der Gott ihres Vaters. Ihr Kopf schien so verschlossen wie eine zugeschnappte Kaninchenfalle, bis sie elf war und ihr Großvater ihr von mir erzählte. Erst dann wollte sie zuhören, glauben, sich etwas vorstellen.

Einmal fragte sie mich, wie die Geister Großmutter Lily und Tante Meg auf dieses platte, abblätternde Foto gebracht hätten. Ich hatte keinen Spiegel, um ihr ihr Spiegelbild zu zeigen, und außerdem fehlten mir die Worte, um Abbilder und Fotografie zu erklären. Sie war nicht wie ihr Bruder, der immer wieder die Frage nach dem Warum stellte, der wissen wollte, wie Dinge funktionieren. Er ist jetzt fast ein Mann und fragt seinen Vater immer noch, warum. Auch wenn er auf eine andere Art fragt.

Manchmal möchte ich so tun, als wäre Lily kein Teil von mir. Wir haben nichts gemeinsam. Vorbei jetzt die seltenen Gelegenheiten, bei denen sie freiwillig mit mir zusammensaß. Sie verbringt ihre Zeit damit, Asuluk zu helfen und ihre Rolle im Leben hier zu spielen, einem Leben, zu dem ich nicht gehöre. Ich fühle mich, als wäre ich nichts für sie, als wäre ich es nie gewesen, als würde ich es nie sein. Vielleicht hätte ich sie Meg nennen sollen und nicht Lily.

Vielleicht habe ich es zu sehr versucht. Vielleicht hatte

ich gedacht, daß auch sie begierig sein würde, etwas über das Leben, Orte und Sitten zu erfahren und zu lernen, die weit weg von allem sind, was hier geschieht, da auch Billy es gewesen war.

Es bricht mir das Herz, daß ich mich geirrt habe. Es bricht mir das Herz, daß sie es für richtig gehalten hat, zu glauben, daß ich genauso bin wie alle anderen hier.

Das heißt, bis zu diesem Zusammensein vor nicht allzulanger Zeit.

Dafür habe ich Asuluk zu danken. Wieder einmal. Ihm müssen die Geschichten ausgegangen sein, und so ist er wohl zu dem Schluß gekommen, daß es an der Zeit sei, von mir zu erzählen und für diejenigen, die bei meiner Ankunft schon hier waren, die Erinnerungen aufzufrischen, und für die, die damals noch nicht geboren waren, ein Verständnis für mich zu wecken.

Siebzehn Jahre sind es jetzt. Der längste Winter meines Lebens.

Es ist ein seltsames Gefühl, einen anderen die eigene Geschichte erzählen zu hören, wenn man selbst im Publikum sitzt. Und nicht einmal spürte ich das Bedürfnis, etwas zu ergänzen oder zu korrigieren, was mein alter Freund sagte. Als ich dort saß und still seiner magischen Stimme lauschte, ging mir auf, daß er jedes Wort gehört hatte, das ich ihm je gesagt hatte, und daß er im Geiste einige Bilder gesehen hatte, als ich sprach, so wie seine Worte in meinem Kopf Bilder entstehen ließen. Jedoch verstand er sich weit besser darauf, seine Kopfbilder zu beschreiben. Die langweiligste Geschichte auf Erden hätte nur er interessant machen können.

An einer Reihe von Abenden erzählte Asuluk allen von der neuen, anderen Welt, Floreedas Welt, einer Welt, die eines Tages vielleicht auch ihre Welt werden könnte.

Und als ich seinen Worten lauschte, kehrte alles wieder zurück, frisch, neu, schmerzlicher als je zuvor, weil ich mich in all diesen Jahren damit getäuscht habe, ich könnte sein, wer ich bin, ohne anzuerkennen, woher ich komme.

Andere kann ich nicht belügen, nur mich selbst.

Erst als meine Tochter ihren Großvater die Geschichte des Fremden erzählen hörte, der vom Himmel gefallen war, glaubte sie, daß es um mich ging. Ich hätte mich freuen sollen – lieber spät als gar nicht, aber ich fühlte mich betrogen, verletzt. Nach diesen Abenden voller Geschichten kam sie herüber und setzte sich zu mir, nahm das Modell in die Hand, das ich vor so vielen Jahren für Billy gemacht hatte, und fragte auf englisch, was es fliegen ließ.

Sie tat, als verstünde sie, als ich ihr von dem erzählte, was mir von Aerodynamik noch im Gedächtnis geblieben war. Oder sie fragte: »Was ist ein Baum?« Und dann tat sie, als verstünde sie, wenn ich einen beschrieb. »Was ist Baumwolle?« Was ist dies, was ist das? Doch nicht einmal spürte sie das Bedürfnis, nach dem Warum zu fragen. Sie stellte mir überhaupt kaum je Fragen nach meinem Leben; es ging immer nur um ihre Großmutter, vor allem, wenn sie das Foto studierte.

Sie sah mir in die Augen, strich mir übers Gesicht und sagte in Eskimo: »Ich habe eine Großmutter, deine Mutter?«

»Ja, und du trägst ihren Namen. Lily.«

Wenn sie doch nur eine Lilie sehen könnte. Dann würde sie wissen, wieviel sie mir bedeutet.

Für Englisch interessierte sie sich erst, nachdem Asuluk seine Geschichten erzählt hatte. Was immer von ihm kam, wurde geglaubt. Das war real. Wenn ich es erzählte, war es Phantasie. Jetzt hat sie beschlossen, daß sie wie ihr Bruder lesen möchte, und da er nie zu Hause ist, wendet sie sich an mich. Sie sitzt mir gegenüber und starrt mich die ganze Zeit an. Von Zeit zu Zeit läßt ihre Konzentration ein wenig nach, und dann lächelt sie, aber immer nur dann, wenn sie unaufmerksam gewesen ist und ich sie dabei erwischt habe.

Ich sage mir immer wieder, daß es keine Rolle spielt. Sie ist jetzt wenigstens aus eigenem Antrieb zu mir gekommen. Spielt es eine Rolle, daß sie schon fast eine Frau ist und es für sie vielleicht schon zu spät sein könnte, wirklich zu verstehen oder etwas davon zu haben?

Warum hat sie mir früher nicht geglaubt? Warum mußte sie es von ihrem Großvater hören, bevor sie die Wahrheit erkannte?

Sie hat mir das Wenige gebrochen, das von meinem Herzen noch übrig ist.

Sie ist hübsch, so lebendig.

Sie weiß schon, wen sie heiraten wird – Sindbads jüngsten Sohn, Eennali.

Einundvierzig Jahre meines Lebens sind so schnell vorbeigehuscht wie ein Niesen.

Einundvierzig Jahre, und was habe ich vorzuweisen?

Wo ist mein Traum geblieben? Was ist damit geschehen? Wartet er im Fundbüro des Rummelplatzes von Abbeville County in einer Schachtel? Hat mich einer der Menschen, die ich je kannte, vermißt? Fragen sie sich, warum ich nie angerufen, nie geschrieben habe und nie zurückgekehrt bin?

Die Ewigkeit ist eine sehr lange Zeit. Vielleicht liegt mein Traum ein wenig südöstlich der Ewigkeit. Oder er ist jetzt ein Spinnengewebe, kein frischgesponnenes, das vor Tau glitzert, sondern alt und durchhängend und grau von

Staub. Staub von zerbrochenen Träumen. Verloren im Niemandsland auf der anderen Seite der Ewigkeit.

Einundvierzig Jahre.

Wenn ich 1926 abgestürzt bin, haben wir jetzt das Jahr 1943.

Ich möchte nur wissen, wo zum Teufel alles geblieben ist.

Ich habe hier fast soviel Zeit zugebracht wie in Abbeville, South Carolina. Meine ersten elf Lebensjahre wurden in einem Traumland verbracht, das mit Realität durchsetzt war, und wenn man ein Kind ist, vergeht die Zeit sehr schnell. Ich haßte es, mit Schuhen in die Schule zu gehen. Ich haßte es, zur Schule gehen zu müssen, bis Billy Taylor mir sagte, daß ich ohne Bildung nichts werden würde. Er war der einzige Mensch, der mich je für halbwegs aufgeweckt hielt. Der Himmel weiß, daß Billy Taylor als Lügner dastand, wenn ich meiner Mutter meine Zeugnisse zeigen mußte. Was macht es schon, wenn Paris nicht die Hauptstadt von Spanien ist? Hätte die richtige Antwort mir dabei geholfen, meine Fluglizenz zu bekommen? Ich bin fast vier Jahre ohne geflogen und flog bei Gott weit besser als dieser beschränkte Scheißkerl aus Virginia, der mich prüfte.

Papier bedeutete mir ohnehin nichts. Zertifikate und gerahmte Diplome an einer Wand bedeuten mir immer noch nichts. Was hat Meg denn das viele Studieren genützt? Je mehr sie lernte, um so weniger konnte sie erfahren, und am Ende war sie nur einsam und verbittert und desillusioniert.

Sie akzeptierte Mitleid auch viel bereitwilliger als ich.

Ich frage mich manchmal, was aus mir geworden wäre, wenn Billy Taylor seine Flugschule nicht fünfhundert Meter von unserem Haus entfernt eröffnet hätte. Wo wäre ich am Ende gelandet? Ich war nie ein guter Schüler gewesen, und außerdem hatte ich mir geschworen, niemals, niemals Baumwolle zu pflücken oder anzubauen. Wahrscheinlich hätte ich irgendwo in einer Fabrik oder einem Sägewerk gearbeitet.

Himmel, das hätte mich schneller umgebracht, als diese Insel es je könnte.

Siebzehn Jahre bin ich nun schon hier. Bei manchen Tagen habe ich das Gefühl, als wären sie fünfzig Jahre lang, und manche scheinen nach fünf Minuten zu enden. An manchen Tagen wache ich desorientiert auf, weiß nicht, wo ich bin, bin den Tränen nahe und erwarte, daß meine Mutter hereinkommt und in der Dunkelheit die Lampe hochhält.

»Alles in Ordnung, mein Sohn?«

Manchmal kann ich sie riechen – Spanischer Flieder. Der Duft kommt und verschwindet genauso schnell – als wäre sie auf mich zugegangen, um mich zu berühren und dann wieder wegzugehen. Ich sehe nichts, weiß aber, daß sie es ist. Dann ist es verschwunden, und ich bin wieder allein mit dem Anblick der Wände dieses Sommerhauses, dem Geruch von Trockenfisch, den Lachsstücken, dem Walspeck. Da stehe ich nun mit meinen einundvierzig Jahren und warte auf meine Mama. Als könnte sie mit ihrem Zauberstab winken, um mich in der Bertuse Street in Miami aufwachen zu lassen.

Sollte ich in der Bertuse Street in Miami aufwachen, würde es ein heißer Tag sein und ein freier dazu. Das weiß ich. Bobby und ich würden das neueste private Hotel ausprobieren, in dem die reichen Touristen absteigen. Diese Häuser tragen immer alberne Namen wie Seaview oder Paradise End.

Bob mochte die reichen Mädchen – vor allem die aus

New York oder Chicago, die verwöhnten Lieblinge ihrer Väter. Denen vermittelte er gern einen Eindruck von der anderen Seite des Lebens – unserer Seite.

An diesem Tag werden wir also am Privatstrand des Hotels herumsitzen, bis es der Direktion aufgeht, daß wir nicht die sind, die wir zu sein vorgeben. Dann werden sie uns auffordern zu verschwinden – höflich natürlich. Es würde nicht so zugehen wie in den Tanzlokalen der schlechteren Wohnviertel. Bob flog einmal durch ein Fenster auf die Straße und lag dann blutend und lachend auf dem Pflaster. Damit hatte er nur noch eine weitere Narbe in dem Gesicht, das Mädchen anzog wie Motten das Licht. Als Bobby starb, habe ich ihn deswegen verflucht. Ich habe mich verflucht, weil ich zugelassen hatte, daß er seinen Kopf durchsetzte. Wenn ich doch nur gesagt hätte: Nein, wir können nicht nach Atlanta fliegen, wäre er vielleicht noch am Leben.

Und wenn er am Leben geblieben wäre, hätten wir diesen Flug gemeinsam gemacht, diese Reise quer durch Amerika, von Florida nach Alaska und dann über Maine wieder nach Florida. Wir wären inzwischen wieder zu Hause, hätten den Empfang von Helden bekommen, vielleicht sogar eine Konfettiparade. Unsere Bilder wären wieder in der Zeitung gewesen. Dann wäre alles noch besser gelaufen. Die Publicity wäre gut fürs Geschäft gewesen. Die Firma Sullivan und Shaw wäre gewachsen. Inzwischen würden wir wahrscheinlich zwei, drei oder vielleicht vier Piloten beschäftigen. Bob und ich wären nur noch geflogen, wenn uns danach zumute gewesen wäre, aber nicht, weil wir mußten. Ich würde mit Sally als Frau in einem hübschen Haus leben und ein paar Kinder haben, die ich nicht sehr oft sehen oder sonderlich gut kennen würde. Ich würde in dem neuesten Automodell herumfahren, teure Kleidung tragen und kubanische Zigarren rauchen. Ich würde mit der Familie zweimal im Jahr in Kalifornien Urlaub machen.

Hätte vielleicht sogar eine eigene Flugschule gehabt.

Was Bobby betrifft, wer weiß. Vielleicht hätte er schließlich Bess geheiratet. Wenn er es getan hätte, wäre dieser ewig verängstigte Ausdruck vielleicht aus ihren Augen verschwunden.

Folglich verfluche ich ihn, weil er gestorben ist. Ich verfluche ihn, weil er nicht bei mir war, als ich hier abstürzte.

Dann sehe ich Bilder vor Augen. Ich bin mit Asuluk wieder auf dem Eis. Ich sehe, was von der Jenny übriggeblieben ist. Und wer immer da auf dem Vordersitz gesessen hätte, wäre jetzt Brei.

Ich wünschte, ich wäre mehr wie Bobby gewesen. Dann hätte ich wenigstens etwas vom Leben erlebt, bevor mich diese Gefängnisstrafe traf.

Angeklagter, bitte erheben Sie sich. John Robert Shaw, der Gerichtshof des Lebens hat Sie zu neunundneunzig Jahren in einem Eisland verurteilt, das die Zeit vergessen hat.

Einundvierzig. Eine Frau, zwei Kinder. Ich arbeite, zahle aber keine Steuern. Ich lerne jeden Tag. Ich unterrichte vielleicht, bin aber auch Schüler. Inzwischen hätte ich mich an die Kälte gewöhnen müssen, habe es aber nicht.

Ich kann die Dinge nicht mehr so nehmen wie früher. Als ich mich beim letzten Mal zu lange auf dem Eis aufhielt, als der Nordostwind über die eisigen Weiten heulte, wurde ich so krank, daß ich wieder fast um ein Haar gestorben wäre. Lungenentzündung, nehme ich an. Ich hatte das Gefühl, als stieße mir jemand bei jedem Atemzug rotglühende Schürhaken in die Brust.

Asuluk läßt mich nicht hinaus, wenn es windig ist. Neuerdings muß ich also mit den Frauen und Kindern zu Hause bleiben. Damit bin ich wieder dort gelandet, wo ich mal angefangen habe.

Billy geht an meiner Stelle hinaus.

Ich kann nicht mehr mit ihnen Schritt halten. Ich komme mir vor wie überflüssiges Gepäck. Ich habe das Gefühl, als wüßten sie nicht, wohin mit mir. Wenn ich eine Maschine flöge, würde ich einfach sagen, nein. Tut mir leid, wir sind schon überladen. Lassen Sie das Zeug lieber da.

Ich kann mit Pfeil und Bogen schießen, wenn ich sitze und den Fuß und die rechte Hand benutze, bin aber noch immer nicht so schnell wie Billy. Er kann sechs Pfeile abschießen, bevor ich zwei auf den Weg bringe.

Jetzt hat mich schon lange niemand mehr gebeten, zur Jagd mitzukommen. Wenn mir danach zumute ist, helfe ich den Frauen und Kindern beim Häuten, Aufhängen und Trocknen. Ich kann eine gute Harpunenspitze mit drei Haken herstellen und eine Pfeilspitze so fein schärfen, daß ich mich damit fast rasieren könnte, wenn ich wollte. Der Bart hält mir jedoch das Gesicht warm.

Ich habe Lily aus Walroß-Elfenbein eine Halskette gemacht – ein Herz an einem perlenbesetzten Stück Sehne – und ihren Namen darauf eingeritzt. Sie sah mir bei der Arbeit zu, sagte aber nie ein Wort. Als ich sie ihr schenkte und ihr umhängte, sah sie sie an, dann mich, dankte mir leise und ging weg. Das ist schon die äußerste Grenze ihrer Zuneigung.

Ich nehme an, die Kette gefällt ihr, denn sie hat sie noch nicht abgenommen.

Sie ist immer noch still und spricht nie viel, aber ich weiß, daß sie sich Sorgen machte, als ich das letzte Mal krank war und kaum atmen konnte. Ich kann mich kaum noch daran erinnern, wie sie bei mir saß und meine Hand hielt, wenn sie mir nicht gerade diese stinkende schwarze Salbe einrieb, mich in den Schlaf sang oder mit ihrem Singsang wieder weckte.

Solange ich krank war, wich sie mir nicht von der Seite. Aber sobald es mir etwas besser ging ...

Sie verbringt neuerdings zuviel Zeit mit Eennalis Mutter. Zuviel Zeit. Möchte gern wissen, wann sie zu ihnen zieht. Verbieten kann ich es auch nicht. So ist das Leben hier. Wenn sie uns wegen Sindbads Sohn verläßt, wird es ihre Entscheidung sein.

Andere Jungen sehen sie an und spreizen ihre Federn, aber sie würdigt sie keines Blickes. Sie hat sich in den besten Freund ihres Bruders verliebt. Ich hätte sie Meg nennen sollen.

Manchmal ertappe ich sie jedoch dabei, wenn sie allein sitzt, daß sie ins Leere starrt und nachdenkt. Wenn ich mich zu ihr setzte, würde ich sonst etwas darum geben, zu wissen, was in ihr vorgeht. Fragt sie sich jetzt vielleicht, ob am Leben vielleicht nicht doch mehr dran ist als dieses kalte, öde, endlose tägliche Einerlei? Ist es etwa dieser »Ich weiß es besser«-Blick, den ich jetzt ab und zu in ihren Augen aufflackern sehe und der den Shaws so sehr im Blut liegt? Oder bilde ich mir das nur ein?

Dann sieht sie mich an und lächelt, als beantwortete sie meine unausgesprochene Frage. Dann hält sie meine Hand und erzählt mir ohne Worte, daß sie mich immer lieben werde. Dann fragt sie mich, warum ich mir wegen nichts solche Sorgen mache.

Meine Schwester hat einen Neffen und eine Nichte, von denen sie nichts weiß. Wie viele habe ich, von denen ich nichts weiß? Was würde ich tun, wenn Meg jetzt hier auftauchte? Was würde ich sagen? Ich könnte ihr nicht mal eine Tasse Tee anbieten. Vielleicht eine Schüssel mit Seehundblut? Wie sieht sie heute aus? Sie muß jetzt neununddreißig sein, ist wahrscheinlich verheiratet, lebt immer noch in Abbeville, obwohl sie nichts weiter wollte, als in Chicago als Anwältin zu arbeiten. Sie wird kochen und putzen und saubermachen und nähen und heiße Schokolade und Kekse bereitliegen haben, wenn die Kinder aus der Schule kommen. Ihre Zukunft wurde wegen eines Kinderlähmungsvirus ruiniert, meine wegen eines Flugzeugunglücks. Wir beide werden uns nie wieder begegnen. Aber wo noch Leben ist, besteht Hoffnung, sagt man. Ich kann es mir allerdings nicht mehr vorstellen – daß ich nach Hause komme. Daß ich auf dem Kiesweg zum Haus humpele, diese Treppe hinaufgehe und an die eigene Haustür klopfe. Höre, wie das Knarren des Stuhls im Flur zu hören ist, und sehe, wie sich der Türknopf dreht. Und daß ich dann das Gesicht meiner Schwester sehe. Ich kann sie mir nicht älter als zweiundzwanzig vorstellen.

Ihre schönen Worte kann ich auch nicht mehr lesen. Ich habe mich wirklich sehr bemüht, sie zu verstehen. Zum Teufel mit ihr, zum Teufel mit Walt Whitman, Matthäus, Markus, Lukas und ihnen allen. Mein Gehirn denkt nicht so. Alles, was ich je gewußt habe, ist das, was ich gefühlt, gesehen, gehört, berührt und geschmeckt habe. Wahrscheinlich habe ich sie immer um dieses Wissen beneidet, welche verborgene Bedeutung es hat, wenn ein Ast sich im Wind bewegt.

Ich habe immer nur darauf gewartet, daß er abbricht und auf meinem Kopf landet.

Ein Stapel gelben, wasserfleckigen, zerrissenen Papiers ist alles, was ich für siebzehn Jahre Leben hier oben vorzuweisen habe. Und dieses Leben verrinnt schnell.

Ich hatte letzte Nacht einen Traum. Er quälte mich so sehr,

daß ich zu Asuluk ging und ihm davon erzählte. Er hörte zu, bis ich fertig war. Er sah mich aber nicht an, als wäre ich verrückt. Er studierte seine Fingernägel, kratzte sich am Kopf, zog ein Gesicht und sah mir in die Augen.

»Du sagst, wir wurden gehen? Dies alles verlassen, unser Zuhause?«

»Das habe ich gesehen.«

»Nein. Dieses. Unseres. Deins.«

»Asuluk, ich weiß, daß du das auch hast geschehen sehen.«

»Dunkler Wind«, sagte er leise mit Furcht in den Augen.

»Nein. Nein, es ist nicht der Dunkle Wind, der hier Spiele spielt.«

»Nein.« Er drehte sich zu mir um und fragte: »Vogelboot?«

»Ja. Vogelboot.«

Genau das, was ich in meinem Traum gesehen hatte – ein riesiges Flugboot, das in der Sommerbucht auf den Wellen trieb.

»Mein Traum sagen, du gehen, wir bleiben. Du gehen nach Hause. Nach Carolsville. Zu Lily. Meg. Die Vögel am Himmel ...« Er hatte Tränen in den Augen. »Du sehen Feuerstöcke? Dicke Kanus? Viele Männer?« fragte er.

Ich erzählte ihm, daß ich nur ein riesiges Vogelboot gesehen hätte, eine Art von Wasserflugzeug mit vier Motoren, das in der Bucht treibe. Als ich es sah, hatte ich jedoch sofort gewußt, daß das für mich die Fahrkarte zur Abreise war. Ich wollte, daß diese Menschen mitkamen.

»Dies unser Zuhause.« Er wurde zornig, unnachgiebig.

Dann hörten wir es beide aus der Ferne – in weiter, weiter Ferne, wahrscheinlich aus Nordnordost. Die Sturmwolken hingen so tief, daß man kaum etwas sehen konnte, aber ich blickte trotzdem zum Himmel und kniff die Augen fest zusammen.

Das Geräusch, ein leises, aber dröhnendes Summen, schien im Umkreis von Meilen alles Leben zum Schweigen zu bringen.

Und schon nach kurzer Zeit schlossen sich dreiundfünfzig andere Asuluk und mir an. Alle waren aus den Häusern gekommen und fragten sich, was los sei. Die meisten blickten mich fragend an. Sie wollten Antworten, die ich ihnen aber nicht geben wollte.

Ich spürte die verängstigte Berührung meiner Frau, sah den verwirrten und fragenden Ausdruck in den Augen meines Sohnes.

Dann wußte ich, weshalb Asuluk sich solche Mühe gegeben hatte, diesen Menschen von der Welt zu erzählen, aus der ich gekommen war, nämlich weil schon bald ein so großes Flugzeug gesichtet werden würde.

Als ich meine Frau eng an mich preßte, fragte ich mich, was er sonst noch wußte.

Ich konnte nicht glauben, was ich hörte.

17. Kapitel

Dieses ferne Summen blieb weit weg, bevor es verschwand. Vier Tage vergingen. Kein Flugzeug kam in die Nähe von Kulowyl, und mit jedem Tag, der ereignislos zu Ende ging, überzeugte sich John mehr, daß er und Asuluk sich geirrt hatten, daß es für ihn nur ein aus Wunschdenken geborener Traum gewesen war, nicht mehr, nicht weniger.

Bis zum fünften Tag.

Geister hatten die Seehundblasen als Opfergaben akzeptiert und das Dorf zwei Meilen in südwestlicher Richtung mit einem Fischschwarm beschenkt. Alle Männer waren hinausgefahren, nur John nicht. Billy nahm seinen Platz ein, und Asuluk nahm zum ersten Mal seit Jahren an der Jagd teil. John war mit den Frauen und Kindern allein, als er es zum ersten Mal hörte. Es war zunächst eher ein vertrautes Gefühl – déjà vu. Statt auf dem Flugfeld von Abbeville zu stehen und auf die Landung Billy Taylors zu warten, blickte er nach Nordosten, als es aus der sich auftürmenden Wolkenbank löste – ein dunkler Stecknadelkopf, der beim Näherkommen allmählich größer wurde.

Ein Flugzeug, ein riesiges Flugzeug. Das mußte es sein, um solchen Lärm zu machen.

Johns erste Reaktion war Unglauben. Während er schaute, verschwand der Stecknadelkopf plötzlich aus dem Blickfeld. Das Flugzeug war gelandet. John wartete darauf, daß es wieder auftauchte. Doch da war nichts. Er ging zu den Frauen zurück, zu seiner Tochter, der er half, die Haut eines Seehundbullen zu strecken und anzupflokken. Er sagte nichts, obwohl sie spürte, daß etwas nicht stimmte. Selbst wenn sie Fragen hatte, blieb sie stumm und fuhr mit ihrer Arbeit fort. Ihr Vater jedoch war wie ein Hund, der Gefahr schon lange im voraus wittert. Sie mochte es nicht, wenn er sich so verhielt, doch er hatte ein sehr gutes Gehör, das weit besser war als sein Sehvermögen.

Und so kam es, daß schließlich auch die Hunde es hörten. Es kam aus der Ferne – genau wie ihr Großvater es gesagt hatte – ein riesiger dunkler Vogel, der Donner schrie und Rauch atmete. Er schwebte, immer noch kreischend, über dem Dorf und drehte dann um, um wieder anzugreifen. Wäre ihr Vater nicht so dicht bei ihr gewesen, um sie eng an sich zu drücken, wäre sie vor Entsetzen weggerannt wie alle anderen.

Ich sagte ihr, daß es nichts sei, wovor sie sich fürchten müsse. Sie solle ihre Mama und Großmutter suchen und sehr still im Haus sitzen bleiben, bis ich zurückkehrte.

Ich ging über die Insel auf die Sommerseite und stellte mich auf die Felsen. Ich versuchte, durch die dichte Nebeldecke einen guten Blick auf dieses gigantische Wasserflugzeug zu bekommen. Dem Lärm nach zu urteilen, den sie bei der Umkehrung des Schubs beim Wassern machte, mußte die Maschine riesig sein.

An dem kalten Himmel braute sich ein Sturm zusammen, kaum dreißig Meter über meinem Kopf, und eins wußte ich – wenn ich der Pilot gewesen wäre, hätte ich mich schnell davonmachen wollen.

Es war genau wie in meinem Traum. Es hatte jedoch nichts mit Erlösung und Rettung zu tun.

Die Flöße kamen näher, und ich zählte die Köpfe, als sie durch den Nebel direkt auf den Strand und mich zuhielten. Es waren zwanzig, die überdies nicht für das Klima hier gekleidet waren. Ein Floß, das erste, war bis zur Wasserlinie mit langen Stahlkästen, Gewehren, Munition, Zelten und Konservendosen beladen. Dann hob die Maschine ab und versuchte, dem bevorstehenden Sturm zu entkommen. Sie hatte vier Motoren, von denen sie jeden einzelnen auch brauchte.

Ich wußte nicht, was ich tun oder sagen sollte, und so streckte ich dem ersten Mann die Hand entgegen, um ihm an Land zu helfen. Es war ein Sergeant, etwa so alt wie ich. Er war Amerikaner; ich hörte ihn fluchen.

Er sah mich nicht mal an, bis er auf dem Felsen stand. Dann blickte er hoch, weil ich einen Kopf größer war, und sah mich überrascht zweimal an.

Ich sprach kein Wort. Seine Stiefel waren naß. Ich wußte, daß seine Fußsohlen und seine Zehen erfrieren würden, wenn er nicht bald etwas unternahm.

Der erste weiße Mann, den ich seit siebzehn Jahren gesehen hatte, und ich empfand sofort heftige Abneigung gegen ihn. Er gab mir das Seil, um das Floß festzuhalten, während er den anderen an Land half.

»He! Lieutenant! Wir haben hier einen Wilden gefunden!«

Sie hielten mich für einen Eskimo? Mit meinem Gesicht voller Haar und den Augen in der Farbe eines Sommerhimmels?

Ich stand wie vom Donner gerührt da und sog Luft ein wie ein sterbender Dorsch. Meine Stimme und irgendwelche englischen Wörter blieben halbwegs zwischen Kehle und der nebligen Luft stecken.

Der Sergeant kam zurück, entriß mir das Seil und schob mich zur Seite. Ich habe es noch nie gemocht, herumgeschubst zu werden. Eine Zeitlang konnte ich nichts weiter sehen als seinen von einer Jacke bedeckten Hintern und die nassen Hosenbeine, als er die Kisten auf den Felsen lud. Ich widerstand dem schrecklichen Impuls, ihm einen ordentlichen Tritt in den Hintern zu versetzen, als ich ihm zuhörte, wie er vor sich hin brummelte und fluchte. Er bediente sich dabei einer Sprache, die ich nur dachte, aber nie äußerte. Er verfluchte die Kälte, verfluchte den Nebel, Regen, Sturm, Wind und weitere Eskimos. Wer seine fünf Sinne beisammen habe, würde hier sowieso nicht leben, oder? ... Und so immer weiter und weiter. Statt in diesen Arsch zu treten, der sich mir direkt darbot, sagte ich: »*Unangan* leben hier, Kumpel.«

Er erstarrte kurz und sah mich dann an. Sein Gesicht war ein einziges Fragezeichen. Dann richtete er sich auf und musterte mich von Kopf bis Fuß, bevor er ausrief: »He, Lieutenant! Wir haben hier einen echten lebendigen englischsprechenden Eskimo!«

Ein junger Mann mit dunklen Augen schlenderte heran. Seine Stiefel rutschten auf dem nassen Felsen. Noch mehr Frostbeulen, dachte ich.

»Sie sprechen englisch?« fragte er langsam und auch laut, für den Fall, daß ich nicht nur dämlich, sondern auch taub war.

»Ich heiße John Shaw«, erwiderte ich und beobachtete, wie er meinen roten Bart, meine Augen und meinen halben Arm anstarrte. »Sie sollten hier nicht kampieren. Zelte sind auch nicht gut. Der Sturm wird sie über die halbe Beringsee blasen. Sie kommen am besten mit mir.«

Doch der junge Mann, dieser Lieutenant Morrison von der Siebten Division, starrte mich nur an. »Sie sind Amerikaner?«

Er erzählte mir nichts, was ich nicht schon längst wußte. »Ja. Und ob ich einer bin. Sie sollten lieber schnell mit mir mitkommen.«

Ich beobachtete den kochenden Himmel. Ich war in Stürmen wie diesem dreimal zu oft erwischt worden, um einen vierten riskieren zu wollen.

»Woher sind Sie?«

Ich wollte nichts wie weg, und dieser Idiot wollte sich unterhalten. Also sagte ich, dafür hätten wir später Zeit, wenn er wünsche, die ganze Nacht, aber wenn er seine Männer jetzt nicht in Sicherheit bringe, würden die meisten am nächsten Morgen tot sein.

Ich nehme an, das war mein schlimmster Fehler. Ich hätte so tun sollen, als wäre ich ein Eskimo, und die Scheißkerle in Ruhe lassen sollen. Aber ich hatte keinen Grund, so zu handeln. Ich sagte ihnen, sie sollten ihre Waffen und ihre Ausrüstung im Schnee vergraben und die Stelle markieren, aber sie konnten das Zeug angeblich nicht allein lassen, und so ließ ich sie ohne jede Hilfe von meiner Seite die Kisten quer über die ganze Insel schleppen. Ich bot ihnen auch keinen Schlitten an, den ich hätte benutzen können, und auch kein halbes Dutzend Hunde, die nur zu gern etwas Bewegung gehabt hätten. Der Wind wehte mit fünfzig Knoten, und außerdem hatten wir Gegenwind. Ich bat darum, der Geist des Windes möge den Sturm zurückhalten. Bis dahin hatte ich nicht gewußt, wie sehr ich schon ein Eskimo geworden war.

Als ich die zwanzig Soldaten ins Winterdorf von Kulowyl führte, trafen wir auf die Hunde. Diese waren natürlich festgebunden und sehr aggressiv. Ihre Wut steigerte sich noch wegen der neuen menschlichen Düfte, die ihnen sehr abstoßend erscheinen mußten.

Ich führte den jungen Lieutenant in mein Haus, und der Sergeant folgte uns. Ich wies Kioki, ihre Mutter und Lily an, sich in Asuluks Versammlungshaus zu begeben und dort zu bleiben. Ich sagte, die Soldaten würden in unserem Haus bleiben.

Ich sah den erschreckten Ausdruck in Lilys Augen, als sie hinauslief, und hörte den Lieutenant leise sagen: »Branson, Sie dürfen es nicht mal denken.«

Diesen Tonfall würde ich überall erkennen. Ich sah diesem Sergeant in die Augen, und was ich dort sah, gefiel mir ganz und gar nicht. Ebensowenig gefielen mir die wölfischen Pfiffe der Männer, die sich draußen versammelt hatten. Ich wußte, hinter wem sie herpfiffen, und der Lieutenant wußte es auch. Er ging hinaus, und ich hörte, wie er seine Männer vor Strafen warnte, falls sie die Schutzbefohlenen nicht in Ruhe ließen. Der Bursche hatte zwar die Streifen und den Rang, aber nicht mehr Autorität als ich, wenn es mir eingefallen wäre, den Schlittenhunden zu befehlen, Männchen zu machen.

In dem Augenblick begann ich zu beten, Asuluk möge schnellstens mit den anderen nach Hause kommen.

»Tut mir leid, Ihnen das sagen zu müssen, Mr. Shaw, aber dies ist die zweiundzwanzigste Insel, die wir evakuieren, und die Männer sind müde ...«

»Evakuieren? Was ist denn los?«

Er sah mich an, als hätte er noch nie einen Menschen sprechen hören. Ich wußte nicht, daß ich halb in Eskimo gesprochen hatte. In all diesen Jahren hatte ich mir jemanden gewünscht, mit dem ich sprechen konnte, und jetzt, wo meine Gebete erhört wurden, verstand er kein Wort von dem, was ich zu sagen versuchte. »Dutch Harbor ist bombardiert worden, Sir, und wir haben Befehl, die Halbinsel und die Inseln bis nach Kiska zu sichern. Die Japse haben Attu genommen.«

Die Japse haben Attu genommen?

»Die Japse?«

»Die Japaner, Sir. Wir glauben, daß sie von Norden her kommen, um uns zu schnappen.«

Sie was? Was zum Teufel passierte hier?

»Welches Jahr ist es?« fragte ich.

»Wissen Sie das nicht, Sir?«

»Ich bin seit April 1926 hier«, sagte ich sehr langsam.

»Ach du dickes Ei«, sagte er und betonte die Worte, wie ich es noch nie gehört hatte. »Sir, es ist Mai 1943.«

Teufel, dachte ich. Habe ich doch recht gut gemacht. Es *war* 1943.

Er wußte nicht, warum ich so glücklich war. »Woher kommen Sie, Sir?« wollte er wissen.

»Aus South Carolina.«

»Wheeling, West Virginia«, sagte er mit einem aufrichtig überraschten Lächeln im Gesicht und schüttelte mir die Hand. »Was zum Teufel tun Sie hier?«

Ich sagte, das könne warten. Ich sagte ihm, daß seine Männer sich zum Schlafen warm genug halten könnten, wenn er sie jeweils zu neunt in eine Unterkunft lege – die nassen Wolldecken ihrer Tornister würden nichts taugen, sondern nur so hart gefrieren, daß sie brechen würden. Wenn er seine Männer entsprechend organisieren könne, bevor allzu viele Frostbeulen oder eine Blasenentzündung bekämen, könnte ich zu den Frauen hinübergehen und sie beruhigen, bis die anderen wieder da seien. Er fragte, wie viele wir seien. Ich sagte ihm, fünfundfünfzig. Ungefähr.

Mein Sohn war draußen auf der Jagd, und der Sturm zog zu schnell heran. Ich wußte, daß sie kaum eine Chance hatten, bei diesem Wetter in ihren Kajaks heil nach Hause zu kommen, wenn sie nicht irgendwo auf einer anderen Insel Schutz gesucht hatten.

Ich band meine Parkakapuze fest und ging hinaus.

Alle Frauen und Kinder waren verwirrt und verängstigt. Sie hatten sich in Asuluks Versammlungshaus eingefunden. Niemand fehlte. Ich bat sie, bis zur Rückkehr ihrer Männer und Söhne zu warten, und sagte, dann könnten wir alle miteinander sprechen, die Besucher, die Ältesten, alle.

Der Sturm hing drohend über uns, brach noch nicht los, bewegte sich aber auch nicht weiter.

Es ging auf den Sommer zu, aber der Winter war hart gewesen. Es hatte viel zu lange Schneeregen und Schnee gegeben. Wir waren noch nicht umgezogen und hatten es vor dem Einsetzen des Tauwetters auch nicht vor.

Als ich zu meinem Haus zurückkehrte, war der Sergeant verschwunden, und ein Sanitäter versorgte den Lieutenant. Etwas von der Haut an seinen Fußsohlen war verbrannt und schälte sich ab. Ich wußte, was für ein Gefühl das war. Ich gab dem Sanitäter die Schüssel mit der schwarzen Salbe und sagte ihm, wie er sie benutzen sollte. Ich erklärte, es sei das einzige, was helfen könne.

Der Sanitäter berührte die Salbe, sah mich an und fragte, was darin sei. Ich zündete die Lampe an, da wir bald ein paar Stunden Dunkelheit haben würden. Dann erklärte ich ihm, daß der Lieutenant die Füße verlieren werde, wenn er die Salbe nicht benutze. Er habe die Wahl.

Ich setzte mich, zog die Kapuze ab und kratzte mir den Kopf. Mein Haar wuchs mir schon wieder bis über die Schultern. Ich tat, als sähe ich nicht den Schmerz im Gesicht des jungen Mannes, als der Sani die scheußliche Salbe auf die erfrorenen Zehen schmierte. Ich sah mir die Stiefel an. Sie würden am nächsten Morgen ebenfalls gefroren sein.

»Wie sind Sie hergekommen, Sir?« fragte der Lieutenant erneut.

Ich erzählte ihm von meinem Alleinflug, von dem Abflug aus Anchorage, dem Sturm, dem Absturz ... Er wollte sich gerade seine nassen Stiefel wieder anziehen, doch ich warf ihm mein Reservepaar hin.

»Nun, ich danke Ihnen, Sir, vielen Dank.«

Als er die Stiefel anzog, wurden die Hunde wieder wild. Es war das Geräusch, an das ich so gewöhnt war – die Männer waren wieder da.

»Ich möchte es ihnen erst sagen.«

Sie waren mit vollen Körben und Netzen zurückgekommen und einem halben Dutzend Seehunde. Sie bedankten sich noch immer mit Gesang. Dem Klang nach zu urteilen, hatten sie eine Kolonie von Walen entdeckt und würden sofort wieder hinausfahren, sobald sich der Sturm gelegt hatte.

Asuluk sah die zusammengekauerten Soldaten und hielt die Hand hoch, was sofort alle zum Schweigen brachte. Ich ging zu ihm und erzählte ihm leise, daß es den Frauen und Kindern gutgehe und daß sie im Versammlungshaus sicher untergebracht seien. Ich bat ihn, die Leute zu beruhigen, denn diese Männer hätten Feuerstöcke in den Händen und auch Feuer in den Augen.

Ich wußte, wie ich mich fühlen würde, wenn dies die dreiundzwanzigste Insel wäre, die ich hätte evakuieren müssen.

Drei Familien, darunter auch meine, wurden aus ihren Häusern verjagt, worauf die Soldaten einzogen. Da brach der Sturm los, und ich dankte dem Gott, der dafür gesorgt hatte, daß alle sicher nach Hause gekommen waren.

Erst da konnte ich mich offen mit dem jungen Lieutenant unterhalten, aber selbst dabei wurde ich ständig von den anderen in meinem Haus abgelenkt. Sie berührten Dinge, die sie nicht anfassen durften – Pfeile und Bogen meines Sohnes, Harpunen, Speere, seine wasserdichten Häute. Ich wußte, daß die Hölle losbrechen würde, wenn er jetzt nach Hause kam und dies sah. Ich hoffte, daß er wenigstens diesmal tat, was ich ihm gesagt hatte, nämlich bei seiner Mutter und Schwester zu bleiben.

»Gibt es jemanden, dem Sie eine Nachricht übermitteln möchten, Sir?«

»Meine Mutter. Meine Schwester. Sie glauben, daß ich schon seit siebzehn Jahren tot bin. Verstehen Sie?« Er behauptete, es zu verstehen, aber wie konnte er das? Ich gab ihm die Adresse in Abbeville, und der Lieutenant schrieb sie auf. Dann sah er mich wieder an.

»Sie werden schneller zu Hause sein, als Sie ahnen, Sir. Das Schiff wird vor Tagesanbruch hier sein und Sie alle aufs Festland bringen.« Er stand auf und humpelte wieder nach draußen. Er hatte immer noch meine Stiefel an.

Diese Worte gingen mir immer wieder im Kopf herum: Sie werden schneller zu Hause sein, als Sie ahnen.

Der Sanitäter begann sich um mich zu bemühen. »Wo ist der Lieutenant hingegangen?« fragte ich.

»Um über Funk Meldung zu machen, Sir. Setzen Sie sich und halten Sie still ...«

Als nächstes kamen viele Fragen. Als er mir mit einer kleinen Lampe in die Augen leuchtete und sich meinen Herzschlag anhörte, fragte er, wie alt ich sei, was ich in dieser ganzen Zeit gegessen hätte, wie ich den Arm verloren hätte, woher dieses schlimme Humpeln komme ...

»Jetzt halten Sie mal die Klappe, mein Sohn.«

Er sah mich überrascht an.

»Haben Sie eine Orange in dieser Tasche da?«

»Eine Orange? Nein.« Er langte in seine Jackentasche und zog statt dessen einen Schokoladenriegel hervor. Er wikkelte ihn für mich aus und reichte ihn mir. Ich berührte ihn, roch daran. Ich hatte seit Ewigkeiten nichts Süßes mehr gekostet. Der Sani beobachtete mich, wie ich die Schokolade aß. Plötzlich war ich wieder am Clearwater Beach in Miami, kaute auf Süßigkeiten herum und pfiff vorbeigehenden hübschen Mädchen nach.

»Ganz schön lange her, was«, sagte er. Es war nicht einmal eine Frage.

»Woher kommen Sie?«

»New Hampshire.«

Er erzählte mir von seiner Heimatstadt, aber ich war zu sehr damit beschäftigt, den Geschmack seiner Schokolade zu genießen, um mich auf zwei Dinge gleichzeitig zu konzentrieren. Ich hörte ihn erst wieder, als er mich fragte, was für eine Maschine ich geflogen hätte. *Fliegen, Flugzeug, Himmel* – das sind die Wörter, bei denen man immer mit meiner Aufmerksamkeit rechnen kann.

»Eine Curtiss Jenny«, erwiderte ich.

»Mein alter Herr hat im Großen Krieg Doppeldecker geflogen. Verlor dabei seinen Arm wie Sie. Ich war damals natürlich noch ein Kind, aber ich weiß noch, daß er mich eines Tages zu diesem Flugfeld mitnahm und mich in seinem Doppeldecker sitzen ließ. Zeigte mir ein paar Dinge, Sie wissen schon, den Knüppel, den Gashebel ...«

»Choke, Vorzündung ...« Ich dachte wieder laut. Mir fiel ein, wie mein Name in Blattgold unter dem Rand des Cockpits stand – John Shaw in altenglischer Schrift. So etwas vergißt man nie, niemals. Die Maschine langsam herunterbringen, den Motor im Leerlauf laufen lassen, dann das Ruder herumreißen, um jedem Passagier eine Höllenangst zu machen, dann wieder auf Kurs gehen ... Das Landen auf Gras, das ist ein Gefühl, das man nie vergißt. »Vielen Dank für die Schokolade.«

»Nun ja, vielleicht werden Sie mir morgen nicht mehr danken, Sir.«

Sir. Kein Mensch hatte mich bis dahin je Sir genannt. Es war ein eigenartiges Gefühl.

»Gegen wen kämpfen wir diesmal?« fragte ich. Ich überlegte, was ich in diesen siebzehn Jahren sonst noch verpaßt haben könnte.

Er erzählte mir von dem Krieg in Europa und in der Südsee. Fast alle Länder, die ihm überhaupt einfielen, seien an dem Krieg beteiligt. Er müsse aber bald zu Ende gehen, das sei alles, was er wisse. Und sie könnten nicht zulassen, daß die Japse Amerika überrollten, indem sie es von Norden her angriffen.

Ich weiß noch, daß ich dachte, dazu müssen sie aber besser ausgerüstet sein als ihr. Denn hier oben im Eis würde keine Seite allzu lange überleben. Die Soldaten würden nicht durch Kugeln umkommen, sondern durch das Wetter.

Der Lieutenant erschien wieder und humpelte herein. Er schien krank zu sein. Krank, erschöpft, besorgt. »Ich habe Ihre Nachricht übermittelt. Man wird Sie morgen in Anchorage abholen. Dort wartet jemand vom Kriegsministerium.«

»Ich glaube nicht, daß diese Leute weg wollen. Sie leben schon lange hier. Es ist alles, was sie kennen.«

»Bedaure, Sir, aber bei Tagesanbruch wird jeder Bewohner dieser Insel evakuiert, ob er einverstanden ist oder nicht. Ich habe meine Befehle.«

»Werden Sie es mit Gewalt erzwingen?«

»Ich hoffe, Sie werden das verhindern. Sie werden sie zur Vernunft bringen.«

Oh, aber ja. Vernunft. Ich lebte seit siebzehn Jahren hier und war immer noch dabei, etwas über diese Menschen zu lernen – mein Volk. Ich fühlte mich eher ihnen zugehörig als diesen amerikanischen Soldaten mit ihren schlechten Manieren und üblen Reden, die die Kälte verfluchten.

Später an jenem Abend saßen der Lieutenant und ich mit den Ältesten zusammen. Man überließ es mir, diesen Menschen zu sagen, daß sie ihre Insel verlassen mußten oder sich auf einem Schlachtfeld zwischen den Fronten finden und sterben würden. Ob es ihnen paßte oder nicht, sie seien amerikanische Staatsbürger, und ihre Inselheimat unterstehe jetzt militärischem Befehl.

Das Treffen war noch längst nicht zu Ende, als wir alle den Lärm hörten – Schreie, Rufe. Ich hatte bis dahin nicht gewußt, wie schnell ich mich bewegen kann.

Draußen in der Dunkelheit prügelte sich Eennali mit diesem Sergeant. Eine Gruppe von Soldaten stand in einem Kreis um die beiden herum, sah zu und feuerte sie an. Ein größerer Kreis von Menschen meines Volkes stand ebenfalls dabei und sah, wie vom Donner gerührt, verwirrt und entsetzt zu.

Der Lieutenant drängte sich an den Menschen vorbei, zog eine Pistole aus dem Gürtel und packte Eennali am Haar. Dieser hatte die Finger fest um Bransons Hals gekrallt, der schon blau im Gesicht wurde und die Zunge herausstreckte.

»Sagen Sie ihm, er solle loslassen, oder ich werde ihn erschießen!«

Eennalis Mutter schrie auf.

Sindbad tauchte aus dem Nichts auf, zog seinen Sohn zurück und hielt ihn fest. Der Sanitäter erschien und versuchte, Branson zu helfen, damit dieser wieder atmen konnte.

Ich schob mich durch die Menge zu meiner Tochter, die bei Kiokis und Eennalis Mutter stand, aber sie klammerte sich an Kioki. Als ich sie berührte, schrie sie auf und machte einen Riesensatz. Ich fragte sie, was passiert sei.

Eine zornige und verwirrte Kioki erzählte mir, was Branson zu tun versucht hatte. Aber Eennali habe die Schreie gehört. Eennali habe Rache genommen. Ich drehte mich zu Branson um, der jetzt aufrecht dasaß und nach Luft schnappte. Er sagte oder versuchte zu sagen, daß er nur ein bißchen Spaß gewollt habe. Die Sache sei ihm irgendwie entglitten, das sei alles.

Billy, der einen kühleren Kopf bewahrte als ich, versuchte mich zu bremsen. Ich schob ihn beiseite und erwehrte mich seiner Hände. Der Sanitäter sah uns kommen und sprang zur Seite. Ich trat Branson ins Gesicht und stellte ihm den Fuß auf die Kehle. »Sie ist meine Tochter, du Scheißkerl! Meine Tochter!«

Der Lieutenant schaffte es irgendwie, mich soweit zu beruhigen, daß ich den Mann nicht umbrachte. Er führte mich abseits. Ich weiß noch, daß ich ihm sagte, er solle dafür sorgen, daß dieser Scheißkerl mir nicht mehr unter die Augen komme.

Ich brauchte lange, um mich zu beruhigen. Ich hörte kein Wort von dem, was der junge Offizier zu sagen versuchte. Ich blieb mit ihm lange in meinem Haus sitzen, bis ich zu dem Schluß kam, daß ich die Nacht dort nicht verbringen konnte. Ich wollte bei meiner Frau und meinem Sohn und meiner Tochter sein.

Ich stand auf und ging. Ich begab mich direkt zu Sindbads Haus.

Lily kauerte in einer Ecke. Sie zitterte und weinte still. Ihre Kleidung war zerrissen, und ihr Mund blutete. Ich hatte ihr befohlen, bei ihrer Mutter zu bleiben, aber nein, sie mußte los, um mit Eennali zusammen zu sein.

»Lily?«

Sie sah zu mir hoch und streckte die Arme aus, so, wie sie es als Fünfjährige getan hatte. Ich drückte sie an mich und sagte ihr, wie leid es mir täte. Ich sagte, ich wüßte, daß diese Männer aus dem Land kämen, aus dem auch ich gekommen sei, und daß sie angeblich Angehörige meines Volkes seien. Ich versuchte zu erklären, daß nicht alle so handelten wie diese Männer, doch hier war jedes Wort vergeudet, sogar bei mir selbst. Wenn sie mein Volk waren, wollte ich nichts mehr mit ihnen zu tun haben.

Dann begann sie nach Eennali zu weinen. Ich sah zu Sindbad hoch. Er hielt seinen Sohn immer noch fest im Griff, denn dieser hatte geschworen, den Mann zu töten, der Lily angegriffen hatte. Ich winkte den Jungen zu mir, und der junge Mann nahm meinen Platz ein.

Sindbad starrte auf seine Füße. Niemand wollte mir in die Augen sehen, nicht einmal Asuluk.

Ob dies ein Beispiel dafür sei, wie sich mein Volk benehme?

Alle Gesichter wandten sich um, als der junge Offizier anklopfte. Er trat ein und fragte: »Ist mit ihr alles in Ordnung?«

Die Antwort waren lauter leere Blicke, auch bei mir. Niemand schlief in jener Nacht. Als es schließlich Tag wurde, brachte er keine Freude und kein Lachen. Wir packten alle und machten uns zum Aufbruch bereit.

Ich wickelte mein Tagebuch ein, das aus zwei Logbüchern und den Stapeln gelben Notizpapiers bestand, das ich auf dem Herflug benutzt hatte, um Ereignisse und Ausgaben zu notieren. Ich hatte Megs rotes Buch bei mir, mein

Bowiemesser, den Revolver und zehn Kugeln. Siebzehn Jahre meines Lebens lagen in einem dreißig mal dreißig Zentimeter großen Päckchen aus Seehundhaut, das mit Sehnen verschnürt war.

Bei Sonnenaufgang wurden wir per Schiff evakuiert. Ich blickte auf meine Insel zurück, bis sie nur noch ein Fleck an dem dunstigen Horizont war. Zwanzig Soldaten sahen uns abfahren. Der Nebel wälzte sich von Norden heran, und das war's. Es war vorbei, erledigt, verschwunden.

Dann betrachtete ich die Gesichter um mich herum. Asuluk saß da, als wäre dies das Ende des Lebens, wie er es gekannt hatte; neben ihm saß seine alte Frau und weinte. Sindbad war still und hielt einen seiner Enkel im Arm, als wir zusammengepfercht auf dem überfüllten Deck des alten Walfängers saßen. Alles Leben, das sich früher in Sindbads Augen gezeigt hatte, war jetzt verschwunden. Niemand lachte; niemand sang. Niemand erzählte Geschichten. Niemand begriff, was jetzt geschah, und in gewisser Weise begriff ich es auch nicht. Ich hatte irgendwo etwas verloren; ich wußte nicht, was es war, geschweige denn, wie ich es wiederfinden sollte. Wohin zum Teufel fuhren wir? Wohin würden sie uns bringen? Alle meine Fragen waren mit einem: »Machen Sie sich keine Sorgen, Sir« beantwortet worden. Sicher, mir würde schon nichts passieren. Aber was war mit den anderen?

Kioki war bei ihrer Mutter. Von Zeit zu Zeit sah sie zu mir hinüber oder zu Billy und zu Lily, die neben mir saß. Ich brauchte ihr gar nicht zuzuhören, um zu wissen, was ihr im Kopf herumging.

Lily fürchtete sich vor dem, was passieren würde, wenn sie meinen Arm losließ. So saß ich einfach nur da und hielt sie an mich gedrückt. Ich bemühte mich, keine Lügen mehr zu erzählen, da ich selbst nicht mehr sicher war, was vor uns allen lag.

Billy saß zu meiner Linken. Er starrte in den blauen Himmel und auf den Sonnenschein. In seinen Augen sah ich jedoch noch den Haß, der seit gestern abend nicht nachgelassen hatte. Wir versuchten an Deck zu schlafen, fünfundfünfzig Eskimos, alle eng aneinandergekauert, fünf weinende Babys und weinende alte Frauen. Meine Frau weinte auch, da sie schon immer gewußt hatte, daß dies passieren würde. Genau wie ihr Vater.

Ich schlief nicht. Vielleicht wußte ich, daß es das letzte Mal sein würde, daß ich meine ganze Familie bei mir hatte. Meine Frau, meine Kinder. Und fünfzig andere, die auch meine Familie hätten sein können.

Es war der härteste Tag, den ich je habe ertragen müssen.

Ich weiß noch, wie ich versuchte, mein erstes Dosenfleisch zu essen. Es blieb mir etwa zwei Minuten im Magen, doch dann stand ich schon an der Reling und mußte mich so übergeben, daß ich dachte, ich würde gleich mit über Bord gehen. Kioki wartete, bis ich mich wieder hingesetzt hatte. Dann bot sie mir ein Stück Lachs an, daß sie aus den Tiefen ihres Mantels zog. Dann sah ich, was sie eingepackt hatte. Ich hatte gedacht, ihr Bündel enthielt zusätzliche Kleidung und ein paar Kochtöpfe. Es waren alles Lebensmittel.

Ich werde wahrscheinlich nie den Ausdruck in den Augen der Kinder vergessen, als sie zum ersten Mal Bäume sahen. Ich nehme an, ich habe genauso dreingeschaut, als ich zum ersten Mal den Atlantik erblickte. Ich hatte mich zu meinem Vater umgedreht und gesagt: »He, das ist aber ein großer See, Dad.«

Ich hatte den Kindern davon erzählt. Manche sprachen

ein passables Englisch. Aber obwohl ich es ihnen erzählt hatte, war es trotzdem eine Reise ins Unbekannte – in etwas Unbekanntes, das sie fürchteten.

Ich war keine Ausnahme.

Was ich sah, als wir näher kamen, war nicht das Anchorage, das ich in Erinnerung hatte. Wahrscheinlich verändert sich vieles in siebzehn Jahren. Außerdem näherte ich mich der Stadt auf einem Boot und nicht aus der Luft.

Die meisten Leute, die an Land auf uns warteten, trugen Uniform – Armeeuniformen. Es war jemand da, der Eskimo sprach, doch es war nicht die Sprache, die mein Volk verstand. Vielleicht wußten diese Amerikaner nicht, daß die Eskimosprachen von Siedlungsgebiet zu Siedlungsgebiet stark voneinander abweichen.

Wenn diese Menschen amerikanische Staatsbürger waren, die man aus einer Kriegszone evakuiert hatte, wie behandelte man dann Kriegsgefangene? Doch sie waren Eskimos, und das war wohl die Ausrede. Kein weißes Gesicht, keine weiße Behandlung. Es ändert sich nicht viel.

Sie trieben uns zu Gruppen zusammen, Gruppen, in denen nicht einmal die Familien zusammenblieben. Ich versuchte ihnen zu sagen, sie sollten die Familien nicht trennen. Doch niemand hörte mir zu.

Da standen wir nun in einer Welt aus Booten, mit Flugzeugen, die über uns hinwegflogen, mit Lastwagen, Autos, Bussen, Häusern, Hotels, Schiffswerften und zivilisierten Weißen, die vor frustrierter Wut schrien.

Himmel, es war das reine Chaos. Und niemand hörte ein Wort von dem, was ich zu sagen versuchte. Dies war nicht die Welt meines Volkes oder auch nur eine Welt, an die es sich anpassen konnte. Ich selbst konnte es auch nicht. So empfand ich jedenfalls.

Das letzte, was ich von Kioki und meiner Tochter sah,

war, daß man sie auf die Ladefläche eines Armeelastwagens zog. Niemand sagte mir, wohin man sie brachte. Ich brüllte so laut, daß ich glaubte, mir würden die Lungen platzen. Ich sagte immer wieder: »Nein! Nein, das sind meine Frau und meine Tochter! Sie können sie mir nicht wegnehmen!« Und da brüllte jemand einem anderen zu, er solle gefälligst dem Lärm ein Ende machen!

Ich hatte bei diesem Auftrieb sogar Billy aus den Augen verloren. Genau so empfand ich es – als einen Viehauftrieb im Wilden Westen.

»Heißt hier jemand Shaw? John Shaw?«

Ich drängte mich durch die Menge und brüllte immer noch, sie sollten diesen Lastwagen anhalten. Der Mann in Uniform mit Papieren in der Hand trat schnell zurück, als er mich kommen sah.

»Meine Frau ist auf diesem Lastwagen! Meine Tochter!«

»Was?« brüllte er zurück. »Was?«

Der dämliche Hund konnte kein Wort von dem verstehen, was ich sagte.

»Sprechen Sie englisch?« fragte er.

»Herrgott im Himmel ...« Ich sah über seinen Kopf hinweg, daß der Lastwagen schnell aus meinem Blickfeld verschwand.

»Meine Frau ...«

»Ist Ihr Name John Shaw? John Shaw aus South Carolina?«

Ich fing an zu weinen. In mir erbebte alles. Ich versuchte, mich diesem dummen kleinen Mann verständlich zu machen. Warum konnte er mich nicht verstehen? Warum versuchte er es nicht wenigstens? Was stimmte mit diesen Leuten nicht?

Ich spürte, wie Asuluk mich an der Schulter berührte,

und hörte seine Worte: »Du gehen nach Carol, nach My.« Ich sah ihn an und wischte mir die Tränen am Ärmel ab. Er nickte. »Ja, du gehen. Floreeda. Du gehen.« Und als ich so dastand und mal hierhin, mal dorthin geschubst wurde, trieben sie Asuluk weg. Kurz bevor ich ihn aus den Augen verlor, hatte er einen kleinen Jungen aufgehoben, der sich in dem Durcheinander verlaufen hatte.

Billy? Wo war Billy? Wo war Sindbad?

»John Shaw! Bewegen Sie sich gefälligst, wenn das Ihr Name ist! Ich habe nicht den ganzen Tag Zeit. Wir erwarten noch mehr Eskimos. Bewegen Sie gefälligst Ihren Arsch!«

Ich wurde so hart vorwärtsgestoßen, daß ich stolperte, die Laufplanke hinunterfiel und auf den Kai stürzte.

Ich sah Billy dort in der Menge. Er wollte sich gerade den Weg zu mir freikämpfen, als ein Soldat ihn schnappte und auf einen Lastwagen warf. Ich sah sein Gesicht hervorkommen. Ich sah, wer einen Arm um ihn legte: Asuluk.

»Lassen Sie mich ...«

Der uniformierte Mann mit den Papieren zog mich hoch und sagte Dinge, die ich noch nie gehört hatte. Auch der Lastwagen mit Billy fuhr jetzt weg.

Ich hörte meinen Sohn rufen: »Ich werde meine Mutter und meine Schwester finden und für sie sorgen! Ich werde sie beschützen!«

Ich hörte jemand anderen rufen: »Kann jemand so nett sein und diesem kleinen Scheißkerl das Maul stopfen? Wo hat der überhaupt Englisch gelernt?«

»Ich muß mit ihnen fahren! Das ist mein Sohn! Das können Sie nicht tun! Er ist mein Sohn!«

»Kann mir jemand mit diesem Arschloch helfen, um Gottes willen!«

Der Lastwagen fuhr in eine Richtung, und diese Soldaten schleiften mich in eine andere. Ich wünschte, ich könnte mich an mehr erinnern, aber danach sehe ich nur noch einen Raum vor mir, ein Büro in einem Gebäude mit Wänden aus rohen Baumstämmen. Ich sah eine amerikanische Flagge, ein Telefon und ein Radio. Musik – die Andrew Sisters, wie der Mann im Radio sagte.

Dann trat ein Captain der Armee ein. Er hatte diesen Ausdruck im Gesicht, als wäre er gerade in Hundedreck getreten und könnte das Zeug nicht schnell genug abwischen.

»Sie haben keinerlei Ausweis bei sich?«

Ich zeigte ihm mein Logbuch.

»Und Sie sind ... wann ... aus Anchorage abgeflogen?«

»Neunzehnhundertsechsundzwanzig. Ich erinnere mich nicht mehr an das genaue Datum. Im April, glaube ich. Sie müssen meine Familie zurückbringen. Sie müssen.«

»Und wann haben Sie Miami in Florida verlassen?«

»Ich weiß es nicht mehr genau. Sie haben mir versprochen, Sie würden sie zurückholen!«

»Beruhigen Sie sich, Mr. Shaw. Eins nach dem andern. Erinnern Sie sich an die Registriernummer Ihres Flugzeugs?«

»Wo sind meine Frau und meine Kinder? Warum will mir niemand sagen, wo sie sind?«

»Mr. Shaw, es gibt keinen Grund zur Aufregung. Ihrer ... Familie geht es gut. Aber was Ihre ... nun, Ihre andere Familie betrifft, versuchen wir, mit Ihrer Schwester Verbindung aufzunehmen, aber die einzige Shaw unter der von Ihnen genannten Adresse ist eine Lily Margaret ...«

Ich schöpfte neue Hoffnung. Meine Mutter?

Vielleicht war es der hoffnungsvolle Ausdruck in meinem Gesicht, der den Captain aufstehen ließ. Er erhob sich trotz des Gestanks und berührte mir die Schulter und sagte:

»Ihre Mutter ist schon vor zwölf Jahren gestorben, John. Ein Freund von mir in Fort Bragg bemüht sich jedoch, Ihre Schwester zu finden. Aber siebzehn Jahre vermißt, das ist eine lange Zeit.«

»Meine Mutter ist tot?« Meine Stimme war nur noch ein Krächzen.

Der Captain sagte nichts. Er setzte sich und betrachtete seine Fingernägel. »Neunzehnhunderteinunddreißig, John.«

»Sie müssen meine Familie finden. Ich brauche sie hier, bei mir. Bitte.«

»Seien Sie versichert, daß wir uns gut um sie kümmern werden, bis Sie ... bis es Ihnen wieder gutgeht. Darauf können Sie vertrauen.«

»Ich möchte sie sehen. Ich möchte sie jetzt gleich sehen. Sie verstehen nicht. Sie brauchen mich. Sie alle. Sie brauchen mich.«

»Das ist nicht möglich, Mr. Shaw. Sie sind schon zu einem Reservat der Regierung auf einer der Pribilof-Inseln unterwegs. Nun, ich verstehe, wie Ihnen zumute sein muß. Aber bitte verstehen Sie unsere Position. Die Einheimischen sind unter ihresgleichen weit besser aufgehoben, wenn sie all das tun können, was diese Leute eben tun. Sie behalten ihre Sitten und Gebräuche, ihre Kultur, und so hat jeder etwas davon. Vertrauen Sie mir.«

Sie sollten in einem vom Staat kontrollierten Reservat leben?

Ich hätte am liebsten geweint, konnte aber nicht genug Gemütsbewegung aufbringen, um auch nur einen Finger zu rühren. Ich war erschöpft; ich war krank. Ich wollte nur sterben. Dann wurde mir alles grau vor Augen.

Ich wachte in einem Krankenhaus auf. Manche Gerüche vergißt man nie.

Betty-Sue, das erste weiße Mädchen, das ich seit siebzehn Jahren gesehen hatte. Sie war etwa zwanzig Jahre alt und die einzige, wie sie sagten, die mich beruhigen konnte. Sie brachte mich in einem Rollstuhl fort, ließ eine Wanne mit heißem Wasser vollaufen und kippte eine halbe Flasche mit einem Antiseptikum hinein. Dann zog sie mich aus und half mir in die Wanne.

Ich war zu verwirrt, um verlegen zu sein.

Ich weiß noch, daß sie auf der anderen Seite des Badezimmers saß und zu mir sprach. Ich erinnere mich, daß sie mir Gesicht und Hals rasierte. Sie schrubbte mir den Kopf und wusch mir das Haar viermal. Und mich natürlich auch. Ich ließ es geschehen, daß sie mich badete. Ich hatte vergessen, was Seife ist, was heißes Wasser ist, bis ich es roch und wieder warm auf der Haut spürte.

Ich lag einfach nur in dieser Wanne, blieb zu lange darin, und lauschte ihrer kleinen süßen Stimme, die auf mich einsäuselte ... während ich im Geiste Kioki vor mir sah, die hinten auf diesem Lastwagen stand, die Hand ausstreckte und nur dünne Luft zu fassen bekam. Sie tastete nach mir.

»Ist Ihnen noch nicht kalt?« fragte mich diese hübsche kleine Krankenschwester immer wieder.

Kalt? »Nein.«

»Mir ist hier immer kalt«, sagte sie. »Ich bin aus Louisiana. Hier oben ist es viel zu kalt für mich ... Stimmt es?«

»Was denn ...«

»Daß Sie siebzehn Jahre bei Eskimos gelebt haben?«

»Ja, es stimmt.«

»Wollen Sie mir davon erzählen?«

»Was? Jetzt?«

»Nein, jetzt natürlich nicht, Sie Dummer. Später. Hören Sie, Sie müssen jetzt bald aus der Wanne raus, Mr. Shaw.

Wenn Sie es nicht tun, werden Sie wie eine Backpflaume aussehen.«

Eine Backpflaume? Ich versuchte mich daran zu erinnern, was eine Pflaume war, als ich meine Finger betrachtete. Sie waren ganz faltig, weil sie so lange unter Wasser gewesen waren.

»Sie sollten jetzt lieber rauskommen, Mr. Shaw«, sagte sie, als sie neben der Wanne stand und mir ein großes Handtuch hinhielt.

»Nennen Sie mich nicht so. Mein Name ist Fl ... mein Name ist John.«

»John«, sagte sie und lächelte. »Der Doktor möchte Sie sehen, und wir können ihn nicht zu lange warten lassen.«

Während sie mich abtrocknete, fragte sie, ob sie mir etwas Besonderes besorgen solle. Ich überlegte. »Eine Orange. Oder vielleicht ein Stück Brot und Honig. Soviel Honig drauf, daß ich ihn mir von den Fingern ablecken muß. Das wäre ... das wäre ...«

Wie lautete das Wort, das mir fehlte? Wie zum Teufel hieß es noch?

»Nett?« fragte sie.

»Ja. Nett.« Ich drehte mich zu ihr um und lächelte, und sie versuchte das Lächeln zu erwidern. Ich wußte nicht, warum.

Nachdem sie mir das Gesicht rasiert hatte, konnte sie mich lange Zeit nicht ansehen.

»Ich werde sehen, was ich tun kann«, sagte sie, als sie mir in einen Pyjama half, dessen Hosen viel zu kurz waren, und mich dann wieder in den Rollstuhl drückte.

Ich bat um einen Spiegel, als sie mich durch den Korridor zu der Station schob, auf der ich eine Zeitlang bleiben sollte. Auf der ich bleiben sollte, um mich zu erholen. Sie sagte, es werde lange Zeit dauern, da ich so krank sei, und überhaupt. Ich mußte nochmals um den Spiegel bitten, da sie tat, als hätte sie es nicht gehört. Wieder sagte sie, sie werde sehen, was sie tun könne. Und wenn die Oberschwester nicht in der Nähe sei, solle ich sie Betty-Sue nennen.

Ich mochte sie sehr.

Die Bettwäsche war sauber, und das Bett war weich. Ich hatte schon zu lange kein Kissen mehr unterm Kopf gespürt. Sie deckte mich zu, aber ich sagte, mir sei nicht kalt. Sie hielt das für komisch, bis sie mir in die Augen sah und sagte: »Sind Sie sicher, daß Sie einen Spiegel wollen, John?«

Natürlich war ich sicher. Ich sagte ihr, daß ich mein Gesicht nicht mehr gesehen hätte, seit ich vierundzwanzig Jahre alt gewesen sei.

Sie zog mir die Decken bis zu den Schultern, zog den Vorhang um eine Seite des Betts herum und ging. Ich konnte nicht sehen, wer neben mir schnarchte, aber von der anderen Seite des Raums her beobachtete Jesus mich. Also erwiderte ich seinen Blick eine Zeitlang, da ich nicht wußte, was ich denken sollte, da ich kaum wußte, wo ich mich befand oder wer ich war. Ich erwartete, Kioki, Lily und Billy jeden Moment durch diese Tür kommen zu sehen.

Sie taten es nicht.

Als dieses hübsche kleine Mädchen wiederkam, reichte sie mir einen Spiegel.

Ich wünschte, sie hätte es nicht getan.

Ein Fremder starrte mich an.

Ich hatte nicht gewußt, daß die Bruchlandung mich so übel zugerichtet hatte. Die linke Seite meines Gesichts war voller alter, rauher Narben; es waren so viele, daß diese eine Seite aussah wie das Gitternetz einer Karte der Appalachen. Mein Wangenknochen muß beim Absturz zertrümmert worden sein; mein linkes Auge war nach unten gesunken, und die Pupille hatte sich geweitet. Kein Wunder, daß ich nicht so gut sehen konnte. Ich legte mir die Hand auf das rechte Auge, und als es bedeckt war, konnte ich überhaupt nicht mehr viel sehen; da waren nur noch ein dunstiger Nebel und die Umrisse von Betty-Sues Uhr, die sie sich an die Uniform geheftet hatte.

Ich berührte mein Gesicht. Es war tatsächlich mein Gesicht, das mich da anstarrte. Es war jedoch nicht das Gesicht, von dem ich glaubte, ich hätte es. Es war ganz bestimmt nicht das Gesicht, mit dem ich geboren worden war, das Gesicht, das die Mädchen früher immer angesehen und angelächelt hatten.

Ich legte den Spiegel hin und sah zu diesem hübschen kleinen Mädchen hoch. Sie fragte mich, ob alles in Ordnung sei, doch da wandte ich schnell das Gesicht ab. Sie setzte sich aufs Bett und strich mir übers Haar, während ich weinte.

18. Kapitel

Ich brauchte lange Zeit, um aus dem Nebel zurückzukommen und mir darüber klarzuwerden, wo ich mich befand. Ich gleite immer in das hinüber, was ich beim Absturz meines Flugzeugs war. Ich kann noch immer nicht klar denken. Es müssen die Pillen gewesen sein, die mir das angetan haben. Betty-Sue sagt, daß ich schon seit vier Wochen hier bin, viel schlafe und daß die Medikamente, unter denen ich stehe, mich halluzinieren lassen.

Ich habe dauernd Wachträume, in denen ich mich wieder auf Kulowyl befinde. Dort hat sich nichts geändert, bis ich aus dem Kajak klettere. Dann stelle ich fest, daß niemand da ist, um mich zu begrüßen. Ich renne durchs Dorf, doch alle Häuser sind leer. Ich schreie, doch es ist kein Laut zu hören; meine Stimme versagt mir den Dienst. Dann renne ich durch den Schnee und falle in Löcher, die nicht da sein sollten, und sehe die Sommerseite, aber wenn ich dorthin komme, sind alle tot – alle.

Ich wache auf, obwohl ich nicht geschlafen habe.

Betty-Sue ist immer an meinem Bett und sagt mir, das werde bald vorbeigehen. Sie sagt, die Medikamente seien so stark, daß es wieder nur eine Halluzination gewesen sei, und bald, schon sehr bald, würden die Ärzte die richtige Dosierung finden.

Das hoffe ich wirklich. Ich möchte nicht wieder verrückt werden.

All diese Röntgenaufnahmen und Tests haben nichts erbracht, was ich nicht schon längst wußte – ich leide unter schwerem Vitaminmangel, habe alte, verheilte Frakturen von Schädel, Rippen, Bein, Schlüsselbein. Vor allem ein Arzt hat es verblüffend gefunden, daß ich das Unglück überhaupt überlebt habe. Und als er eines Tages an mir herumfingerte, fragte er nach dieser besonderen Narbe – der Narbe quer über den Bauch. Ich erzählte ihm von dem Tag, an dem ich mich dem Dorf gegenüber hatte beweisen müssen, wie es zu meiner ersten und letzten Schlägerei gekommen sei. Er glaubte mir nicht. Damals glaubte ich es vermutlich selbst nicht. Dann sagte er, ich hätte Glück gehabt, mit so wenigen Gehirnschäden davonzukommen. Er fragte, wie oft ich mich zornig oder deprimiert fühlte, ob ich manchmal Lust hätte, mich umzubringen.

Ich stellte ihm die Gegenfrage, wie er sich fühlen würde, wenn er siebzehn Jahre lang auf einer Insel im Packeis festsitzen würde. Da schnaubte er nur beleidigt und sagte mir, wenn ich mich je wieder normal fühlen wolle, müsse ich für den Rest meines Lebens diese Pillen nehmen. Dann ging er.

Ich fragte Betty-Sue immer wieder, ob jemand vom Kriegsministerium vorbeigekommen sei; vielleicht, als ich geschlafen hatte, aber sie erklärte, es sei noch niemand da gewesen. Sie war sicher, daß man es mir sofort sagen würde, wenn es etwas Neues gäbe.

Dieses hübsche kleine Mädchen mußte mir wieder beibringen, wie man ißt. Ich konnte den größten Teil des Essens nicht lange bei mir behalten, und ich will verdammt sein, wenn es mir gelang, eine Gabel lange genug zitternd in der Hand zu halten, um sie zum Mund zu führen. Ich wollte die Pillen nicht mehr nehmen. Sie waren es, die mich zittern ließen. Doch man erlaubte ihr nicht, sie abzusetzen. Sie sagte mir, daß »die Drogen, mit denen die Chemikalien in meinem Gehirn stabilisiert werden sollten, auch meine Koordinationsfähigkeit beeinträchtigten«. Ich wollte selbst essen und konnte es nicht. Ich wollte mein Logbuch wiederhaben und wieder mit dem Schreiben anfangen, konnte es aber nicht. Ich habe mich ein paarmal sehr bemüht – jedenfalls so getan –, und ehe ich mich's versah, bot mir Betty-Sue an, alles aufzuschreiben, was ich sagen wollte. Ich hatte nichts dagegen.

Am Ende ihrer Schicht oder manchmal an einem freien Tag saß sie an meinem Bett oder mit mir am Fenster, wenn es ein sonniger Tag war, und dann schrieb sie auf, was ich sagte. Je mehr ich sprach, um so mehr verstand sie oder versuchte es zumindest. Von Zeit zu Zeit entschlüpfte mir ein Eskimowort, und dann mußte ich nach dem passenden englischen Wort suchen.

Sie gefiel mir vom ersten Augenblick an, in dem ich sie sah, aber nicht, weil sie hübsch oder jung war. Sie hatte etwas an sich, was mich schon beruhigte, wenn sie mich allein ansah oder berührte. Sie war die einzige Krankenschwester, von der ich mich behandeln lassen wollte, die einzige Schwester, die ich überhaupt an mich heranließ.

Manchmal nannte ich sie Kioki. Dann sah sie mich an und erinnerte mich stumm daran, daß sie eine andere Frau war.

Ich fragte sie jeden Tag, wenn sie zur Arbeit kam, ob es etwas Neues gebe, doch die Antwort war jeden Tag die gleiche. Kein Wort von den Pribilof-Inseln oder dem Kriegsministerium über eine meiner Familien, obwohl einmal jemand vom Kriegsministerium gehört hatte, daß man Kioki und Lily nach Saint Lawrence gebracht habe. Niemand wußte genau oder interessierte sich überhaupt dafür, wo sie sich befanden. Es war immer wieder nur Betty-Sue, die mir still erklärte, das Land befinde sich im Krieg, und so habe oft niemand Zeit oder Lust, die Schwester eines Mannes zu suchen oder dessen Eskimofamilie. Außerdem sei ich nicht in den Streitkräften, und damit werde meine Bitte nicht als vorrangig angesehen. Sie glaubte wohl, ich verstünde es nicht, doch ich verstand sehr wohl. Es machte mich nur noch entschlossener, sie eines Tages irgendwie zu finden.

Der Arzt ist gerade wieder bei mir gewesen. Mein linker Lungenflügel füllt sich nicht genug mit Luft, und der Doktor erwartet, daß ich den ganzen Tag in eine Röhre puste. Wenn Betty-Sue nicht ständig bei mir wäre, wüßte ich genau, was ich mit dieser gottverdammten Röhre machen würde, und der Arzt würde dann zweifellos einen Kollegen brauchen, um sie entfernen zu lassen.

Acht Rippen gebrochen und wieder verheilt, und wenn ich wollte, könnte ich mir das linke Bein und den rechten Arm operativ neu brechen lassen. Das Dumme ist nur, daß einige Nerven schon geschädigt sind, so daß ich beim Gehen immer Schmerzen habe; die rechte Hand wird ohnehin nie mehr voll funktionsfähig sein. Außerdem, so sagte Betty-Sue, hätten die Operationen nur eine Erfolgsaussicht von etwa dreißig Prozent, und so entschied ich mich dagegen. Und nichts kann mir das Augenlicht in meinem linken Auge zurückgeben.

Außerdem will mich sowieso niemand operieren. Ich bekam einmal mit, wie ein Arzt sagte, ich würde eine Operation gar nicht überleben. Teufel, so krank fühle ich mich nun auch wieder nicht.

Ich kann nicht sehr lange in den Spiegel blicken, weil mich da ein anderer anblickt, jemand, den ich nicht kenne. Dem Aussehen nach zu schließen ist er jemand, den niemand gern kennen würde – mit Ausnahme der Krankenschwester, Betty-Sue. Ich freue mich auf ihre Besuche und denke mir immer etwas aus, damit sie in meiner Nähe bleibt und schreibt. Je mehr ich rede, um so länger bleibt sie in meiner Nähe. Sie hat das schönste Lächeln, das ich bis jetzt gesehen habe, und sagt, ich hätte einen boshaften Humor. Darauf entgegne ich, daß ihrer auch boshaft sein muß, wenn sie es bei mir erkennt.

Asuluk sagte immer, das, was man in anderen sehe, sei nur das Spiegelbild von einem selbst, das dem anderen aus den Augen leuchtet. Er hat es natürlich viel schöner ausgedrückt.

Noch immer kein Wort über meine Schwester, aber gestern ist jemand mit Neuigkeiten gekommen – fünftausend Kanadier sind auf Kiska gelandet, fanden aber dort keine Japse vor. Demnach scheint die Evakuierung letztlich gar nicht nötig gewesen zu sein.

Es strömen hier immer noch Eskimos zusammen, und allmählich wissen die Amerikaner nicht mehr, wohin mit ihnen. So »interniert« man sie als »Schutzbefohlene der Regierung« in stillgelegten Fischverarbeitungsbetrieben unten im Südosten. Jetzt werden die Eskimos krank, und manche sterben auch. Ich höre solche Dinge oder lese sie in den Zeitungen. Es kribbelt in mir, hier herauszukommen, um nach meiner Familie zu suchen. Irgendwie, auf irgendeine Art und Weise, werde ich es schaffen, das weiß ich. Warum versucht niemand auch nur, mir zu helfen?

Wie es scheint, ist meine Ehe mit Kioki nie legal gewesen, und deswegen ist jeder der Meinung, ich solle die Vergangenheit am besten vergessen und lieber nach vorn blikken, in das, was sie Zukunft nennen. Was ich denke, scheint hier nicht zu zählen. Ich habe es satt, daß andere für mich Entscheidungen treffen. Ich will einfach nur nach Hause, aber diese Idioten sagen, es gehe mir noch nicht gut genug, um so weit nach Süden zu reisen. Manchmal möchte ich einfach nur um mich schlagen, weil ich in den Süden überhaupt nicht will. Diese verdammte Regierung hat meine Familie einfach aus den Augen verloren, aber ich habe mir geschworen, sie zu finden – sobald ich es schaffe, von diesem Ort zu flüchten.

Schon wieder bin ich in einen Stundenplan eingezwängt. Sie wecken mich, um mir etwas zu geben, was mich einschlafen läßt. Mein Hintern sieht aus wie ein Nadelkissen. Frühstück gibt es immer zur gleichen Zeit, ebenso Lunch und Dinner. Die Rückkehr zu einer normalen Ernährung war schwieriger, als ich erwartet hatte. Außerdem behielt ich nicht viel bei mir. Ein Elchsteak zu essen ist etwa so, als kaute man auf Stiefelleder herum. Lange Zeit hatte ich unbändigen Appetit auf getrockneten Fisch – es war ein verdammter Alptraum. Eins schwöre ich – wenn ich noch einmal eine Orange sehe, werde ich sie jemanden zwischen die Augen knallen. Bis jetzt habe ich drei Stück gegen die Wand geworfen; eine traf Jesus im Gesicht, worauf Betty-Sue böse auf mich wurde, wirklich böse. Sie erzählte mir, sie könne einfach kein *sue wuk* besorgen, ich müsse mit Orangen vorliebnehmen, und wenn ich sie nicht weiter äße, würde sie meinen Hintern *wirklich* zu einem Nadelkissen machen, sich die größte nur denkbare Nadel suchen und dafür sorgen, daß es mir richtig weh tut.

Wenn sie nicht in der Nähe ist, gehe ich aber immer noch recht zielsicher mit den Orangen um. Übung macht den Meister.

Dieses Krankenhaus ödet mich an, aber ich kann erst raus, wenn die Ärzte es erlauben. Ich sage ihnen, daß ich mich wohler fühle als je zuvor. Ich kann einigermaßen essen, ohne mich gleich zu übergeben, und sie nehmen mir jetzt auch nicht mehr so viel Blut ab – um nach dem Spiegel von diesem oder jenem zu suchen. Ich bin doch am Leben, oder etwa nicht? Ich kann jetzt auch aufs Klo gehen, ohne daß mir jemand dabei die Hand hält und darauf achtet, was ich erledigt habe.

Heute kam Betty-Sue spät ins Krankenhaus und erzählte mir, daß ein katholischer Priester, den sie kenne, nach Seattle zurückfahren wolle und daß er in seinem Wagen noch Platz habe, falls ich mitfahren wolle, denn das Krankenhaus brauche mein Bett. Betty-Sue war überzeugt, daß ich irgendwo in Seattle ein Telefonbuch finden könne, mit dessen Hilfe ich meine Schwester in South Carolina finden werde.

Das Kriegsministerium ist keine große Hilfe. Sie sagen mir immer wieder, sie arbeiteten daran, aber wenn ich die Augen schließe, sehe ich nichts weiter als meinen Namen auf einem Zettel, der auf dem Boden des Postausgangskorbs liegt.

Ich war eines Morgens richtig unwirsch, als Betty-Sue in Straßenkleidung hereinkam. Sie sah so anders aus, daß ich sie kaum erkannte, bevor sie ihre Wollmütze abnahm. »Was sagen sie?« wollte ich wissen.

Sie schüttelte den Kopf und stellte einen schweren Koffer ab.

»Was haben sie gesagt?«

»Captain Carnes ist sich jetzt nicht sicher, ob diese Evakuierten zu den Pribilof-Inseln oder nach Saint Lawrence oder beiden geschickt wurden. John, kein Mensch weiß etwas Genaues. Es wird Monate dauern, bis ein Postflugzeug zu den beiden Inseln fliegt. Werden Sie aber nicht böse. Ich habe eine Idee. Wollen Sie sich die mal anhören?«

Ich sah sie an, seufzte und starrte an die Decke. »Warum verbringen Sie überhaupt so viel Zeit hier bei mir? Haben Sie denn keinen Freund? Haben Sie sonst nichts vor?«

»Mein Mann ist im Krieg gefallen.«

Ich sah sie an. Sie studierte ihre Fingernägel.

»Wir waren seit sechs Monaten verheiratet, als die Armee ihn holte. Er kam nie zurück. Einen Tag, nachdem ich das Telegramm erhalten hatte, beschoß ich, woanders hinzugehen und von vorn anzufangen. Ich bin hier so weit weg von Baton Rouge wie nur möglich. Wollen Sie sich jetzt also anhören, was ich zu sagen habe? Oder wollen Sie einfach nur daliegen und Trübsal blasen, weil Sie Ihren Willen nicht durchsetzen können?«

Ich kämpfte mit Worten. Wenn sie ein Mann wäre ... »Was ...«

»Ich bin in den Norden gegangen, weil Charlies Bruder hier oben arbeitet. Er würde uns nach Seattle mitnehmen, und er fährt heute ab. Sie müssen aus dem Krankenhaus raus, John. Aber Kioki können Sie erst suchen, wenn die Postflugzeuge wieder fliegen. Ich nehme jetzt meinen Jahresurlaub und habe mir gedacht, daß wir gemeinsam nach Süden reisen könnten. Wir können von Seattle mit der Bahn fahren. Ich werde bis Little Rock mit Ihnen mitfahren, damit Sie Gesellschaft haben, und dann können Sie nach Abbeville weiterfahren und ich nach Baton Rouge. Hören Sie mir zu?«

Wie es scheint, hatte sie ohnehin alles geplant. »Ich habe kein Geld. Und keine Kleider.«

»Nun, das habe ich.«

Sie öffnete den Koffer. Darin lagen ein Lumberjack, ein blaukariertes Hemd und auch lange Hosen. Ich bemerkte, daß sie sogar die Säume ausgelassen hatte. Sie hatte auch Unterwäsche, Socken und Cowboystiefel in meiner Größe eingepackt. Sie sagte, es habe alles ihrem Mann gehört. Nach dem Tod habe sie nie Gelegenheit gefunden, die Sachen loszuwerden. Sie wolle aber, daß ich sie jetzt nähme. Es sei am besten, wenn jemand sie trage.

Kurz darauf holte uns Betty-Sues Schwager, der katholische Priester, vom Krankenhaus ab. Er war jung und fröhlich. Es schien ihm nichts auszumachen, daß ich kein Katholik bin, aber trotzdem hoffte ich immerzu, er würde keinen Versuch machen, mich zu bekehren. Als ich klein war, schleppte mich meine Mutter immer in die First Baptist Church mit.

Doch jetzt hatte ich nur eine Religion – meine eigene.

Als er uns in seinem schwarzen Buick, der mich seekrank machte, durch das kanadische Yukon-Territorium fuhr, sagte ich kaum ein Wort, doch das war auch nicht nötig. Er war eine richtige Quasselstrippe. Er sprach aber nicht von Gott, sondern über alles andere, hauptsächlich Politik.

Von Zeit zu Zeit drehte ich mich um, um zu sehen, was Betty-Sue tat. Auf dem Weg nach Seattle schlief sie meist – oder tat zumindest so. Ich glaube, sie kannte schon das meiste von dem, was ihr Schwager erzählte.

Ich fragte, ob er versuchen wolle, meine Frau und meine Familie zu finden, denn manchmal haben Menschen das Gefühl, einem Mann mit einem Priesterkragen gefällig sein zu müssen. Zu einem Gottesmann sagt niemand nein.

Er sagte, er werde alles in seiner Macht Stehende tun,

um uns alle wieder zusammenzuführen, doch ich dürfe keine Wunder erwarten. Über Nacht werde es nicht möglich sein. Einer seiner Kumpel sei Missionar und Lehrer in einem Eskimoreservat in Kanada. Er schilderte die Eskimos als ein liebenswürdiges, glückliches und großzügiges Volk. Sie nähmen das Christentum so gut wie problemlos an.

Sein Kumpel war aber noch nie Asuluk begegnet.

In Seattle, wo er neben der Kirche wohnte, erledigte er für mich eine Menge Anrufe. Er fand Dinge heraus, die Captain Carnes nicht herausfinden konnte. Ich weiß noch, daß ich dachte, wie mächtig Gott doch sei.

Alle von Kulowyl evakuierten Eskimos seien glücklich auf der Saint Lawrence-Insel untergebracht, und zwar seit elf Wochen, aber es werde schwierig, wenn nicht unmöglich sein, ihnen eine Nachricht zu übermitteln. Ob ich mich bis dahin damit begnügen könne, zu wissen, daß moderne Eskimos ihnen auf Saint Lawrence die neue Lebensform beibrächten?

Nun, ich hatte kaum eine Wahl, oder?

Immerhin wußte ich jetzt, daß sie alle wieder zusammen waren und daß man sie nicht auseinandergerissen hatte. So brauchten sie sich nicht zu Tode zu ängstigen, weil sie nichts Besseres zu tun hatten, als sich selbst vor Kummer krank zu machen.

Ich weiß nicht, was ich getan hätte oder wo ich jetzt wäre, wenn ich nicht Betty-Sue kennengelernt hätte. Sie blieb oft noch stundenlang bei mir sitzen, obwohl sie längst hätte nach Hause gehen können. Sie wollte alles hören – wo ich gewesen war, was ich getan hatte, wie mir zumute war, wie ich mich bei den Eskimos eingelebt hatte, die mich gerettet hatten. Es schien ihr gleichgültig zu sein, wie ich aussah oder daß ich manchmal bei einer Geschichte am

Ende anfing und in der Mitte aufhörte oder manchmal mit einer Geschichte begann und dann vier andere zu Ende erzählte.

Ich sagte ihr, ich hätte alles aufgeschrieben, und wenn sie dieses Bündel finden könne, das ich bei meiner Ankunft bei mir gehabt hätte, könne sie alles darüber lesen. Natürlich nur, wenn sie meine Handschrift lesen könne. Sie fand es, denn eines Tages spazierte sie damit in mein Krankenzimmer. Sie sagte, wenn ich wolle, werde sie alles für mich tippen. In Wahrheit wollte sie es aber wohl selbst. Sie sagte immer wieder Dinge wie: »John, davon sollten andere wirklich erfahren. Sie sollten wissen, was da oben passiert ist.«

Dann wechselte ich immer das Thema.

Himmel, ich hatte das alles doch nur aufgeschrieben, um nicht durchzudrehen. Auf der Fahrt von Seattle nach Portland fragte ich mich ständig, was aus Sally geworden war. Es hatte mich ziemlich erwischt. Ich stellte mir immer wieder vor, wie ich auf dieser schmalen, verschlammten Straße zu ihrem Haus ging, die Treppe hinauf, und diesen alten Indianer mit dem zerplatzten Gesicht anlächelte. Ich klopfte an ihre Tür, und der Wind schob mich erneut ins Haus. Und da war sie und sagte, es sei heute aber mächtig windig ... Es hatte mich schlimm, wirklich schlimm, erwischt. Ich konnte mich aber nicht mehr genau erinnern, wo sie wohnte, da ich versucht hatte, einem Sturm zu entkommen und eine Zeitlang vom Kurs abgekommen war. Ich konnte mich kaum an ihr Gesicht erinnern. Meine Erinnerung an sie ist auf das Bild von einem Mädchen reduziert, das den Kopf zwischen die Knie gesteckt hat und langes, flammend rotes Haar bürstet. Wenn sie noch am Leben ist, müßte sie fast so alt sein, wie ich jetzt bin. Wenn sie nicht wie ihre Mutter zu Gott gegangen ist. Man kann einen Zug nicht einfach anhalten, wenn man ein bestimmtes Landschaftsmerkmal zu erkennen glaubt, selbst wenn man es nur aus dem falschen Winkel sieht. Früher hatte ich Dinge immer nur aus der Luft bemerkt.

Schon bald danach war es viel zu spät, noch etwas wegen Sally zu unternehmen. Da blieben mir nur noch die Fragen. Ich beschloß zu warten, bis ich mal wieder hier vorbeikam. Ich würde noch Zeit haben, sie zu finden ...

Wir sind jetzt in Omaha; wo der Zug gehalten hat, habe ich Plakate vom Krieg gesehen. Überall sind Soldaten, Matrosen, Marines. Damen warten auf den Bahnsteigen der Bahnhöfe. In ihren Augen leuchtet Hoffnung. Die Hoffnung verwandelt sich in Tränen, wenn der Zug wieder losfährt. Manchmal ist es ziemlich schlimm, wenn ein Sarg ausgeladen wird – wenn jemand aus dem Krieg nach Hause kommt, aber nicht so, wie er selbst oder andere es wollten. Früher konnte ich immer die Traurigkeit anderer Menschen empfinden. Ich glaube, ich habe diese Gabe jetzt verloren. Ich empfinde neuerdings überhaupt nichts mehr stark.

Immer, wenn wir halten, hoffe ich, daß Kioki und die Kinder einfach durch die Tür hereinspaziert kommen.

Doch das tun sie nicht.

Wahrscheinlich gewöhnen sie sich allmählich an ihre neue Lebensform, an neue Menschen in ihrer Umgebung, an die neuen Dinge, die es zu tun gibt, und daran, wie man sie auf andere Weise tun kann. Billy wird das alles schnell meistern – er hat einen guten Kopf, dieser Junge. Wenn er nur sein Temperament besser zügeln könnte ... Wenn man ihm ein Jahr oder zwei Zeit läßt, wird er das ganze Reservat leiten.

Lily. Kein Tag vergeht, an dem ich mich nicht frage, ob sie wegen ihres Erlebnisses immer noch Alpträume hat. Hat sie Eenali schon geheiratet? Vermißt Kioki mich so sehr, wie ich sie vermisse? Mir fehlt ihr sanftes Geplapper in der Dunkelheit. Ich schlafe nicht gern allein.

Wahrscheinlich verändern sich Dinge langsam, so langsam, daß es einem kaum auffällt. Zwanzig Jahre später kann man sagen, ich weiß noch, als ... Ich habe diese Veränderungen jedoch nicht miterlebt, sie nicht gefühlt. Aber es gibt sie überall, wohin ich auch sehe – Kleidung, Gebäude, Autos. Die Menschen sind nicht mehr höflich. Wenn man jemanden anlächelt, sehen die Leute einfach durch einen hindurch und geben einem das Gefühl, als hätte man kein Recht zu lächeln. Oder sie werden verwirrt, und dann sieht man die Frage in ihren Augen: Warum lächelst du mich an?

Spielfilme sind jetzt nicht mehr stumm, und man braucht die Worte nicht mehr zu lesen – das finde ich gut, weil die Schauspieler sprechen. Betty-Sue und ich haben uns in Oregon einen Film angesehen, in Portland. Es war irgendeine Liebesgeschichte. Als es gerade interessant wurde, als ich gerade dachte, ich könnte dem Geschehen folgen, fingen sie wieder mit so einem verdammten Song an und begannen zu tanzen, und da war ich wieder dort, wo ich angefangen hatte. Wir gingen, als der Film erst halb vorbei war – ich bekam Kopfschmerzen davon, weil es so verdammt laut war. Außerdem glaube ich, daß diese viele Küsserei des Paars Betty-Sue sehr an ihren toten Mann erinnerte, an Charlie. Sie sagte, es sei das erste Mal, daß sie sich einen Film mit Roland Colman nicht zu Ende ansehe.

Alle Welt redet von Roland Colman. Betty-Sue hält ihn für großartig. An der Wand im Foyer des Kinos sah ich ein Foto von Ingrid Bergman. Ich sagte Betty-Sue, wie sehr sie ihr ähnelte. Sie dachte, ich mache einen Scherz. Aber es war kein Scherz.

Die Prohibition muß zu Ende sein. Überall sind Bars und Tanzlokale. Die Frauen machen sich fein und sehen hübsch aus. Viele Männer in verschiedenen Uniformen. Rum und Coca-Cola soll ziemlich gut schmecken, das behauptet Betty-Sue jedenfalls, aber ich kann es nicht probieren, nicht bei all den Pillen, die ich nehme. Eines Tages kann ich mir vielleicht ein Bier genehmigen, wenn sie nicht hinsieht.

Sie fragt mich dauernd, warum ich aufgehört habe, über Kulowyl zu sprechen. Dabei habe ich schon hundertmal gesagt, daß alles da ist, daß sie es nur zu lesen braucht. Dann fragt sie, warum ich es ihr nicht erzählen will. Sie möchte so schnell so viel erfahren. Sie weckt mich manchmal sogar, wenn ich schlafe, um mich etwas zu fragen. Ihre ewige Fragerei bringt mich noch um den Verstand.

»Ich muß es wissen, John. Ich muß wissen, was für ein Gefühl es ist, so lange vermißt zu werden.«

»Ich war nicht vermißt, Betty-Sue. Ich wurde gefunden. Von mir. Kann ich jetzt schlafen?« sagte ich einmal, und das brachte sie endlich zum Schweigen. Ich wußte, daß sie alles selbst herausfinden würde, wenn sie sich nur die Mühe machte, all dieses Zeug zu lesen, das ich vor so langer Zeit aufgeschrieben hatte.

»Hast du je einen Handel mit Gott gemacht?« fragte ich, als wir nach Topeka hinein fuhren.

»Einen Handel mit Gott? Ich glaube nicht. Ich trete aber nie auf die Ritzen im Straßenpflaster. Ist das etwa das gleiche?«

Unten auf dem Bahnsteig sah ich, wie eine alte Dame

ihren uniformierten Sohn umarmte. »Diese alte Dame da unten, die hat einen Handel mit Gott gemacht. Das erkenne ich an ihrem Gesichtsausdruck.« Betty-Sue sah hin, sah, was ich sah, und drückte mir die Hand. »Sie ist tot, mußt du wissen. Ich habe mich nicht von ihr verabschiedet.«

»Wer ist tot?«

»Meine Mutter. Ich bin nie dazu gekommen, mich von ihr zu verabschieden.«

»Natürlich hast du das getan. Du sagtest doch, sie sei bei deiner Abreise in Miami gewesen.«

»Nein. Du verstehst nicht. Ich bin nie dazu gekommen, mich zu verabschieden. Ich meine damit nicht einfach, bis bald, Mom. Nein, ich meine den Abschied, wenn man weiß, daß man diesen Menschen niemals wiedersehen wird. Ich hielt es für selbstverständlich, daß ich bald wieder zurück sein würde, daß sie irgendwann alt wäre und ich da sein würde, um ihre Hand zu halten, wenn sie starb.«

»So solltest du nicht denken.«

Ich konnte nicht anders. Ich betrachtete immer noch diese alte Dame und ihren Jungen. »Sie muß ein Jahr vor der Geburt meiner Tochter gestorben sein.«

»Woher weißt du das?«

»Ich habe sie oft gesprochen, das Parfum, das sie immer auflegte – Spanischer Flieder. Sie sagte immer, wenn es einen Todesfall gebe, werde das immer durch eine Geburt ausgeglichen. Jemand werde immer den Platz der Toten einnehmen. Ich glaube, Lily hat ihren eingenommen.«

Ich sah Betty-Sue an. Sie wußte nicht, was sie davon halten sollte.

»Weißt du, was ein Komet wirklich bedeutet?« fragte ich sie.

»Nein. Was?«

Ich erzählte ihr von dem Großen Geist, der seine Felle hochhebt, und als ich mit der Geschichte fertig war, hatte der Zug Topeka verlassen.

»Hast du je einen Handel mit Gott gemacht?« fragte ich erneut. »Einen wirklichen Handel?«

»Nein«, erwiderte sie.

»Ich aber. Ich wollte nur eins: wieder nach Hause. Und jetzt habe ich Angst, weil ich nach Hause fahre. Bin ich verrückt, Betty-Sue? Bin ich verrückt, weil ich glaube, daß dort nichts mehr auf mich wartet?«

»Nein«, war alles, was sie darauf erwiderte. Ich griff nach ihrer Hand, starrte aber weiterhin aus dem Fenster, auf die vorübergleitende Landschaft. Es war mir gleichgültig, was der Mann dachte, der uns gegenübersaß.

»Lebt deine Mutter noch?« fragte ich.

»Ich weiß nicht«, erwiderte sie leise. »Ich habe seit zwei Jahren nicht mehr mit ihr gesprochen. Als ich Baton Rouge verließ, sagte sie, sie wolle mich nicht wiedersehen, niemals.«

»Warum?«

»Charlie und ich mußten heiraten.«

»Oh.«

»Aber es stellte sich dann heraus, daß ich gar kein Baby bekam. Er zog in dem Glauben in den Krieg, bald Vater zu werden, aber ...«

»Liebst du deine Mutter?« fragte ich, bevor sie zu weinen begann, denn sie stand mit Sicherheit kurz davor.

»Sehr.«

»Sag es ihr. Versprich mir, daß du es ihr sagst. Das Wissen allein ist manchmal nicht genug. Ich möchte, daß du dich daran erinnerst.«

Sie hielt weiter meine Hand.

In St. Louis erfuhr ich, daß jetzt auch Mädchen Baseball spielen, damit das Spiel nicht ausstirbt, nur weil alle Männer im Krieg sind. Der uns gegenübersitzende Mann nannte die Namen von vielen Spielern, von denen ich noch nie etwas gehört hatte – der einzige Baseballspieler, den ich je gemocht habe, war Babe Ruth. Mir gefiel nicht, was er über Babe Ruth zu sagen hatte, und ich wünschte mir, er würde einfach den Mund halten, damit ich etwas Schlaf fand. Doch als der Mann sagte, man lasse diese Mädchen in Röcken spielen, wurde ich schnell wieder wach. Ich hielt das für eine gute Idee. Es würde mir wahrscheinlich sehr gefallen, Mädchen Profi-Baseball spielen zu sehen. Möchte wissen, wie man solche Mannschaften nennt – die Dodgettes? Ich sagte Betty-Sue, sie solle es mal versuchen. Sie lachte mich aus.

Die Mädchen, die ich bisher gesehen habe, sind so hübsch wie eh und je, aber ich sehe nicht dauernd hin. Ich kann nicht. Es trifft mich ziemlich hart, wenn mir aufgeht, daß ich alt genug bin, ihr Vater zu sein, daß ich selbst eine Tochter habe. Dann nannte uns jemand aus Versehen Vater und Tochter, und da wurde Betty-Sue richtig böse. Ich mußte sie zurückhalten und sie beruhigen. Ich sagte ihr, das sei kein Grund, sich aufzuregen.

Ausnahmsweise tauschten wir mal die Rollen. Diesmal war ich es, der sie beruhigte.

Wie wir uns allmählich Little Rock in Arkansas näherten, wurde Betty-Sue sehr nachdenklich und still. Als wir Seattle verließen, hatte sie gesagt, weiter als bis Little Rock könne sie nicht mitfahren. Sie müsse weiter nach Süden, nach Louisiana. Doch als wir näher kamen, bekam sie es richtig mit der Angst zu tun, begann an den Fingernägeln zu kauen, so wie Bess es früher immer getan hatte, wenn sie Bobby bei einer Flugschau fliegen sah. Ich fragte, was los sei, und wie Bess sagte sie nichts. Ich wußte aber, daß sie es mir schon bald sagen würde.

Und das tat sie auch. Es hatte sich alles in ihr aufgestaut, seit wir in Portland diesen Liebesfilm gesehen hatten. Es ging ihr wie mir, und sie ängstigte sich entsetzlich vor dem, was vor ihr lag, sobald sie wieder zu Hause war.

Wir aßen am Bahnhof ein paar Sandwiches und tranken Kaffee, als sie sagte: »Ich kann nicht.«

»Du kannst was nicht?«

»Ich muß mich erst vergewissern, daß du nach Hause kommst, John.«

Ich sah sie eine Zeitlang an und sagte: »Oh, fabelhaft. Du meinst, wenn es bei mir klappt, wird es auch bei dir so sein?«

»Sag nicht nein, John. Bitte.«

Ich konnte diesen flehentlich bittenden großen Augen nichts abschlagen. Ich sagte ihr aber nicht, wie sehr sie mir schon dadurch, daß sie die ganze Zeit neben mir saß, die Kraft gab, die ich brauchte, um weiterzufahren. Ich erzählte ihr auch nicht, wie es gewesen war, mit Sindbad allein auf dem Eis zu sein. Manchmal haßten wir einander da draußen in dieser weißen nassen Kälte – die so weiß und kalt war, daß ich manchmal nicht hätte sagen können, wo oben und wo unten war. Ich blieb nur stehen, wenn er es tat, und umgekehrt war es genauso. So stapften wir immer weiter, hielten nie inne, niemals.

Ich kann gar nicht zählen, wie oft ich den Zug verlassen wollte, um ein Flugfeld zu suchen, vielleicht eine Maschine zu stehlen und wieder nach Alaska zu fliegen, weil dieses Land, das einmal mein Land gewesen ist, nicht mehr zu mir paßt. Es hängt an mir wie ein überdrehter Pullover. Alles, was mir einmal vertraut war, ist verschwunden. So viele Veränderungen in so kurzer Zeit. Siebzehn

Jahre, das ist kaum ein halbes Lebensalter, aber im Augenblick sind sie für mich die Ewigkeit.

Himmel, ich gehöre nicht hierher. Ich gehöre einfach nicht hierher.

Ich vermisse meine Frau so sehr, daß mir das Herz weh tut. Es schmerzt mehr als Lungenentzündung, tut mehr weh, als dieses gebrochene Bein mir je weh tat. Warum hilft mir das Kriegsministerium nicht? Es wäre doch nicht nötig gewesen, daß ich diesen ganzen Weg mit der Bahn fahre. Dieser verfluchte Captain hätte doch nur herauszufinden brauchen, wohin meine Familie gegangen ist. Ich hätte in Anchorage gewartet und wäre dann mit dem nächsten Flugzeug oder Schiff losgefahren. Immerhin war es ein Reservat der Regierung. Die mußten doch wohl zwei- oder dreimal im Jahr irgendeinen Beamten dorthin schicken? Wenn sie mich früher nie gebraucht haben, jetzt brauchen sie mich aber, und wie. Ich bekam nie die Chance, diese Schuld zu bezahlen, nur weil der Amtsschimmel meine Heirat mit Kioki nicht anerkennt. Ein Teil von mir ist mit ihr nach Saint Lawrence gegangen, weil in mir ein Loch ist, so groß, daß es ein Echo wirft. Und Betty-Sue kann mir nichts weiter sagen, als daß sie überzeugt sei, daß ich meine Familie eines Tages wiederbekäme.

Je weiter wir nach Süden kommen, um so öfter kommt es vor, daß Menschen, die mit mir sprechen, mich fragen, ob es in Europa oder in der Südsee passiert sei. »Es« ist natürlich mein verunstaltetes Gesicht, mein fehlender Arm, mein Humpeln. Ich lächele dann nur und sage, daß ich nicht darüber sprechen möchte. Sie müssen mich für eine Art Kriegshelden halten. Die Augenklappe, die ich jetzt trage, muß auch ziemlich überzeugend aussehen.

Betty-Sue sagte, ich hätte zum Film gehen sollen, denn ich könne manchmal sogar sie täuschen.

Je weiter wir nach Süden kommen, um so mehr freue ich mich darauf, wieder zu Hause zu sein. Die Menschen hier sind freundlicher; sie sprechen so, wie ich es gewöhnt bin. Doch als wir nach Atlanta kamen, wußte ich nicht, was ich empfand.

Atlanta, Georgia.

Georgia im Regen. Ich muß wohl an die tausendmal hier gewesen sein, und wann immer ich ankomme, fängt es unfehlbar an zu regnen.

Atlanta ist schon immer eine große Stadt gewesen, und ich mußte immer wieder stehenbleiben, um mich zu orientieren, um vertraute Wahrzeichen zu finden, Gebäude, Parks. Ich verirrte mich in einem Labyrinth, das seit 1924 dreimal so groß geworden war, und da Betty-Sue noch nie hier gewesen war, war sie mir keine große Hilfe. Wir stritten uns sogar ein paarmal. Sie würde nicht mal wissen, wo Norden ist, selbst wenn er sie bisse. Ich hatte mich in Atlanta mit einem Mädchen verirrt, das keinerlei Sinn für Orientierung besaß.

Ich wollte nicht über Nacht bleiben, doch der Zug hatte Verspätung. Es gab irgendein Problem mit den Gleisen. Wenn ich einen Tag warten wollte, konnte ich nach Charleston und dann nach Columbia fahren, aber eine direkte Verbindung nach Columbia gab es erst wieder in zwei Tagen.

Ich haßte es, so kurz vor dem Ziel zu sein und gleichzeitig so weit weg.

Betty-Sue und ich fanden das Hauptpostamt der Stadt eher aus Versehen und verbrachten lange Zeit damit, meine Schwester im Telefonbuch zu suchen. Sie war nicht aufgeführt. Um ein Haar hätte ich mich nach Rosannas Nummer erkundigt, scheute zum Glück aber davor zurück. Bis jetzt war es mir gar nicht in den Sinn gekommen, sie wiederzusehen. Ich wollte jetzt langsam vorgehen und eins nach dem anderen tun. Die Familie stand für mich an erster Stelle.

Ich überlegte mir, ob ich meinen Vetter Brewster in Virginia anrufen sollte, als Betty-Sue mir ein Gespräch mit dem County Sheriff von Abbeville vorschlug. Das sei ein guter Ausgangspunkt. Irgend jemand dort müsse sich an mich erinnern.

Der Sheriff war schon über fünfundfünfzig gewesen, als ich zehn Jahre alt war, und ich wußte, daß Freddie Larsen sich 1926 nicht mehr für eine Wiederwahl hatte aufstellen lassen – er wollte damals mit seiner Familie nach Alabama umziehen. Alle, die ich damals kannte und die sich an mich erinnern mußten, waren viel älter gewesen, und die meisten waren in der Zwischenzeit wohl verstorben.

Außer Bawler Johnson. Verdammt, wenn ich mich doch nur an seinen richtigen Namen erinnern könnte. Er hatte den Eisenwarenladen seines Vaters übernommen, und ich wußte, daß er mich nie vergessen würde – wie konnte er? Als wir Kinder waren, habe ich ihn jedesmal verprügelt, wenn ich ihn sah, doch als wir älter wurden, waren wir höflich zueinander, wenn wir uns mal begegneten. Also rief Betty-Sue für mich im Laden an. Ich war so nervös, daß ich schon beim Auf-der-Stelle-Treten eine Meile gelaufen war.

Ich überließ ihr meist das Reden, da ich mich manchmal einfach nicht gut ausdrücken kann und die Leute sich anstrengen müssen, um mich zu verstehen. An der Art, wie sie sagte: »Oh, verstehe«, erkannte ich, daß auch Bawler nicht mehr da war. Er hatte den Laden verkauft und war nach San Francisco gegangen. Und nein, bedaure, die

Dame, die im Laden abgenommen hatte, habe nie etwas von einer Meg Shaw oder einem Bruder gehört, der früher vom Davis Field aus geflogen sei.

Anschließend rief Betty-Sue im Büro des Sheriffs von Abbeville an und reichte mir den Hörer. Die Dame am anderen Ende sagte, die drei Hilfssheriffs seien alle unterwegs, und der Sheriff werde bis Donnerstag in Columbia bleiben. Ich fragte sie, was mit Freddie Larsen sei, aber sie hatte nie von ihm gehört. Sie war erst seit zwei Jahren in der Stadt.

Ich legte auf. Ich wußte, daß Betty-Sue allmählich glaubte, ich hätte alles zusammenphantasiert. Ich mußte irgendwie beweisen, daß es Wirklichkeit war.

Ich brachte das Telefonbuch wieder hinein und hielt nach der kleinen Frau Ausschau, die früher hinter dem Schalter gearbeitet hatte. Sie hatte sich immer mit mir unterhalten, wenn ich zur Post kam. Sie war so klein, daß sie sich auf eine Kiste stellen mußte, um über den Tresen hinwegblicken zu können. Wir lernten uns 1920 kennen, und ich weiß noch, was sie an dem Tag sagte, an dem sie mich zum ersten Mal sah. »Herr im Himmel, Sie müssen wohl der längste Mensch sein, den ich je gesehen habe!« Sie kam hinter dem Tresen hervor, stellte sich neben mich, und alle mußten herzlich lachen. Sie reichte mir kaum bis zur Taille; sie war so winzig, daß ich sie hätte in die Tasche stecken können.

Doch auch sie war nicht mehr da.

Ich sah Betty-Sue an und fragte mich, ob sie mir glauben würde, wenn sie Bobbys Grab sah. Das konnte jedenfalls nicht auch verschwunden sein.

Wir gingen gerade hinaus, als ich die Stimme einer alten Dame hörte: »Oh, Herr im Himmel, wo haben Sie bloß die ganze Zeit gesteckt?«

Betty-Sue und ich wirbelten herum, und da stand sie, die kleinwüchsige Dame. Sie kannte mich, wußte aber nicht meinen Namen.

»Sie sind der Pilot. Sie sind wieder da. Himmel, was ist mit Ihnen passiert?«

Als wäre es gestern gewesen, sah ich auf sie hinunter und grinste von einem Ohr zum anderen. Dann drehte ich mich zu Betty-Sue um und sagte: »Sie erinnert sich an mich. Sie erinnert sich an mich.« Dann sagte die alte Dame etwas, was mich total überrumpelte.

»Mächtig hübsche Frau haben Sie da.«

Ich hatte das Gefühl, als hätte mir jemand die Faust in den Bauch gerammt, und alle in der Post starrten uns an.

Nun, ich log und sagte, ich würde mal wieder vorbeikommen. Sie sah uns hinausgehen. Sie winkte uns zum Abschied sogar zu, glücklich, daß ein kleiner Teil ihrer Vergangenheit zurückgekehrt war, um hallo zu sagen.

Betty-Sue regte sich auch darüber auf, daß man sie meine Frau genannt hatte.

Wir setzten uns in ein Eßlokal. Vom Fenster aus konnte ich das Polizeipräsidium von Atlanta sehen – Polizeiwagen kamen und gingen. Es hatte sich nicht sehr verändert; es war höchstens ein bißchen größer geworden.

»Es ist nicht so, daß ich dir nicht geglaubt habe ...«

»Macht doch nichts. Ich habe mich selbst schon gefragt, ob es alles nicht so etwas wie ein böser Traum gewesen ist.«

»Die Leute halten mich für deine Tochter oder für deine Frau. Ich bin einundzwanzig Jahre alt. Entweder sehe ich so alt aus, oder du siehst so jung aus.« Sie konnte sich gar nicht beruhigen.

»Wenn die Leute denken wollen, daß ich dein Daddy oder dein Mann bin, werden sie es tun, was immer wir sagen.«

Ich behielt die Polizeiwache weiter im Auge, und der Anblick versetzte mich zurück zum 31. Dezember 1923. Ich mußte mir Bobby in der Leichenhalle des Krankenhauses ansehen, um ihn offiziell zu identifizieren. Bess und ich. Ich wollte sie nicht dabeihaben und hatte deswegen Streit mit einem kugelrunden Bullen. Es war Haß auf den ersten Blick, und der Scheißkerl behielt mich zu lange da, weil er immer wieder Fragen stellte, als wäre ich für Bobbys Tod verantwortlich. Wahrscheinlich hatte er nichts Besseres zu tun.

In diesem Eßlokal versuchte ich, die Gedanken schweifen zu lassen, doch sie wollten nicht. Und der Haß, den ich 1923 empfunden hatte, war plötzlich wieder da, genauso stark wie damals.

Der Blaubeer-Pie schmeckte ein wenig wie *sue wuk*, aber süßer. Statt Kaffee wollte ich lieber eine Schüssel mit warmen Seehundblut. Es ist besser, wenn es heiß ist.

Betty-Sue mußte ganz schön schnell reden und eine Ausrede erfinden, denn die Kellnerin fiel fast in Ohnmacht, als ich meinen Wunsch äußerte. Als sie sagte: »Was kann ich Ihnen bringen, Sir?«, hab ich's ihr eben ganz offen gesagt.

Nach diesem Schnitzer hat mir Betty-Sue ganz schön den Kopf gewaschen. Sie sagte mir, ich dürfe einfach nicht immer sagen, was ich dächte. Ich sei jetzt wieder in der realen Welt. Darauf sagte ich ihr, was ich von ihrer realen Welt hielt.

Und als ich sagte, ich wolle zum Friedhof, und sie fragte, ob sie mitkommen wolle oder nicht, sah es aus, als würde sie gleich weinen. Draußen regnete es wieder. Sie war besorgt, ich könnte zu erschöpft sein, bis ich sagte, es sei nicht weit. Sie glaubte mir. Sie kaufte einen Regenschirm – wollte sich nicht erkälten –, und ich fragte mich, wie lange sie auf Kulowyl wohl am Leben bleiben würde, denn mir kam der Juliregen warm und nicht kalt vor.

Wir schritten durch das Friedhofstor, worauf ich mich nach rechts wandte. 1924 war Bobby am Rand des Friedhofs begraben worden, als erster in einer neuangelegten Reihe zwischen zwei alten Bäumen, von denen der eine aussah wie ein riesiges W. Damals war das Grab nur ein Loch im Erdboden gewesen. Ich bin nie wieder dagewesen, um mir den Grabstein anzusehen, für den ich gezahlt hatte. Irgendwann fand ich die Bäume, und dort sah ich fünfzig weitere Reihen alter Gräber. Jetzt lag Bobby nicht mehr am Rand.

Neben Bobby stand ein Zementengel mit Vogelscheiße auf dem Kopf. Das brachte mich zum Lachen – er hatte jetzt einen Engel neben sich?

Ich sah mir an, wofür ich damals so viel Geld gezahlt hatte – Blattgold-Buchstaben auf schwarzem Marmor.

ROBERT FLETCHER SULLIVAN

9. AUGUST 1901 – 31. DEZEMBER 1923

Und mit diesem goldenen Doppeldecker, der sich da unter den Daten in die Kurve legte und der Ewigkeit zuzufliegen schien, hatte der Steinmetz gute Arbeit geleistet. Ich konnte jedoch nicht erkennen, was für ein Fabrikat die Maschine war. Ich hatte ihm damals gesagt, daß ich eine de Havilland wollte. Vielleicht wußte er nicht, was das war.

Und Betty-Sue, die unter ihrem Regenschirm Schutz gesucht hatte, wurde sehr still, als sie das Grab sah. Sie sah mir sehr aufmerksam ins Gesicht. Keine Tränen. Jetzt nicht mehr. Nie mehr.

Hübsche weiße Kieselsteine begrenzten die Seite des

Grabs, und in der Mitte sah ich einen schmalen Streifen aus schwarzen Marmorplatten, genau das, was ich ausgesucht hatte. Auf einem Vorsprung unter dem Doppeldekker stand ein Glas mit einer Handvoll verwelkter gelber Gänseblümchen.

Gelbe Gänseblümchen.

Mir brannten die Augen. Wenn er sie nicht kaufen konnte, stahl er sie. Bei den Flugschauen warf er sie den jungen Mädchen in der Menschenmenge aus dem Flugzeug zu.

Es gab also noch jemanden, der nicht vergessen hatte.

Es waren jetzt fast zwanzig Jahre her. Noch sechs Monate, und er wäre seit zwanzig Jahren tot.

Ich wußte, daß Betty-Sue gehen wollte, aber ich setzte mich hin und sprach im Geiste mit ihm, wie ich es immer tat, und alles, was ich spürte, war die Ahnung von einem Lächeln – die Ahnung, daß da jemand war.

An meinem Hals hing sein Christophorusmedaillon. Ich berührte es und hörte ihn gurgeln – »Nimm es, Kumpel. Nimm es ...«

Zwanzig Jahre, und ich weinte wieder. Betty-Sue ließ mich gewähren. Dann hörte ich jemanden kommen. Ich stand auf und versuchte, das Gesicht zu verbergen. Es gehörte sich hier nicht, daß ein Mann seine Tränen zeigte.

Ich werde nie vergessen, was dann geschah.

Eine Stimme, die ich kannte und seit zwanzig Jahren nicht gehört hatte, sagte: »Johnny?«

Tausend Raupen krabbelten an meinem Rückgrat auf und ab.

»Johnny Shaw? Bist du das?«

Es war Bess. Ich wäre am liebsten weggegangen. Ich wollte etwas tun, irgend etwas. Ich blieb wie erstarrt stehen und starrte den Zementengel an.

»Johnny Shaw?«

Ich drehte mich um. Es war Bess, kein Zweifel. Ihre Augen hatten sich kein bißchen verändert, der Rest von ihr aber schon.

»Hallo, Bess.« Meine Stimme wollte mir nicht gehorchen. Die Worte kamen als Krächzen heraus.

Ihre Handtasche fiel zu Boden, ebenso der Strauß gelber Gänseblümchen, den sie trug und in nasses Zeitungspapier gewickelt hatte. »Sie sagten, du wärst tot.«

»Sie haben sich geirrt.« Ich lächelte sie an, und sie rannte auf mich zu. In der nächsten Sekunde lag sie in meinem Arm. Ich konnte es nicht glauben. Sie reichte mir immer noch nur bis zur Brust. Sie war zwar dicker und älter geworden, war aber immer noch die Bess, die ich von früher her kannte.

Sie wußte nicht, ob sie lachen oder weinen sollte, ich genausowenig, und so taten wir beides. Dann nahm sie mein Gesicht zwischen die Hände, sah mir in die Augen, und sie war den Tränen verdammt nahe, als sie fragte: »Was ist mit dir passiert?«

Ich wußte nicht, was ich sagen sollte.

»All diese Jahre ... Was ist passiert?«

Ich brachte kein Wort heraus. Ich drückte sie nur wieder an mich, dieses Mädchen, die beste Freundin meines toten Kumpels, die Frau, die immer noch gelbe Gänseblümchen auf sein Grab legt, vermutlich jeden Tag.

»Ich mußte heute früher herkommen. Ich wußte nicht warum. Ich mußte heute einfach früher kommen ... Wo wohnst du?«

»Ich weiß nicht.«

»Wie bist du hergekommen?«

»Äh ... mit der Bahn.«

»Mit der Bahn? Von wo?«

»Seattle.«

»Na schön, du kommst mit mir nach Hause. Deine Tochter auch.«

Ich warf Betty-Sue einen Blick zu, doch sie zuckte die Achseln. Es schien ihr nichts auszumachen. Sie hatte dikke Tränen in den Augen.

Ich beobachtete Bess, als sie die alten Blumen herausnahm, eine Flasche aus ihrer Tasche nahm, Wasser in die Vase kippte und die frischen Gänseblümchen hineinsteckte.

»Machst du das jeden Tag?« fragte ich.

»Alle zwei Tage«, sagte sie und umarmte mich dann wieder.

Ich schwöre bei Gott, ich spürte, wie Bobby uns beide auslachte.

19. Kapitel

Ich saß nicht lange genug in Bess' Wagen, um seekrank zu werden. Wenn es je so etwas wie eine vertraute Art von Fremdheit gegeben hat, erlebte ich sie an jenem Sommernachmittag. Bess lebte immer noch in dem Haus, in dem sie aufgewachsen war.

»Mutter und Vater starben innerhalb von sechs Monaten, das war 1935«, sagte sie leise. »Dad starb als erster. Ich habe aber immer gewußt, daß sie ohne einander nicht leben konnten.« Sie schenkte mir dieses traurige Lächeln. Ich hatte es vergessen, bis ich es jetzt wiedersah. »Das muß Liebe sein. Wahre Liebe.«

Ich fragte mich, was Betty-Sue dachte. Seit dem Friedhof war sie schrecklich still gewesen.

Während Bess noch mehr von wahrer Liebe plapperte und davon, was sie sein solle, betrachtete ich das Haus. Es gehörte jetzt ihr. Es war das einzige in der Straße ohne einen Zaun. Pflanzen und Blumen hingen von der Decke der Veranda herab; in der Nähe der Haustür wartete eine graue Katze.

Wir stiegen alle aus dem Wagen. Betty-Sue hatte Mühe, ihr Kleid im Wind unten zu halten, so daß ich sie hinter mir gehen ließ, während ich Bess auf dem Kiesweg folgte. Bobby hatte diese Treppenstufen tausendmal betreten – Atlanta war nie zu weit weg gewesen, um seine Freundin zu besuchen.

»Wie kommt es, daß du nie geheiratet hast?«

Sie steckte den Schlüssel ins Schlüsselloch, drehte sich zu mir um und antwortete, wie sie es immer getan hatte – direkt. »Ich habe nie einen Mann gefunden, den ich so lieben konnte, wie ich Bobby geliebt hatte. Ich unterrichte immer noch in der Grundschule, Johnny. Mehr brauche ich jetzt nicht mehr. Ich komme zurecht.«

Ich wußte nicht, daß sie Lehrerin war. Bobby hatte es mir nie erzählt, und ich hatte nie daran gedacht zu fragen, was sie tat, wenn sie nicht bei uns war.

Weitere Veränderungen fielen mir auf. Schlösser und Schlüssel? In früheren Zeiten, damals, hatte man nie etwas abschließen müssen.

In ihrem Haus war es dunkel. Es roch nach Lavendel. Ich war vorher nur einmal hier gewesen, nach der Beerdigung. Ich brachte sie damals nach Hause, blieb einige Zeit bei ihr und rannte dann weg, als sie mich am meisten brauchte. Ich hoffte, sie würde sich nicht daran erinnern, oder, wenn sie es tat, mir vergeben, weil ich ein Feigling gewesen war.

Sie erwähnte es jedoch mit keinem Wort.

»Möchtet ihr etwas Tee? Oder Kaffee? Etwas zu essen?«

»Kaffee wäre gut.« Ich sah Betty-Sue an; sie war mit der Katze beschäftigt. Sie hatte mir von ihrer erzählt, die an dem Tag weggelaufen war, an dem ihr Mann starb. Sie sei nie zurückgekommen. Ich hatte aber gesehen, wie eine Menge Tiere hinter ihr herliefen. Kaum eine Stunde, bevor wir Bess trafen, war eine Siamkatze uns ganze zwei Straßenblocks gefolgt.

Bess überraschte mich mit der Frage: »Magst du immer noch keinen Tee?« Wie kam es, daß sie sich an so etwas erinnerte?

Sie füllte ihren Kessel mit Wasser aus einem Hahn

über der Spüle und steckte den Stecker in eine Steckdose an der Wand. Die Küche hatte sich verändert und war nicht mehr so, wie ich sie in Erinnerung hatte. Jetzt stand da ein Elektroherd – ein Helfer der Hausfrau, der der Dame des Hauses garantiert etwas mehr Zeit für sich ließ.

Bess nahm eine Flasche Milch aus einem Kühlschrank. Vorbei die Tage der Kuh auf dem Hinterhof und der Milchkanne im Fleischkühler, der Balgereien darum, wer den Rahm von der Milch abschöpfen durfte.

Mir war nicht klar gewesen, wieviele Dinge ich verpaßt hatte. Es waren nicht so sehr die Erinnerungen – die Dinge, die das Leben leichter machen. Es waren nicht die Züge, die Busse, die Autos auf der Straße. Es waren vor allem die Menschen. Die Leute lächelten kaum noch und ganz gewiß nicht bei Fremden. Kein Mensch traute noch einem anderen. Als wir alle im Haus waren, hatte Bess sogar die eigene Tür abgeschlossen. Eine Vorsichtsmaßnahme, sagte sie. Eine Vorsichtsmaßnahme gegen was? fragte ich mich. In was für ein Viertel hatte sich diese Gegend verwandelt?

Meine Hand zitterte wieder. Ich spürte ein schreckliches Bedürfnis, einfach wegzulaufen, nach Norden zu fahren, nach Hause – nach Hause zu dem, was ich kannte, zu dem, was ich mir am meisten wünschte. Diese Heimkehr war nichts als ein riesiger Fehler gewesen. Dann legte mir Betty-Sue die Hand auf den Arm. Das tat sie immer, wenn sie mich beruhigen und mir zu erkennen geben wollte, daß alles in Ordnung war oder daß ich wieder meine gelbe Pille nehmen mußte. Es funktionierte immer. Es beruhigte mich. Ich setzte mich hin und wartete still. Wartete, bis ich spürte, wie sich die Ruhe ausbreitete, wartete, bis jemand etwas sagte, um das Schweigen zu brechen.

Als das Wasser kochte, pfiff der Kessel, und das hatte die gleiche Wirkung wie eine Schulglocke, die zur Pause läutet. Plötzlich kam Leben in uns alle.

Betty-Sue wollte helfen. Sie legte ein blaukariertes Tischtuch auf den Tisch, und Bess zeigte ihr, wo Tassen und Untertassen standen. Ich fühlte mich fast zu Hause. Fast. Bess stellte einen Teller voller Kekse in die Mitte des Tisches. Ich hatte noch etwas vergessen – dieses Mädchen konnte bessere Kekse machen als sogar meine Mutter. Sie gab Bobby immer genug für eine ganze Woche mit.

Wenn Bobby und ich auf einem offenen Feld unter einer Tragfläche saßen und eine Kanne Kaffee in Griffweite hatten, reichte ein Wochenvorrat von Bess' Keksen gerade eine halbe Stunde.

Anblicke und Gerüche können Erinnerungen wachrufen. Der Geschmack von Dingen auch.

»Du bist immer noch sehr still, Johnny.«

Ich sah hoch. Mit dem Mund voller Kekse konnte ich doch nicht sprechen, oder?

»Aber ich habe auch vor zwanzig Jahren nicht gewußt, was du denkst.«

»Gewohnheit«, erwiderte ich irgendwann. »Wenn man nichts sagt, kann niemand einen mißverstehen.« Teufel auch, dachte ich. Ich habe es gesagt. Ich habe es tatsächlich gesagt. *Mißverstehen*.

Sie zog das gleiche Gesicht wie immer, wenn sie einem kein Wort glaubte. »Mißverständnisse, von wegen. Du bist nur schüchtern.« Sie schob den Teller mit Keksen näher zu mir. »Das bist du immer gewesen. Bist zuviel allein gewesen.«

Doch das war meine Angelegenheit gewesen. Ich sah zu Betty-Sue hin. Die Katze lag jetzt auf ihrem Schoß.

Ich sah wieder zu Bess. Ihre Finger waren kurz, ihre Fingernägel ebenfalls. Sie kaute nicht mehr an ihnen herum. Wenn sie uns früher beim Fliegen zusah, stand sie immer nur da und kaute an ihren Fingernägeln, bis sie bis zu den Ellbogen weg waren. Sie ist nur einmal geflogen, machte aber den Fehler, mit Bobby zu fliegen. Das war der Grund, weshalb sie nie wieder ein Flugzeug bestiegen hatte.

Sie nahm ihre Tasse Tee, blickte hinein und fragte schließlich: »Wie ist es dir ergangen?« Ich wußte, daß sie die Frage nicht mehr zurückhalten konnte. Ich hatte ihr während der letzten Stunde an den Augen angesehen, wie sehr sie darauf brannte, dem unverbindlichen Geplauder ein Ende zu machen.

Also erzählte ich ihr, was sie meiner Ansicht nach wissen mußte, und Betty-Sue, die es schon hundertmal gehört haben mußte, saß einfach nur da und hörte erneut zu. Die Katze schlief auf ihrem Schoß und schnurrte dabei laut.

»Du lieber Himmel, wirklich?«

Ich entschuldigte mich und verließ das Zimmer. Ich hörte Betty-Sue erklären, wie wir uns kennengelernt hatten, warum sie bei mir war, und kurz darauf war die Küche von munterem Damengeplauder erfüllt.

Im Badezimmer sah ich die Haarbürste und die grauen Haare darin und warf einen Blick in den Spiegel. Es war tatsächlich ein Leben vergangen, und wir taten, als wäre es nicht so.

Sie freute sich, mich wiederzusehen. Kein Mitleid. Nur Besorgnis. Vor allem, als ich von Kioki, Billy und Lily erzählte. Ich erzählte ihr sogar von Tooksooks und davon, wie sie gestorben war. Von Asuluk, Sindbad ...

Besorgt war sie gewiß, aber an Verständnis fehlte es. Ich

hatte ihr davon erzählt, wie es da oben auf Kulowyl war, als ich nur ein paar bruchstückhafte Erinnerungen hatte, die mir weiterhelfen konnten und mir ein Ziel gaben, für das ich leben konnte, und daß ich manchmal auch an sie gedacht hätte.

Wenn ich mich Bobby Sullivan je näher gefühlt habe als irgendwann zuvor, dann in diesem Haus. Wenn sie ihm alle zwei Tage Blumen aufs Grab legte, dann hatte sie mit Sicherheit gewußt, wie sehr es mir zusetzte, Menschen schmerzlich vermissen zu müssen.

Aber schließlich hatte nicht sie siebzehn Jahre auf dieser Insel festgesessen. Wie sollte sie es dann wirklich verstehen? Wie konnte es überhaupt jemand?

Ich ging wieder ins Zimmer, worauf sofort Schweigen eintrat. Das bedeutete, daß sie über mich gesprochen hatten. Ich nahm also noch eine Tasse Kaffee und stellte mich dumm, als Betty-Sue sagte, sie würde gern einen Spaziergang um den Block machen, allein.

Wir sahen sie losgehen. Die Katze folgte ihr, kletterte Bäume hinauf und über Zäune hinweg. Die Sonne ging jetzt unter, und Bess und ich setzten uns draußen auf der Veranda auf die Schaukel inmitten der Pflanzen und Töpfe. Ein Kanarienvogel in einem Bauer begann zu flöten. Ich sah mich um und fragte mich, wie oft sie hier wohl engumschlungen mit Bobby gesessen hatte.

»Was willst du tun?« fragte sie.

»Willst du wissen, was ich tun will, oder was ich nach Ansicht der Leute tun sollte?«

Bess sagte nichts. Ihr schien nicht ganz wohl zu sein.

»Ich möchte dorthin zurückgehen, wohin ich gehöre.«

»Und wenn du zurückgehst und entdeckst, daß du nicht hingehörst?«

Der Gedanke war mir auch schon gekommen, aber das mußte ich mir nicht von ihr sagen lassen.

»Johnny, du bist noch gar nicht richtig nach Hause gekommen. Woher willst du wissen, daß du nicht hierher gehörst?«

»Ich weiß es.«

»Es ist nie zu spät, einen neuen Anfang zu machen. Heb die Scherben auf.«

»Ist das die Erfahrung, die da jetzt aus dir spricht, Bess? Sieht aus, als hättest du die Scherben aufgehoben und dann weitergelebt. Jap, so sieht es tatsächlich aus.«

Sie sah schnell zu Boden.

»Was kann ich tun?« fragte ich. »Sieh mich doch an, Mädchen. Ich bin einundvierzig Jahre alt. Ich habe nur noch ein Auge, einen Arm und kann ohne Stock nicht gehen. Das Fliegen ist das einzige, was ich je gekannt habe. Da sind keine Scherben mehr, die ich aufheben könnte, und selbst wenn ich es täte, würde es sein, als würde ich ein Puzzle zusammensetzen, bei dem die Hälfte der Teile fehlt.«

»Du könntest unterrichten. Ausbilden. Eine eigene Flugschule gründen.«

Jetzt redete sie dummes Zeug. Unsinn. Holte alberne Gedanken aus der Luft. »Sag so etwas nicht, Bess. Tu es nicht. Es gibt keine Möglichkeit für mich, jemandem das Fliegen beizubringen, wenn ich selber nicht mehr fliegen kann. Und das kann ich nicht. Ich weiß, daß ich es nicht kann. Dazu braucht man zwei gesunde Arme.«

Wir verstummten. Ich war ihr nicht persönlich böse und hoffte, daß sie das auch wußte. Sie muß es gewußt haben. Sie griff nach meiner Hand. Sie tätschelte oder drückte sie nicht, sondern legte nur ihre auf meine.

»Betty-Sue sagte, du hättest dir die größte Mühe gegeben, mit Meg Verbindung aufzunehmen.«

Was war da jetzt in ihrer Stimme? War Meg auch tot? »Lebt sie noch?«

»Du weißt es nicht?«

O Gott, nein. Nicht auch noch Meg. Mein Herz begann zu rasen.

»Sie ist Vorsitzende der Schulkommission von South Carolina. Lebt jetzt in Columbia. Sie hat ... geheiratet ... Nein, du kannst ihn nicht gekannt haben. Ein Universitätsprofessor, Gordon Meschers. Sie haben zwei Söhne und eine Tochter.«

»Ja?«

»O ja. Ich hoffe, du hast die siebzehn Jahre nicht damit zugebracht, dir wegen Meg Sorgen zu machen.«

»Ich habe oft an sie gedacht. An dich auch.«

»An jemanden denken und sich seinetwegen Sorgen zu machen – bei dir ist das ein und dasselbe.«

Dieser schüchterne Ausdruck eines kleinen Mädchens huschte über ihr Gesicht, und so nahm ich ihre Hand und drückte sie.

»Und meine Mutter? Ja, ich weiß, sie ist tot. Weißt du, wie sie gestorben ist?«

»Krebs. Nach der Operation bildeten sich Metastasen.«

»Oh.«

»Ich sah sie bei Megs Hochzeit. Ich war zwar nicht eingeladen, bin aber in die Kirche in der North Main gegangen. Ich mußte sehen, wie Meg aussah. Deine Mutter sah mich dort stehen, als die Fotos aufgenommen wurden, und da kam sie zu mir, und wir haben uns lange unterhalten.«

»Sie hat dich immer gemocht, Bess.«

»Ja, ich weiß. Ich mochte sie auch. Wir sprachen von dir. Ich weiß noch, was sie sagte. Daß du eines Tages an ihre Tür klopfen würdest. Sie gab nie die Hoffnung auf und glaubte nie, daß du tot seist. Sie sagte, sie würde es wissen, wenn du es wärst. Sie würde es mit dem Herzen wissen. Kurz darauf ging ich, weil sie für die Aufnahmen gebraucht wurde. Ich versprach, sie zu besuchen, habe es aber nie getan.«

Ich ließ sie weitererzählen. Sie sprach von Suchtrupps, die keine Spur von mir gefunden hätten, sagte, daß sie seit meinem Verschwinden einmal im Jahr Kontakt mit Meg gehabt hätte. Zu Weihnachten hätten sie Grußkarten ausgetauscht oder einen Brief, doch damit habe es sein Bewenden gehabt. Etwas sagte mir jedoch, daß es immer Bess gewesen war, die den Brief oder die Karte geschickt hatte, und immer Bess, die keine Antwort erhielt. Meg hatte sie nie sonderlich gemocht. Wegen Bobby, nehme ich an.

»Warum rufst du deine Schwester nicht an? Es ist fast sechs. Sie müßte inzwischen zu Hause sein.«

Warum rufst du deine Schwester nicht an?

Die Frage ließ mir die Seele erstarren.

Ich folgte Bess ins Nebenzimmer, und während sie die Nummer meiner Schwester wählte, sah ich zum Kaminsims. Fotos von ihrer Familie.

Und da war auch ein Foto von Bobby vor seiner de Havilland kurz nach deren Umrüstung zur Frachtmaschine. Das Emblem von Sullivan und Shaw auf der Ledertasche, der Pelzkragen; der rechte Arm ruhte auf der Motorhaube, und dazu dieses verdammte Grinsen im Gesicht. Es war einen Kilometer breit. An dem Tag, an dem das Bild aufgenommen worden war, war ich auch da gewesen. Er grinste mich an, weil ich hinter dem Rücken des Fotografen etwas Albernes machte. Das nächste Foto von uns beiden wurde von zwei Zeitungen gebracht – Miami und Columbia.

Während Bess Megs Nummer wählte, kam Betty-Sue von ihrem Spaziergang zurück. Sie nahm das gerahmte Foto vom Kaminsims und studierte es aufmerksam. »Ist dies Bobby?« fragte sie.

Ich nickte. Ich hatte so viel über ihn gesprochen, daß sie ihn wahrscheinlich genausogut kannte wie ich.

Ich hörte Bess sagen: »Joshua, es ist mir egal, wie spät es ist, wenn sie nach Hause kommt. Du sagst ihr, daß Bess Muller angerufen hat, und es ist sehr, sehr wichtig, daß sie zurückruft. Schreib es dir auf ...« Sie hörte sich wirklich wie eine Paukerin an. Ich konnte mir den Jungen vorstellen, wie er die Zunge ausstreckte und die Nachricht für seine Mutter hinkritzelte – meine Schwester.

Irgendwann legte Bess auf, und ich war erleichtert, nicht mit Meg sprechen zu müssen, da ich nicht wußte, was ich hätte sagen sollen. »Ich werde dir meinen Wagen leihen. Du kannst morgen nach Columbia fahren. Ich würde gern mitkommen, aber ich muß arbeiten.«

»Es ist Sommer.«

»Ich unterrichte Mathe in der Sonderschule.«

Ich sah, wie sie Betty-Sue anblickte, die immer noch Bobbys Foto studierte. Dann sah ich, daß auch Betty-Sue Tränen in den Augen hatte, und fragte, was denn los sei. Sie stellte das Foto wieder zurück und sagte flüsternd: »Er hat so große Ähnlichkeit mit Charlie.«

»Ihr Mann«, sagte ich zu Bess. »Er ist im Krieg gefallen.«

Bess nahm sie beiseite und gab ihr in der Küche etwas zu tun. Ich machte es mir in einem Sessel im Wohnzimmer gemütlich und lauschte dem Radio. Durch die Musik – noch so eine Sache, an die ich mich nicht gewöhnen konnte – hörte ich, wie Betty-Sue sich für ihr albernes Verhalten entschuldigte. Kurz darauf hörte ich sie wieder lachen.

Ich habe mich immer unwohl gefühlt, wenn Frauen weinen oder aufgeregt sind.

Ich starrte immerzu das Telefon an. Ich hoffte, es würde läuten, und betete, es möge stumm bleiben.

Wir drei, die wir in diesem Haus versammelt waren, konnten die Vergangenheit nicht ruhen lassen. Ich wußte, daß Betty-Sue sich fangen würde. Ich wußte, daß sie eines Tages einen anderen Mann kennenlernen, eine Familie gründen und ein neues Leben beginnen würde. Himmel, ihr Leben hatte gerade erst begonnen. Außerdem war sie ein hübsches Ding. Ich hatte die Blicke gesehen, mit denen man sie bedachte, und ich wußte nur zu gut, was sie bedeuteten. Manchmal sah ich sie selbst so an und mußte mich dann ermahnen, kein Dummkopf zu sein. Betty-Sue hatte eine Zukunft, das wußte ich jedenfalls. Sie mußte nur die Hand ausstrecken und sie festhalten.

Aber Bess? Wenn ich ihr in die Augen sah, wußte ich, daß auch sie die Vergangenheit nicht sterben lassen konnte. Und mir hat sie vorhin noch erzählt, ich solle mein Leben wieder in die Hand nehmen und weitermachen?

Wie kommt es, daß man die besten Zeiten des Lebens nie erkennt, wenn man sie gerade erlebt, sondern erst im Nachhinein erkennt, was man verloren hat? Bobby starb, und ich war vermißt, und ihr blieb nichts weiter als der Unterricht in der Schule und Erinnerungen und Gedanken an das, was hätte sein können. Und das ist alles, was sie jetzt noch will. Und das konnte ich nicht verstehen.

Graue Haare in einer Haarbürste.

Zwanzig Jahre ihres Lebens waren dem Gedenken eines toten Mannes geopfert worden, den sie einst geliebt hatte. Und was war sie jetzt, eine einsame Frau mittleren

Alters, die nicht vergessen konnte, die keinerlei Glauben an eine Zukunft hatte und jeden Tag so nahm, wie er kam, und es verging kein Tag, an dem sie sich nicht erinnerte.

Ich hätte ihr am liebsten einen ordentlichen Tritt in den Hintern verpaßt, bis mir aufging, daß es zu spät dazu war. Sie hatte schon genug Tritte bekommen.

Sie würde irgendwann wie meine Mutter sterben, vorzeitig gealtert und einsam.

Nach dem Abendessen unterhielten wir uns noch etwas – meist ging es dabei um das Weißt du noch, damals? – über Dinge, die ich vergessen hatte, sie aber nicht, und umgekehrt. Vor zwanzig Jahren habe ich ihr nie verraten, daß Bobby in drei Staaten mehrere Mädchen sitzen hatte, und jetzt würde ich es ihr auch nicht mehr sagen. Ich hatte immer das Gefühl, daß sie es ohnehin wußte, es aber für richtig hielt, es zu ignorieren. Denn wenn er überhaupt hätte heiraten wollen, dann sowieso nur sie.

Ich hätte ihn umgebracht, wenn er es nicht getan hätte.

»Bobby besucht mich manchmal. Meist, wenn ich mich einsam fühle.«

Ich wußte, was sie meinte. Ich hatte das selbst erlebt und stellte mir vor, daß Bobby sie oft besuchte. »Mich hat er auch oft besucht«, sagte ich.

Ich hatte vergessen, daß Betty-Sue in der Ecke saß und uns zuhörte. Sie muß uns beide für verrückt gehalten haben und war wahrscheinlich zu dem Schluß gekommen, daß sie in Little Rock vielleicht lieber doch den Zug nach Süden hätte nehmen sollen.

Um Viertel nach elf läutete das Telefon, und Bess nahm den Hörer ab. Dann verstummte sie und sagte, es sei für mich.

Ich hörte eine Frauenstimme sagen: »Bess?«

Es war Meg. Gott steh mir bei, es war Meg. Tränen traten mir in die Augen, und meine Stimme versagte.

»Bess?«

Ich reichte Bess den Hörer. Ich konnte kein verdammtes Wort hervorbringen. Ich hörte, wie sie mit meiner Schwester sprach und erklärte, es sei jemand da, der mit ihr sprechen wolle. Sie fragte, ob Meg noch eine Weile am Apparat bleiben könne. Betty-Sue laberte mir etwas in Ohr, aber in diesem Augenblick wäre mir nur eins real vorgekommen – wenn es plötzlich geschneit hätte. Aber in Atlanta schneit es im Sommer nie.

»Sie wartet, John.« Ich sah Betty-Sue an. Sie sagte es nochmals, lauter.

Ich wollte nicht John oder Johnny genannt werden. Ich wollte meinen alten Namen wiederhaben. Ich wollte, daß sie mich Floreeda nannten. Ich wollte meine Frau sehen, meine Kinder.

»John, um Himmels willen! Du bist jetzt hier! Hier! Begreifst du, wo du bist? Wer du bist?« Betty-Sue schrie mich an. Ich starrte sie an und schloß ein paarmal kurz die Augen. »Glaubst du, deine Schwester möchte deine Stimme nicht ebensosehr hören, wie du es dir in den letzten siebzehn Jahren gewünscht hast, ihre zu hören?«

Meg? Das sollte wohl ein Witz sein. Sie kannte Meg doch nicht sowie ich. »Sie wird es für einen Scherz halten, einen lausigen, beschissenen Scherz.«

Bess hielt mir wieder den Hörer hin, und ich mußte ihn nehmen. Ich konnte hören, wie am anderen Ende geschimpft wurde. Meine wütende Schwester.

Ich räusperte mich und sagte ein Wort: »Meg?«

»Wer *ist* denn da?«

»Meg, ich bin's.«

»Wer zum Teufel ist ich?«

»John.«

»John wer?«

»John Robert.«

Ich habe noch nie ein so lautes Schweigen gehört.

»Wenn das ein Scherz sein soll, zeugt er von verdammt schlechtem Geschmack.«

Ich hielt die Hand auf die Sprechmuschel und sagte: »Ich hab's dir doch gesagt. Ich hab's dir doch gesagt.«

Zwei Stimmen auf einmal: »Sprich mit ihr!«

»John. Dein Bruder. Ich bin wieder da, Meg. Ich bin wieder da.«

Nun, ich hörte einen Aufprall und dann einen dumpfen Laut und Schritte am anderen Ende. Dann ertönte eine zornige Männerstimme, die so laut war, daß ich die Hand mit dem Hörer ausstreckte. Wer zum Teufel ist da! Und andere Dinge, die ich lieber nicht wiederhole, da Damen sie lesen könnten.

»Nein, es ist kein Scherz. Wirklich nicht. Ich bin ihr Bruder. Ich schwöre bei Gott, es ist wahr. Sagen Sie ihr bitte einfach nur, daß ich sie morgen irgendwann am frühen Nachmittag besuche!«

Ihr Mann ließ mich noch etwa fünf Minuten weiterreden, bevor er zufrieden war, und als ich schließlich auflegte, sah ich, wie die beiden Frauen mich anstarrten. Ihre Gesichter waren lauter stumme Fragezeichen.

»Ich glaube, sie ist in Ohnmacht gefallen«, sagte ich.

Es war Mittag, als wir in Columbia ankamen. Es war ein schrecklich heißer Tag, wie man ihn in Carolina oft hat. Und ich hatte mir siebzehn Jahre lang den Hintern abgefroren und mich nach dieser Schwüle gesehnt? Ich mußte verrückt gewesen sein.

Columbia hatte sich kaum verändert, abgesehen von

weiteren asphaltierten Straßen und Stoppschildern. Der Flugplatz, den ich früher wie meine Westentasche kannte, war jetzt ein Flughafen. Von dem früheren Blechschuppen war nichts mehr zu sehen – jetzt stand dort ein Backsteinterminal. Ich war froh, daß Betty-Sue fuhr. Sie wußte, wohin sie fahren mußte. Sie konnte Bess' Straßenkarte lesen, was ich mit Sicherheit nicht gekonnt hätte.

Der Wagen hielt vor einem zweistöckigen Haus mit einem hohen weißen Zaun, Säulen vor der Haustür und Fensterläden an den Fenstern. Das Haus strahlte in der gleißenden Sonne so weiß, daß es mir in den Augen weh tat.

Sogar Betty-Sue blickte viermal auf die Straßenkarte und dann noch mal auf das Straßenschild, bevor sie sicher war, daß es sich um das richtige Haus handelte.

Hier lebte meine Schwester?

»Hast du deine Medikamente genommen?« fragte Betty-Sue.

Und ob ich das hatte. Vorsichtshalber die doppelte Dosis. Ich wußte schließlich nicht, wie Meg reagieren würde, und war mir übrigens auch meiner eigenen Reaktion nicht sicher.

Betty-Sue läutete, und eine Negerin öffnete die Tür. »Wir möchten Mr. Meschers besuchen«, sagte Betty-Sue sehr süß und liebenswürdig. Ich sah mich um und fragte mich, ob ich es den Kiesweg entlang über den Zaun schaffen würde, bevor Meg an der Tür erschien. Ich kam mit dieser Überlegung nicht sehr weit.

Wir wurden in einen riesigen weißen Raum mit glänzenden schwarzweißen Fliesen auf dem Fußboden gebeten. An einer Wand ein großer Bücherschrank, mit Brokat bezogene Stühle und ein Tisch, der so blankpoliert war, daß sich mein Gesicht darin spielgelte. Antike französische Möbel. Ich stand in dem Traum meiner kleinen Schwester. Abgesehen vom Ballett und dem Jurastudium hatte sie sich immer ein großes Haus mit Säulen vor der Haustür und mit antiken französischen Möbeln gewünscht.

Und sie hatte es bekommen. Meg bekam immer, was sie wollte, und zum Teufel mit allen anderen. Wie es schien, hatte sie sich mit zunehmendem Alter nicht geändert.

»Die gnädige Frau kommt«, sagte die dunkelhäutige Frau, und Betty-Sue bedankte sich. Eine Zeitlang kam jedoch niemand herein, so daß ich mir die Bücherregale ansah. Nur ein Buch fiel mir sofort auf und zog mich an wie ein Magnet – *Grashalme*. Jetzt wußte ich, daß meine Schwester hier wohnte – eine Zeitlang hatte ich geglaubt, wie hätten uns zum falschen Haus begeben.

Ich hielt es für merkwürdig, daß wir erst in ein Wohnzimmer gebeten werden mußten, um dort auf die Ankunft meiner eigenen Schwester zu warten. Das gefiel mir nicht sehr. Ich war schließlich ihr einziger Bruder, um Himmels willen. Ich wollte ja nicht den Gouverneur besuchen.

Dann hörte ich ein paar Geräusche und drehte mich schnell um.

Meine Schwester stand in der Tür. Ich wußte nicht, was ich tun sollte, sondern starrte nur. Ich wußte, daß es Meg war, die dort stand; es sah nur nicht so aus. Wahrscheinlich sah ich auch nicht mehr wie ihr Bruder aus.

Wir starrten uns allzu lange an, und dann wurde eine Hand von dem Rahmen ihrer Gehhilfe gehoben, auf die sie sich stützte, und eine behandschuhte Hand berührte ihren Mund. Ihre Augen waren voller Tränen, und ihre Stimme bebte, als sie sagte: »John? Bist du's wirklich?«

»Wer sonst?«

»Man hat mir gesagt, du seist tot. Daß dein Flugzeug irgendwo abgestürzt ist, irgendwo zwischen ...«

»Anchorage und Prince Rupert. Ich weiß.«

»Sie sagten, du hättest nicht ...« Sie sah mich an, als hätte sie mich noch nie gesehen. »Überleben können. Gott steh mir bei. Bist du's wirklich?«

Ich grinste sie an. »Willst du mich nicht wenigstens begrüßen?«

Ich weiß nicht, was ihr durch den Kopf schoß. Siebzehn Jahre später stand er plötzlich vor ihr, ein einarmiger Krüppel voller Narben, ihr Bruder.

»Mach mich doch bitte mit deiner ... deiner Freundin bekannt.«

»Oh, tut mir leid. Betty-Sue, das ist meine Schwester Meg.«

Sie gaben sich kurz die Hand, und Meg sagte: »Margaret Meschers. Ich freue mich, Sie kennenzulernen.«

Betty-Sue war ebenfalls höflich und erklärte schnell, sie müsse Bess den Wagen zurückgeben und dann den Vier-Uhr-Zug erwischen. »Hier ist die Telefonnummer meiner Mutter in Baton Rouge und meine in Anchorage. Ruf mich an. Bitte.« Sie hob ihre Tasche auf und ging, bevor ich mich auch nur dafür bedanken konnte, daß sie mich bis hierher begleitet hatte.

Nachdem Betty-Sue zur Tür gebracht worden war, waren meine Schwester und ich allein, und da fiel die wahre Meg, die Meg, die ich nur zu gut kannte, wütend über mich her.

»Wo zum Teufel hast du siebzehn Jahre lang gesteckt!«

Damit waren wir wieder Kinder. »Setz dich hin, halt den Mund, dann werde ich's dir erzählen.«

Zum ersten Mal in ihrem Leben tat sie, was ich sagte.

Ich weiß noch, daß ich ihr von dem Absturz erzählte, aber ich wußte, daß es mir nicht gelingen würde, an die Gefühle meiner Schwester zu appellieren. So schilderte ich die Situation mit möglichst wenigen Worten. Ich weiß aber nicht mehr genau, was danach gesagt wurde; vielleicht war es ein Lebensalter von Worten, die schon längst hätten geäußert werden sollen. Dann wurden wir beide friedlicher und nahmen die Deckung herunter, so weit wir konnten.

Ihr ging es immer wieder um das Jetzt, das Jetzt und die Zukunft. Sie sagte immer, die Vergangenheit könne man nicht mehr ändern, die Gegenwart aber wohl. Ich wußte kaum, wie mir geschah, da hatte sie mich schon bei einem befreundeten Arzt angemeldet, der sich mein Auge ansehen sollte, während ein anderer sich um den Rest von mir kümmern sollte. Ich versuchte ihr zu erzählen, was die Ärzte in Anchorage gesagt hatten, aber wenn Meg sich taub stellt, hört sie nicht mal, wenn das Dach einstürzt. Meine kleine Schwester kommandierte mich immer noch herum, aber jetzt wechselten wir uns wenigstens mal ab. Ich fragte mich, ob die Schulkommission den Mut verlor, wenn sie den Versammlungssaal betrat. Verdammt, sie wäre eine teuflisch gute Anwältin geworden.

»Eskimos?« flüsterte sie und nippte an dem Eistee, den die Haushälterin gebracht hatte. »Eskimos. Mein Bruder, der Eskimo.« Wahrscheinlich war es auf eine seltsame Art komisch. Ich hatte schon immer den Winter gehaßt, die Kälte, Eis und Schnee. Ich hatte mich früher nie an Schneeballschlachten beteiligt. Seit ich ein kleiner Junge in ausgebeulten kurzen Hosen gewesen war, der mit nackten Füßen herumlief, war ich immer tief gebräunt gewesen. Gebräunte Haut und braunes Haar, das von der Sonne gebleicht worden war. Jetzt war es nicht mehr blond; das Fehlen von Sonne hatte es grau werden lassen. Grau und braun, wie ich das Haar meines Vaters in Erinnung hatte, aber ich fühlte mich nicht alt. Ich fühlte mich noch immer wie der Zweiundzwanzigjährige, der an dem tiefblauen Himmel dahinflog und die Post nach Alabama brachte.

Meg. Sie war schöner als jede andere Frau, die ich gesehen hatte, mit Ausnahme meiner Tochter. Ihr Haar war noch immer flammend rot, aber jetzt kurz. Sie hatte sich auch das Gesicht angemalt, und die Kleider, die sie trug, sahen teuer aus. Aber auch dieses Haus war teuer. Und ich hatte mir Sorgen gemacht, wie es ihr ging und was sie wohl tat.

Ich hätte es besser wissen müssen.

Sie hatte es nicht nötig, daß ich in ihrem Leben eine Rolle spielte. Wir waren nur verwandt; keiner von uns konnte in die Haut des anderen schlüpfen. Wir waren zwar Kinder derselben Eltern, waren aber nicht durch irgendein unsichtbares, unzerreißbares Band verbunden. Ich hatte jedoch das Gefühl, daß wir jetzt vielleicht, aber nur vielleicht, Freunde sein konnten.

»Ich habe viel an dich gedacht«, sagte ich.

Sie sah mich an und brauchte gar nicht erst auszusprechen, daß sie auch an mich gedacht hatte.

»Es ist so viel passiert. Du und Mom, das hat mich in dieser ganzen Zeit am Leben gehalten. Es gab mir etwas, wofür ich leben konnte. Ich hoffte jahrelang, ich würde dich wiedersehen, dann erzählte mir der Captain, Mom sei tot. Dich konnten sie auch nicht finden. Eine Zeitlang dachte ich, auch du wärst tot.«

Da tat Meg etwas, was sie noch nie getan hatte. Sie ergriff meine Hand und drückte sie fest. Ich konnte die Falten in ihrem Gesicht sehen, die Falten, welche die Kriegsbemalung nicht verdeckte, was sie wohl sollte. Doch immerhin war sie neununddreißig Jahre alt.

»Mutter starb im August 1931. Es war Lungenkrebs. Als die Ärzte es herausfanden, hatte er sich schon zu weit im Körper ausgebreitet.«

Mutter. Ich hatte vergessen, daß sie sie so nannte.

»Wo ist sie begraben?«

»In Abbeville. Neben Daddy. Und Großvater John und Großmutter Ellen.«

»Fährst du oft hin?«

»Nein.«

»Du kannst wieder gehen.«

»Die Lähmung ist zum Teil verschwunden.«

So weit verschwunden, daß sie mit einem Gestell gehen konnte. Aber sie würde nie mehr tanzen. So wie ich nie mehr fähig sein würde, ein Flugzeug zu fliegen.

»Wir müssen dir ein paar anständige Kleider besorgen ...«

»Nein. Ich mag diese Kleider.«

Dann stritten wir, bis sie sagte, ich brauchte anständige Kleidung, und sie werde dafür bezahlen. Ich hatte kein Geld mehr und schuldete auch Betty-Sue schon hundert Dollar. Ich war wieder in South Carolina, es war kaum ein halber Tag vergangen, und es war wieder wie früher. Schon wieder Geldsorgen.

»Was, um Himmels willen, ist das?« fragte sie und zeigte auf mein Päckchen – das dreißig mal dreißig große Paket aus Seehundhaut, das mit Sehne verschnürt war. Ich reichte es ihr und sagte, sie könne es aufmachen, wenn sie wolle. Sie sah das kleine rote Buch, dessen Seiten immer noch zusammenklebten und von denen einige von zitternden Fingern zerrissen waren. Ich sagte dabei kein Wort, sie aber auch nicht.

Und dann kam der Stapel mit getippten Blättern, dem Zeug, das Betty-Sue schon für mich geschrieben hatte. Meg blätterte die Seiten schnell um, sah zu mir hoch, und ich wußte den Ausdruck in ihren Augen nicht zu deuten. »Wie ich schon sagte, ihr beiden habt mich am Leben erhalten.«

Sie betrachtete das geknickte eingerissene Foto, das sie auf die letzte Seite geklebt hatte. Sie sah sich all diese Seiten an, die ich beschrieben hatte, aber ich bezweifelte, daß sie die Handschrift lesen konnte. Von Zeit zu Zeit hatte ich mir diese Seiten immer wieder vorgenommen, sie manchmal aus dem Gedächtnis nachgesprochen und mich manchmal selbst mit den Versuchen wahnsinnig gemacht, irgendeine Kritzelei zu entziffern, in der ich ein Wort vermutete, ein Wort, das den Rest verständlich machte. Und wenn ich mir diese Worte ansah, sah ich Kioki. Ich war wieder auf Kulowyl. Sie lag neben mir und kitzelte mich. Wenn sie das tat, wußte ich immer, was sie wollte.

»Gordon kommt heute zum Lunch nach Hause. Das tut er sonst nie.« Sie schob das Tagebuch von sich, als hätte sie Angst, es könnte beißen.

»Gordon ...«

»Mein Mann. Mit dem du gestern abend am Telefon gesprochen hast.«

»Er hörte sich an, als hätte er die Schnauze voll.«

»Bitte, nicht diese Sprache in meinem Haus. Er ist ein sehr sanfter Mann.«

Das war er garantiert. Sie brauchte einen sanften Mann, den sie herumkommandieren konnte. »Wie lange bist du schon verheiratet?«

»Zwölf Jahre.«

»War Mutter bei der Hochzeit?«

»Ja. Wir heirateten im Juni, und im August starb sie.«

»Das muß ihr gefallen haben. Sie liebte Hochzeiten.«

»Hast du versucht, mit Rosanna Kontakt aufzunehmen?«

»Nein.«

»Gut. Ich habe sie nie gemocht.«

»Nun, sie hat dich auch nie sonderlich gemocht, Meg.«

»Du hättest was viel Besseres haben können als sie.«

»Das habe ich auch. Ihr Name ist Kioki. Sie ist einen Meter siebenundvierzig groß und ...«

»Ich will es gar nicht wissen.«

Das war mir auch schon klar gewesen. »Ich habe zwei Frauen gehabt. Ich hätte so viele haben können, wie ich wollte.«

»John! Nein!«

Einundvierzig, und immer noch Spaß daran, sie zu ärgern. Also lasse ich mein kleines Lächeln sehen, und sie zeigte sich besänftigt. Sie wußte, daß ich sie nur ärgern wollte. »Wo lebt Rosie übrigens?«

»Sie hat Frankie Dee geheiratet«, sagte Meg mit der Andeutung eines Lächelns. »Zwei Monate nach deinem Abflug aus Miami.«

Bei dieser Nachricht war ich wie vom Donner gerührt. Ich gab mir die größte Mühe, es mir vorzustellen, brachte aber nur ein Grinsen zustande. Ein großer Stein fiel mir vom Herzen.

»John, was wirst du tun?«

»Ich weiß nicht.«

»Willst du irgendwo bleiben?«

»Ich wollte nach Hause fahren.«

»Nach Hause?«

»Nach Abbeville.«

»Dort gibt es nichts mehr für dich. Da ist nichts. Verstehst du?«

Jetzt sprach sie mit mir, als wäre ich geistig zurückgeblieben. Ich verstand nur zu gut. Ich erhob mich aus ihrem antiken französischen Stuhl. »Tut mir leid, so nach Hause zu kommen und dich in Verlegenheit zu bringen, Schwesterchen.«

»Oh, um Gottes willen, hör doch damit auf!«

Ich setzte mich wieder, sie ebenfalls, doch diesmal rückte sie näher an mich heran. »Ich habe dein Geschäft verkaufen müssen, John. Ich habe sieben Jahre damit gewartet. Ich versuchte, alles am Laufen zu halten, doch dann hatte ich keine Wahl. Sonny Milligan hat es gekauft. Er hat mir ein gutes Angebot gemacht.«

Wie Sonny Milligans Angebot sein würde, wußte ich auch.

»Ich konnte nicht in Abbeville bleiben. Man hat mir einen guten Job in Columbia angeboten. Ich mußte raus. Es gab für mich zu viele Erinnerungen dort.«

Über Erinnerungen konnte sie mir nichts erzählen, was ich nicht schon längst wußte. »Ich möchte immer noch nach Abbeville zurück.«

»Warum? Das alte Haus ist nicht mehr da. Der Ort hat sich verändert.«

»Alles, wirklich alles hat sich verändert. Ich hätte aber nie gedacht, daß du einfach mein Geschäft verkaufst.«

»Hätte ich wissen können, daß du nach siebzehn Jahren wie durch ein Wunder wieder auftauchst? Sei vernünftig!«

»Du wünschst dir, ich wäre gar nicht da, nicht wahr? Du wünschst, ich wäre nie zurückgekommen.«

»Ich mag es nicht, wenn du so etwas sagst! Ich brauche nur etwas Zeit, mich daran zu gewöhnen.«

»Dummes Zeug, Meg. Du hast nie Zeit gebraucht, um dich an etwas zu gewöhnen. Sag mir einfach nur, ob von meinen Sachen noch was da ist.«

»Kann das nicht warten, bis Gordon nach Hause kommt?«

»Nein. Das hier geht nur dich und mich etwas an, nicht ihn.«

»Du kennst ihn doch nicht!«

»Ich glaube nicht, daß ich es überhaupt will.«

»Weswegen bist du dann hergekommen?«

»Ich bin hergekommen, um das zu holen, was mir gehört, bevor ich zurückfahre. Dorthin, wohin ich gehöre. Endgültig.«

»Und wo ist das?«

»Eine Insel, die Saint Lawrence heißt. In der Beringsee. Vor der Küste Alaskas.«

»Du gehst wieder nach Alaska zurück?«

Was war das jetzt in ihren Augen, Überraschung oder Erleichterung?

»Was kann ich denn jetzt hier tun, Meg? Mir einen Job suchen? Wie? Was soll ich tun? An Bahnhöfen herumsitzen und eine Blechdose vor mich hinhalten, damit die Leute ein bißchen Kleingeld reinwerfen? Ich kann nichts tun, absolut nichts, und das weißt du!«

»Was zum Teufel willst du von mir!«

Es war ein Kreischen, und sie hatte wieder Tränen in den Augen. Ich hatte sie noch nie so aufgeregt gesehen, und ich brauchte dringend wieder eine gelbe Pille. Ich nahm sie. Na schön, na schön, sie hat das Geschäft verkauft. Meine Flugzeuge an die Konkurrenz. Was hätte ich an ihrer Stelle getan? Hätte ich den Lebenstraum eines anderen am Leben erhalten und meinen eigenen vernachlässigt?

Jetzt weinte sie, weinte und war zornig und verwirrt. Ich sagte jedoch nicht, daß es mir leid täte, denn das tat es nicht. Ich fühlte mich betrogen. All diese Jahre, die ich für sie, für meine Mutter, für mich selbst gearbeitet hatte, waren verloren. Sie war einfach losgegangen und hatte alles verkauft.

»Was willst du ...«

»Was ich will? Ich will zu meiner Familie zurück. Deshalb bin ich erst hierhergekommen. Ich habe versucht, dich zu finden, dich anzurufen, aber es hat nicht so geklappt, wie ich es mir gewünscht hatte …«

»Mami? Wer ist das?«

Dann sah ich ein kleines Mädchen, das hinter der Tür einen Blick riskierte und Angst hatte, hereinzukommen, aber auch Angst, draußen stehenzubleiben. Die Kleine hatte uns streiten hören. Ich wußte, wer sie war. Ein Blick genügte, da wußte ich Bescheid. Ich kannte sie von früher.

»Rachel, komm herein und begrüß deinen Onkel.«

Sie kam herein. Ich schwöre, daß sie das kleine Mädchen war, das ich hundertmal vor mir gesehen hatte, wenn ich an meine Schwester dachte. Leuchtend rotes Haar, riesige grüne Augen. Sie schien etwa fünf zu sein. War wohl gerade aufgewacht. Und als sie hereinkam und einen Teddybären am Bein baumeln ließ, hörte ich meine Schwester sagen: »Wir werden heute abend darüber sprechen, wenn Gordon zu Hause ist.«

Worüber sprechen? fragte ich mich. Wollten wieder zwei Leute planen, wie der Rest meines Lebens auszusehen hatte?

Das kleine Mädchen stand vor mir, sah mir ins Gesicht und betrachtete die Manschette, die mit einer Sicherheitsnadel festgesteckt war, damit sie nicht im Wind flatterte. Sie streckte die Hand aus und berührte sie, so wie meine Tochter es immer tat. Dann sah sie mir wieder in die Augen. »Wo ist dein Flugzeug, Onkel John?«

Ich sah Meg an. Ich war verschwunden gewesen, und man hatte mich in dieser ganzen Zeit für tot gehalten, aber trotzdem hatte sie mein Andenken lebendig gehalten. Ich fragte mich, was sie diesem kleinen Mädchen wohl über mich erzählt hatte. Ich betrachtete wieder die Kleine. Sie schien keine Angst zu haben. Sie rannte nicht schreiend weg wie die meisten Kinder, wenn sie mich kommen sahen. Sie stand da, ließ ihren Bären baumeln und wartete darauf, daß ich etwas sagte.

»Ich bin damit abgestürzt, Süße.«

»Warum sieht dein Gesicht so aus?«

»Ich habe mich beim Absturz verletzt.«

»Tut es immer noch weh?«

»Manchmal.«

Sie ging zum Bücherregal, zog ein Fotoalbum heraus, kam zurück, setzte sich neben mich und blätterte die Seiten um, bis sie das Foto fand. Bobby und ich grinsend auf einem Bild. Sie zeigte auf mich, sah sich das Foto genau an und betrachtete dann mich. »Ich kann sehen, daß du noch immer so aussiehst.«

Sie kuschelte sich in meine Arme und schwang die Beine in die Luft. Gott hatte Meg ein Kind geschenkt, das genauso war, wie sie selbst einmal gewesen war, und ich glaube, das gefiel ihr nicht sehr.

»Tilly hatte auch einen Unfall.«

Ich blickte hilfesuchend zu Meg, aber sie starrte nur ins Leere.

»Wer ist Tilly?«

»Bin gleich wieder da. Geh nicht wohin.«

»Geh nicht weg, heißt das, Rachel. Geh nicht weg ...« Doch da war das Mädchen schon verschwunden, rannte die Treppe hinauf, und ich konnte hören, wie der Bär gegen jede Treppenstufe schlug.

Meg seufzte und sah auf ihre Armbanduhr. Rachel kam mit einer Porzellanpuppe wieder herunter, die einmal kaputt gewesen und wieder zusammengeklebt worden war. »Daddy hat sie mit dem Wagen überfahren, und Ella hat sie wieder heil gemacht. Wer hat dich wieder heil gemacht?«

»Ein Eskimo-Medizinmann namens Asuluk.«

»Toll.« Ihre Augen füllten das ganze Gesicht aus. »Die küssen sich so komisch, nicht?«

»So, Rachel, ich denke, das genügt jetzt. Geh und sag Ella, daß wir gern noch einen Drink hätten.«

Sie rannte los und rief nach Ella.

Die Haushälterin brachte eine Limonade für Rachel, einen Eistee für Meg und einen Eiskaffee für mich. Und während wir alle höflich schwiegen, hörte das kleine Mädchen eine Autotür zuknallen, worauf sie sofort hochsprang, die Puppe und den Teddy auf meinen Schoß warf und dann schreiend hinauslief: »Daddy, Daddy!«

»Gordon ist nach Hause gekommen«, sagte Meg.

Ich sah Kioki vor mir mit Lily an ihrer Seite, die auf dem Felsvorsprung saßen und darauf warteten, daß Sindbad und ich zurückkehrten. Lily tat das manchmal. Nein, Lily tat es fast immer – mir entgegenlaufen, um zu sehen, was ich an diesem Tag gefangen hatte.

»Ich habe da oben zwei Kinder, Meg. Einen Jungen von fünfzehn und ein elfjähriges Mädchen. Und ich vermisse sie schrecklich«, sagte ich leise und beobachtete Megs Reaktion. Sie zog sich in ihr Laufgerüst, drehte sich zu mir um und sagte: »Nun, ich habe drei.«

Doch ihr Lächeln sagte alles.

Es war nicht so gewesen, wie ich es mir erträumt hatte, aber wahrscheinlich funktioniert nichts so, wie man es sich manchmal in seinen Wunschträumen vorstellt. Ich hatte gedacht, ich könnte nach Hause kommen; ich hatte gedacht, ich könnte ich selbst sein. Doch das Ich, zu dem ich geworden war, paßte nicht mehr hierher. Und was Gordon anging ...

Ich mochte ihn.

Ich hatte immer gedacht, ich würde jeden hassen, den Meg mag.

Ich hatte mich geirrt. Er war ein kleiner Bursche, etwa einen Meter fünfundsiebzig groß, allmählich dünner werdendes Haar, eine goldgeränderte Brille, trug einen dreiteiligen Anzug und hatte eine Aktentasche unter den Arm geklemmt. Er hatte einen festen Händedruck; er musterte mich nicht, als wäre ich so etwas wie eine neue Käferart, die unter einem Felsen hervorkrabbelt. Außerdem hatte er sich den ganzen Nachmittag freigenommen. Er hatte drei Vorlesungen abgesagt, weil der Bruder seiner Frau nach siebzehn Jahren plötzlich wieder aufgetaucht war. Er wollte den Mann kennenlernen, von dem er bisher nur viel gehört hatte.

Ich wollte es zwar nicht zugeben, aber mir gefiel der Mann, obwohl er gelegentlich Worte fallenließ, die ich nur mit Hilfe eines Wörterbuches verstanden hätte. Und während des Essens legte er Teile des Anzugs ab. Erst verschwand die Jacke, dann die Weste. Nach dem Essen kam das kleine Mädchen, das neben mir saß, zu dem Schluß, daß es besser war, auf meinem Schoß zu sitzen und sich anzukuscheln. Sie vergewisserte sich, daß mein Herz schlug, vergewisserte sich, daß ich echt war.

In diesem Augenblick vermißte ich meine Tochter wirklich, und ich glaube, Meg hat es auch gespürt.

Nach dem Lunch ging Gordon mit mir nach draußen. Er führte mich in die Garage, schaltete das Licht ein und nahm eine Plane von etwas, was in einer Ecke lag.

»Ich habe ihr gesagt, daß ich mich von ihr scheiden lasse, wenn sie dieses kleine Schätzchen verkauft.«

Mein altes Motorrad. Meine Harley-Davidson. Das trieb mir die Tränen in die Augen. Gordon sah mir ins Gesicht und sprach fünf magische Worte: »Würdest du gern irgendwohin fahren?«

20. Kapitel

Gordon machte eine alte Garderobe auf, und darin hingen drei Ledermäntel. Er gab mir den einen mit dem Pelzkragen, und ich hielt ihn eine Weile in der Hand. Das Leder war zerknittert und schälte sich, und über der linken Tasche sah ich einen verblichenen roten Flicken mit schwarzen Buchstaben: Sullivan und Shaw.

Mein Reservemantel. Meg hatte ihn aufbewahrt.

Gordon half mir in meinen alten Uniformmantel, öffnete die Garagentür und schob die Harley hinaus in den Sonnenschein.

»Ich fahre sie manchmal, John. Habe mir gedacht, daß du nichts dagegen hast.«

Toten macht so etwas nichts aus. Selbst wenn sie etwas einzuwenden hätten, würde das nichts bewirken. Es kribbelte in mir. Es kribbelte in mir, wieder auf meiner Maschine zu sitzen. Mein linker Arm schien vom Ellbogen abwärts wieder lebendig zu sein, bis ich versuchte, das Motorrad mit der linken Hand zu berühren.

Meine Maschine war sauber und blankpoliert. Gordon hatte sie besser gepflegt als ich.

»Meg mag keine Überraschungen. Überraschungen bringen ihre Pläne durcheinander«, sagte Gordon. »Das Leben ist für sie wie eine Kommode, verstehst du? Alles, was nicht in eine Schublade reinpaßt, hat keine Chance bei ihr, falls du verstehst, was ich meine.«

Was sagte er da? Ich hätte nicht nach Hause kommen und das Leben meiner Schwester durcheinanderbringen sollen?

»Das verdammte Ding springt nie an ...«

»Ah, nein. Nicht so. Komm, laß mich mal.« Ich legte den Benzinhebel um, gab dreimal Gas, ließ sie fünf Sekunden in Ruhe, und dann trat Gordon auf den Anlasser.

Wie immer funktionierte es auf Anhieb, aber der Leerlauf mußte neu eingestellt werden. Hörte sich an, als könnte sie auch dringend eine neue Zündkerze gebrauchen.

Ich setzte mich hinter ihn, denn es hatte keinen Sinn, auch nur den Versuch zu machen, mit einem Arm zu fahren. »Alles in Ordnung da hinten?« rief er. Doch es kam gar nicht darauf an, ob ich mich nun wohl fühlte oder nicht. Ich erkannte, daß mein Schwager auch ein bißchen Freiheit brauchte – er brauchte manchmal das Gefühl, alles hinter sich zu lassen. Und die Harley zu fahren, war die zweitbeste Möglichkeit dazu, die wir beide kannten.

Er fuhr das Motorrad so wie ich – schnell. Alle Befürchtungen und Zweifel schwanden, als wir die Landstraße erreichten und nach Westen fuhren. Über Ziel oder geschätzte Ankunftszeit brauchte ich keine Vermutungen anzustellen. Ich war mit diesem Motorrad zweitausendmal auf dieser Straße gefahren. Ich kannte jeden Höcker, jede Kurve, jede Unebenheit. Aber die Straße war jetzt asphaltiert, asphaltiert und breit, und jetzt bestand gar keine Gefahr mehr, mit achtzig Stundenkilometern aus einer scharfen Kurve getragen zu werden und hundert Meter auf dem Hintern weiterzurutschen.

Baumwollfelder, Gemüsegärten, Fabriken, Häuser, wo früher Ackerland war. Die einzigen Dinge, die sich nicht verändert hatten, waren die Berge in der Ferne und das Blau des Himmels; die Fichten, die Wälder, die Art, wie sie den Sonnenschein milderten.

Abbeville mochte zwar eine von der Welt vergessene Stadt sein, aber ich hatte sie nicht vergessen.

Ich hatte sie 1926 zum letzten Mal gesehen. Jetzt hatten wir 1943. Wir fuhren weiter, überquerten Blue Creek Hill und fuhren die Main Street entlang. Hier war sogar die Luft anders. Wahrscheinlich ist sie es aber schon immer gewesen. Wir fuhren am Denkmal Thomas D. Howies vorbei. Dieser Marktplatz hatte sich vermutlich nicht geändert, kam mir aber völlig anders vor. Weiter die East Greenwood entlang, über Seaboard in die West Street und dann in Richtung Calhoun Falls.

Und zum Davis Field.

Von den Menschen, die da draußen spazierengingen, kam mir keiner bekannt vor. Dann machte Gordon eine scharfe Rechtskurve. Eine Zeitlang fand ich mich nicht zurecht, bis mir aufging, daß er zu Rosannas Haus fuhr. Er ging jedoch nicht mit der Geschwindigkeit herunter, als wir daran vorbeifuhren. Es sah noch genauso aus – die Giebel, die überdachte Veranda, der überwucherte Garten.

Am Zaun ein verblichenes Schild. ZU VERKAUFEN.

Ich hatte es immer vermieden, auf diesem Weg zum Feld zu gehen, denn ich wollte nicht, daß sie mich sah. Eine Sekunde lang fragte ich mich, ob sie glücklich war, doch dann war der Moment schon wieder vorbei.

Wir fuhren weiter. Am Krankenhaus vorbei. Denny Jones hatte dieses Land früher mit Mais bebaut und Schweine gezüchtet. Was war mit den Schweinen von Denny Jones passiert?

Schließlich das Davis Field. Ein asphaltierter Landestreifen und Luftsäcke, die auf Südwind schließen ließen. Und auf dem Feld sah ich nichts als einmotorige Maschinen mit nur einer Tragfläche.

Weit und breit kein Doppeldecker zu sehen.

Gordon parkte das Motorrad. Mir war nicht bewußt, daß meine Knie wie Wackelpudding waren, bis ich zu stehen versuchte, aber er nahm darauf keine Rücksicht. Er steuerte direkt auf den Hangar zu und war darin verschwunden, bevor ich den Rasen überquert hatte.

Meine Augen brauchten einige Zeit, um sich an die Dunkelheit zu gewöhnen, doch dann hörte ich eine Stimme, die ich zu lange nicht gehört hatte – einundzwanzig Jahre, um genau zu sein. »Grundgütiger Himmel, Johnny Shaw!«

Dieser alte Mann kam so schnell auf mich zu, daß ich unwillkürlich zurücktrat. Er streckte die Hände aus, packte mich am Kopf und sagte: »Johnny Shaw!«

Billy?

»Was ist mit dir passiert? Was ist mit dir passiert, mein Junge?«

Billy Taylor war noch am Leben? Dieser dicke, kahlköpfige Mann mit Hosen, die ihm unter dem Bauch hingen, war Billy Taylor? Ich war sprachlos und starrte ihn nur an.

»Man hat mir gesagt, du seist tot.«

»Oh, ja, ich weiß.«

»Hat ein Flugzeug dir das angetan, mein Sohn?«

Dieser alte Mann nannte mich immer noch seinen Sohn? »Ja, Sir, und ob.«

»Welches Flugzeug?« fragte er.

Ich erzählte ihm die Geschichte. Ich hatte sie schon so oft erzählt, daß sie mich inzwischen langweilte.

»Du hast also versucht, es allein zu schaffen.«

»Ich habe es versucht.«

»Dummkopf. Das hast du davon, wenn du Träumen hinterherjagst. Wofür hast du dich denn gehalten, für so etwas wie einen Helden?«

Ich lachte ihn aus. Und er mich. Da strich er mir wieder übers Gesicht, sah mich an und umarmte mich. Ich glaube, er weinte sogar. Dann warf er Gordon einen Blick zu, ein verschwörerisches Grinsen. Was war das? Plötzlich war mir alles klar. Natürlich, er hatte tatsächlich die Vorlesungen abgesagt. Er hatte den ganzen Tag damit zugebracht, Billy Taylor aufzuspüren.

Und ich war wieder dort, wo ich schon so lange hatte sein wollen. Auf dem Davis Field, mit Billy Taylor, der nach all diesen Jahren noch am Leben war. Ich wollte ihm von seinem Namensvetter erzählen, meinem Sohn. Ich wollte ihn nach seiner reichen Frau fragen. Ich kam nicht dazu. Er legte mir die Hand auf die Schulter, sah mich an und sagte: »Möchtest du immer noch fliegen, mein Sohn?«

Himmel, wie denn? In was? »Ich kann nicht.«

»Möchtest du fliegen?«

»Gott im Himmel, ja, ja.«

»Dann komm mit.«

Im Vorbeigehen sah ich Gordon an; er unterhielt sich mit einem Mechaniker. Ich wollte ihm danken. Ich wollte ihm so vieles sagen. Statt dessen grinste ich ihn nur an.

Billy öffnete die Tür zum Hangar nebenan.

»Wie in alten Zeiten, Johnny«, sagte er. Ich starrte auf die Maschine, in der ich fliegen gelernt hatte – *Gloria.* Das Flugzeug, das er in den Teich gesetzt hatte, als ich ein Kind war. Die Maschine, von der ich glaubte, er sei in ihr gestorben. Sie war wiederhergestellt und zu ihrer früheren Schönheit restauriert worden.

Gloria. Selbst nach all dieser Zeit flüsterte ich es leise vor mich hin. Ich berührte sie so wie damals an jenem Tag, als ich neun Jahre alt war.

Ich half mit, die Maschine hinauszuschieben, und beobachtete das Heck, als sie vom Zement auf das Gras rollte. Ich fühlte mich wieder wie ein Kind. Wenn ich das Heck fallen ließ, würde ich einen kräftigen Tritt in den Hintern erhalten. Wie oft hatte ich die Kotze fremder Leute aufgewischt? Wie viele Male hatte ich im Cockpit gesessen und den Atlantik in zwanzig Minuten überflogen? Der kleine Raufbold, der Holzpropeller für zehn Cent pro Stunde polierte ... Ein Junge, der sich zum Mechaniker ausbildete, indem er beobachtete, zuhörte, Dinge einfach tat. Ein Junge, dem ein Ersatzvater das Fliegen beigebracht hatte, der wiederum von Orville Wright persönlich angelernt worden war.

Ich betrachtete ein Gestern, das ich schon für immer verloren glaubte. Ich sah meinen Schwager an und wußte, daß er dafür verantwortlich war.

Ich trat zurück, während das Flugzeug aufgetankt wurde. Mein Herz war in einem Feuer gefangen und sah keine Möglichkeit zu entkommen. Das Gefühl kehrte in meine linke Hand zurück; es schien so wirklich zu sein, daß ich nach ihr griff. Da war nichts. Unmöglich, mit einem Arm zu fliegen. Absolut unmöglich. In diesem Augenblick wollte ich nicht mehr fliegen. Passagier wollte ich auch nicht sein. Wenn ich schon mein eigenes Motorrad nicht fahren konnte, was sollte es dann für einen Sinn haben, wieder in der ersten Maschine meines Lebens zu fliegen?

Meine Furcht übernahm das Kommando – die Furcht vor einem neuen Absturz, die Furcht davor, daß ich diesmal sterben würde, es aber doch nicht durfte. Ich mußte meine Familie wiedersehen. Nachdem ich so lange Zeit hatte sterben wollen, suchte ich jetzt im Angesicht des Todes nach Ausreden, um nicht sterben zu müssen.

Ich muß verrückt gewesen sein.

»Ich kann das nicht machen, Billy.«

»Und ob du kannst. Gordon wird mit dir fliegen. Ich kann es nicht mehr, mein Sohn. Man hat mich für untauglich erklärt. Ich bin zu alt.« Er tippte sich an die Brust. Ich vermutete, daß es sein Herz war. Er betrachtete mein Gesicht, meinen Arm, meine Beine.

Er konnte nicht mehr fliegen.

Ich auch nicht.

Dann half er mir auf den Vordersitz.

Doppelsteuerung?

Umgerüstet, restauriert. Es war nicht die gleiche Maschine – vermutlich konnte sie mehr leisten als das Original.

Ich streckte mich und lehnte mich zurück. Nein, ich wollte keine Fliegerkappe. Ich wollte den Wind im Haar spüren. Jemand sagte, ich sollte lieber eine Kappe aufsetzen, denn da oben könne es kalt werden. Ich explodierte fast vor Lachen. Diese Leute hatten in ihrem ganzen Leben noch nie Kälte kennengelernt.

Nach einiger Zeit hörte mein Herz auf, nach einem Fluchtweg zu suchen.

Statt dessen suchte der Lunch einen Weg ins Freie. Megs Hühnersalat würde für diesen sommersprossigen Jungen eine wahre Wonne sein, wenn er ihn aufwischen mußte. Ich wußte es, und er wußte es auch. Er ging wieder zurück in den Hangar, um den Fußboden zu pflegen.

Gordon kletterte hinter mir in die Maschine und tippte mir an die Schulter. Er kontrollierte die Instrumente, ich genauso, und einen Herzschlag später sausten wir die Startbahn entlang. Ich wartete auf das Abheben. Jetzt, verdammt. Jetzt.

Drei Sekunden später taumelte die Maschine in die Luft.

Gordon flog wie Bobby. Ich schrie ihn an und fragte ihn, wer ihm beigebracht habe, so verdammt gut zu fliegen, und er schrie zurück: »Sonny Milligan! Was meinst du wohl, wo ich Meg kennengelernt habe?«

Der Höhenmesser zeigte sechshundert Fuß an. Mir kamen es wie fünfhundert vor, denn wir stiegen immer noch. Wir nahmen Kurs nach Nordosten in Richtung North Carolina.

Ich brauchte einige Zeit, mich zu entspannen, mich fast sicher zu fühlen, um hinauszusehen und nach unten zu blicken.

O Mann, dies war besser als gut, besser als am besten. Ich flog wieder. Gott hatte mir meine Flügel wiedergegeben. Ich drehte mich zu Gordon um. Er hatte die Finger hinterm Kopf verschränkt, und sein Blick sagte: Übernimm du. Ich langweile mich.

Also übernahm ich den Steuerknüppel; die Maschine gehörte mir. Ich hatte zwanzig Minuten, was mir wie zwanzig Sekunden vorkam.

Als die Zeit fast vorbei war, legte ich sie nach rechts, zog das Ruder ganz herum, ließ die Maschine wieder auf fünfhundert Fuß sinken und flog sie nach Abbeville zurück. Als wir näherkamen, sah ich den Marktplatz, das Denkmal, das Büro des Sheriffs.

Und da tat ich, was ich immer hatte tun wollten, wozu ich aber nie den Schneid aufgebracht hatte – ich sauste im Tiefflug über die Hauptstraße meiner Heimatstadt hinweg.

Teufel, das war ein gutes Gefühl.

Jetzt brauchte ich nur noch einen Kübel mit gelben Gänseblümchen, um sie zu all den Gesichtern hinunterzuwerfen, die ungläubig in den Himmel starrten.

Ich gab Gas und zog sie hoch, bis sie garantiert kurz vor dem Überziehen war, legte sie in eine Tauchspirale und zog sie erst in zweihundertfünfzig Fuß Höhe wieder hoch. Dann ging ich allmählich in den Sinkflug, verfehlte den Zaun des Flugfeldes nur um Haaresbreite und überließ es Gordon, sie aufzusetzen.

Wir landeten, rollten zum Hangar zurück und stellten den Motor ab. Mein Herz befand sich noch immer in zwölfhundert Fuß Höhe. Ich war unbesiegbar, war wieder aus einem Stück und wollte nicht aussteigen.

Gordon war kreidebleich und zitterte. Ich hätte ihm die Augen säuberlich mit einem Stock abschlagen können, so sehr traten sie ihm aus den Höhlen.

Ich tat, als wüßte ich gar nicht, warum.

Er ließ mich auf dem Flugfeld zurück, nachdem Billy ihm versichert hatte, er werde mich nach Hause bringen. Er sagte Gordon jedoch nicht genau, wann das sein würde, und zu der Zeit, als die Polizei auf der Bildfläche erschien, waren wir alle drei schon längst verschwunden.

Wir hatten uns seit einundzwanzig Jahren nicht gesehen – hatten aber das Gefühl, als hätten wir uns erst vergangene Woche getrennt. Billy war jetzt ein alter Mann. Der Körper gab allmählich auf, während der Geist und das Licht in seinen Augen bei fünfunddreißig stehengeblieben waren. Er erzählte mir, die Ärzte hätten ihm vor zwanzig Jahren noch fünf Jahre gegeben. England sei für ihn zu naß und kalt gewesen und die Menschen zu beschränkt und spießig. Er habe nie gewußt, was sie dächten. Wenn er noch einmal entscheiden könnte, sagte er, hätte er mit der Heirat gewartet, bis das Schiff in England anlegte. Wenn er gewartet hätte, hätte er Elizabeth nie geheiratet.

Er sagte mir, nichts im Leben sei ihm so schwergefallen wie der Abschied von mir an jenem Tag in New York. Ein Jahr lang habe nichts diese Leere in ihm ausfüllen können – nicht einmal ein neues Leben und eine neue Frau. Er habe das Gefühl gehabt, als hätte er alles hinter sich gelassen, was er geliebt habe. Vergessen habe er es jedoch nicht, niemals. Er erzählte mir, wie sehr er es geliebt habe, meine Briefe zu bekommen. Dann zog er etwas aus der Tasche. Es war alt. Alt und vergilbt, und die Tinte war verblaßt. Es war der letzte Brief, den er von mir erhalten hatte. Ich betrachtete ihn. Ich erkannte kaum die Handschrift. Sie war lesbar, fast säuberlich, geschrieben mit einer linken Hand, die nicht mehr existierte.

Ich hatte ihm diesen Brief drei Tage vor meinem Start zu dem Alleinflug aus Miami geschrieben. Als er ihn in England erhielt, galt ich schon als tot.

Billy sagte: »Ich bekam deinen Brief an einem Tag und am nächsten ein Telegramm. Ein Telegramm von Lily. Ich bin schon am nächsten Tag in die Staaten zurückgekehrt.«

Er sah mich an und blickte dann wieder auf die Straße.

»Ich habe deine Mutter geliebt. Das weißt du, nicht wahr? Ich liebte sie von dem Augenblick an, als ich sie erblickte. Erinnerst du dich daran? Es war der Tag, an dem du dir den Arm gebrochen hast.«

»Am Tag danach«, erwiderte ich.

»Richtig. Am Tag danach.« Er fuhr nachdenklich weiter. »Sie hatte einen teuflischen Dickkopf. Ich versuchte ihr zu sagen, was ich empfand, aber sie wollte nichts davon hören. Wollte es nicht wissen. Sie wollte mich nicht heiraten. Sagte, es sei nicht richtig. Dabei habe ich sie fünfmal gebeten.«

Ich dachte daran, wie oft ich gebetet hatte, er möge meine Mutter heiraten und alles tun, um sie davon abzuhalten, allein im Dunkeln dazusitzen.

»Ich bin sofort zurückgekommen, als ich die Todesnachricht erhielt. Deine Mutter und ich haben sie allerdings nie geglaubt. Niemals.«

Ich will verdammt sein, wenn ich ein Wort herausbringen konnte. Meine Augen brannten.

»Ich war bei ihr, als sie starb, Johnny. Ich hielt ihr die Hand. Meg war kurz hinausgegangen, um etwas zu essen, und kaum war Meg aus dem Zimmer, gab deine Mutter den Kampf auf. Sie schlug die Augen auf, sah mich an und flüsterte deinen Namen. Dann hat sie einfach nur ... Ich war aber nicht derjenige, den sie ansah. Das spürte ich. Sie wünschte sich so sehr, ich wäre du gewesen, Johnny. Ich glaube, sie hat dich da gesehen und nicht mich. Als Meg zurückkam, saß ich am Bett und hielt immer noch Lilys Hand. Ich sagte: ›Schatz, sie ist tot.‹ Nun, seitdem hat Meg nicht mehr mit mir gesprochen.«

Ich wußte nicht, was ich sagen sollte. Ich wußte auch nicht, was ich fühlen sollte. Er sprach, als wäre meine Mutter gestern gestorben.

Am Long Cane-Friedhof hielt er an.

Ich wußte nicht, wo das Grab meines Vaters lag – Lily hatte uns verboten, jemals dorthin zu gehen. Wir hätten keinerlei Freude mehr am Leben gehabt, wenn wir das Undenkbare getan hätten. Das war wahrscheinlich der Grund dafür, daß ich in dem Glauben durchs Leben ging, er sei nicht tot oder sogar ein Held.

Bevor er ausstieg, zog Billy seine Brieftasche aus der Jacke und entnahm ihr ein Farbfoto. »Das Bild wurde drei Monate vor ihrem Tod aufgenommen. Bei Megs Hochzeit. Ich habe die Braut zum Altar geführt. Hast du das gewußt?«

Nein, das hatte ich nicht gewußt.

Ich betrachtete das Foto und sah eine alte dünne Frau in einem blauen Kleid, einem weißen Hut, mit weißen Handschuhen, Handtasche, Schuhen. Sie stand neben Billy Taylor. Entweder war er nur liebenswürdig zu ihr – ich sah eine Hand auf ihrer Taille – oder er hielt sie aufrecht.

»Behalt es, mein Sohn. Ich habe noch eins. Komm mit.«

Als ich ausstieg, roch ich spanischen Flieder. Um ein Haar hätte ich den Namen meiner Mutter ausgerufen, dann verschwand der Duft. Ich steckte das Foto in die Brieftasche, die Betty-Sue mir geschenkt hatte, und folgte Billy über den Friedhof. Er war klein, aber das war Abbeville auch.

Veränderungen hat diese Stadt nie sehr geschätzt.

Das ist wohl auch der Grund, weshalb meine Mutter sie nie verlassen hat. Sie war dort geboren und ist dort auch gestorben. Ihr Grab bewies es.

Ich starrte es lange Zeit an, dieses Stück Beton, das aus dem Erdboden ragte. Eine der Inschriften war zweiundzwanzig Jahre älter als die andere.

JOHN ELIAS SHAW
1885-1909

LILY MARGARET SHAW
1887-1931

Zu viele *Hätte ich doch nur* liefen in meinem Gehirn Amok. Sie war bei ihrem Tod vierundvierzig gewesen? Mein Daddy vierundzwanzig? Er war vierundzwanzig gewesen? Himmel, ich war mit vierundzwanzig abgestürzt ... Meine Augen brannten. Ich trat zur Seite.

Aber auf diesem Foto sah sie aus wie sechzig! Warum

war ich nicht dagewesen? Ich hätte Billy am liebsten einen Schlag in die Magengrube versetzt, weil er bei ihr gewesen war, als ich hätte da sein sollen. Mir war's egal, was sie seiner Meinung nach damals gesehen hatte. *Mich* jedenfalls nicht.

Er ließ mich allein losgehen. Fünf Grabstätten weiter fand ich Freddie Larsen. Mit Alabama ist es also nichts geworden, dachte ich.

Ich sah mich auf dem Friedhof am Rande der Stadt um, der Stadt, die mir jetzt nichts mehr bedeutete. Sie war nur ein Ort – es würde ihn noch lange nach meinem Tod geben. Ebenso Atlanta, Birmingham, Miami, Hialeah, die Appalachen, die Blue Ridge Mountains, die Colhoun Falls und den Savannah River. Ich wollte all das nur, wenn ich es nicht haben konnte.

Billy ließ mir Zeit. Auch damals, als ich noch ein Junge war, wußte er immer, wieviel Zeit ich brauchte – Zeit, um bestimmte Dinge selbst herauszufinden. Wie es schien, kannte er mich noch immer besser als ich mich selbst.

Als er schließlich zu mir herüberkam, fragte ich: »Gordon hat das alles geplant, nicht wahr?«

Billy lehnte sich mit dem Hintern gegen einen Grabstein und grinste. »Er rief mich zu Hause an. Erzählte mir, ein alter Freund sei wieder in der Stadt. Er sagte, ich solle um halb vier am Davis Field sein. Ich hatte aber keine Ahnung, wer es sein würde.«

»Ehrlich?«

»Ehrlich.«

»Das bedeutet, daß du meinen Brief immer bei dir hast, wohin du auch gehst?«

Er stand auf, seufzte und gab mir einen Klaps aufs Ohr. »Ja.«

Ich sah ihn während meines Aufenthalts in Columbia noch viermal. Eines Tages entdeckte ich sogar Rosanna im Belmont Inn in Abbeville. Ich ging gerade an dem Lokal vorbei und blickte hinein, sah ein vertrautes Profil und machte auf dem Absatz kehrt. Sie saß allein am Tisch und trank einen Kaffee. Ich blieb draußen stehen, sah lange hinein und überlegte, ob ich hineingehen sollte.

Die Neugier behielt die Oberhand.

Ich ging hinein, als sie gerade herauskam. Sie stieß mit mir zusammen, murmelte eine Entschuldigung, drehte sich dann um und ging zur Tür hinaus. Ich hielt sie ihr auf und sah ihr nach. Dann blieb sie urplötzlich stehen, die Tüte mit Gemüse, die sie in der Hand hielt, fiel auf den Bürgersteig, und sie drehte sich um.

Sie sah mir ins Gesicht. Sie war älter geworden, aber immer noch hübsch, wenn auch auf eine erschöpfende und ausgelaugte Weise. Immer noch schlank, aber ihre Kleidung war nicht elegant. Ihr Rock hatte einen Flicken. Es waren wohl ihre Augen, die ich als erstes sah – traurige Augen mit einem verlorenen Ausdruck.

Vielleicht erkannte sie mich wegen meiner Brille und des Krückstocks, den ich neuerdings benutzen muß, nur halb. Ihr Mund öffnete sich jedoch, um meinen Namen zu sagen, doch nichts kam heraus. Ich schloß die Tür, ging ein paar Schritte auf sie zu und hob ihr Gemüse auf. Sie trat aber schnell zurück. So gab ich ihr nur die Tüte zurück. Dann ging ich schnell die Straße hinunter.

Als ich beim Schneider angelangt war, drehte ich mich um, aber sie lief schnell in die andere Richtung. Ich hielt es für das Beste, sie einfach in Ruhe zu lassen. Aber es tat doch ein bißchen weh, zu sehen, wie sie so vor mir zurückgezuckt war.

Nein, es tat nicht ein bißchen weh. Es tat sehr weh.

Die Wochen, in denen ich bei meiner Schwester blieb, waren die längsten meines bisherigen Lebens. Sie erwartete, daß ich blieb. Sie erwartete, daß ich wieder meinen Platz im Familienbaum einnahm. Ich versuchte ihr klarzumachen, daß jemand den Ast abgesägt hatte, aber sie wollte nicht auf mich hören. Sie wollte mir einreden, daß ihre Familie die meine sei. Sie verstand nicht, daß sie es nicht war.

Gordon spürte, daß ich wie eine Fliege am Fliegenleim klebte, aber sie wollte auch auf ihn nicht hören. Wir unternahmen keine Flüge mehr – dazu war er nicht oft genug zu Hause. Die Universität nahm einen großen Teil seiner Zeit in Anspruch. Er hatte Examina in Naturwissenschaften und Philosophie. Ich war nie über die Volksschule hinweggekommen. Doch zwei Dinge hatten wir gemeinsam, die Liebe zum Fliegen und die Verbindung zu meiner Schwester.

Die Jungen waren ihrem Vater wie aus dem Gesicht geschnitten. Steven und Joshua. Steven hielt Distanz, war höflich und still, und Joshua wußte mehr über Alaska als ich.

Rachel war mir die liebste. Sie wußte, wer ich war, dieser Onkel, den sie nie kennengelernt hatte. Sie saß oft auf meinem Schoß und stellte nie endenwollende Fragen, nicht nur nach meiner Zeit auf Kulowyl, sondern auch nach dem Volk. Manchmal saß sie bei mir im Badezimmer und sah zu, wie ich mich rasierte. Ich brachte ihr bei, wie man mit der rechten Hand und den Zehen ein Seil flicht.

Und sie weinte, als ich ihr sagte, ich müsse gehen.

Meg war zu bekümmert, um sich auch nur die Möglichkeit zu überlegen, die Kinder so weit nach Norden zu schicken, um mich zu besuchen. Es fiel ihr sogar schwer, sie zu Gordons Eltern in Queens zu lassen. So kam ich zu dem Schluß, daß es wohl am besten wäre, wenn ich das annahm, was Gordon und Meg mir anboten, und abreiste.

Vielleicht würde ich eines Tages wiederkommen, höchstwahrscheinlich aber nicht.

Es gab dort für mich nichts mehr zu gewinnen. Ich konnte nicht mehr fliegen wie früher, und Fliegen war alles, was ich kannte – mit Ausnahme von Sitten und Gebräuchen der Eskimos. Und mit denen würde ich in South Carolina nicht sehr weit kommen.

Folglich kaufte ich mir ein Flugticket der United Airlines und beschloß, mir über künftige Probleme erst dann Gedanken zu machen, wenn sie sich stellten, und nicht vorher.

Betty-Sue hatte recht gehabt. Ich mußte wieder in das eintauchen, was war, bevor ich wissen konnte, wohin die Reise ging.

Ich empfand eine seltsame Art von Trauer, als ich diese DC-3 bestieg, mich auf meinen Platz setzte und auf meine Familie hinunterblickte, die da unten hinter dem Zaun stand. Gordon hielt Rachel die Hand, und ich konnte sehen, daß sie weinte. Billy Taylor war auch gekommen. Ich hatte ihm versprochen, gleich nach meiner Ankunft auf Saint Lawrence zu schreiben. Ich bat ihn, mich einmal zu besuchen, obwohl ich wußte, daß die Kälte ihn wahrscheinlich umbringen würde.

Diesmal winkte Meg zum Abschied. Ich weiß nicht, ob ich sie oder die anderen je wiedersehen werde, aber jetzt mache ich mir keine Sorgen mehr um sie.

Ich habe jetzt meinen inneren Frieden gefunden. Ich

weiß, was ich will. Ich weiß, wer ich bin und wohin ich gehöre.

Ich weiß zwar noch nicht, wie ich von Seattle nach Anchorage kommen werde, aber ich weiß, was ich tun werde, wenn ich im Staat Washington bin. Erstens werde ich diesen Handelsposten da draußen in der Wildnis suchen, und zweitens werde ich irgendwie nach Anchorage kommen, um meine Schulden bei Betty-Sue zu bezahlen und vielleicht mit ihr essen zu gehen, wenn sie mag. Ich möchte ein wenig von dem zurückgeben, was sie mir gegeben hat, falls das überhaupt möglich ist.

Epilog

An einem kalten Herbstmorgen um zehn Uhr war ich gerade dabei, Töpfe zu sterilisieren, als Margo mir sagte, ich hätte einen Besucher, der nicht wisse, was ein Nein bedeutet.

Ich sah braune Hosen, einen Ledermantel, blankgeputzte Schuhe, und als er sich umdrehte, hatte er einen Blumenstrauß in der Hand.

Blumen und ein Lächeln nur für mich.

Ich hatte John lange nicht gesehen und auch nichts von ihm gehört; aus seinem Versprechen, mir zu schreiben, war nichts geworden, wie es meist der Fall ist, wenn Männer etwas versprechen. Er rief mich auch nicht an, obwohl ich ihm zwei Nummern gegeben hatte – die meiner Eltern in Baton Rouge und die meiner Wohnung in Anchorage.

Vielleicht hoffte ich, er würde mich brauchen oder etwas ähnlich Albernes.

In seiner Stimme hatte sich nur ein schwaches Echo des Mannes aus der Wildnis erhalten, und aus seinen Augen waren alle Sorge und Verwirrung verschwunden. Er versuchte nicht mehr, sein Gesicht zu verstecken. Für mich sah er trotz dieser Narben gut aus.

Sein Haar war dreifarbig, goldbraun, blond und grau. Ich sah Spuren des Gesichts, das er vierundzwanzig Jahre vor dem Absturz der Maschine gehabt hatte, und da wurden mir die Knie weich. Wie gutaussehend er als junger Mann gewesen sein mußte.

Ich wußte nicht, was ich sagen sollte.

Er gab mir die Kleidung und das Geld wieder, das ich schon total vergessen hatte, und wartete geduldig vier Stunden, bis meine Schicht zu Ende war. Wir aßen in dem elegantesten Restaurant, das wir finden konnten, und tanzten bis Mitternacht. Gerade als ich hoffte, er würde mich bitten, wieder mit mir auszugehen, erklärte er mir, daß er um sechs Uhr morgens abreisen werde.

Er wollte mit einer Sondermaschine zur Insel Saint Lawrence fliegen. Man hatte ihn offiziell informiert, daß seine Familie von den Pribilof-Inseln nach Saint Lawrence umgesiedelt worden war. Er sagte mir auch, daß ich ihn wahrscheinlich nie wiedersehen würde. Aber ob ich antworten wolle, wenn er mir schrieb? Ich versprach es ihm.

In jener Nacht ging ich nicht nach Hause.

Wir sprachen lange, lange Zeit miteinander. Er erzählte mir, daß die Rückreise nach Norden viel schneller und bequemer gewesen sei – er sei nämlich nach Seattle geflogen. Er hatte sogar viel Geld für Taxifahrten ausgegeben und viel Zeit damit zugebracht, um Sally und diesen Handelsposten zu finden. Er suchte zwei Tage, bis er ihn schließlich fand – am Ende einer Straße, die seit langem niemand mehr benutzt hatte. Der Handelsposten war jedoch nur noch eine alte Bruchbude, die jeden Augenblick einzustürzen drohte. Dort hatte schon viele Jahre niemand mehr gelebt. Er brachte es nicht über sich, hineinzugehen.

Anschließend war er von Seattle nach Anchorage geflogen. Sagte, alles andere hätte zu lange gedauert.

Ich wollte nicht, daß er geht, und ich glaube, daß er das auch wußte.

Die Chartermaschine flog mit zehn Minuten Verspätung ab – so lange brauchten wir, um uns voneinander zu verabschieden –, und ich stand da in der kühlen Luft und winkte, bis das Flugzeug nicht mehr zu sehen war.

Er ließ mir sein Tagebuch da – er hatte sich mit der Vergangenheit auseinandergesetzt; jetzt blickte er nur noch in die Zukunft. Es war ihm egal, was ich damit tat. Er sagte, er brauche diese Erinnerungen an gestern nicht mehr.

Nun, die Postmaschine kam zweimal im Jahr von Saint Lawrence. Diesmal hielt er sein Versprechen, und das acht Jahre lang.

Ich halte nur einen Brief für wichtig genug, hier abgedruckt zu werden, und zwar so, wie er ihn geschrieben hat. Es war sein erster Brief, den ich sechs Monate nach seinem Abflug erhielt.

Liebe Betty-Sue,

ich bin zu Hause. Der Gestank traf mich als erstes – verwesende Seehundkadaver. Es ist ein unordentlicher Ort, dieses Saint Lawrence, und flach mit Ausnahme eines sechshundert Meter hohen Hügels, den sie Kinnipaghulghat nennen. Glaub mir, Du solltest gar nicht erst versuchen, es auszusprechen. Die Insel ist baumlos und genauso windig wie Kulowyl, dafür aber wohl noch kälter. Das Wetter ist schlimmer, aber entweder akklimatisiert man sich oder stirbt.

Ich habe eine Menge mitgenommen – Konservendosen, Kerosin, Antiseptika, Verbandmull. Teufel, Du hast ja die Kisten gesehen, das hatte ich vergessen.

Niemand wußte von meiner Ankunft, aber trotzdem

standen alle da draußen und warteten, als sie die Maschine landen hörten. Es ist ihr einziger Kontakt mit dem Festland. Ich nehme an, das weißt Du auch schon. Sindbad war der erste, den ich sah. Zunächst erkannte er mich nicht ohne den Bart und das lange Haar, das mir aber bald wieder wachsen wird. Das weiß ich. Vielleicht war es die Brille, die ihn verwirrte.
Kaum hatte er erkannt, wer ich war, da begann er auch schon zu schreien: »Floreeda ist wieder da!« Es war wohl ein ziemlich fröhlicher Aufruhr.
Sie haben sich nicht verändert. Ich hatte das Gefühl, als wäre alles erst gestern gewesen, obwohl ich auch das Gefühl hatte, ewig weggewesen zu sein. Ich kann Dir wirklich nicht alles schildern oder auch nur sagen, welche Gefühle ich bei der Rückkehr hatte. Worte können es nicht wiedergeben. Es ist so, als wollte man etwas beschreiben, was eine Million Dollar wert ist, wenn man dazu nur Wörter für fünf Cent pro Stück zur Verfügung hat.
Kioki war gerade dabei, Kleider mit Seife zu waschen, als ich sie fand. Sie sang vor sich hin, das gleiche Lied, das sie immer sang, wenn sie nähte oder Elfenbeinstücke auf Schnüre zog. Ich brauche Dir wohl kaum zu sagen, wie sie reagierte. Sie hatte mir so viel zu erzählen, daß sie gar nicht wußte, wo sie anfangen oder was sie tun sollte. Erst zeigte sie mir das Haus – es ist eine Holzhütte mit einem Zimmer und richtigen Möbeln. Das Haus ist zwar grob zusammengezimmert, hält aber garantiert ewig. Öllampen, Kerosinlampen, ein Tisch und vier Stühle. Richtige Teller, Messer, Gabeln. Vor dem Herd scheint sie jedoch etwas Angst zu haben. Wie es scheint, mußten die anderen Frauen ihr beibringen, wie und was sie kochen soll. Sie hatte sogar eine Kiste mit

Orangen, die zu Sommeranfang eingeflogen worden war. Jetzt haben wir keine einfachen Lager mit Fellen mehr, sondern schlafen in Betten.
Sie wollte meine Hand gar nicht loslassen, und erst als die Maschine abflog, erkannte sie, daß ich bleiben würde. Mehr will ich darüber nicht sagen – ich weiß ja, wie schüchtern Du manchmal sein kannst.
Die Kinder waren alle in der Schule. Kioki und Sindbad zeigten mir den Weg. Ich stand an der Tür und hörte zu, als der Lehrer die Grundrechenarten erklärte – Dinge, die ich den Kindern schon beigebracht hatte –, und es dauerte eine Weile, bis er mich bemerkte.
Ich nehme an, das war wieder eine Million Dollar mit fünf Cent-Wörtern.
Und was für eine Angst ich vor der Heimkehr gehabt hatte. Dabei war es leichter, als Abbeville wiederzusehen. Aber darüber habe ich Dir schon alles erzählt, denke ich.
Wie es scheint, ist Asuluk zehn Tage nach der Umsiedlung gestorben. Kioki will nicht darüber sprechen, Lily auch nicht. Der Verlust ihres Großvaters war nicht das Beste, was ihr hätte passieren können, und eine Zeitlang glaubte sie auch nicht, daß ich bleiben würde. Billy erzählte, wie sie zu dem Großen Geist gebetet habe, damit ihr Vater zurückkehrte. Und ich hatte zu meinem Gott gebetet, mich heil und in einem Stück wieder herzubringen. Ich kann Dir sagen, Betty-Sue, wir sind während des Fluges hierher in einen höllischen Sturm geraten.
Heute abend wird meine Rückkehr wieder groß gefeiert werden.
Ich wünschte, Du wärst hier, Betty-Sue, aber ich weiß ja, wie sehr Du die Kälte haßt. Eins habe ich jedenfalls

gelernt, Mädchen – als ich aufhörte, das Wetter zu hassen, hörte es auf, mich zu hassen. Versuch's mal.

In zwei Tagen kommt das Postflugzeug, und ich muß noch einen Brief an Meg schreiben. Schreib mir zurück, ja?

Ich werde Dich nie vergessen.

Einen Menschen wie Dich kann man kaum vergessen.

John.

Wir korrespondierten in den nächsten acht Jahren, tauschten Gedanken, Neuigkeiten, Erfahrungen aus.

Ich lernte Kioki und Lily kennen, als er sie 1945 nach Anchorage mitbrachte. Kioki war die ganze Zeit winzig, still und verschüchtert. Der Flug hatte das arme Ding fast zu Tode geängstigt.

Lily war vielleicht eins der hübschesten jungen Mädchen, die ich je gesehen habe. Sie heiratete 1947 ihre erste Liebe, Eennali, und John wurde acht Monate später Großvater.

Drei Wochen, nachdem Kioki ihrem ersten Enkel auf die Welt geholfen hatte, starb sie im Schlaf.

John kam immer noch einmal im Jahr aufs Festland und brachte jedesmal seinen Sohn mit. Ich lernte William Robert Ignash Shaw im Juli 1950 kennen. Er war hochgewachsen, gutaussehend und ernsthaft, ein hochintelligenter junger Mann. Er war genau so, wie ich ihn mir bei der Lektüre von Johns Tagebuch vorgestellt hatte oder bei den Erzählungen Johns, wenn er diesen abwesenden Ausdruck in den Augen hatte. Billys Englisch war fließend und makellos – natürlich nur, wenn er sich überhaupt zu sprechen entschloß. Als ich ihn kennenlernte, hatte er schon zwei Frauen und vier Kinder.

Es war Billy, der im Mai 1951 aufs Festland kam. Er

klopfte an meiner Tür und erzählte mir mit Tränen in den Augen, daß sein Vater vor ein paar Tagen gestorben war – wie seine Mutter, friedlich im Schlaf.

John wurde neunundvierzig Jahre alt.

Nachdem Billy gegangen war, schloß ich die Tür und weinte und weinte ... Und dann ging mir auf, was mein alberner Traum in Wahrheit bedeutet hatte.

Es war der 26. April 1951 gewesen. Der Traum war so deutlich und so real, daß ich ihn nach dem Aufwachen sofort aufschrieb.

Ich stand auf einem Felsen in der Nähe des Leuchtturms. Die Seebrise zerzauste mir das Haar. Ich spürte eine Hand auf der Schulter und drehte mich um. Es war Bobby, wie ich ihn auf diesem Foto auf Bess' Kaminsims gesehen hatte. Er stand neben seinem besten Freund, und beide hatten ihre Pilotenuniform an.

John war über einen Meter neunzig groß, hatte ungebärdiges blondes Haar und hielt seine Fliegerbrille in der linken Hand. Er lächelte mir zu, als er sich gegen einen leuchtend roten Doppeldecker lehnte, eine Curtiss Jenny. Er zwinkerte mir zu und sagte, wir würden uns später sehen.

Er hatte zwei gesunde Arme und ein vollkommen ebenmäßiges Gesicht.

Ich wollte ausrufen, Flieg nicht!, doch ich brachte keinen Ton heraus. Beide winkten mir zu und kletterten dann in das Flugzeug. Ich sah sie abfliegen. Und draußen über dem Meer legte sich die Maschine in eine Rechtskurve und stieg und stieg ...

Ljudmila Ulitzkaja

MEDEA UND IHRE KINDER

Ende April beginnt für Medea Mendez, geborene Sinopli, die »Familiensaison«. Von überall her kommen die Nachfahren des alten Griechen Sinopli auf die Krim. Medea, seit langem verwitwet und kinderlos, ist zur Urmutter des Familienclans geworden, die im Stillen über das wilde Treiben der jungen Menschen wacht. Und auch in jenem Sommer wird Medeas Haus zum Schauplatz der Leidenschaften.

»Das Buch ist großherzig, tragisch, durchtrieben und amüsant ... Die Kritik wird es als Erzählwunder preisen.«
DIE ZEIT

Nr. 25060

BLT
Mit der Welt
auf Buchfühlung

Nr. 25 057

Carolyn Haines

AM ENDE DIESES SOMMERS

Sommerferien – eine herrliche Zeit für die 13-jährige Rebekka. Auch als sich auf einmal eine geheimnisvolle Sekte im Dorf niederlässt, eine weiß verschleierte Frau durch die Nacht irrt und ein Baby verschwindet, glaubt sie immer noch an ein einziges großes Abenteuer. Doch aus dem Spiel wird bald tödlicher Ernst …
Ein stimmungsvoller Roman über das Erwachsenwerden, der die staubig-schwüle Hitze eines Mississippi-Sommers ebenso einzufangen versteht wie den Zauber, der über allem Kindlichen liegt.

BLT
Mit der Welt
auf Buchfühlung